愛經典

閱讀經典，成為更好的自己。

復活

Воскресение

Лев Николаевич Толстой

列夫・托爾斯泰 著　劉文飛 譯

緣起

愛經典

卡爾維諾說：「『經典』即是具影響力的作品，在我們的想像中留下痕跡，並藏在潛意識中。正因『經典』有這種影響力，我們更要撥時間閱讀，接受『經典』為我們帶來的改變。」因為經典作品具有這樣無窮的魅力，時報出版公司特別引進大星文化公司的「作家榜經典文庫」，期能為臺灣的經典閱讀提供另一選擇。

作家榜經典文庫從二〇一七年起至今，已出版超過一百本，迅速累積良好口碑，不斷榮登各大暢銷榜，總銷量突破一千萬冊。本書系的作者都經過時代淬鍊，其作品雋永，意義深遠；所選擇的譯者，多為優秀的詩人、作家，因此譯文流暢，讀來如同原創作品般通順，沒有隔閡；而且時報在臺推出時，每部作品皆以精裝裝幀，質感更佳，是讀者想要閱讀與收藏經典時的首選。

現在開始讀經典，成為更好的自己。

作家榜推薦詞

七個托爾斯泰

上帝創造世界至少用了七天，世上至少得有七個托爾斯泰。

第一個是高爾基的托爾斯泰。按高爾基的說法，不認識托爾斯泰的人，不可能認識俄羅斯。托爾斯泰被認為是十九世紀世界的良心，幾乎是一個共識。即便在今天，他依然代表著人類的良心。

第二個是瑞典文學院的托爾斯泰。首屆諾貝爾文學獎，全世界的作家都認為應當頒給托爾斯泰，但瑞典文學院卻偏偏不按套路出牌，將這一萬眾矚目的大獎頒給了法國詩人普魯東。

這一決定引發了軒然大波。名作家史特林堡和拉格洛芙及其他四十三位著名作家和藝術家共同署名，向遙遠的俄國文學巨匠表達了他們的崇敬，更對瑞典文學院表達了他們強烈的不滿。但瑞典文學院不這麼看，他們認為，托爾斯泰和易卜生、史特林堡一樣，都是危險的「無政府主義者」。

第三個是俄國皇帝尼古拉眼中的托爾斯泰。三任俄國皇帝尼古拉都在皇帝的寶座上先後收到過托爾斯泰的信，無一例外都是關於暴政的譴責。然而，在皇帝的眼中，這個傢伙毫無疑問是個幼稚的白癡。皇帝甚至準備將他扔進監獄，只是典獄長認為俄羅斯的監獄太小，裝不下這位巨人。

第四個是東正教眼中的托爾斯泰。他們宣布托爾斯泰為「異教徒、叛教者」，將他開除教籍。一些公共圖書館把他的著作下架、媒體不准報導民眾的示威、教堂布道前得先詛咒托爾斯泰成了必要的節目，還威脅說要暗殺托爾斯泰。公告第二天，他在莫斯科行走，有人喊道：「瞧，那就是魔鬼！」當然，這一事件讓世人生起了對托爾斯泰更高的崇敬。

第五個是妻子索菲婭的托爾斯泰。托爾斯泰三十四歲結婚，索菲婭才十七歲。出於誠實，新郎將厚厚一本性愛日記交給了新婚的妻子。在這本日記裡，他記錄了一大堆與自己有染的女人，她們中有妓女，有僕人，有鄉下少女，有風流貴婦……這個沙皇御醫的女兒如同五雷轟頂，從此對托爾斯泰形影不離，她為丈夫付出了一切，可是，換來的卻是長時間的分居。最終，丈夫在八十二歲這一年因為不堪忍受監視而離家出走，索菲婭痛心疾首，說：「我本該對上帝做一些有益的事，但命運把我和天才而極其複雜的托爾斯泰緊緊聯繫到一起。」

第六個是媒體眼中的托爾斯泰。隨著一部部傑作問世，托爾斯泰的名聲愈來愈大。《新時報》的蘇沃林瘋狂讚美：「在俄國有兩個沙皇，尼古拉二世與托爾斯泰。哪一個更強大？尼古拉二世對托爾斯泰毫無辦法，動搖不了他的地位；但是托爾斯泰正在動搖他的王位。」

第七個是聶赫留多夫的托爾斯泰。聶赫留多夫是《復活》中的男主人公，人格上最接近托爾斯泰。在這部不朽的傑作中，他為自己的生活深深懺悔。可以說托爾斯泰在這部偉大的《復活》裡，交出了自己的一生。這是一本良心之書，同時也是一本懺悔錄。當別人問起他對《懺悔錄》作者盧梭的意見，托爾斯泰回答：「我把盧梭的肖像懸在頸下，如同聖像一般。」他從宗教信仰中看見了自己骯髒的靈魂，並以真誠的懺悔將它淘洗乾淨，終於，世人都知道了，一枚海螺將一粒沙子幻化成了閃亮的珍珠。

六個托爾斯泰留在塵世了，而寫出了《復活》的第七個托爾斯泰，回到了燦爛的星河之中。

有一個關於神祕的綠色小棒的傳說也許會替我們理解他謎一樣的一生：五歲那年，托爾斯泰的哥哥告訴了他一個祕密，說有一個辦法能使世界上不再有貧窮、殘疾、屈辱、仇恨，並讓所有人都過著幸福的生活。這個辦法被哥哥刻寫在一根小綠棒上，埋入了波利亞納莊園後面那一片森林裡。從那天起，托爾斯泰就對神祕的綠色小棒神往不已，他竭力尋找，幾乎用盡了一生。很多年後，他離開人世，留下遺囑，要求把他安葬在波利亞納莊園後面那片樹林裡。

但我堅信他已洞悉了那個綠色小棒上的祕密，因為他說過：「一個人只要能夠忘我和熱愛他人，就是幸福完美的人。」

畢竟，每個人都是一顆千面鑽石，我們要做的是掃除蒙在鑽石各面的灰塵，最終使這顆鑽石閃耀出璀璨動人的七彩光輝。

何三坡

二〇一八年七月二十五日
於上海雲間

目次

第一部 009
第二部 251
第三部 451
譯後記 554

第一部

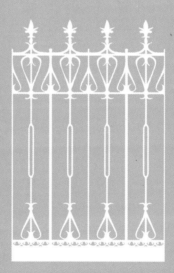

《馬太福音》第十八章第二十一、二十二節：「那時彼得進前來，對耶穌說：主啊，我弟兄得罪我，我當饒恕他幾次呢？到七次可以嗎？耶穌說：我對你說，不是到七次，乃是到七十個七次。」

《馬太福音》第七章第三節：「為什麼看見你弟兄眼中有刺，卻不想自己眼中有梁木呢？」

《約翰福音》第八章第七節：「……你們中間誰是沒有罪的，誰就可以先拿石頭打他。」

《路加福音》第六章第四十節：「學生不能高過先生，凡學成了的不過和先生一樣。」

01

即便在城裡，春天也畢竟是春天，儘管幾十萬人擠在一個不大的地方，竭力糟踐他們居住的土地，儘管他們把石頭嵌進泥土，讓土地寸草不生，儘管他們清除剛剛發芽的小草，儘管他們燃燒煤炭和石油，儘管他們砍伐樹木，驅趕各種鳥獸。太陽暖洋洋地照耀，小草緩過神來，伸出嫩芽，在沒有被斬草除根的所有地方顯示綠意，不僅在林蔭道的草坪上生長，也在鋪路的石塊縫隙間露臉。白樺、楊樹和稠李紛紛展開多汁的芳香新葉，椴樹吐出飽滿的葉芽；烏鴉、麻雀和鴿子不負春意，已開始歡樂地築巢，被太陽曬暖的蒼蠅在牆邊嗡嗡作響。植物和鳥兒，昆蟲和孩子，全都興高采烈。可是大人、成年的大人，卻沒有停止欺騙，他們依然在折磨自己並相互折磨。這些人認為，神聖而又重要的，並非這春天的早晨，並非這造福萬物的世界之美，這能夠造就和平、和諧和愛意的美；神聖而又重要的只是他們杜撰出的那一套人統治人的方式。

比如，省立監獄辦公室的人就認為，神聖和重要的並非所有動物和人全都享有的春天的感動和歡樂，他們認為神聖和重要的是昨晚接到的一紙帶有編號、印章和標題的公文。公文寫明，今日，亦即四月二十八日上午九時之前，須將兩女一男三位在押案犯押去受審。兩名女犯中的一位係要犯，須單獨押解。於是，遵照這道命令，在四月二十八日上午八點，看守長走進又暗又臭的女監走廊。跟在他身後也走進走廊的是一位面帶倦容、滿頭鬈曲白髮的女人，她身穿袖口飾有金條的制服，腰間繫一根藍邊束帶。這位是女看守。

「您是要提瑪絲洛娃嗎?」她問道，並與這位值班的看守長一同走向走廊裡的一間囚室。

看守長叮鈴哐啷地開了鎖，打開囚室的門，囚室裡冒出一股比走廊裡的氣味更為難聞的惡臭，看守喊道：

「瑪絲洛娃，提審!」然後他又掩上房門，等犯人出來。

即便在監獄的院子裡也有一陣清新爽人的空氣，是風把它從田野帶到城裡來的。但走廊裡卻盡是帶有傷寒病菌的空氣，充滿糞便、焦油和腐物的氣味，能讓每一個剛剛走進來的人陷入沮喪和憂鬱。從院子走過來的女看守就產生了這樣的感覺，儘管她早已聞慣惡劣的空氣。她踏入走廊，立時感到疲憊不堪，昏昏欲睡。

囚室裡傳來一陣忙亂聲，有女人的話音和赤腳走路的響聲。

「快點，幹嘛拖拖拉拉的，瑪絲洛娃，我在說你呢!」看守長對著囚室的門喊道。

兩分鐘過後，一位身材不高、胸部十分豐滿的年輕女人腳步輕盈地走出門來，她俐落地轉過身，站到看守身邊，她身著白衣白裙，外罩灰色囚服。這女人的腳上穿著麻布襪，套著囚犯穿的棉鞋，頭上包著白頭巾，幾縷黑色的鬈髮從白頭巾裡露了出來，這顯然有意為之。女人的臉很白，長期被關押的人都會有這樣一張臉，白得就像地窖裡的馬鈴薯長出的嫩芽。她那雙胖嘟嘟的小手和從囚服寬大衣領處露出來的豐滿的白色脖頸，也是這個顏色。在這張臉上，尤其是在慘白臉色的襯托下，一雙烏黑的眼睛顯得十分突出，這雙眼睛閃亮亮的，有些浮腫，但炯炯有神，其中一隻眼睛略微有點斜視。她站得很直，挺著豐滿的胸部。來到走廊，她微微昂頭，徑直看了一下看守長的眼睛，擺出一副唯命是從的姿態。看守長正打算鎖上囚室，一位沒戴頭巾的白髮老太婆卻從門裡探出一張蒼白嚴厲、滿是皺紋的臉來。老太婆想對瑪絲洛娃說幾句話，看守長卻對著老太婆的腦袋推上門，那腦袋縮了回去。囚室裡響起一陣女人的哄笑。瑪絲洛娃同樣笑了笑，然後轉身面對門上裝有鐵柵的小窗。老太婆隔著門湊近小窗，嗓音嘶啞地說道：

「最要緊的是別多說話，說了就別改口，這就好了。」

「有個結果就好，不會更糟了。」瑪絲洛娃說道，搖了搖頭。

「結果當然是一個，不會是兩個。」看守長擺出長官的架勢說道，顯然覺得自己的話很俏皮，「跟我走！」

老太婆的眼睛消失在小窗後面，瑪絲洛娃來到走廊中間，邁著小碎步跟在看守長身後。他倆沿著石階下行，經過比女監區更臭更鬧的男犯囚室，每間囚室的男犯都透過氣窗盯著這兩個人看，他倆來到辦公室，這裡已站著兩名持槍的押解兵。坐在那兒的文書把一份沾染了菸味的文件遞給其中一名士兵，指了指女犯，說道：

「交給你了。」

這士兵是下諾夫哥羅德的農民，有一張帶有麻點的紅臉膛，他把文件塞進軍大衣的翻袖，笑嘻嘻地看著女犯人，同時對著自己的同伴擠了擠眼，他的同伴是一個顴骨高聳的楚瓦什人。兩名士兵押著女犯走下臺階，向出口走去。

出口處的大門上有扇小門，兩名士兵押著女犯邁過小門的門檻進入院子，再出圍牆，走進了一條條石頭街道縱橫其間的市區。

車夫、店員、廚娘、工人和官員紛紛停下腳步，好奇地看著這名女犯。有人搖著頭，心裡想道：

「這就是做壞事的下場，不像我們舉止正派。」孩子恐懼地看著這個女強盜，見她被兩名士兵押著，如今什麼壞事也幹不成了，他們這才安下心來。一位農夫賣了自己的煤炭，正在茶館裡喝茶，看到女犯後便走上前來，畫個十字，給了她一個戈比。女犯臉一紅，低下頭，說了句什麼話。

女犯察覺到眾人投向自己的目光，她並不轉頭，而是用難以察覺的眼神斜視那些看她的人，別人對她的關注讓她感到開心。讓她感到開心的還有這春天的空氣，與監獄裡相比，這空氣是純淨的，但走在石子路面上她卻感到腳有些疼，因為她好久沒走遠路，又穿著不合腳的囚犯棉鞋，於是她盯著腳下，盡量放輕腳步。他們經過一家麵粉鋪，店鋪前有幾隻無憂無慮的鴿子搖搖擺擺地走來走去，女犯的腳差點踢到一隻灰毛鴿子，這鴿子倏然飛起來，拍打著翅膀，從女犯耳邊飛過，扇起一陣風。女犯笑了笑，然後想到自己的處境，便深深地歎了一口氣。

02

女犯瑪絲洛娃的身世十分平常。瑪絲洛娃是一個未婚女奴的女兒，這女奴跟著負責餵養牲口的母親，住在兩個貴族姊妹的村子裡。這位未婚女奴每年都會生下一個孩子，就像鄉下人常有的那樣，她們也給這孩子施洗，可是之後，當媽的卻不願餵養這個意外到來、會影響她做事的多餘孩子，於是，這孩子很快便會餓死。

就這樣一連餓死了五個孩子。五個孩子都受洗了，之後無人餵養，於是餓死了。第六個孩子是女奴與一位過路的茨岡人私通後生下的，是個女孩。她的命運原本也會與前面五個孩子一樣，然而事情湊巧，兩位貴族姊妹中的一位這天偶然來到牲口棚，她是來罵餵牲口的女奴的，因為她們做的奶油有股牛膻味。畜棚裡躺著一名產婦，懷抱著健康漂亮的嬰兒。老小姐一番訓斥，說奶油做得難吃，說不該讓產婦進畜棚，她正想走開，卻看到嬰兒，動了惻隱之心，提出要做這孩子的教母。她為這孩子施洗，後來因憐憫自己的教女，常給孩子的母親送去牛奶和錢，這孩子於是活了下來。兩位老小姐便為女孩取名「撿命兒」。

女孩三歲時，她的母親染病去世。負責養牲口的外婆覺得外孫女是個累贅，兩個老小姐便將女孩養在身邊。這個黑眼睛的女孩出落得十分活潑可愛，兩個老小姐也因為女孩而心生快慰。

兩位老小姐，妹妹索菲婭．伊萬諾夫娜善良一些，小女孩的教母就是她；姊姊瑪麗婭．伊萬諾夫娜則嚴厲些。索菲婭．伊萬諾夫娜給小女孩梳妝打扮，教她讀書，想把她當作養女。瑪麗婭．伊萬諾夫娜卻常說，應該讓這女孩成為一個勞作的女人、一個好女傭，因此她對女孩的要求十分嚴厲，心情不好時常常懲罰女孩，甚至揍她。於是，在這兩種影響之間成長，小女孩最終成為半個女傭、半個養女。她們喚她時既不用卑稱「卡季卡」，也不用愛稱「卡堅卡」，而是中性的「卡秋莎」。她做些針線活、收拾房間、擦拭聖像、做菜、推磨、煮咖啡、洗衣服，有時也與兩位老小姐一起坐坐，為她倆讀書。

有人向她提親，但她誰也不願嫁，覺得與那些向她提親的勞力工作者過日子，一定很苦，因為她已過慣了地主家的好日子。

她就這樣過到了十六歲。在她十六歲那年，兩位老小姐的侄子來到她們家，她們的侄子是大學生，也是富裕的公爵，卡秋莎愛上了他，卻不敢向他表白，甚至連自己也不願承認。兩年過後，這位侄子在奔赴戰場的途中順道看望兩位姑媽，在姑媽家住了四天，他在臨行前夜誘惑了卡秋莎，最後那天塞給她一張一百盧布的鈔票，就走了。在他離去五個月之後，卡秋莎發現自己懷孕了。

自那時起，一切都變得讓人厭煩，她只想著一件事，即如何擺脫她即將面對的恥辱。她在伺候兩位老小姐的時候不僅很不情願，敷衍了事，而且連她自己也不清楚是怎麼回事，她突然發起脾氣來。她對兩位老小姐說了些粗話，之後又覺得後悔，於是提出離開。

兩位老小姐對她也很不滿意，就放她走了。她離開兩位老小姐，到一位警長家做女傭，但只做了三個月，因為那位年過半百的警長老是調戲她。有一次他特別放肆，卡秋莎火了，罵他是傻瓜和老色鬼，用力一推，把他推倒在地。她因這無禮的舉動被辭退，再找下家已不可能。因為分娩在即，她於是住到鄉下一位既負責接生，也販賣私酒的寡婦家中。分娩很順利，但接生婆剛給鄉下一位染病的產婦接生，把產褥熱傳染給了卡秋莎，產下的男嬰被送往育嬰堂，據送嬰兒去那裡的老太婆說，孩子一到那裡就死了。

卡秋莎住到接生婆家的時候，身上總共有一百二十七盧布：二十七盧布是她自己賺的，一百盧布是那位誘惑她的人給的。等她從接生婆家裡出來，手裡只剩下六盧布。她不會省錢，自己出手闊綽，對要錢的人也有求必應。接生婆要了她四十盧布，作為兩個月的生活費，即伙食費和茶點費，送孩子去育嬰堂花去二十五盧布，接生婆另借四十盧布買了一頭乳牛，另外二十盧布用於購買衣物和禮物。這麼一來，卡秋莎在身體康復時已身無分文，不得不再尋個工作的去處。她在一位林務官家找到了差事。

林務官是個有婦之夫，但也像那位警長一樣從第一天就開始調戲卡秋莎。卡秋莎討厭他，盡量躲著他，然而他比她更有經驗，也更狡猾，更重要的是他是主人，可以隨意支使她，最終他找到一個機會占有了她。林務官的妻子得知此事，有一天正撞見丈夫單獨和卡秋莎待在房裡，便衝過去打她。卡秋莎也不示弱，於是爆發一場廝打，結果是卡秋莎被掃地出門，分文未取。卡秋莎進城住到姨媽家。姨丈是個裝訂工，之前循規蹈矩，如今失去所有主顧，成了酒鬼，把身邊的一切全都拿去換酒喝。

姨媽開了一間小洗衣鋪，以此養活幾個孩子，幫襯窮困潦倒的丈夫。姨媽建議瑪絲洛娃在洗衣鋪做工，但瑪絲洛娃眼見為姨媽做工的洗衣婦都做得很辛苦，有些畏縮，便去職業介紹所找一份女傭工作。她在一位太太家找到工作，太太有兩個上中學的兒子。在瑪絲洛娃到了這家一週後，那位在讀六年級、嘴上已長出唇鬚的大兒子便丟下功課，纏著瑪絲洛娃不放，讓她不得安寧。母親認為這全都是瑪絲洛娃的錯，便將她解雇。沒找到新的下家，但湊巧的是，來到女傭職業介紹所時，瑪絲洛娃遇見一位太太，這太太珠光寶氣，手上戴著好幾個戒指，豐滿而赤裸的手臂上套著好幾個手鐲。她瞭解到正在找工作的瑪絲洛娃的處境，便留下地址，讓瑪絲洛娃去找她。瑪絲洛娃去見她。太太溫暖地接待瑪絲洛娃，款待以餡餅和香甜的葡萄酒，然後差遣自己的女傭送信給某人。傍晚，一位長髮花白、鬍鬚雪白的高個男人走進房間，這老頭立馬坐到瑪絲洛娃身邊，兩眼放光、面帶微笑地看著她，與她開玩笑。女主人把他叫到另一個房間，瑪絲洛娃聽到女主人在說：「新手、鄉下人。」隨後，女主人把瑪絲洛娃叫去，告訴她，這男人是作家，很有錢，如果瑪絲洛娃能討他喜歡，他是不會捨不得錢的。瑪絲洛娃很討他喜歡，於是作家給了她二十五盧布，還答應常約她見面。這筆錢很快花光了，要付給姨媽生活費，還要新購裙子、帽子和緞帶。幾天後，作家又請了她一回。她去了。他又給了她二十五盧布，並建議她搬進一套單獨住房。

瑪絲洛娃住在作家租下的套房裡，卻愛上同院一個性格開朗的店員。她自己對作家說了此事，之後便搬進一個單獨的小套間。答應與她結婚的店員後來不辭而別，去了下諾夫哥羅德，顯然是拋棄了她，瑪絲洛娃於是孤身一人。她想獨自住在小套間裡，可是人家不讓。派出所所長告訴她，她只有在領取黃顏色的妓女執照、接受體檢之後才能單獨居住。於是她又回到姨媽家。姨媽見她身著時尚的裙子、披肩和帽子，便滿懷敬意地接待她，再也不敢建議她去做洗衣工了，認定她如今已過起上等人的生活。對於瑪絲洛娃來說，如今已不存在做不做洗衣工這樣一個問題。她如今已在帶著同情打量那些洗衣女工的苦役生活，女工在臨街的前屋裡忙忙碌碌，她們面色蒼白，兩臂枯瘦，其中有幾個已得了肺結核病。她們在接近四十度、充滿肥皂味的熱氣中洗衣熨燙，洗衣房無論冬夏都敞著窗戶，一想到自己也有可能幹起這份苦役，瑪絲洛娃便心生恐懼。

就在瑪絲洛娃因無人相助而一籌莫展的時候，一個為妓院物色姑娘的牙婆找到瑪絲洛娃。

瑪絲洛娃早就開始抽菸，在與店員姘居後期以及被他拋棄之後，她又越來越愛喝酒。她之所以愛酒，並不僅僅因為她覺得酒好喝，她愛喝酒的最主要原因是，酒能讓她忘記她經受的一切痛苦，擺脫煩惱，獲得她不喝酒便難以獲得的自尊和自信。不喝酒的時候，她總是會感到悶悶不樂、羞愧難當。

牙婆請姨媽吃飯，把瑪絲洛娃灌醉，便建議瑪絲洛娃去城裡一家最好的妓院，她向瑪絲洛娃列舉了這一出路的種種好處。瑪絲洛娃面臨這樣的選擇：要嘛是女傭的卑微處境，其間一定會有男人糾纏，會有遮遮掩掩的臨時性通姦；要嘛是有保障的、安定而合法的處境，以及公開、為法律所允許而報酬豐厚的經常性通姦。瑪絲洛娃選擇了後者。此外，她還想以此來報復誘惑她的公爵、店員和所有欺負過她的人。還有一個原因吸引她，使她做出最終決定，因為牙婆告訴她，她可以為自己訂購想要的任何衣裙，天鵝絨的、緞子的、絲綢的、袒肩露臂的舞裙。瑪絲洛娃想像自己身著一襲用黑色天鵝絨滾邊的亮黃色絲綢長裙，再也無法抵擋，遞出了身分證件。當晚，牙婆便叫來一輛馬車，把瑪絲洛娃送進了著名的基塔耶娃妓院。

從此，瑪絲洛娃開始過著一種常年違背上帝戒律和人類準則的生活，成千上萬的女性過著這樣的生活，她們不僅獲得了關心公民福祉的政府之許可，甚至受到政府庇護。其結果，這些女性十之八九均身染惡病，未老先衰，甚至死去。

在徹夜狂歡之後，從早晨昏睡到午後。下午兩三點鐘，懶洋洋地從骯髒的床鋪上爬起來，一杯醒酒的礦泉水、咖啡，身著罩衫、上衣和睡衣在房間裡慵懶地走動，撩開窗簾看看外面，沒精打采地相互罵上幾句；之後是洗漱、抹油，往身體和頭髮上灑香水，試穿衣裙，為了衣裙和老鴇拌嘴，照照鏡子，塗脂抹粉，描描眉毛，吃又甜又膩的食物；之後穿上袒露肉體的亮麗綢裙；之後來到燈火輝煌的華麗客廳。嫖客到來，音樂、跳舞、糖果、美酒、抽菸，與各種男人交媾，有年輕人，有中年人，有半大孩子和行將就木的老頭，有單身漢和已婚者，有商人和店員，有亞美尼亞人、猶太人和韃靼人，有富人和窮人，有健康的人和病人，有清醒的人和醉鬼，有粗魯的人和溫柔的人，有軍人和百姓，有大學生和中學生，各個階層、各種年齡和各種性格的男人應有盡有。叫喊和笑話，鬥毆和音樂，菸草和美酒，美酒和菸草，徹夜奏響的音樂。直到清晨方得以解脫，一通昏睡。日復一日，週復一週。每逢週末，要前往國家機關，即警察分局，那裡端坐著執行國家公務的官員和醫生，都是男人。他們時而一本正經，時而嬉皮笑臉，克制那種生來就有的預防犯罪的羞恥感，不僅是人，就連動物也具有這種羞恥感，他們給這些女性體檢，然後為她們頒發繼續犯罪的許可證，她們將在下一週與她們的男性同謀繼續犯罪。然後又是同樣的一週。日復一日，無論冬夏，無論平日還是節日。

瑪絲洛娃就這樣過了七年。在這期間她換過兩家妓院，住過一次醫院。在她進入妓院的第七年、在她首次失身後的第八年、在她二十六歲那年，她遇上一件事，因此被關進監獄。在監獄裡與殺人犯和竊賊共度六個月之後，她今天被押去法院受審。

03

當瑪絲洛娃在兩位士兵的押送下趕了老遠的路，艱難地來到區法院，她那兩位養母的侄子德米特里．伊萬諾維奇．聶赫留多夫，也就是當初誘惑了她的那個男子，正躺在他高高的彈簧床上，床上鋪著羽絨床墊，被褥凌亂，他身著一件乾乾淨淨、前胸熨得很平整的荷蘭式睡衣，敞著領口，躺在那裡抽菸。他目光呆滯地看著眼前，在想今天有什麼事要做、昨天都做了什麼事。

他想起昨晚是在富裕的望族科爾恰金家度過的，大家都以為他會與科爾恰金家的女兒成婚。想到這裡他歎了一口氣，丟掉菸頭，本想從銀菸盒裡再取一根菸，卻又改變主意，從床上垂下兩條光滑的白腿，摸到拖鞋，把一件綢袍披在壯實的肩膀上，腳步沉重而又匆忙地衝進臥室隔壁的洗漱間。洗漱間裡滿是漱口水、花露水、髮蠟和香水的濃烈味道，他用特殊的牙粉清潔他那副修補過幾處的牙齒，用香噴噴的漱口水漱口，然後上上下下地清洗身體，再用好幾條不同的毛巾擦拭。他用芳香的肥皂洗手，用小刷子仔細清理長長的指甲，在碩大的大理石臉盆裡清洗面部和粗壯的脖頸，然後走進臥室旁的第三個房間，這裡的淋浴早已備好。他用涼水沖洗肌肉發達、豐滿厚實的白皙身體，再用柔軟的浴巾擦乾，然後穿上熨得筆挺的乾淨襯衫，套上擦得像鏡子一樣亮的皮鞋，坐到梳妝檯前，用兩把小梳子梳理不算濃密的鬈曲黑色髯鬚以及腦門處已有些稀疏的鬈髮。

他使用的所有東西，也就是他的服飾，如襯衫、外衣、鞋子、領帶、別針、袖口等，都是最好、最貴的物件。這些東西看起來不起眼，普普通通，卻十分耐用，價格不菲。

聶赫留多夫從十來副領帶和胸針裡隨手各挑了一樣，以前他在挑選領帶和胸針時感到新奇有趣，如今卻覺得索然無味。他穿上掛在椅背上的、刷得一塵不染的外衣，走出門來。儘管他算不上煥然一新，卻也乾乾淨淨，香味四溢。他走進長長的餐廳，餐廳的地板已由三位農夫在昨日擦得鋥亮，餐廳裡擺著一個巨大的橡木酒櫃和一張同樣巨大的可伸縮餐桌，桌腿雕成獅爪狀，向四邊伸展開去，很是氣派。桌上鋪著漿洗得筆挺的薄桌布，桌布上繡有碩大的家族徽章圖案，桌上擺著一臺銀咖啡壺，壺裡煮著香噴噴的咖啡，桌上還有同樣質地的糖罐和奶油壺，奶油壺裡有熬化的奶油，麵包籃裡裝著新烤的白麵包，也有麵包乾和餅乾。餐具旁放著當日收到的信件和報紙，以及一本新雜誌 *Revue des deux Mondes*（法文：《兩個世界評論》）。聶赫留多夫正想拿起信來看，通往走道的房門中悄然走進一位身著喪服、身材肥胖的老婦人，她頭戴花邊髮飾，這髮飾遮擋了她頭髮中間的那道分縫。此人是聶赫留多夫母親的女傭，名叫阿格拉菲娜．彼得羅夫娜，聶赫留多夫的母親不久前病逝於這間豪宅，阿格拉菲娜如今留在女主人的兒子身邊，做他的管家。

阿格拉菲娜・彼得羅夫娜多次與聶赫留多夫的母親一同出國，在國外待過十來年，很有些貴婦人的派頭和舉止。她自小就生活在聶赫留多夫家，在德米特里・伊萬諾維奇還是孩子的時候就很熟悉他。

「早安，德米特里・伊萬諾維奇。」

「您好，阿格拉菲娜・彼得羅夫娜。有什麼新聞嗎？」聶赫留多夫開玩笑地問道。

「有封信，不知是公爵夫人還是公爵小姐送來的。女傭早就來送信了，現在在我屋裡等著呢。」阿格拉菲娜・彼得羅夫娜說道，遞上信，意味深長地微笑著。

「好的，現在就看。」聶赫留多夫說道，他接過信，覺察到了阿格拉菲娜・彼得羅夫娜的笑意，便皺起眉頭。

阿格拉菲娜・彼得羅夫娜的笑意表明，這封信是科爾恰金公爵小姐寄來的，在阿格拉菲娜・彼得羅夫娜看來，聶赫留多夫打算迎娶這位公爵小姐。阿格拉菲娜・彼得羅夫娜用笑意表達的這一推斷，讓聶赫留多夫感到不快。

「那我就讓她再等一等。」阿格拉菲娜・彼得羅夫娜說，她拿起一把放得不是地方的掃麵包屑的小刷子，放在合適地方，然後腳步輕巧地走出餐廳。

聶赫留多夫拆開阿格拉菲娜・彼得羅夫娜交給他的那封香噴噴的信，讀了起來。信寫在一張毛邊的灰色厚紙上，字跡稀疏。

我在履行充當您的記憶之義務，因此提醒您，今日，即四月二十八日，您必須去法院做陪審員，因此您無論如何也不能與我們以及科洛索夫家的人一起去看畫展，就像您昨日以您慣有的隨意所允諾的那樣；à moins que vous ne soyez disposé à payer à la cour d'assises les 300 roubles d'amende, que vous vous refusez pour votre cheval（法文：除非您情願向區法院繳納三百盧布罰金，這恰好是您捨不得買的那匹馬的價錢），因為您未準時出庭。我昨日在您走後才想起此事。請您千萬別忘了。

瑪・科爾恰金公爵小姐

信紙的背面又添寫了兩句：

Maman vous fait dire que votre couvert vous attendra jusqu'à la nuit. Venez absolument à quelle heure que cela soit.（法文：媽媽要我告訴您，為您預備的餐具將等您到深夜。請一定光臨，時間悉聽尊便。）

瑪・科

聶赫留多夫皺了皺眉頭。科爾恰金公爵小姐在他身上下功夫已有兩月，目的是用一道道無形的線索把他倆越來越緊地纏在一起，此信便是這種小伎倆的繼續。過了情竇初開的年紀，已不會再癡情苦戀的男人在結婚之前通常都會有些猶豫不決，不過除此之外，聶赫留多夫的躊躇還另有一個重要原因，這個原因使他即便下定了決心，也無法立即前去求婚。這個原因並非他在十年前誘惑了卡秋莎並拋棄了她，此事早已被他拋在腦後，他也不認為這會構成他結婚成家的障礙；這個原因就是，他最近與一位有夫之婦有染，雖然從他這一方面來說，他們的關係業已中止，但她卻不承認他倆已經一刀兩斷。

聶赫留多夫與女人相處時十分靦腆，然而正是他的膽怯喚起了這位有夫之婦征服他的欲望。這個女人的丈夫，是聶赫留多夫常去參加選舉的那個縣的首席貴族。這女人勾引聶赫留多夫與她發生了關係，聶赫留多夫一天比一天更迷戀這種關係，同時也一天比一天更厭惡這種關係。起初，聶赫留多夫無法抗拒誘惑，後來他覺得有負於她，便無法在她反對的情況下中止關係。就是這個原因，使得聶赫留多夫認為自己無權向科爾恰金公爵小姐求婚，即便他真心願意這麼做。

桌上恰好放著那女人的丈夫寫來的信。看到信封上的筆跡和郵戳，聶赫留多夫臉一紅，頓時感覺到一種他在面臨危險的時候總會感覺到的興奮。但他白白激動了一番，因為這位丈夫寄來的是份公函。聶赫留多夫的幾座主要莊園都坐落在他所管轄的縣裡，作為該縣首席貴族，他通知聶赫留多夫，稱五月底將舉行地方自治會的特別會議，他請求聶赫留多夫務必光臨，donner un coup d'épaule（法文：支持）他在地方自治會上提出的修建學校和鐵路支線等重大問題，這些問題可能會遭到保守黨團的激烈反對。

首席貴族是個自由派人士，他與一些志同道合者聯手反對亞歷山大三世在位期間咄咄逼人的保守勢力，全心全力投入這場戰鬥，卻對自己不幸的家庭關係毫無察覺。

聶赫留多夫回想起他因為這個人而經受的種種痛苦時刻：他想起，有一次他以為那女人的丈夫已獲悉實情，於是打算與那位丈夫決鬥，決鬥時他決定對空鳴槍；他還想起與她鬧出的可怕一幕，她在絕望之餘奔向花園裡的池塘，打算投水自盡，他慌忙跑過去找她。「我現在不能去那裡，在她沒有回答我之前，我不能採取任何措施。」聶赫留多夫這樣想道。他在一週前給她寫去一封口氣堅定的信，在信中承認自己有過失，並願意以任何方式補償自己的過失，但他還是認為，為了她的幸福，他倆的關係應該一刀兩斷。他正在等待對方回覆，但尚未等到。沒有回覆，這或多或少也是一個好兆頭。如果她不同意分手，或許早已回信，甚至像先前那樣親自趕過來。聶赫留多夫聽說，如今有位軍官正在那邊追求她，這令他難受，因為他心有醋意，與此同時這也讓他高興，因為他看到了希望，有可能擺脫這一直折磨著他的虛偽生活。

另一封信是莊園總管寄來的。總管寫道，聶赫留多夫必須親自去莊園一趟，以便確認遺產權，此外還要對莊園如何繼續經營的問題做出決斷，看看究竟是按照公爵夫人在世時那樣經營，還是按照總管在公爵夫人在世時曾經提出、如今又向年輕的公爵再次提出的建議來辦，即添置農具，把分租給農民的土地全部收回來自己打理。總管寫道，自己打理要划算得多。總管還在信中表示歉意，因為原計畫一號之前匯出的三千盧布有所耽擱，這筆錢將隨下一趟郵車匯出。他之所以耽擱匯錢，是因為無論如何也收不齊農民的租金，那些農民刁鑽得很，只得求助官府強迫他們繳租。這封信既讓聶赫留多夫高興，也令他不快。讓他高興的是，他覺得他已擁有處置大筆家產的權力；令他不快的是，他年少時曾是英國社會學家赫伯特·斯賓塞的狂熱追隨者，身為大地主的他，尤其歎服於斯賓塞在*Social Statics*（英文：《社會靜力學》）一書中提出的一個觀點，即社會正義不允許土地私有制存在。憑藉年輕人的率真和果斷，他不僅常言土地不應成為私人財產，還在大學裡寫過闡述這一觀點的文章，並且果真將一小片土地（這片土地不屬於他母親，而是他本人從父親處繼承而來）分給了農民，不願違反自己的信念而擁有土地。如今，他因為繼承遺產而成為大地主，他必須在兩者之間作出選擇：或者放棄自己的私有財產，就像十年前他在處理父親的那兩百多公頃土地時那樣；或者預設自己先前的所有想法都是錯誤而荒謬的。

前者他做不到，因為他除土地之外再無任何謀生資本。他不願擔任公職，但他早已養成奢華的生活習慣，他認為自己已無法再放棄這種生活方式。再說也沒有必要放棄，因為年輕時的信念、決心、虛榮和一鳴驚人的願望，如今全都煙消雲散。至於後者，亦即否定擁有土地是不合理的這個觀點，他無論如何也做不到，他當初是從斯賓塞的《社會靜力學》中汲取這些顛覆不破的清晰觀點，多年過後，他又在美國社會學家亨利．喬治的著作中找到了關於這些觀點的出色論證。

因此，管家的信又令他不快。

04

喝完咖啡，聶赫留多夫走向書房，想看看通知上寫的是幾點開庭，再給公爵小姐寫封回信。去書房的途中要經過畫室。畫室裡有一張畫架，一幅畫了一半的畫顛倒著放在畫架上，畫室牆上還掛著幾幅習作。這幅他已經畫了兩年的畫、這些習作，還有整間畫室，都讓他憶起他近來十分強烈地體驗到的一種感受，即自己在繪畫方面已無力再進一步。他將這一感受解釋為一種過於敏銳的審美觀，但是，這種意識終歸是令人不快的。

七年前，他認定自己有繪畫天賦，於是辭去軍職，他自藝術事業的高度有些居高臨下地看待其他一切活動。如今卻表明，他沒有這種俯視的權力。因此，一想到此事他便感到不快。他心情沉重地看了看畫室裡所有這些奢華的設備，悶悶不樂地走進書房。書房又高又大，裡面有各種飾物和用具，設備齊全。

聶赫留多夫立刻在大寫字臺上標有「急事」字樣的抽屜裡找到那份通知，通知上寫明的開庭時間是十一點，然後他坐下來給公爵小姐寫信，說他感謝邀請，力爭趕去吃飯。寫完這封信，他一把撕了，因為覺得過於親密；他又寫了一封，口氣冷冰冰的，近乎嘲弄，他再次撕了信，然後按了按牆上的喚人按鈴。一位腰繫灰色棉布圍裙的老僕人走進門來，他面色陰沉，蓄著落腮鬍，但下巴和上唇刮得乾乾淨淨。

「您去叫輛馬車過來。」

「是，老爺。」

「科爾恰金家來的人在等回話，您去告訴他們一聲，說我表示感謝，盡量前往。」

「是。」

「有些失禮，但回信又寫不成。反正馬上就要和她見面的。」聶赫留多夫想道，走去穿衣服。

當他穿好衣服來到門前臺階上，一輛眼熟的橡膠輪胎馬車已在等他。

「昨天您剛離開科爾恰金公爵家，我就到了，」馬車夫說道，扭過黝黑健壯的脖頸，這脖頸在襯衫的白色領口處尤為顯眼，「看門的說，他們剛走。」

「連車夫都知道我和科爾恰金家的關係。」聶赫留多夫心想，於是又冒出這個近來時常困擾他的棘手問題：究竟要不要與科爾恰金家的千金結婚呢？這個問題像他如今面臨的大多數問題一樣，他左右都不是，無論如何也難以解決。

結婚的好處是：首先，婚姻除了能帶來愉悅的家庭溫暖外，還可以避免不正當的兩性關係，使合乎道德的生活成為可能；其次，更主要的是，聶赫留多夫希望家庭和子女可以讓他眼下空虛的生活獲得意義。這是結婚的好處。結婚的壞處同樣也有一些：首先，所有已不年輕的單身漢都害怕失去自由；其次，是對女人這種神祕生物懷有的不自覺的恐懼。

具體來說，與米西（科爾恰金家的千金名叫瑪麗婭，就像所有名門大家一樣，他們也給她取了一個別名叫「米西」）結婚的好處是：首先，她出身高貴，從衣著到言談舉止、音容笑貌均與普通人不同，這並非什麼特別之處，而在於「端莊」，聶赫留多夫再也找不出另一個詞來概括這種素質，他很看重這一素質；其次，她把他看得比誰都重，因此他認為她是瞭解他的。她理解他，也就是承認他的出類拔萃，對於聶赫留多夫而言，這足以證明她十分聰明，很有主見。與米西結婚的壞處則是：首先，很有可能找到一位比米西素質更高，因而與他也更為般配的姑娘；其次，她已二十七歲，因此先前肯定談過戀愛，這個念頭讓聶赫留多夫感到很難受。他的自尊心要求她不能愛別人，即便在過去愛過也不行。當然，她之前不可能知道後來會遇見他，然而一想到她先前可能愛過什麼男人，他還是感到屈辱。

就這樣，結婚的理由和不結婚的理由同樣充分，兩者至少是勢均力敵的，因此，聶赫留多夫嘲笑自己，稱自己是法國哲學家布里丹筆下被餓死的驢子，它面對兩捆同樣的乾草不知所措。而且，他至今依舊是那樣一頭驢，不知該吃哪一捆乾草。

「再說，在收到瑪麗婭．瓦西里耶夫娜（即首席貴族的妻子）的回信之前，在和她徹底斷絕關係之前，我反正不能有任何舉動。」他自言自語道。

意識到他可以，而且應該慢點做出決定，他感到很高興。

「再說，這些問題我也可以之後再細細考慮。」他暗自說道，此時，他的輕便馬車已悄無聲息地駛近法院門前的柏油路入口。

「現在我要認真履行社會責任了，一如既往，理所應當。而且，這種事往往也很有意思。」他對自己說道，從看門人身邊走過，進入法院前廳。

05

聶赫留多夫走進法院的走廊時，已有很多人在走動。法警拿著委託書和各種文件來回奔忙，時而疾走，時而小跑，鞋底貼著地板，發出摩擦聲，一個個跑得上氣不接下氣。警察、律師和法院人士往返穿梭，原告或未被看押的被告無精打采地在牆邊踱步，或坐在那裡等待。

「區法院在哪兒？」聶赫留多夫問一位法警。

「您要去哪一處呢？有民事庭，也有審判庭。」

「我是陪審員。」

「那就是去刑事庭。您該早點說清楚。從這裡往右，然後往左，第二扇門。」

聶赫留多夫照這指引走了過去。

在法警指明的那扇門前，有兩個人站在那裡等著：一個是又高又胖的商人，相貌和善，顯然已經酒足飯飽，悠然自得；另一個是猶太店員。他們在談論羊毛的價錢，這時，聶赫留多夫走到他們身邊，問這裡是否就是陪審員休息室。

「是這裡，先生，就是這裡。您也是和我們一起的，陪審員？」相貌和善的商人高興地擠擠眼，問道。「好啊，我們一起做事吧，」得到聶赫留多夫的肯定答覆後，他繼續說道，「我是二等商人巴克拉紹夫，」他說著，伸出一隻柔軟又寬厚的手，「一起做事吧。請問您貴姓？」

聶赫留多夫報出姓名，然後走進陪審員休息室。

不大的陪審員休息室裡有十來個人，來自不同行業。大家都剛到，有的坐著，有的走動，彼此打量，紛紛自報家門。一位退伍軍人身著軍服，其餘人均穿禮服和西服，只有一人穿長袍。

儘管很多人為參加陪審推開了手邊的事情，儘管他們說此事很麻煩，但所有人的臉上卻都現出一絲得意，意識到自己正在完成一項重大的社會事務。

陪審團裡有的人已相互認識，有的仍在猜度對方是什麼人，他們彼此交談，談論天氣、早春和即將審理的案件。聶赫留多夫不認識的那些人都趕緊過來自我介紹，顯然認為這是很有面子的事。聶赫留多夫則認為這理所當然，他置身陌生人之中時一貫如此。如果問他，他為何覺得自己比大多數人高上一等，他也答不上來，因為他這輩子從未顯示出任何出眾之處。至於他的英語、法語和德語都說得很流利，他穿戴的襯衫、服裝、領帶和袖扣都是最好的東西，無論如何也不應成為他感到優越的理由，對此他心知肚明。然而，他又毫無疑義地將此視為自己的優越，認為別人對他表示尊重是理所當然的，別人若是不這麼做，他還會感到屈辱。在這間陪審員休息室裡，他恰好就體驗到了這種不快，因為有人未對他表示尊重。陪審員之中有位聶赫留多夫的熟人，此人叫彼得·格拉西莫維奇（聶赫留多夫一直不知他的姓氏，甚至因為不知道他的姓氏而有些得意），在聶赫留多夫姊姊家裡做過家庭教師。這位彼得·格拉西莫維奇已大學畢業，如今是中學教師。聶赫留多夫一直受不了彼得·格拉西莫維奇的不拘禮節、他自負的哈哈大笑，還有聶赫留多夫姊姊所言的那種粗俗。

「您也過來了，」彼得·格拉西莫維奇用一陣爽朗的笑聲迎接聶赫留多夫，「沒推掉？」

「我也沒想推。」聶赫留多夫嚴肅而陰沉地說。

「好啊，這是公民美德啊。您等著吧，等到吃不了飯、睡不了覺，您就不會這麼說了！」彼得·格拉西莫維奇說著，笑得更大聲了。

「這位神父的兒子很快就要對我以『你』相稱了。」聶赫留多夫想道，臉上露出深深的悲哀，如果他此刻獲悉了親人的死訊，這憂傷才會顯得很貼切。之後他離開彼得·格拉西莫維奇，走向圍在一起的一群人，人群中央是一位臉刮得精光、相貌堂堂的高個男人，他正眉飛色舞地說著什麼。這位先生講的是民事庭眼下審理的一樁案件，他似乎對這案件很熟悉，叫得出法官和名律師的名字和父稱。他說道，一位知名律師使該案發生驚人逆轉，當事的一方、一位老夫人，儘管完全有理，卻不得不賠償對方一大筆錢。

「一位天才的律師！」他不停地感歎。

眾人敬重地聽著他的敘述，有人想插話說說自己的看法，卻總是被他打斷，似乎只有他一人瞭解所有真相。

聶赫留多夫雖然遲到了，但大家仍然得等待。有位法官遲遲未到，庭審無法開始。

06

庭長很早就來到法院。庭長是個高大肥胖的男人，蓄著花白的長鬍子。他有妻室，但生活十分放蕩，他妻子也是一樣。他倆互不干涉。今天早晨他收到一位瑞士女教師的信，這瑞士女人夏天在他們家做過家庭教師，現在從南方來彼得堡，她於三點至六點在本城的義大利旅館等他。因此，他希望今天的庭審早點開始也早點結束，以便他能在六點之前趕去與這位紅頭髮的克拉拉·瓦西里耶夫娜幽會，他倆去年夏天在別墅裡開始了這段羅曼史。

他走進辦公室，鎖上門，從文件櫃的下層取出一副啞鈴，做起啞鈴操，上舉、前伸、側伸和下吊各二十次，然後又高舉啞鈴，輕鬆地下蹲三次。

「保持精力的最好方式就是冷水浴和做體操。」他想道，同時用無名指上戴著金戒指的左手撫摸著右臂上緊繃的肌肉。他還想再練練擊劍（在久坐審案之前他總要做這兩項運動），這時房門響了一聲。有人試圖推開門。庭長趕忙把啞鈴放回原處，打開了門。

「抱歉。」他說。

一位審判庭成員走進屋，他戴著金絲眼鏡，個頭不高，雙肩高聳，面色陰鬱。

「馬特維・尼基季奇又沒到。」這位法官不滿地說。

「還沒到，」庭長穿上制服，答道，「他總是遲到。」

「奇怪，真不難為情。」法官說著，氣呼呼地坐下，掏出香菸。

這位審判庭成員非常一絲不苟，這天早晨他剛和妻子發生了一場不愉快的衝突，妻子提前花光了他交給她的本月生活費，她要求再預支一些，可是他說不行，於是他倆吵了起來。妻子說，如果不給錢，就不做飯，他就別想在家吃到飯。吵到這裡他就出門了，擔心她氣話當真，因為她什麼事都做得出來。「好好過日子，安分守己，結果卻是這樣。」他心想，看著容光煥發、健康快樂、和藹可親的庭長，庭長舉著手臂，用白皙好看的雙手整理繡花衣領兩旁濃密而花白的長落腮鬍，「他倒一向心滿意足、開開心心，我卻在受罪。」

書記官走進來，帶來一份案卷。

「非常感謝，」庭長說道，抽起菸來，「我們先審哪樁案件呢？」

「我看先審投毒案吧。」書記官有些心不在焉地說。

「好，投毒案就投毒案吧，」庭長說道，心想這樁案件能在四點鐘之前審完，就可以走了，「馬特維・尼基季奇還沒到？」

「還沒到。」

「勃列維到了嗎？」

「到了。」書記官回答。

「要是看見他，您就告訴他，我們先審投毒案。」

勃列維是副檢察官，在這次庭審中擔任公訴人。

出門來到走廊，書記官遇見勃列維。勃列維兩肩高聳，敞穿制服，腋下夾著公事包，沿著走廊疾步走來，鞋跟磕得地板咚咚響，像是在跑，沒拿東西的那隻手臂前後擺動，掌心與他的行走方向保持垂直。

「米哈伊爾·彼得羅維奇要我問您準備好了沒有。」書記官問他。

「當然，我隨時可以上庭，」副檢察官說道，「先審哪樁案子？」

「投毒案。」

「好啊，」副檢察官說道，但他一點也不認為這有什麼好的，因為他通宵未眠。他們為一位同事餞行，喝了很多酒，打牌打到半夜兩點，然後去找女人，去的正是瑪絲洛娃六個月前待過的那家妓院，因此，關於那樁投毒案的案卷他還不及細讀，他想馬上草草看一看。書記官也是存心的，他知道副檢察官沒看投毒案的案卷，便建議庭長先審此案。書記官是一個思想方式有些自由甚至很激進的人。勃列維卻很保守，甚至篤信東正教，就像在俄國任職的大多數德國人那樣，書記官因此不喜歡他，也嫉妒他的位置。

「閹割教徒的案子怎麼辦？」書記官問。

「我說過我辦不了這案子，」副檢察官說，「缺乏證人，我就這樣對法庭說。」

「可是反正……」

「我辦不了。」副檢察官說，他擺擺手，跑進自己的辦公室。

他拖延了閹割教徒的案件，藉口是一個無足輕重、可有可無的證人無法到場，他之所以這麼做，是因為這樁案件若讓由知識份子構成的陪審團來審，可能被判無罪。與庭長商量一下，應該把這樁案件轉到縣法院去審，那裡的陪審員多為農民，因此更有可能被判有罪。

走廊裡的人越來越多。大家大多聚集在民事審判庭附近，庭上審理的正是那位愛打探案件的相貌堂堂的先生說給陪審員聽的那樁案件。休庭時，被那位天才律師敲走家產的老太太走出審判庭，這筆財產轉到一位商人名下，這位商人本無任何權利擁有這筆財產，法官都對此心知肚明，原告和他的律師更是清楚，可是他們想出一個狠招，使得那位老太太的財產只能歸商人所有。這位老太太是個胖女人，衣著考究，帽子上插著幾朵巨大的花。她走出門來，站在走廊裡，攤開短粗的手臂，不停地重複：「這可怎麼辦呢？您行行好吧！這是怎麼回事？」她問自己的律師。律師看著她帽子上的花，想著事情，沒在聽她的話。

那位名律師跟在老太太後面快步走出民事審判庭，他敞開的西服背心的前襟以及他得意洋洋的臉龐都亮閃閃的，他讓頭戴大花的老太太傾家蕩產、讓付給他一萬盧布的商人得到十多萬盧布。眾人的目光一起投向這位律師，他覺察到了，然而他的神情卻彷彿在說：「沒什麼大不了的。」然後迅速從眾人身旁走過。

07

馬特維．尼基季奇終於來了，那位身材瘦削、脖子很長的法警走進陪審員休息室，他步態傾斜，下唇也同樣是傾斜的。

這位法警為人正直，上過大學，但他無論在什麼地方都保不住自己的位置，因為他嗜酒如命。三個月前，一位公爵夫人、他妻子的保護人，為他謀到這個位置，他至今尚未丟掉這份工作，因此感覺很開心。

「怎麼樣，各位先生，人都到齊了吧？」他說著，戴上pince-nez（英文：夾鼻眼鏡），從鏡片上方看著四周。

「好像到齊了。」那位開心的商人說道。

「我們來核對一下。」法警說道，從口袋裡掏出一張紙，開始點名，他盯著被點到的人看一眼，時而從pince-nez鏡片上方看，時而透過pince-nez鏡片看。

「五等文官尼基弗洛夫。」

「我在。」那位相貌堂堂、熟悉所有案件的先生答道。

「退伍上校伊萬．謝苗諾維奇．伊萬諾夫。」

「到。」身著退伍軍官制服的瘦子應道。

「二等商人彼得．巴克拉紹夫。」

「在，」長相和藹的商人說道，咧開嘴巴笑著，「我們準備好啦！」

「近衛軍中尉德米特里．聶赫留多夫公爵。」

「我在。」聶赫留多夫說道。

法警自 pince-nez 上方看著對方，特別恭敬、開心地鞠了一躬，似在以此表明他對聶赫留多夫高看一眼。

「大尉尤里．德米特里耶維奇．丹琴科，商人格里高利．葉菲莫維奇．庫列紹夫……」他又念了一些人名。

除兩人外，大家全都到齊了。

「各位先生，現在請進入審判庭。」法警用優雅的手勢指著大門說道。

眾人起身，在門口相互謙讓，進入走廊，再從走廊進入審判庭。

審判庭是一個長方形大房間。房間一端是一個高臺，高臺前有三級臺階，高臺正中有張鋪著綠色呢布的桌子，呢布的邊緣垂著深綠色的流蘇，長桌後面擺放三把椅子，高高的橡木椅背是雕花的，椅子後方懸掛著一幅鏡框描金、色彩鮮亮的沙皇全身畫像，他身著將軍制服，掛著綬帶，手扶軍刀，一條腿伸向前方。右側牆角掛著神龕，裡面是頭戴荊冠的基督像，下方立著誦經臺，檢察官的辦公桌也擺在右側。在左側，正對檢察官的辦公桌，擺著一張低矮的小桌，這是書記官席，離旁聽席更近的地方有一排光滑的橡木圍欄，裡面是一張供被告坐的長椅，現下還空著。右側高臺上還有兩排靠背同樣很高的椅子，是陪審員的座席，下方是律師席。審判庭被圍欄一分為二，上述一切構成大廳的前半部分，後半部分擺著一排排長椅，一排比一排高，直到牆邊。大廳後半部分的前幾排長椅上坐著四個女人，她們像是女工，也像是女傭，還有兩個男人，也像是工人，他們顯然被審判庭的莊嚴布局鎮到了，因而只敢膽怯地小聲交談。

陪審團剛剛坐定，法警便步態僵硬地走到法庭中央，用想要嚇到所有人的大嗓門喊道：

「開庭！」

全體起立。法官陸續登上高臺：走在前面的是肌肉發達、蓄著漂亮落腮鬍的庭長，之後是戴著金絲眼鏡、臉色陰沉的法官。現在他的臉色更陰沉了，因為他在開庭前剛剛遇見擔任見習法官的小舅子，小舅子告訴這位法官，他剛剛去過姊姊那裡，姊姊告訴他不會再做飯了。

「看來我們只好去飯館了。」小舅子笑著說。

「這沒什麼可笑的。」臉色陰沉的法官說道，他的臉色更陰沉了。

最後進來的第三位合議庭法官，也就是總是遲到的馬特維·尼基季奇，他蓄著大鬍子，一雙充滿善意的大眼睛看著腳下。這位法官飽受胃病之苦，他今早遵循醫生的建議開始了新的作息制度，這一新制度使他今天在家裡多耽擱了一陣。此刻，在走上高臺時他神情專注，因為他有這麼一個習慣，即給自己提出一些設問，然後再借助各種可能的手段猜出謎底。此刻他就在猜算，如果他從辦公室門口走到法庭座椅間的腳步數能被三整除，新的作息制度就能治好他的胃炎，如果不能被整除，病就難以治癒。他走了二十六步，但他墊了一小步，正好二十七步走到椅子旁。

庭長和兩位法官身著衣領繡著金線的制服登上高臺，威風凜凜。他們自己也感覺到了這一點，三個人似乎均為自己的氣派而害羞，趕緊謙遜地垂下眼睛，坐到鋪著綠呢布的長桌後面的雕花座椅上。桌上擺著一個帶有鷹首圖案的三角形法鏡、幾個在食品店裡通常用來放糖果的玻璃碗，還有墨水瓶、蘸水筆、漂亮的白紙和重新削好、長短不一的鉛筆。副檢察官也與幾位法官一同走進屋來。他還是那樣腳步匆匆，腋下夾著公事包，還是那樣擺動手臂，走近窗邊自己的座位，立馬翻閱起文件來，把每一分鐘都用來準備公訴。這位副檢察官僅有四次提起公訴的經驗。他功名心很強，一心想往上爬，因此認為必須讓他提起訴訟的案件全都被判有罪。投毒案的實情他已大致瞭解，他已準備好公訴陳詞，但他還需要一些資料，此刻他趕緊從案卷裡摘抄出來。

書記官坐在高臺上與副檢察官相對的另一端，準備好可能要宣讀的那些文件後，他讀起一篇被查禁的文章，文章他是昨天拿到的，已經讀過。他想和那位與他觀點接近的大鬍子法官談一談這篇文章，因此便想在交談前再讀一遍。

08

庭長看了看文件，向法警和書記官提了幾個問題，在得到肯定答覆後，傳被告出庭。欄杆後的門立即被打開，兩名頭戴軍帽、手持出鞘軍刀的憲兵走進來，被告在他倆身後出現，起先是一位滿臉雀斑的紅髮男性被告，然後是兩名女性。男子身穿一件對他而言過於寬大的囚服。走進法庭時，他伸直兩個大拇指，緊貼褲縫，用這個動作來阻擋過長的衣袖滑落。他不看法官和旁聽者，只仔細盯著他繞過的長椅看。繞過長椅，他規規矩矩地坐在長椅的一端，給其他人留出空位，然後看著庭長，嘴裡嘰咕著什麼，腮幫的肌肉在嚅動。他身後是一位已不年輕的女性，她也穿著囚服。這女子頭戴一塊女犯戴的三角圍巾，面色灰白，沒有眉毛，也看不出睫毛，兩眼通紅。她看起來十分平靜。在走向座位時，她的囚服絆在什麼地方，她不慌不忙地仔細摘開被絆住的囚服，坐了下來。

第三位被告是瑪絲洛娃。

她一走進門來，大廳裡所有男人的目光全都轉向她，久久地盯著她亮晶晶的黑眼睛、白皙的臉龐和囚服下高聳的胸部。甚至連那名憲兵，在瑪絲洛娃從他身邊走過時也目不轉睛地看著她，直到她走過去，坐下來，在她坐定之後，這憲兵似乎才意識到自己做得不對，趕緊轉過身去，打起精神，兩眼直勾勾地看著正前方的窗戶。

庭長在等三位被告落座，當瑪絲洛娃坐定，他便轉身示意書記官。

開始了例行程序：清點陪審員人數，討論缺席陪審員的問題，決定對他們罰款，確定是否同意缺席陪審員的請假、用候補陪審員替代缺席者。然後，庭長把幾張小紙片折起來，放進玻璃碗，稍稍挽起制服的繡金袖口，露出多毛的手臂，用魔術師般的動作逐一抽出紙片，展開來，讀出上面的姓氏。接著，庭長放下衣袖，請神父帶領陪審員宣誓。

年老神父的臉龐蒼白浮腫，還有些泛黃，他身穿褐色教袍，胸前掛著一枚金色十字架，教袍一側佩戴著一枚小小的勛章，他緩慢地邁動被教袍遮擋的浮腫雙腿，向位於聖像下方的誦經臺走去。

陪審員站起身來，紛紛走向誦經臺。

「請。」神父說著，用浮腫的手撫摸胸前的十字架，等待陪審員走近。這位神父已擔任教職四十六年，再過三年，他就打算慶賀自己擔任教職五十周年紀念日，就像本教區大司祭不久前所做的那樣。自一八六四年實行公開審判以來，他一直在區法院任職，他引以為榮的是，他帶領宣誓的人已達數萬，他在晚年仍繼續為教會、國家和家庭效力，他為自己的家庭留下一套房子，另有不少於三萬盧布有息證券的一筆資產。他在法院裡的工作就是帶領大家面對福音書宣誓，但福音書明明寫著禁止宣誓，這項工作因而並不體面。然而他從未想到這一點，他不僅沒有因此感到難受，反而喜歡這樁駕輕就熟的差事，還可以藉機結識一些體面的先生。今天他就很榮幸地結識了那位名律師，律師讓他肅然起敬，因為律師僅僅透過與帽子上插著大花的老太婆相關的這一樁案件就賺到了一萬盧布。

待所有陪審員均邁過臺階登上高臺，神父歪著只剩幾縷白髮的禿腦袋，讓腦袋從法巾中間油膩膩的圓孔裡穿過，理一理稀疏的白髮，然後面向陪審員。

「請舉起右手，手指像這樣併攏，」他用蒼老的聲音緩慢地說道，同時抬起浮腫的手，手上的每個指頭都有一處凹陷，他將大拇指、食指和中指這三個指頭捏在一起，「現在跟著我念。」他念了起來：「我宣誓，面向萬能的上帝、面對祂神聖的福音書和締造萬物的十字架，我保證在審理本案時……」他每念一句都要停頓一下。「手別放下，要舉起來，」他對一位放下手的年輕人說道，「在審理本案時……」

蓄著落腮鬍的相貌堂堂的先生、上校、商人和另外幾人均按神父的要求併攏三根手指，很堅決地高舉手臂，似乎非常樂意這樣做，其他人則顯得不太情願，動作有些遲疑。一些人跟著念的聲音過於響亮，似乎是在挑釁，有意在說：「我偏這麼念，我偏這麼念。」另一些人則輕聲細語，常常跟不上神父的詞，待驚覺過來，又不合時宜地搶到了神父前頭；一些人尋釁似的緊緊併攏三個指頭，似乎擔心會掉落什麼東西，另一些人則時而鬆開，時而捏緊。大家都很不自在，只有老神父一人堅信，他在做一件十分有益、非常重要的事情。宣誓完畢，庭長要陪審團推選出一位首席陪審員。陪審員都站起身來，摩肩接踵地走進休息室，一進休息室，幾乎所有人都掏出香菸抽了起來。有人提議推選那位相貌堂堂的先生做首席陪審員，大家立即表示同意，於是掐滅菸頭，回到審判庭。被推舉出的首席陪審員告訴庭長誰被推舉為首席陪審員，眾人再次邁過別人的腿，坐回那兩排高背椅。

一切程序均按部就班地進行，迅速而又不失莊重。這種規範、循序和莊重顯然令在場者心滿意足，更使他們意識到自己正在參與一項嚴肅重大的社會工作。聶赫留多夫也體驗到了這一感覺。

陪審員剛一落座，庭長便對他們說明他們的權利、義務和責任。庭長講話時不斷變換姿勢，時而左肘撐桌，時而右肘撐桌，時而靠著椅背，時而靠著扶手，時而整理紙張，時而擺弄裁紙刀，時而摸摸鉛筆。

據庭長所言，陪審員的權利在於，可以透過庭長審問被告，可以使用鉛筆和紙張，可以察看物證。他們的義務是公正審判，不弄虛作假。他們的責任是保守會議祕密，向他人洩露消息將受到懲罰。

眾人恭恭敬敬地聽著。那位商人周身散發酒氣，強忍著不打飽嗝，對他聽到的每句話均報以讚許地點頭。

09

庭長對陪審員說明完畢，便轉向幾名被告。

「西蒙．卡爾津金，請起立。」他說道。

西蒙神經質地跳起來。他腮幫的肌肉嚅動得更厲害了。

「您的姓名？」

「西蒙．彼得羅夫．卡爾津金。」他用誇張的聲音迅速答道，顯然提前做了應答準備。

「您的職業？」

「農民。」

「何省何縣農民？」

「圖拉省克拉皮文縣庫皮揚鄉鮑爾基村。」

「多大年紀？」

「三十三歲，生於西元一千八百……」

「您的信仰？」

「我們信俄國東正教。」

「結婚了嗎？」

「還沒有，老爺。」

「做什麼工作？」
「我們在茅利塔尼亞旅館當服務生。」
「有過前科嗎？」
「從來沒有過，因為我們早先的日子……」
「沒有前科？」
「上帝保佑，從來沒有過。」
「您是否收到了起訴書副本？」
「收到了。」
「請坐。葉菲米婭・伊萬諾娃・博奇科娃。」庭長轉向下一位被告。
然而西蒙依然站著，擋住了博奇科娃。
「卡爾津金，您請坐。」
卡爾津金依然站著。
「卡爾津金，請您坐下！」
但卡爾津金還是站著不動，直到法警跑過去，歪著腦袋，不自然地睜大眼睛，用悲哀的嗓音小聲說道：「坐下，快坐下！」
卡爾津金的落座與他的起立同樣迅速，他把囚袍裹緊，又開始無聲息地嚅動腮幫。
「您的姓名？」庭長疲憊地歎了一口氣，問第二位被告，他眼睛不看女被告，整理著面前的卷宗。
此類詢問對於庭長而言已駕輕就熟，為加快斷案進程他可以同時處理兩個案子。

博奇科娃四十三歲，是科洛姆納城市民，也在茅利塔尼亞旅館做服務生。沒有前科，未曾受審，也收到了起訴書副本。博奇科娃在回答問題時十分大膽，口氣強硬，似乎在每個回答之後都要再加上一句：「是的，葉菲米婭，也叫博奇科娃，副本收到了，我為此感到驕傲，我不許任何人笑我。」回答完問題，不等庭長讓她坐下，她已迅速落座。

「您的姓名？」好色的庭長轉向第三位被告，語調似乎特別親切，「您應該起立。」見瑪絲洛娃仍坐著，他溫和客氣地加了一句。

瑪絲洛娃動作迅速地站起身，一副任人擺布的神情，她挺著高聳的胸部，沒有答話，只用那雙有點斜視、滿含微笑、亮晶晶的黑眼睛直視著庭長的臉。

「您叫什麼名字？」

「柳波芙。」她迅速答道。

此刻，聶赫留多夫戴上pince-nez，逐一打量被詢問的被告。「這不可能。」他目不轉睛地盯著第三位被告，心想。「怎麼會叫柳波芙呢？」他聽到她的回答後又想道。

庭長想繼續問下去，但戴眼鏡的審判員攔住庭長，生氣地耳語了幾句。庭長點頭表示同意，然後轉向被告。

「怎麼叫柳波芙呢？」他說，「您證件上可不是這個名字。」

女被告默不作聲。

「我在問您，您的真名是什麼？」

「您受洗時取的名字是什麼？」那位怒氣沖沖的審判員問道。

「起先叫卡捷琳娜。」

「這不可能。」聶赫留多夫繼續自言自語，然而與此同時他卻確鑿無疑地知道，這個女被告就是她，就是那個半養女半女傭的姑娘，他曾經愛上她。的確愛她，然後在一陣瘋狂的衝動中誘惑了她，又拋棄了她，後來他再也沒有回想過她，因為這回憶是十分痛苦的，回憶會使他原形畢露，證明他這樣一個因為自己的正派而洋洋自得的人，面對這名女子所做的一切不僅不正派，而且簡直是卑鄙的。

是的，這就是她。他此刻清楚地看到了那種特殊而隱祕的特徵，這特徵使每一張臉有別於另一張臉，使每一張臉成為特殊的、唯一的、不可重複的臉。儘管這張臉變得豐滿了，白得有些不自然，可是那種特徵，那種親切而唯一的特徵卻呈現在這張臉上、這雙嘴唇間、這雙有些斜視的眼睛中，更主要的是，呈現在這天真而微笑的視線裡，呈現在她面部乃至整個身體所流露出的這種任人擺布的神情中。

「您早該這麼說才是，」庭長又用特別溫柔的語氣說道，「父稱是什麼呢？」

「我是私生女。」瑪絲洛娃說。

「跟教父姓什麼呢？」

「米哈伊洛娃。」

「她能做出什麼壞事呢？」聶赫留多夫沉重地喘了一口氣，繼續想道。

「姓氏，人家怎麼叫您呢？」庭長繼續問。

「我隨母親姓瑪絲洛娃。」

「出身？」

「市民。」

「信仰東正教嗎？」

「信東正教。」

「職業呢？您做什麼工作？」

瑪絲洛娃不作聲。

「您做什麼工作？」庭長又問了一遍。

「在院裡。」

「在什麼院？」戴眼鏡的審判員厲聲問道。

「你們自己知道是什麼院。」瑪絲洛娃說道，笑了一下，迅速地看一眼四周，馬上又直視著庭長。

她臉上現出一種非同尋常的神情，她的話語、她的微笑和她迅速掃過大廳的目光裡有一種可怕而又可憐的東西，這使得庭長垂下了腦袋，審判庭裡一時鴉雀無聲。旁聽席中的一聲哄笑打破了寂靜。有人發出噓聲。庭長抬起頭來，繼續問道：

「有過前科、受過審判嗎？」

「沒有。」瑪絲洛娃歎口氣，輕聲說道。

「您是否收到了起訴書副本？」

「收到了。」

「您請坐。」庭長說道。

女被告從身後提了提裙子，那動作就像身著盛裝的女人在整理長裙的拖地後襟，她坐下來，把一雙白皙的小手揣進囚袍的袖口，眼睛一直盯著庭長看。

開始傳喚證人，讓證人退席，指定法醫，請法醫出庭。然後書記官起立，開始宣讀起訴書。他念得很清晰，很響亮，但念得很快，分不清捲舌音和非捲舌音，他的聲音於是成了一陣沒完沒了的轟鳴聲，令人昏昏欲睡。幾位法官坐在椅子上，時而倚著左邊的扶手，時而倚著右邊的扶手，時而抵著桌面，時而靠著椅背，時而閉眼，時而睜眼，相互耳語幾句。一名憲兵好幾次忍不住要打呵欠。

在那幾位被告中，卡爾津金的腮幫不停地嚅動，博奇科娃鎮定自若地坐著，腰板挺得筆直，不時用一個指頭抓抓頭巾下的腦袋。

瑪絲洛娃時而一動不動地坐著，聽書記官宣讀，眼睛看著他，時而渾身發抖，似乎想加以反駁，臉脹得通紅，然後深深地歎息著，交換一下兩手的位置，看看四周，又盯著書記官。

聶赫留多夫坐在第一排靠邊第二張高椅上，他摘下 pince-nez，看著瑪絲洛娃，他的內心正在天人交戰。

10

起訴書這樣寫道：

一八八×年一月十七日，一名旅客猝死於茅利塔尼亞旅館，此人為庫爾幹二等商人菲拉彭特．葉美里揚諾維奇．斯梅爾科夫。

經第四警局法醫查明，死因是飲酒過量引起的心臟衰竭。斯梅爾科夫的屍體隨後被掩埋。

數日後，斯梅爾科夫的同鄉和友人、商人季莫辛自彼得堡返回，獲悉與斯梅爾科夫之死相關的情況後，他懷疑這是一樁旨在竊取死者錢財的投毒案。

這一懷疑在預審時得到證實，業已查明：（一）斯梅爾科夫死前不久自銀行取款三千八百銀盧布，但在死者被封存的遺物中僅有現金三百一十二盧布十六戈比。（二）斯梅爾科夫死前的一天一夜均與妓女柳波芙（即葉卡捷琳娜．瑪絲洛娃）一起待在妓院和茅利塔尼亞旅館，受斯梅爾科夫委託，在斯梅爾科夫不在場的情況下，葉卡捷琳娜．瑪絲洛娃曾自妓院去旅館取款。她在茅利塔尼亞旅館服務生葉菲米婭．博奇科娃和西蒙．卡爾津金在場時，用斯梅爾科夫交給她的鑰匙打開斯梅爾科夫的箱子，取出現金。瑪絲洛娃打開箱子時，在場的博奇科娃和卡爾津金看見箱子裡有若干疊面值一百盧布的現鈔。（三）斯梅爾科夫與妓女柳波芙一起自妓院返回茅利塔尼亞旅館後，柳波芙經卡爾津金授意，讓斯梅爾科夫喝下一杯摻有白色粉末的白蘭地，白色粉末是卡爾津金給她的。（四）次日早晨，妓女柳波芙（即葉卡捷琳娜．瑪絲洛娃）將斯梅爾科夫的鑽石戒指賣給她的老闆娘，即妓院鴇母基塔耶娃，稱戒指為斯梅爾科夫所贈。（五）茅利塔尼亞旅館女服務生葉菲米婭．博奇科娃於斯梅爾科夫死去次日在本地商業銀行往其活期帳戶存入一千八百銀盧布。

法醫遂解剖斯梅爾科夫的屍體，化驗其內臟，查明死者體內確有毒物殘留，足以證明死者死於投毒。

被告瑪絲洛娃、博奇科娃和卡爾津金均否認有罪。瑪絲洛娃供稱，她的確曾受斯梅爾科夫之遣，自她所謂「工作場所」，亦即妓院前往茅利塔尼亞旅館為此商人取錢。她在旅館用此商人交與她的鑰匙打開他的箱子，按照此商人吩咐自箱內取出四十銀盧布，並未多取，這一點博奇科娃和卡爾津金可以作證，在她開箱、取錢和鎖箱的過程中他倆始終在場。瑪絲洛娃後又供稱，她再度來到斯梅爾科夫的旅館房間時，的確按照卡爾津金的授意給商人喝下摻有白色粉末的白蘭地，她以為那是安眠藥，好讓商人入睡，盡早放她離開。戒指是商人自願送她的，因為商人打了她，她哭了，想離他而去。

葉菲米婭．博奇科娃供稱，她對丟失的款項一無所知，她並未進入商人的房間，僅有柳波芙一人在房內行事，商人如有財物被盜，定係柳波芙帶著商人的鑰匙前來取錢時所為。

聽到這裡，瑪絲洛娃身體一抖，她張開嘴巴，看了博奇科娃一眼。書記官繼續念道：

葉菲米婭．博奇科娃面對她銀行帳戶裡的一千八百銀盧布，被問及此款從何而來，她供稱，此款係她與西蒙．卡爾津金兩人十二年的共同積蓄，他們兩人正欲成婚。西蒙．卡爾津金卻在首次審訊時供稱，他和博奇科娃受帶著鑰匙自妓院來到旅館的瑪絲洛娃授意，合夥竊走商人的錢款，並與瑪絲洛娃和博奇科娃平分贓款。

聽到這裡，瑪絲洛娃又顫抖一下，她甚至跳了起來，臉脹得通紅，想要說話，然而法警制止了她。書記官繼續誦讀起訴書：

卡爾津金最後還供稱，他交給瑪絲洛娃的藥粉是幫助商人入睡的安眠藥；但在再度供稱時，他卻否認參與盜竊錢財，否認曾將藥粉交與瑪絲洛娃，稱所有罪行均為瑪絲洛娃一人所為。至於博奇科娃存入銀行的那筆款項，他與博奇科娃的供稱相符，稱係他們兩人在旅館十二年服務期間積攢的小費。

起訴書後又一一列舉了對質筆錄、證人證詞、專家意見等材料。

起訴書的結語如下：

綜上所述，鮑爾基村農民西蒙·彼得羅夫·卡爾津金，三十三歲，市民葉菲米婭·伊萬諾娃·博奇科娃，四十三歲，市民葉卡捷琳娜·米哈伊洛娃·瑪絲洛娃，二十七歲，被控於一八八×年一月十七日共同預謀盜竊商人斯梅爾科夫現金和戒指，價值共計兩千五百銀盧布，並蓄意剝奪斯梅爾科夫生命，以毒酒致斯梅爾科夫死亡。

此項罪行觸犯刑法第一四五三條第四、第五款。按刑事訴訟法第二〇一條規定，農民西蒙·卡爾津金、市民葉菲米婭·博奇科娃和市民葉卡捷琳娜·瑪絲洛娃交由區法院會同陪審團審判。

書記官念完了長長的起訴書，他把起訴書整理好，坐到座位上，用雙手整理長長的頭髮。大家都輕鬆地舒了一口氣，愉快地意識到，法庭調查已經開始，案情即將水落石出，正義將得以伸張。只有聶赫留多夫一人沒有這種感覺，眼見他十多年前認識的那位純潔可愛的姑娘瑪絲洛娃竟會做出這等事情，他不禁大驚失色。

11

起訴書念完後，庭長與兩位審判員商量一下，然後面向卡爾津金，庭長臉上的神情顯然在說，我們馬上就一定能把所有情況都查個一清二楚。

「農民西蒙・卡爾津金。」他把身體傾向左側，問道。

西蒙・卡爾津金站起身，雙手緊貼褲縫，全身前傾，腮幫仍在無聲地嚅動。

「您被指控於一八八×年一月十七日夥同葉菲米婭・博奇科娃和葉卡捷琳娜・瑪絲洛娃自商人斯梅爾科夫的箱子盜竊屬於該商人所有的現金，後又拿來砒霜，唆使葉卡捷琳娜・瑪絲洛娃投毒於酒中，並讓該商人喝下毒酒，導致斯梅爾科夫死亡。您認罪嗎？」他問道，身體側向了右邊。

「絕對不可能的，因為我們的工作就是伺候客人……」

「這個您之後再說。您認罪嗎？」

「我絕對無罪啊。我只是……」

「您之後再說。您認罪嗎？」庭長心平氣和但語氣堅決地又問了一遍。

「我不可能這麼做，因為……」

法警再次跑到西蒙·卡爾津金身邊，用悲哀的嗓音小聲地制止了他。

庭長的神情表明，這件事如今已告一段落，他手持文件的那個手肘挪個地方，轉向葉菲米婭·博奇科娃。

「葉菲米婭·博奇科娃，您被指控於一八八×年一月十七日在茅利塔尼亞旅館夥同西蒙·卡爾津金和葉卡捷琳娜·瑪絲洛娃自商人斯梅爾科夫的箱子盜竊現金和戒指。你們分贓之後，為掩蓋罪行，你們讓商人斯梅爾科夫喝下毒酒，導致他死亡。您認罪嗎？」

「我沒有罪，」女被告敏捷而堅決地說道，「我連房間都沒進……既然這個賤貨進去過，那就是她幹的。」

「這個您之後再說。」庭長又溫柔但堅決地說道，「那麼您不認罪嗎？」

「我沒拿錢，也沒灌酒，我連房間也沒進。我要是在場，一定會把她趕出去。」

「那麼您不認罪嗎？」

「絕不認罪。」

「很好。」

「葉卡捷琳娜·瑪絲洛娃，」庭長面對第三位被告，問道，「您被指控帶著商人斯梅爾科夫的箱子鑰匙從妓院來到茅利塔尼亞旅館的客房，從箱子裡竊走現金和戒指。」他像背誦課文一樣說道，同時側耳聽著左側審判員的話，這位審判員說，根據物證清單看，還缺少一個酒瓶。「從箱子裡竊走現金和戒指，」庭長把這一句重複了一遍，「你們分贓後，您又與商人斯梅爾科夫回到茅利塔尼亞旅館，您讓斯梅爾科夫喝下毒酒，導致他死亡。您認罪嗎？」

「我什麼罪也沒有，」她迅速說道，「我起先怎麼說的，現在還這麼說。我沒拿錢，沒拿就是沒拿，什麼也沒拿，戒指是他送我的……」

「您不承認犯有盜竊兩千五百盧布現金的罪行嗎？」庭長問。

「我說了我什麼也沒拿，除了那四十盧布。」

「那麼，您在給商人斯梅爾科夫喝的酒中摻了藥粉，您認罪嗎？」

「我承認摻了藥粉。但我以為那是安眠藥，吃了沒關係，他們就是這樣對我說的。我沒想到會這樣，我也不願這樣。我對上帝發誓，我也不願這樣。」她說。

「這麼說，您不承認盜竊了商人斯梅爾科夫的現金和戒指，」庭長說，「但您承認摻過藥粉？」

「就算是承認吧，不過我以為那是安眠藥。我摻藥是為了讓他睡著，我不願這樣，也沒想到會這樣。」

「很好，」庭長說道，顯然對取得的結果感到心滿意足，「那您就說一說事情的經過，」他說著，身體靠向椅背，兩手放在桌面上，「把事情原原本本地說一說。您如實招供，就能獲得從寬處理。」

瑪絲洛娃還是那樣直勾勾地看著庭長，一言不發。

「您說一說事情的經過。」

「事情的經過？」瑪絲洛娃突然語速很快地說了起來，「我來到旅館，他們把我領進房間，他在房裡，已經醉得一塌糊塗。」說出「他」這個字眼時，她露出十分驚恐的神情，瞪大了眼睛，「我想走開，可是他不讓我走。」

她不作聲了，似乎突然斷了思路，或是想起了另一件事。

「那麼後來呢？」

「什麼後來？後來我待了一會兒，就回家了。」

這時，副檢察官欠起身來，很不自然地用一個手肘撐著身體。

「您是想提問嗎？」庭長說道，在得到副檢察官的肯定答覆後，他便對後者做個手勢，表示把詢問的權利轉交給了後者。

「我想提個問題：這名女被告之前是否認識西蒙・卡爾津金？」副檢察官說道，眼睛並不看瑪絲洛娃。

提出這個問題後，他緊閉雙唇，眉頭緊鎖。庭長把這個問題又重複了一遍。瑪絲洛娃驚恐地盯著副檢察官。

「西蒙？我之前就認識。」她說。

「我現在想知道，這名女被告和卡爾津金的交情怎麼樣。他們經常見面嗎？」

「交情怎麼樣？他常常請我去見客人，談不上交情。」瑪絲洛娃回答，同時用惶恐的目光來回打量著庭長和副檢察官。

「我想知道，為什麼卡爾津金恰恰要請瑪絲洛娃去見客人，而不請其他姑娘。」副檢察官瞇縫著眼睛說道，臉上帶有淡淡而狡猾如魔鬼般的微笑。

「我不知道。我怎麼知道?」瑪絲洛娃回答，她驚恐地環顧四周，目光有一瞬間停在聶赫留多夫身上，「他想請誰就請誰。」

「難道她認出我了?」聶赫留多夫恐懼地想道，他感到血湧向了臉龐;但是，瑪絲洛娃並未在眾人之間認出他來，她立即轉過身去，又滿臉驚恐地盯著副檢察官。

「這麼說，女被告否認她與卡爾津金有什麼親近關係?很好。我沒什麼要問的了。」

副檢察官立即從檯面上挪開手肘，動手記錄什麼。他其實什麼也沒記，只是用筆在他筆記中的一些字母上畫圈，他常見一些檢察官和律師這麼做:在巧妙的提問之後，他們往往會在自己的發言稿中標出那些足以擊潰對手的字詞。

庭長沒有立即向女被告發問，因為此時他在問那位戴眼鏡的審判員，後者是否同意提出那些已事先擬好並寫在紙上的問題。

「後來發生了什麼?」庭長繼續問道。

「我回家了，」瑪絲洛娃繼續回答，她的目光已經大膽一些了，只盯著庭長一人看，「我把錢交給老闆娘，就躺下睡了。我剛睡著，我們的姊妹貝爾塔就叫醒了我。『快去吧，你那個商人又來了。』我不想去，可是老闆娘要我去。這時他，」她在說出「他」這個字時又流露出明顯的恐懼，「他一直給我們的姊妹灌酒，後來還想派人去買酒，但他身上的錢花光了。老闆娘不相信他。於是他就派我去他房間拿錢。他告訴我錢在那裡，要拿多少。我就去了。」

庭長此時正與左側的審判員小聲耳語，沒在聽瑪絲洛娃的話，但為表明他全都聽清楚了，他便把瑪絲洛娃的最後一句話重複了一遍。

「您就去了。那麼後來呢？」他說。

「我就去了，按他的吩咐做了，進了他的房間。我不是一個人進房間的，我叫了西蒙・米哈伊洛維奇和她。」她指著博奇科娃說道。

「她說謊，我根本沒進去……」博奇科娃正想開口，卻被制止了。

「我當著他倆的面拿了四張紅票子。」瑪絲洛娃皺著眉頭繼續說道，沒看博奇科娃。

「那麼，女被告在拿那四十盧布時有沒有看到箱子裡有多少錢呢？」副檢察官又問。

副檢察官剛一發問，瑪絲洛娃就哆嗦了一下。她不知為何如此，不明究竟，但感覺到副檢察官想害她。

「我沒數過，我看見全是一百盧布的鈔票。」

「女被告看到了那些一百盧布的鈔票，我沒有其他問題了。」

「那麼，您把錢拿回來了？」庭長繼續審問，眼睛卻盯著鐘錶。

「拿回來了。」

「那麼後來呢？」庭長問道。

「後來他又把我帶走了。」瑪絲洛娃說。

「您是怎麼在他的酒裡摻藥粉的呢？」

「怎麼摻的？撒到酒裡，就這樣摻的。」

「您為什麼要摻呢？」

她沒有回答，深深地歎了一口大氣。

「他還是不放我走，」沉默了一會兒，她說道，「我受夠他了。我來到走廊，對西蒙・米哈伊洛維奇說：『我真受夠他了。我累死了。』西蒙・米哈伊洛維奇說：『我們也煩死他了，我們想給他下點安眠藥，他一睡著，你就能走了。』我說：『好的。』我以為這不是毒藥粉。他給了我一個小紙包。我走進屋，他躺在屏風後面，馬上要我給他倒杯白蘭地。我從桌上拿起一瓶上好的白蘭地，倒了兩杯，一杯給自己，一杯給他，我在他的那杯酒裡摻了藥粉，遞給他。我要是知道有毒，哪敢讓他喝呢？」

「那麼，戒指是怎麼到您手上的呢？」庭長問。

「戒指是他自己送給我的。」

「他什麼時候送給您戒指的？」

「我和他來到他的房間，我想走，他就打我的頭，梳子都被打斷了。我生氣了，要走。他從手指上取下戒指，送給我，要我別走。」她說。

這時，副檢察官又欠起身子，仍以故作天真的神情請示庭長，他可否再提幾個問題，在得到應允之後，他用腦袋抵著繡花衣領，問道：

「我想知道女被告在商人斯梅爾科夫的房間裡待了多久。」

瑪絲洛娃又感到害怕了，她慌張地把目光從副檢察官身上轉向庭長，匆忙地說道：

「我不記得待了多久。」

「那麼女被告是否記得，她離開商人斯梅爾科夫之後有沒有去過旅館裡的其他地方？」

瑪絲洛娃想了想。

「去過旁邊一個空房間。」她說。

「您去那裡幹什麼？」副檢察官說道，他精神來了，直接問起瑪絲洛娃來。

「我去整理一下，等馬車來。」

「卡爾津金是否與女被告一起待在房間裡呢？」

「他去過那裡。」

「他去那裡幹什麼？」

「商人那瓶上等白蘭地沒喝完，我倆一起把它喝掉了。」

「好的，一起把它喝掉了。非常好。那麼，女被告是否和西蒙說過什麼？」

瑪絲洛娃突然皺起眉頭，臉脹得通紅，她語速很快地說道：

「說過什麼？我什麼也沒說。我要說的事全都說了，再也沒什麼可說的了。你們想拿我怎麼辦就怎麼辦吧。我沒犯罪，就這些。」

「我沒什麼要問的了。」檢察官對庭長說道，不自然地聳了聳肩膀，很快在他的陳述詞中寫進了女被告本人的這句話：她與西蒙一起進入一個空房間。

法庭出現一陣沉默。

「您還有什麼話要說嗎？」

「我全都說了。」她說道，歎口氣坐下了。

在這之後，庭長在紙上記下什麼，聽了左側審判員的一陣耳語，然後宣布休庭十分鐘，急忙站起身來走出審判庭。左側那位蓄著大鬍子、長著一雙善良大眼睛的高大審判員悄悄對庭長耳語的內容是：他覺得胃有點不舒服，想自己按摩一下，喝點藥水。他將這個願望告訴庭長，庭長應他要求，宣布休庭。

在庭長之後，陪審員、律師、證人等紛紛站起身來，他們來回走動，愉快地意識到這件大案已部分結束。

聶赫留多夫走進陪審員休息室，坐到窗前。

12

是的，這位就是卡秋莎。

聶赫留多夫和卡秋莎的關係是這樣的。

聶赫留多夫第一次見卡秋莎是在他讀大學三年級的時候，他當時正準備寫一篇關於土地所有制的文章，在兩位姑媽家住了一個夏天。往常他總是和母親、姊姊一起度夏，住在莫斯科郊外母親的大莊園裡。可是這一年，姊姊出嫁了，母親去了國外的溫泉療養地。聶赫留多夫又有文章要寫，於是決定到姑媽這裡過暑假。她們這裡很僻靜，沒什麼消遣；兩位姑媽又十分寵愛這位侄子兼繼承人，他也愛她倆，愛她倆古老而簡樸的生活方式。

在兩位姑媽家度過的那個夏天，聶赫留多夫情緒亢奮。這個青年人第一次不是遵循別人的指點，而是按照自己的方式來認識生活的美好和重要，以及一個人在生活中承擔的事業所具有的意義，看到自己和整個世界無限完善的可能性，他不僅滿懷希望地獻身於這種完善，而且還對自己能夠如願實現這種完善充滿信心。這一年，他在大學裡就已經讀完斯賓塞的《社會靜力學》，斯賓塞關於土地所有制的觀點給他留下深刻印象，尤其因為他本人就是一位富裕女地主的兒子。他父親不算富有，但母親卻獲得近萬公頃土地的陪嫁。他當時首次領悟到土地私有的殘忍和不公，作為一個甘願為道德需求付出犧牲並視之為崇高精神享受的人，他決定放棄土地所有權，於是將他從父親名下繼承的土地分給了農民。他的文章就以此為題。

他那一年在姑媽家的生活是這樣度過的：他很早起床，有時在半夜三點，日出前去山腳下的小河游泳，有時還是在晨霧中游泳，他回家的時候，草地和花朵上還掛著露珠。有時，清晨喝杯咖啡，他坐下寫作，或是閱讀寫作所需的文獻，但更為經常的是，他放下閱讀和寫作，又步出家門，在田野和森林散步。午飯前，他在花園裡尋個地方小寐，然後去午餐，用他的歡快去逗兩位姑媽開心，之後去騎馬或是划船，傍晚再次閱讀，或與兩位姑媽坐一坐，用紙牌算卦。夜間，尤其在月夜，他往往無法入睡，原因僅僅是，那激動人心的生活歡樂他體驗得太多，他索性不睡覺，有時在花園裡散步直到天明，懷揣著他的夢想和思緒。

他就這樣幸福安寧地在姑媽家度過了第一個月，並未注意到半是女傭半是養女的卡秋莎、這位腳步輕盈的黑眼睛女孩。

當時十九歲的聶赫留多夫一直在母親的羽翼下成長，是個純潔無瑕的青年。在他的想像中，只有他的妻子才能算是女人。在他看來，所有不能做他妻子的女人全都不是女人，而是中性的人。然而事情湊巧，這年夏天的耶穌升天節，姑媽家的一位女鄰居帶著四個孩子來做客，其中有兩位小姐、一位中學生和一位寄居在女鄰居家的年輕農民畫家。

喝完茶後，大家跑到屋前收割過的草場上玩捉迷藏。他們帶上了卡秋莎。幾輪過後，輪到聶赫留多夫和卡秋莎一起扮演被追的角色。每次看到卡秋莎，聶赫留多夫都會覺得很快樂，但他完全沒有想到，他和她之間會發生什麼特別的關係。

「唉，這下可抓不到這兩個人了，」負責捉人的快活畫家說，他邁開兩條像農民一樣的短粗結實的羅圈腿，飛快地跑起來，「除非他們跌倒。」

「您是抓不到的！」

「一，二，三！」

他們拍了三次巴掌。卡秋莎勉強忍住笑，迅速與聶赫留多夫交換位置，她用她粗糙有力的小手握了握聶赫留多夫的大手，便往左邊跑去，漿洗過的裙子窸窣作響。

聶赫留多夫跑得很快，他不想被畫家追上，便使出渾身力氣。待他回首，卻見畫家正在追趕卡秋莎，然而卡秋莎兩條富有彈性和青春活力的腿迅速擺動，拋開畫家，跑向左側。前方有座丁香花壇，無人跑向那裡，卡秋莎回頭看了聶赫留多夫一眼，點頭示意，要他去花壇後會合。他明白了她的意思，便向花叢跑去。可是花叢後有條他沒發現的壕溝，溝裡長滿蕁麻，他失足摔進去，雙手被蕁麻劃傷，被傍晚的露水打溼，他一面嘲笑自己，一面迅速站起身，朝乾淨的地方跑去。

卡秋莎面帶微笑，閃爍著像被露水打溼的黑莓一樣的黑眼睛，向聶赫留多夫飛奔而來。他倆跑到一起，雙手緊握，這表明他倆贏了這場遊戲。

「您的手劃破了吧，我說。」她說道，用那隻空著的手整理鬆開的辮子，深深地喘息著、笑著，從下往上打量著聶赫留多夫。

「我不知道這裡有條溝。」他說道，同樣笑著，並不鬆開她的手。

她靠近了他，他自己也不知怎麼回事，便向她貼過臉去；她沒有躲避，他便更緊地握著她的手，吻了一下她的雙唇。

「你幹什麼呀！」她說著，迅速抽出手來，從他身邊跑開了。

她走近那叢丁香花，摘下兩枝已有些凋謝的白丁香，用花枝拍打自己滾燙的臉龐，回頭看了他幾眼，然後用力擺動雙臂，返身走向玩遊戲的夥伴。

從這天起，聶赫留多夫和卡秋莎之間的關係發生了變化，那種通常存在於相互愛慕的純潔青年和同樣純潔的姑娘之間的特殊關係業已形成。

只要卡秋莎一走進房間，或者聶赫留多夫遠遠地一看到她白色的圍裙，他便覺得身邊的一切全都沐浴著陽光，一切都會變得更為有趣、更加歡樂、更有意義，生活也越發地開心。她也有同樣的感覺。卡秋莎在場和近在眼前，都能讓聶赫留多夫產生這樣的感覺，不僅如此，只要一意識到卡秋莎的存在，聶赫留多夫便會有此感受，而對卡秋莎來說，只要意識到聶赫留多夫的存在，也會產生同樣感受。聶赫留多夫有時會接到母親寫來的令他不快的書信，或是文章寫作不順，或是感覺到年輕人莫名的憂愁，然而只要一想到有卡秋莎在，想到自己還能再見到她，所有的煩惱便頓時煙消雲散。

卡秋莎有很多家務要做，但她總能及時做完所有事情，然後在空閒的時間裡讀書。聶赫留多夫把自己剛剛讀完的杜斯妥也夫斯基和屠格涅夫的作品拿給她看。她最喜歡屠格涅夫的《僻靜的角落》。

他倆只能在見面時抽空聊上幾句，在走廊、在陽臺、在院落，有時在兩位姑媽的老女傭瑪特廖娜．帕夫洛夫娜的房間裡，卡秋莎與老女傭住在一起，聶赫留多夫有時去她們的小屋喝茶。瑪特廖娜．帕夫洛夫娜在場時，談話進行得十分愉快。當他倆獨自相處時，談話就不太順暢。兩人的眼睛便迅速開始說話，與嘴巴道出的話完全不同，要重要得多，他倆抿著雙唇，感到有些害怕，於是趕緊分手。

在聶赫留多夫第一次住在兩個姑媽家的時候，他和卡秋莎之間的這種關係始終延續著。兩個姑媽發覺了這種關係，她們感到擔心，甚至將這件事寫信告訴了聶赫留多夫遠在國外的母親，即葉蓮娜．伊萬諾夫娜公爵夫人。瑪麗婭．伊萬諾夫娜姑媽害怕德米特里與卡秋莎發生關係。然而她的這種擔心是多餘的，因為就連聶赫留多夫自己也沒意識到，他對卡秋莎的愛猶如純潔之人的愛，對於他倆而言，他的愛就是避免沉淪的主要保障。他不僅沒有在肉體上占有她的欲望，甚至一想到可能與她發生這種關係便心生恐懼。頗具詩意的索菲婭．伊萬諾夫娜則擔心，德米特里性格果敢、說到做到，他如果愛上這位姑娘，就會奮不顧身地娶她為妻，不顧她的出身和地位，索菲婭姑媽的擔憂倒是更有依據。

如若聶赫留多夫當時清晰地意識到他對卡秋莎的愛，尤其是，如若當時有人勸說他，說他無論如何也不可能、不應當把他的命運與這樣一位姑娘結合在一起，那麼便很容易出現這種結果，即他憑藉其在一切方面都直來直去的性格會做出決定，認為不存在任何妨礙他迎娶這位姑娘的理由，她是什麼出身並不重要，只要他愛她便已足矣。可是，兩位姑媽並未向他吐露她們的擔憂，他也就這樣離去了，並未意識到自己對這位姑娘的愛情。

他當時堅信，他對卡秋莎的感情只是他當時全身洋溢著的生活歡樂的一種體現，他在與這個歡快可愛的女孩分享這種情感。然而，在他離去時，當卡秋莎與兩位姑媽一起站在門前臺階上，用她那雙滿含淚水而有些斜視的黑眼睛看著他，聶赫留多夫這才感覺到，他是在道別一種美好、珍貴，而永遠不會再有的東西。他因此感到十分憂傷。

「再見，卡秋莎，謝謝你做的一切。」他登上馬車，越過索菲婭．伊萬諾夫娜的睡帽說道。

「再見，德米特里．伊萬諾維奇。」她用親切悅耳的嗓音說道，她忍住充盈兩眼的淚水，跑進門廳，在那裡她可以盡情地哭泣了。

13

自那時起的三年時間裡，聶赫留多夫一直未與卡秋莎見面。直到晉升為軍官的他在前往部隊的途中順訪兩位姑媽時才又見到卡秋莎，此時的他與三年前在兩位姑媽處度夏的那個聶赫留多夫相比，已完全是另一個人。

當年的他是一位富有自我犧牲精神的誠實青年，他甘願為任何美好的事業獻身；如今的他卻是個花花公子，十足的利己主義者，只愛自己的享樂。當年他覺得上帝創造的世界是一個祕密，他滿懷歡樂和興奮試圖揭開這個祕密；如今，這生活中的一切都已變得簡單明瞭，受制於他置身其間的生活環境。當年，接觸大自然，接觸在他之前生活過、思考過、感覺過的那些人（哲學家和詩人），曾是必不可少的要事；如今，和自己的同事交際、往來才是必要和重要的東西。當年他覺得女性是神祕的、誘人的，因其神祕而誘人；如今，女性，除自家女性和朋友之妻外的每一位女性，其意義都是非常明確的，即女性僅為一種他已體驗過的最佳享樂工具。當年他不需要錢，母親給的錢，他只要一多半就夠了，他可以拒絕父親的田產，將田產分給農民；如今，母親每月給他的一千五百盧布仍不夠用，他也因為錢與母親有過不愉快的爭執。當年他曾認為自己的精神存在方為真正的「我」；如今，他認為健康強壯，而具動物性的「我」才是自己。

他之所以會發生這種可怕的變化，僅僅因為他不再相信自己而開始相信他人。他之所以不再相信自己而開始相信他人，是因為他若一邊相信自己一邊生活就會十分艱難：相信自己，在解決每個問題時就永遠無法滿足動物性的、追求輕浮歡樂的「我」，而幾乎總是與其作對；而相信他人，就沒有任何問題需要解決，一切問題均已解決，解決的方式永遠是背離精神性的「我」而去滿足動物性的「我」。此外，若相信自己，他便永遠遭受眾人的譴責；若相信他人，他卻總能獲得周圍人的讚許。

比如，當聶赫留多夫就上帝、真理、財富、貧窮等問題展開思考、閱讀和表述，周圍所有人均認為這不合時宜，還有些可笑，母親和姑媽帶著善意的嘲諷稱他為「notre cher philosophe」（法文：**我們可愛的哲學家**）；而當他讀言情小說，講淫穢笑話，去法國劇院看輕鬆戲劇並繪聲繪色地轉述劇情，大家便誇獎他、鼓勵他。當他認為必須節制需求，穿舊大衣、不喝酒，大家便認為這很奇怪，是在譁眾取寵；而當他將大把大把的錢用於狩獵，或用於裝修十分奢華的書房，大家卻稱讚他有品位，並贈他各種貴重物品。當他保持童貞，並想在結婚之前一直保持童貞，親人便為他的身體是否有病而擔心；而當他從朋友手裡搶來一個法國女人，成了真正的男人，就連他的母親也不生氣，好像還很開心。然而一想到他有可能打算和卡秋莎結婚，公爵夫人便心生恐懼。

同樣，當聶赫留多夫成年後認為擁有土地是不正當的，而將從父親處繼承的那塊面積不大的田產分給農民，這一舉動曾讓他母親和其他親人驚恐萬分，也從此成為所有親戚經常用來指責他、嘲笑他的話柄。他們一直對他說，農民在得到土地之後不僅沒有富裕起來，反而變得更窮，因為他們開了三家小酒館，完全不再務農了。當聶赫留多夫加入近衛軍，與那些出身高貴的戰友花天酒地，賭博輸掉很多錢，使得葉蓮娜·伊萬諾夫娜被迫動用存款，她卻幾乎沒有生氣，認為這天經地義，甚至有利無害，這是年輕時在上流社會接種的天花疫苗。

聶赫留多夫起先也有抗拒，但抗拒太難，因為他在相信自己時認定為好的一切均被他人視為不好；相反，他在相信自己時認定為不好的一切卻被周圍所有人視為好。其結果是，聶赫留多夫繳械投降，不再相信自己而信了他人。起初，棄絕自我讓他感到很不愉快，但這種不快情感持續得很短，聶赫留多夫此時開始抽菸喝酒，很快便體驗不到那種不快情感，甚至覺得如釋重負。

聶赫留多夫帶著天生的熱情全心投入周圍人全都稱道的這種新生活，完全窒息了自己心中那個別有籲求的聲音。這一變化始自他前往彼得堡，止於他入伍之後。

軍旅生涯本就容易使人墮落，它會讓從軍者終日無所事事，亦即脫離合理有益的勞動，擺脫人類共有的義務，取而代之的則僅為團隊、軍服、軍旗等假定榮譽。一方面使從軍者擁有凌駕於他人之上的無限權利，另一方面又讓他們養成面對長官的奴顏婢膝。

軍旅生涯有一般的墮落，即伴有軍服和軍旗榮譽的墮落，准許暴力和殺戮的墮落，除此之外還有財富和親近皇家導致的墮落。在只有出身名門望族的軍官才有可能入選的近衛軍團難免會有後一種墮落，當這兩種墮落相互疊加，便會使身陷其中的人表現出完全瘋狂的利己主義。自聶赫留多夫入伍之後、自他開始像戰友一樣生活之後，他就處於這樣一種利己主義的瘋狂狀態。

軍中無事可做，僅需身著由他人而非本人精心縫製和洗刷的軍服，戴上頭盔，手持同樣由他人打造、擦拭並遞上的兵器，騎上同樣由他人飼養、訓練好的駿馬，與那些和他們一模一樣的人去參加訓練或接受檢閱，縱馬馳騁，揮舞軍刀，開槍射擊，再把這一套交給他人，再無其他事情要做。那些達官貴人、年輕人和老年人、沙皇及其近臣，不僅鼓勵他們這樣做，還因此誇獎他們、感激他們。執行完這些勤務後，最好、最重要的事情便是去軍官俱樂部或最貴的飯館吃飯，尤其是喝酒，揮霍不知自何處得來的金錢。之後是劇院、舞會、女人，之後又是騎馬、揮刀、馳騁，又是花錢、喝酒、賭牌和女人。

這種生活尤其會使軍人墮落，因為一位百姓若是過起這樣的生活，他內心深處定會因此感到羞愧。軍人則認為這理所當然，他們以此為榮，因此自豪，尤其在戰爭期間。聶赫留多夫恰好是在對土耳其宣戰後入伍的。「我們準備戰死沙場，因此這種無憂無慮的歡樂生活不僅無可指責，也是我們必不可少的。我們就要過這樣的生活。」

這便是聶赫留多夫在其一生這一階段的朦朧想法。他在這段時間始終感到輕鬆愉快，因為他擺脫了他先前為自己設置的一切道德障礙，始終處於利己主義的瘋狂狀態。

他在三年後再次來到兩位姑媽家時正處於這一狀態。

14

聶赫留多夫來看兩位姑媽，因為姑媽的莊園恰好位於他追趕部隊的途中，兩位姑媽也盛情邀請他，但他如今更主要的原因是想見見卡秋莎。或許，他的內心深處已藏有針對卡秋莎的歹念，如今已肆無忌憚的那個動物性的我在向他暗示這種歹念，但他並未意識到這一點，而僅想在他從前感覺愜意的地方待一待，看看兩位有些可笑但善良可愛的姑媽，她倆始終默默地用他覺察不到的寵愛和讚許籠罩著他，他還想來看看可愛的卡秋莎，她給他留下了十分愉快的回憶。

他到來時是三月底，是耶穌受難節那天，他沿著泥濘的道路，冒著傾盆大雨，到達時渾身溼透，凍得發僵，卻心情很好，十分亢奮，他在這段時期始終如此。「她還在她們這裡嗎？」乘雪橇駛進姑媽家的院子時，他這樣想道。這座熟悉的老式地主院落用低矮的磚牆圈起，院子裡堆滿從屋頂滑落的積雪。他期待著，她一聽見他雪橇上的馬鈴聲就會跑到臺階上來，然而女僕房間門口的臺階上卻只見兩位赤腳女人，她倆提著水桶，把裙襬掖在腰間，顯然是在擦地板。前廳前的臺階上也不見她的身影，走出門來的只有僕人吉洪，他繫著圍裙，看來也在打掃環境。身著綢裙、頭戴睡帽的索菲婭·伊萬諾夫娜來到前廳。

「你到家了，太好啦！」索菲婭·伊萬諾夫娜說著，吻了他，「瑪麗婭姑媽有點不舒服，去教堂走累了。我們受了聖餐禮。」

「恭喜聖餐，索菲婭姑媽，」聶赫留多夫說道，吻了索菲婭·伊萬諾夫娜的手，「抱歉，把您弄溼了。」

「去你自己的房間吧，你溼透了，瞧你這小鬍子……卡秋莎！卡秋莎！快給他端杯咖啡來。」

「馬上來！」走廊裡傳來那個熟悉的好聽嗓音。

聶赫留多夫的心於是歡樂地跳動起來。「她還在這裡！」就像太陽又穿透了烏雲。聶赫留多夫興高采烈地和吉洪一起走進他從前的房間，去換衣服。

聶赫留多夫想向吉洪打聽一些卡秋莎的情況：她怎麼樣？過得好嗎？出嫁了嗎？但吉洪必恭必敬，還一臉嚴肅，堅持要用水罐倒水讓聶赫留多夫洗手，這使得聶赫留多夫不便再向他多問卡秋莎，而只問了問他幾個孫子的情況，問了問那匹老公馬以及那條看家狗波爾坎。幾個孫子和公馬都活得好好的，只有波爾坎去年瘋了。

聶赫留多夫脫下一身溼衣服，正開始換裝，卻聽見一陣急促的腳步聲，之後是敲門聲。聶赫留多夫聽出這腳步聲和敲門聲的主人。只有她才這麼走路，這樣敲門。

他趕緊披上潮溼的軍大衣，走到門邊。

「請進！」

果然是她，卡秋莎。她一點都沒變，只是比從前更可愛了。她那雙天真又有點斜視的黑眼睛仍舊那樣笑吟吟地從下往上看著他。她像從前一樣仍舊繫著潔白的圍裙。她從兩位姑媽那裡拿來一塊剛揭開包裝紙的香皂和兩條毛巾，一條俄式大浴巾、一條長絨毛巾。香皂上鐫刻的字母尚未被觸動，嶄新的毛巾，還有她本人，全都純淨新鮮，未被觸動，令人愉悅。她可愛而鮮紅的雙唇輪廓鮮明，仍舊緊緊抿著，她像先前一樣，一看到他就掩飾不住內心的喜悅。

「歡迎您，德米特里・伊萬諾維奇！」她費了很大的工夫才開口說道，臉脹得通紅。

「你好……您好！」他不知該對她稱「你」還是「您」，臉也脹得和她一樣紅，「您過得還好吧？」

「謝天謝地……這是姑媽給您拿來的香皂，您愛用的玫瑰皂。」她說著，把香皂放在桌上，將毛巾搭在椅子扶手上。

「他們都用自己的。」吉洪說道，他在捍衛客人的獨立性，他得意地指著聶赫留多夫那個打開的銀蓋大梳妝盒，裡面擺著許多瓶瓶罐罐、刷子、髮蠟、香水和各種梳妝用具。

「您替我謝謝姑媽。我來到這裡很高興。」聶赫留多夫說道，感覺心中又明朗溫暖起來，與先前一樣。

她笑了笑，作為回答，然後走出門去。

一直寵愛聶赫留多夫的兩位姑媽，此番見到他更為高興。德米特里是去上戰場的，在戰場上可能負傷、可能陣亡。這讓兩位姑媽十分擔心。

聶赫留多夫本想在姑媽家只住一夜，但見到卡秋莎後，他同意在姑媽家迎接兩天後到來的復活節。他拍電報給自己的戰友申鮑克，請他也來姑媽這裡，他倆原打算在奧德薩會合。

從見到卡秋莎的第一天起，聶赫留多夫便感受到了他先前對她的感情。像先前一樣，如今他一見到卡秋莎白色的圍裙便心情激動，一聽見她的腳步聲、她的嗓音和笑聲便滿心歡喜，一看到她那雙像黑莓一樣鮮亮的黑眼睛便心生柔情，尤其在她笑的時候，更要緊的是，一見到她與他相遇時臉脹得通紅，他便也面帶羞怯。他感覺他在戀愛，但與先前不同，當時愛情於他而言是個祕密，他不願承認自己在戀愛，他曾認為愛情只能出現一次。如今他又戀愛了，他知道他在戀愛並因此而高興，他儘管在自我欺騙，卻隱約知道這愛情是怎麼回事，會有什麼結果。

聶赫留多夫像其他所有人一樣，身上存在著兩個我。一個是精神上的我，在同時為自己和他人追尋幸福；一個是動物性的我，在追尋僅屬於自我的幸福，為自己的幸福不惜犧牲整個世界的幸福。這一時期，由彼得堡生活和軍旅生活在他心中喚起的利己主義正處於瘋狂狀態，動物性的我在他身上占據上風，完全壓制了精神上的我。但在見到卡秋莎之後、在再次感受到他當年對她萌生的感情後，精神上的我抬起頭來，開始表彰其權利。就這樣，在復活節前的兩天裡，一場未被聶赫留多夫意識到的內心爭鬥正在他身上不間斷地進行。

他在內心深處知道，他該走了，如今毫無必要留在姑媽這裡，他也知道留在這裡不會有什麼好結果，可是待在這裡如此歡樂愉悅，他也就不管不顧地留了下來。

週六傍晚，復活節前夜，一位神父帶著助祭和誦經士趕來做晨禱。據他們說，他們趕著雪橇過水塘走土路，好不容易才走完從教堂到姑媽家的六七里路。

聶赫留多夫與兩位姑媽和一位女僕站在一起做晨禱，他一直在看站在門邊、手提香爐的卡秋莎。與神父和兩位姑媽互吻之後，他已打算去睡覺，卻聽見瑪麗婭·伊萬諾夫娜的老女傭瑪特廖娜·帕夫洛夫娜和卡秋莎在走廊裡說要去教堂，把麵包和蛋糕送去接受祝聖。「我也要去！」他想道。

去教堂的路無論乘馬車還是坐雪橇都很難行，在姑媽家就像在自己家裡一樣能當家作主的聶赫留多夫，因此吩咐套上那匹被稱作「夥計」的公馬，他沒有躺下睡覺，反而穿上漂亮的軍服和緊身馬褲，披上軍大衣，騎上那匹膘肥體壯、嘶鳴不止的老公馬，蹚過水窪，踏著積雪，在夜色中向教堂趕去。

15

這次晨禱後來成為聶赫留多夫一生中最明朗、最深刻的記憶之一。

他騎馬蹚過水窪，在時而被閃爍的白雪所侵蝕的黑夜中前行。看到教堂周圍的燈火，那匹公馬頓時豎起了耳朵，當他騎馬走進教堂的院落，禮拜已經開始。

幾位農夫認出他是瑪麗婭．伊萬諾夫娜的侄子，便護送他至乾爽的地方下馬，把他的馬拴好，然後領他進了教堂。教堂裡擠滿過節的民眾。

男人站在右邊，有身穿土布長袍、腳套白色包腳布和樹皮鞋的老人，也有身披簇新呢布長袍、腰繫鮮豔腰帶、腳蹬長靴的青年。女人站在左手，她們頭戴紅色綢巾，身穿絨布襖，再配以鮮紅的衣袖和或綠或藍、或紅或彩的各色裙子，腳下是釘有鞋掌的皮鞋。後面是儉樸的老太婆，她們披著白頭巾，身穿灰色長袍和舊式絨裙，腳穿棉靴或新樹皮鞋。在男人和女人之間，站著身著盛裝、頭上抹油的孩子。男人在畫十字，不住鞠躬，腦袋上的頭髮來回擺動；女人，尤其是那些老太婆，都用失神的眼睛看著被蠟燭映亮的一尊聖像，用三根併攏的手指輪流緊貼被頭巾包住的額頭以及肩部和腹部，同時嘴裡念念有詞，躬身站著或雙膝跪地。孩子模仿大人，見有人盯著他們便努力禱告。金色的聖像壁前燭光閃爍，幾座金光閃閃的大燭臺被一支支蠟燭所簇擁。枝形大燭臺上也插滿蠟燭，傳來唱詩班歌手的歡樂歌聲，其中有粗放的男低音，也有纖細的童聲。

聶赫留多夫走上前去。站在中央的是鄉紳貴族：有一位與妻兒同來的地主，他兒子身著水兵衫，有警察分局局長、有電信局長，有一位腳蹬硬筒皮靴的商人，有佩戴獎章的村長。在誦經臺右側、在地主太太身後，站著瑪特廖娜·帕夫洛夫娜和卡秋莎。瑪特廖娜身著閃亮的紫色連衣裙，披著帶有流蘇的白色披巾；卡秋莎則穿著前襟有皺褶的白色連衣裙，腰間繫著天藍色腰帶，烏黑的頭髮上紮著紅色蝴蝶結。

一切都很喜慶、莊重、歡樂而又美好：無論身著閃亮銀色法袍、胸前掛著金十字架的神父還是助祭，無論身披金銀色節日聖服的誦經士還是一身盛裝、頭髮抹油的唱詩班歌手，無論節慶歌曲那歡快的、舞蹈般的旋律，還是神父手舉飾有鮮花的三燭燭架不停地向信徒道出的祝福聲——「基督復活了！基督復活了！」，一切都很美好，但最美好的還是卡秋莎，身穿白裙、腰繫藍帶、烏黑的頭髮上紮著紅色蝴蝶結、亮晶晶的眼睛裡閃爍著歡喜的卡秋莎。

聶赫留多夫感到，她雖未轉身卻已看見了他。他看出了這一點，在從她身邊經過走向祭壇時。他原本無話對她說，但在從她身邊經過時他卻說了一句：

「姑媽說她做完夜禱後就開齋。」

像往常一樣，一見到他，年輕的血液便會湧上這張可愛的臉龐，那雙黑色的眼睛也會歡笑著，天真地從下往上看著聶赫留多夫。

「我知道。」她笑了一下，說道。

這時，一個誦經士手持銅咖啡壺擠過人群，從卡秋莎身邊經過，他並未看她，祭服的下襬碰到了卡秋莎。這位誦經士顯然是出於對聶赫留多夫的尊敬而繞開他，因此才碰到卡秋莎。這讓聶赫留多夫感到吃驚，這位誦經士竟然不明白，這世間的一切、時時處處的一切，都是為卡秋莎而存在的，世間的一切都可以被蔑視，唯獨不能蔑視她，因為她才是一切存在的中心。聖像壁的金子因為她才閃爍，燭架和燭臺上所有的蠟燭因為她才燃燒，這歡樂的歌聲也因為她才歡唱：「基督復活了，歡樂吧，普天之下的人。」世間一切美好的東西全都為她而存在。他覺得，卡秋莎也明白這一切全都為她而存在。聶赫留多夫這樣想著，當他看著她裹著帶皺褶白裙的勻稱身體和專注歡樂的臉龐，他透過她臉上的神情看出，他心中的歌聲也在她的心中唱響。

在兩次禱告之間的間歇，聶赫留多夫走出教堂。人家給他讓道，向他鞠躬。有人認識他，也有人問道：「他是誰家的？」他在教堂門前的臺階上停下。幾個乞丐圍過來，他把錢包裡的零錢給了他們，然後走下臺階。

天色已經大亮，但太陽尚未升起。一些身影消失在教堂四周的墓地裡，卡秋莎還在教堂裡，聶赫留多夫也留下來等她。

信眾紛紛走出教堂，靴底的鐵釘敲打著石板，他們走下臺階，散落在教堂的院落和墓地裡。瑪麗婭．伊萬諾夫娜的糕點師、一位老態龍鍾的老人，顫動著腦袋攔住聶赫留多夫，與他互吻三下。他的妻子，一位紮著綢頭巾、喉嚨處滿是皺紋的老太婆，從手帕裡掏出一枚染成橙紅色的雞蛋，遞給聶赫留多夫。接著走來一位健壯的年輕人，他滿面春風，身穿簇新長袍，繫綠色腰帶。

「基督復活了！」他眼含微笑，走近聶赫留多夫，渾身散發著農民特有的好聞味道，他用既結實又柔軟的嘴唇對著聶赫留多夫的嘴唇吻了三下，鬈曲的大鬍子扎到了聶赫留多夫的面頰。

就在聶赫留多夫與壯漢互吻並接過對方遞來的一枚染成深褐色的雞蛋時，瑪特廖娜．帕夫洛夫娜那件亮閃閃的連衣裙出現了，隨後是那綁著紅色蝴蝶結的可愛的黑髮腦袋。

她也馬上看見了他，越過她前方那些人的腦袋，他發現她的臉龐容光煥發。

她與瑪特廖娜．帕夫洛夫娜一起來到臺階上，停下腳步，散錢給乞丐。一個鼻子爛得只剩下一塊紅疙瘩肉的乞丐走到卡秋莎身邊。她從手帕裡掏出一件物品給那乞丐，然後走近他，與他互吻三下，並無絲毫厭惡，相反卻眼含喜悅。在她親吻這個乞丐時，她的目光與聶赫留多夫的目光相遇。她似乎在問：這樣做好嗎？我做得對嗎？

「對，對，親愛的，一切都很好，一切都出色，我喜歡。」

她倆走下臺階，他走近她身邊。他沒打算去與她互吻三下，只是想離她更近一些。

「基督復活了！」瑪特廖娜．帕夫洛夫娜說道。她低著頭，微笑著，她的聲調彷彿在說，此刻人人平等。她用疊成一隻老鼠的手帕擦擦嘴，向他遞過嘴唇。

「真的復活了。」聶赫留多夫回答，吻了她。

他看了卡秋莎一眼。她滿臉通紅，迅速走近他。

「基督復活了，德米特里．伊萬諾維奇。」

「真的復活了。」他說道。他倆互吻了兩下，之後似乎想了一下是否再吻一次，然後似乎決定再吻第三下，兩人笑了起來。

「你們要去見神父？」聶赫留多夫問。

「不，德米特里．伊萬諾維奇，我們在這裡再坐一坐。」卡秋莎說著，深深地喘口氣，似乎剛做完歡快的勞動，她對望著他的眼睛，用她溫順純情、充滿愛意，而稍稍有些斜視的雙目。

男女之間的愛情總會有這樣的時刻，這愛情會達到其頂點，這愛情中不再摻雜任何自覺的、理性的和肉欲的成分。對於聶赫留多夫而言，這個基督復活節的夜晚便是這樣的時刻。如今當他想起卡秋莎，在他與她相見的各種情形中，只有這一時刻最為刻骨銘心。頭髮梳得整整齊齊的烏黑腦袋，裹著她勻稱身材和不高胸脯的帶皺褶的潔白連衣裙，還有這羞紅的臉龐，還有這雙在不眠的夜晚閃亮的微微斜視的、溫柔的黑色眼睛，還有她整個人身上的兩個主要特徵，即少女的純潔和愛，她不僅愛他——這他是知道的——而且也愛所有人和所有事物。她不僅愛世間所有美好的東西，也愛那名她剛剛與之接吻的乞丐。

他知道她心懷這樣的愛，因為他在那個夜晚、那個清晨也感覺到了這種愛。他還感覺到，他在這種愛裡與她合為一體。

唉，要是這一切都能停留在那個夜晚曾經獲得的情感裡該多好啊！「是啊，那件可怕的事情全都發生在那個基督復活節的夜晚之後！」他坐在陪審員休息室裡想道。

16

從教堂回來，聶赫留多夫與兩位姑媽開齋，為了提神，他按照在軍中養成的習慣喝了伏特加和葡萄酒，然後回到房間，立即和衣入睡了。一陣敲門聲將他驚醒。他憑敲門聲便知是她，便揉揉眼睛、伸伸懶腰，欠起身來。

「是你嗎，卡秋莎？請進。」他說著，下了床。
她稍稍推開門。
「吃飯啦。」她說。
她仍身著那件白裙子，但頭上沒戴蝴蝶結。她盯著他的眼睛看了一下，容光煥發，似乎她是在對他通報一個無比喜悅的訊息。
「馬上就去。」他說著，拿起梳子梳理頭髮。
她又站了一小會兒。他發覺了，便扔下梳子向她走去。然而她就在這一時刻迅速轉過身，邁著她慣常的輕盈敏捷的腳步沿著走廊的地毯走了出去。
「我這個傻瓜，」聶赫留多夫自言自語道，「我為何沒留住她呢？」
他於是在走廊裡飛奔著追趕她。
他究竟想從她那裡得到什麼，他自己也不清楚。但他覺得，在她走進他房間時，他應該做點其他人在這種場合都會做的事情，然而他卻沒做。
「卡秋莎，等等。」他說道。
她回頭看了一眼。
「您有什麼事？」她說著，放慢了腳步。
「沒什麼，我只是……」
他鼓起勇氣，設想所有男人在他這種場合都會做出的舉動，於是摟住了卡秋莎的腰身。
她停下腳步，看了一下他的眼睛。

「別這樣，德米特里．伊萬諾維奇，別這樣。」她滿臉通紅地說，害臊得眼含淚水，並用強勁有力的手推開他摟過來的手臂。

聶赫留多夫鬆開她，一剎那間，他不僅覺得不自在，感到羞愧，甚至覺得自己很卑鄙。他本該相信自己，但他不明白，這種不自在和羞愧正是他內心最美好情感的外在流露，相反，他覺得這是自己的愚蠢之體現，他應該像所有人那般行事。

他再次追上她，再次抱住她，吻了她的後頸。這個吻完全不同於之前的兩個吻，即丁香花叢後那個無意識的吻，以及這天清晨在教堂裡的吻。這個吻讓人恐懼，他感覺到了這一點。

「您這是幹什麼啊？」她喊了起來，她的聲音充滿驚詫，似乎他無可挽回地打碎了一件無價之寶，她快步從他身邊跑開。

他來到餐廳。身著盛裝的兩位姑媽、一位醫生和一位女鄰居站在餐桌前。一切都十分平常，然而聶赫留多夫的心中卻起了風暴。他聽不懂別人對他說的話，回答得牛頭不對馬嘴，心裡只想著卡秋莎，回憶他在走廊裡追上她後那一吻的感覺。他無法去想任何其他事情。當她走進房間，他不必看她便能全身心地感覺到她就在那裡，他必須竭盡全力才能讓自己不去看她。

飯後，他立即回到自己房間，心情激動地在房間裡久久踱步，諦聽院落裡的各種聲響，等待她的腳步聲。那個潛伏在他體內的動物性的我，如今不僅抬起頭來，而且還將精神性的我踩在腳下，當他第一次來到此地，甚至這天早晨在教堂，他都曾是一個精神性的我，但如今，可怕的動物性的我已在他心中主宰一切。儘管這一整天他都在守候她，卻一直沒機會與她單獨見面。她顯然在躲避他。可是到傍晚，她卻需要前去他隔壁的房間。醫生留下過夜，卡秋莎要為這位客人鋪床。聽到卡秋莎的腳步聲，聶赫留多夫放輕腳步，屏住呼吸，像罪犯那樣跟在她身後進了房間。

她正將兩手伸進乾淨的枕套，抓住枕頭的兩個角，卻回頭看了他一眼，笑了一下，但這微笑已不似先前那般歡樂欣喜，而是害怕而令人憐憫的。這微笑似乎在告訴他，他想做的事情很不好。他剎那間停住了。此時尚存在加以對抗的可能性。他對她的真情發出了儘管微弱，卻也清晰的聲音，向他說起「她」以及「她的」情感和「她的」生活。另一個聲音卻在說：瞧，你會錯失「你的」享受和「你的」幸福。這第二個聲音淹沒了第一個聲音。他果斷地走近她。一種可怕而難以遏制的動物性情感左右了他。

聶赫留多夫摟住她不放，讓她坐到床上，他覺得還應該做點什麼，便貼著她坐了下來。

「德米特里．伊萬諾維奇，少爺，請您放開我，」她用怨訴的聲音說道，「瑪特廖娜．帕夫洛夫娜來啦！」她喊道，不斷掙脫，門外的確傳來腳步聲。

「那我夜裡去找你，」聶赫留多夫說，「你一個人住吧？」

「您說什麼？絕對不行！不行。」她說道，嘴上這樣說，但她激動慌亂的神情卻在道出另一種話語。

來到門口的的確是瑪特廖娜．帕夫洛夫娜。她手拿一床被子走進房間，責備地看了聶赫留多夫一眼，生氣地責怪卡秋莎拿錯了被子。

聶赫留多夫默不作聲地走出房間。他甚至不覺得羞愧。他從瑪特廖娜．帕夫洛夫娜的神情看出她在責備他，她也的確在責備他，他也知道他做的事情很不好，可是，動物性的情感業已掙脫他先前對她的美好愛情，左右了他，控制著他，對於其他一切再也顧不了了。如今他知道為滿足肉欲該如何做，並開始尋找方法。

整個傍晚他一直坐臥不寧，時而走進兩位姑媽的房間，時而離開她倆回到自己的房間，或走上臺階，他心裡只想著一件事，即如何與她獨處。但她一直躲著他，瑪特廖娜·帕夫洛夫娜一直盯著她。

17

整個傍晚就這樣過去，黑夜降臨。醫生去睡了，兩位姑媽也已躺下，聶赫留多夫知道，瑪特廖娜·帕夫洛夫娜此時身在姑媽的臥室，卡秋莎孤身一人待在女僕房間。他又出門來到臺階上。院子裡黑暗、潮溼、溫暖，四周彌漫著白色的霧，這白霧能在春天裡消融最後的積雪，或者說正在消融的最後的積雪化成了四處擴散的白霧。一條河在離莊園百步遠的陡坡下流過，河上傳來一陣陣奇特的聲音：這是冰層破裂的聲音。

聶赫留多夫走下臺階，踏著凍硬的積雪邁過一個個水窪，走近女僕房間的窗戶。他的心臟在胸腔裡劇烈跳動，連他自己都能聽見心跳聲。他時而屏住呼吸，時而發出沉重的喘息。女僕房間裡點著一盞小燈。卡秋莎獨自坐在桌旁，若有所思，眼睛看著前方。聶赫留多夫靜靜地看了她很久，想知道她獨自一人時會做些什麼。她一動也不動地坐了大約兩分鐘，然後抬起眼睛，笑了一下，搖搖頭，似乎在責怪自己，接著換一個姿勢，猛地把兩隻手臂放在桌上，雙眼望著前方。

他站在那裡看著她，無意中同時聽到了自己的心跳和河上傳來的奇特聲響。在那邊，在河上，在霧中，一件不停息的緩慢工作正在進行，時而嘎嘎作響，時而迸裂，時而崩塌，玻璃似的薄冰發出清脆的響聲。

他站在那裡，看著卡秋莎那張若有所思、因為內心掙扎而流露痛苦的臉龐，他很憐惜她。然而奇怪的是，這種憐惜反而強化了他對她的欲望。

他全身都被這種欲望所控制。

他敲了一下窗子。她像觸電似的渾身一抖，臉上現出恐懼。之後她跳起來，走到窗前，把臉貼在窗玻璃上。當她將兩手搭在眼睛上方向外看時，看見了他，恐懼的神情仍一直留在她臉上。她的臉色十分嚴肅，他從未見她這副神情。等他笑了一下，她才也笑了一下，她笑了一下，似乎只是在屈從他，但她的內心卻沒有微笑，而只有恐懼。他對她做個手勢，要她出來見他。但她搖搖頭，意思是說，不，她不會出來的，於是她依然站在窗邊。他再次將臉龐貼近窗玻璃，想對她喊一聲，讓她出來，然而就在此時，她卻向房門轉過身去，顯然是有人在喚她。聶赫留多夫離開窗戶。霧很重，離房子五步遠便不見窗戶，一片漆黑，那盞小燈映出一團感覺很大的紅光。河上仍在持續傳來那奇特的聲響，嘎吱、迸裂、崩塌、冰的脆響。霧中的院落裡，一隻公雞在不遠處鳴叫，臨近的幾隻公雞發出呼應，遠處的村落接著也傳來此起彼伏、匯成一片的雞鳴聲。四周的一切，除了那條河流，全都一片靜寂。這已是第二遍雞鳴。

聶赫留多夫在屋後的牆角來回踱了兩趟，腳好幾次踩入水窪，之後，他再次走近女僕房間的窗戶。那盞燈還亮著，卡秋莎又獨自坐在桌旁，似乎有些拿不定主意。他剛走近窗戶，她便看了他一眼。他敲了敲窗戶。她也不看敲窗戶的人是誰，便立即跑出房間，他聽見門扣響了一下，房門隨後吱呀一聲開了。他已在門廊處等她，立即默默地摟住她。她依偎著他，仰起頭，用雙唇迎接他的吻。他倆站在門廊拐角一塊沒有積雪的乾爽地上，他全身充盈著未獲滿足而令人難耐的欲望。突然，又是吧嗒一響，房門又吱呀一聲開了，傳來瑪特廖娜．帕夫洛夫娜動氣的聲音：

「卡秋莎！」

她掙脫他，回到女僕房間。他聽到門扣響了一聲。此後，一切都安靜下來，窗戶裡的那團紅光也熄滅了，只剩下白霧和河上的聲響。

聶赫留多夫走到窗前，然而看不見屋裡的人影。他敲了幾下窗戶，可是無人回應他。聶赫留多夫從正門的臺階返回屋子，卻無法入睡。他脫下靴子，赤腳沿著走廊走進她的房門，隔壁就是瑪特廖娜．帕夫洛夫娜的房間。起初，他聽見瑪特廖娜．帕夫洛夫娜在平和地打鼾，便想進門，然而她卻突然咳嗽起來，翻個身，弄得床鋪嘎嘎響。他一動不動，站了約五分鐘。當四周再次安靜下來，那平和的鼾聲再次響起，他便盡量腳踩不會發出響聲的地板條，繼續向前，來到卡秋莎的門前。沒有任何動靜。她顯然沒睡，因為聽不到她的呼吸。可是，待他剛一小聲喚道：「卡秋莎！」她便一躍而起，走到門邊，勸他離開，他覺得她的聲音是氣惱的：

「這像什麼話？這怎麼可以？姑媽她們會聽見的。」她嘴裡這麼說，而她整個人卻在說：「我完全屬於你。」

聶赫留多夫明白的恰是「這一點」。

「喂，開一下門。我求你了。」他說出一些毫無意義的話。

她不再作聲，之後他聽見她在用手摸索門扣。門扣響了一下，他於是鑽進了打開的房門。

他一把抱住她，她只穿一件粗布襯衫，光著手臂，他抱起她，轉身便走。

「唉！您幹嘛？」她小聲說道。

但他並不理睬她的話，抱著她走回自己的房間。

「唉，不行，您放下我。」她說道，身體卻依偎著他。

……

當她渾身顫抖著，並不回答他的話，默默離開他的房間，他也出門走上臺階，站在那裡，竭力思索所發生的這一切之意義。

院落裡亮了起來。下方的河面上，冰面裂開、崩塌的聲音越來越大，在先前那些聲響中又新添了潺潺的流水聲。霧降低了高度，一彎殘月自厚牆般的霧幕後探出，陰鬱地映照著黑色而可怕的一切。

「怎麼回事，我獲得的是巨大的幸福還是巨大的不幸？」他問自己。「都是這樣，大家全都這樣。」他自言自語道，便去睡了。

18

次日，滿面春風的申鮑克順路來聶赫留多夫姑媽家見他，申鮑克的瀟灑殷勤、他的歡樂和慷慨，以及他對德米特里的愛，讓兩位姑媽很是著迷。他的慷慨雖說讓兩位姑媽很開心，但他過於大方，卻甚至使她倆也有些困惑。他遞給一位路過的乞丐一個盧布，他掏出十五盧布賞給那些僕人，當他看到索菲婭．伊萬諾夫娜的哈巴狗秀澤特卡的爪子受傷出血，便主動去為牠包紮，毫不遲疑地撕碎他那條花邊麻紗手帕（索菲婭．伊萬諾夫娜知道，這種手帕的售價一打不少於十五盧布），用作繃帶為秀澤特卡包紮。兩位姑媽從未見過這樣的人，她倆也不知道，這位申飽克已欠債二十萬盧布，他明知這筆債永遠無法償還，因此多二十五盧布還是少二十五盧布，他也就不去算計了。

申鮑克只待一天，第二天晚上便該與聶赫留多夫一起離去。他倆無法再多耽擱，因為已是歸隊報到的最後期限。

在姑媽家度過的這最後一天，昨夜的記憶還歷歷在目，聶赫留多夫心裡有兩種情感在相互搏鬥：一種是動物性的愛所留下的強烈而肉欲的記憶，雖說這種動物性的愛遠未給出預想的一切以及達到目的的自得；另一種感覺是，他做了很不好的事情，這件不好的事情需要補救，補救的目的不是為她，而是為了他自己。

處於利己主義瘋狂狀態中的聶赫留多夫只會想著自己，想著如果別人知道他對她做的事，是否會譴責他，而不是她的心情和她的未來。

他以為申鮑克猜到了他和卡秋莎的關係，這迎合了他的虛榮心。

「難怪你突然愛上了兩位姑媽，」申鮑克在見到卡秋莎之後對他說道，「在她們這裡住了一個星期，我要是你也不會走的。真可愛！」

他還想到，沒有盡情享受與她的歡愛如今就得離開，這儘管有些可惜，但必須離開也有好處，因為可以立即中斷這難以維持的關係。他又想，應該給她一些錢，不是為了她，不是因為她需要這筆錢，而是因為大家通常都這麼做，如果他享用了她卻不因此付錢，別人會視他為不體面的人。他於是便給了她這筆錢，其數目不多不少，即他認為就他和她的身分而言能保持體面。

離開那天的午飯後，他在走道等她。見到他，她滿臉羞紅，想從旁走過，還朝女僕房間敞著的房門使了一個眼色，但他攔住她。

「我想跟你告別，」他說著，手裡捏著一個裝有一百盧布紙幣的信封，「我想……」

她猜到他的意思，皺著眉頭，搖搖頭，推開他的手。

「不，你拿著。」他嘟囔著，把信封塞進她懷裡，像是被火燙了一下，皺著眉頭哼著，跑回自己的房間。

這之後，他在自己的房間裡踱步很久，一想到剛才那一幕，他便渾身抽搐，甚至又蹦又跳，唉聲歎氣，似乎感受到肉體的疼痛。

「但有什麼辦法呢？總是這樣的。申鮑克說過，他和家庭女教師有過這種事；格利沙叔叔有過這種事；父親也有過這種事，他住在鄉下時和一位農家姑娘生下了私生子米堅卡，這孩子如今還活著。既然大家都這麼做，那就說明這或許是可以做的。」他這樣安慰自己，但無論如何也安慰不了。回憶燒灼他的良心。

在內心裡、在內心的最深處，他知道自己的行為下流卑鄙，十分殘忍。一想到這一行為，他便不僅無法再去譴責他人，而且不敢直視他人的眼睛，更遑論像往常那樣視自己為一位出類拔萃、高貴坦蕩的年輕人。但他又必須視自己為那樣的人，以便快樂、抖擻地活下去。要想做到這一點只有一個方式，即不再想這些。他也正是這麼做的。

他所投身的生活，即不斷變換的駐地、戰友和戰爭，也能在這一方面給他以幫助。他生活得越久便忘卻得越多，最終竟真的遺忘殆盡。

只有一次，是在戰後，他想見她，便去了兩位姑媽處，他獲悉卡秋莎已經離開。她在他那次造訪後不久便離開兩位姑媽去生孩子，她在某個地方生下了孩子，兩位姑媽聽說她徹底變壞了，這些消息讓他感到痛心。按時間推算，她生下的孩子可能是他的，但也可能不是他的。兩位姑媽說她變壞了，生性放蕩，和她母親一樣。兩位姑媽的這個看法讓他感到寬心，因為這似乎能為他開脫責任。他起初還是想找到她和孩子，但後來，正因為一想到此事他的內心深處便痛苦不堪、羞愧不已，他就沒有付出必需的努力去尋找母子，待他更加淡忘自己的罪孽，也就不再多想此事了。

可是如今，這驚人的巧合卻讓他憶起一切，要他承認自己沒心沒肺、殘忍卑鄙，正因為這一品性，他才能帶著良心上的罪孽平靜地活過這十年。然而，他尚且難以做出這樣的坦承，他此時想的只有一點，即如今別讓人獲悉此事原委，她或她的辯護人別說出一切，讓他當眾蒙羞。

19

從審判大庭回到陪審員休息室的聶赫留多夫就處於這一心理狀態。他坐在窗旁，聽周圍人說話，不停地抽菸。

那個神情快樂的商人顯然十分欣賞商人斯梅爾科夫消磨時間的方式。

「你看看，老弟，他玩得真痛快，真是西伯利亞方式。口味也不錯，看上這樣一位姑娘。」

首席陪審員發表一些看法，認為本案取決於鑒定的結果。彼得·格拉西莫維奇和那位猶太店員開著玩笑，兩人哈哈大笑起來。聶赫留多夫對於別人的提問只用一兩個字作為回答，他只希望別人讓他安靜待著。

當那位步態歪斜的法警再次邀請陪審員進入審判庭，聶赫留多夫感受到恐懼，似乎他不是去陪審，而是去受審。他在內心深處感覺自己是不敢坦然直視他人眼睛的惡棍，然而與此同時，他卻和往常一樣以自信的步態走上高臺，坐在首席陪審員旁邊的位置上，蹺起二郎腿，擺弄著pince-nez。

被帶往什麼地方去的幾名被告也被帶了回來。

審判庭裡出現幾張新面孔，他們是證人。聶赫留多夫發現，瑪絲洛娃多次注視一位衣著華麗、滿身綢緞的胖女人，似乎盯著不放，那女人頭戴高簷帽，帽上有個大大的蝴蝶結，裸露到肘部的手臂上挎著一個精緻的手提包，坐在柵欄後的第一排。他後來得知，這個女人是證人，她是瑪絲洛娃所在那家妓院的老鴇。

開始確認證人的身分，問到姓名、信仰等等問題。然後，庭長問辯控雙方想如何詢問、是否需要宣誓，這之後，那個年老神父又吃力地邁動兩腿，再次走來，再次整一整綢袍前胸的金十字架，帶著同樣的平靜和認為自己在做一件十分有益的重要事情的自信，帶領證人和鑒定人宣誓。宣誓完畢，所有證人均被帶離，只留下一人，即妓院老鴇基塔耶娃。她被問及關於此案她知道什麼。基塔耶娃面帶假笑，帶著德國口音有條不紊地細細道來，每說一句，戴帽子的腦袋便縮一下。

起初，她認識的旅館服務生西蒙來找她，說有個西伯利亞富商要找姑娘。她就讓柳波芙去了。過了一會兒，柳波芙與那商人一同返回。

「那商人已有些神魂顛倒，」基塔耶娃微笑著說，「他在我們這裡繼續喝酒，款待那些姑娘。但他的錢花光了，就讓這位柳波芙去他旅館的房間取錢，他對她已很有意思了。」她說著，看了女被告一眼。

聶赫留多夫覺得，瑪絲洛娃聽到這話時笑了一下，這笑容令他反感。他心中湧起一種奇異而模糊的厭惡感，其中也摻雜著同情。

「您怎麼看瑪絲洛娃呢？」一名被法庭指定為瑪絲洛娃辯護人的見習法官紅著臉膽怯地問道。

「一個大好人，」基塔耶娃回答，「這姑娘受過教育，很文雅。她在一個好人家長大，會讀法文。她有時喝太多，但從不亂來。絕對是個好姑娘。」

卡秋莎看著鴇母，然而稍後她的目光突然轉向陪審員，最後停在聶赫留多夫身上，她的神情變得嚴肅甚至嚴厲起來。她兩隻嚴厲的眼睛中有一隻有些斜視。這兩隻目光顯得有些奇特的眼睛久久地盯著聶赫留多夫，他儘管心生恐懼，卻無法調轉視線，避開這雙眼白很亮、有些斜視的眼睛。他回憶起那個可怕的夜晚以及破裂的冰層和白霧，更重要的是，還有那彎殘月，它在黎明前升起，映照著黑暗又可怕的一切。

「她認出我了！」他想道。於是，聶赫留多夫似乎縮成一團，在等待打擊。可是，她並未認出他。她平靜地舒口氣，又開始看庭長。聶赫留多夫也舒了一口氣。「唉，但願快點結束。」他想道。他此時體驗到的情感，類似打獵時不得不弄死一隻鳥的感受，既有厭惡，也有憐惜，還有遺憾。沒被一槍打死的鳥在袋子裡掙扎，讓人既反感又憐憫，想早點把牠弄死，然後忘掉牠。此刻，聽著對證人的提問，聶赫留多夫就體驗著這種複雜感受。

20

可是，似乎是故意和他過不去，庭審持續了很久：在逐一詢問諸位證人和那位鑒定專家之後、在副檢察官和諸位辯護人照例一本正經地提出所有那些不必要的問題之後，庭長建議陪審員察看物證，物證包括一個鑲有雕花鑽石的戒指，戒指很大，原先顯然戴在一根粗大的食指上，還有一個在其中檢測出毒藥的濾器。這兩件物證均被封死，貼著標籤。

陪審團已打算去察看這兩件東西，副檢察官卻再次欠起身，要求在察看物證之前先宣讀驗屍報告。

庭長想盡早結束此案，好去和他那位瑞士女人約會，儘管他清楚地知道，宣讀這份報告除了惹人生厭、延遲午餐時間外，不會帶來任何結果，副檢察官提出這項要求，只是因為他知道他有權提出這項要求，然而庭長仍無法拒絕，只得表示同意。書記官取出報告，再次用他不區分捲舌音和非捲舌音的嗓音憂鬱地讀了起來：

外部檢查結果：

（一）菲拉彭特．斯梅爾科夫身高一九五公分。

「倒是一條壯漢。」那位商人在聶赫留多夫耳邊關切地低語道。

（二）據外表判斷，年齡約為四十歲。
（三）屍體呈腫脹狀。
（四）屍體表面呈淡青色，局部有暗色斑點。
（五）屍體表皮有大小不等的水泡隆起，局部皮膚脫落，狀若破布。
（六）頭髮為深棕色，十分濃密，觸碰時極易脫落。
（七）眼球突出眼眶，角膜渾濁。
（八）鼻孔、雙耳和口腔有泡沫狀膿液流出，嘴巴半張。
（九）由於面部和胸部腫脹，頸脖幾乎不見。

等等，等等。

就這樣，四頁紙上寫有二十七條，詳盡記錄了屍體的外部檢查結果，曾在城裡尋歡作樂的那位商人留下的這具屍體可怖、肥大，且已腫脹，開始腐爛。聽到這段關於屍體的描述後，聶赫留多夫先前體驗到的模糊的厭惡感越發強烈。卡秋莎的生活、鼻孔流出的膿液、突出眼眶的眼球、他對她的所作所為，這一切在他看來均為同一類東西，這些東西從四面八方包圍他，將他淹沒。待屍體外部檢查報告終於宣讀完畢，庭長深深地舒了一口氣，抬起頭，指望宣讀到此為止。可是，書記官接著又讀起屍體內部檢查報告。

庭長再次垂下頭，一手托著腦袋，閉上眼睛。坐在聶赫留多夫身旁的那位商人強忍住瞌睡，不時搖晃著身體。三名被告坐在那裡，和他們身後的幾位憲兵一樣一動也不動。

內部檢查結果：

（一）頭皮極易與頭蓋骨剝離，未見任何淤血處。

（二）頭蓋骨厚度中等，完好無損。

（三）硬腦膜上有兩處不大色斑，大小約四英寸，腦膜呈暗白色。

等等，等等，另有十三條。

之後是現場證人的姓名和簽字，之後是醫生的結論。結論表明，根據解剖中發現並記錄在案的胃部變化以及腸、腎的部分變化可「較有把握地」得出結論，即斯梅爾科夫死於中毒，毒物與酒一同進入其胃部。根據胃腸現有變化，尚難確定進入其胃部的是何種毒物，但可認定此毒物係與酒一同進入其胃部，因為斯梅爾科夫胃部有大量酒液。

「看來他喝得真不少。」打完瞌睡的商人又低語道。

宣讀這份報告花了將近一小時，然而這仍無法讓副檢察官滿意。當報告宣讀完畢，庭長對他說道：

「我認為不必宣讀臟器檢驗報告了。」

「但我還是要求宣讀一下這篇報告。」副檢察官嚴厲地說道，眼睛並不看庭長，欠了欠半邊身子，其腔調使人覺得，要求宣讀這份報告是他的權利，他不願放棄，如果拒絕他的要求，他就有理由提出上訴。

那位蓄著大鬍子、兩隻和善的眼睛有些下垂的審判員患有胃病，他感到自己體力不支，便對庭長說：

「何必宣讀呢？只會浪費時間。新掃帚掃地也未必更乾淨，只會掃得更久。」

戴金絲眼鏡的審判員一句話不說，陰沉著臉堅決地目視前方，對於自己的妻子、對於生活，他均不再抱有任何好的期望。

開始宣讀檢驗報告。

書記官又讀了起來，他面帶堅決的神情，提高嗓門，似乎想驅散那折磨著所有在場者的睡意：

一八八×年二月十五日，本人受醫療處委託，依據第六三八號法令，在法醫助手在場情況下對下列臟器加以檢驗：

（一）右肺和心臟（置於六磅玻璃罐）。

（二）胃部殘留物（置於六磅玻璃罐）。

（三）胃（置於六磅玻璃罐）。

（四）肝、脾和腎（置於三磅玻璃罐）。

（五）腸（置於六磅玻璃罐）。

在此次宣讀一開始，庭長便向一位審判員探過身去，耳語些什麼，然後轉向另一位審判員，在得到兩位審判員的肯定答覆後，他立即打斷宣讀。

「法庭認為不必宣讀檢驗報告。」他說道。書記官停止宣讀，整理著文件，副檢察官則氣呼呼地記錄著什麼。

「諸位陪審員先生可以審查物證了。」庭長說。

首席陪審員和幾位陪審員站起身，折騰好一會兒手腳才來到桌前，逐一察看了戒指、玻璃罐和濾器。那位商人甚至試著把戒指戴上自己的手指。

「瞧他的指頭。」他返回自己的座位，說道。「像條大黃瓜。」他又補了一句，顯然很開心地把那位被毒死的商人想像成武士。

21

待物證察看完畢，庭長宣布法庭調查結束。他想盡早結束審理，不宣布休庭便讓公訴人發言，指望公訴人也是正常人，也想抽菸吃飯，也能憐惜眾人。然而，副檢察官卻既不憐惜自己，也不憐惜眾人。副檢察官是個天生的傻瓜，除此之外，他中學畢業時還不幸地獲得金質獎章，大學研讀羅馬法時又因一篇關於「地役權」的論文而不幸地獲得獎勵，他因此高度自信，得意洋洋（他在女人處獲得的成功也強化了他的這一感覺），其結果，他便成為一個非常愚蠢的人。當庭長讓他發言，他慢吞吞地站起身，展示自己身著繡金制服的優美身段，兩手支著桌面，微微低頭，掃視大廳，卻不看幾位被告，開口說了起來。

「諸位陪審員先生，你們面對的這樁案件，」他開始發言，這段演說是他在書記官宣讀起訴書和檢驗報告時準備好的，「是一樁典型的案件，如果可以這樣表達的話。」

副檢察官認為，他的演說應該具有社會意義，一如那些已經成名的律師所作的著名演說。的確，旁聽席上僅有四人，其中三名是婦女，一位女裁縫、一位廚娘和西蒙的姊姊，此外還有一位車夫，不過這並無關係。那些名律師都是這樣開始的。副檢察官的準則在於，他要始終高瞻遠矚，也就是說要深入探究犯罪的心理動機，揭露社會的禍根。

「諸位陪審員先生，你們目睹的是一樁典型的世紀末案件，如果可以這樣表達的話。可以說，它具有可悲的腐敗現象的某些特徵。我們社會的一些成員在當今開始感染腐敗，可以說，他們正處於這一走向十分強烈的影響之下……」

副檢察官說了很久，一方面，他在竭力回憶他事先想好的一切智慧詞句；另一方面，更為重要的是一分鐘也不能中斷，要讓他的演講片刻不停地持續一小時又一刻鐘。他僅中斷一次，久久地吞咽唾沫，但他立即緩過神來，用更漂亮的言辭彌補這段延誤。他時而替換兩腳重心，看著陪審團，嗓音溫柔而又逢迎；時而看著自己的筆記本，聲調安靜而又鄭重；時而又用響亮的抨擊語氣，輪流朝向旁聽席和陪審員席。只是面對那三名盯著他看的被告，他卻始終沒看一眼。他的演講含有一切最新理論，這些理論當時在他的圈子裡十分時尚，曾被廣泛接受，如今仍被視為科學智慧的最新成就。這裡有遺傳學，有先天犯罪說，有提出先天犯罪說的義大利學者龍布羅梭，有法國刑事學家塔爾德的理論，有進化論，有生存競爭說，有催眠術，有暗示說，有論述過催眠術的法國病理學家沙爾科，有頹廢主義。

據副檢察官推斷，商人斯梅爾科夫是一位身體強壯、心地淳樸的俄羅斯人，他天性寬厚，由於輕信和慷慨而落入幾位極其墮落的人之手，成為他們手下的犧牲品。

西蒙．卡爾津金是農奴制度隔代遺傳的產物，此人是個卑微小人，沒有教養，沒有原則，甚至不信宗教。葉菲米婭是他的情婦，是遺傳的犧牲品。在她身上可以看出退化個性的種種特徵。此案的罪魁禍首是瑪絲洛娃，她是頹廢主義現象的最低級呈現。

「這個女人，」副檢察官說道，眼睛並不看她，「受過教育，我們剛剛在法庭上聽到她鴇母的證詞。她不僅能讀書寫字，還會說法文，她這個孤女可能帶有犯罪基因，她在有知識的貴族家庭被撫養成人，本可以靠誠實的勞動為生，但她卻拋棄自己的恩人，沉湎於淫欲，為滿足淫欲而進入妓院，她在妓院裡比其他妓女更受歡迎，因為她受過教育。但更主要的是，諸位陪審員先生，正如你們在此從她鴇母口中所聽到的那樣，她善於用一種神祕的能力去影響嫖客，這種能力新近得到學界，尤其是沙爾科學派的研究，被命名為『暗示』。她正是用這一能力控制了那位寬宏大量、心地淳樸的俄羅斯壯漢，那位富有的客人，她利用他的信任，先是把他的錢財盜取一空，後又殘忍地剝奪了他的生命。」

「他這是怎麼了，好像不著邊際了。」庭長微笑著側身對那位神情嚴厲的審判員說道。

「蠢貨一個。」神情嚴厲的審判員說。

「諸位陪審員先生，」與此同時，副檢察官優雅地扭動細腰，繼續說道，「你們掌握著這幾個人的命運，但你們也掌握著整個社會的部分命運，你們的裁決會對這個社會產生影響。你們要考慮到這樁犯罪的影響，考慮到瑪絲洛娃這樣的病態人物對社會造成的危害，要讓社會免遭汙染，要讓這個社會中純潔健康的成員免遭汙染和屢見不鮮的毀滅。」

副檢察官本人似乎也強烈感受到了這次判決的重要性，他顯然極度陶醉於自己的演說，坐回自己的座椅。

除去那些花稍色彩，其發言的意思就是：瑪絲洛娃騙取商人的信任，對他施以催眠術，然後帶著鑰匙去旅館房間偷錢，她本想獨吞所有的錢，卻被西蒙和葉菲米婭抓住，只好與他倆平分。之後，為掩蓋罪行，她又與商人回到旅館，在那裡將他毒殺。

在副檢察官發言之後，律師席上站起一個身穿燕尾服的中年人，他胸前寬寬的半圓形白領漿得筆挺，他在雄辯陳詞，為卡爾津金和博奇科娃辯護。這是他倆花三百盧布雇用的辯護律師。他為他倆做無罪辯護，把一切罪責都推到瑪絲洛娃身上。

他駁斥了瑪絲洛娃關於她取錢時博奇科娃和卡爾津金也在場的證詞，他強調說，瑪絲洛娃作為一位已被確定的投毒犯，其證詞毫無分量。這位律師說，至於那兩千五百盧布，應是兩位勤勞誠實的人的勞動所得，他倆有時一天就能從客人那裡得到三五個盧布。商人的錢是瑪絲洛娃偷的，然後交給了某人，甚或弄丟了，因為她當時狀態不正常。下毒為瑪絲洛娃一人所為。

他因此請求陪審員認定卡爾津金和博奇科娃並未參與盜取錢財，即便認定他倆參與了盜取錢財，他倆也與下毒無干，並無事先共謀。

律師最後將矛頭指向副檢察官，他指出，副檢察官先生關於遺傳性的出色論斷雖然可以闡釋一些遺傳性的科學問題，卻不適用於本案，因為博奇科娃從小就不知父母是誰。

副檢察官氣呼呼地在紙上寫著什麼，似乎在嗷嗷直叫，他帶著輕蔑的驚訝神情聳了聳肩膀。

之後，瑪絲洛娃的辯護人站起身，笨嘴笨舌地開始辯護。他並不否認瑪絲洛娃參與竊取錢財，他僅堅持認為她並無毒死斯梅爾科夫的主觀故意，她投下白粉只是為了讓他入睡。他想趁機展示一下口才，便給出一段回顧，稱瑪絲洛娃是被某位男人帶壞的，那個男人至今逍遙法外，然而她卻要為自己的墮落承受一切重負，可是，他在心理學領域的這番申論完全沒有達到預期效果，反而弄得所有人都很難堪。當他嘟嘟囔囔地談起男人的殘酷無情和女人的孤立無助時，庭長想為他解圍，便請他盡量貼近本案的實質。

在這位辯護人之後，副檢察官再次站起身來反駁第一位辯護人，捍衛自己的遺傳性觀點。他聲稱，即便博奇科娃從小就不知父母是誰，這也絲毫無損於遺傳性學說的正確性，因為遺傳性規律已為科學所證明，我們不僅可以從遺傳性推論出罪行，還可能從罪行推論出遺傳性。至於第二位律師的辯護，稱瑪絲洛娃的墮落緣起一個想像中的（他特別惡毒地道出「想像中的」一詞）誘惑者，但所有證據卻傾向於表明，她才是誘惑者，她誘惑過許多人，許多人都成了她手下的犧牲品。說完這些，他得意洋洋地坐了下來。

之後輪到幾位被告自我辯護。

葉菲米婭．博奇科娃重申，她什麼都不知道，什麼事都沒做，她一口咬定一切均係瑪絲洛娃一人所為。西蒙只是一再重複：

「隨你們的便，我反正無罪，你們找不到證據的。」

瑪絲洛娃卻什麼話也沒說。庭長對她說她有權為自己辯護，但她只抬眼看了看他，像一頭被圍捕的野獸那樣環顧四周，然後又立即垂下眼睛，哭了起來，大聲地抽泣。

「您怎麼啦？」坐在聶赫留多夫身邊的那位商人問道，他聽到聶赫留多夫突然發出一陣奇怪的聲音。這聲音是被壓抑住的慟哭。

聶赫留多夫尚不明白他此刻所處境地的真正意義，便將那勉強忍住的慟哭和奪眶而出的眼淚視為自己的精神脆弱。他戴上pince-nez，以便掩飾哭泣和眼淚，然後掏出手帕，擤起鼻涕。

如果這個審判庭裡的人知道他的行徑，他就會蒙受恥辱，這一擔心壓抑了他內心有過的那場掙扎。在最初這段時間，這種擔心勝過一切。

22

被告做了最後陳述，控辯雙方就提出問題的方式商討很久，之後問題終於被提出，庭長於是開始做總結發言。

在陳述案情之前，他用令人愉快的聊家常語調對陪審團解釋很久：搶劫就是搶劫，竊盜就是竊盜，在上鎖處偷盜就是在上鎖處偷盜，在未上鎖處偷盜就是在未上鎖處偷盜。在解釋這些概念時，他十分頻繁地看向聶赫留多夫，似乎尤其想使後者理解這些重要情況，希望後者理解之後再對其他陪審員解釋。之後，待他認為陪審團已對這些真理有足夠領悟，他便開始演繹另一個真理，即凶殺是一件導致他人死亡的行為，毒殺因此也是一種凶殺。待他認定這一真理同樣已被陪審團所接受，便又對他們解釋，如果竊盜和凶殺同時發生，那麼這項罪行就同時包括竊盜和凶殺。

儘管他自己也想盡快結案，那位瑞士女郎已在等他，但他習慣了自己的工作，一旦開口便停不下來，因此便十分詳盡地告訴陪審員：他們如果認定幾名被告有罪，便有權給被告定罪；如果他們認為幾名被告無罪，便有權認定被告無罪；如果他們認為幾名被告在某一方面有罪而在另一方面無罪，便有權認定被告在某一方面有罪而在另一方面無罪。之後他又向他們解釋，儘管他們有權這樣做，但他們必須理性地使用這一權利。他還想對他們解釋，如果他們對所提出的問題給出肯定回答，就意味著他們贊同該問題中提出的所有內容，如果不贊同該問題中提出的所有內容，就應該說明他們不贊同的內容。可是他一看錶，見差五分鐘就到三點了，於是決定立即轉入案情陳述。

「這樁案件的情況如下……」他開始重複已被辯護人、副檢察官和證人講過多次的內容。

庭長說著，他身旁的兩位審判員帶著沉思的神情聽著，不時看看錶，他倆覺得庭長的發言儘管很出色，也就是說，講得恰如其分，卻稍稍有些冗長。副檢察官、審判庭裡的所有司法人員和其他所有在場的人一樣，也持這一看法。庭長結束了總結發言。

該說的話似乎全都說了，但庭長卻無論如何也難以放棄自己的話語權，因為他聽著自己娓娓道來的聲調感到很愉快，於是他覺得有必要再說幾句，談到陪審員所享有的權利之重要，談到他們必須仔細認真、小心翼翼地使用這一權利，不得濫用，談到他們是宣過誓的，他們是社會的良心，議事室裡的祕密是神聖的，如此等等。

自庭長剛一開口，瑪絲洛娃便目不轉睛地看著他，似乎擔心聽漏一個詞，聶赫留多夫已不再害怕與她目光對視，因此便一直看著她。在他的意識中於是出現一個常見現象，即重逢舊戀人，對方那張很久未見的臉龐起初會令人吃驚，其上布滿在分別期間發生的各種外在變化。但用不了多久，一切又會變得與多年前完全一樣，一切外在變化都會漸漸消散，呈現在心靈眼睛之前的只會是那個獨一無二、舉世無雙的個體的核心神情。

聶赫留多夫的心中就發生了這樣的變化。

是的，儘管身穿囚服，身體發胖，乳房高聳，儘管臉龐的下半部變寬了，儘管額頭和鬢角現出皺紋，儘管眼睛有些浮腫，但這無疑就是那個卡秋莎。她曾在復活節之夜那樣純潔地從下往上看著他，看著她心愛的他，用她那雙含情脈脈、歡樂微笑，而充滿生機的眼睛。

「竟有這般驚人的巧合！要知道，這樁案件偏偏輪到我參加審理，我十年不見她，卻恰恰在這裡、在被告席上看到她！這一切該如何結束呢？快點，唉，快點結束吧！」

他仍未屈服於他心中開始覺醒的懺悔感。他認為這是一個偶然事件，很快就會過去，不會影響到他的生活。他覺得自己的處境如同一隻在房間裡做了壞事的小狗，主人揪住牠的頸圈，讓牠的鼻子去聞自己的排泄物，小狗汪汪叫，拚命往後退，想盡量遠離自己造成的後果，並將其忘掉，但不屈不撓的主人就是不肯放開牠。就這樣，聶赫留多夫已感覺自己做下的壞事，也感覺到主人那隻強有力的手，但他仍不理解他的行為之性質，仍不願認同這位主人。他仍不願相信眼前的一切係由他造成。但那隻不屈不撓的隱形手卻抓著他，他已感覺到自己難以脫身。他仍在硬撐，照老習慣架著腿，漫不經心地擺弄著自己的 pince-nez，頗為自信地坐在第一排第二個座席上。與此同時，他在內心深處已感覺自己當初的行為以及如今的生活均是殘酷無情、卑鄙下流的。他如今的生活閒散而又放浪，無情而又自得，在這段時間，在這整整十二年間，一道可怕的帷幕神奇地遮擋住他的眼睛，使他不見這樁罪行、不見他之後的整個生活。如今這帷幕已微微開啟，他已能偶爾瞥見幕後的情景。

23

庭長終於結束發言，並動作優雅地拿起寫有若干問題的那張紙，交給走近的首席陪審員。陪審員站起身，因為可以離開審判庭而開心，他們不知雙手該往哪裡擺，似乎有些不好意思，就這樣一個接一個走進休息室。門在他們身後剛一關上，一名憲兵便走到這扇門前，從刀鞘裡拔出軍刀，扛在肩上，在門口站崗。幾個法官起身走了出去。三名被告也被帶離。

陪審員走進休息室，便像往常那樣第一件事就是掏出菸來抽。坐在審判庭的陪審員席上，他們或多或少都覺得自己的姿勢有些矯揉造作，一走進休息室，抽起菸來，他們便如釋重負地紛紛落座，立即七嘴八舌地交談起來。

「那姑娘沒罪，她是一時糊塗，」那位好心的商人說道，「應該從輕發落。」

「我們這就來討論一下，」首席陪審員說，「我們不能受我們的個人印象左右。」

「庭長的總結發言說得不錯。」上校說道。

「是不錯！我差點睡著了。」

「關鍵問題在於，如果瑪絲洛娃沒有和兩個服務生串通，他倆就不會知道有那筆錢。」猶太人長相的店員說道。

「那您認為是她偷的？」一名陪審員問。

「這我無論如何也不信，」好心的商人喊道，「這全都是那個紅眼妖婆幹的。」

「都不是好人。」上校說。

「可是她說她沒進過房間。」

「她的話您能信？我一輩子也不會信這個妖婆。」

「您光不信她就解決了？」店員說。

「鑰匙在她手裡。」

「在她手裡又怎麼樣？」商人反駁道。

「那戒指呢？」

「她不是說了嗎？」商人又喊了起來，「那商人脾氣暴躁，又喝多了，揍了她。之後，大概又可憐她。『給你，』他說，『別哭了。』他可是條壯漢，我聽說，他超過一九五，有一百三十多公斤！」

「問題不在這裡，」彼得·格拉西莫維奇打斷他們的話，「問題在於，此事是她起的意，是她唆使的，還是那兩個服務生？」

「不可能是兩個服務生獨自幹的。鑰匙在她手裡。」

東拉西扯的談話持續了很久。

「各位先生，」首席陪審員說，「請大家坐到桌邊來討論。請吧。」他說著，坐到主席的位置上。

「這類姑娘都不是好東西。」店員說道，為證明瑪絲洛娃是主犯，他說像她那樣的姑娘曾在街心花園偷了他一位同事的錶。

上校趁機說起一件更驚人的事，被偷走的一座銀茶炊。

「各位先生，請大家就事論事。」首席陪審員用鉛筆敲打桌面，說道。

大家全都沉默下來。需要討論的是這樣幾個問題：

（一）現年三十三歲的克拉皮文縣鮑爾基村農民西蒙．彼得羅夫．卡爾津金是否犯有以下罪行？一八八×年一月十七日，他於某某城以掠奪錢財為目的蓄意謀殺商人斯梅爾科夫，他與他人串通在給斯梅爾科夫的白蘭地酒中摻入毒藥，致後者死亡，他竊得後者現款近兩千五百盧布以及鑽石戒指一枚。

（二）現年四十三歲的市民葉菲米婭．伊萬諾娃．博奇科娃是否犯有問題一所描述之罪行？

（三）現年二十七歲的市民葉卡捷琳娜．米哈伊洛娃．瑪絲洛娃是否犯有問題一所描述之罪行？

（四）如果被告葉菲米婭．博奇科娃並未犯有問題一所描述之罪行，她是否犯有以下罪行？一八八×年一月十七日，她在某某城茅利塔尼亞旅館做服務生時自住宿該店的商人斯梅爾科夫置於其客房的上鎖箱子中竊走兩千五百盧布，她攜帶一把偷配的鑰匙在房間裡打開箱子。

首席陪審員念出第一個問題。

「各位先生，你們怎麼看？」

大家對這個問題很快便作出回答。大家一致認為：「是的，他有罪。」都認為他參與了投毒和竊盜。只有一位年老的合作社成員不認為卡爾津金有罪，他對所有問題的回答都是無罪。

首席陪審員以為他沒理解問題，便對他解釋，就一切情況來看，卡爾津金和博奇科娃無疑有罪，但合作社成員回答說他很清楚這一點，然而最好還是寬大為懷。「我們自己也不是聖人。」他這樣說道，依然堅持自己的看法。

對於與博奇科娃有關的第二個問題，大家討論、解釋了很久，最後認定：「她無罪。」因為沒有明顯證據表明她參與投毒，她那位律師特別強調過這一點。

想替瑪絲洛娃開脫的那位商人堅持說，博奇科娃才是本案的罪魁禍首。許多陪審員同意他的看法，但一心想嚴格依法辦案的首席陪審員卻說，並不存在指認她參與下毒的證據。爭論很久之後，首席陪審員的意見獲得勝利。

對於與博奇科娃有關的第四個問題，陪審團的回答是：「是的，她有罪。」但在合作社成員的堅持下，他們又補充了一句：「但可從寬處理。」

第三個與瑪絲洛娃相關的問題引發激烈爭論。首席陪審員堅持認為，她在投毒和竊盜兩個方面均有罪，商人不同意他的意見，與商人看法一致的還有上校、店員和合作社成員，其餘的人似乎搖擺不定，但首席陪審員的意見開始占上風，這主要是因為，陪審團全都累了，他們更願意附和那種能更快獲得贊同、因而便能更早讓大家解脫的意見。

聶赫留多夫憑藉法庭調查時的情況、憑藉自己對瑪絲洛娃的瞭解，他堅信她既不會偷竊更不會下毒，他起初以為大家都會這麼看；那位商人為瑪絲洛娃的辯護很笨拙，其原因顯然就是這商人喜歡瑪絲洛娃，他並不掩飾這一點，首席陪審員對他的回擊也正是以此為根據，更主要的是，大家全都累了，便更傾向於認定瑪絲洛娃有罪，當聶赫留多夫發現這一點，就想加以反駁，但他又害怕替瑪絲洛娃說話，他覺得此刻所有人都將知道他跟她的關係。與此同時他又覺得他不能對此事置之不理，應該表示反對。他臉上一陣紅一陣白，正想開口，在此之前一直沉默不語的彼得．格拉西莫維奇突然提出反駁，他顯然被首席陪審員那種大權在握的腔調激怒了，他說的正是聶赫留多夫想說的話。

「請問，」他說道，「您說錢是她偷的，因為鑰匙在她手裡。難道那兩個服務生不能在她離開後用另配的鑰匙打開箱子嗎？」

「是啊，是啊。」商人隨聲附和。

「她不可能拿錢，因為她身處那種地方，沒辦法處理那筆錢。」

「我就是這麼說的。」商人表示支持。

「更可能是她來到旅館，挑起了兩個服務生的歹意，他倆利用了這個機會，然後把責任全都推給她。」

彼得．格拉西莫維奇講得很憤怒。他的憤怒情緒也傳染給了首席陪審員，後者因此便特別頑強地堅持相反的看法，但彼得．格拉西莫維奇的話令人信服，大多數陪審員於是同意他的意見，即瑪絲洛娃並未參與竊盜錢財和戒指，戒指是那位商人送給她的。當大家開始討論她是否參與投毒，熱情捍衛她的商人說，不應認定她有罪，因為她並無毒死那位商人的動機。首席陪審員卻說，不能認定她無罪，因為她自己承認她投放了藥粉。

「是她放的，但她以為那是鴉片。」商人說。

「她用鴉片也能毒死人。」喜歡岔題的上校說，他藉機說起一段故事，即他小舅子的妻子服鴉片自殺，要不是附近就有醫生並採取及時措施，她就沒命了。上校說得如此動聽、如此自信、如此得意，因此誰也沒有勇氣打斷他。只有那位店員被上校的做法所感染，決定打斷上校，以便敘述自己的故事。

「有些人喝慣了鴉片，」他開了口，「他們一次能喝四十滴，我有一位親戚……」但上校卻不許別人打斷自己，繼續介紹鴉片對他小舅子的妻子造成的後果。

「各位先生，已經四點了。」一位陪審員說道。

「那就這樣吧，各位先生，」首席陪審員說，「我們認定她有罪，但並非蓄意搶劫，也未竊盜財產。怎麼樣？」

彼得・格拉西莫維奇滿足於自己的勝利，表示同意。

「但應當從寬處理。」商人添了一句。大家均表示同意。只有那位合作社成員堅持，應該寫明「她無罪」。

「結果都一樣，」首席陪審員解釋道，「並非蓄意搶劫，也未竊盜財產。這也就是說，她無罪。」

「就這樣吧，應當從寬處理，也就是說，剩下的事就順其自然吧。」商人高興地說。

大家全都累了，爭得頭昏腦脹，誰也沒想到要在答案中加入這麼一句：「她有罪，但並非蓄意殺人。」

聶赫留多夫也過於激動，因此沒能發現這一點。對四個問題的回答就這樣寫了下來，送交法庭。

拉伯雷在《巨人傳》中寫道，有人請一位法官斷案，他拿出各種法典，在朗讀了二十頁毫無意義的拉丁文司法條文後，他建議透過擲骰子來斷案，若是雙數則原告有理，若是單數則被告有理。

此處的情形亦如此。恰恰做出這樣的決定，並非因為大家意見一致，而是因為：首先，庭長的總結發言說了很久，此次卻偏偏忘記說每次都要囑咐的話，即陪審團回答問題時可以寫明：「是的，她有罪，但並非蓄意殺人。」其次，上校關於其小舅子妻子的故事說得太久，說得太乏味。第三，聶赫留多夫當時過於激動，沒有注意到答案中並未說明「並非蓄意殺人」，他以為「並非蓄意搶劫」這一說明便可證明她無罪。第四，當時彼得．格拉西莫維奇並不在休息室，在首席陪審員重讀問題和答案時他出去了，更主要的是，陪審員全都累了，都想早點脫身，因此便都贊同可使此事早點結束的決定。

陪審團搖了搖鈴。手持出鞘軍刀站在門前的憲兵將軍刀插回刀鞘，站到一旁。法官都坐回原處，陪審員魚貫而出。

首席陪審員神情莊重地手持那張寫有答案的紙張。他走近庭長，遞上那張紙。庭長讀了，看來有些吃驚，他兩手一攤，便與身旁的兩位同事協商。庭長吃驚的是，陪審團認定了第一個前提，即「並非蓄意搶劫」，卻沒有認定第二個前提。依照陪審團的決定，結果便是：瑪絲洛娃沒有偷竊，沒有搶劫，卻沒有任何目的地毒殺了他人。

「您看，他們的決定多麼荒謬，」庭長對左側的審判員說，「這可是苦役罪啊，但她無罪。」

「她怎麼可能無罪呢？」神情嚴厲的審判員說道。

「她就是無罪。我認為，這種情況適用於第八一八條款。」（第八一八條款規定，如果法庭認為陪審員定罪不當，可取消陪審員的決定。）

「您怎麼看呢？」庭長問那位好心的審判員。

好心的審判員沒有立即作答，他看一眼他面前那份文件的編號，他把幾個數字加起來，發現無法被三整除。他是在算卦，如能被三整除他就表示同意，但儘管無法整除，他出自好心仍表示同意。

「我也認為應該這樣做。」他說。

「您的意見呢?」庭長問那位生氣的審判員。

「絕對不行，」他口氣堅決地回答，「報上一直在說陪審員偏袒罪犯，要是法庭也偏袒罪犯，他們就更有話好說了。我無論如何也不同意。」

庭長看了看錶。

「很遺憾，怎麼辦呢?」他於是把問題交由首席陪審員宣讀。

眾人起立，首席陪審員兩腳輪流踏踏、清清喉嚨，宣讀了問題和答覆。所有司法人員，包括書記官、律師甚至副檢察官，均面露驚訝。

三名被告心平氣和地坐著，他們顯然不理解那些答覆的意義。眾人再次落座，庭長問副檢察官對幾名被告如何量刑。

副檢察官因為意外讓瑪絲洛娃定罪而高興，他將這歸功於自己的口才，他查了查文件，然後站起身來說道：

「我認為，對西蒙・卡爾津金應依據第一四五二條和一四五三條第四款量刑，對葉菲米婭・博奇科娃應依據第一六五九條量刑，對葉卡捷琳娜・瑪絲洛娃應依據第一四五四條量刑。」

所有這些均為此種情形下的最重量刑。

「法官退庭，議定判決。」庭長站起身來說道。

眾人隨他們起身，帶著辦了一件好事的輕鬆愉快心情步出大廳，或在大廳裡來回走動。

「老弟，我們幹了一件可恥的錯事，」彼得・格拉西莫維奇走到聶赫留多夫身邊說道，這時首席陪審員正對聶赫留多夫說著什麼，「我們是在送她去服苦役啊。」

「您說什麼？」聶赫留多夫喊起來，這一次他完全沒有留意到這位教師那令人不快的隨便態度。

「這還用說，」他說道，「我們沒有在答案中寫明：『她有罪，但並非蓄意殺人。』書記官剛剛告訴我，副檢察官要判她十五年苦役。」

「我們就是這樣認定的。」首席陪審員說。

彼得．格拉西莫維奇開始爭論，他說，她沒拿錢，自然就不可能有謀殺之故意。

「我走出休息室之前可是念過答覆的呀，」首席陪審員辯解道，「沒人表示反對啊。」

「我當時不在休息室，」彼得．格拉西莫維奇說，「您怎麼也沒注意到呢？」

「我根本沒想到會這樣。」聶赫留多夫說。

「好一個沒想到。」

「還能改過來吧。」聶赫留多夫說。

「不行了，現在一切都結束了。」

聶赫留多夫看了看三名被告。他們這幾位命運已經決定的人仍舊一動不動地坐在欄杆後面，面對士兵。瑪絲洛娃不知為何面帶微笑。聶赫留多夫心裡突然冒出一陣惡劣的情感。在這之前，他預料瑪絲洛娃將被無罪釋放，留在城裡，他還沒有想好該如何面對她，他對她的態度將變得很困難。而苦役和西伯利亞將迅速消除他倆之間的一切可能關係：那隻沒被打死的鳥不會再在口袋裡掙扎了，會讓人忘記牠。

24

彼得·格拉西莫維奇的推測準確無誤。庭長走出休息室，拿起一張紙宣讀起來：

一八八×年四月二十八日，本地方法院奉皇帝陛下指令，受刑事局委派，據陪審委員會諸先生之決定，特依據《刑事訴訟法》第七七一條第三款、第七七六條第三款和第七七七條作出如下判決：剝奪現年三十三歲的農民西蒙·卡爾津金和現年二十七歲的市民葉卡捷琳娜·瑪絲洛娃一切財產，送去服苦役，判處卡爾津金八年苦役，判處瑪絲洛娃四年苦役，兩人承擔《刑法》第二十八條所列之後果。剝奪現年四十三歲的市民葉菲米婭·博奇科娃一切公民權和特權，沒收財產，入獄三年，並承擔《刑法》第四十九條所列之後果。本案訴訟費由三名被告分擔，若被告無力負擔則由國庫沖銷。本案物證拍賣，戒指歸還失主，酒瓶予以銷毀。

卡爾津金仍舊那樣挺直身子站著，手貼褲縫，五指張開，鼓動著腮幫。博奇科娃顯得十分鎮靜。瑪絲洛娃聽到判決後臉脹得通紅。

「我沒罪，我沒罪！」她突然對著整個審判庭喊起來，「這是冤枉人啊。我沒罪。我沒想殺人，我沒想過。我說的是實話，是實話。」她坐到長凳上，大聲痛哭。

卡爾津金和博奇科娃已走了出去，她還坐在原地哭泣，憲兵只好碰碰她囚服的袖子。

「不，此事不能就這樣放下。」聶赫留多夫自言自語，完全淡忘了那種惡劣的情感，他趕緊來到走廊，想再看她一眼，他自己也不知為何要這樣做。門口擠著那些興高采烈、對此案結局感到滿意的陪審員和律師，他因此在門口耽擱了幾分鐘。

等他來到走廊，她已走遠。他疾走幾步，並不在意這樣會引起別人注意，他趕上她，超過她，然後停了下來。她已不再哭泣，只偶爾抽泣幾聲，她用頭巾的一角擦拭哭紅的臉龐，從他身邊走過，並未回顧。等她走過，他趕緊返身去見庭長，但庭長已經離開。

聶赫留多夫一直追到門房，才追上庭長。

「庭長先生，」聶赫留多夫走到庭長身邊說，庭長此時已穿上淺色大衣，接過看門人遞上的銀柄手杖，「我能與您談談剛剛審理的案子嗎？我是陪審員。」

「當然可以啊，您是聶赫留多夫公爵吧？非常高興，我們見過面，」庭長說道，一邊握手一邊愉快地憶起他與聶赫留多夫見面的那個晚上，聶赫留多夫的舞跳得很出色，興高采烈，勝過所有年輕人，「我能為您效勞什麼呢？」

「在回答與瑪絲洛娃相關的問題時出了點誤會。她沒犯毒殺罪，卻被判服苦役。」聶赫留多夫神情陰鬱地說。

「法庭是根據你們的答覆作出的判決，」庭長說道，同時向出口走去，「雖說法庭也覺得你們的回答與案情不符。」

他想起來，他本想對陪審員解釋，如果他們的回答為「是，她有罪」，而不否定蓄意謀殺，這就是在肯定蓄意謀殺，但他急於了結此案，便未作解釋。

「是這樣，但出了錯難道就無法更正了嗎？」

「上訴的理由總是可以找到的。應該去找律師。」庭長說著，微微歪著腦袋戴上帽子，繼續走向出口。

「不過這太糟了。」

「但是您知道嗎？瑪絲洛娃的出路二者必居其一，」庭長說道。他顯然想更客氣、更敬重地面對聶赫留多夫，他理理大衣領子上方的落腮鬍，輕輕挽住聶赫留多夫的手肘，一邊走向出口，一邊繼續說道，「您不是也要走嗎？」

「是的。」聶赫留多夫說著，趕緊穿上大衣，跟著庭長出門。

他倆出門來到明媚歡樂的陽光下，由於馬路上的隆隆車輪聲，他們立刻就得大聲說話。

「您看，情況是有些奇特，」庭長提高嗓門繼續說道，「這位瑪絲洛娃的出路二者必居其一：要麼幾乎無罪釋放，在牢裡關幾天，還要計入她的在押時間，甚至只是拘捕而已；要麼是苦役。沒有中間的路。如果你們能加上『但並非蓄意殺人』這幾個字，她就會無罪釋放。」

「我的確不該忽視這一點。」聶赫留多夫說。

「所有的問題全在這裡。」庭長看了看錶，微笑著說。

離克拉拉指定的最後期限只剩下三刻鐘了。

「現在，您如果願意，可以去找律師。必須找到上訴理由。這總能找到。我去貴族街，」他這樣回答車夫的問題，「三十戈比，我絕不會多付的。」

「請吧，老爺。」

「再見。如果有什麼事我能效勞，請來貴族街，德沃爾尼科夫樓，很好記。」

他客氣地鞠了一躬，便乘車離去。

25

與庭長的交談以及清新的空氣，讓聶赫留多夫稍稍安下心來。他此時覺得，在不習慣的環境裡度過的這整整一個上午使他的感受變得沉重起來。

「的確是一個驚人的巧合！一定要盡一切可能減輕她的不幸，而且要盡快。馬上就做。是的，就從法院開始，我來問問法納林或米基申住在哪裡。」他想起兩位著名律師。

聶赫留多夫回到法院，脫下大衣，走上樓去。在第一個走道他就遇見了法納林。他攔住法納林，說有事找他。法納林認識聶赫留多夫，知道後者名字，便說他很願意效勞。

「雖說我累了……不過，如果時間不長，您就說說您的事情吧，您這邊請。」

法納林把聶赫留多夫領進一個房間，這裡像是法官辦公室。他倆在桌旁落座。

「請問是什麼事？」

「首先我要請求您，」聶赫留多夫說，「不要讓任何人知道我參與了這件事情。」

「這理所當然。那麼……」

「我今天做了陪審員，我們判一位女子服苦役，可是她無罪。這事讓我很難受。」

聶赫留多夫突然紅了臉，這令他自己也很意外，他猶豫起來。法納林瞥了他一眼，又垂下眼瞼，繼續聽著。

「這樣啊。」他只嘟囔了一聲。

「我們判一個無辜女子有罪，我想撤銷判決，把這樁案子移交最高法院。」

「是送交參政院。」法納林糾正道。

「我就是請您辦理此事。」

聶赫留多夫想把最難說出口的話盡快說出來，於是立即說道：

「辦理此案的酬金和開銷，不管多少都由我承擔。」他說著，紅了臉。

「這我們之後再商量，」律師說道，面帶遷就的微笑看著沒有經驗的聶赫留多夫。

「是哪樁案子呢？」

聶赫留多夫做了說明。

「好的，這事我明天就辦，找卷宗看看。後天，不，週四，您傍晚六點來見我，我給您答覆。好嗎？我們走吧，我在這裡還有點事。」

聶赫留多夫與他告別，走出門去。與律師談了話，也已採取了保護瑪絲洛娃的措施，這讓他感覺更加釋然。他來到門外。天氣很好，他快樂地吸了一口春天的空氣。幾位車夫邀他乘坐馬車，他卻選擇步行，但他腦中立馬又思緒萬分，想起卡秋莎，想起他自己的行為。他的情緒再度低落，感覺周圍的一切都黯淡無光。「不，這事我之後再考慮吧，」他自言自語道，「此刻正相反，應該開開心心，拋開那些沉重的感受。」

他想起科爾恰金家的宴會，便看了一眼錶。時間還不晚，他還能趕得上宴會。一輛鐵軌馬車在身邊哐哐噹噹地駛過。他快跑幾步，跳上鐵軌馬車。到了廣場，他跳下馬車，攔下一輛豪華馬車，十分鐘後，他已置身科爾恰金家豪宅的門前。

26

「您請，老爺，都在等您呢。」科爾恰金家那位客氣的胖看門人說著，推開那扇裝著英國鉸鏈、開關無聲的橡木大門，「開席了，但吩咐過，請您一來就過去。」

看門人走到樓梯旁，搖鈴通報樓上。

「都有哪些客人？」聶赫留多夫邊脫衣服邊問。

「有科洛索夫先生，還有米哈伊爾·謝爾蓋耶維奇，再就是家裡人。」看門人回答。

一位穿燕尾服、戴白手套的漂亮男僕在樓梯上方向下看了一眼。

「您請，老爺，」他說，「吩咐請您上樓。」

聶赫留多夫走上樓梯，穿過他熟悉的富麗堂皇的寬敞大廳，走進餐廳。餐廳裡，全家人都已坐在桌旁，只有這家的母親索菲婭·瓦西里耶夫娜缺席，她從不走出自己的書房。餐桌一端坐著科爾恰金老先生，緊挨著他坐在左邊的是醫生，右邊則是客人伊萬・伊萬諾維奇・科洛索夫，他曾是省裡的首席貴族，現為銀行理事會成員，是科爾恰金的自由派戰友；左邊接下來坐著米西的四歲小妹妹和她的家庭教師Miss列德爾（列德爾小姐），與她倆相對坐在右邊的是米西的弟弟彼得，他是科爾恰金家的獨生子，在讀六年級，就是為了方便他準備考試，全家人才全都留在城裡，坐在他身旁的還有一位擔任家庭教師的大學生；左側接下來是卡捷琳娜・阿列克謝耶夫娜，一位四十歲的老姑娘，斯拉夫派人士，她對面是米哈伊爾・謝爾蓋耶維奇，又稱米沙・捷列金，是米西的表兄弟。餐桌的另一端坐著米西本人，她旁邊擺著一副沒動過的餐具。

「太好了。您請坐，我們剛剛開始吃魚。」科爾恰金老先生辛苦而小心地用假牙咀嚼食物，抬起看不到眼瞼的充滿血絲的眼睛看著聶赫留多夫說道。「斯捷潘！」他嘴裡包著一口食物，對著一位身材肥胖、舉止穩重的男僕說道，同時用眼睛示意他面前空空如也的餐盤。

雖說聶赫留多夫對科爾恰金老先生很熟悉，也多次在餐桌旁見到他，但此刻他不知為何卻十分反感老人這紅色的臉龐、塞進西服背心領口的餐巾和餐巾上方那津津有味地不停咀嚼的嘴巴，以及他滾圓的脖子，他更反感老人這副將軍般的肥胖身軀。聶赫留多夫不由自主地想道，他曾聽聞此人生性殘忍，天知道他為何如此，他有錢有勢，並不需邀功請賞，但他在做地方官員時卻熱衷鞭刑，甚至把人吊死。

「這就上菜，老爺。」斯捷潘說道，同時從擺滿銀盞的櫥櫃取出一把大湯勺，再對著一位蓄著落腮鬍的漂亮男僕點頭示意，僕人便趕緊去整理米西身旁那副沒動過的餐具。餐具上蒙著餐巾，漿洗得筆挺、疊得很好看的餐巾上繡有顯眼的族徽。

聶赫留多夫繞餐桌走了一圈，與所有人握手。當他走近時，除科爾恰金老先生和諸位女士外，大家全都站起身來。繞著餐桌走一圈，與所有人握手，儘管與他們中的大多數從未有過交談，這在此時令他感覺尤其不快、十分可笑。他為遲到而道歉，接著想在餐桌盡頭米西和卡捷琳娜·阿列克謝耶夫娜中間的空位上落座，但科爾恰金老先生卻要他坐在擺有龍蝦、魚子醬、乳酪和鯡魚的桌旁，說他可以不喝酒，不過還是應該吃點東西。聶赫留多夫不覺得自己很餓，但一吃起夾著乳酪的麵包，便停不下來，貪婪地吃著。

「怎麼，你們又破壞基礎了？」科洛索夫說道，他嘲諷地引用了反動報紙抨擊陪審員制度時所使用的措辭，「你們判罪犯無罪、判無辜者有罪，是這樣的嗎？」

「破壞了基礎……破壞了基礎……」公爵笑著重複道，他對自己這位自由派同志和朋友的智慧和學識充滿無限信賴。

聶赫留多夫甘冒失禮的風險，並不搭理科洛索夫，他喝起剛剛端上的冒著熱氣的湯，繼續咀嚼麵包。

「你們先讓他吃點東西吧。」米西笑著說道，她用這個代詞「他」表明了她和他之間的親密關係。科洛索夫此時卻高談闊論起來，得意地說起他一篇抨擊陪審員制度的文章之內容。為他幫腔的是公爵的侄子米哈伊爾·謝爾蓋耶維奇，他轉述了同一份報紙上另一篇文章的內容。

米西像往常一樣十分distinguée（法文：優雅），她衣著考究，但她的考究是不易察覺的。

「您大概累壞了，也餓壞了。」待聶赫留多夫不再咀嚼，她對他說道。

「不，也沒什麼。您呢？去看畫展了嗎？」他問。

「沒去，我們改日再去。我們去薩拉馬托夫家打lawn tennis（英文：草地網球）了。真的，克魯克斯先生打得真好。」

聶赫留多夫來到這裡是為了散心，與這家人共處他總會感覺愉快，這不僅因為這裡的奢華風格讓他覺得舒適，而且還由於那種無形地包裹著他的、不無逢迎的溫情氛圍。可是今天，奇怪的是，這戶人家的一切都令他反感，從看門人、寬敞的樓梯、鮮花、僕人和桌上的陳設到米西本人，他此時覺得米西毫無魅力，很不自然。他討厭科洛索夫這種自以為是、庸俗不堪和自由派腔調，討厭科爾恰金老先生這副自以為是、貪戀食色的公牛般軀體，討厭斯拉夫派人士卡捷琳娜·阿列克謝耶夫娜的滿口法國話，討厭家庭女教師和家庭男教師的滿臉羞怯，尤其討厭提到他時所使用的那個代詞「他」……聶赫留多夫始終在對於米西所持的兩種態度間來回搖擺：有時他像是瞇起眼睛，或是在月光下打量，他看見她身上的一切美好之處，他覺得她嬌豔美麗、聰明自然……有時，他像是突然之間在日光下看她，於是便不可能不看到她的缺點。此時對他而言便是這樣的白晝。他此時看到了她臉上的所有皺紋，知道、也看清了她的頭髮是有意弄得很蓬鬆的，他看到她尖尖的肘部，更要緊的是，還看到了她大拇指上寬寬的指甲，很像她父親的指甲。

「草地網球沒意思，」科洛索夫談起網球，「我們小時候玩的棒球要有意思得多。」

「不，您是沒玩過。網球太有意思了。」米西反駁道，聶赫留多夫覺得她所使用的「太有」一詞極不自然。

於是展開一場爭論，參與進來的還有米哈伊爾·謝爾蓋耶維奇和卡捷琳娜·阿列克謝耶夫娜。只有家庭女教師、家庭男教師和孩子們沉默不語，他們顯然感覺沒有意思。

「老是爭論不休！」科爾恰金老先生哈哈大笑著說道，從西服背心領口掏出餐巾，他從桌邊起身，把椅子碰得卡卡響，僕人趕緊扶住椅子。其餘人跟隨他站起身，走到一張小桌旁，小桌上擺著漱口杯和香噴噴的溫水，大家一邊漱口，一邊繼續進行誰也不感興趣的談話。

「我說得不對嗎？」米西對聶赫留多夫說道，想讓他支持她的看法，即在體育遊戲中最能看出一個人的性格。她在他臉上看到一種心事重重的神情，她覺得這是一種責怪，她很怕在他臉上看到這神情，於是便想探明其原因。

「真的，我不清楚，我從未想過這個問題。」聶赫留多夫回答。

「我們去看看媽媽好嗎？」米西問道。

「好的，好的。」他說著，掏出一根菸，他的聲調在清楚地說明他不想去。

她沒有說話，用詢問的目光看了他一眼，他於是感覺不好意思了。「其實，來人家這裡做客可不是為了讓人家敗興的。」他心想，於是盡量想表現得客氣些，便說，如果公爵夫人願意接待，他十分樂意前去。

「當然，當然，媽媽會很高興的。在她那裡您也可以抽菸。伊萬．伊萬諾維奇也在那裡。」

這家的女主人索菲婭．瓦西里耶夫娜公爵夫人終日躺在床上。她躺在床上會見客人已有七年多，她躺在花邊和緞帶裡，置身於絲絨、鍍金器具、象牙製品、青銅雕塑、漆器和鮮花之間，足不出戶，只接待她自己所謂「自己的朋友」，亦即在她看來在某一方面十分出眾的人。聶赫留多夫亦屬此類朋友，因為他被視為是聰明的年輕人，因為他母親曾是這家人的好友，還因為，米西若能嫁給他就是一樁好事。

索菲婭·瓦西里耶夫娜公爵夫人的房間在大、小客廳的後面。在大客廳裡，走在聶赫留多夫前面的米西決然地停下腳步，扶著一把鍍金椅子的靠背，看了他一眼。

米西很想嫁人，聶赫留多夫也是一個很好的對象。此外，她也喜歡他，她已習慣這個想法，即他將成為她的人（不是她成為他的人，而是他成為她的人），於是她便像精神病人那樣，懷著無意識但頑強的狡黠以達到目的。她此刻與他交談，就是為了讓他敞開心扉。

「我看出您好像遇到什麼事了，」她說，「出了什麼事？」

他想起自己在法庭上的那場巧遇，便皺了皺眉頭，紅了臉。

「是的，遇到一點事，」他不願遮掩，便說道，「一件奇怪的事，非同尋常，也很重要。」

「什麼事呢？您能說說嗎？」

「現在不能說。請允許我現在不說。遇到的事我還沒來得及細想呢。」他說著，臉紅得更厲害了。

「您連對我也不說？」她面部的肌肉抖動一下，她手扶的椅子也動了一下。

「是的，我不能說。」他答道，他覺得他是在回答她，同時也在回答自己，在承認自己真的遇到了一件十分重要的事情。

「那好，我們走吧。」

她動動腦袋，似乎想趕走那些不必要的思緒，隨後邁著比平常更快的腳步向前走去。

他覺得她在不自然地抿著嘴，以便忍住眼淚。他傷到她了，這讓他覺得過意不去，有點難受，但是他也知道，稍一心軟，他就完了，也就是說，他就會被拴住。而此刻，他最擔心的事就是被拴住，於是，他默默地跟著她走向公爵夫人的書房。

27

索菲婭·瓦西里耶夫娜公爵夫人已吃完她那頓十分精緻、很有營養的午餐，她總是獨自進食，以免旁人看到她這種毫無詩意的例行事務。她的沙發床邊擺著一張小桌，桌上放著咖啡，她在抽菸。索菲婭·瓦西里耶夫娜公爵夫人身材瘦削修長，滿頭黑髮，牙齒細長，生有一雙黑色的大眼睛，相貌顯得還很年輕。

有人說她壞話，說她與醫生關係曖昧。聶赫留多夫先前沒把這些傳言當回事，但此刻他不僅想起那些話，還感到十分噁心，當他看見醫生就坐在她的扶手椅旁，醫生的兩撇小鬍子還抹了油，油光鋥亮。

與索菲婭·瓦西里耶夫娜並排坐在矮沙發上的是科洛索夫，他坐在小桌旁，在攪動咖啡。小桌上還擺著一杯甜酒。

米西與聶赫留多夫一同走到母親身旁，但她並未留在這個房間裡。

「等媽媽累了，要趕你們走，你們就來我房間吧。」她對科洛索夫和聶赫留多夫說道，聽她的語氣，好像他倆之間什麼都不曾發生，她開心地一笑，腳踩厚厚的地毯，無聲無息地走出了房間。

「您好啊，我的朋友，快坐下，給我們說說。」索菲婭·瓦西里耶夫娜公爵夫人說道，面帶佯裝的微笑，然而這微笑卻裝得十分自然，露出漂亮的細長牙齒，這副假牙做得十分精緻，與真牙一模一樣。

「我聽說您剛從法院過來，心情很不愉快。我想，這事對於有良心的人來說是很辛苦。」她用法文說道。

「是的，您說得對，」聶赫留多夫說，「會常常覺得自己……覺得自己沒有權利進行審判……」

「Comme c'est vrai（法文：此言極是）。」她感歎道，彷彿為他話語間的真誠所震驚，她一向善於逢迎自己的談伴。

「您的畫畫得怎麼樣了？我非常喜歡您的畫，」她又添了一句，「要是我沒生病，我早就去您那裡了。」

「我完全不畫畫了。」聶赫留多夫冷冷地說，他此時看穿了她的假意逢迎，一如看穿她竭力掩飾的衰老，他無論如何也難以讓自己保持殷勤的做派。

「不該這樣！您知道嗎？列賓親口對我說過他有才華。」她轉向科洛索夫，說道。

「她在公然說謊，真不知害羞。」聶赫留多夫皺皺眉頭想道。

索菲婭·瓦西里耶夫娜確信聶赫留多夫心情不好，無法讓他加入聰明愉快的交談，她便轉而面對科洛索夫，問起他對一部新戲的看法，她的語氣使人覺得，科洛索夫的看法肯定能消除一切疑慮，他的每一句話都能永垂不朽。科洛索夫譴責這齣戲，並乘這個機會道出自己的藝術觀。索菲婭·瓦西里耶夫娜公爵夫人對科洛索夫的真知灼見表示震驚，但也嘗試替該劇作者辯護，卻話一出口不是表示認輸，就是調整自己的意見。聶赫留多夫看著、聽著，可是他看到、聽到的卻並非他眼前的場景和話語。

聽著索菲婭·瓦西里耶夫娜和科洛索夫兩人的談話，聶赫留多夫看出：首先，無論索菲婭·瓦西里耶夫娜還是科洛索夫，他倆對戲劇都毫無興趣，彼此之間也毫無興趣，如果說他倆一直說個不停，那也僅為滿足一種生理需求，即在進食後活動一下舌部和喉部的肌肉；其次，科洛索夫喝了白酒、葡萄酒和甜酒，有些醉意，但他醉得不像很少有酒喝的農人那樣，而像那些把喝酒當成習慣而經常喝醉的人。他不搖搖晃晃，也不說蠢話，卻處於一種不太正常、興奮自得的狀態；第三，聶赫留多夫發現，索菲婭．瓦西里耶夫娜在談話之間不無擔心地看著窗外，落日的光線從窗口斜射進來，會過於分明地照出她的衰老。

「此言甚是。」她對科洛索夫的意見表示贊同，之後按了按沙發床邊牆壁上的按鈴。

此時醫生站起身來，他像是家裡人，一句話也沒說就走出了房間。索菲婭．瓦西里耶夫娜目送著他，同時繼續談話。

「菲力浦，請把窗簾放下來。」當一位漂亮男僕聽到鈴聲後進屋，她用眼睛瞥了一下窗簾，說道。

「不，無論您怎麼說，這裡面還是有神祕感的，沒有神祕感就沒有詩歌。」她說著，同時用一隻黑色的眼睛氣呼呼地盯著男僕放窗簾。

「沒有詩歌的神祕主義就是迷信，而沒有神祕主義的詩歌就是散文。」她說道，悲哀地微笑著，始終盯著那位在整理窗簾的僕人。

「菲力浦，您別放這副窗簾，是大窗戶上的。」索菲婭．瓦西里耶夫娜受難般地說道，她顯然很心疼自己為說出這句話而付出的努力，為安慰自己，她立即用戴滿戒指的手把散發香味、冒著青煙的菸捲遞到嘴邊。

肩寬體壯的美男子菲力浦微微鞠躬，似在表示歉意，然後邁動強健有力、小腿肚凸起的雙腿輕輕走過地毯，恭順地默默走向另一扇窗戶，放下窗簾，同時仔細看著公爵夫人，不讓一縷陽光照到她。

但他做得還是不對，於是，再度受苦受難的索菲婭・瓦西里耶夫娜只得中斷她關於神祕主義的談話，來指導這個笨頭笨腦、無情折磨著她的菲力浦。剎那之間，有一星火光在菲力浦眼中閃現。

「他心裡大約在說：『鬼才知道你到底要幹什麼。』」目睹這齣表演，聶赫留多夫心裡在想。可是，魁梧的美男子菲力浦立即掩飾住自己的不耐煩舉止，心平氣和地執行體弱多病、處處裝腔作勢的索菲婭・瓦西里耶夫娜公爵夫人的命令。

「當然，達爾文的學說裡有很大一部分是對的，」科洛索夫說，他靠在矮扶手椅上，用惺忪的眼睛看著索菲婭・瓦西里耶夫娜公爵夫人，「可是他越界了。是的。」

「您相信遺傳性嗎？」索菲婭・瓦西里耶夫娜問聶赫留多夫，後者的沉默不語讓她感到難受。

「遺傳性？」聶赫留多夫反問一句。「不，我不相信。」他說，他腦海裡此刻浮現出一些不知為何出現的奇特形象。在他的想像中，大力士美男子菲力浦成為人體模特兒，他旁邊的科洛索夫也赤身露體，肚子像個西瓜，腦袋光禿禿的，兩隻沒有肌肉的手臂像是枯藤。他也隱約想像到索菲婭・瓦西里耶夫娜此時被綢緞和絲絨包裹的肩膀本該是什麼模樣，然而這一場景過於可怕，於是他竭力驅走了這種想像。

索菲婭・瓦西里耶夫娜看了他一眼。

「米西在等您了，」她說道，「您去她那兒吧，她想為您彈奏舒曼的一首新作……非常有意思。」

「她什麼也不想彈奏。她這全是在有意撒謊。」聶赫留多夫想著，站起身，握了握索菲婭・瓦西里耶夫娜那隻透明枯瘦、戴滿戒指的手。

卡捷琳娜・阿列克謝耶夫娜在客廳遇見他，立即說起話來。

「我可看出來了，陪審員的工作讓您負擔很重。」她像往常一樣用法文說道。

「是的，抱歉，我今天心情不好，我也沒有權利讓別人不高興。」聶赫留多夫說。

「您為什麼心情不好呢？」

「請允許我不談這個問題。」他一邊說，一邊在找自己的帽子。

「您還記得嗎？您說過要永遠說實話，您也經常跟我們大家說一些可怕的實話。為什麼您今天就不願說了呢？米西，你還記得吧？」卡捷琳娜．阿列克謝耶夫娜轉而對走近他們身邊的米西說道。

「因為那都是遊戲，」聶赫留多夫嚴肅地回答，「玩遊戲時什麼都可以說。現實中我們卻都很壞，我是說我很壞，至少我是說不出實話來的。」

「您別改口，您最好說一說我們壞在哪裡。」卡捷琳娜．阿列克謝耶夫娜仍在玩弄辭藻，似乎沒有發現聶赫留多夫的嚴肅神情。

「沒有比承認自己心情不好更糟的事了，」米西說道，「我就從不承認自己心情不好，因此我總是心情很好。好吧，你們去我那兒吧。我們試著驅散您的 **mauvaise humeur**（法文：不好心情）。」

聶赫留多夫覺得自己就像一匹馬，正在被撫摸，之後就會被套上籠頭，趕去拉車。但他偏偏不願去拉車，他此刻的這一感覺比任何時候都更強烈。他表示歉意，說他該回家了，隨後道別。米西握著他的手，握的時間比平常更久。

「請您記著，對您重要的事，對您的朋友也很重要，」她說，「您明天還過來嗎？」

「不一定。」聶赫留多夫說道，他感覺害臊，但他不清楚是為自己害臊還是為她害臊，他紅著臉，急忙走出門去。

「怎麼回事？Comme cela m'intrigue（法文：我覺得這很有意思），」待聶赫留多夫走出門，卡捷琳娜·阿列克謝耶夫娜說道，「我一定要搞清楚。可能是件affaire d'amour-propre: il est très susceptible, notre cher Митя（法文：有關體面的事，因為我們親愛的米佳很惱火呢）。」

「Plutôt une affaire d'amour sale.（法文：更像是一件骯髒的風流韻事。）」米西想說，但她沒說出口，她看著前方，臉色陰沉，與剛才看著他時的神情完全不同，但即便面對卡捷琳娜·阿列克謝耶夫娜，米西也不會說出這句粗魯的玩笑，她只說了一句：

「大家都會有開心和不開心的時候。」

「莫非這個男人會騙我，」她想，「事到如今，他這樣做可太惡劣了。」

如果要米西來解釋一下「事到如今」是什麼意思，她也說不出任何確鑿的話來，但與此同時她又確切地知道，他不僅喚起了她的期望，甚至幾近給她以許諾。這一切並非確鑿的話語，而是眼神、微笑、暗示和沉默。但是，她仍然認為他是她的人，失去他，這對她而言十分難受。

28

「無恥又卑鄙，卑鄙又無恥。」聶赫留多夫沿著熟悉的街道步行回家，他在途中想道。他在與米西談話時體驗到的沉重感覺尚未消失。他覺得，從形式上說，如果可以這樣表達的話，他在她面前並無過錯，因為他並未對她說過任何有約束力的話，並未向她求婚，但事實上他卻感到他與她已有關聯，他已給她以許諾，可是今天他卻全身心地意識到，他不能娶她為妻。「無恥又卑鄙，卑鄙又無恥。」他一遍又一遍地對自己說，他並非單指自己對米西的態度，而是泛指一切。「一切都卑鄙又無恥。」他在心底說道，走進了自己的家門。

「我不吃晚飯了，」他對跟在他身後走進餐廳的科爾涅依說道，餐廳裡已備好餐具和茶，「您去吧。」

「是。」科爾涅依說道，但他並未退下，仍在收拾桌子。聶赫留多夫看著科爾涅依，覺得他有些討厭。他不願有任何人打擾他，但他覺得大家都在有意作對，纏著他不放。待科爾涅依端著餐具退下，聶赫留多夫走近茶炊斟茶，卻聽見阿格拉菲娜·彼得羅夫娜的腳步聲，他不願見她，便趕緊走向客廳，並隨手關上門。就在這個房間，也就是這間客廳，他母親於三個月前撒手人寰。房間裡有兩盞射燈，一盞照著他父親的畫像，一盞照著母親的畫像，此刻走進這房間，他憶起自己在母親離世前對母親的態度，他覺得自己當時的態度很不自然，令人厭惡。這也是無恥又卑鄙的。他憶起，他在她病入膏肓的時候巴不得她早死。他對自己說，他有此願望是為了使她擺脫痛苦，但實際上他是為了不讓自己再看見她的痛苦。

他想喚起自己關於母親的美好回憶，便看了一眼她的畫像，此畫是花五千盧布請一位名畫家畫的。畫上的母親身著黑絲絨長裙，胸口袒露。畫家顯然十分用心地描繪了乳房、乳溝、十分優美的雙肩和脖頸。這完全是無恥又卑鄙的。這幅把母親畫成半裸美女的畫像令人難堪，充滿褻瀆。更讓他難堪的是，三個月之前，這位婦人就躺在這房間裡，她骨瘦如豺，像具木乃伊，始終散發著一種十分難聞的氣味，這氣味無論如何都難以去除，不僅充斥這個房間，而且彌漫整幢房屋。他覺得，直到現在他似乎仍能聞見這氣味。他還憶起，在去世的前一天，她用她枯瘦泛黑的手握著他有力白皙的手，盯著他的眼睛看了看，說道：「別怪我，米佳，如果我有什麼做得不對的地方。」她那由於痛苦的折磨而失去光澤的眼裡流出了淚水。「多麼卑鄙！」看一眼這位肩膀和手臂像華美的大理石一般、面帶凱旋式微笑的半裸美女，他再一次自言自語道。畫像上袒露的前胸讓他想起另一位年輕女人，幾天前他也曾看見她如此袒露前胸。這位年輕女人就是米西，她想出個藉口叫他傍晚去她家，以便向他展示她身著白裙的模樣，她這身打扮是要去舞會。他反感地想起她漂亮的肩膀和手臂，還想到她那位只知吃喝玩樂的粗魯父親及其經歷和殘忍天性，還有她那位享有可疑的 bel esprit（法文：機智）名聲的母親。這一切都令人反感，也很可恥。可恥又卑鄙，卑鄙又可恥。

「不，不，」他想，「應該擺脫這一切，擺脫這一切虛偽的關係，斷絕與科爾恰金一家的關係，斷絕與瑪麗婭·瓦西里耶夫娜的關係，放棄遺產，放棄一切……是的，要自由地呼吸。到國外去，去羅馬，繼續學畫……」他想起他懷疑過自己的天賦，「不過也沒關係，就是為了自由地呼吸。先去君士坦丁堡，然後去羅馬，但要盡早辭去陪審員資格。還要和律師一起把這個案子了結。」

他的眼前突然異常真切地浮現出那名女犯的身影，她有一雙有點斜視的烏黑眼睛。她在被告最後陳述階段哭得多傷心啊！他急忙把抽完的菸頭在菸灰缸裡按滅，又點起一支菸，在房間裡來回踱步。與她共度的那些瞬間在他的腦海裡相繼閃現。他憶起與她的最後一次相見，憶起在那一時刻左右著他的獸欲，以及欲望滿足後他體驗到的失望。他憶起帶有天藍色腰帶的白色連衣裙，憶起那場晨禱。「我是愛她的，那天夜裡我真心愛她，我的愛情美好而又純潔，我之前也愛她，我在第一次去姑媽家寫論文的時候就愛上了她！」他又憶起自己當時的模樣，當時的他風華正茂，充滿活力，於是，他感到十分傷心。

當年的他和如今的他相差巨大，一如當年教堂裡的卡秋莎和這天上午他們審理的那位陪商人狂飲的妓女之間的差異。當年的他精神抖擻、自由自在、前程無限，而如今的他卻感覺自己已深陷生活的羅網，這生活愚蠢空虛、沒有目的、毫無意義，他在其中看不到出路，他甚至多半也不願步出這種生活。他憶起，他曾自豪於自己的率真，曾將永遠說真話當作自己的準則，他也的確曾是一個真實的人。但如今的他卻徹頭徹尾地虛偽，虛偽至極，而周圍的人卻均視這種虛偽為真誠。這虛偽中沒有任何出路，至少，他看不到有任何出路。他沉湎於虛偽、習慣了虛偽，在虛偽中泰然處之。

該如何了斷與瑪麗婭・瓦西里耶夫娜的關係、如何處理與她丈夫的關係，以便能不害羞地直視他和他孩子們的眼睛？該如何不虛偽地結束與米西的關係呢？他承認土地私有制的不公正，卻又繼承了母親的遺產，這兩者間的矛盾該如何去除呢？該如何補償他對卡秋莎犯下的罪孽呢？此事刻不容緩。「不能丟下一個我愛過的女人不管，不能只付給律師一筆錢，幫她免除她原本就不該承受的苦役就算了，不能用金錢來彌補罪孽，像我當年想的那樣，給她一筆錢，就做了該做的一切。」

他又真切地回憶起那個時刻，他在走廊裡追趕上她，塞給她一點錢，便從她身邊跑開了。「唉，那筆錢啊！」他懷著與當年一樣的恐懼和厭惡又想起那個時刻，「唉，唉！真卑鄙啊！」像當年一樣，他又喊出聲來，「只有惡棍和無賴才會這麼做！而我，我就是那個無賴，就是那個惡棍！」他說出聲來，「難道我真的就是，」他停下腳步，「難道我真的就是，真的就是無賴？那還能是誰？」他自問自答。「難道僅此一樁嗎？」他繼續揭露自己，「你對瑪麗婭・瓦西里耶夫娜和她丈夫的態度難道不也是卑鄙、不也是下流的嗎？還有你對財產的態度呢？你認為財富不公正，卻又藉口錢是母親留下的，便照舊享用。還有你這終日遊手好閒、讓人噁心的生活。其中最為惡劣的，就是你對卡秋莎的態度。無賴，惡棍！不管他們（別人）如何評判我，我也可以欺騙他們，但我欺騙不了自己。」

於是他突然明白了，他近來對許多人的反感，尤其是今天對公爵、對索菲婭．瓦西里耶夫娜的、對米西和對科爾涅依的反感，也就是對自己的反感。奇怪的是，在這種承認自己卑鄙的感覺中卻既有傷心，也有歡樂和慰藉。

聶赫留多夫一生中有過多次他稱之為「靈魂清潔」的此類舉動。他的「靈魂清潔」指這樣一種心理狀態，即在一長段時間之後，他突然覺得內心生活遲緩了，甚至停滯了，於是他便著手清除自己靈魂中聚積的所有垃圾，這些垃圾就是導致內心生活停滯的原因。

在這樣的省悟之後，聶赫留多夫總要給自己立下一些他打算永遠遵循的規矩，比如寫日記，開始一種他希望永遠不再改變的新生活，turning a new leaf（英文：翻開新的一頁），就像他常對自己說的那樣。但每一次，世間的誘惑又會捕獲他，他也就不知不覺地再度沉淪，往往比之前沉淪得更深。

就這樣，他數次清洗靈魂，數次振作起來，而第一次就發生在他去姑媽家過暑假的時候。那是一場最有力、最興奮的省悟，其效果也持續了很久。他後來有過一次省悟，即他辭去文職並在戰時從軍，甘願獻出自己的生命。不過很快，靈魂裡又堆滿了垃圾。在他退伍後出國並開始學習繪畫時，這種省悟又再度出現。

自那時起直到如今，已有很長一段時間不曾進行清洗，因此他還從未如此骯髒，他良心的需求與他實際的生活也從未如此相悖，看到兩者間的距離，他很是驚駭。

距離如此之大、靈魂如此骯髒，他一開始感到十分絕望，認為已無清洗的可能。「你已努力要改進自我、做更好的自己，可是毫無結果，」誘惑者撒旦的聲音在他內心響起，「幹嘛要再試一次呢？又不是你一人，大家全都如此，生活就是如此。」這個聲音說道。但是，那個自由的、精神的存在，那個唯一真實、唯一強大、唯一永恆的存在已在聶赫留多夫心中覺醒。他不可能不相信這一存在。無論現實中的他和他理想中的他這兩者間的距離有多大，對於一個覺醒了的存在而言，一切皆有可能。

「無論付出什麼代價，我都要掙脫這束縛我的虛偽，我要向所有人坦承一切，說實話，做實事，」他態度堅決地自言自語，「我要對米西說實話，說我是個淫徒，我不能娶她，我不過是白白擾亂了她的芳心；我要對瑪麗婭．瓦西里耶夫娜（首席貴族的妻子）說實話。不過，對她倒無話可說，我會對她丈夫說，我是個惡棍，我欺騙了他。對遺產的處置也要實事求是。我要對卡秋莎說，我是個壞蛋，我在她面前有罪，我要竭盡所能以減輕她的不幸。是的，我要見她，求她寬恕我。是的，我要請求寬恕，像孩子那樣請求寬恕。」他停下腳步，「如果有必要，我就和她結婚。」

他站在那裡，將雙手抱在胸前，像他小時候常有的動作，他抬起眼睛，對著上方說道：

「主啊，幫幫我，教導我，請來到我心中，清洗我身上的一切汙垢！」

他祈禱著，請求上帝幫幫他，來到他心中，清洗他，而他的祈求立刻便得到回應。停駐於他內心的上帝，在他的意識中甦醒過來。他感覺自己就是上帝，因此，他不僅感覺到了自由、振奮和生活的歡樂，還感覺到了善的所有力量。他覺得，人類可以做到的一切最美好的事情，他此刻均能勝任。

他在對自己說這些話的時候，他的眼裡噙滿淚水，這其中有好的淚水，也有壞的淚水。有好的淚水，因為這是他內心沉睡多年的精神存在覺醒後灑下的歡樂的淚水；也有壞的淚水，因為這是在欣賞自我、欣賞自己美德時湧出的感動的淚水。

他覺得悶熱。他走到已取下冬季護窗板的窗前，推開窗戶。窗戶敞向花園。這是一個清新靜謐的月夜，街上傳來一陣車輪聲，隨後萬籟俱寂。窗前是一棵光禿禿的高大楊樹投下的樹影，所有的枝丫清晰地映在一塊乾淨的沙地上。左邊是板棚的屋頂，它在明亮的月光下泛著白光。前方是相互交錯的樹枝，透過樹枝能看見圍牆的暗影。聶赫留多夫看著月光映照下的花園、屋頂和楊樹的樹影，呼吸著清新的空氣。

「多好啊！多好啊，我的上帝，多好啊！」他說的是他內心的變化。

29

直到晚上六點，瑪絲洛娃才回到囚室，已不習慣走遠路的她在石頭路面上一連走了十五里，她筋疲力竭，兩腿酸痛，出乎意料的嚴厲判決讓她垂頭喪氣，此外她還餓得不行。

在一次庭審休息時，當她身邊的法警吃起麵包和熟雞蛋，她嘴裡便滿是口水，她覺得肚子很餓，但她覺得向人要吃的很不體面。在那之後又過去三小時，她已不再想吃東西，只覺得渾身無力。就在這種狀態下，她聽到了那個出乎她意料的判決。一開始她以為自己聽錯了，不敢相信她聽到的判決，無法將自己與苦役犯聯想在一起。可是，當她看到法官和陪審員那一張張無動於衷、公事公辦的臉，他們把這個結果看成某種十分自然的事情，她於是憤怒不已，對著整個審判庭大喊，說她是無罪的。可是當她看到，她的哭喊也被他們視為某種自然的事情，既未出乎他們意料，也無法改變事實，她痛哭起來，覺得只能屈從這一強加給她的不公正判決，這殘忍的判決令她驚愕。更讓她驚訝的是，對她作出這一殘忍判決的竟是一幫男人，是一幫年輕的男人，而非年老的男人，正是那些一直含情脈脈地看著她的男人。她看得出來，只有一個男人，也就是那位副檢察官，想法與其他人不同。她看到，當她在候審室等待開庭的時候、在審訊的空檔，這些男人都假裝有什麼事情要做，在門口輪番路過，或走進屋來，只是為了看她一眼。但突然之間，這些男人不知為何卻判她去服苦役，儘管她並未犯下他們強加在她頭上的那樁罪行。她起初哭著，後來停下了，呆呆地坐在候審室裡，等待被押解回監獄。此刻她只有一個願望，就是抽菸。就是在這種狀態下，瑪絲洛娃與博奇科娃和卡爾津金又碰面了，他倆在宣判後也被帶進這個房間。博奇科娃立即罵起瑪絲洛娃，稱她為苦役犯。

「怎麼，你贏了？你沒罪了？你恐怕也沒躲過去吧，你這個下賤的婊子。你這是罪有應得。服苦役的時候你恐怕賣不了風騷了吧。」

瑪絲洛娃坐在那裡，雙手揣在囚服的衣袖裡，低垂著頭，一動也不動地看著面前兩步遠的地方，看著那塊被踩髒的地板，嘴裡在說：

「我沒惹您，您也別來煩我。我可沒惹您。」她重複了好幾遍，然後便不再作聲。等到卡爾津金和博奇科娃被帶走，她才稍稍緩過神來，這時，法警給她送來三個盧布。

「你是瑪絲洛娃？」法警問道，「這是一位太太帶給你的。」他說著，把錢遞給她。

「哪位太太？」

「你拿著就是，哪來的廢話？」

這錢是妓院老鴇基塔耶娃給的。基塔耶娃在離開法院時問民事執行官，可不可以給瑪絲洛娃一點錢，執行官說可以。得到許可後，她從又白又胖的手上脫下帶有三顆鈕扣的麂皮手套，從絲綢裙子後腰處的皺褶裡掏出一個時尚的錢包，錢包裡有厚厚一疊息票，是她剛剛從妓院賺來的有價證券上剪下來的，她從中抽出一張二盧布五十戈比的息票，又加上兩枚二十戈比硬幣和一枚十戈比硬幣，一同交給執行官。執行官叫來一名法警，當面把錢交到法警手上。

「請您務必轉交。」卡羅麗娜．阿爾貝爾托夫娜．基塔耶娃對法警說。

這種不信任態度令法警很生氣，因此他才對瑪絲洛娃很不客氣。

瑪絲洛娃接到錢很是高興，因為有了錢，她唯一的願望現在便有可能得到滿足。

「只求能弄根菸抽抽。」她想，她的所有心思都集中在抽菸這一願望上。她的願望如此強烈，當她感覺到空氣中有一股從多間辦公室飄進走廊的菸味，便貪婪地吸了起來。可是她不得不又等了很久，因為負責遞解她出法庭的書記官卻把被告拋到九霄雲外，與一位律師談起一篇被查禁的文章，甚至爭論起來。審判之後，也有幾位年輕和年老的男人跑來看她，然後小聲地交頭接耳。不過此刻，她對他們已熟視無睹。

最終在四點多鐘，她被准許離開，兩位押解兵，一位下諾夫哥羅德人，一位楚瓦什人，從後門將她帶出法院。在法院門廳裡，她就將二十戈比交給兩位押解兵，求他倆幫她買兩個麵包和一包香菸。楚瓦什人笑起來，接過錢來說道：「好的，我們去買。」他果然誠實地買來香菸和麵包，還交回了找零。

路上不能抽菸，因此，瑪絲洛娃來到監獄門前時仍未能滿足菸癮。就在她被押到監獄門前時，一百名男犯被押下鐵道囚車。在走道裡，她撞見了他們。

這些囚犯有的留著大鬍子，有的剃光鬍鬚，有的年老，有的年輕，有俄羅斯人，也有其他民族的人，一些人被剃成一半有頭髮一半沒頭髮的陰陽頭，拖著嘩嘩作響的腳鐐。門廳裡頓時充滿塵土、喧鬧、腳步聲、談話聲和酸臭的汗味。男犯走過瑪絲洛娃身邊時，全都貪婪地盯著她看，一些人帶著變態的淫欲走近她，蹭蹭她的身子。

「嘿，這姑娘真漂亮。」一名囚犯說。

「小妞，你好啊。」另一名囚犯擠眉弄眼地說。

一名面孔黝黑的囚犯，後腦勺刮得泛青，剃得很光的臉上有一對小鬍子，他拖著嘩嘩作響的腳鐐竄到她身邊，一把抱住她。

「連老朋友都認不出啦？別裝模作樣了！」在她推開他時，他齜牙咧嘴，翻著白眼喊道。

「你這個混蛋，你要幹什麼？」從後面趕上來的副典獄長喝道。

那囚犯縮成一團，趕緊跑開。副典獄長對著瑪絲洛娃喊道：

「你在這裡幹什麼？」

瑪絲洛娃本想說她剛從法院被遞解過來，但她太累了，懶得開口。

「剛從法院過來，長官。」那位年長的押解兵從人群中擠過來，把手舉在帽簷上行了個禮，說道。

「那快把她交給看守長。真不像話！」

「是，長官。」

「索科洛夫！接收犯人。」副典獄長喊道。

看守長走過來，生氣地推了一下瑪絲洛娃的肩膀，朝她點點頭，帶她走向女監走道。在女監走道，她全身被摸了個遍，被搜身，但他們沒發現任何東西（香菸被她夾進了麵包），便讓她回到囚室，早晨她就是從這裡被帶走的。

30

關押瑪絲洛娃的囚室是個長方形房間，六公尺多長，寬不到五公尺，有兩扇窗戶，一具表皮斑駁的爐子，幾張床板乾裂的板床占據三分之二的面積。正對房門的牆壁中央掛著一幅黑漆漆的聖像，旁邊點著一支蠟燭，下方吊著一束落滿塵土的乾菊花。門後左側一塊表面泛黑的地板上放著一個臭烘烘的木桶。晚點名已結束，囚室上了鎖，女犯都準備過夜。

這間囚室總共關押十五人，其中十二名女犯、三個孩子。

天色還亮，只有兩個女人躺在鋪上：一個用囚服蒙著頭，她是個瘋傻女人，因為沒有身分證而被抓進來，她幾乎一直在睡覺；另一位是肺癆病患者，因為竊盜被抓，她沒在睡覺，而是躺在那裡，她枕著囚服，睜開雙目，為了不咳出聲來，她艱難地咽下喉頭的濃痰，濃痰不時湧上來，令她的喉頭搔癢不已。其餘的女人都沒戴頭巾，均身著粗布襯衫，一些人坐在板床上縫補衣物，一些人站在床邊看院子裡走過的男囚犯。三個縫補衣物的女人中，有一位就是早晨送瑪絲洛娃出門的老太婆柯拉勃列娃。她神情憂鬱，愁眉不展，滿臉皺紋，下巴的皮膚垂下來像個小口袋。她身材高大，身體健壯，淡褐色的頭髮編成一根短短的辮子，兩鬢花白，腮幫上長著一個毛茸茸的瘊子。這個老太婆因為用斧頭砍死丈夫，被判服苦役。她砍死丈夫，是因為丈夫非禮她的女兒。她是這間囚室的班長，同時也私下賣酒。她戴著眼鏡縫補衣物，像農家婦女那樣用做粗活大手的三根指頭捏著一枚細針，針尖朝著自己。坐在她身邊的女人正在縫一個帆布口袋，她個頭不高，鼻頭有些翹，膚色有點黑，長著一雙黑色的小眼睛，她模樣和善，喜歡嘮叨。她原是鐵路道口的值班員，因為沒舉著小旗出來迎接火車，結果發生車禍，因此被判三個月監禁。第三個做針線活的女人是費多西婭，獄友都叫她費尼奇卡，她的臉龐白中帶粉，藍色的眼睛如孩子般清澈，淡褐色的頭髮梳成兩根長長的辮子，盤在小巧玲瓏的腦袋上，她相當年輕，十分可愛。她被關押的罪名是謀害親夫未遂。她婚後不久曾試圖毒死丈夫，當時她還是一個十六歲少女。但在她取保候審的八個月裡，她不僅與丈夫和好，而且愛上了他，待到法院審判她時，她已與丈夫過得如膠似漆。儘管她的丈夫、公公，尤其是喜歡上她的婆婆，均在法庭上竭盡全力為她開脫，她仍被判流放西伯利亞，去服苦役。這位善良開朗、經常微笑的費多西婭，其床鋪緊挨著瑪絲洛娃，她不僅喜歡瑪絲洛娃，還認為自己有義務關心瑪絲洛娃，為瑪絲洛娃服務。板床上還坐著兩位沒在做事的女人，其中一位四十歲左右，她臉龐瘦削，面色蒼白，從前可能長得很好看，如今卻瘦削而又蒼白。她懷抱一個嬰兒，正在給孩子餵奶，露出長長的潔白乳房。她犯下的罪行是妨礙警察執行公務，警察要從村裡帶走一名新兵，農民認為不合法，一群人攔住警察局長，要把新兵奪回來，這婦女是非法被抓的年輕人的姨媽，她率先抓住了要馱走新兵的那匹馬的轡繩。另一位坐在板床上沒做事的老太婆個子不高，滿臉皺紋，相貌和善，她頭髮花白，背也駝了。這位老太婆靠著爐子坐在板床上，做出要抓人的樣子，她要抓的是那個在她身邊跑過的四歲男孩。這男孩頭髮剃得很短，肚皮鼓鼓的，咯咯笑著，他只穿一件小襯衫，在她身邊來回奔跑，嘴裡不停地說著：「看，你抓不到我！」這個老太婆被控與兒子合謀放火。她對自己坐牢倒是滿不在乎，卻只為與她同時入獄的兒子傷心，但她最擔心的還是自己的老伴，她害怕，沒有她照顧的老伴會長出一身蝨子，因為兒媳已經離開他們家，無人給他洗澡。

除了這七個女人，還有四位站在一扇打開的窗戶前，手扶鐵柵欄，邊招手邊喊叫，和在院裡走過的男犯搭腔，他們正是瑪絲洛娃在門口碰見的那些人。其中一位女人因竊盜罪受罰，她人高馬大，一身贅肉，頭髮赤紅，白中泛黃的臉上和手上滿是雀斑，敞開的衣領裡露出粗壯的脖頸。她用嘶啞的嗓門對窗外大聲喊出一些不體面的話。她身邊站著一個身材只有十歲女孩那麼高的女犯，她皮膚很黑，生得很不勻稱，上身長，腿卻很短。她臉龐泛紅，滿是斑點，兩隻黑色的眼睛相距很遠，嘴唇又厚又短，掩蓋不住齜出來的白色牙齒。看到院子裡發生的情況，她不時發出尖利的笑聲。這名女犯因為喜歡搔首弄姿而被稱為「美人兒」，她因為竊盜和放火被判刑。她倆身後站著一位挺著大肚子的孕婦，她穿著骯髒的灰色上衣，模樣很可憐，青筋嶙嶙，她犯有窩贓罪。這女人沒有說笑，但一直看著院子裡的情景，面帶讚許和開心的微笑。站在窗前的第四位女人因為販賣私酒入獄，這位鄉下女人身材不高，但很結實，她眼球突出，但相貌依然和善。這女人就是與老太婆玩耍的那個小男孩的母親，她還有一個七歲的女兒，由於無人照看，也跟她一起待在獄中。這名女犯也像那三位女人一樣看著窗外，只是手中還在不停地編織一隻襪子，聽到院子裡男犯喊出的話，她會反感地皺起眉頭，閉上眼睛。她的女兒，那個七歲小女孩，披散著淺色的頭髮，只穿一件小上衣，站在那位頭髮赤紅的女犯身旁，用瘦削的小手抓著後者的裙子，目不轉睛地看著，全神貫注地聽著男女犯人對罵的髒話，並小聲複述，似乎要把那些話背熟。第十二名女犯是一位教堂助祭的女兒，她在一口井裡淹死了自己的私生子。這姑娘個子很高，身材勻稱，她又粗又短的辮子有些鬆散，冒出幾縷紅褐色的頭髮，她有些突出的眼睛一動也不動，對周圍發生的事情毫不在意。她穿著骯髒的灰色上衣，赤腳在囚室的空地上來回走動，走到牆邊時便會猛然轉過身來。

31

門鎖嘩啦一聲之後，瑪絲洛娃被送進囚室，大家全都朝她轉過身來，甚至連教堂助祭的女兒也短暫地停下腳步，看一眼進門的瑪絲洛娃，揚起眉毛，但並未說話，立刻又邁開大步，堅定地來回行走。柯拉勃列娃把針插在粗麻布上，透過眼鏡疑惑地盯著瑪絲洛娃。

「天哪！回來了。我還以為他們會放人呢。」她用男人般嘶啞的粗嗓門說道，「看來他們要流放你了。」

她摘下眼鏡，把針線活放在板床上。

「姑娘，我剛剛還跟大嬸說，也許會立馬放人的。聽說也常有這樣的事。走運的話，他們還會給點錢，」道口值班員立即用她唱歌般的嗓音說道，「卻是這麼個結果。看來，我們算的卦都不準。姑娘，這是命中註定的啊。」她說個不停，聲音溫柔而又悅耳。

「真的判刑了？」費多西婭問，她用那雙孩子般清澈的藍眼睛充滿同情地看著瑪絲洛娃，歡快喜悅的神情自她臉上消退，她幾乎要哭出來。

瑪絲洛娃一言不發，默默走到自己的床鋪前，坐在床板上，她的床是靠邊第二張，緊挨著柯拉勃列娃的床。

「我說，你還沒吃飯吧。」費多西婭說著，站起身走到瑪絲洛娃身旁。

瑪絲洛娃沒有回答，把兩塊麵包放在床頭，開始脫衣服，她脫下滿是塵土的囚服，從鬈曲的黑頭髮上解下頭巾，又坐了下來。

在板床另一端與小男孩玩耍的老太婆也走過來，站在瑪絲洛娃面前。

「嘖，嘖，嘖！」她心疼地搖搖頭，咂著舌頭說道。

小男孩也跟著老太婆走過來，他睜大眼睛，抿著上唇，盯著瑪絲洛娃帶回來的兩塊麵包。在經過今天一整天的遭遇之後，再看到這一張張同情的面龐，瑪絲洛娃不禁想哭，她的雙唇也顫抖起來，但她強忍著，直到老太婆和小男孩走到跟前。當她聽到老太婆善意而心疼的咂咂聲，尤其當她看見小男孩的眼睛，小男孩已將嚴肅的目光從麵包轉向她，她再也忍不住了，她的臉龐顫抖起來，她放聲大哭。

「我說嘛，要找一個好律師，」柯拉勃列娃說，「怎麼，是判流放？」她問道。

瑪絲洛娃想回答，但她說不出話來，她一邊哭，一邊從麵包裡掏出那包香菸，菸盒上印著一個臉色緋紅的太太，她盤著高高的髮髻，露出三角形的前胸。瑪絲洛娃把香菸遞給柯拉勃列娃，柯拉勃列娃看一眼菸盒上的畫，不滿地搖搖頭，她主要是不滿瑪絲洛娃亂花錢，她掏出一支菸，在油燈上點著，自己抽了一口，然後把菸塞給瑪絲洛娃。瑪絲洛娃一直哭，她貪婪地一口接一口吸菸，吐出一口又一口煙霧。

「是苦役。」她抽泣著說道。

「他們就不怕上帝嗎？這幫寄生蟲，該死的吸血鬼，」柯拉勃列娃說，「平白無故就給一個姑娘定罪。」

這時，站在窗前的幾個女人哈哈大笑起來。那個小女孩也笑起來，她尖細的童音與其他三個女人嘶啞刺耳的笑聲融為一體。院子裡的一名男犯做了一個什麼動作，引得在窗前張望的女犯笑作一團。

「看，這隻剃光毛的公狗！他幹的好事。」紅頭髮的女人說道，她搖晃著肥胖的身軀，臉緊貼著窗柵欄，高聲喊出一些無聊的髒話。

「瞧這個母夜叉！有什麼好笑的！」柯拉勃列娃對著那個紅頭髮的女人搖搖頭，然後轉身問瑪絲洛娃，「判了很多年？」

「四年。」瑪絲洛娃說，她盈滿淚水的眼睛終於滾出淚珠，其中一滴落在香菸上。

瑪絲洛娃惱火地揉斷香菸，扔在地上，又拿起一支。

道口值班員雖不抽菸，卻趕忙揀起菸頭，把它抻直，同時說個不停。

「姑娘，看來真是這樣，」她說道，「公理叫豬給吃了。他們由著性子胡來。柯拉勃列娃大嬸還說他們會放你走，我說不會。我說，大嬸，我心想他們是不會放過這個可憐姑娘的，果然如此。」她說著，心滿意足地聽著自己的嗓音。

此時，男犯已走過院子，跟他們搭腔的幾位女犯離開窗子，也來到瑪絲洛娃近旁。第一個走過來的是那個帶著女孩、眼球突出的私酒販子。

「怎麼判得這麼重？」她問道，同時在瑪絲洛娃身邊坐下，繼續俐落地織襪子。

「怎麼判得這麼重，就是因為沒錢。要是有錢，找個好律師，也許就判無罪了，」柯拉勃列娃說，「那人姓什麼來著，頭髮亂七八糟的，大鼻子，我的媽呀，他能從水裡撈出乾東西來，請到他就好了。」

「怎麼請他，」「美人兒」挨著她們坐下，齜著牙說道，「那人沒有一千塊是不接案子的。」

「是啊，看來這就是你的命啊。」因為放火而坐牢的老太婆插話道，「我好過嗎？他搶走我兒媳婦，還要送我兒子坐牢餵蝨子，把我這老太婆也弄到這裡來。」她開始第一百次講述她的遭遇：「不是坐牢就是要飯，看來是躲不過去的。不是要飯就是坐牢。」

「看來大家都一樣，」私酒販子說，她仔細看了一眼小女孩的腦袋，然後把襪子放在身邊，將小女孩夾在自己的兩腿之間，手指飛快地活動，在逮小女孩頭上的蝨子。「你幹嘛要賣私酒呢？」「不賣酒我拿什麼養活幾個孩子呢？」她說著，繼續做她習慣做的事情。

私酒販子的話讓瑪絲洛娃想到了酒。

「有點酒喝就好了。」她對柯拉勃列娃說，同時用衣袖擦拭眼淚，偶爾抽泣幾聲。

「要喝酒？好啊。」柯拉勃列娃說。

32

瑪絲洛娃從麵包裡掏出一張息票，遞給柯拉勃列娃。柯拉勃列娃雖然不識字，還是看了看息票，她相信無所不知的「美人兒」的話，「美人兒」說這張息票值兩盧布五十戈比，她於是爬向通風口，去取藏在那兒的一瓶酒。看到這情景，除瑪絲洛娃的兩位鄰床外，其他女人全都回到自己的鋪位。瑪絲洛娃此時也抖了抖頭巾和囚服上的灰塵，爬到鋪上，吃起麵包。

「我給你留著茶，不過可能涼了。」費多西婭對瑪絲洛娃說道，她從擱架上取下一個裹著包腳布的鐵皮茶壺，還拿來一個口杯。

茶完全涼了，鐵皮味比茶葉味還要濃，但瑪絲洛娃還是斟了一杯，就著茶水吃起麵包。

「費納什卡，給你。」她喊了一聲，掰下一塊麵包，遞給一直盯著她嘴巴看的小男孩。

這時，柯拉勃列娃遞上一瓶酒和一個口杯。瑪絲洛娃請柯拉勃列娃和「美人兒」一起喝。這三位女犯是獄中貴族，因為她們有錢，她們也共用財物。

幾分鐘過後，瑪絲洛娃緩過神來，生動地談起法庭審判，她模仿副檢察官的腔調，講到法庭上那些讓她驚訝的事情。她說道，法院裡的人全都帶著能看出來的饞相看她，還不時為了看她一眼故意走進候審室。

「就連那個押解兵都說：『這都是來看你的。』一個人走進來，問什麼文件放在哪裡、什麼東西放在哪裡，但我看出來了，他不是在找文件，而是要用眼睛把我吞下去，」她笑著說道，似乎有些不解地搖晃腦袋，「真會演戲。」

「就是這麼回事，」道口值班員接上話頭，立即用她唱歌般的嗓音說了起來，「這就像蒼蠅看見了糖。他們幹不了別的，只喜歡這個。他們可不是有口飯吃就行的……」

「在這裡也是一樣，」瑪絲洛娃打斷她的話，「我在這裡也碰到了。我剛被帶進門，就見一幫人從車站過來。他們討厭死了，我都不知道怎麼脫身。幸好有副典獄長趕走他們。有一個傢伙死纏著我，我費了很大力氣才躲開。」

「他長什麼樣？」「美人兒」問道。

「黑臉，有小鬍子。」

「肯定是他。」

「誰？」

「謝格洛夫。就是剛剛走過去的那個人。」

「謝格洛夫是誰？」

「你連謝格洛夫都不知道！謝格洛夫兩次從服苦役的地方逃跑。現在他被抓回來了，但他還是會逃走的。連看守都怕他。」「美人兒」說道，她經常給男犯傳遞紙條，對監獄中的所有事情都一清二楚，「他一定會逃走的。」

「就是逃走，他也不會帶我們走的。」柯拉勃列娃說，「你最好還是說說，」她對瑪絲洛娃說道，「律師跟你提到上訴的事了嗎？如今該提起上訴了吧？」

瑪絲洛娃說她什麼都不知道。

就在此時，紅頭髮的女人將布滿雀斑的兩隻手插進又亂又密的紅色頭髮，用指甲撓著腦袋，走到正在喝酒的三個女貴族跟前。

「卡捷琳娜，我來跟你說。」她開口說道，「你首先要寫明你對審判不滿，之後再去找檢察官申訴。」

「這關你什麼事？」柯拉勃列娃用氣呼呼的低嗓音對她說，「你聞到酒味啦，不用你多嘴，沒有你，人家也知道怎麼做，沒你也可以。」

「沒跟你說話，你別管閒事。」

「是想喝酒了吧？就湊過來了。」

「給她喝點吧。」瑪絲洛娃說道，她總是願意與大家分享一切。

「我來給她點厲害嘗嘗……」

「你敢！」紅髮女人說著，向柯拉勃列娃逼近，「我可不怕你。」

「你這個苦役犯！」

「你才是。」

「你這個騷貨！」

「我是騷貨？你這個苦役犯、殺人犯！」紅髮女人喊起來。

「滾開，我說你呢。」柯拉勃列娃臉色陰沉地說。但紅髮女人逼得更近了，於是柯拉勃列娃對她敞開的肥胖前胸推了一把。紅髮女人似乎正等著這一下，她用一隻手迅雷不及掩耳地揪住柯拉勃列娃的頭髮，想用另一隻手去打柯拉勃列娃耳光，但柯拉勃列娃抓住了對方的這隻手。瑪絲洛娃和「美人兒」抓住紅髮女人的雙手，想把她拉開，但紅髮女人的一隻手死死揪住柯拉勃列娃的辮子不放。她曾有片刻放鬆對方的頭髮，但只是為了把那頭髮纏繞在自己的拳頭上。柯拉勃列娃則歪著腦袋，一隻手抽打紅髮女人的身體，同時用牙齒咬對方的手。女犯圍在兩位打架女人身旁，嚷嚷著，想拉開她倆。就連那位肺癆患者也走到她倆近旁，一邊咳嗽，一邊看她倆相互撕扯。兩個孩子依偎在一起，哭了起來。聽到動靜，女看守帶一名男看守衝進囚室。兩個打架的人被分開，柯拉勃列娃解開花白的髮辮，從中理出一綹綹被扯下的頭髮，紅髮女人則理著被撕破的襯衫，遮擋泛黃的胸口。兩人都在叫喊，一邊辯解一邊申冤。

「我知道，原因就是酒，我明天就報告典獄長，他會收拾你們的。我聞到酒味了，」女看守說，「你們小心點，趕緊收拾，否則要倒楣的，我可沒空搭理你們。各就各位，住嘴。」

但是她倆很長時間都未能住嘴。兩個女人又對罵了很久，相互辯論是怎麼打起來的，是誰的錯。最後，男女看守走出囚室，女犯才安靜下來，準備睡覺。老太婆站到聖像前開始禱告。

「兩個苦役犯湊到一塊了。」突然，紅髮女人在通鋪的另一端聲音嘶啞地說道，她的每句話裡都有一些奇怪的髒字。

「你小心我再收拾你。」柯拉勃列娃立即作答，也道出一串罵人話。隨後，兩人安靜下來。

「要是他們不攔著我，我會把你的眼珠摳出來……」紅髮女人又說起來，她立即又聽到柯拉勃列娃反唇相稽。

又是一陣持續稍長的沉默，然後又是對罵。沉默的間歇越來越長，最終徹底不再作聲了。

大家都躺著，有幾位發出鼾聲，只有那位每日都祈禱很久的老太婆仍在聖像前不停地鞠躬，而教堂助祭的女兒則在女看守離開後從床上起身，又在囚室裡來回走動起來。

瑪絲洛娃睡不著，她一直在想，她如今已經成了「苦役犯」，她已經兩次聽見有人這麼稱呼她，一次是博奇科娃，一次是紅髮女人，她一時還無法習慣自己的這個身分。背對瑪絲洛娃躺著的柯拉勃列娃，此時轉過身來。

「我真沒想到，真沒猜到，」瑪絲洛娃小聲說道，「別人怎麼做都沒關係，我什麼都沒做卻要去受罪。」

「別難過，姑娘。在西伯利亞也有人過日子。你在那兒也能活下去。」柯拉勃列娃安慰瑪絲洛娃。

「我知道能活下去，不過還是傷心。我過慣了好日子，不該受這份罪啊。」

「人是無法違抗上帝的，」柯拉勃列娃歎息道，「人是無法違抗上帝的。」

「我知道，阿姨，但就是難受。」

她倆沉默了片刻。

「你聽見了嗎？是那個騷貨。」柯拉勃列娃說道，她要瑪絲洛娃留意通鋪另一端傳來的奇怪聲響。

這是紅髮女人發出的低沉哭泣。紅髮女人之所以哭泣，是因為她剛剛挨了罵、遭了打，也沒喝到她十分想喝的酒。她之所以哭泣，還因為她這一生除了辱罵、嘲笑、侮辱和毆打，什麼都沒遇見過。她想找點安慰，便想起自己與工人費季卡·莫洛江科夫的初戀，但想起這段初戀，她就會想到其結局。這段愛情的結局是，這位莫洛江科夫喝醉酒，為了開心，便把硫酸鹽抹在她最敏感的部位，然後看著她痛得縮成一團，卻與夥伴一起哈哈大笑。她憶起此事，覺得自己可憐，她以為無人能聽見，便哭了起來，孩子似的哭起來，抽泣著，咽下鹹澀的淚水。

「她真可憐。」瑪絲洛娃說。

「是可憐，但別來討人厭啊。」

33

聶赫留多夫第二天醒來後的第一個感覺，即意識到自己遇到一件事，在他尚未憶起究竟出了什麼事之前，他便明白這是一件重要的好事。「卡秋莎，法院。」是的，應該不再說謊，實話實說。出奇地巧合，今天早晨他終於收到他期盼已久的首席貴族之妻瑪麗婭．瓦西里耶夫娜的來信，此信他在當下尤其需要。她給他以充分自由，祝他計畫的婚姻幸福美滿。

「婚姻！」他嘲諷地說道，「我如今離它還遠著呢！」

他又想起自己昨天的打算，要向她丈夫坦白一切，在其面前悔過，表示情願做出任何補償。但今天早晨他卻覺得不似昨天那麼輕鬆。「如果他並不知情，那又何必讓他成為不幸的人呢？如果他問起，我就告訴他。可是特別去告訴他嗎？不，沒有必要。」

今天早晨他覺得，對米西實話實說也不那麼輕鬆。這也是不能開口說的話，說出來會讓她感到屈辱。這種關係就像生活中的許多關係那樣，註定是心照不宣的。他今天早晨下定決心要做的僅有一件事，即不再去他們家，如果他們問起，他就實話實說。

但是，在與卡秋莎相關的這件事上卻不該有任何隱瞞。

「我要去監獄，對她說，我要請求她寬恕。如果有必要，是的，如果有必要，我就跟她結婚。」他想道。

為著道德完善而犧牲一切，娶她為妻，這一想法在今早尤其令他感動。

他已很久未能懷著這樣的激情迎接新的一天。見阿格拉菲娜·彼得羅夫娜走進屋來，他立即帶著連自己也感到意外的決斷神情向她宣布，他不再需要這套住宅，也不再需要她的侍奉。之前有過一個心照不宣的協議，即他租用這套豪宅是為結婚用。因此，交回住房可是非同小可的事。阿格拉菲娜·彼得羅夫娜吃驚地看了他一眼。

「阿格拉菲娜·彼得羅夫娜，我非常感謝您的關照，但我如今不需要這套大房子了，也不需要人侍奉。您如果願意幫幫我，就請把東西整理整理，先收拾起來，就像媽媽在世的時候那樣。等娜塔莎過來，她會處置的。」（娜塔莎是聶赫留多夫的姊姊。）

阿格拉菲娜·彼得羅夫娜搖了搖頭。

「怎麼整理呢？東西還用得著啊。」她說。

「不，用不著了，阿格拉菲娜·彼得羅夫娜，肯定用不著了，」聶赫留多夫說道，對她的搖頭做出回應，「請您告訴科爾涅依，我多付他兩月工錢，以後就不用他了。」

「您這麼做可不行，德米特里·伊萬諾維奇，」她說道，「您就是出國，也還是要留個住處。」

「您別這麼想，阿格拉菲娜·彼得羅夫娜。我不出國，我如果要走，也是去其他地方。」

他突然臉紅了。

「是啊，應該告訴她，」他想道，「沒什麼要隱瞞的，應該把一切都告訴所有人。」

「我昨天遇到一件很奇怪、很重要的事。您還記得瑪麗婭·伊萬諾夫娜姑媽家的卡秋莎嗎？」

「當然記得，我還教過她縫紉呢。」

「昨天法庭上審的就是這位卡秋莎，我是陪審員。」

「我的天哪，太可憐了！」阿格拉菲娜·彼得羅夫娜說，「判她什麼罪啊？」

「謀殺罪，但這都是我做的。」

「怎麼可能是您做的呢？您這話說得太奇怪了。」阿格拉菲娜·彼得羅夫娜說道，她那雙老眼裡閃過幾道調皮的目光。

她知道聶赫留多夫和卡秋莎的事。

「是的，我是這一切的罪魁禍首。這件事改變了我的所有計畫。」

「這件事又能讓您有什麼改變呢？」阿格拉菲娜·彼得羅夫娜忍住笑，說道。

「她走上這條路，我是罪魁禍首，因此我就要全力以赴幫助她。」

「這是您的好心，不過您在這件事上沒什麼大錯。大家全都這樣，要是好好想一想，這一切都能擺平，都會被忘掉，大家照樣過日子，」阿格拉菲娜·彼得羅夫娜一本正經地說，「您沒必要把這些都記在自己的帳上。我之前聽說她走了歪路，這又是誰的錯呢？」

「是我的錯。因此我才要改正。」

「但這是很難改正的。」

「這是我的事。您如果要為自己考慮後路，那麼媽媽當年想要……」

「我不用考慮我自己。老太太待我恩重如山，我別無所求。麗莎一直要我去她那兒（麗莎是阿格拉菲娜·彼得羅夫娜已經出嫁的侄女），您要是不用我了，我就去她那兒。只是您不用把這件事放在心上，大家全都這樣。」

「我可不這麼認為。我還是想請您幫我退掉房子，收拾一下東西。您別生我的氣。我非常非常感謝您做的一切。」

奇怪的是，自從聶赫留多夫意識到自己很壞、很討厭，他便不再討厭其他人了。相反，他覺得自己對阿格拉菲娜·彼得羅夫娜和科爾涅依充滿感情和尊重。他本想在科爾涅依面前也懺悔一番，但看到科爾涅依一副必恭必敬的模樣，他決定放棄。

在去法院途中，聶赫留多夫經過的仍是那些街道，乘坐的仍是那輛馬車，但令他感到驚訝的是，他此時覺得自己已完全變成另一個人。

與米西的婚事昨天似乎還近在眼前，此時他卻感到絕不可能。昨天他還清楚自己的地位，認為她嫁給他一定會幸福，此時他卻覺得自己不僅不配結婚，而且不配接近她。「她要是知道我是一個什麼樣的人，一定不會再接待我。我還指責她向那位先生賣弄風情呢。是啊，不行，即便她如今嫁給我，而我明知另一個女人就關在這兒的監獄裡，明後天就會與一批犯人一同被押去服苦役，我難道還能感到幸福嗎？恐怕連心平氣和都難以保持。那個為我所害的女人要去服苦役，我卻在這裡接受賀喜，與年輕的妻子一同出門做客。或者，我會與那位首席貴族一起共事，我與他妻子一同可恥地欺騙了他，卻又與他在會議上統計選票，看有多少人支持鄉村自治會督學機構提交的議案、有多少人反對，如此等等，之後再與他的妻子幽會（多麼卑鄙！）；或者，我會繼續畫畫，這幅畫顯然永遠畫不完了，因為我本不該做這些雞毛蒜皮的事，我如今也不會去做這些事了。」他自言自語，一直因他感覺到的內心變化而欣喜。

「現在首先要去見律師，」他想，「弄清他的打算，然後……然後去監獄看她、昨天那位女犯，對她道出一切。」

他想像著自己如何看到她，如何對她道出一切，如何在她面前懺悔自己的罪過，如何向她宣布他將盡一切可能贖罪，跟她結婚——想到這些，一陣特別欣悅的感覺湧上心頭，他的眼睛噙滿了淚水。

34

聶赫留多夫來到法院，在走道裡遇見昨日那位法警，便問他已被判刑的犯人關在哪裡，要見犯人須經何人批准。法警解釋，犯人關押在不同地方，探視犯人的許可最終由檢察官批准。

「我審訊結束後再告訴您找誰，我帶您去見他。檢察官現在還沒到。審訊結束後再說吧。現在請您去法庭吧。馬上就要開庭了。」

聶赫留多夫謝過法警的好意，他今天覺得這位法警特別可憐，之後，他向陪審員休息室走去。

他剛走到陪審員休息室門前，卻見陪審員魚貫而出，要去審判庭。那位商人依然興高采烈，像昨天一樣酒足飯飽，像遇見老朋友一樣迎接聶赫留多夫。就連彼得．格拉西莫維奇的過分親暱和哈哈大笑，如今也絲毫未引起聶赫留多夫反感。

聶赫留多夫很想把自己與昨日那位女被告的關係告訴所有陪審員。「其實，」他想道，「昨天審判時我就應該站起身來，當眾坦白自己的罪行。」但當他與其他陪審員一同走進審判庭，昨日的程序再度開始。

再次宣布「開庭」，三位身著高領制服的人再次走上高臺，再次出現肅靜，陪審員再次坐上高背椅，又是憲兵、沙皇肖像、神父——這時他覺得，儘管他應該那樣做，但即便在昨天他也依然無法打破這份莊重。

開庭前的準備工作也和昨天一樣（除去陪審員的宣誓和庭長對陪審員的交代）。

今天審的是一樁闖空門竊盜案。由兩位手持出鞘軍刀的憲兵押解進來的被告身材瘦小，二十來歲，身著灰色囚服，臉色也是灰色的，沒有血色。他一個人坐在被告席上，眉頭緊鎖地打量著走進門來的那些人。這個年輕人的罪名是與另一個同夥闖空門撬鎖，從室內盜走幾小塊擺在門前擦腳用的舊墊子，價值三盧布六十七戈比。起訴書稱，警察在街上攔住這個年輕人，當時他與同夥正肩扛擦腳墊。年輕人及其同夥立馬招認，兩人被關進牢裡。年輕人的同夥是個鉗工，他死在獄中，年輕人於是獨自受審。那幾塊擦腳墊就擺在物證桌上。

審判過程和昨天一樣，出示物證，提起公訴，傳喚證人，證人宣誓，訊問，專家證言，交叉訊問。證人就是在街上抓住他們的那位警察，他乾巴巴地回答著庭長、公訴人和辯護人的提問：「是的。」「不清楚。」「是的。」……儘管他像大兵一樣面無表情，卻仍能看出他很同情那個年輕人，他並不情願談起自己逮住他們時的情景。

另一位證人是失主，是被盜房屋的擁有人，也是那幾塊擦腳墊的所有者。這個小老頭顯然火氣很大，當被問及這些擦腳墊是否為他所有，他很不情願地承認是他的。當副檢察官問他打算拿這些擦腳墊做何用、這些擦腳墊對他而言是否十分重要，他火冒三丈地回答：

「去他的吧，這些破腳墊，我根本用不著。我要知道它會惹出這麼多麻煩，我不僅不找了，還會倒貼一張十盧布的票子，就是兩張也行，只要別讓我來出庭就行。我坐馬車就花了五個盧布。我身體又不好。我有疝氣，還有風溼病。」

證人都說了情況，被告自己也對一切指控供認不諱，他像一頭被捕獲的小野獸，不知所措地看著四周，斷斷續續地供述事情經過。

此案已審理清楚，但副檢察官仍像昨日一樣，不住地聳起肩膀，提出一些足以制伏狡猾罪犯的巧妙問題。

他在發言中試圖證明，這樁竊盜案發生在有人居住的場所，是入室竊盜，因此這年輕人應受到最嚴厲的懲罰。

由法庭指派的辯護人指出，這樁竊盜案並非發生在有人居住的場所，因此，犯人雖然有罪，但並不像副檢察官所說的那樣會對社會構成威脅。

庭長也像昨天一樣，像是客觀和公正的化身，他詳盡地向陪審員解釋和暗示一些他們其實知道，也不可能不知道的問題。像昨天一樣也數次休庭，大家也抽抽菸，法警也數次高喊：「開庭！」兩名手持出鞘軍刀的憲兵也忍住睡意坐在那裡，嚇唬罪犯。

審理此案時發現，這個年輕人還很小的時候就被父親送進捲菸廠，做了五年童工。這一年，他在一場勞資糾紛後被廠主解雇，他居無定所，在城裡閒逛，喝酒花掉最後幾文錢。在小酒館，他結識一位比他更早失業的酒鬼鉗工，兩人喝醉後便在夜間一同撬開門鎖，拿走室內最開始碰到的一捆東西。他倆被抓住了。他倆如實招供。他倆被關進監獄，鉗工沒等到受審便死在獄中。此刻，年輕人被當成是危險人物受到審判，應該把這樣的危險人物逐出社會。

「這樣一個危險人物，就像昨天那個女犯人一樣，」聶赫留多夫一邊聽著審判，一邊想道，「他們是危險人物，我們就不危險？……我就是一個好色之徒、一個騙子，我們所有人，還有那些人，他們明知我是什麼人，卻不僅不鄙視我，反而尊重我，我們就不危險？即便這個年輕人真的是這個大廳裡對社會構成最大威脅的人，那麼在他已經落網之後，究竟該採用哪種更為合理的處置方式呢？

「顯而易見，這個年輕人不是什麼不得了的惡棍，而是個平平常常的人，這大家都看得出來，他落到眼下這個地步，僅僅因為他置身於產生這類人的環境。因此看來很清楚，為了讓這樣一些年輕人不再出現，就必須努力剷除會導致這些不幸者產生的環境。

「但我們是怎麼做的呢？我們抓住這個偶然落到我們手上的年輕人，儘管我們知道還有成千上萬這樣的人尚未被抓，我們把這個年輕人送進監獄、送進無所事事的環境，或強迫他從事極不健康、毫無意義的勞動，使他與那些和他一樣生活無著、誤入歧途的人為伍，然後我們用公家的錢將他從莫斯科省流放到伊爾庫茨克省，和那些最墮落的人待在一起。

「我們不僅沒有為剷除產生這些人的環境做任何事情，反而對製造出這些人的機構讚許有加。這些機構眾所周知，即工廠、作坊、飯店、酒館和妓院。我們不僅沒有取締這些機構，反而認為它們必不可少，並加以支援和管理。

「我們培養出的人不是一個，而是數百萬。之後我們抓住其中一人，便認為我們已做到一切，保護住了自己，我們再無任何任務，我們把他從莫斯科省送往伊爾庫茨克省。」聶赫留多夫想著，腦中浮現出鮮活的畫面。他坐在自己的座位上，靠著上校，他聽著辯護人、檢察官和庭長的各種聲調，看著他們洋洋得意的手勢，「這種裝模作樣要耗費多少精力啊。」聶赫留多夫繼續想到，環顧巨大的審判庭，看著這些畫像、燈具、椅子和制服，這厚實的牆壁和窗戶，想到這座龐大的建築，想到更為龐大的整個機構，想到由官僚、文書、看守、信使等構成的一支大軍，他們因為這齣誰都不想看的喜劇而領取薪酬，本地如此，整個俄國亦如此。「如果我們把這些精力的百分之一用於幫助那些被拋棄的人，而不是僅將他們視為能保障我們安逸和舒適的有手有腳的勞力，那麼結果又會如何呢？這個年輕人，」聶赫留多夫看著年輕人那張病態而驚恐的臉，想道，「在他由於貧窮而離開鄉下進城的時候，只要有一個人憐憫他、幫他一把，結果就會大不一樣；或者在他進城之後，一天在工廠勞動十二小時，然後和他喜歡的前輩去酒館，此時只要有一個人能對他說：『別去那裡，瓦尼亞，這樣不好。』這個年輕人也許就不會去那裡，不會閒扯，也不會做任何壞事。

「然而卻一直沒有任何一個人過來憐憫他，當他像一隻小野獸那樣在城裡當學徒，怕頭上長蝨子而剃光頭髮，一次又一次為師傅跑腿買東西；相反，自從他住到城裡之後，在師傅和同事嘴裡聽到的卻是，男子漢就是會騙人、會喝酒、會打架、會玩女人。

「等到他為不健康的勞動、酗酒和放蕩所害，疾病纏身，呆頭呆腦，夢遊一般毫無目的地滿城閒逛，一時糊塗鑽進別人的棚子，拖出幾張沒人要的擦腳墊，我們這些豐衣足食、富裕文明的人不關心如何剷除使這個年輕人落入當下境地的原因，卻要以懲處他的方式來改變事態。

「太可怕了！真不知這裡更多殘忍，還是更多荒謬？不過，無論是殘忍還是荒謬，均已達到極限。」

聶赫留多夫想著這一切，耳中已不聞眼前的審判。他也因自己的發現而恐懼。他很奇怪，自己之前為何沒能發現這一切呢，其他人為何沒能發現這一切呢？

35

等到第一次庭審休息，聶赫留多夫立即起身來到走道，決定再也不回法庭了。隨他們拿他怎麼辦，他反正不再參加這種可怕骯髒的愚蠢遊戲了。

聶赫留多夫打聽到檢察長辦公室的位置，便去找他。聽差不願放聶赫留多夫進門，稱檢察長此刻正在忙。但聶赫留多夫不聽他的，走進門去，請迎上前來的一名官員去通報檢察長，說自己是陪審員，有要事要見他。公爵的名分和考究的衣著幫了聶赫留多夫的忙。那官員通報了檢察長，他們請聶赫留多夫進門。檢察長站在那裡接待聶赫留多夫，顯然因聶赫留多夫執意闖進來見他而感到不滿。

「您有什麼事？」檢察長嚴肅地問道。

「我是陪審員，我姓聶赫留多夫，我要見被告瑪絲洛娃。」聶赫留多夫迅速而堅決地說道，他臉紅了，感覺自己做出了一個將對他一生產生關鍵影響的舉動。

檢察長個子不高，面膛黝黑，花白的頭髮理得很短，一雙閃亮的眼睛十分靈活，突出的下巴上蓄著整齊的大鬍子。

「瑪絲洛娃？當然，我知道。她犯有毒殺罪。」檢察長不動聲色地說，「您為何要見她呢？」之後他似乎想緩和一下語氣，便又添了一句：「不弄清楚您為何要見她，我就不能給您許可。」

「我有事要見她，此事對我來說十分重要。」聶赫留多夫脹紅了臉說道。

「是這樣。」檢察長說著，抬起眼睛仔細打量聶赫留多夫，「她的案子審完了嗎？」

「她是昨天受審的，被判四年苦役，判得絕對不公正。她沒有罪。」

「是這樣。如果她昨天剛被判刑，」檢察長說道，並未對聶赫留多夫稱瑪絲洛娃無罪的說法表現出任何關注，「那麼在最終判決公布之前，她應該還在拘留所。只允許在規定的日子去那裡探視犯人。我建議您去那裡瞭解一下情況。」

「可是我需要盡快見她。」聶赫留多夫顫抖著下巴說道，他覺得關鍵時刻正在迫近。

「您究竟為何要見她呢？」檢察長有些不耐煩地抬起眉毛，問道。

「就因為她沒有罪卻被判服苦役。我才是罪魁禍首。」聶赫留多夫用發顫的嗓音說道，他同時也覺得自己說的是不該說的話。

「這又是怎麼回事？」檢察長問。

「因為我欺騙了她，使她落到如今的境地。如果她之前沒有受到我的誘惑，就不會受到這樣的指控。」

「我還是看不出這和探監有什麼關係。」

「我想跟她一起走……想跟她結婚。」聶赫留多夫終於說了出來。和往常一樣，當他說出此話，淚水便湧上他的雙眼。

「啊？原來是這樣！」檢察長說道，「這的確是非常奇特的事。您好像是克拉斯諾佩爾斯克縣地方自治會的議員吧？」檢察長問道，他似乎想起，他之前聽說過聶赫留多夫的大名，這位聶赫留多夫此刻卻做出了這麼一個奇怪的決定。

「對不起，我並不認為這與我的請求有任何關係。」聶赫留多夫氣惱地回答，臉又脹得通紅。

「當然，沒有關係，」檢察長帶著勉強可以覺察到的微笑說道，一點也不生氣，「但您的願望非同尋常，超出了常規……」

「那麼我能獲得許可嗎？」

「許可？可以，我馬上給您開張通行證。您請坐。」

他走到桌邊，坐下來寫文件。

「您請坐。」

聶赫留多夫依然站著。

檢察長寫好通行證，交給聶赫留多夫，同時用好奇的目光看著他。

「我還要聲明，」聶赫留多夫說，「我不會繼續參與審判了。」

「您也知道，這需要向法院說明正當理由。」

「理由就是，我認為所有審判都徒勞無益，而且毫無道德。」

「是這樣，」檢察長說道，仍帶著那種勉強可以覺察出的笑容，他似乎在用這樣的微笑表明，諸如此類的聲音他早有耳聞，對於他而言均屬老生常談。「是這樣，不過您當然也清楚，我身為檢察官，無法贊同您的意見。因此我建議您在法庭上提出聲明，法庭會就您的聲明做出決定，認為您的聲明合理或是不合理，如果認定您的聲明不合理，還會向您徵收一筆罰金。您去法庭瞭解一下情況。」

「我聲明過了，我哪裡也不會去的。」聶赫留多夫憤怒地說。

「再見。」檢察長說道，頷首致意，顯然想盡快送走這個奇怪的客人。

「來見您的這人是誰啊？」在聶赫留多夫離開之後走進檢察長辦公室的一名審判員問道。

「聶赫留多夫，您知道嗎，早在克拉斯諾佩爾斯克縣地方自治會他就發表過各種奇怪言論。您看，他是陪審員，被告中有一位婦女，或是姑娘，被判服苦役，他說是他欺騙了她，他如今想跟她結婚。」

「這怎麼可能！」

「他就是這麼對我說的……他說這話的時候十分激動。」

「如今的年輕人都有些不太正常。」

「但他已經不太年輕了。」

「老弟，你們那位出名的伊萬申科夫真是討厭。他煩死人了，老是說呀說呀，說個沒完。」

「應該乾脆讓這些人閉嘴，他們才真的是在妨礙公務……」

36

聶赫留多夫離開檢察長辦公室後，就直奔拘留所。可是，那裡並無一個名叫瑪絲洛娃的囚犯，看守告訴聶赫留多夫，她應該羈押在舊的中轉監獄。聶赫留多夫又向那裡衝去了。

的確，葉卡捷琳娜·瑪絲洛娃就被關在這裡。檢察長忘了，六個月前發生過一場政治事件，這事件顯然被憲兵放大到極致，於是拘留所裡便關滿了大學生、醫生、工人、女校學生和女醫士。

拘留所和中轉監獄之間距離很遠，聶赫留多夫抵達中轉監獄時已近黃昏。他想走向那幢巨大陰森建築物的入口，但衛兵不准他靠近，只是按鈴通報。聽到門鈴聲，一位看守走出門來。聶赫留多夫出示通行證，但看守說，須經典獄長同意，他才能放人進去。聶赫留多夫去找典獄長。剛上樓梯，聶赫留多夫便聽見房間裡有人用鋼琴演奏一段複雜奔放的樂曲。當一位一隻眼睛裹著紗布的女僕氣呼呼地打開房門，琴聲便像是從房間裡奔湧而出，震動他的耳膜。這是一首大家耳熟能詳的李斯特的狂想曲，彈得很出色，但每彈到一個地方便停下，再從頭開始。聶赫留多夫問那位包紮著一隻眼睛的女僕，典獄長是否在家。

女僕說他不在家。

「很快就會回來嗎？」

狂想曲再次停住，然後再次華麗喧鬧地響起，直到彈到那個邪門的地方。

「我去問問。」

女僕去了。

狂想曲隨即再次響起，還沒彈到那個邪門的地方便戛然而止，隨後聽見了人聲。

「告訴那個人，他不在家，今天不回來了，他做客去了，真是煩人。」房間裡傳來一個女人的聲音，狂想曲接著再次響起，但再次停止，隨後聽到挪動椅子發出的聲音。顯然，發了火的女鋼琴家想要親自來訓斥一下這位糾纏不休的不速之客。

「爸爸沒在家。」一位姑娘走出門來生氣地說道。她面色蒼白，頭髮蓬亂，憂鬱的眼睛下方有點發青，神情有些可憐。她見來人是一位衣著考究的年輕人，便放緩了口氣：「您請進吧……您有什麼事呢？」

「我要去探監。」

「是去看政治犯？」

「不，不是政治犯。我有檢察長的許可。」

「這我不清楚，爸爸不在家。您請進。」她站在狹小的前廳裡再次發出邀請，「要不您就去找副典獄長，他在辦公室，您跟他談一談。您貴姓？」

「謝謝您。」聶赫留多夫說道，並未回答對方的提問，便轉身離去。

他身後的門尚未關上，熱情歡快的樂曲便又再次響起，這樂曲與它被演奏出來的地點、與頑強演奏它的可憐姑娘的面容都極不協調。院子裡，聶赫留多夫遇見一位翹著油光鋥亮的八字鬍的年輕軍官，便向他問起副典獄長。此人正是副典獄長。他接過通行證看了看，說道，他不能僅憑一份去拘留所探視的通行證就允許聶赫留多夫來此探監。再說，時間也太晚……

「您明天來吧。明天十點允許任何人探監，您屆時過來，典獄長那時也在家。到時候您可以在大廳探視，如果典獄長允許，也可以在辦公室探視。」

就這樣，聶赫留多夫今天探監不成，便轉身回家。聶赫留多夫走在街道上，想像著與她的相見，激動萬分，他此刻憶起的已不是審判，而是他與檢察長和幾位獄警的交談。他設法去探視她，他把自己的願望告訴檢察長，他去了兩座監獄，打算跟她見面，這一天的經歷令他激動，心情久久難以平靜。回到家中，他拿出許久不曾觸碰的日記本，看了幾頁，然後寫下這麼一段話：

「兩年沒寫日記，認為自己再也不會做這種幼稚的事了。但這不是幼稚的事，而是與自己的對談，與每個人身上均存在的真正的、神性的自我之對談。四月二十八日在我擔任陪審員的法庭上發生的非同尋常事件，喚醒了我身上的這一自我。我坐在陪審席上，看見被我誘騙的卡秋莎身穿囚服。由於奇怪的誤解，也由於我的過錯，她被判服苦役。我今天去找過檢察長，去過監獄。我未能見到她，但我決定盡一切可能見到她，在她面前懺悔、贖罪、甘願與她結婚。主啊，幫幫我！我的內心幸福而又歡欣！」

37

這天夜間，瑪絲洛娃很久未能入睡，她睜著眼睛躺在那裡，盯著不時被來回踱步的教堂助祭女兒的身影遮擋的房門，聽著紅髮女人的鼾聲，想著心事。

她想到，在薩哈林島，她絕對不能嫁給一個苦役犯，而要另想辦法，嫁給官員、文書，至少也要嫁個看守，或者副手。他們全都好色。「只是不能再瘦下去，否則就完了。」她又想起，辯護人如何看她、庭長如何看她、在法院裡迎面遇見的以及故意打她身邊經過的那些人如何看她。她想到，貝爾塔來探監時告訴她，她在基塔耶娃那裡做事時愛上的那位大學生來找她們，問起她，並深表同情。她想到紅髮女人打架的情形，很可憐那個女人；她還想到那位多給了她一個白麵包的女小販。她想起很多人來，唯獨沒想到聶赫留多夫。她從未想起自己的童年和青年，更不會憶及對聶赫留多夫的愛情。此事回想起來過於痛苦。這些回憶原封不動地深藏於她的內心。即便在夢中，她也從未見過聶赫留多夫。今天在法庭上她未認出他，並不僅僅因為她最後一次見他時他還是一名軍人，沒留大鬍子，只蓄著短短的唇鬚，他的頭髮雖然很短，卻既濃密又鬈曲，而如今他已略顯老態，留著大鬍子，她沒認出他來，主要因為她從未想起他。在那個可怕的黑夜，當他自軍中歸來卻沒有去看兩位姑媽，她與他之間發生的事都成為回憶被她深深地埋葬了。

在那個夜晚之前，在她還指望他會來看她的時候，她不僅不覺得她腹中的胎兒是個負擔，而且時常因為胎兒時而柔和、時而猛烈的活動而驚喜不已。但在那個夜晚之後，一切全都改變了。即將出生的嬰兒成了純粹的累贅。

兩位姑媽等著聶赫留多夫，請他順路來家裡一趟，但他拍來電報說來不了，因為他要如期趕到彼得堡。卡秋莎獲悉此事，決定去車站和他見面。列車在夜間兩點到達。卡秋莎侍奉兩位老小姐睡下，說服廚娘的女兒小瑪莎陪伴她，她穿上舊靴子，戴上頭巾，趕緊往車站跑去。

這是秋天裡一個風雨交加的黑夜。碩大而溫暖的雨點斷斷續續地打在臉上。腳下的原野分辨不出道路，森林裡黑得像爐膛，卡秋莎雖然熟悉這條道，在林中還是迷了路，等她跑到列車僅停靠三分鐘的鐵路小站，才發現並未如她希望的那樣早到，發車的第二遍鈴聲已經響過。卡秋莎飛奔上月臺，馬上就在頭等車廂的一扇車窗裡看到了他。這節車廂裡的燈光十分明亮。兩位沒穿西服上衣的軍官面對面坐在絲絨座椅上，正在打牌。靠窗的小桌上燃著幾支很粗的蠟燭，有蠟油滴落下來。他身著緊身馬褲和白襯衫，坐在座椅的扶手上，手肘架著座椅靠背，不知為何在笑。剛認出他，卡秋莎便用凍僵的手敲打車窗。但第三遍鈴聲就在此刻響起，列車緩緩開動，起先向後一下，然後，被拖動的車廂便一節一節相繼抖動著開始移動。其中一位打牌的軍官手裡拿著紙牌站起身，向窗外張望。卡秋莎又敲了一下車窗，並把臉貼向窗玻璃。就在此刻，她面前的這節車廂也抖動一下，走了起來。她跟著車廂跑，眼睛始終盯著車窗。那名軍官想放下車窗，卻放不下來。聶赫留多夫站起身，推開軍官，開始放車窗。列車加快了速度。她也跑起來，緊跟著車窗，但列車的速度越來越快，就在車窗終於被放下來的那一瞬間，列車員推開她，然後自己跳進車廂。卡秋莎落後了，然而她沿著潮溼的木頭月臺一直在奔跑，直到月臺盡頭，她費了很大的力氣才沒摔倒，順著臺階從月臺跑到地面。她仍在奔跑，可是一等車廂已經遠去，二等車廂在她身邊開過，隨後是更快閃過的三等車廂，但她依舊在跑。當帶有尾燈的最後一節車廂從她身邊一閃而過，她已跑過水塔，這裡沒有任何遮擋，狂風撲向她，撕扯她的頭巾，吹得裙子緊貼著她的腿。頭巾被風吹走了，可是她一直在跑。

「米哈伊洛夫娜阿姨！」小女孩喊道，吃力地追趕她，「頭巾掉啦！」

「他在明亮的車廂裡，坐在絲絨座椅上，開著玩笑喝著酒，我卻在這裡、在泥濘裡、在黑暗中，雨淋風吹，站在這裡哭泣。」卡秋莎想著，停下腳步，腦袋向後一仰，雙手抱頭，哭了起來。

「他走了！」她喊道。

小女孩害怕了，她抱住卡秋莎溼漉漉的裙子。

「阿姨，我們回家吧。」

「再來一趟火車，往車廂下面一鑽，就了結了。」卡秋莎此時心想，她並未回答小女孩。

她拿定主意要這樣做。但就在此時，那個孩子，她腹中懷著的他的孩子，突然動了一下，每次她激動之後剛安靜下來時他都會這樣，他撞她一下，緩緩地伸展手腳，然後又用什麼又細又軟的尖東西戳了她一下。於是突然之間，一分鐘前還折磨著她的念頭，即：無法再活下去，她對他萬般怨恨，想用自盡來報復他……，卻突然煙消雲散。她鎮靜下來，理了理衣服，紮緊頭巾，趕緊往回趕。

筋疲力盡、滿身泥水的她回到家中。從那一天起，她的心理開始發生變化，其結果便是她成了現在這個樣子。從那個可怕的夜晚起，她不再相信善。她之前是相信善的，相信大家也都相信善，但從那個夜晚起，她堅信沒有人相信善，世人對於上帝和善所說的一切都是騙人的。她愛過他、他也愛過她，這一點她是知道的，但他在享用了她之後、玩弄了她的感情之後，卻拋棄了她。而他還是她認識的人中最好的一個。其他所有人都更壞。她的遭遇每時每刻都在向她證實這一點。他的兩位姑媽、兩位篤信上帝的老姑娘，在她無法像先前那樣伺候她倆的時候，便趕走了她。她遇見的所有人，若是女人，便千方百計利用她來賺錢；若是男人，從年老的警察局長到監獄裡的看守，都將她視為一件享樂工具。無論對誰而言，世上唯一的事情就是享樂，唯有享樂。在她離家後第二年與她姘居的那位年老的作家更加出色地證明了這一點。他直截了當地對她說，幸福就在於享樂，他將這稱為詩歌和美學。

大家全都僅僅為自己而活、為自己的享樂而活，所有關於上帝和善的話全都是欺騙。每當產生這樣的疑問：即世上的一切為何安排得如此糟糕，要世人相互作惡、要眾人全都受苦，那就索性不去多想。要是心裡苦悶，她就抽菸喝酒，或者最好去和男人風流一場，苦悶也就會過去。

38

次日是週日，清晨五點，女監走道裡照例響起哨聲，已經起床的柯拉勃列娃叫醒了瑪絲洛娃。

「我是女苦役犯。」瑪絲洛娃揉揉眼睛，恐懼地想道，她不自覺地呼吸著室內到早晨已變得臭不可聞的空氣，想再睡一會兒，回到無意識區域，但習慣性的恐懼驅走睡意，她爬起身來，盤腿坐著，打量四周。女犯均已起床，只有兩個孩子還在睡。眼球突出的私酒販子小心翼翼地從兩個孩子身下抽出囚服，生怕驚醒他倆。襲警女犯把孩子的尿布晾在爐子旁，嬰兒卻在藍眼睛的費多西婭懷裡拚命啼哭，費多西婭抱著孩子輕輕搖晃，聲音溫柔地唱著催眠曲。肺病患者揪著胸口，不住咳嗽，臉脹得通紅，她在咳嗽的間隙拚命呼吸，像是在叫喊。紅髮女人醒來後仰面躺著，曲起兩條粗腿，正開心地大聲講述她的夢境。犯縱火罪的老太婆又站到聖像前，小聲念叨著一成不變的禱詞，不停地畫十字，不停地鞠躬。教堂助祭的女兒一動也不動地坐在板床上，用睡意矇矓的呆滯目光看著眼前。「美人兒」把抹了油的粗硬黑髮纏繞在一根指頭上。

走道裡響起大棉鞋拍打地面發出的腳步聲，門鎖嘩啦一聲，進來兩位負責倒馬桶的男犯。他倆身穿短上衣，灰色褲子的褲腳高出腳踝很多，他倆面色嚴肅，氣呼呼地用扁擔抬起臭烘烘的馬桶，走出囚室。女犯來到走道上的水龍頭前洗漱。紅髮女人與隔壁囚室的一位女犯在水龍頭旁爭吵起來，於是再次響起咒罵、叫喊和抱怨……

「你們想關禁閉了吧！」一位男看守喊道，對著紅髮女人肉乎乎的裸露後背打了一巴掌，巴掌聲響徹整個走道，「你給我閉嘴。」

「看，這老頭又在鬧了。」紅髮女人說，她將看守的舉動當作愛撫。

「動作快點！準備去做禮拜。」

瑪絲洛娃還沒梳完頭，典獄長就帶著跟班出現了。

「點名！」看守高喊。

從另一間囚室走出一些女犯，全體女犯在走道裡站成兩排，而且後排女犯必須將兩手放在前排女犯的肩膀上。所有女犯都被點到了名。

點名之後，一位女看守把女犯帶往教堂。瑪絲洛娃和費多西婭走在佇列中間，一百來名女犯從監獄的所有囚室走出，組成這一佇列。女犯全都戴著白色頭巾，身穿白色上衣和裙子，只有幾個女人穿著花衣裳，她們是帶著孩子隨丈夫去流放的妻子。這一佇列擠滿樓梯。穿著大棉鞋的腳踩踏地面，發出輕微的腳步聲，還有說話聲，間或夾雜著笑聲。瑪絲洛娃在拐角處看到走在前面的她的死敵博奇科娃那張惡狠狠的臉，便指給費多西婭看。女犯走下樓梯，不再作聲，邊畫十字邊鞠躬，從敞開的門進入人還不多的金色教堂。女犯的位置靠右，她們一番擁擠，然後安定下來。在女犯後面進來的是身著灰色囚服的男犯，有解送犯、監押犯和已被村社法庭判決的流放犯，他們大聲地咳嗽，在教堂左邊和中間擠作一團。教堂上方的敞廊上，一些提前被帶進來的男犯已站在那裡，一邊是被剃了陰陽頭的苦役犯，他們的腳鐐不時發出聲響，另一邊是沒被剃頭、也沒戴腳鐐的待審犯人。

這座監獄教堂由一位富商出資重建，他為此花費數萬盧布，整座教堂光彩奪目，金碧輝煌。

教堂裡一時鴉雀無聲，只能聽到擤鼻子的聲音、咳嗽的聲音、嬰兒的哭聲，還有腳鐐偶爾發出的響聲。突然之間，站在中間的男犯你推我擠，讓出一條通道來，典獄長沿著這條通道走到教堂中央，面對眾人。

39

禮拜開始了。

禮拜的程序是這樣的：一位神父身著很不合身而奇特的錦緞服裝，在碟子裡把麵包切成小塊，擺好，然後把麵包一一浸入裝有葡萄酒的杯盞，同時念叨著人名和禱詞。助祭此時也在不停地念誦禱詞，隨後與犯人組成的合唱隊輪流唱起斯拉夫語聖歌，歌詞本已難懂，速度很快的念誦和歌唱使得歌詞愈發難以聽清。禱詞的內容主要是祝願皇上及其全家萬事如意。助祭跪著把此類禱詞念了很多遍，或與其他禱詞一起念，或單獨念。此外，助祭還誦讀了《使徒行傳》中的幾首詩，他的聲音緊張古怪，讓人一句也聽不懂。神父卻十分清晰地讀了《馬可福音》中的一段話，即基督復活後並非立即升天、坐到其父右手，而是先向抹大拉的馬利亞顯容，自她身上驅走七個魔鬼，然後向十一門徒顯容，吩咐他們向世人傳播福音書。他還說，不信的人必定滅亡，信且受洗的人終將獲救。此外，他還能驅走魔鬼，還能為人治病，只需用手撫摸病人，還能說多種新語言，還能捕蛇，即便飲下毒藥也不會死亡，依然健康。

這禮拜的實質就在於，被神父切成小塊並放進酒中的麵包塊經過固定的程序和禱告之後，據說便成為基督的身體和血液。這套程序便是：神父平穩地高舉雙手，克服身上口袋似的錦緞服裝帶來的不便，然後跪下，親吻供桌和桌上的物品。最重要的舉動是，神父雙手拿起餐巾，平穩地在碟子和金盞上來回擺動。據說，麵包和葡萄酒就在此刻成了聖體和鮮血，這個禮拜因此才布置得特別莊重。

「至聖、至純、至福的聖母啊！」完成上述舉動的神父在屏風後面高聲喊道，莊嚴的合唱隨後響起，盡情頌揚沒有失去貞潔卻生下基督的聖女馬利亞，她理應比智慧天使享有更大的榮譽，比六翼天使享有更多的榮光。在這之後，信徒認為轉變已經完成，神父於是揭開盤子上的餐巾，把盤子中央的那塊麵包切成四小塊，在葡萄酒裡蘸一蘸，然後送進嘴裡。這意謂著，他吃了一小塊耶穌的肉體、喝了一小口耶穌的血。在這之後，神父拉開帷幕，打開中間的門，手裡端著金盞走出來，邀請有意者也來品嘗盛在金盞中的耶穌的肉體和血液。

幾個孩子有意品嘗。

神父先問了幾個孩子的姓名，然後小心翼翼地用勺子從金盞中舀出浸泡在葡萄酒中的麵包，依次餵進每個孩子的嘴裡。助祭立即給孩子擦擦嘴，並用歡快的嗓音唱起歌來，唱的是孩子在吃耶穌的肉體、孩子在喝耶穌的血液。在這之後，神父把金盞端到屏風後面，在那裡喝乾金盞中餘下的耶穌的血液，吃盡餘下的幾塊耶穌肉體，仔細舔舔小鬍子，擦淨嘴巴和金盞，興高采烈、腳步抖擻地走出屏風，牛皮靴的薄後跟吱吱作響。

基督禮拜的主要部分到此為止。但是，神父想安慰一下這些不幸的犯人，便在通常的禮拜之外又加上一場特殊禮拜。這特殊禮拜便是，神父站在聖像前，這據說是一幅沖壓出來的鍍金聖像，聖像上黑臉黑手的人就是剛被神父吃掉的耶穌，十支蠟燭照耀著聖像，這時，神父用奇怪的假嗓子半唱半念地道出這樣一段話：

「至愛的耶穌！使徒的榮光，我主耶穌！受難者的讚美，萬能的主宰，耶穌！救救我吧，我的救主耶穌，我的至美的耶穌，救救歸順你的人，救主耶穌！寬恕我吧，耶穌，你因所有聖徒、所有先知的祈禱而降生，我的救主耶穌！請賜予我們天堂的歡樂，愛人類的耶穌！」

說到這裡他停下，緩口氣，畫個十字，磕個頭，眾人也這樣做了。典獄長、看守和囚犯全都跪下，敞廊上傳來十分密集的鐐銬撞擊聲。

「天使的創造者，萬物的主，」他繼續念唱，「神奇的耶穌，天使的驚歎，萬能的耶穌，祖先的救星。至愛的耶穌，族長的指望，帝王的後盾；至善的耶穌，先知的履約；神奇的耶穌，受難者的堡壘；靜默的耶穌，修士的歡樂；仁慈的耶穌，神父的幸福；仁愛的耶穌，齋戒者的守持；至愛的耶穌，聖徒的歡欣；純潔的耶穌，處女的守貞；永恆的耶穌，罪人的救贖；上帝之子耶穌，請寬恕我。」他終於停住，然後一遍又一遍地念誦「耶穌」，喘息聲越來越大，他一手撩起絲綢襯裡的教袍，單膝跪地，叩首至地，合唱隊則唱出最後一句：「上帝之子耶穌，請寬恕我。」囚犯跪下又起身，只剩下一半的頭髮來回甩動，束縛著他們枯瘦雙腿的鐐銬發出嘩啦嘩啦的聲響。

禮拜持續了很久。開頭是讚美詞，讚美詞以「寬恕我吧」結束，然後又是一套讚美詞，最後以「哈利路亞」作為結尾。囚犯畫十字，下跪，匍匐在地。起初，囚犯在每一遍讚美詞之後都要下跪，後來每隔一遍、有時每隔兩遍才跪一次。當所有的讚美詞終於念完，大家全都非常開心。神父如釋重負地喘一口氣，合上手裡的經書，走到屏風後面去了。只剩下最後一項活動，只見神父從大桌子上拿起一個四端鑲有琺瑯飾物的鍍金十字架，舉著它走到教堂中央。典獄長率先走近神父，吻了一下十字架，接著是副典獄長，再接著是看守，最後是犯人，他們推推擠擠，小聲叫罵。神父一面與典獄長交談，一面把十字架伸向走近他的囚犯的嘴唇，有時捅在他們的鼻子上，囚犯想方設法吻到十字架和神父的手。旨在撫慰、開導迷途兄弟的基督教禮拜就這樣結束了。

40

從神父、典獄長到瑪絲洛娃，在場的人誰都沒有想到，被神父嘶啞著嗓門重複了無數次、被他用奇奇怪怪的字眼所讚頌的耶穌本人，恰恰禁止此處所做的事情。他不僅禁止毫無意義的夸夸其談，禁止神父對麵包和葡萄酒所做的褻瀆法術，而且極其明確地禁止一些人稱另一些人為師，禁止在教堂做禮拜，他讓人單獨祈禱，他禁止修建教堂，他說他要來摧毀教堂，他說不應在教堂裡祈禱，而應在心中祈禱、在真理中祈禱。更重要的是，他不僅禁止審判他人、關押他人，禁止折磨、羞辱、處罰他人，就像此處的作為，而且禁止一切針對人的暴力，他說他要來釋放所有的囚犯。

在場的人誰也沒有想到，此處以基督之名所做的一切其實均為對基督本人的最大褻瀆和嘲弄。誰也沒有想到，神父拿出來讓大家親吻的那個四端鑲有琺瑯飾物的鍍金十字架，正是耶穌受刑的絞架之象徵，而耶穌之所以受刑，正因為他禁止此刻以他的名義在此處所做的事情。誰也沒有想到，神父認為自己吃的麵包是耶穌的肉體、喝的葡萄酒是耶穌的血液，但他們的確是在吃耶穌的肉、喝耶穌的血，這並非因為他們吃了小塊麵包、喝了葡萄酒，而是因為，他們不僅蠱惑被耶穌視為同類的「小人物」，而且剝奪這些「小人物」的最大幸福，殘酷地折磨他們，不讓世人獲悉耶穌帶給他們的福音。

神父心安理得地做著一切，因為他自幼便接受了這樣的教育，即這就是唯一正確的信仰，從前的聖徒忠於這一信仰，如今的僧侶階層和世俗階層也忠於這一信仰。他相信的並非是麵包會變成肉體、滔滔不絕對靈魂有益，或者他真的吃了一塊耶穌的肉體，這並不足信，他相信的是，應該忠於這一信仰。而讓他對這一信仰確信無疑的主要原因是：因為主持這一信仰的各種儀式，他十八年來一直能獲得收入，他靠這筆收入養活全家、供兒子上中學、送女兒進神學校。教堂助祭的信仰比神父還要堅定，因為他完全淡忘了這一信仰的教條之實質，只知道一切都有特定價碼，聖餐酒、追薦儀式、誦經、普通的禱告和帶讚美詞的禱告，都有價碼，真正的基督徒付錢很大方。因此，他在高喊「寬恕吧，寬恕吧」的時候，他在照章唱歌誦經的時候，內心安寧地堅信這一切都必不可少，就像商人販賣木柴、麵粉和馬鈴薯。監獄的長官和看守，雖然從不知曉這一信仰的教義之內涵、不明白教堂裡的儀式有何意義，他們卻相信，一定要忠於這一信仰，因為最高當局和沙皇本人均忠於這一信仰。此外，他們覺得，這一信仰能為他們的殘酷公務正名，儘管他們的這種感覺十分模糊（他們無論如何也無法解釋其中的奧祕）。如果沒有這一信仰，他們不僅會覺得更為艱難，而且有可能無法將自己的所有力量都用於折磨他人，就像他們如今心安理得所做的一切。典獄長心地善良，如果無法在這一信仰中獲得支撐，他無論如何也難以過如今的生活。因此，他靜靜地站著，站得筆直，虔誠地鞠躬，畫十字，當眾人唱起〈天使頌〉時，他竭力做出一副深受感動的模樣，當孩子開始領聖餐，他走上前去，親手抱起一個領聖餐的男孩，在懷裡抱了一會兒。

在犯人中間，只有少數幾位看透這是一場對信教者設下的騙局，因而在內心嘲笑這一信仰。大多數人則相信，在這些鍍金聖像、蠟燭、金盞、教袍和十字架裡，在莫名其妙的「至愛的耶穌」、「寬恕我們吧」的念誦聲中，蘊含著神祕的力量，憑藉這一力量可以在今生和來世獲得巨大好處。儘管他們中的大多數人在現世已多次嘗試憑藉祈禱、禮拜和蠟燭以獲得好處，但他們卻未能如願，他們的祈禱未能靈驗，而他們每個人都堅信，這一失敗純屬偶然，這套儀式既然得到了飽學之士和主教的讚許，終歸是重要的，即便無助於今生，也必將有益於來世。

瑪絲洛娃就對此堅信不疑。她和其他人一樣，在禮拜時體驗到一種虔敬摻雜著無聊的複雜情感。她起初站在屏風這邊的人群中央，除同監的幾位女犯外看不到任何人，待領受聖餐的女犯向前推擠，她與費多西婭一同移步，她這才看見典獄長，看到典獄長身後眾多看守中間一個鬍子淡黃、頭髮淺褐的年輕人，那是費多西婭的丈夫，他也目不轉睛地看著自己的妻子。在唱讚美詩時，瑪絲洛娃一直盯著他看，並與費多西婭小聲耳語，直到大家全都畫了十字、鞠了躬之後，她才照樣做了。

41

聶赫留多夫出門很早。一位農夫趕車走在小巷裡，用奇怪的聲音喊著：

「牛奶，牛奶，牛奶！」

昨夜下了第一場溫暖的春雨。路面之外的所有地方突然全都長出了綠草，花園裡的白樺樹身披綠色的絨毛，稠李和白楊展開芳香、細長的葉子，住戶和店鋪屋外的套窗被卸下來清洗。在聶赫留多夫的馬車必經的舊貨市場上，聯排的貨攤前擠滿了人，一些衣衫襤褸的人腋下夾著皮靴、肩上搭著熨得筆挺的西服長褲和背心，來回走動。

酒館前已聚起一些不必上班的工人，男工身著乾淨的上衣、腳蹬鋥亮的靴子，女工頭上紮著鮮豔的絲巾、身披鑲有玻璃珠的大衣。警察身挎繫黃帶的手槍執勤，搜尋可以打發他們無聊時光的違規事件。在街心花園的小道上、在剛剛泛綠的草坪上，孩子和狗在奔跑嬉戲，保母開心地坐在長椅上聊天。

街道左側的背陰處又溼又冷，中間卻很乾爽，沉重的運貨馬車在馬路上隆隆駛過，輕便馬車嘎嘎作響，公共馬車鈴聲叮噹。教堂的鐘聲在四面八方響起，震撼著空氣，召喚世人去做剛剛在監獄裡完成的那種禮拜。盛裝的信徒分別走向自己的教區教堂。

馬車沒有把聶赫留多夫直接拉到監獄前，而停在通往監獄的路口。

在這離監獄約百步開外的路口站著幾個男女，他們大多拿著包裹。馬路右側是幾棟不高的木質建築，左邊是一幢掛著招牌的兩層小樓。監獄是一座巨大的石頭建築，它就在眼前，卻不放探監者過去。一名持槍的士兵來回走動，對那些企圖越過他的人厲聲吆喝。

木屋小門的右邊，在衛兵的對面，一名身穿制服的看守坐在凳子上，手拿本子。探監的人走到他面前，說出他們想見的人，這看守便記下來。聶赫留多夫也走到他面前，報出瑪絲洛娃的姓名，穿制服的看守也記了下來。

「為什麼不放人進去呢？」聶赫留多夫問道。

「在做禮拜。禮拜結束了就放人進去。」

聶赫留多夫返回等候的人群。人群裡走出一人，他衣衫襤褸，戴一頂皺巴巴的帽子，光腳穿著破鞋，臉上布滿一道道紅色疤痕，他向監獄走去。

「你要去哪裡？」持槍的士兵高聲喊道。

「你喊什麼？」這衣衫襤褸的人退了回來，絲毫不在乎哨兵的吆喝，他回敬道，「不能進，我就等等。喊什麼喊？像個將軍似的。」

人群中發出讚許的笑聲。探監者大多衣著很差，甚至衣衫襤褸，但也有幾位穿著體面的男女。聶赫留多夫身邊就站著一位服飾考究、臉色紅潤、鬍鬚剃得乾乾淨淨的男人，他拿著一個包裹，裡面顯然是內衣。聶赫留多夫問他是否第一次來，手拿包裹的人回答說他每個禮拜天都來這裡，於是兩人攀談起來。此人是銀行的守門人，他是來探望他兄弟的，他兄弟因為偽造罪被判刑。這個心地淳樸的人把自己的故事全都告訴了聶赫留多夫，他正想探問聶赫留多夫的故事，他倆的注意力卻突然被吸引開去，只見一匹高頭良種黑馬拉著一輛橡膠輪胎的輕便馬車駛了過來，車上坐著一位大學生和一位罩著面紗的小姐。大學生的手裡抱著一個大包裹。他靠近聶赫留多夫，問能否向犯人遞交施捨、該如何遞交，他帶來的施捨是一袋白麵包。

「這是我未婚妻的願望。這位就是我的未婚妻。她父母讓我們把這些麵包送給犯人。」

「我是第一次來，我不清楚，但我認為該問問這個人。」聶赫留多夫指著那位身穿制服的看守說道，看守手拿筆記本坐在右邊。

就在聶赫留多夫跟大學生說話時，監獄那扇中間開著小窗的大門打開了，一位身穿制服的軍官和另一位看守走出大門，手拿筆記本的看守宣布開始放人進去探監。哨兵閃到一旁，探監者像害怕遲到似的，全都快步衝向監獄大門，有人還跑了起來。門邊站著一名看守，他數著從他身邊經過的探監者，大聲報出數字：「十六，十七……」，另一名看守站在門內，用手拍一下每位探監者，在放他們進入下一道門時也同樣在計人數，為的是之後放人出去時不留一位探監者在獄內，也不讓一位囚犯溜走。這位數數的看守並不在意走過他身邊的人是誰，他在聶赫留多夫的背上使勁一拍，看守的這一下拍打剎那間讓聶赫留多夫感覺屈辱，但他很快想起他來此處的目的，便因自己這種不滿和屈辱的情感而難堪起來。

門口的第一個場所是帶有拱頂的大房間，不大的窗戶裝有鐵柵。這個房間叫集散廳，聶赫留多夫十分意外地在這裡看到，神龕裡有一尊巨大的耶穌受難像。

「這是為什麼呢？」他想，在他的意識中，他總是不由自主地將耶穌與自由的人而非犯人聯想在一起。

聶赫留多夫走得很慢，讓心急的探監者走到前面。他的心裡百感交集，既有面對被關押在這裡的惡人而生的恐懼，也有對那些被囚於此的無辜者，比如昨日受審的年輕人和卡秋莎的同情，還有因即將到來的會見而生的膽怯和感動。在集散廳的盡頭，在聶赫留多夫快要走出房間時，看守說了一句什麼話，但心事重重的聶赫留多夫沒在意，跟隨大多數探監者繼續向前走去，亦即走向男監，而不是他要去的女監。

他讓心急的人走在前面，最後一個才走進指定的會見室。他推門走進這個房間，首先讓他震驚的，便是數百個嗓門匯成一體的震耳欲聾的轟鳴聲。直到走近那些人，看到他們像蒼蠅叮在糖上一樣緊緊貼著那將整個房間一分為二的鐵絲網，他才明白是怎麼回事。這間後牆上開著幾個窗戶的屋子被兩道、而非一道鐵絲網隔成三塊，鐵絲網從地面直到天花板。兩道鐵絲網之間，有幾名看守來回走動。鐵絲網的那邊是囚犯，這邊是探監的人。兩者之間隔著兩道鐵絲網，距離兩三公尺，這樣一來，不僅無法傳遞任何東西，甚至連對方的臉也看不清，眼睛近視的人尤其如此。交談很困難，為了讓對方聽見，就得竭盡全力地大喊。兩邊的人都將臉緊貼在鐵絲網上，這是一張張妻子的臉、丈夫的臉、父親的臉、母親的臉、孩子的臉，這一張張臉龐在努力地相互張望，每個人都想說出想說的話。正因為每個人都想讓對方聽見自己的話，旁邊的人也想這樣，他們的聲音相互干擾，每個人都想用聲音蓋過他人，如此便產生出這交織著喊叫的轟鳴聲，聶赫留多夫進門時就被這轟鳴聲驚倒了。根本不可能聽清大家在說什麼，只能憑藉神情才能判斷出他們說的是什麼、兩位對談者是什麼關係。聶赫留多夫近處一位包著頭巾的老太婆緊貼在鐵絲網上，顫抖著下巴，正對一位臉色蒼白、被剃了陰陽頭的年輕人叫喊著什麼，那個男犯揚起眉毛，皺著眉頭，仔細聽著老太婆的話。老太婆旁邊有一位身穿農家服裝的年輕人，他用兩手罩著耳朵，不住地搖頭，在聽一位相貌與他很相似的囚犯說話，那囚犯面容憔悴，鬍子花白。稍遠處站著那位衣衫襤褸的人，他揮動手臂，喊著什麼，還發出笑聲。他旁邊的一位婦人抱著孩子坐在地上，頭上包著一條質地很好的羊毛頭巾，她嚎啕大哭，顯然是第一次看見對面那位身穿囚服、白髮蒼蒼的犯人，他被剃了陰陽頭，腳戴鐐銬。這婦人的腦袋上方是那位與聶赫留多夫交談過的守門人，他在拚命地朝對面一位眼睛閃亮的禿頭男犯喊叫。待聶赫留多夫明白他也將在這樣的條件下說話，便心生憤恨，恨那些設置和維持這套方式的人。他感到驚訝的是，面對這樣一種可怕的場景、這一種侮辱人類感情的方式，竟然無人感到屈辱。士兵和典獄長、探監者和犯人，大家全都心平氣靜，似乎認為本該如此。

聶赫留多夫在這個房間裡待了約五分鐘，他感覺到某種奇特的憂傷，意識到自己無能為力，與整個世界都格格不入。他內心一陣噁心，像是暈船的感覺。

42

「不過，還是要做我此行該做的事情。」他說道，給自己打氣，「該怎麼做呢？」

他用眼睛搜尋當官的，於是看到一位佩戴肩章的人，他個子不高，身材瘦削，留著八字鬍，在人群後面來回走動，聶赫留多夫便對他說道：「先生，您能告訴我嗎，」他以十分勉強的恭敬語氣問道，「女人關在哪裡，在哪裡探視她們呢？」

「您是要去女監？」

「是的，我想見一位女犯。」聶赫留多夫仍舊帶著勉強的恭敬語氣回答。
「您應該在集散廳就說清楚。您要見什麼人？」
「我要見葉卡捷琳娜・瑪絲洛娃。」
「她是政治犯嗎？」副典獄長問道。
「不，她只是……」
「她被審過了嗎？」
「是的，她是前天受審的。」聶赫留多夫恭敬地回答，生怕破壞副典獄長的情緒，這位副典獄長似乎很同情聶赫留多夫。
「如果去女監，就請這邊走。」副典獄長說，他顯然已根據聶赫留多夫的外表作出判斷，此人值得關注。「西多羅夫，」他對一名掛著勛章的小鬍子士官說，「你帶他去女監。」
「是。」
就在此時，鐵絲網旁響起一陣撕心裂肺的哭聲。
一切均讓聶赫留多夫感覺奇怪，最奇怪的是，他居然心生感激，覺得自己應該感謝眼前的副典獄長和看守長，感謝在這座建築裡做出所有這些殘忍行為的人。
看守領聶赫留多夫走出男監探視室，來到走廊，迅即打開對面一道門，帶他走進女監探視室。
這間屋子和男監探視室一樣，也被兩道鐵絲網隔成三塊，但這個房間要小得多，探監者和犯人也少一些，然而喊叫聲和轟鳴聲卻一如男監探視室。兩道鐵絲網之間，也同樣有長官來回走動。這裡的長官是一位女看守，她身穿有藍色滾邊、袖口飾有絲帶的制服，與男看守一樣腰繫寬皮帶。像在男監探視室一樣，這裡的人也從兩邊緊貼鐵絲網，這邊是身穿各式服裝的城裡居民，那邊是女犯，她們有人穿白色囚服，有人著自己的便裝。鐵絲網上掛滿了人。一些人踮起腳，好越過別人頭頂把話遞過去，另一些人則坐在地上彼此交談。

所有女犯中最顯眼的是一位茨岡女人，因為她的喊聲和模樣都十分奇特。她站在房間中央，靠近鐵絲網對面的一根柱子，脫落的頭巾下現出一頭鬈髮，她動作很快地打著手勢，在對一個茨岡男人高聲喊叫。這茨岡男人身著藍色上衣，腰帶束得又低又緊。在茨岡男人身旁，一名士兵坐在地上，與一位女犯說話。再往後，一位留著淺色鬍子、腳穿樹皮鞋的年輕人貼在鐵絲網上，臉脹得通紅，顯然勉強才忍住眼淚，與他談話的是一位外貌漂亮、頭髮淡褐色的女犯，她用一雙亮晶晶的天藍色眼睛看著自己的談伴。這便是費多西婭和她的丈夫。他們旁邊站著一位衣衫襤褸的男人，他在與一位披頭散髮的大臉龐女人說話。再過去是兩個女人、一個男人、又一個女人，他們的對面各有一名女犯。在她們之中並無瑪絲洛娃。但在對面，在女犯身後，還站著一個女子，聶赫留多夫立即明白這就是她，也立即感覺自己的心臟劇烈地跳動起來，喘不過氣。關鍵時刻在迫近。他走近鐵絲網，認出了她。她站在藍眼睛的費多西婭身後，微笑著，在聽費多西婭說話。她沒像前天那樣身披囚袍，而是穿一件白色女衫，腰帶緊束，胸部高聳。像在法庭上一樣，頭巾裡鑽出幾綹黑色的鬈髮。

「事到臨頭了，」他想，「我怎麼喊她過來呢？還是她自己過來？」

但她並未自己走過來。她在等克拉拉，她無論如何也沒想到這個男人會來看她。

「您要見誰？」在兩道鐵絲網之間來回巡視的女看守走近聶赫留多夫，問道。

「葉卡捷琳娜．瑪絲洛娃。」聶赫留多夫好不容易才說出口。

「瑪絲洛娃，有人找你！」女看守喊道。

43

⌘

瑪絲洛娃回頭一看，她抬起頭，挺起胸，帶著聶赫留多夫很熟悉的那種溫順神情走近鐵絲網，擠到兩名女犯中間，用驚訝和詢問的目光盯著聶赫留多夫，卻沒認出他。

但是，她根據他的穿著知道他是有錢人，她笑了笑。

「您找我？」她說道，將自己那個眼睛有些斜視的笑臉貼近鐵絲網。

「我想見……」聶赫留多夫不知接下來該用「您」還是「你」，隨後他決定還是用「您」，他用與平常一樣的語氣說道，「我想見您……我……」

「你別跟我胡說，」他身邊那個衣衫襤褸的男人喊道，「你到底拿了沒有？」

「你聽著，人都快死了，你還要怎樣呢？」那邊有個人高喊。

瑪絲洛娃聽不清聶赫留多夫的話，但她根據他說話時的神情突然想起了他。然而她還不敢相信自己的眼睛。不過，笑容卻從她的臉上消失，她的眉頭也痛苦地皺了起來。

「聽不清您說什麼。」她大喊一聲，瞇起眼睛，眉頭皺得越來越緊。

「我是來……」

「是的，我在做我該做的事情，我在贖罪。」聶赫留多夫想道。一想到這一點，眼淚便湧上他的雙眼，喉頭哽咽，他緊緊抓著鐵絲網，不再說話，竭力不讓自己哭出聲來。

「我說，你幹嘛要管閒事呢……」這邊有人喊道。

「上帝作證，我不清楚。」對面一名女犯高喊。

眼見聶赫留多夫如此激動，瑪絲洛娃認出了他。

「是像一個人，但我不敢認。」她喊了起來，不看他，她突然脹紅的臉越發陰沉了。

「我是來求你原諒的。」他大聲喊道，像背書一樣沒有語調。

喊出這句話後他感覺羞恥，便四下張望。但他立馬想到，如果他感覺羞恥，這倒更好，因為他原本就是可恥的。於是，他繼續高聲說道：

「請你原諒，我真的對不起你……」他又喊了一句。

她一動也不動地站著，一直用斜視的目光盯著他。

他說不下去了，便離開鐵絲網，強忍住在胸口起伏的痛哭。

讓人將聶赫留多夫領來女監的副典獄長顯然對聶赫留多夫很感興趣，他來到女監，見聶赫留多夫不在鐵絲網旁，便問他為何不跟他想見的人說話。聶赫留多夫擤一下鼻涕，振作精神，竭力擺出一副若無其事的樣子，回答道：

「我沒辦法隔著鐵絲網說話，什麼也聽不見。」

副典獄長想了片刻。

「好吧，可以暫時把她帶到這裡來。」

「瑪麗婭．卡爾洛夫娜！」他對那名女看守說，「把瑪絲洛娃帶出來。」

一分鐘後，瑪絲洛娃從側門走了出來。她邁著柔和的腳步一直走到聶赫留多夫面前，停下腳步，皺著眉頭看了他一眼。她黑色的鬈髮像前天一樣，有幾綹露在外面，她臉色不好，蒼白浮腫，但面容姣好，神情自若，只有那雙有些斜視的烏黑眼睛在腫脹的眼皮後面泛出晶亮的光芒。

「可以在這裡談。」副典獄長說了一句便走開了。

聶赫留多夫走向靠牆擺放的長椅。

瑪絲洛娃疑惑地看了副典獄長一眼，然後似乎感覺驚訝地聳聳肩膀，隨聶赫留多夫走向長椅，整了整裙子，坐在他的身旁。

「我知道您很難原諒我，」聶赫留多夫開口說道，但立馬又停住，覺得淚水妨礙了他，「但如果說過去已經無法改變，那麼我現在就要盡最大努力彌補。請問……」

「您是怎麼找到我的？」她並不回答他的問題，卻反過來問道，她那雙有些斜視的眼睛像在看他，也像在看別處。

「我的上帝！幫幫我。教教我該怎麼做！」聶赫留多夫看著她那張變化很大、如今已不顯得好看的臉龐，在心底說道。

「我前天當過陪審員，」他說道，「就在您受審的時候。您沒認出我來？」

「沒有，沒認出來。我也沒時間認。我也沒細看。」她說。

「不是有過一個孩子嗎？」他問道，覺得自己臉紅了。

「當時就死了，謝天謝地。」她簡短而惡狠狠地回答，掉轉目光不再看他。

「怎麼回事？」

「我自己也病了，差點死掉。」她說道，並未抬起眼睛。

「姑媽怎麼會放您走呢？」

「誰會養活一個帶孩子的傭人呢？她倆一看出苗頭，就把我趕走了。這有什麼好說的，我什麼都不記得了，全都忘了。事情全都結束了。」

「不，還沒結束。這事我不能不管。我如今要贖我的罪。」

「沒什麼罪好贖，過去的也就過去了。」她說道，他絕對沒有想到的是，她突然看了他一眼，又帶著令人不快，而既誘惑又可憐的神情對他笑了一下。

瑪絲洛娃無論如何也想不到會見到他，尤其是在此時此地，因為他的出現最初令她大為吃驚，迫使她憶起她從未憶起的往事。最初她朦朧地憶起，那個愛她的、也為她所愛的英俊青年為她打開一個新穎神奇的情感世界和思想世界。之後，她憶起他莫名其妙的殘忍、憶起在那神奇的幸福之後接踵而至的一連串屈辱和磨難。於是，她感覺很痛苦。但是，她無力面對這一切，此時便採取了她一以貫之的方式，即驅散心頭的這些回憶，並用放浪生活的特殊迷霧遮蔽往事，此時此刻，她正是這麼做的。起初，她曾將此時坐在她面前的這個人與她當初愛過的那個青年聯繫在一起，但她後來發現這會令她十分痛苦，便放棄了這樣的聯想。此時，這位衣著整潔、保養得宜、鬍子上灑了香水的先生，對於她而言已不再是她從前愛過的那個聶赫留多夫，而只是眾多男人中的一個，這些男人在他們需要的時候便要享用像她這樣的尤物，而像她這樣的尤物也要利用那些男人，以獲取最大利益。因此，她就誘惑地對他笑了一下。她沉默了片刻，在設想該如何利用他。

「事情全都結束了，」她說，「如今已經判了服苦役。」

在說出這個可怕字眼的時候，她的雙唇顫抖起來。

「我知道您無罪，我堅信您無罪。」聶赫留多夫說。

「我當然無罪。我不是小偷，也不是強盜。我們這裡的人都說，事情全靠律師，」她繼續說道，「都說應該上訴。他們說，要花很多錢……」

「是的，一定要上訴，」聶赫留多夫說，「我已經找過律師了。」

「不要心疼錢，找個好律師。」她說。

「我盡最大努力去做。」

兩人沉默下來。

她又那樣笑了一下。

「我想向您要點……錢，要是可以的話。不多……十個盧布，不用再多了。」她突然說道。

「好，好。」聶赫留多夫發窘地說道，伸手去拿錢包。

她飛快地掃了一眼在房間裡來回走動的副典獄長。

「別當著他的面給錢，等他走開再給，要不會被沒收的。」

待副典獄長剛一轉過身去，聶赫留多夫便掏出錢包，但他還不及把一張十盧布紙幣遞過去，副典獄長又轉回身來，面對他倆。他把紙幣攥在手心。

「這個女人已經死去了，」他想道，同時看著這張曾經十分可愛、如今卻庸俗浮腫的臉龐，臉上那雙有些斜視的黑眼睛閃閃發亮，不懷好意地盯著副典獄長和聶赫留多夫攥著紙幣的手。他內心出現片刻的搖擺。

昨天夜間對他說話的那個誘惑者又在聶赫留多夫內心發出聲音，如慣常那樣竭力讓他別去思考諸如應該如何行事的問題，而僅僅考慮他的行為之結果有何益處。

「對這個女人你做不了什麼，」那個聲音在他心裡說道，「你這樣做只是在往自己的脖子上掛石頭，會淹死自己，妨礙你成為有益於他人的人。給她一些錢，把你手頭的錢全都給她，然後與她道別，從此一刀兩斷？」

但他立即又覺得，此時此刻，他內心正完成一種最重要的變化，他的內心生活就擺放在搖擺不定的天平上，最輕微的力量也會使天平的兩端上下擺動。他給出了這種力量，向昨天自己內心感覺到的上帝發出籲求，上帝立即回應了他。他決定向她道出一切。

「卡秋莎！我是來求你原諒的，但你還沒有答覆是不是原諒我、將來會不會原諒我。」他說道，突然改口對她以「你」相稱。

她沒聽他說話，只是時而盯著他的手，時而盯著副典獄長。待副典獄長轉過身去，她迅速向他伸過手來，接過紙幣塞進了腰帶。

「您說的話好奇怪啊。」她笑著說道，他覺得她的話裡不無輕蔑。

聶赫留多夫感到，她內心有一種東西在跟他作對，在護衛如今的她，在妨礙他深入她的內心。

但奇怪的是，這不僅未能使他後退，反而成為一種更為強大、特殊的新力量，促使他去接近她。他感到，他應該在精神上驚醒她，這十分艱難，但吸引他的正是這件事的艱難。他如今對她懷有的這種情感，他之前無論對她還是對其他人均不曾懷有，其中沒有任何私情，他對她沒有任何需求，他只希望她不再是如今這個模樣，希望她省悟，成為從前的她。

「卡秋莎，你為什麼要說這種話？我瞭解你，我記得你在帕諾沃……」

「何必提那些舊事？」她冷冷地說。

「我提起這些，是為了彌補、為了贖罪，卡秋莎。」他開口說道，他還想說他要娶她，但他遇見她的目光，在那目光中讀出一種粗魯可怕、拒人於千里之外的神情，便說不下去了。

這時，探監者開始紛紛往外走。副典獄長走近聶赫留多夫，說探視時間已經結束。瑪絲洛娃站起身，順從地等待讓她離開的命令。

「再見，我還有很多話要對您說，可是看來今天說不成了，」聶赫留多夫說著，伸出手去，「我還會再來的。」

「話好像也說完了……」

她遞過手去，卻沒有握對方的手。

「不，我還要想辦法再見您，找個能和您說話的地方，到時候再把該對您說的重要事情說給您聽。」聶赫留多夫說道。

「您要來就來吧。」她說著，面帶微笑，這是那種意在取悅男人的微笑。

「您比我的妹妹還要親。」聶赫留多夫說。

「好奇怪。」她又重複了這個字眼，搖搖頭，向鐵絲網的那一邊走去。

44

第一次會面時，聶赫留多夫以為卡秋莎見到他、瞭解到他願意為她效力的願望、聽了他的懺悔，一定會大為感動，重新成為先前的卡秋莎。但令他感到恐懼的是，他發現卡秋莎已不存在，只剩下瑪絲洛娃。這使他驚異，令他恐懼。

他感覺驚異的主要原因是，瑪絲洛娃不僅不以其身分為恥，不是指女犯身分（她倒是以女犯身分為恥的），而是指妓女身分，她甚或心滿意足，幾近以當妓女為榮。不過，這也別無選擇。每個有行為能力的人都必須認定自己的行為重要而又有益，因此，無論一個人是何身分，他都一定會構建自己的人生觀，借助這樣的人生觀，他才能覺得他的活動重要而又有益。

世人通常以為，竊賊、凶手、奸細、妓女等會承認他們的職業十分糟糕，他們理應感到羞恥。然而情況完全相反。或因為命運的左右，或由於自己作孽，一些人落入某種境地，但無論他們的處境多麼不正常，他們依然要構建一種整體的價值觀，憑藉這樣的觀點，他們才能覺得自己的處境是不錯而受人尊重的。為了支撐這種觀點，人會本能地依附某個圈子，在這個圈子裡，他們所構建的價值觀以及他們的生活地位能得到認可。如果竊賊誇耀他們的技巧、妓女誇耀她們的放蕩、凶手誇耀他們的凶殘，我們會感到驚訝。但我們之所以感到驚訝，是因為這些人的圈子及其氛圍是局限的，更主要的原因是，我們置身於他們的圈子和氛圍之外。然而，當富人誇耀他們的財富，也就是他們的巧取豪奪，當將領誇耀他們的勝利，也就是他們的血腥殺戮，當統治者誇耀他們的強大，也就是他們的暴政專制，不也是如出一轍的現象嗎？我們感覺不出這些人為了論證其角色的合理性而歪曲了價值觀和善惡觀，是因為有更多人懷有這種被歪曲的觀念，是因為我們自己也屬於這個圈子。

瑪絲洛娃就構建了這樣一種觀點來看待自己的生活以及自己在世上的地位。她是一名妓女，還被判服苦役，儘管如此，她仍構建出一種世界觀，憑藉這一世界觀，她可以認同自己，甚至可以在別人面前因自己的角色而驕傲。

這一世界觀便是，所有男人，無論老人還是青年、學生還是將軍、有知識的還是沒知識的，無一例外地均將與漂亮女人發生性關係視為主要樂事，因此，所有男人雖然都在裝模作樣地忙著各種事情，但他們實際上整天想的就只有這一件事。她正是一個漂亮女人，她可以滿足、也可以不去滿足他們的這一願望，她由此成為一個重要而不可或缺的人。她之前和現今的所有生活均在佐證這一觀點的正確性。

十年來，無論何時何地，她發現所有的男人都想要她，從聶赫留多夫和老警察局長到監獄裡的那些看守，她還沒有見過不想要她的男人。因此在她看來，整個世界就是好色之徒的大聚會，他們從四面八方窺伺她，挖空心思使出各種手段，如欺騙、強暴、收買和圈套，試圖占有她。

瑪絲洛娃就是這樣理解生活的，憑藉對於生活的這種理解，她就不僅不是最卑微的人，反而成為十分重要的人。瑪絲洛娃很珍視自己對於生活的這一理解，認為它重於世上的一切，她也無法不珍視，因為這一生活觀一旦改變，她便會喪失這種生活觀在人間賦予她的生活意義。為了不喪失自己的生命意義，她本能地要依附在由那些與她生活觀相同的人所構成的圈子。她察覺聶赫留多夫試圖將她帶往另一天地，她預感到，在他帶她去的那個天地，她將失去這種可以給她以自信和自尊的生活處境，她於是在抗拒他。正因為這一原因，她驅散了那些關於少女時代、關於與聶赫留多夫初戀的回憶。這些回憶與她當下的世界觀格格不入，因此已完全淡出她的記憶，或者更確切地說，已封存在她記憶的深處，一如蜜蜂把螟（即幼蟲）密封在蜂巢裡，不讓牠們出來，否則牠們就會把蜜蜂的勞動成果全都毀掉。因此對於她來說，如今的聶赫留多夫已不再是她純情愛過的那位青年，而是一個她可以、也應該加以利用的富公子，她與他的關係，一如她與所有男人的關係。

「不，我沒說出最重要的話。」聶赫留多夫和大家一同走向出口，心裡想道，「我沒對她說我要娶她。我沒說，但我一定要這樣做。」

兩位看守站在門口放探監者出去，又在用手拍著每個人點數，為了不放走一個囚犯，也不留下一個探監者。聶赫留多夫的後背又被拍打一下，但這一回他不僅不覺得屈辱，甚至已對此視而不見。

45

聶赫留多夫想改變自己的外在生活，即退租這套大房子、辭退僕人、搬進旅館。但阿格拉菲娜·彼得羅夫娜卻向他證明，在入冬之前對生活現狀做任何改變都沒有道理，夏天無人租房，總得有個地方住人，擺放家具和雜物。於是，聶赫留多夫試圖改變其外在生活的所有努力均無果而終（他本想像大學生那樣簡樸地生活）。一切照舊，而且家裡還更起勁地忙碌起來：各種各樣的毛料服裝和皮毛服裝被拿出來晾曬、拍打，看門人、看門人的幫手、廚娘，還有科爾涅依本人，全都參與其中。起先把一些制服和從未穿過的奇特毛皮服裝搬出去晾在繩子上，然後開始搬出地毯和家具，看門人和他的幫手挽起袖子，露出結實的手臂，用力拍打這些東西，所有房間裡於是都充滿了樟腦氣味。無論穿過院子，還是從窗戶往外看，聶赫留多夫都大為吃驚，因為東西實在太多了，而所有這一切無疑全都毫無用處。「這些東西的唯一用途，」聶赫留多夫想，「就是給阿格拉菲娜·彼得羅夫娜、科爾涅依、看門人、看門人的幫手和廚娘提供一個活動筋骨的機會。」

「瑪絲洛娃的事情還沒解決，現在也沒必要改變生活方式。」聶赫留多夫想，「改變起來也很困難。等到她獲釋，或者她被流放，我跟她走，一切也就自然而然地改變了。」

在律師法納林給定的時間，聶赫留多夫趕去見他。聶赫留多夫走進律師富麗堂皇的私宅，院裡立著高大的植物，窗上掛著精美的窗簾，無處不在的奢華陳設表明主人發了橫財，亦即不費吹灰之力得到的錢財，只有暴發戶家裡才如此陳設。聶赫留多夫走進接待室，見有眾多客戶在排隊等候，就像在醫生的診所裡那樣，他們愁眉苦臉地坐在幾張桌子旁，翻看供他們消遣的幾本畫報。律師的助手也坐在這裡，坐在一張高高的寫字臺旁，他認出了聶赫留多夫，便走過來問好，說他馬上去向老闆稟報。但沒等助手走近，辦公室的門就突然打開，傳出兩個人爽朗開心的說話聲，一位是已不年輕的壯漢，他臉龐泛紅，唇鬚濃密，穿一身嶄新的外衣，另一位是法納林本人。兩人臉上都帶有這樣一種表情：那種剛剛完成一件有利可圖、卻不完全正當的事情之後，臉上往往都有的表情。

「老兄，這都怪您自己啊。」法納林笑著說。

「我很樂意進天堂，但我罪孽深重，不讓我進啊。」

「好了，好了，我們都清楚。」

兩人又很不自然地笑了起來。

「公爵，您請。」法納林看到聶赫留多夫，招呼了一聲，他朝走遠的商人再次點點頭，便領聶赫留多夫走進自己格調嚴謹的辦公室，「您請抽菸。」律師說著，在聶赫留多夫對面坐下，竭力忍住因前一個成功案件而生的笑意。

「多謝，我來談瑪絲洛娃的案子。」

「好的，好的，馬上。唉，這些有錢人都不是好東西！」他說道，「您看到剛才這個傢伙了嗎？他有一千兩百萬家產，但他還說想進天堂。要是有可能從您這裡撈到一張二十五盧布鈔票，他恨不得用牙咬。」

「他說想進天堂，你說的是二十五盧布鈔票。」聶赫留多夫此時心想，他對這個舉止放肆的傢伙生出難以遏制的厭惡。此人試圖用他的說話腔調來表明，他和聶赫留多夫是同一陣線的人，而其他客戶和他倆不同，均屬另一陣線。

「這個可怕的惡棍，他把我折磨得夠慘。真想緩口氣。」律師說道，似乎在辯解他為何沒有直接切入正題，「好吧，現在來談您的案子……我仔細讀了此案卷宗，『我不贊成其內容』，就像屠格涅夫在他的小說《多餘人日記》中所寫的那樣，也就是說，那個小律師很糟糕，放過了上訴的所有理由。」

「您決定怎麼做呢？」

「稍等。您去告訴他，」他對走進屋來的助手說，「就按我說的做，能做就做，不行就算了。」

「但他不同意。」

「那就算了。」律師說道，他那張開心和善的臉突然變得陰險惡毒了。

「人家都說律師賺錢容易，」他說著，臉上又恢復了先前的和悅，「一個破產債主受到不實指控，我幫他打贏了官司，現在他們全都來找我。每樁案件都要付出巨大辛苦。有位作家說，他把自己的一塊塊血肉留在墨水瓶裡了，我們這些律師也一樣。好吧，來談您的案子，或者說是您感興趣的案子，」他繼續說道，「情況很糟，沒有很好的上訴理由，不過還是可以試著上訴，我擬了一份上訴狀。」

他拿起一張寫滿字的紙，念了起來，他囫圇吞棗般地迅速念出那些枯燥的公文詞彙，其他段落則讀得字正腔圓：

「呈刑事上訴庭，等等，特提起上訴，等等。原判決等等，判決書等等，認定瑪絲洛娃犯有毒殺商人斯梅爾科夫罪，據《刑法》第一四五四條判處苦役，等等。」

他停了下來，顯而易見，儘管這種事早已是家常便飯，但聽著自己撰寫的作品，他仍舊心滿意足。

「『此判決為一連串嚴重的訴訟程序錯誤之結果，』」他繼續字正腔圓地讀道，「『必須予以撤銷。首先，在庭審時，斯梅爾科夫內臟化驗報告剛開始宣讀便被庭長打斷。』這是第一點。」

「這是公訴人要求宣讀的啊。」聶赫留多夫驚訝地問道。

「反正一樣，辯方也有理由要求宣讀。」

「但這完全沒有必要啊。」

「總歸是個理由。接下來是這樣的：『其次，瑪絲洛娃的辯護人，』」他繼續念道，「『本想探討瑪絲洛娃的個性，涉及她墮落的內在原因，但他的發言卻被庭長阻止，理由是辯護人的發言似乎與案件沒有直接關聯。但在刑事案件中，正如參政院數次指出的那樣，對被告性格和整個精神面貌的描述具有頭等重要的意義，至少對於正確判定罪責至關重要。』這是第二點。」他看了聶赫留多夫一眼，說道。

「他說得很糟糕，什麼都聽不懂。」聶赫留多夫說道，顯出更多的驚訝。

「那小子完全是個傻瓜，當然什麼也說不清楚，」法納林笑著說，「但這畢竟是個理由。接下來是這樣的：『第三，庭長在總結發言中不顧《刑法》第八〇一條第一款之明確規定，沒有向陪審員解釋犯罪概念由哪些法律元素構成，他沒有告訴他們，即便瑪絲洛娃向斯梅爾科夫投毒的行為得到證實，如果無法認定她是蓄意謀殺，他們依然有權認定她並未觸犯刑法，而是過失殺人，商人死亡這一結果出乎瑪絲洛娃的意料。』這是最主要的一點。」

「我們自己其實也明白這一點。這是我們的錯。」

「『最後，第四，』」律師繼續念道，「『陪審團對法庭關於瑪絲洛娃罪責問題的徵詢做出的答覆充滿明顯矛盾。瑪絲洛娃被控蓄意毒殺斯梅爾科夫，其唯一殺人動機就在於謀財，但陪審團在答覆時卻否認瑪絲洛娃有搶劫之目的、否認她曾參與竊盜貴重錢財，由此顯然可以看出，他們的意思在於推翻被告蓄意謀殺的罪名，庭長不全面的總結發言令陪審員產生誤解，這才使得他們未能以合適的方式做出答覆。因此，陪審團的這一答覆無疑適用於《刑法》第八一六條、第八〇八條，亦即庭長應向陪審團說明他們所犯錯誤，並重新就被告的罪責問題提出徵詢，要求陪審團重新做出答覆。』」法納林念道。

「那庭長為什麼沒這樣做呢？」

「我也想知道為什麼。」法納林笑著說。

「參政院或許能糾正這個錯誤？」

「這要看到時候是哪幾個老廢物來主持審理。」

「為什麼是老廢物呢？」

「就是養老院裡的老廢物。就這麼回事。我接下來寫道：『法庭無權依據這樣的認定，』」他速度很快地繼續念道，「『判定瑪絲洛娃負有刑事責任，援引《刑事訴訟法》第七七一條第三款對她做出判決，這是對我國刑法訴訟基本原則粗暴而又重大的侵犯。依據上述幾點理由，本人榮幸地請求某某人、某某人依據《刑事訴訟法》第九〇九條、第九一〇條、第九一二條第二款、第九二八條等等，撤銷原判決，並將本案移交同一法院的另一審判庭重新審理。』就這些，該做的全都做了。我要開誠布公地說，成功的機率不大。不過，一切全都取決於參政院委員會的組成人員。您要是有熟人，就去斡旋一下。」

「我有熟人。」

「那就趁早去找，否則他們就治療痔瘡去了，就得再等三個月……還有，萬一上訴不成，還可以向皇上申訴。這也同樣取決於幕後活動。我在這方面也甘願效力，不是指幕後活動，而是擬申訴書。」

「謝謝您，律師費……」

「助手會交給您一份謄清的訴狀，他會告訴您具體數目。」

「我還想問您一件事：檢察長給我開了一張能去看當事人的通行證，在監獄裡他們對我說，在規定的時間和地點之外探監還需要省長批准，是這樣的嗎？」

「我想是這樣的。可是省長目前不在，由副省長管。這位可是十足的傻瓜，您在他那裡未必能辦成什麼事情。」

「是馬斯連尼科夫嗎？」

「是他。」

「我認識他。」聶赫留多夫說，他站起身來打算離開。

就在這時，一位身材矮小、醜得可怕的女子飛也似的衝進房間，她鼻孔外翻，面色蠟黃，瘦骨嶙峋，此人就是律師的妻子，她顯然絲毫不因自己的醜陋而氣餒。她不僅著裝非同一般，身上裹著絲絨和綢緞，有黃有綠，而且連稀疏的頭髮也燙成了捲，她凱旋般地飛進接待室，身邊伴有一個面帶微笑的高個子男人，這男人面色土黃，穿一件帶有絲綢翻領的長禮服，繫一根白色領帶。此人是作家，聶赫留多夫見過他。

「阿納托利，」她推開房門，說了起來，「你過來。謝苗·伊萬諾維奇答應朗誦他的詩，你一定要讀一讀迦爾洵的作品。」

聶赫留多夫正想走開，但律師的妻子在與丈夫耳語了幾句之後卻馬上對聶赫留多夫說道：

「抱歉，公爵，我認識您，我覺得相互介紹純屬多餘，您也來參加我們的文學早餐會吧。會很有意思的。阿納托利的朗誦棒極了。」

「您瞧，我有多少雜事啊。」律師攤開雙手，微笑著手指妻子，以此表示他無法抗拒這個絕代佳人的意志。

聶赫留多夫面帶憂鬱嚴肅的神情十分禮貌地對律師妻子的邀請表示感謝，稱自己實在無法參加，然後從辦公室走進接待室。

「裝模作樣的傢伙！」待他走出門去，律師的妻子如此說他。

在接待室裡，助手把準備好的上訴書交給他。在回答酬金的問題時他說，阿納托利．彼得羅維奇開價一千盧布。他還說，這類案件阿納托利．彼得羅維奇通常不接，他接這個案件是看聶赫留多夫的面子。

「上訴書怎麼簽名呢，該由誰簽名呢？」聶赫留多夫問。

「可以由被告本人簽名，如果不方便的話，阿納托利．彼得羅維奇也可以在得到她的委託後簽字。」

「不用了，我去讓她簽字。」聶赫留多夫說道，有機會在規定的探視日之前見到她，他因此而高興。

46

監獄的走廊裡一到時間就會響起看守吹的哨音。走廊和囚室的鐵門叮叮哐哐地打開，光腳板和棉鞋後跟啪啪作響，倒便桶的犯人走過走廊，空氣中充滿一股難聞的臭氣；男女犯人洗漱完畢，穿好衣服，便到走廊接受點名，點名之後去接開水泡茶。

這天喝茶時，監獄的各間牢房裡都談興很濃，談到今天有兩個犯人要遭受鞭刑。其中一名犯人是個讀過書的年輕人，名叫瓦西里耶夫，是個店員，他在醋意發作時殺死了自己的情人。他性格開朗，慷慨大方，面對長官時敢於抗爭，因此深受同室獄友喜愛。他懂法律，要求依法辦事，長官因此不喜歡他。三週前，一名看守打了一位倒便桶的犯人，因為犯人把糞水濺到了看守的新制服上。瓦西里耶夫挺身為這位犯人打抱不平，稱沒有法律允許看守毆打犯人。「我來讓你瞧瞧什麼叫法律。」看守說道，罵了瓦西里耶夫。瓦西里耶夫也同樣罵了看守。看守想打他，但瓦西里耶夫抓住看守的雙手不放，一直抓了三分鐘，並把看守擰過身去，推出門外。看守彙報上去，典獄長下令把瓦西里耶夫關進禁閉室。

禁閉室是一排從外面上鎖的黑暗小囚室。這又黑又冷的禁閉室裡沒有床鋪和桌椅，被關禁閉的人只能坐著或躺在骯髒的地面上，聽任老鼠在他身邊跑來跑去，或直接竄向他。禁閉室裡老鼠極多，牠們膽子很大，會在黑暗中偷走最後一塊麵包，會從犯人手中搶奪麵包，如果犯人一動不動，老鼠甚至會直接攻擊犯人。瓦西里耶夫說，他是不會進禁閉室的，因為他沒犯錯。他們強拖他去。他奮力反抗，有兩位犯人幫他掙脫了那些看守。看守聚集過來，其中就有那位出名的大力士彼得羅夫。幾名犯人被制伏了，被塞進禁閉室。省長馬上接到報告，稱發生了一個近似暴動的事件。一份文件發下來，指示將兩名主犯瓦西里耶夫和流浪漢涅波姆尼亞希各鞭打三十下。

鞭刑將在女監探視室執行。

從傍晚起，監獄裡的所有人均獲悉此事，各個囚室裡都在熱烈地議論這場即將實施的刑罰。

柯拉勃列娃、「美人兒」、費多西婭和瑪絲洛娃坐在她們的角落裡，全都面色通紅，神情興奮，她們已喝過伏特加，如今瑪絲洛娃已不再缺酒，她總是大方地邀獄友一起喝，此刻她們在喝茶，在議論鞭刑。

「他又沒有暴亂，」柯拉勃列娃這樣談起瓦西里耶夫，同時用滿口結實的牙齒嚼著細小的糖塊，「他只是為難友打抱不平，因為如今不允許打人嘛。」

「聽說這人很好。」費多西婭加了一句，她沒戴頭巾，拖著兩根長長的辮子，坐在板床對面的一塊劈柴上，板床上放著一個茶壺。

「你把這事告訴他吧，米哈伊洛夫娜。」鐵路道口值班員對瑪絲洛娃說道，「他」是指聶赫留多夫。

「我會告訴他的。他為了我什麼事都願意做。」瑪絲洛娃笑著回答，搖晃著腦袋。

「他什麼時候才能來呀，聽說他們馬上就要去帶他們兩個了。」費多西婭說。「真是要命。」她歎口氣，又說了一句。

「我有一回看到他們在鄉公所打一個男人。是我公公叫我去找鄉長，我就去了，一看，他……」道口值班員開始講一個很長的故事。

道口值班員的故事被樓上走廊的一陣說話聲和腳步聲所打斷。

女犯安靜下來，仔細諦聽。

「來抓人了，這些魔鬼，」「美人兒」說，「他們如今會活活打死他的。看守恨死他了，因為他跟他們過不去。」

樓上又安靜下來，道口值班員講完她的故事，講她如何在鄉公所被嚇得半死，他們如何在板棚裡打那個男人，她如何嚇得五臟六腑都要跳出來。「美人兒」講到，謝格洛夫挨過鞭刑，但他一聲也沒吭。後來，費多西婭收起茶碗，柯拉勃列娃和道口值班員做起針線活，瑪絲洛娃抱著雙膝坐在板床上，感到很無聊。她正打算躺下睡覺，女看守過來喊她去辦公室，說有人來看她。

「你一定要說說我們的事，」趁瑪絲洛娃在一面水銀塗層剝落一半的鏡子前整理頭巾，老太婆孟紹娃對她說道，「不是我們放的火，是那個惡棍自己放的，有個工人看見了，他不會昧著良心的。你告訴他，讓他去叫米特里，米特里會把事情一五一十都說給他聽，要不這算怎麼回事？我們不明不白被關在這裡，那個惡棍卻霸占別人的妻子，坐在酒館裡喝酒。」

「無法無天！」柯拉勃列娃附和道。

「我告訴他，一定告訴，」瑪絲洛娃回答，「最好再喝點，壯壯膽。」她擠擠眼睛，又說了一句。

柯拉勃列娃給她斟了半碗酒。瑪絲洛娃一飲而盡，她擦擦嘴，精神煥發，不斷地重複她說過的那幾個字，即「壯壯膽」，然後搖晃著腦袋，面帶微笑，跟著女看守沿著走道走去。

47

聶赫留多夫已在門廳裡等了許久。

他來到監獄前，按響入口處的門鈴，把檢察長的許可遞給值班看守。

「您要見誰？」

「要見女犯瑪絲洛娃。」

「現在不行，典獄長有事。」

「他在辦公室嗎？」聶赫留多夫問。

「不，他在這裡，在探視室。」看守回答，聶赫留多夫覺得他有些尷尬。

「難道現在也接待探視嗎？」

「不，有特別的事。」他說。

「怎麼才能見到他呢？」

「等有人出來，您自己說吧。您再等一等。」

就在此時，從側門走出司務長，他制服上的綬帶閃閃發亮，臉上油光光的，小鬍子散發出一股菸草味，他嚴肅地對看守說道：

「怎麼把人放到這裡來了？……帶到辦公室去……」

「我聽說典獄長在這裡。」聶赫留多夫說道，他驚訝地發現司務長的臉上也有一種不安的神情。

這時，裡面的房門打開，滿頭大汗、渾身冒熱氣的彼得羅夫走了出來。

「這下他可記住了。」他對著司務長說道。

司務長向他使了個眼色，要他留意聶赫留多夫，彼得羅夫於是打住話頭，皺起眉頭，朝後門走去。

「誰會記住了？他們為何都有些窘迫？司務長為何要朝他使眼色？」聶赫留多夫在想。

「不能在這裡等，請去辦公室吧。」司務長又對聶赫留多夫說道，聶赫留多夫正想離開，典獄長卻從後門走了出來，他比他的下屬還要窘迫。他不停地歎氣。見到聶赫留多夫，他便轉身朝向看守。

「費多托夫，把五號女監的瑪絲洛娃帶到辦公室來。」他說道。

「您先請。」他對聶赫留多夫說。他們沿著很陡的樓梯走進一間只有一個窗戶的小屋，屋裡有一張寫字臺和幾把椅子。典獄長坐了下來。

「這差事很難幹啊，很難幹。」他對聶赫留多夫說道，同時掏出一支很粗的捲菸。

「您看起來很累。」聶赫留多夫說。

「這工作累到我了，這工作太辛苦了。你想減輕他們的痛苦，但結果更糟。我一直在考慮怎麼脫身，這差事很難幹啊，很難幹。」

聶赫留多夫不知道典獄長的難處究竟何在，但此時他在典獄長身上的確看到了一種惹人同情的特殊情緒，即憂傷和無望。

「是的，我想這工作是很辛苦，」他說，「那您為什麼還要做呢？」

「我家無恆產，但又有妻小。」

「但如果您覺得辛苦……」

「不過，我還是要對您說，我還是在盡量做好事，盡量減輕他們的痛苦。另一個人要是處在我的位置上，是絕對不會這樣做的。這說起來輕鬆，有兩千多人啊，而且都是什麼樣的人啊。必須懂得怎麼對付他們。都是人，要可憐他們。可是也不能放縱他們。」

典獄長講起不久前發生的一件事，犯人打架鬥毆，最後出了人命。

他的故事被瑪絲洛娃的到來所打斷，是看守把瑪絲洛娃帶進來的。

瑪絲洛娃剛到門口，聶赫留多夫就看到她了，瑪絲洛娃此時還沒看到典獄長。她滿臉通紅。她精神抖擻地跟在看守後面，不停地微笑，搖晃著腦袋。看見典獄長，她面露驚恐，仔細看了他一眼，但很快就緩過神來，精神抖擻、滿臉喜悅地朝向聶赫留多夫。

「您好呀。」她拉長聲音說道，微笑著，與上次不同，她用力地握了握他的手。

「我帶來了上訴書讓您簽字。」聶赫留多夫說道，看著她今天見他時精神抖擻的模樣，他有些驚訝，「律師擬了一份上訴書，需要簽名，然後我們就遞到彼得堡去。」

「好吧，可以簽。怎麼都行。」她說道，同時瞇起一隻眼睛笑著。

聶赫留多夫從口袋掏出一張折起來的紙，走近桌子。

「可以在這裡簽字嗎？」聶赫留多夫問典獄長。

「你過來坐在這裡，」典獄長說道，「給你筆。你識字嗎？」

「學過認字。」她笑著說道，然後理一理裙子和袖口，坐到桌旁，用她有力的小手笨拙地拿起筆，笑了一下，回頭看了看聶赫留多夫。

他告訴她該如何簽名、該簽在什麼地方。

她用力拿起筆，蘸了蘸墨水，抖了抖，然後簽上自己的名字。

「沒事了吧？」她問道，目光時而看著聶赫留多夫，時而朝向典獄長，手中的筆不知該插進墨水瓶還是放在紙上。

「我有話要對您說。」聶赫留多夫說道，接過她手中的筆。

「有話您就說吧。」她說道，突然，她像是想起了什麼，或者像是想睡覺了，她的神情變得嚴肅起來。

典獄長站起身來走了出去，聶赫留多夫獨自面對瑪絲洛娃。

48

把瑪絲洛娃帶過來的那名看守，在離桌子稍遠處的窗臺上坐下。對於聶赫留多夫而言的關鍵時刻到來了。他始終在責怪自己，因為在第一次見面時他沒有向她說出最重要的話，也就是他要和她結婚，如今他下定決心要向她說出這句話。她坐在桌子的一邊，聶赫留多夫坐在她對面。房間裡光線很好，於是，聶赫留多夫第一次近距離地看清了她的臉龐，看到她眼角和嘴邊的皺紋，看到她浮腫的眼睛。他比先前更憐惜她了。

他把手肘支在桌上，貼近她，好讓他的話只為她一人所聞，不讓坐在窗臺上的那個鬍子花白、猶太人長相的看守聽見，他說道：「要是這份申訴書沒有用，我們就向皇上申訴。我們要盡一切努力。」

「要是先前有個好律師就好了……」她打斷了他的話，「我那個辯護人完全是個小傻瓜。他只會對我說恭維話，」她笑著說道，「要是他們當時就知道我認識您，情況就不一樣了。結果呢？他們都認為我是小偷。」

「她今天多奇怪啊。」聶赫留多夫想道，他剛想說話，只聽她又講了起來。

「我有件事情要跟您說。我們這裡有個老太婆，您知道嗎？大家都覺得很奇怪。一個好老太婆，平白無故被抓來坐牢，她和她兒子都在坐牢，大家都知道他倆無罪，但他倆卻被判縱火罪，在這裡坐牢。您知道嗎？她聽說我認識您，」瑪絲洛娃說道，搖頭晃腦地看著聶赫留多夫，「她就說：『你告訴他，讓他說說話，讓他們把我兒子叫出來問問，我兒子會把所有事情都說給他們聽的。』他們一家姓孟紹夫。您能幫忙做這件事嗎？您知道嗎？這老太婆人很好。如今看來，她顯然是被冤枉的。您是個好心人，您就想想辦法吧。」她說道，看了他幾眼，然後垂下目光，面帶微笑。

「好的，我去辦這事，瞭解一下情況。」聶赫留多夫說道，同時對她的無所顧忌越來越感到驚訝，「但我想跟您談一談我自己的事。您還記得我上次對您說的話嗎？」他說。

「您說了很多話。您上一次說了什麼？」她說道，始終面帶微笑，腦袋左顧右盼。

「我說我是來求您原諒我的。」他說。

「有什麼用？原諒，原諒，用不著……您最好……」

「我說我想彌補自己的罪過，」聶赫留多夫繼續說道，「不是用言語彌補，而是用行動。我決定和您結婚。」

她的臉上突然現出驚恐。她那雙有些斜視的眼睛一動不動，像是在看他，又像是沒在看他。

「這又有什麼必要呢？」她說道，怨恨地皺起眉頭。

「我覺得我在上帝面前理應如此。」

「怎麼又抬出個上帝來了？您說得全都不是那麼回事。上帝？什麼上帝？您當初要是能記得上帝就好了。」她說，然後她張著嘴，沒再作聲。

聶赫留多夫此時才感覺到她嘴裡發出的濃烈酒味，他明白了她情緒激動的原因。

「您安靜一下。」他說。

「我沒什麼要安靜的。你以為我醉了？我是醉了，但我知道我說了什麼話，」她突然語速很快地說了起來，滿臉脹得通紅，「我是苦役犯……您是老爺、是公爵，您別在我這裡弄髒身體。去找你那些公爵小姐吧，我的價錢是一次十盧布。」

「不管你的話說得多麼殘忍，你也說不出我心裡的感受，」聶赫留多夫渾身顫抖，他輕聲說道，「你也想像不出，我多麼痛苦地感覺到自己對你有罪！……」

「感覺有罪……」她惡狠狠地模仿他的語氣，「你在塞那一百盧布給我的時候就沒感覺到。給，你就值這麼多錢……」

「我明白，我明白，但如今該怎麼辦呢？」聶赫留多夫說，「我如今決定再也不丟下你。」他又重複了一遍：「我說到做到。」

「我說你做不到！」她說著，哈哈大笑起來。

「卡秋莎！」他說著，想去摸她的手。

「你走開。我是苦役犯，你是公爵，這裡沒你的事。」她掙脫他的手，高聲喊道，因為憤怒而臉脹得通紅。「你想用我拯救你自己，」她繼續說道，急著把內心的怨氣一吐為快，「你在今生享用了我，還想在來世用我拯救你自己！我討厭你，討厭你這副眼鏡，討厭你這張難看的肥臉。走開，你走開！」她猛地站起身來，大喊起來。

看守走到他們近旁。

「你胡鬧什麼！難道能……」

「請您別管她。」聶赫留多夫說。

「叫她別亂來。」看守說。

「不用了，請您再等等。」聶赫留多夫說。

看守回到窗邊。

瑪絲洛娃又坐下來，垂下雙眼，兩隻小手十指交叉地握在一起。

聶赫留多夫站著，俯身面對她，不知該做什麼。

「你不相信我。」他說。

「您說您想結婚，這永遠不可能。我寧願上吊！您記著。」

「我反正要為你效勞。」

「這就是您的事了。不過我完全不需要您。這一點我要明確地告訴您。」她說。「我當時為什麼不死掉呢？」她又補了一句，然後怨訴般地大哭起來。

聶赫留多夫說不出話來，因為她的眼淚感染了他。

她抬起眼睛，看了他一眼，像是面露驚訝，然後用頭巾擦拭面頰上的淚水。

看守此時再次走近，提醒他們探視時間已經結束。瑪絲洛娃站起身來。

「您今天太激動了。如果可能，我明天再來。您也考慮考慮。」聶赫留多夫說道。

她沒有作答，也沒有看他，跟著看守走出門去。

「好啊，姑娘，你如今時來運轉了，」待瑪絲洛娃回到囚室，柯拉勃列娃對她說道，「看來他真的看上你了，你要抓緊，趁他追你的時候。他能幫上忙的。有錢人什麼事都能辦成。」

「說的是啊，」道口值班員用唱歌般的聲音說道，「窮人就連新婚都沒有長夜，富人想要什麼有什麼。好姑娘，我們那裡就有一個貴公子，他就做過……」

「我的事情你提了沒有？」老太婆問道。

但瑪絲洛娃沒有對獄友的問題加以回答，她躺倒在板床上，一雙有些斜視的眼睛盯著牆角，就這樣一直躺到傍晚。她的腦海裡思緒萬分。聶赫留多夫所說的一切將她喚回了這個世界，她曾在這個世界受苦受難，她已經步出這個世界，她不理解這個世界，曾對它充滿仇恨。如今，她已無法再繼續那種無憂無慮的生活，但若帶著關於過去的清晰記憶生活下去，又過於痛苦。晚間，她又買了一些酒，與幾位獄友痛飲一場。

49

「是啊，居然會如此。居然如此。」聶赫留多夫在走出監獄時心想，直到此刻他才充分意識到自己的罪過。他若不曾試圖贖罪，對自己的行為做出補償，他便永遠也感覺不出自己的罪責如此之大，而且，她也不會感覺到她受到的傷害如此之深。直到此刻，這一切才水落石出，顯出其可怕之處。直到此刻，他才看到他對這個女子的心靈所造成的傷害，他才看到並理解了她所遭遇的事情。之前，聶赫留多夫曾遊戲感情，欣賞自己、欣賞自己的懺悔，此刻他卻感到十分恐懼。丟下她不管，他覺得此刻他已無法做到，不過，他也無法想像他與她的交往將導致何種結果。

在出口處，一名胸前掛滿各種勛章的看守走到聶赫留多夫身邊，面帶令人厭惡的獻媚神情，神祕兮兮地遞給聶赫留多夫一張便條。

「是一位女子給閣下的信……」他遞給聶赫留多夫一個信封，說道。

「哪位女子？」

「您讀讀信就明白了。一個女犯，政治犯。我看守她們。她求我傳信。儘管這不允許，但出於人道……」看守很不自然地說道。

聶赫留多夫感到很驚訝，一個看管政治犯的看守居然在監獄裡傳遞書信，還幾乎在大庭廣眾之下，他當時不知道此人既是看守也是密探，他接過便條，走出監獄，讀了來信。便條用鉛筆寫成，字體瀟灑不羈，不用舊體字母，來信如下：

聽說您經常造訪監獄，對一位刑事犯很關心，我也想與您見面。請您提出探視我的要求。如果他們允許您來探視，我將告訴您許多重要情況，這些情況有利於您的談判，也有利於我們的小組。感激您的薇拉．鮑戈杜霍夫斯卡婭。

薇拉．鮑戈杜霍夫斯卡婭曾在諾夫哥羅德省一個偏僻地方做女教師，聶赫留多夫和幾個夥伴曾去那裡獵熊。這位女教師曾向聶赫留多夫要過錢，為的是上大學。聶赫留多夫給了她錢，之後便忘了她。如今這位女士成了政治犯，被關進監獄，她大約在獄中聽說了他的事，於是才提出願意為他出力。當時的一切是多麼的輕鬆淳樸啊，如今的一切又是多麼的沉重複雜啊。聶赫留多夫生動歡樂地回憶起當年，回憶起他與鮑戈杜霍夫斯卡婭的相識。那是在謝肉節前，在一個僻靜村落，離鐵路有六七十公里。狩獵很有收獲，他們打死兩頭熊，吃過飯後他們正打算離去，這時，他們落腳的那間木屋的主人走過來說，教堂助祭的女兒來了，想見見聶赫留多夫公爵。

「她漂亮嗎？」有人問道。

「喂，別亂問！」聶赫留多夫說道，擺出一副嚴肅的神情，從餐桌旁站起身，擦擦嘴，向主人的屋子走去，猜不透教堂助祭的女兒為何要見他。

房間裡有個頭戴氈帽的姑娘，她身穿小皮襖，身體健壯，瘦削的臉龐並不漂亮，但一雙眼睛和眼睛上方兩道挑起的眉毛卻很好看。

「啊，薇拉．葉夫列莫夫娜，你來和他談吧，」房東老太太說道，「這位就是公爵。我先走了。」

「我能幫您什麼忙呢？」聶赫留多夫說。

「我……我……您知道，您是有錢人，您把錢花在一些小事上、花在打獵上，我知道，」姑娘開口說道，她的表情十分窘迫，「而我只想著一件事，想做一個對社會有幫助的人，但我什麼都做不到，因為我什麼也不懂。」

她的眼睛率真而又善良，她那既堅決又膽怯的神情令人感動，使得聶赫留多夫又像他時常經歷的那樣，突然將自己置於她的處境，他理解了她，也很憐憫她。

「我能做些什麼呢？」

「我是教師，但我想上大學，他們不收我。他們也不是不收我，但要交錢。請您借我一筆錢，我畢業後還您。我認為，有錢人獵熊、灌農民酒，這都不好。有錢人幹嘛不做點善事呢？我只需要八十盧布。您要是不想給，我也無所謂。」她氣呼呼地說道。

「恰恰相反，我很感謝您為我提供了這樣一個機會……我這就去拿錢。」聶赫留多夫說道。

他出門來到走道，立馬撞上一個正在偷聽他們談話的夥伴。他沒有理會同伴的取笑，從錢包裡取出錢送給了她。

「請收下，收下，不用謝。我該謝您才是。」

如今想起這一切，聶赫留多夫感到很愉快。他還愉快地回憶起，一名軍官根據此事編出一個惡毒的笑話，他差點和這個軍官大吵起來。另一位戰友維護他，結果他倆走得更近了。那次打獵十分幸運，非常開心，他們在夜間趕回鐵路車站時，他的心情好極了。雪橇成雙成對地排成一串，悄無聲息地魚貫而行，飛馳在狹窄的林間小道上。樹林時高時低，林中的雪松上堆滿積雪，黑暗之中紅光一閃，有人點起一支香氣撲鼻的菸捲。獵人奧西普踏著齊膝深的積雪從這輛雪橇跑向另一輛雪橇，講述麋鹿和熊的故事，說麋鹿此時正在很深的積雪中遊蕩、吃楊樹皮，說熊此時正在林中洞穴裡睡覺，牠們呼出的熱氣冒出洞口。

聶赫留多夫想起這一切，更回憶到那種幸福的感受，當年的他健康強壯，無憂無慮。他張開肺葉呼吸著寒冷的空氣，把小皮襖繃得很緊，被雪橇碰落的樹上積雪灑在臉上，身子感覺溫暖，臉龐感覺清醒，心裡既無牽掛也無責怪，既無恐懼也無企求，多麼好啊！可是如今，我的上帝，如今的一切多麼痛苦，多麼艱難！……

顯然，薇拉・葉夫列莫夫娜是個革命者，現在由於革命活動被關進監獄。應該見見她，尤其因為，她承諾將就改善瑪絲洛娃處境的問題提出建議。

50

次日早晨醒來後，聶赫留多夫憶起前一天的事情，感到很可怕。

儘管感到可怕，他卻下定了此前從未有過的堅定決心，要把這件已經開頭的事情繼續做下去。

他懷著這樣一種責任感乘車出門，去見馬斯連尼科夫，請他允許自己去探監，除瑪絲洛娃外，他還要去探視瑪絲洛娃請他關照的孟紹娃老太太和她兒子。此外，他還想求見那位能對瑪絲洛娃提供幫助的鮑戈杜霍夫斯卡婭。

聶赫留多夫很久以前就認識在同一團隊服役的馬斯連尼科夫。馬斯連尼科夫當時是團裡的司務長。這是一名極為和善、極為聽話的軍官，除了這個團和皇室之外，他對世間之事一無所知，也不願知道。如今，出現在聶赫留多夫面前的他已成為行政長官，管理對象由一個團變成一個省以及全省的事務。他娶一位富裕大膽的女子為妻，妻子強迫他棄武從文。

妻子喜歡嘲笑丈夫，但也會安撫他，就像對待自己馴養的寵物。聶赫留多夫去年冬天去過他們家一次，但他覺得這對夫婦索然無味，之後再也不曾造訪。

見到聶赫留多夫，馬斯連尼科夫滿面春風。他的臉依舊胖乎乎、紅通通的，身子依舊福態，穿著依舊像在軍中那樣十分考究。在軍中，他的軍服總是一塵不染，樣式新穎，緊裹著雙肩和胸部；如今，一身樣式新穎的文職服飾依舊緊裹著他發福的軀體和高高挺起的胸部。他穿的是文官制服。儘管年齡相差不少（馬斯連尼科夫已近四十），他倆依舊以「你」相稱。

「謝謝你來做客。我們去見我太太。開會前我恰好有十分鐘空檔。省長走了，我在管理全省的事情。」他帶著難以掩飾的得意說道。

「我找你有事。」

「什麼事呀？」馬斯連尼科夫似乎有所警覺，突然用擔心而有些嚴肅的語氣說道。

「監獄裡有個人，我很關心（聽到「監獄」一詞，馬斯連尼科夫的臉變得更嚴肅了），我想去探視，不是在公共探視室，而在辦公室，不是在規定的日子，而要多去幾次。我聽說這事歸你管。」

「當然歸我管，**mon cher**（法文：親愛的），我樂意為你做一切事情，」馬斯連尼科夫用兩手拍拍聶赫留多夫的膝蓋說道，他似乎想稍稍放低自己的身段，「這沒問題，可是你也看到了，我只是個臨時國王。」

「你能給我開一張允許我探視她的文件嗎？」

「是個女人？」

「是的。」

「她犯了什麼罪？」

「投毒。但她是被誤判的。」

「看吧，你還要什麼正確判決，**ils n'en font point d'autres**（法文：他們是弄不出其他東西來的）。」他不知為何說了一句法文，「我知道你不同意我的看法，但有什麼法子呢？**c'est mon opinion bien arrêtée**（法文：這就是我的堅定信念）。」他補充一句，說出他這一年間在一份保守落後報紙上的各種文章中讀來的一個觀點：「我知道你是個自由派。」

「我不知道我是自由派還是別的什麼派。」聶赫留多夫笑著說。他一直感到奇怪，即大家總要把他歸入某個黨派，他們稱他為自由派，僅僅因為他曾經說過，在對一個人進行審判之前應該先聽聽他自己是怎麼說的，所有人在判決之前都是平等的，無論如何都不能折磨人、打人，那些尚未被審判的人尤其不應遭受折磨和毆打。「我不知道我是不是自由派，但是我知道，如今的審判無論多糟，還是勝過從前。」

「你請的律師是誰？」

「我找了法納林。」

「啊，法納林！」馬斯連尼科夫皺著眉頭說，他想起，去年在法庭上，這個法納林曾態度極其恭敬地盤問作為證人的他，時間長達半小時，幾次引起聽眾哄笑，「我建議你別跟他打交道。法納林 est un homme taré（法文：是個名聲不佳的人）。」

「我還有一事相求，」聶赫留多夫說道，沒有回應馬斯連尼科夫的話，「我很早以前就認識一個姑娘、一位女教師。她很可憐，如今也在坐牢，她想和我見面。你能給我開一張去看她的通行證嗎？」

馬斯連尼科夫微微側著腦袋，在反覆掂量。

「是政治犯？」

「是的，我聽說她是政治犯。」

「你知道的，只有親屬才能跟政治犯見面，不過我給你開張通用通行證。Je sais que vous n'abuserez pas（法文：我知道你不會濫用）……你那位 protégée（法文：被關照者）叫什麼名字……鮑戈杜霍夫斯卡婭？Elle est jolie?（法文：她漂亮嗎？）」

「Hideuse.（法文：很醜。）」

馬斯連尼科夫頗不贊同地搖搖頭，走到桌邊，在一張印有抬頭的公文紙上龍飛鳳舞地寫道：「茲准許持件人，即德米特里．伊萬諾維奇．聶赫留多夫公爵，在監獄辦公室會見羈押於獄中的女市民瑪絲洛娃以及女醫士鮑戈杜霍夫斯卡婭。」寫完之後，他又加上一個粗大的花體簽名。

「你會看到那裡面秩序井然。在那裡保持秩序十分困難，因為那裡人滿為患，即將被流放的犯人尤其多，但我還是嚴加監管，我喜歡這個工作。你會看到，他們在那裡過得很好，他們心滿意足。不過要懂得對付他們。這兩天就鬧出一個不愉快，有人抗拒改造。換一個人，就會認為這是暴動，會讓很多人遭殃。我們卻把事情處理得非常好。一方面需要關懷他們，另一方面也需要嚴加管教，」他說著，握起白皙肥胖的拳頭，這隻戴著綠松石戒指的拳頭伸出襯衫的袖口，袖口潔白挺括，配有金質袖扣，「嚴教勤管。」

「這我可不知道，」聶赫留多夫說，「我去過那裡兩次，我覺得十分難受。」

「你知道嗎？你應該跟帕謝克伯爵夫人打打交道，」滔滔不絕的馬斯連尼科夫繼續說道，「她全力以赴做這件事。Elle fait beaucoup de bien.（法文：她做了許多善事。）由於她，不必故作謙虛，也由於我，那裡的一切才變了模樣，不再有先前的各種可怕事情，那裡現在好極了。你會看到的。至於法納林，我並不認識他，就我的社會地位來說，我和他是各走各的路，但他的確是個壞人，而且竟然在法庭上說那樣的話，說那樣的話……」

「好的，多謝了。」聶赫留多夫說，他接過通行證，沒等聽完從前戰友的話便告辭了。

「你不去見我太太了？」

「不去了，抱歉，我今天沒時間去了。」

「唉，她肯定不會原諒我的。」馬斯連尼科夫說道，把老戰友送至樓梯的第一個拐角處。二等身分而非一等身分的客人他通常都送到這裡，他將聶赫留多夫歸入二等身分的客人，「不，你還是去一趟吧，哪怕就去一分鐘。」

但聶赫留多夫還是不為所動，這時，一名僕人和一名守門人急忙趕到聶赫留多夫身邊，把大衣和手杖遞給他，並打開有警察在外面站崗的大門，聶赫留多夫說，他今天無論如何去不了。

「好吧，那你就週四來。週四是她的會客日。我去告訴她！」馬斯連尼科夫從樓梯上對他喊道。

51

當天，聶赫留多夫從馬斯連尼科夫家直接去監獄，他來到他已知所在的典獄長家。與上次一樣，他又聽見了廉價鋼琴發出的聲響，但這一回彈的不是狂想曲，而是義大利作曲家克萊門蒂的練習曲，同樣彈奏得十分用力，樂句清晰，速度很快。那位一隻眼睛包紮紗布的女僕打開門，說大尉在家，並把聶赫留多夫領進狹小的會客室。室內擺放著一架沙發、一張桌子和一盞檯燈，檯燈下方墊著一塊毛線編織的墊子，粉紅色紙燈罩的一邊有燒焦的痕跡。典獄長走出房間，臉上帶著痛苦憂鬱的表情。

「請問您有什麼事？」他說道，同時在扣制服前襟中間那粒扣子。

「我剛見過副省長，這是許可證。」聶赫留多夫說著，遞上文件，「我想見瑪絲洛娃。」

「見瑪律科娃？」典獄長反問道，他由於琴聲的干擾沒聽清楚。

「瑪絲洛娃。」

「是的！是的！」

典獄長站起身，走到有克萊門蒂樂句飄出的那個房間的門口。

「瑪魯霞，你能停一下下嗎？」他說話的聲音表明，這琴聲已成為他生活中的十字架，「吵得什麼都聽不見。」

鋼琴聲停了，卻傳來一陣帶有不滿的腳步聲，有人在門口望了一眼。

典獄長似乎因為琴聲停止而如釋重負，他點起一支口味清淡的粗大菸捲，也請聶赫留多夫抽一支，聶赫留多夫回絕了。

「我想見瑪絲洛娃。」

「瑪絲洛娃現在不能見。」典獄長說。

「為什麼？」

「這就要怪您自己了，」典獄長略帶笑容地說，「公爵，您別直接給她錢。如果要給，您就交給我。錢最終還是她的。昨天您好像給她錢了，她就買了酒，這種惡習很難戒除啊，所以今天她喝得爛醉，甚至發起酒瘋來。」

「真的嗎？」

「當然是真的，甚至不得不採取一些嚴厲措施，給她換了一間囚室。她本來是個老實人，請您別再給她錢了。他們就是這種人……」

聶赫留多夫真切地想起昨天的事，他又感到可怕了。

「政治犯鮑戈杜霍夫斯卡婭可以見嗎？」聶赫留多夫沉默片刻，問道。

「這個可以。」典獄長說，「喂，你來幹嘛？」他轉身面對一個走進屋來的五六歲小女孩，小女孩一邊歪著腦袋盯著聶赫留多夫看，一邊跑向父親。「你會跌倒的。」典獄長說道，他笑嘻嘻地看著小女孩，小女孩跑向父親，卻不看眼前的路，在地毯上絆了一下。

「如果可以，我這就去。」

「好的，可以。」典獄長說道，他抱起一直盯著聶赫留多夫看的小女孩，站起身，然後慈祥地放下她，朝前廳走去。

典獄長穿上包紮著眼睛的姑娘遞上的大衣，走到門口，克萊門蒂的清晰樂句便立馬再度響起。

「她上過音樂學院，可是那裡很亂。她很有天賦，」典獄長走下樓梯的時候說道，「想在音樂會上演奏。」

典獄長與聶赫留多夫走到監獄門口。典獄長剛一走近，一扇小門立即打開。幾名看守舉手敬禮，目送典獄長走過。四個剃著陰陽頭的人抬著盛著什麼東西的木桶，在走道裡與他們相遇，見到典獄長後，他們四人都縮成一團，其中一人弓著身體，緊皺眉頭，黑色的眼睛閃著亮光。

「當然，天賦應該進一步發展，不能埋沒，可是您也看到了，房子太小，不容易啊。」典獄長繼續說道，對那幾個犯人視而不見，之後，他拖著疲憊的雙腿，與聶赫留多夫一同走進集散廳。

「您要見哪一位呢？」典獄長問。
「鮑戈杜霍夫斯卡婭。」
「她關在塔樓。您得稍待一下。」他對聶赫留多夫說。
「那我可不可以先見見孟紹夫母子呢？他們也關在這裡，是縱火罪。」
「他們關在二十一號。好吧，可以提他倆過來。」
「可不可以到孟紹夫的囚室去見他呢？」
「在集散廳見吧，您更清淨些。」
「不，我去那裡更有意思。」
「您可找到有意思的事了。」
這時，典獄長的助手、一位穿著考究的軍官從側面走進來。
「您領公爵去孟紹夫的囚室。二十一號。」典獄長對助手說道，「然後領他去辦公室。我來提那個犯人。她叫什麼來著？」
「薇拉．鮑戈杜霍夫斯卡婭。」聶赫留多夫說。
副典獄長是個年輕軍官，他頭髮淡黃，唇鬚染了色，周身散發著花露水的味道。
「您請。」他面帶令人愉快的微笑對聶赫留多夫說，「您對我們單位很感興趣？」
「是的，我對這名犯人也很感興趣，我聽說，他被關到這裡純屬冤枉。」
副典獄長聳聳肩膀。
「是有這種情況。」他平靜地說道，必恭必敬地讓客人率先走進臭氣熏天的寬大走廊，「有時他們也會撒謊。您請。」

囚室的門全都開著，走廊裡有幾名犯人。副典獄長對看守微微點頭，眼睛斜視著犯人，那些犯人或貼著牆壁走回囚室，或雙手緊貼褲縫站在門口，像士兵那樣目送著長官。副典獄長領著聶赫留多夫穿過一道走廊，然後左轉進入另一道有鐵門封鎖的走廊。

這道走廊比前面那道走廊更窄更暗，也更臭。走廊兩側是一扇扇上鎖的門，門上開著直徑約兩公分的小孔，即所謂「監視孔」。除一位滿臉皺紋、神情憂鬱的老年看守外，走廊裡別無他人。

「孟紹夫關在哪裡？」副典獄長問。

「左邊第八間。」

52

「可以看一眼嗎？」聶赫留多夫問。

「您請便。」副典獄長帶著令人愉快的笑容說道，然後向看守問起什麼。聶赫留多夫向一個小孔望去，只見裡面有位個子很高的年輕人，他僅著內衣，蓄著不長的黑鬍鬚，在快速地來回走動，聽到門上的動靜，他看了一眼，皺一下眉頭，然後繼續走動。

聶赫留多夫看了第二個監視孔，他的眼睛恰好撞上另一個充滿驚恐、正向外張望的大眼球，他趕緊躲開了。在第三個監視孔，他看見床上躺著一個縮成一團的小個子男人，他用囚服蒙著腦袋。第四間囚室裡坐著一個臉膛寬大、面色蒼白的男人，他低垂腦袋，雙肘支著膝蓋，聽到腳步聲，這人抬起頭，看了一眼，他的臉上，尤其他那雙大眼睛裡，流露出無望的憂愁。他顯然並不想知道，究竟是誰在窺視他的囚室。無論誰人在看，他顯然都不指望會有什麼好事。聶赫留多夫感到可怕，便不再張望，逕自走到孟紹夫的二十一號囚室前。看守打開鎖，推開門。一個脖子很長、身強體壯的年輕人站在床邊，他蓄著不長的鬍鬚，生有一雙充滿善意的大眼睛，但他一臉驚恐看著進門的人，忙不迭地套上囚服。他那雙善意的大眼睛尤其令聶赫留多夫震驚，這雙眼睛帶著疑問和恐懼，來回看著看守、副典獄長和聶赫留多夫。

「這位先生想問問你的案子。」

「太感謝了。」

「是的，有人對我說起您的案子，」聶赫留多夫說著，走到囚室深處，在裝有鐵柵的骯髒小窗前站下，「我還想聽聽您本人的說法。」

孟紹夫也走近窗戶，立即說了起來，起先不時膽怯地看著副典獄長，後來漸漸大膽起來，待副典獄長自囚室去往走廊下達什麼指示，他便完全豁出去了。就其語言和講述方式而言，這個故事是一個十分淳樸善良的鄉村青年所講的故事，在監獄裡從一位身穿恥辱囚服的囚犯口中聽到這一故事，讓聶赫留多夫感到十分奇異。聶赫留多夫邊聽邊看，看著鋪有草墊的低矮板床，看著裝有粗鐵柵的窗戶，看著骯髒潮溼、滿是塗鴉的牆壁，看著這位穿著囚靴囚服、形容枯槁的不幸農家子弟可憐的臉龐和身子，他的心情越來越低落，他不願相信這位淳樸男人說的是真的，因為這想來十分可怕，世人僅僅為了欺負一個人，就可以不問青紅皂白把他抓起來，給他套上囚服，把他關進這樣一個可怕的地方。不過，想到這個貌似真實的故事和這張善良的臉龐也可能是一場騙局、一種杜撰，他感覺更加可怕。這故事講的是，在他婚後不久，一個酒鋪老闆搶走了他的妻子，他四處告狀，但酒鋪老闆四處買通官府，官府判老闆無罪。有一回，他搶回妻子，但她第二天又跑了，他就去討要自己的妻子。酒鋪老闆說沒看見他的妻子（他一進門就看見她了），要他走開，他不走，酒鋪老闆就和一個夥計打得他頭破血流。第二天，酒鋪老闆的院子著了火。他和母親被控犯有縱火罪，但他並未放火，他當時在教父家裡。

「你的確沒放火嗎？」

「老爺，我連想都沒想過。是那個惡棍自己點火的。聽說他剛剛保了保險。都說是我和我媽做的，說我們去過、恐嚇過他。是去過，我有次也罵過他，心裡忍不住。火的確沒點。起火的時候我也不在場。他故意趕在我和我媽去的那一天。是他自己點的，為了騙保險，反說是我們點的。」

「這是實情嗎？」

「全無虛假，我在上帝面前起誓，老爺。您就做我的親爹吧！」他想跪倒在地，聶赫留多夫費了很大的勁拉住他。「您要救我出去，我可不能死在這裡啊。」他繼續說道。

他的腮幫突然抖動起來，他哭了，他捲起衣袖，用骯髒的襯衫擦拭眼睛。

「你們談完了？」副典獄長問。

「談完了。您別灰心，我們盡量想辦法。」聶赫留多夫說了一句，走出囚室，孟紹夫站在門口，看守關門的時候因此碰到了他。看守鎖門的時候，孟紹夫透過門上的小孔在往外看。

53

聶赫留多夫沿著寬闊的走廊往回走（正是午餐時間，囚室的門全都開著），置身於身穿淡黃色囚服、肥大囚褲和囚靴，貪婪地看著他的囚徒之間，聶赫留多夫體驗到一陣奇特的感覺：既同情這些坐牢的人，也對判處、看管這些人的人感到恐懼和不解，還因自己平靜地看著這一切而感覺羞愧。

在一條走道裡，有個人趿拉著囚靴跑進一間囚室，接著，從那間囚室裡走出好幾個人，他們攔住聶赫留多夫，向他鞠躬。

「老爺，我不知道您是誰，可是請您下令解決我們的問題吧。」

「我不是長官，我什麼也不知道。」

「您跟長官說說也好，」一個怨恨的聲音說道，「我們什麼罪也沒有，卻在這裡受了一個多月的罪。」

「怎麼會呢？為什麼？」聶赫留多夫問道。

「就這樣把我們關進大牢。進來一個多月了，我們自己也不知道為什麼。」

「的確，事不湊巧，」副典獄長說，「這些人是因為沒有身分證件被抓的，本來應該把他們遣送回原籍，但他們那裡的監獄被火燒了，那裡的省政府不讓我們把這些人送回去。其他省的人我們都已經遣返，這些人還關在這裡。」

「怎麼，僅僅因為這個？」聶赫留多夫問道，在門口停住腳步。

這些人約有四十位，都身穿囚服，他們圍著聶赫留多夫和副典獄長。好幾個人爭先恐後地說了起來。副典獄長制止道：

「你們讓一個人說。」

人群中擠出一個個子很高、相貌堂堂的農民，年紀五十歲左右。他對聶赫留多夫解釋說，他們都是因為沒有身分證件被抓進來坐牢的。身分證件他們其實是有的，只不過過期兩週罷了。每年都有身分證件過期，卻什麼事都沒有，如今竟要抓人，還在這裡關了一個多月，像對待罪犯似的。

「我們都是石匠，是一個隊的。聽說我們省的監獄燒光了。這可不是我們的錯。您幫幫忙吧。」

聶赫留多夫聽著，幾乎沒聽懂這位相貌堂堂的老人所說的話，因為他的注意力被一隻很大的蝨子吸引開去，這隻碩大的蝨子有很多隻腳，正在這位相貌堂堂的石匠面頰上的鬍鬚間跳來跳去。

「怎麼會這樣？這難道是真的嗎？」聶赫留多夫說著，轉向副典獄長。

「是的，是上級的疏忽，應該把他們遣送回原籍。」副典獄長說道。

副典獄長話音剛落，人群中走出一個小個子男人，他也穿著囚服，他奇怪地歪著嘴巴，說起他們在這裡平白無故吃到的苦頭。

「活得連狗都不如……」他開口說道。

「嘿，嘿，別說廢話了，住嘴，否則你也明白……」

「我沒什麼要明白的，」小個子男人絕望地說，「我們難道有罪嗎？」

「住嘴！」長官大喊一聲，小個子男人不說話了。

「這是怎麼回事啊？」聶赫留多夫自言自語，他走出監獄，像被處罰的士兵在穿過一個鞭刑佇列，這佇列由迎面碰見的那些囚犯和從囚室門後向外張望的數百隻眼睛組成。

「難道真的會關押沒有任何過錯的人？」在與副典獄長一同走出走廊時，聶赫留多夫說道。

「能有什麼辦法呢？不過剛才他們也撒了很多謊。要是聽他們自己說，誰都沒有罪。」副典獄長說道。

「但是這些人的確沒有什麼罪呀。」

「這些人或許沒罪。但也是很壞的人。不嚴格一點不行。有些人膽大包天，馬虎不得。昨天就只好處罰了兩個囚犯。」

「怎麼處罰的？」

「下令用樹枝抽……」

「體罰不是廢除了嗎？」

「不包括被剝奪權利的人。這些人該打。」

聶赫留多夫想起昨天他在前廳等候時看到的一切，他這才明白當時是在進行處罰。他十分強烈地體驗到一種複雜的情感，其中有好奇，也有苦悶和疑惑，還有精神上的厭惡，這種厭惡幾乎已經轉化為生理上的厭惡，他之前也體驗過這種複雜情感，但如此強烈的體驗卻從未有過。

沒聽副典獄長的話，也沒看四周，他疾步走出走道，向辦公室走去。典獄長剛才在走道裡忙別的事，忘了派人去提鮑戈杜霍夫斯卡婭。直到聶赫留多夫走進辦公室，他才想起此事，便派人去提她。

「我現在就派人去提她，您稍坐一會兒。」他說道。

54

辦公室由兩個房間組成。第一個房間裡有一個高高凸起、表面斑駁的大爐子，兩個窗戶骯髒不堪，房間一角有杆測量犯人身高的黑尺，另一角落掛著一幅很大的基督像——每個折磨人的地方都註定有此陳設，像是在嘲笑耶穌的教義。這第一個房間裡站著幾名看守。另一個房間裡，二十來個男女靠牆坐著，或數人一組，或成雙成對，小聲地交談著。窗邊擺著一張寫字臺。

典獄長坐在寫字臺旁，他請聶赫留多夫坐到桌邊的椅子上。聶赫留多夫坐下，開始打量屋裡的人。

首先引起他注意的是一位身穿短上衣、面貌英俊的青年，他站在一位已不年輕的黑眉毛女人面前，比著手勢熱烈地對她說著什麼。旁邊坐著一位戴藍色眼鏡的老人，他握著一位身穿囚服的年輕女子的手，女犯在說什麼，老人靜靜地聽著。一個中學男孩帶著驚呆的表情，目不轉睛地看著老人。離他們不遠的角落裡坐著一對戀人：女方留著短髮，表情活潑，髮色淡黃，相貌可愛，年紀很輕，穿著時髦的服裝；男方也是美男子，眉清目秀，一頭鬈髮，穿一件膠皮上衣。他倆坐在角落裡竊竊私語，顯然陶醉在愛情裡。在離寫字臺最近的地方坐著身穿黑衣的白髮女子，顯然是個母親。她睜大眼睛看著一個像是得了肺結核、同樣身穿膠皮短上衣的年輕人，想說些什麼，但哭得說不下去，便說說停停。年輕人手裡拿著一張紙，他顯然不知道該拿這張紙怎麼辦，便氣呼呼地折疊、搓揉起來。他們身旁坐著一個體態豐滿、面色紅潤的漂亮姑娘，她的眼球很突出，身著灰色連衣裙，披著披肩。她坐在哭泣的母親身旁，溫柔地撫摸母親的肩頭。這姑娘的身上一切都美，如修長白皙的雙手、剪短的鬈髮、線條分明的鼻子和嘴唇，但她臉上主要的迷人之處仍是那雙像羔羊的眼睛一般善良純真的褐色眼睛。在聶赫留多夫進屋時，這雙美麗的眼睛從母親的臉上掉轉開來，與聶赫留多夫的目光相遇了。但是很快，她又移開目光，開始對母親說著什麼。離那對戀人不遠，坐著一個皮膚黝黑、蓬頭垢面的人，他面色陰鬱，正氣呼呼地對一位沒留鬍子、像是閹割派教徒的探視者說著什麼。聶赫留多夫在典獄長身邊坐下，充滿好奇地看著四周。一個頭髮剃得很光的小男孩走到他身旁，這才轉移開他的注意力，小男孩用纖細的童聲問他：

「您在等誰呀？」

聶赫留多夫因這一提問感到吃驚，他看了小男孩一眼，看到一張嚴肅懂事的臉和一雙專注有神的眼睛，於是便認真地回答，他在等一位熟識的女子。

「她是您妹妹嗎？」小男孩問。

「不，不是妹妹。」聶赫留多夫驚訝地回答。「你跟誰來的？」他問小男孩。

「我跟媽媽來的。她是政治犯。」小男孩驕傲地說。

「瑪麗婭．帕夫洛夫娜，您把寇里亞領回去。」典獄長說道，他大約認為小男孩與聶赫留多夫談話是違法的。

瑪麗婭．帕夫洛夫娜，也就是那位眼睛像羔羊一般善良純真的漂亮姑娘，她注意到聶赫留多夫，便站起身來，身材修長的她邁著男人般矯健有力的步伐走向聶赫留多夫和小男孩。

「他問了您什麼？您是誰？」她問聶赫留多夫道，她面帶微笑，信賴地看著他的眼睛，十分自然，似乎能讓人確信，她過去、現在和將來都與所有人保持著單純溫暖的兄弟般關係。「他什麼都想知道，」她說道，對著小男孩露出燦爛的笑容，這笑容善良親切，使得小男孩和聶赫留多夫都情不自禁地笑了一下，以回報她的笑容。

「是的，他問我來見誰。」

「瑪麗婭·帕夫洛夫娜，不能跟外人交談。這您是知道的。」典獄長說。

「好的，好的。」她說，然後用白皙修長的手拉住一直盯著她看的寇里亞的小手，回到肺結核病患者的母親身邊。

「這是誰的孩子？」聶赫留多夫問典獄長。

「一個女政治犯的，他出生在監獄裡。」典獄長帶有幾分得意說道，似在證明他這個機構的獨一無二。

「是嗎？」

「是的，如今他要隨母親去西伯利亞了。」

「這姑娘是誰？」

「我不能回答您。」典獄長聳聳肩膀說道，「啊，鮑戈杜霍夫斯卡婭到了。」

55

瘦削矮小、頭髮很短的薇拉・鮑戈杜霍夫斯卡婭搖搖晃晃地從後門走了進來，她面色蠟黃，一雙大眼睛充滿善意。

「謝謝您能來，」她說著，握了聶赫留多夫的手，「您還記得我嗎？我們坐下吧。」

「沒想到在這裡見到您。」

「哦，我很好啊！太好了，太好了，不能再好了。」薇拉・鮑戈杜霍夫斯卡婭說道，並像往常那樣瞪著善良的大眼睛吃驚地看著聶赫留多夫，轉動著從十分寒碜、又皺又髒的上衣領口露出來的纖細蠟黃、青筋畢露的脖子。聶赫留多夫問起她為何落入如此境地。在回答他的問題時，她十分起勁地談起她的事業。她的話語間夾雜著許多外來語，言及宣傳、解散、團體、小組、支部等，她顯然認為，這些概念人人都懂，但聶赫留多夫卻聞所未聞。

她對他說個不停，顯然堅信不疑——他對民意黨人的一切祕密都很感興趣，很樂意聽。聶赫留多夫卻看著她可憐的脖子，看著她稀疏蓬亂的頭髮，奇怪她為何要做這些事、說這些話。他覺得她可憐，但她的可憐與農民孟紹夫的可憐全然不同，孟紹夫沒有任何過錯卻被關進臭氣熏天的監獄。她最讓人憐惜的地方，是她腦中顯而易見的混亂思想。她顯然認為自己是一個女英雄，甘願為其事業的成功付出生命，但她又未必能解釋清楚，這是一項什麼樣的事業、怎麼才算成功。

薇拉・鮑戈杜霍夫斯卡婭想對聶赫留多夫說的是這麼一件事：她有一位戰友名叫舒斯托娃，按照薇拉的說法，舒斯托娃甚至沒有參加他們的小組，但她五個月前卻與薇拉一同被捕，並被關進彼得保羅要塞，僅僅因為在她那裡找到一些交由她保管的書籍和文件。薇拉．鮑戈杜霍夫斯卡婭認為自己對舒斯托娃坐牢的事負有部分責任，因此求人脈很廣的聶赫留多夫想辦法讓她獲釋。鮑戈杜霍夫斯卡婭請求聶赫留多夫辦的另一件事，是為被關押在彼得保羅要塞中的古爾克維奇斡旋，讓他的父母獲准探視他，讓他獲得從事學術研究所必需的學術書籍。

聶赫留多夫答應，待他前往彼得堡，一定盡力嘗試。

薇拉．鮑戈杜霍夫斯卡婭也說了自己的經歷，她說她在產科學校畢業後接近民意黨，與他們一起活動。起初一切都好，他們書寫傳單，在工廠裡鼓動，但後來有個重要人物被捕、文件被查抄，便開始逮捕所有人。

「我也被捕了，馬上要被流放……」她講完了自己的經歷，「不過這沒什麼。我自己感覺很好，處之泰然。」她說著，露出了惹人憐惜的微笑。

聶赫留多夫向她問起那位眼睛像羔羊的眼睛一般善良純真的姑娘。薇拉．鮑戈杜霍夫斯卡婭說，她是將軍的女兒，早已加入革命黨，她因為承認自己向憲兵開槍而被捕。她當時住在一套祕密住宅裡，其中有臺印刷機。夜間遭遇搜查，這套住宅裡的人決定自衛，他們熄滅燈光，開始銷毀文件。警察破門而入，其中一位祕密工作者開了一槍，一名憲兵身負重傷。官方審問是誰開的槍，她說是她，儘管她從未摸過槍，連一隻蜘蛛也打不死。情況就是這樣。如今她在服苦役。

「一位毫不利己的好人……」薇拉．鮑戈杜霍夫斯卡婭讚賞地說道。

薇拉．鮑戈杜霍夫斯卡婭想說的第三件事與瑪絲洛娃有關。她知道瑪絲洛娃的事，一如她知道監獄裡的一切事，她也知道聶赫留多夫對瑪絲洛娃的態度。她建議聶赫留多夫設法把瑪絲洛娃轉至政治犯囚室，或者至少讓她去醫院當護士，醫院裡如今病人很多，需要幫手。聶赫留多夫謝過她的建議，並說他將盡力按她的建議去做。

56

他倆的談話被典獄長打斷，典獄長站起身來宣布，探視時間已經結束，該解散了。聶赫留多夫站起身，與薇拉．鮑戈杜霍夫斯卡婭道別，向門口走去，他在門口站下，看著眼前的一切。

「各位先生，時間到了、時間到了。」典獄長時而起身，時而坐下，說了好幾遍。

典獄長的話使得房間裡的囚犯和探視者越發活絡起來，但誰也不想分開。有些人站起身，站在那裡說話。有些人則繼續坐在那裡交談。有些人開始道別，哭了起來。最感人的是那位母親和她患肺結核的兒子。年輕人始終在擺弄那張紙，臉色變得越來越凶狠，他在竭盡全力免受母親的情緒之感染。母親聽到解散的命令，便倚著兒子的肩頭痛哭起來，不住地吸鼻子。那位眼睛像羔羊的眼睛一般善良純真的姑娘站在哭泣的母親面前，在說著什麼安慰的話，聶赫留多夫不禁盯著她看了一會兒。戴藍色眼鏡的老人站在那裡，握著女兒的手，對女兒說的話點頭表示贊同。那對年輕的戀人站起身，手拉著手默默對視。

「只有這兩人很開心。」身穿短上衣、站在聶赫留多夫身邊的年輕人指著那對戀人說道，他也像聶赫留多夫一樣，在打量這些相互道別的人。

覺察到聶赫留多夫和這位年輕人的目光，那對戀人，也就是那個身穿膠皮上衣的年輕人和那個頭髮淡黃、相貌可愛的姑娘，便伸直相互拉起的手臂，身體後仰，笑著轉起圈來。

「今晚他倆要在這裡，在獄中結婚，然後她隨他去西伯利亞。」年輕人說道。

「他怎麼了？」

「他是苦役犯。讓他倆高興一下吧，這裡的悲傷聲音太多了。」身穿短上衣的年輕人聽著肺結核病患者母親的慟哭，又加了一句。

「各位先生！走吧，走吧！你們可別逼我採取嚴厲措施。」典獄長把同樣的話說了好幾遍。「走吧，聽見了嗎？走吧！」他猶豫不決地輕聲說著。「這是怎麼回事？時間早就到了。這樣可不行。我說最後一遍。」他懶洋洋地重複著，將他那支美國馬里蘭出產的菸捲時而點著，時而掐滅。

的確存在這樣的理由，允許一些人欺辱另一些人，並且不覺得自己因此承擔責任。可是顯而易見，無論這些理由多麼巧妙、多麼古老、多麼習以為常，典獄長還是不能不感覺到，他就是這個房間裡所呈現痛苦的始作俑者之一，他顯然因此而心情沉重。

最終，囚犯和探視者開始分手，囚犯走向裡面的門，探視者走向外面的門。幾個男人——那兩個穿膠皮上衣的人，那個肺結核病患者，那個面色黝黑、蓬頭垢面的人，都走了；瑪麗婭．帕夫洛夫娜也領著那個在監獄出生的小男孩走了。

探視者也開始走出門去。戴藍色眼鏡的老人腳步蹣跚地走著，聶赫留多夫跟在他身後。

「是啊，這場面很少見，」那個健談的年輕人似乎在繼續被打斷的談話，他與聶赫留多夫一同走下樓梯，「還多虧大尉是個善良人，沒按規矩來。大家聊一聊，心裡會好受些。」

「在其他監獄難道不是這樣探視的嗎？」

「哪裡哪裡！完全不一樣。哪裡能單獨見面？還得隔著鐵絲網。」

這位健談的青年自我介紹，說他姓梅頓采夫，聶赫留多夫和他邊走邊聊，走向前廳，滿臉倦容的典獄長來到他倆身旁。

「您如果想見瑪絲洛娃，就請明天過來。」他說道，顯然想向聶赫留多夫獻殷勤。

「太好了。」聶赫留多夫說著，趕緊走出大門。

顯而易見，孟紹夫的無辜受罪是可怕的，可怕的不僅有他的肉體痛苦，還有他對善和上帝的懷疑，目睹那些人毫無緣由地折磨他，他自然會對善和上帝心生懷疑；這數百名無辜者的備受侮辱和折磨也是可怕的，他們就因為證件出了點問題；這些麻木不仁的看守是可怕的，他們以折磨自己的兄弟為職業，還相信自己在做重要的好事。但是，他覺得最可怕的還是這位年老體弱而善良的典獄長，他不得不將母親和兒子、父親和女兒分離開來，而那些人與他和他的子女原本都是同樣的人。

「為什麼要這樣呢？」聶赫留多夫問道，他找不到答案，他此刻最為強烈地體驗到了那種會轉化為生理厭惡的精神厭惡感，他在監獄裡總會有此感覺。

57

第二天，聶赫留多夫去見律師，對他說了孟紹夫的案子，請律師出面辯護。律師聽後說道，他要看一看卷宗，如果一切確如聶赫留多夫所言，情況也很有可能屬實，那麼他一定出面辯護，且分文不取。聶赫留多夫還對律師談了那一百三十名因為誤會而被抓的人，他問律師誰該承擔責任，是誰的錯誤。律師沉默片刻，顯然想給出一個準確的回答。

「誰的錯誤？無人犯錯。」他口氣堅決地說，「您去告訴檢察長，檢察長會說是省長的錯；您去告訴省長，省長會說是檢察長的錯。無人犯錯。」

「我現在就去找馬斯連尼科夫，把這事告訴他。」

「這恐怕沒什麼用，」律師笑著反駁道，「他是一個──請問他是您的親戚還是朋友？──他是一個，恕我直言，一個大傻瓜，同時也是個狡猾的畜生。」

聶赫留多夫想起馬斯連尼科夫所說的關於這位律師的話，便沒再作答，跟他告別後就乘車前往馬斯連尼科夫家。

聶赫留多夫要請求馬斯連尼科夫辦兩件事：一是把瑪絲洛娃轉到醫院；二是處理那一百三十人因沒有身分證而無辜被關押的事。去求一位他並不尊敬的人幫忙，雖然這令他非常為難，但這是達到目的的唯一途徑，他只得走這條路。

乘車駛近馬斯連尼科夫家，聶赫留多夫看到門前臺階旁有好幾輛馬車，有輕便馬車、有彈簧馬車，也有轎式馬車。他這才想起，今天恰好是馬斯連尼科夫妻子的會客日，馬斯連尼科夫曾邀他這一天來做客。當聶赫留多夫的馬車駛近，一輛轎式馬車停在入口處，一位頭戴飾有帽徽的帽子、肩披短斗篷的僕人正攙扶一位太太邁過門檻上車，這位太太提起裙裾，鞋幫裡露出黝黑的細腳踝。他在停放的馬車中認出科爾恰金家那輛帶篷的四座馬車。白髮蒼蒼、面色紅潤的車夫恭敬親熱地摘下帽子，向這位特別熟悉的老爺致意。聶赫留多夫正想問守門人米哈伊爾．伊萬諾維奇（即馬斯連尼科夫）在哪裡，卻見馬斯連尼科夫本人現身於鋪著地毯的樓梯，在送一位十分尊貴的客人，這樣的客人他不是送至樓梯中央的拐角處，而是要一直送至樓梯的最後一級。這位尊貴的軍界客人一邊下樓梯，一邊用法文談起為本市孤兒院募捐善款而舉辦的抽獎活動，他表示這對女士而言是很好的活動：「又能讓她們開心，又能籌到款。」

「Qu'elles s'amusent et que le bon Dieu les bénisse（法文：讓她們開開心吧，上帝保佑她們）……喲，聶赫留多夫，您好啊！怎麼很久沒見您了？」他問候了聶赫留多夫。「Allez presenter vos devoirs à madame.（法文：您去見女主人吧。）科爾恰金一家也來了。Et Nadine Bukshevden. Toutes les jolies femmes de la ville.（法文：還有納丁．布克舍夫頓。全城的美人都來了。）」他說道，同時稍稍聳起他的軍人肩膀，湊近他那位同樣身著飾有金條制服的神氣聽差，讓聽差給他披上軍大衣，「Au revoir, mon cher!（法文：再見，親愛的！）」他再次與馬斯連尼科夫握手。

「我們上樓去吧，我真高興！」馬斯連尼科夫興奮地說道，他挽著聶赫留多夫的手臂，儘管他身材肥胖，卻腳步輕快地領著聶赫留多夫上樓。

馬斯連尼科夫特別興奮喜悅，因為那位權貴對他表示了關注。馬斯連尼科夫曾在能接近皇室的近衛軍團服役，按說早已習慣與皇室往來，可是看來，他的卑鄙本性卻與日俱增，每一次這樣的關注都會讓馬斯連尼科夫心花怒放。一隻溫順的狗在得到主人愛撫、拍打和撓撓耳朵之後，都會步入這樣的心境，牠會搖動尾巴，蜷縮起來，搖晃身體，收攏耳朵，瘋狂地轉圈。馬斯連尼科夫此刻就打算這樣做。他沒發覺聶赫留多夫臉上的嚴肅神情，也沒聽他在說什麼，硬把他拉進客廳，聶赫留多夫無法拒絕，只得跟在馬斯連尼科夫身後。

「有事情之後再談，你怎麼說，我一切照辦。」馬斯連尼科夫說著，與聶赫留多夫一同走過大廳。「快去通報將軍夫人，說聶赫留多夫到了。」他邊走邊說，那僕人便小跑著趕到了他們前頭，「Vous n'avez qu'à ordonner.（法文：你只管下命令吧。）但你一定要見見我妻子。上次沒能把你領過來，我就挨罵了。」

僕人未及通報，他倆已經進屋，安娜・伊格納吉耶夫娜，即副省長夫人，或像她自稱的那樣，即將軍夫人，已經滿面春風地在沙發旁環繞著她的一堆女帽和腦袋中間向聶赫留多夫頷首致意了。在客廳的另一端，幾位小姐坐在桌邊喝茶，幾位身著軍裝或便裝的男士站在那裡，男男女女的說笑聲不絕於耳。

「Enfin!（法文：終於！）您怎麼就不願見我們了呢？我們怎麼得罪您了呢？」

安娜・伊格納吉耶夫娜用這樣的話迎接走進門來的聶赫留多夫，以此表明她與聶赫留多夫關係親密，但這親密關係其實從未有過。

「你們認識嗎？認識嗎？這位是別里亞夫斯卡婭太太，這位是米哈伊爾・伊萬諾維奇・切爾諾夫。您坐近些。」

「米西，venez donner à notre table. Ou vous apportera votre thé...（法文：您到我們這桌來。讓他們把茶給您端到這邊來……）還有您……」她對正與米西說話的那位軍官說，她顯然忘記了那個軍官的姓名，「也請過來。公爵，您喝茶嗎？」

「我無論如何不能同意，因為她根本不愛他。」一位女士說道。

「她只愛餡餅。」

「都是這些愚蠢的笑話。」另一位頭戴高聳女帽的太太說，她身上的絲綢和佩戴的黃金珠寶閃閃發光。

「C'est excellent（法文：太棒了），這些華夫餅，很脆。再拿些過來。」

「怎麼，您很快就要走啦？」

「這是最後一天了。我們就是來道別的。」

「春天多迷人啊，這個時候待在鄉下該多好啊！」

米西頭戴帽子，身著一件深色的條紋連衣裙，裙子緊緊裹著她纖細的腰身，不見一道皺褶，彷彿她就是穿著這件裙子出生的，這身裝束的她顯得十分漂亮。見到聶赫留多夫，她紅了臉。

「我以為您已經走了。」她對他說道。

「是要走的，」聶赫留多夫說，「有事耽擱了。我來這裡也是為了辦事。」

「您去看看媽媽吧。她很想見您。」她說道，她感覺到自己在說謊，感覺到他也知道她在說謊，於是她的臉更紅了。

「恐怕來不及去了。」聶赫留多夫陰沉地回答，他竭力裝作沒發現她臉紅。

米西生氣地皺起眉頭，她聳聳肩膀，便轉身面對一位英俊的軍官，軍官從她手中接過空茶盞，雄赳赳地把茶盞放到另一張桌子上，他的軍刀好幾次磕在椅子上。

「您也應該給孤兒院捐點款。」

「我不會拒絕的，但我想把我的慷慨保留到抽獎活動開始。到那時候我會大顯身手的。」

「您就等著瞧吧！」響起一陣顯然很是做作的笑聲。

這個會客日賓客如雲，安娜・伊格納吉耶夫娜興高采烈。

「米卡對我說，您在忙監獄裡的事情。這我非常理解，」她對聶赫留多夫說，米卡就是她的胖老公馬斯連尼科夫，「米卡可能有其他缺點，但您知道，他多麼善良啊。所有這些不幸的囚犯都是他的孩子。他就是這樣看待他們的。Il est d'une bonté...（法文：他多麼善良啊……）」

她停下了，找不到字眼來形容她那位下令鞭打犯人的丈夫之bonté（法文：善良），她微笑著把臉轉向一位走進門來的老太太，這位老太太滿臉皺紋，頭戴紫色的花結。

為了不失禮，聶赫留多夫說了幾句該說的話，是空洞的客套話，便起身走近馬斯連尼科夫。

「現在你能聽我說幾句話了嗎？」

「哦，好呀！什麼話？這邊請。」

他倆走進一間很小的日式書房，坐到窗邊。

58

「說吧，je suis à vous（法文：我能為你辦什麼事）。你抽菸嗎？等等，我們別把這裡弄髒了。」他說著，拿來一個菸灰缸，「什麼事？」

「我找你有兩件事。」

「是嗎？」

馬斯連尼科夫的臉色變得陰沉憂鬱起來。那種一條狗在被主人撫摸毛髮時流露出來的興奮，已經蕩然無存。嘈雜的說話聲從客廳傳來。一位女士說道：「Jamais, jamais je ne croirais.（法文：我永遠，永遠也不會相信。）」客廳另一端有一個男人在說話，反覆提及「La comtesse Voronzoff 和 Victor Apraksine（法文：沃倫佐娃伯爵夫人和維克多・阿普拉克辛）」。從第三個地方傳來一陣喧囂和哄笑。馬斯連尼科夫留神地關注客廳裡的一切，心不在焉地聽著聶赫留多夫說話。

「我說的還是那個女子的事。」聶赫留多夫說。

「是啊，那個被誤判的女人。知道，我知道。」

「我請你把她調到醫院去做看護。我聽說這事能辦。」

馬斯連尼科夫抿起雙唇，思量起來。

「未必能辦，」他說，「不過我去問問，明天給你電報。」

「我聽說那裡病人多，需要幫手。」

「好的，好的。無論如何，我會給你回話。」

「拜託了。」聶赫留多夫說。

客廳裡響起一陣不約而同，甚或自然而然的笑聲。

「這是維克多，」馬斯連尼科夫笑著說，「他心情好的時候俏皮得很。」

「還有一件事，」聶赫留多夫說，「監獄裡如今關著一百三十人，僅僅因為身分證件過期。他們在這裡被關了一個月。」

他說了他們被關押的原因。

「這事你是怎麼知道的？」馬斯連尼科夫問道，他的臉上突然現出了不安和不滿。

「我遇見一個被告，那些人在走道裡圍住我，要我……」

「你去見哪一個被告？」

「一個被冤枉的農民，我為他請了辯護人。問題不在這裡。這些人什麼罪也沒有，難道因為身分證件過期就要坐牢……」

「這是檢察長的事，」馬斯連尼科夫氣惱地打斷聶赫留多夫的話，「你們老是說，司法審判迅捷公正。副檢察官的責任就是探訪監獄、瞭解犯人被關押是否合法。但他們什麼也不做，只顧打牌。」

「那你就完全無能為力了嗎？」聶赫留多夫臉色陰沉地問道，他想起了律師說過的話，說省長把事情都推給檢察長。

「不，我能辦好。我馬上就來處理。」

「這對她更糟。C'est un souffre-douleur（法文：這個不幸的女人）。」客廳裡傳來一個女人的聲音，這女人顯然對她所說的事情無動於衷。

「這樣更好，我們把這個也拿上。」客廳的另一邊響起一個男人戲謔的聲音和一個女人戲謔的笑聲，這女人似乎不想讓那男人拿到東西。

「不，不，絕對不行。」女人說道。

「好吧，我都能辦好，」馬斯連尼科夫重複了一遍，用戴綠松石戒指的白皙的手掐滅香菸，「現在我們到太太那邊去吧。」

「對了，還有一件事，」聶赫留多夫說道，他沒有進入客廳，而是停在門口，「我聽說昨天監獄裡有人執行了體罰。這是真的嗎？」

馬斯連尼科夫的臉紅了。

「喲，你問這事？不，mon cher（法文：老弟），真不該放你進去，你什麼事都要管。我們走吧，走吧，Annette（法文：安娜）在叫我們呢。」他說道，他挽住聶赫留多夫的手臂，再次流露出激動，就像在受到那位重要人物關注之後那樣，只不過此刻已非愉快的激動，而是不安的激動。

聶赫留多夫從馬斯連尼科夫的手臂中抽出手來，沒向任何人躬身致意，也沒說任何話，他臉色陰鬱地穿過客廳和大廳，走過那些紛紛站起身來的僕人，來到前廳，走出門外。

「他怎麼了？你對他做了什麼？」Annette問自己的丈夫。

「這是à la française（法文：法國人做派）。」有人說道。

「這是什麼à la française，這是à la zoulou（法文：祖魯人的做派）。」

「唉，他一直這副德性。」

有人起身，有人到來，嘰嘰喳喳的談話聲照常持續，這個交際場將聶赫留多夫的舉動當成了這次jour fixe（法文：白晝聚會）的合適話題。

在造訪馬斯連尼科夫後的次日，聶赫留多夫收到他的來信。信寫在一張印有徽章和印章的光潔厚紙上，馬斯連尼科夫用瀟灑剛勁的字體寫道，他已給醫生去信談及將瑪絲洛娃轉至醫院之事，聶赫留多夫的願望很有可能實現。信的末尾寫有「愛你的老戰友」，之後的簽名「馬斯連尼科夫」則十分精緻，碩大剛勁。

「這個傻瓜！」聶赫留多夫忍不住說道，「戰友」這個詞尤其使他感到，馬斯連尼科夫是在遷就自己，也就是說，儘管馬斯連尼科夫在履行一項就道德而言最為骯髒無恥的職務，但他卻以為自己是位高權重的要人。他與聶赫留多夫以「戰友」相稱，如果不是為了拉關係，那也是在表明，他雖然地位顯赫，卻依然不太傲慢。

59

有一種習以為常、流傳甚廣的迷思，認為每個人的品性都是固定的，因而有善人也有惡人，有聰明人也有笨人，有熱情的人也有冷漠的人，如此等等。其實人並非如此。我們說起一個人，可以說他的善良多於他的惡毒，他的智慧多於他的愚蠢，他的熱情多於他的冷漠，或者相反；但是，如果我們說一個人是善良或聰明的，說另一個人是惡毒或愚蠢的，這就不合實情了。我們總是如此將人劃分為截然不同的兩類。這是錯誤的。人就像河流，所有河流中的河水全都一樣，但每一條河流可能狹窄湍急，也可能寬廣平緩，可能純淨清涼，也可能渾濁溫暖。人也如此。每個人身上都具有各種人性的萌芽，有時體現出這些品性，有時體現出另一些品性，人有時會變得完全不像他本人，與此同時卻依然是他自己。在某些人身上，此類變化十分劇烈。聶赫留多夫便屬於此類人。他身上發生此類巨變既有生理原因，也有精神原因。此刻，他身上便發生了這樣一種巨變。

在法庭審判之後、在第一次探視卡秋莎之後，他所體驗到的那種重生的莊嚴和歡樂如今已蕩然無存，在最後一次探監之後已轉變為一種恐懼，甚至是對她的厭惡。他決定不再扔下她，不改變與她結婚的決心，只要她願意，但這卻讓他感覺很沉重，很痛苦。

在造訪馬斯連尼科夫的次日，他再次去監獄看她。

典獄長准許他探監，但地點不在辦公室、不在律師室，而在女監探視室。典獄長儘管心地善良，但對待聶赫留多夫的態度與先前相比較為保留了，顯而易見，聶赫留多夫與馬斯連尼科夫的談話已產生後果，即下達了一項要小心提防這位探視者的命令。

「可以見面，」典獄長說道，「不過錢的事情，還請您按照我說的……至於調她去醫院，照上面的指示是可以的，醫生也同意。只是她本人不願意，她說：『我才不稀罕給那些討厭的傢伙倒尿盆呢……』你看，公爵，他們這些人就是這個樣子。」他又加了一句。

聶赫留多夫沒作回應，只請求准許他去探監。典獄長派一名看守陪同，聶赫留多夫跟著看守走進空無一人的女監探視室。

瑪絲洛娃已在裡面，她走出鐵絲網，神情安靜，也有些膽怯。她走到聶赫留多夫近旁，眼睛並不看他，輕聲地說道：

「請您原諒，德米特里．伊萬諾維奇，我前天的話說得不好聽。」

「不該我來原諒您……」聶赫留多夫開口說道。

「不過還是請您別管我的事，」她打斷他的話，看了他一眼，在她那雙斜視得更加厲害的眼睛裡，聶赫留多夫再次看到了緊張和怨恨的神情。

「為什麼要我別管您的事呢？」

「沒什麼。」

「那為什麼？」

她又看了他一眼，他覺得這目光依然是怨恨的。

「就這樣，」她說道，「您別管我，我是在對您說實話。我受不了。您別再管了，」她說著，雙唇顫抖，停了片刻，「這是實話。我寧願上吊。」

聶赫留多夫覺得，這拒絕之中含有她對他的仇恨，含有難以釋懷的怨氣，但也含有另一種情緒，一種很好、很重要的情緒。她是在心平氣和的狀態下重申自己先前的拒絕，這迅速驅除了聶赫留多夫心中的各種疑慮，使他重又返回了先前那種莊重嚴肅、充滿感動的心理狀態。

「卡秋莎，我說過的話是算數的。」他十分嚴肅地說道，「我請求你嫁給我。如果你不願意，我就會像先前那樣，你到哪裡我就去哪裡，你被發配到哪裡我就去哪裡，直到你同意。」

「這是您的事，我不會再說什麼了。」她說道，雙唇又顫抖起來。

他也默不作聲，覺得自己無力開口。

「我馬上要去鄉下，然後去彼得堡，」他說道，終於緩過神來，「我要去張羅您的事，張羅我們的事，上帝保佑判決能被撤銷。」

「撤不撤銷都沒關係。沒有這事，我也會沾上其他事……」她說道。他發現她花了很大力氣才忍住淚水。「怎麼樣，您見到孟紹夫了嗎？」她突然問道，目的是掩飾自己的激動，「他倆的確沒犯法吧？」

「是的，我認為是這樣的。」

「老太婆人真好。」她說。

他把從孟紹夫那裡瞭解到的情況全都告訴了她，然後問她還需要什麼，她回答說什麼都不需要。

他們又沉默了一陣。

「好吧，去醫院的事情，」她用有些斜視的眼睛看了他一下，突然說道，「如果您想要我去，我就去，酒我也不再喝了……」

聶赫留多夫默默地看了一下她的眼睛。她的眼睛在微笑。

「這非常好。」他只能說出這樣一句話，然後便與她告別了。

「是的，是的，她完全變成了另外一個人。」聶赫留多夫心想，在先前的種種疑慮消失之後，他體驗到一種全新而從未有過的感受，即堅信愛情的戰無不勝。

在這次見面之後，瑪絲洛娃回到臭烘烘的囚室，脫下囚袍，坐到板床她自己的位置上，兩手放在膝蓋上。囚室裡只有幾個人：患肺結核病的弗拉基米爾省女人和她還在吃奶的孩子、孟紹娃老太婆、鐵路道口值班員和兩個孩子。教堂助祭的女兒昨天被確診為精神病患者，已送進醫院。其他女犯全都洗衣服去了。老太太躺在板床上睡覺，兩個孩子在走道裡，囚室的門開著。弗拉基米爾省女人抱著嬰兒，鐵路道口值班員手指靈巧地織著襪子，她倆走到瑪絲洛娃身邊。

「怎麼，你們見面了？」她們問。

瑪絲洛娃沒有作答，她坐在高高的板床上，擺盪著搆不著地板的雙腿。

「幹嘛哭哭啼啼的？」道口值班員說，「別灰心喪氣。嘿，卡秋莎！喂！」她說著，飛快地抖動指頭。

瑪絲洛娃沒有回答。

「我們屋裡的人都去洗衣服了。都說今天有一大批施捨。聽說送來好多東西。」弗拉基米爾省女人說。

「菲納什卡！」道口值班員對著門外喊道，「這淘氣鬼跑哪兒去了？」

她抽出一根織針，把它插進線團和襪子，出門走進走道。

就在此時，走道裡響起一陣腳步聲和女人的說話聲，光腳穿著囚靴的室友走進囚室，每人都拿著一個麵包，有人還拿著兩個。費多西婭很快走到瑪絲洛娃身旁。

「怎麼，有什麼不順心的事嗎？」費多西婭問道，她那天藍色的明亮眼睛充滿愛意地看著瑪絲洛娃，「這是給我們的點心。」她把麵包放到擱架上。

「怎麼，他變卦了，不想結婚了？」柯拉勃列娃問。

「不，他沒變卦，是我不願意。」瑪絲洛娃說，「我也這樣對他明說了。」

「真是個傻瓜！」柯拉勃列娃用她低沉的嗓門說道。

「這有什麼，不能在一起過日子，還結婚幹嘛？」費多西婭說道。

「你的老公不是也要跟你一起走嗎？」道口值班員說道。

「我們是結過婚的，」費多西婭說道，「而他們不在一起，幹嘛要結婚呢？」

「傻瓜！幹嘛結婚？他要是娶了她，她就有花不完的錢了。」

「他說：『不管你被發配到哪裡，我都跟你走。』」瑪絲洛娃說。「他去就去，不去就不去。我是不會求他的。如今他要去彼得堡張羅。他在那裡有一大堆親戚當部長，」她繼續說道，「不過我可用不著他。」

「那當然！」柯拉勃列娃突然表示同意，她翻檢自己的口袋，顯然在想別的事情，「怎麼樣，我們來喝一杯吧？」

「我不想喝，」瑪絲洛娃回答，「你們喝吧。」

第二部

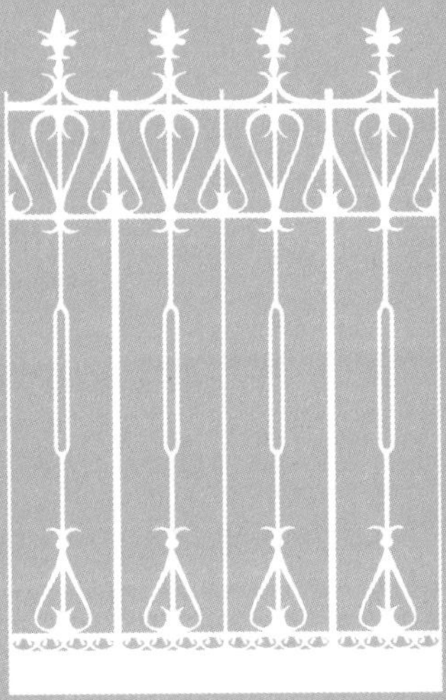

兩週後，參政院可能審理此案，聶赫留多夫打算在此之前趕到彼得堡，若參政院維持原判，像那位起草上訴書的律師建議的那樣，就上書皇上。據律師估計，上訴可能沒有結果，因為上訴的理由很不充分，對此要做好準備。包括瑪絲洛娃在內的那批苦役犯可能在六月初會被發配，聶赫留多夫下定決心隨瑪絲洛娃去西伯利亞，因此必須早做準備，他現在得去鄉下處理自己的各種事情。

他首先乘車前往庫茲明斯科耶，這個巨大的黑土地莊園離得最近，他的主要收入就來自此處。他童年和青年時代曾在這座莊園住過，長大後也來過兩次，有一次是奉母親之命帶一位德國管家去那裡，與管家一同檢查莊園事務，因此他早已清楚莊園的狀況，也清楚農民與帳房亦即地主的關係。農民和地主的關係是這樣的，客氣地說，農民處於完全的依附狀態，直截了當地說，農民就是帳房的奴隸。這並非在一八六一年被廢除的那種實實在在的農奴制、並非一位主人對若干人的奴役，而是許多大地主對所有無地或少地農民的普遍奴役，這種奴役無處不在，最為常見，但有時也會看到農民被他們身邊的人所奴役。聶赫留多夫知道這一點，也不可能不知道，因為這種奴役就是莊園經濟的基礎，他曾協助料理這種莊園經濟。但是，聶赫留多夫不僅知道這一點，他還知道，這種奴役是不公正的、是殘酷的。他從大學生時代就知道這一點，他當時信奉並宣傳亨利．喬治的學說，並以這一學說為依據，將父親留下的土地分給農民，認為在當今擁有土地是一種罪惡，一如五十年前擁有農奴。不錯，在軍中服役之後，當他已習慣每年花費近兩萬盧布，他所有的這些知識便不再是他生活中必須履行的責任，已遭遺忘。他不僅從未對自己提問，自己對私有制持何種態度、母親給他的錢來自何處，反而竭力不去思考這些問題。但是，母親的去世、遺產、不得不去管理自己的財產亦即土地，這些都使他得再度面臨對土地所有制的態度問題。若在一個月前，他或許會對自己說，他無力改變現存秩序，莊園也並非他在管理，住在遠離莊園的地方、不斷收到從莊園得來的錢，他或多或少還是心安理得的。如今他卻已下定決心，儘管他即將前往西伯利亞，與監獄方面複雜艱難的交道也需要用錢，但他依然無法維持現狀，而要改變局面，不惜付出代價。為此他決定自己不再經營土地，把土地以低廉的價格租給農民耕種，使農民有可能不再依附地主。聶赫留多夫不止一次將地主的地位和農奴主的地位作比，覺得地主不雇工耕種而將土地租給農民，就相當於農奴主將農奴自徭役制帶向代役租制。這並非問題的解決，卻是向問題的解決邁出的一步，這是從粗暴的暴力形式向較為緩和的暴力形式之過渡。他決定就這麼做。

聶赫留多夫正午時抵達庫茲明斯科耶。他開始簡化生活，並未事前發電報，只在車站雇了一輛兩駕馬車。車夫是個年輕人，穿一件黃土布上衣，瘦長的腰身處紮著腰帶，腰帶以下現出皺褶，他照車夫的架勢側身坐在駕座上，這樣更方便和老爺說話。在車夫和老爺說話的時候，那兩匹馬，一匹衰老的瘸腿白馬和一匹乾瘦而疲憊的拉邊套的馬，便可以緩步慢行，牠們總是願意這樣慢行的。

車夫談起庫茲明斯科耶的管家，他並不知他拉的客人正是莊園主。聶赫留多夫也有意沒對他表明身分。

「好一個闊氣的德國佬！」這個在城裡待過，也讀過小說的車夫說道。他側身面對乘客，一隻手在長長的鞭杆上上下滑動，他顯然在炫耀自己的學識：「他有輛三匹黃馬拉的三套車，他拉著太太出門，真是氣派！」他繼續說道：「冬天過耶誕節，他的大屋子裡還有耶誕樹，我拉客人去過那兒，樹上還有燈泡。全省只有這一家！他撈了不少錢，數不清的錢！他幹嘛不撈，他大權在握啊。聽說他買了一處上好的莊園。」

聶赫留多夫心想，那個德國人是如何管理、如何利用他的莊園的，他都完全無所謂。不過，這位長腰身車夫所說的事情卻令他不快。他欣賞著明媚的春日，只見濃密的烏雲不時遮蔽太陽，春播的田地上到處都有農夫在扶犁耕地、種植燕麥，墨綠的原野上有百靈鳥飛起，森林已被嶄新的綠意所覆蓋，只有遲緩的橡樹尚未抽枝，牧場上散落著畜群和馬匹，田地上可見耕者的身影——不，不，他想起還有什麼不愉快的事情，他問自己：究竟是什麼？於是他想起車夫的話，車夫說起那個德國人如何在庫茲明斯科耶莊園作威作福。

到達庫茲明斯科耶莊園後，聶赫留多夫立即開始辦事，卻淡忘了那個不愉快的感受。

聶赫留多夫查看帳本，與管家談話，管家直言不諱地說，農民地少有好處，農民的土地被老爺的土地包圍也有好處。這一切更堅定了聶赫留多夫的決心，他決定不再經營莊園，把所有土地都分給農民。藉由查看帳本和與管家交談，他得知情況與先前一樣，即三分之二的優質耕地由自家長工用改良農具來耕種，其餘三分之一雇農民耕種，每公頃付五盧布工錢，也就是說，為了這五個盧布，農民必須將一公頃的土地翻三遍，耙三遍，播種，然後收割，打捆或裝袋，運至打穀場，也就是說，如果雇用廉價的短工來做這些工作，每公頃至少要付十盧布。農民以工抵錢，要為從帳房獲得的一切必要物資付出最昂貴的代價。在牧場放牧、去森林砍柴、為了一根馬鈴薯秧，他們都得付工役，因此，所有農民幾乎都欠帳房的債。這樣一來，雇用農民耕種莊園的邊角地，每公頃所獲收益竟比用五分利計息的地租收入還多四倍。

這一切，聶赫留多夫先前就知道，但如今他卻像是初次耳聞。他感到驚訝的是，他以及與他處於同一地位的所有人為何竟未看出這類關係之反常。管家提出種種理由，稱如果把土地交給農民，所有的農具都會白白荒廢，轉手的話，連原價的四分之一都賣不到，農民也會糟蹋土地，總而言之，聶赫留多夫這樣交出土地損失太大，但這些理由卻更使聶赫留多夫意識到，他把土地交給農民、他剝奪自己的大部分收入，這正是他做的一件好事。他決定在此次莊園之行期間立即完成此事。收穫和出售已經播種的莊稼、轉讓農具和不需要的房屋，這些事可讓管家在他離開之後再辦。此時，他讓管家第二天召集一次會議，讓庫茲明斯科耶莊園境內三個村子的農民都來參加，他要向農民說明自己的打算，商定土地出租的價錢。

聶赫留多夫堅決地回絕了管家提出的種種理由，準備為農民付出犧牲，他因此感覺愉快，懷著這種意識他走出帳房，一面思考要做的事情，一面在房屋四周散步。他走過好幾個花壇，花壇裡今年沒有種花（管家住處前面新闢出一個花壇），他走過長滿蒲公英的 lawn tennis 場、走過椴樹林蔭道，他從前常來這林蔭道上抽菸，三年前，來母親處做客的美人基里莫娃曾在這裡與他調情。約略想好明天要對農民說的話之後，聶赫留多夫去見管家，與他一邊喝茶，一邊再次商討了放棄全部家產的問題，這之後他如釋重負，走進大屋子裡為他準備好的房間，這個房間一直是客房。

這個房間不大，很整潔，牆上掛著威尼斯風景畫，兩個窗戶之間有一面鏡子。屋裡有一張整潔的彈簧床和一張小桌子，桌上擺著水罐、火柴和用來熄滅蠟燭的器具。鏡子前的大桌子上擺著他的旅行箱，皮箱敞著，能看到他的盥洗用品套組和隨身帶來的幾本書：一本俄文書，是刑法研究著作；還有一本德文書和一本英文書。他原想在此次鄉間旅行的空閒時間閱讀這幾本書，但此刻卻無暇顧及，他躺下睡覺，以便明日早點起床，研究一下說給農民聽的話。

房間的一角放著一張老式紅木雕花圈椅，聶赫留多夫記得這椅子原來放在母親的臥室裡，這椅子的模樣猛然在聶赫留多夫心中激起一陣完全意外的情感。他突然憐惜起這座年久失修的房子，憐惜起荒蕪的花園和遭到砍伐的森林，憐惜起所有的畜棚、馬廄、農具棚、機器、牛馬。這一切雖然不是他置辦的，但他知道置辦和維持這一切要付出怎樣的努力。先前他覺得可以輕而易舉地放棄這一切，但如今他卻不僅憐惜這一切，還憐惜起土地、憐惜起他如今可能需要的那一半收入。很快，一些想法便來逢迎他，依據這些想法，將土地分給農民、毀滅自己財產的舉動是不明智的，不應該的。

「我不應該占有土地。不占有土地，我也就不可能擁有這份家業。此外，我馬上就要去西伯利亞，因此無論房子還是莊園，我都用不著了。」一個聲音這樣說道。「這麼說沒錯，」另一個聲音卻說，「但是首先，你不會在西伯利亞住一輩子。如果你結婚，你就會有孩子。你接收了一座完好的莊園，你也應該把這座莊園完好無損地傳下去。你有面對土地的責任。交出一切、毀滅一切十分容易，立業持家卻十分艱難。最主要的是，你要仔細考慮你的生活、想好你今後怎麼辦，並依據這一點來處置你的財產。你的決心是堅定不移的嗎？再說，你這樣做是真的出於良心，還是在做給別人看，為了在別人面前炫耀自己？」聶赫留多夫這樣問自己，他不能不承認，如果別人這樣議論他，也會對他的決定產生影響。他想得越多，心中的問題便越多、越難以解答。為了擺脫這些想法，他躺倒在乾淨的床鋪上，想盡快入睡，以便明日用清醒的腦袋來解答他此刻無法解答的問題。但他很久都無法入睡，伴著新鮮的空氣、伴著月光，青蛙的鳴叫湧入敞開的窗戶，蛙鳴時而被夜鶯的啼叫打斷，夜鶯在遠處的花園啼鳴，有一隻卻近在窗下，在盛開的丁香花叢裡。聶赫留多夫耳聞蛙鳴鳥啼，便想起了典獄長女兒的琴聲；想起典獄長，他便想起了瑪絲洛娃，想到她在說出「您別再管了」這句話時顫抖的雙唇，那雙唇就像鳴叫時的青蛙。後來，德國管家下去抓青蛙。不能讓他去，但他不僅下去了，還變成了瑪絲洛娃，並開始指責聶赫留多夫：「我是流放犯，你卻是公爵。」「不，我是不會讓步的。」聶赫留多夫想道。清醒過來後他問自己：「我這樣做究竟好還是不好呢？我不知道，而且我也無所謂。無所謂。不過應該睡覺了。」於是，他自己也開始下到管家和瑪絲洛娃下去的地方，在那裡，一切都告一段落了。

02

第二天，聶赫留多夫在九點醒來。負責伺候老爺的年輕帳房先生聽見老爺的動靜，便給他拿來皮鞋，皮鞋擦得鋥亮、前所未有的亮，他還端來一杯清涼純淨的礦泉水，並說農民已經聚過來了。聶赫留多夫跳下床，緩過神來。昨日那種因要交出土地、毀掉家產而生的憐惜之情，如今已蕩然無存。他此時憶起那種情感竟有些詫異。此時，他因他即將要做的事情感到高興，不由自主地覺得自豪。從房間的窗戶能看見長滿蒲公英的 lawn tennis 場，根據管家的指示，農民將聚集在這塊場地上。青蛙在昨晚鳴叫是有原因的，天果然陰下來，溫暖的細雨一大早就開始飄落，沒有風，雨珠靜靜地掛在樹葉、樹枝和青草上。窗外湧入綠葉的芬芳，此外還有渴求雨水的土地散發出的氣息。

聶赫留多夫一邊穿衣，一邊向窗外看了幾眼，見農民正聚向網球場。他們陸續走近，彼此脫帽致意，然後拄著拐杖站成一個圓圈。管家是身強力壯的年輕人，穿一件開著綠色豎領、鈕扣很大的短上衣。他走過來對聶赫留多夫說，人都聚齊了，但他們可以等一等，讓聶赫留多夫先喝杯咖啡或茶，咖啡和茶都已備好。

「不，我最好還是先去見他們。」聶赫留多夫說，想到即將和農民談話，他完全出乎意料地體驗到一陣畏懼和羞怯的感覺。

他是去滿足農民的願望的，他要去滿足農民連想都不敢想的一種願望，即他以低廉的價格把土地租讓給他們，也就是說，他是在對他們行善，但他不知為何卻有些害羞。當聶赫留多夫走到聚集好的農民面前，看到農民摘下帽子後露出的一個個腦袋，或褐髮或白髮，或鬈髮或禿頭，他竟然窘迫得久久說不出話來。小雨淅淅瀝瀝地下著，雨珠落在農民的頭髮、鬍鬚和外衣的絨線上。農民看著老爺，等他說話，但他卻窘得說不出話來。鎮定自信的德國管家打破了這尷尬的沉默，這管家自認為很懂俄國農民，他的俄語也說得很標準。這個人身體健壯、營養很好，模樣和聶赫留多夫本人一樣，與農民滿是皺紋的枯瘦臉龐和把外衣頂起老高的枯瘦肩胛骨構成了驚人的對比。

「現在公爵想為你們做件好事，要把土地交給你們，但你們不配。」管家說道。

「怎麼不配？瓦西里．卡爾雷奇，我們難道沒幫你做事嗎？我們很滿意過世的太太，願她在天國安寧，我們也很滿意年輕的公爵，謝謝他沒有拋棄我們。」一位能說會道的紅頭髮農夫開口說道。

「我就是為這事招呼你們過來的，如果你們願意，我想把土地全都交給你們。」聶赫留多夫說道。

農民沉默不語，似乎沒聽懂，或是不相信。

「交給我們土地是什麼意思呢？」一位身穿緊腰上衣的中年農夫說道。

「租給你們種，只要你們出很少的錢。」

「這是好事。」一位老人說。

「但要出得起錢才行。」另一位老人說道。

「土地哪有不要的呢！」

「我們種地種慣了，我們靠土地養活！」

「您也會省心些，只管收錢，省了多少麻煩事！」響起這樣的聲音。

「麻煩是你們惹出來的，」德國人說道，「要是你們好好做，能守規矩的話……」

「這我們可辦不到，瓦西里．卡爾雷奇，」一個尖鼻頭的乾瘦老人說道，「你說幹嘛要放馬進農地，但哪有人放牠進去呢？我拿著鐮刀做了一整天，一天長得像一年，晚上就睡死了，馬兒就去啃了你的燕麥，你就要剝我的皮。」

「你們能守規矩就好。」

「你說得倒好，守規矩，我們可辦不到。」一個高個子中年農夫反駁道，他一頭黑髮、滿臉鬍鬚。

「我不是叫你們豎柵欄嗎？」

「你要給我們木材啊，」一個相貌邋遢的小個子農夫在後面插話，「我去年夏天就想豎柵欄，但你把我關進牢裡，餵了三個月蝨子。這就叫豎柵欄。」

「他說的這是怎麼回事？」聶赫留多夫問管家。

「Der erste Dieb im Dorfe（德文：村裡的頭號小偷），」管家用德語說道，「年年在林子裡逮到你。你要學會尊重別人的財產。」管家說。

「我們難道不尊重你嗎？」一位老人說，「我們沒法不尊重你，因為我們都被你捏在手心裡，你對我們想怎麼樣就怎麼樣。」

「好了，老弟，沒人欺負你們，你們不欺負別人就算好的了。」

「怎麼沒人欺負！去年夏天你就打過我耳光，打了就算白打了。看來，跟有錢人沒法說理。」

「那是要你守法。」

這顯然是一場舌戰，參戰雙方都不太明白自己在說什麼、為什麼要說。顯而易見的只有一點，即爭論的一方出於恐懼在壓抑其憤恨，另一方則意識到了自己的優越和權勢。聽著這場爭論，聶赫留多夫感到難受，於是他努力讓大家返回正題，即確定租金和付款期限。

「土地的事怎麼辦？你們願意要嗎？要是把土地全都交給你們，你們出什麼價？」

「貨是您的，您來出價。」

聶赫留多夫報出一個價。儘管聶赫留多夫的報價比周圍一帶的土地租金低很多，農民仍像往常一樣開始討價還價，認為聶赫留多夫的報價太高。聶赫留多夫原以為他的報價會被農民歡天喜地地接受，但農民臉上卻絲毫不見滿意的神情。然而聶赫留多夫僅憑一點便能做出判斷，明白他的報價對農民有利——在談到土地該由誰來承租時，即由全村人共同承租還是另成立一個合作單位出面承租，兩派人爆發了激烈爭論，一些農民想把老弱病殘的土地租戶排除在外，被排除的人卻不願退出。最終，在管家的協調下確定了租金和付款期限，農民這才吵吵鬧鬧地走下山坡，朝村子走去，聶赫留多夫則與管家一同去帳房擬定契約。

一切都處理好了，一如聶赫留多夫的願望和期待，農民以比附近土地租金低百分之三十的價格得到土地，他的地租收入減少近一半。但這對聶赫留多夫而言仍綽綽有餘，更何況他還有一筆額外收入，即出售森林和農具的進帳。一切似乎都很順利，但聶赫留多夫卻始終感覺有些慚愧。他發現，農民其實並不滿意，還想得到更多，儘管有些農民對他說了些感激的話。其結果，他失去了很多，卻也未能滿足農民的期望。

租地契約在次日簽訂，聶赫留多夫在幾位被推舉出的老人的護送下，懷著事情沒有辦到位的不愉快心情坐上管家的三套馬車，也就是從車站送他來的那個車夫所說的那輛氣派馬車，告別那些疑惑地、不滿地搖頭晃腦的農夫，前往車站。聶赫留多夫對自己很不滿意。為何不滿意，他不清楚，但他始終感覺有些傷心、有些慚愧。

03

聶赫留多夫自庫茲明斯科耶前往兩位姑媽作為遺產留給他的那座莊園，他就是在這裡認識了卡秋莎。他想在這座莊園重複他在庫茲明斯科耶實施的土地處置方式，此外，他還想盡可能瞭解卡秋莎以及她那個孩子的情況，弄清那孩子是不是真的死了、是怎麼死的。他在清晨抵達帕諾沃，在他乘馬車駛入院落時，首先讓他感覺驚訝的便是，所有建築全都年久失修，那幢主屋更是破敗不堪。曾經的綠色鐵皮屋頂因多年不曾油漆，已露出赤紅的鐵鏽，有幾張鐵皮翹著，可能是風暴掀起來的，主屋四周的圍板被人撬走幾塊，容易撬走的木板都被撬走了，露出生鏽的鐵釘。兩處臺階，前門臺階以及他記得尤其清楚的後門臺階，均已腐朽傾塌，僅剩下支架。幾扇窗戶上沒有玻璃，用木板代替，管家住的廂房、廚房和馬廄，全都十分破舊，灰不溜丟。只有花園不僅沒有衰敗，反而欣欣向榮，如今開滿了鮮花，從柵欄外便可看見櫻桃樹、蘋果樹和李子樹綻放出的花朵，就像白色的雲彩。那道丁香樹籬笆牆也鮮花盛開，一如十四年前，當年，聶赫留多夫就在這丁香叢中與十八歲的卡秋莎玩捉迷藏，結果摔倒，手被蕁麻劃傷。（譯者按：前文寫到卡秋莎當年十六歲，卡秋莎·瑪絲洛娃受審時為二十七歲，聶赫留多夫此時憶起的應為十一年前之往事。）索菲婭·伊萬諾夫娜在正房旁邊栽下的一棵落葉松，當年就像一截木樁，如今卻長成一株大樹，可以做木材，它披著黃綠相間的松針，像是披一身柔軟的絨毛。河水在河道裡奔流，在陡坡處的磨坊裡發出喧囂。對岸的牧場上放牧著一群毛色不一的農家牲畜。管家是一位肄業的神學校學生，他微笑著在院子裡迎接聶赫留多夫。他不停地微笑，邀請聶赫留多夫去他的帳房，他去到屏風後面，依然微笑著，似乎在用這微笑預示將有什麼特殊事情發生。屏風後面傳來一陣低語，隨後又安靜下來。車夫拿到酒錢，便駕車駛出院子，車鈴叮噹，之後便徹底安靜下來。在這之後，一個赤著腳的姑娘從窗前跑過，她身穿繡花襯衫，耳朵上掛著兩個小絨球，姑娘之後又有一位農夫跑過，他厚重的靴子踩在堅實的小道上，鞋釘在路面上磕出一串響聲。

聶赫留多夫坐在窗前，看著花園，聽著外面的動靜。春天的清新空氣和新翻耕土地的氣息湧入窗戶對開的小窗，微微拂動他汗涔涔額頭上的頭髮和滿是刀痕的窗臺上放著的一疊信箋。女人在河上擣衣，劈劈啪啪的擣衣聲此起彼伏，這聲響貼著灑滿陽光的寬闊河面蕩漾開去，磨坊那邊傳來跌落的水流發出的有節奏響聲，一隻蒼蠅驚慌失措地嗡嗡叫著，從聶赫留多夫耳畔飛過。

聶赫留多夫突然想起，很久以前，在他還很年輕很天真的時候，他也曾聽見這河上的擣衣聲，棒槌拍打潮溼衣物發出的響聲不時蓋過磨坊有節奏的吱呀聲；同樣的春風也曾拂動他汗涔涔額頭上的頭髮和滿是刀痕的窗臺上放著的信箋；也有一隻蒼蠅驚慌失措地飛過耳畔。於是，他不是回憶起了自己十八歲時的模樣，而是覺得自己就像當年一樣，朝氣蓬勃，心地純潔，充滿關於未來的各種偉大憧憬，但與此同時，就像是在夢中，他也知道這一切已不存在，他因此感到十分悲傷。

「您什麼時候用餐呢？」管家微笑著問道。

「隨您的便，我還不餓。我到村子裡走走。」

「要不到屋裡看看，我屋裡都收拾好了。請您看看，如果說屋子的外觀……」

「不了，之後再看吧，現在請您告訴我，你們這裡有一位叫瑪特廖娜·哈里娜的婦女嗎？」

這位婦女是卡秋莎的姨媽。

「有啊，就在村裡，我簡直拿她沒辦法。她一直在賣私酒。我知道，訓過她，也罵過她，可要控告她，又不忍心，一個老太婆，還有孫子孫女要養活。」管家說著，仍舊面帶微笑，這微笑表明他願意取悅主人，表明他堅信聶赫留多夫在一切事情上均與他看法一致。

「她住在哪兒？我要去看她。」

「村子旁邊，村邊第三間木屋。左手有間磚房，磚房後面就是她的茅屋。最好還是我送您去。」

管家說著，露出開心的微笑。

「不了，謝謝您，我能找到，請您把農民召集起來，我要跟他們談談土地的事。」聶赫留多夫說道，他打算像在庫茲明斯科耶那樣把土地租給農民，如果可以，今晚就做。

04

走出大門，聶赫留多夫在被踩得堅硬的小道上遇見那個圍著花圍裙、耳朵上戴著小絨球的農家姑娘，她快速邁動兩隻粗大的光腳，走在長滿車前草和獨行菜的草地上。她已經是在往回走了，她的左手快速地來回擺動，幅度很大，右手則抓著一隻紅公雞，讓公雞緊緊貼著她的腹部。公雞的紅色雞冠微微顫動，這隻雞看起來相當鎮定，只是不停地轉動眼睛，黑色的爪子時伸時屈，爪尖死死抓著姑娘的圍裙。當這姑娘走近老爺，先是放慢腳步，從跑變成走，等到與老爺齊平，她停下腳步，腦袋往後一仰，對他鞠了一躬。等他走過去之後，她才夾著公雞繼續趕路。在下坡走向水井的途中，聶赫留多夫又遇見一位老太婆，她有些駝背，身穿一件髒兮兮的粗布外衣，肩挑兩隻裝滿井水的沉重木桶。老太婆小心翼翼地把水桶放在地上，然後也像那姑娘一樣腦袋往後一仰，對他鞠躬。

水井後面就是村子。這一天晴朗而又酷熱，上午十點即已熱氣騰騰，聚集的雲朵只偶爾遮蔽太陽。整條街道都充斥著濃烈刺鼻、卻不太難聞的牲口糞便氣味，這氣味源自那些沿著被碾壓得光溜溜的大道往山上走的馬車，但主要源自各家各戶院子裡刨開的糞堆，聶赫留多夫正從這些人家敞開的大門前經過。跟在馬車後面往山上走的幾個農夫赤著腳，身穿粘有牲口糞的褲子和褂子，回頭打量這個身材高大肥胖的老爺。這老爺頭戴一頂灰色禮帽，禮帽上的綢帶在陽光下閃閃發亮，他在村裡由低處走向高坡，每走一步，便用鋥亮的多節手杖戳一下地面，手杖的包頭泛出亮光。從地裡回來的農民搖搖晃晃地坐在空空如也的馬車上，他們紛紛摘下帽子，驚訝地盯著這位走在他們街道上的非同尋常之人。婦女來到大門外，或走到臺階上，朝他指指點點，目送此人。

聶赫留多夫走過第四戶人家的大門時，從門裡吱吱嘎嘎駛出的馬車擋住了他的路。馬車上裝滿糞肥，壘得老高，壓得很實，上面鋪了一張供人坐的蘆席。一個六歲小男孩跟在馬車後面，興高采烈地等著坐到車上去。一位腳穿樹皮鞋的年輕農夫邁著大步，趕著馬兒走出大門。一匹長腿青色馬駒竄出大門，撞見聶赫留多夫卻嚇了一跳，牠緊貼馬車，馬腿撞上車輪，一下竄到已拉著沉重馬車走出大門的母馬前，母馬也慌亂起來，輕輕嘶鳴幾聲。後面還有一匹馬，由一位精神抖擻的瘦老頭牽著，他也赤著腳，身穿條紋褲和髒兮兮的長褂，後背現出尖尖的骶骨。

幾匹馬走上堅實的大路，路上散落著灰突突的糞肥，像是被火燒過，直到此時，那老人才返身回到門前，向聶赫留多夫鞠了一躬。

「你是我們兩位太太的侄子吧？」

「是的，我是她們的侄子。」

「歡迎歡迎。你是來看我們的吧？」健談的老頭說道。

「是的，是的。你們過得怎麼樣啊？」聶赫留多夫說道，他其實不知該說些什麼。

「我們過得算什麼生活啊！我們的生活糟透了。」健談的老頭拉長聲音像唱歌似的說道，似乎心滿意足。

「為什麼糟透了呢？」聶赫留多夫說道，同時步入大門。

「這算什麼生活啊？生活糟透了。」老頭說道，跟著聶赫留多夫走向糞堆裡一處清理乾淨的地方。

聶赫留多夫隨著他走到屋簷下。

「我家有十二口人。」老人繼續說道，手指兩位婦人。兩位婦人的頭巾滑向一旁，她倆滿臉汗水，裙襬掖在腰間，手持糞叉站在尚未出清的糞堆旁，赤裸的小腿被糞水污染了半截。「一個月要買兩百斤糧食，但拿什麼買呢？」

「自家種的糧食不夠吃嗎？」

「自家種的糧食?!」老人說道，露出輕蔑的嘲笑，「我的地只夠養活三口人，今年總共只收了七八百捆糧食，還不夠吃到耶誕節。」

「那你們怎麼辦呢？」

「就這麼著吧，打發一個孩子去做工，又在您府上借了點錢。但還沒到大齋節就花光了，稅還沒繳呢。」

「要繳多少稅？」

「我家每四個月要繳十七盧布。唉，上帝啊，這日子，我自己也不知道該怎麼過！」

「可以到你們家看看嗎？」聶赫留多夫說著，在小院裡往前走，從清理乾淨的地方走向尚未清理的糞堆，被糞叉挑開的糞堆呈黃褐色，散發出濃烈的氣味。

「當然可以，請吧。」老人說道，赤腳快步走上前去，糞水從他的腳趾間冒出，他搶在聶赫留多夫之前，為他打開屋門。

兩位婦人理好頭上的頭巾，放下裙襬，帶著好奇和恐懼看著這個袖口別著金袖扣的整潔老爺走進他們家。

屋裡跑出兩個身穿粗布褂子的小女孩。聶赫留多夫彎下腰，摘下帽子，邁過走道，走進又髒又小的木屋。屋裡擺著兩臺織機，彌漫著變質食物的酸腐味，一個老太婆站在爐子旁，捲起的袖口露出瘦骨嶙峋、青筋暴露的黑手臂。

「老爺來我們家做客了。」老人說道。

「喲，請多關照。」老太婆客氣地說，同時放下捲起的衣袖。

「我想看看你們過得怎麼樣。」聶赫留多夫說。

「我們過得怎麼樣，喏，你不是看到了？屋子眼看就要塌了，要砸死人的。老頭子還說這屋子不錯。我們就這麼過的。」快人快語的老太婆說著，神經質地擺動腦袋，「我這就要忙著做飯。要餵飽做事的人啊。」

「你們午飯吃什麼呢？」

「吃什麼？我們的伙食不錯。第一道菜是麵包配克瓦斯，第二道菜是克瓦斯配麵包。」老太婆說道，露出被蛀掉一半的牙齒。

「不，別開玩笑，請讓我看看你們這頓飯吃什麼。」

「吃什麼？」老人笑了，「我們吃得不講究。老婆子，給他看看吧。」

老太婆搖搖頭。

「想看我們農人的伙食？老爺，我看你真愛追根究柢，什麼都想知道。我不是說了嗎？麵包配克瓦斯，還有菜湯，這野芹菜是婆婆昨天挖回來的，看看這菜湯，還有點馬鈴薯。」

「就這些嗎？」

「還有什麼，還有點奶。」老太婆說道，笑了笑，看著門外。

門打開了，走道裡擠滿人，有年輕人、有小女孩，還有懷抱嬰兒的婦女，他們擠在門口，看著這個正在參觀農人伙食的奇怪老爺。顯然，老太婆很為自己善於應對老爺的本領而驕傲。

「是啊，老爺，我們的日子很糟，很糟啊，沒什麼好說的。」老人說道。「你們擠什麼擠！」他對著站在門口的那些人喊道。

「好的，再見。」聶赫留多夫說道，他感到很不自在，心有愧疚，但他並不清楚原因何在。

「多謝你來看我們。」老人說道。

走道裡的人相互擁擠，閃出一條道來讓他過去，他來到門外，沿著街道往坡上走。兩個赤腳男孩走出走道，跟在他身後，一個年齡稍長一些，穿一件髒兮兮的白襯衫，襯衫原來的白色已很難分辨；另一個男孩身著褪色的粉色小褂。聶赫留多夫回頭看了看他倆。

「你現在要去哪裡呢？」穿白色衣衫的男孩問。

「去瑪特廖娜・哈里娜家，」聶赫留多夫說，「你們認識她嗎？」

穿粉色衣衫的小男孩不知為何笑了起來，年齡稍長的男孩卻嚴肅地反問道：

「哪個瑪特廖娜？是老太婆嗎？」

「是老太婆。」

「哦——哦，」他拖長聲音說道，「那就是謝苗尼哈，她住在村子最那頭。我們送你去。唉，費季卡，我們送他過去。」

「馬怎麼辦？」

「沒關係！」

費季卡同意了，於是他們三人一同往村子的高處走去。

05

和孩子在一起，聶赫留多夫覺得比和成年人在一起更輕鬆些，他一路上與兩個孩子邊走邊聊。穿粉色衣衫的小男孩不再發笑，他說起話來與年齡稍大的男孩一樣頭頭是道。

「你們村裡誰家最窮呢？」聶赫留多夫問道。

「誰家最窮？米哈伊爾窮，謝苗．馬卡洛夫窮，瑪爾法更窮。」

「阿尼西婭更窮。阿尼西婭沒有乳牛，一家人在要飯。」年紀小的費季卡說道。

「她是沒有乳牛，但她家只有三口人，瑪爾法家有五口人。」年紀大的男孩反駁說。

「阿尼西婭是寡婦啊。」穿粉色衣衫的男孩堅持己見。

「你說阿尼西婭是寡婦，瑪爾法也算是寡婦啊，」年紀大的男孩繼續說道，「她老公反正也沒在家。」

「她老公去哪裡了？」聶赫留多夫問。

「在大牢裡餵蝨子。」年紀大的孩子說道，用了一個很常見的表達方式。

「去年夏天他在老爺的林子裡砍了兩棵白樺樹，就被抓了起來，」粉衣男孩趕緊說道，「如今已被關了五個多月，老婆在要飯，三個孩子，還有個生病的老奶奶。」他有根有據地說道。

「她住在哪裡？」聶赫留多夫問。

「就是這家。」小男孩說道，指著一間屋子，屋前站著一個淺色頭髮的小孩童，他用一雙羅圈腿勉強支撐住身體，站在聶赫留多夫所走小道的前頭。

「瓦西卡，你這個淘氣鬼，跑哪裡去了？」一位婦人高聲喊道，她身穿一件髒得像是沾滿爐灰的灰色上衣走出木屋，滿臉驚恐地跑到聶赫留多夫面前，一把抱起孩子，回到屋裡，似乎擔心聶赫留多夫會傷害到她的孩子。

這就是那位婦人，她丈夫因為砍伐聶赫留多夫林子裡的白樺樹而被關進了監獄。

「瑪特廖娜也窮嗎？」在他們走近瑪特廖娜的小木屋時，聶赫留多夫問道。

「她怎麼會窮呢？她在賣酒。」瘦小的粉衣男孩口氣堅決地回答。

走到瑪特廖娜屋前，聶赫留多夫讓兩個孩子回去，然後邁過走道，走近小屋。瑪特廖娜婆婆的小屋僅四五公尺見方，因此，爐子旁邊的那張床也很小，不夠一個大人伸開手腳躺下。「卡秋莎就是躺在這張床上生孩子的，」他想道，「然後又生了病。」一臺織布機幾乎占滿整個房間，聶赫留多夫進屋時，腦袋在低矮的門楣上磕了一下，此時，老太婆和她的孫女剛剛收拾好織機。她的另外兩個孫子跟在老爺身後跑進小屋，兩手扶著門框站在門口。

「找誰啊？」老太婆生氣地問道，她因為織機壞了正在氣頭上，此外，她在偷偷販賣私酒，所以也很提防陌生人。

「我是地主。我想和您聊聊。」

老太婆沉默片刻，仔細瞧了瞧，然後像是突然換了一個人。

「哎呀，是你啊，好人兒，我這個老糊塗，沒認出來，我以為是過路的，」她裝出很親熱的樣子說道，「是你啊，我的好人兒……」

「我們兩個能單獨聊一聊嗎？」聶赫留多夫說著，看看敞開的門。門口站著兩個孩子，後面還有一位懷抱嬰兒的瘦小婦人，那嬰兒頭戴碎布拼成的軟帽，他面色蒼白，顯出病態，卻一直在笑。

「你們看什麼看，我給你們好看，去把拐杖給我拿來！」老太婆對著站在門口的那幾個人喊道，「快把門關上！」

兩個孩子走開了，抱孩子的婦人帶上屋門。

「我還在想，是誰來了？原來是老爺本人，我的好人兒，看不夠的美男子！」老太婆說道。「瞧你跑到哪兒來了，也不嫌棄。哎呀，你這顆鑽石！這兒坐，老爺，坐這櫃子上。」她說著，用圍裙擦拭櫃子，「我還在想，是哪個小鬼鑽了進來，原來是老爺，是好地主，是恩人，是養活我們的。你原諒我吧，原諒我這個老傻瓜，我是瞎了眼了。」

聶赫留多夫坐下來，老太婆站在他面前，右手托著腮幫，左手托著瘦削的右肘，用唱歌般的聲音說道：

「你也老了，老爺，當年你多好看啊，就像一朵花，現在也老了！看來也有操心的事啊。」

「我來是想問問，你還記得卡秋莎．瑪絲洛娃嗎？」

「卡捷琳娜？怎能不記得呢，她是我外甥女啊……怎能不記得呢，我為她流了多少眼淚啊。那件事我全都知道。老爺，誰沒做過錯事呢？年輕人的事兒，喝點紅茶咖啡，就讓魔鬼迷住了，魔鬼厲害著呢。有什麼辦法！你不是扔下她不管，你給了她賞錢，給了一百塊。但她做了什麼？她沒腦子。她要是聽我的話，就能把日子過下去的。她雖然是我外甥女，但實話實說，她是個不走正道的姑娘。我後來給她找了個好地方，但她脾氣倔，還罵了老爺。我們哪能罵老爺呢？所以呢，她就被辭退了。後來在那個林務官家也能過下去，但她還是不願意。」

「我想問問那孩子。她是在您家生的孩子吧？孩子哪裡去了？」

「那孩子，我的老爺，我當時想得很周到。她當時病得厲害，我想她是起不了床了。我照規矩給孩子洗禮，打算把他送去育嬰堂。當媽的要死了，不能讓小天使再受罪了。要是旁人，就會放下孩子不管，不給他奶吃，任他死掉，但我想，還是想想辦法，送他去育嬰堂。錢也還有一點，就送了過去。」

「有登記號嗎？」

「有登記號，但孩子當時就死了。她說，剛一送到機構，他就沒了。」

「你說的『她』是誰？」

「就是那個女人，她是斯克羅德諾耶人。她專做這事。她名叫馬拉尼婭，如今已經死了。這個女人很聰明，她可有本事啦！人家把孩子送到她那裡，她接下來，留在家裡，餵上幾天。我的老爺，她會餵上幾天，多湊幾個孩子再送走。她湊上三四個孩子，就馬上送走。她想出一個好辦法：做了一個大搖籃，像雙人床那樣，上下都能放孩子。還做了一個把手。她把四個孩子放一起，小腦袋分開，免得碰到，小腿伸在一起，一下就能送去四個孩子。她給他們的小嘴裡塞個奶嘴，小寶貝就不哭不鬧了。」

「後來呢？」

「後來她把卡捷琳娜的孩子也帶走了。不錯，她把那孩子在家裡養了兩禮拜。孩子在她家裡就病了。」

「孩子長得好看嗎？」聶赫留多夫問。

「那個孩子，天下無雙啊。跟你一模一樣。」老太婆補充一句，眨了眨那隻蒼老的眼睛。

「孩子為什麼那麼弱？真的是餵得不好？」

「哪裡能餵什麼！只是做做樣子。還用說嗎，又不是自己的孩子。只要能活著送到機構就行。她說，剛把那孩子送到莫斯科，他就斷氣了。她還拿來了證明，手續齊全。那是個聰明的女人。」

關於自己的孩子，聶赫留多夫只能瞭解到這些情況。

06

在走出小屋和走道時，聶赫留多夫的腦袋又兩次磕在門楣上，之後才來到外面。兩個男孩，一個身著已呈淡褐色的白衫，一個身著粉衫，仍在等他。還有幾個孩子也湊在他倆身邊。等在那裡的還有幾個懷抱嬰兒的婦女，其中就有那個瘦小的女人，她懷裡那個似乎沒有重量的嬰兒面無血色，頭戴碎布縫成的軟帽。這嬰兒的小臉像是老人的臉，臉上一直泛出奇怪的微笑，兩個扭曲的大拇指也在不停地微微顫動。聶赫留多夫知道，這是痛苦的微笑。他問這個婦女是誰。

「就是我跟你說的阿尼西婭。」年紀大些的男孩說。

聶赫留多夫轉向阿尼西婭。

「你日子過得怎麼樣啊？」他問道，「靠什麼生活呢？」

「日子過得怎麼樣？討飯吧。」阿尼西婭說著，哭了起來。

長著一張老人臉的嬰兒滿面笑容，像蚯蚓一樣扭動自己纖細的雙腿。

聶赫留多夫掏出錢包，給了這婦人十個盧布。他剛走出兩步，另一個懷抱嬰兒的婦人便攔住他，然後是一個老太婆，接著又是一位婦人。大家都說自己很窮，向他求助。他把錢包裡的六十盧布零錢全都給了出去，然後懷著可怕的憂傷回到家裡，亦即管家的廂房。管家微笑著迎接聶赫留多夫，告訴他農民將在晚間聚齊。聶赫留多夫謝過他，沒有進屋，卻走進花園，在長滿青草、落滿白色蘋果花瓣的小道上漫步，同時思考著他剛剛目睹的一切。

起初，廂房四周一片寂靜，可是後來，聶赫留多夫卻聽見管家的廂房那邊傳來兩個女人此起彼伏的憤怒聲音，其間偶爾能聽見始終面帶微笑的管家那心平氣和的聲音。聶赫留多夫仔細聽起來。

「我已經夠受的了，你幹嘛還往我脖子上掛十字架呢？」一個憤恨的女人聲音說道。

「牠剛剛跑進去嘛，」另一個聲音說，「把牛還給我，我說。你幹嘛要折磨牲口，弄得孩子沒奶喝。」

「交錢，不然就做工抵債。」管家心平氣和地回答。

聶赫留多夫走出花園來到臺階前，臺階旁站著兩個披頭散髮的婦人，其中一個顯然懷有身孕。管家站在臺階上，兩手插在帆布大衣的口袋裡。看到老爺，兩個婦人不再吭聲，開始整理腦袋上鬆散的頭巾，管家則從口袋裡掏出雙手，開始微笑。

事情原來是，據管家說，農夫常常有意放自家的小牛、甚至乳牛進老爺的牧場。如今，這兩個婦人家的兩頭乳牛就在牧場上被抓住，關了起來。管家要求兩個婦人各交三十戈比贖牛，或者做兩天工抵債。兩個婦人卻說，首先，她們的牛剛進牧場；其次，她們沒錢；第三，就算她們答應做工抵債，也要馬上要回牛，兩頭牛從早晨起就被拴在後院的畜棚裡，沒餵料，正在可憐巴巴地牟牟叫呢。

「我提醒過你們多少次了，」微笑的管家說著，回頭看了看聶赫留多夫，似乎在請聶赫留多夫做證人，「你們趕牲畜回來吃食時，一定要看好自家的牲畜。」

「我剛要跑過去看孩子，牠們就溜走了。」

「你要是在放牛，就不能走開。」

「那誰來餵孩子呢？你又沒有奶子能塞給孩子吃。」

「要是真的糟蹋了牧場，那也沒話說，但牠剛跑進去啊。」另一個婦人說道。

「牧場全被糟蹋了，」管家對聶赫留多夫說，「如果不嚴加處罰，就一捆乾草也收不到。」

「喂，可別亂說，」懷有身孕的婦人喊了起來，「我的牛就從來沒被抓到。」

「這不抓到了嗎？交錢，要不做工。」

「那就做工吧，你趕緊把牛給放了，別餓到牠！」她惡狠狠地喊道，「這就白天黑夜都沒法休息了。婆婆病了。老公是酒鬼。我一個人忙得團團轉，一點力氣也沒了。你還要罰我做工。」

聶赫留多夫讓管家把兩頭牛放了，自己再次走進花園思考，但此刻卻沒什麼可思考的了。他如今已心知肚明，他不能不感到驚訝，如此顯而易見的事情竟無人看到，他自己也在很長時間裡熟視無睹。「民不聊生，大家已經習慣死亡、生不如死，比如孩子的夭折、婦女力不勝任的勞動，所有人都食不果腹，老人更是如此。他們漸漸落入這一狀況，自己竟未意識到他們的狀況之可怖，也無抱怨。因此我們便認為這種狀況是自然而然的，本該如此。」如今他看得十分清楚，像青天白日一樣，人民貧困的主要原因，即他們賴以生存的土地為地主所占，人民其實意識到了這一原因，並一直在聲張。同樣顯而易見的是，孩子和老人紛紛倒斃，是因為他們沒有牛奶喝，而之所以沒有牛奶，是因為沒有土地，無法放牧牲畜、無法收穫糧食和乾草。顯而易見的是，人民的一切災難源於，他們賴以生存的土地並不在他們手裡，而為那些擁有土地所有權、靠農民的血汗為生的人所占有，這至少是人民的災難之主因。土地對人民而言必不可少，沒有土地，人便會餓死，這些貧困至極的人耕種土地，種出的糧食卻被賣到國外，土地所有者便可為自己購置帽子、手杖、馬車、銅器等等。這一切如今對他而言顯而易見，就好像把馬匹圈起來，馬匹只能吃到腳下的幾根草，牠們不能享用那片能提供水草的土地，就會消瘦，就會餓死……這十分可怕，無論如何不能這樣，也不該如此。應該設法消除這一現象，至少自己不再參與此事。「我一定要找到這些手段，」他心裡想著，在附近的白樺林小道上來回踱步，「學術團體、政府機構和報紙都在討論人民貧窮的原因以及改善人民生活的手段，卻未言及一個定能改善人民生活的手段，即停止剝奪人民賴以生存的土地。」於是，他清晰地回憶起亨利·喬治的基本觀點以及自己當年對這些觀點的迷戀，他感到奇怪的是，自己居然能把這些觀點忘得一乾二淨。「土地不能成為私有物件，不能成為買賣物件，一如水、空氣和陽光。眾人共用土地所有權，共用土地提供給大家的財富。」他此刻方才明白，想到他在庫茲明斯科耶的所作所為，他為何感覺羞愧。他是在自我欺騙。他明知人不該擁有土地所有權，卻又承認自己擁有這一權利，他交給農民的東西，是他內心深處認為自己無權擁有的東西之一部分。如今他不會再這麼做了，他將改變他在庫茲明斯科耶的做法。他在腦中擬定一個方案，欲將土地交給農民、收取租金，但將這些租金當作這些農民的財產，目的是讓他們有權使用這筆錢，把這筆錢用來繳稅或用於公共事業。這並非Single-tax（英文：單一稅），但在現行制度下它最接近單一稅。最主要的是，他放棄了土地所有權。

待他回到屋裡，管家特別開心地微笑著請他用餐，並表達擔憂，怕他妻子在那位耳朵上戴絨球的姑娘的協助下做出的飯菜火候欠佳。

桌上鋪著粗布臺布，一塊繡花毛巾權充餐巾，桌上的vieux-saxe（法文：撒克遜古瓷），亦即缺了一個把手的湯盆裡盛著馬鈴薯公雞湯，雞就是那隻黑色爪子時伸時縮的公雞，如今已被宰殺，甚至被切成碎塊，許多雞塊上還帶有雞毛。湯過後的下一道菜還是那隻公雞，帶有烤焦的雞毛，摻有大量黃油和白糖的奶渣。儘管飯菜不怎麼可口，但聶赫留多夫吃著，並未覺出其中滋味，因為他一直在想心事，這個想法立即驅散了他從村裡回來後一直籠罩在他心頭的憂愁。

耳朵上戴絨球的姑娘小心翼翼地上菜時，管家妻子總在門口張望，管家本人卻因自己妻子的廚藝而驕傲，露出越來越開心的微笑。

飯後，聶赫留多夫費了很大力氣才讓管家坐下來。為的是查驗一下自己的想法，同時也把自己一直在想的問題跟別人分享一下，於是，他便把自己欲將土地交給農民的方案告訴管家，並徵求管家的意見。管家微笑著，做出一副他早已深思熟慮、此刻很樂於傾聽的模樣，但其實他什麼都沒聽懂。這顯然並非因為聶赫留多夫表述不清，而是由於，根據這一方案，聶赫留多夫將為了他人的利益而放棄自己的利益。而真理卻在於，每個人都只關心自己的利益，不惜因此損害他人的利益，這一觀念在管家的意識中根深柢固，因此，當聶赫留多夫說要將土地的一切收益全都劃歸農民的公積金時，他以為是他自己理解有誤。

「我懂了。就是說，您將從這筆公積金獲取利息？」他眉開眼笑地說道。

「不是。您明白嗎？土地不該成為個人的私有財產。」

「是啊！」

「土地的一切收穫因此就該歸眾人所有。」

「這樣一來您就沒有收入啦？」管家問道，停止了微笑。

「我就是要放棄收入。」

管家沉重地吐出一口氣，然後又開始微笑。如今他明白了。他明白了，聶赫留多夫是不太正常的人，於是，他立即開始在聶赫留多夫放棄土地的方案中尋找對自己有利的可能性，一心想把這個方案理解成他可以從中漁利的方案。

當他最終明白自己無利可圖，便滿面愁容，對方案失去興趣，只是為了討好主人，他才繼續保持微笑。見管家並不理解自己，聶赫留多夫便讓管家走了，自己在布滿刀痕和墨跡的桌子前坐下，開始編寫自己的方案。

太陽已經落在剛剛抽出新葉的椴樹林後面，蚊蟲成群飛進房間，叮咬聶赫留多夫。他剛寫完方案，便聽見村裡傳來牲畜的叫聲、吱呀的開門聲和聚攏起來的農夫的說話聲。聶赫留多夫告訴管家，不必讓那些農夫來帳房，他自己去村子，去往農夫聚集的院落。聶赫留多夫一口喝乾管家端來的一杯茶，然後向村子走去。

07

村長的院落裡人聲鼎沸，待聶赫留多夫進院，卻頓時鴉雀無聲，農民像在庫茲明斯科耶一樣，紛紛摘下帽子。此地農民比庫茲明斯科耶的農民寒磣得多，姑娘和婦人耳戴絨球，農夫幾乎全都腳穿樹皮鞋，身著土布衣褲。一些人赤著腳，只穿襯衫，像是從田裡趕過來的。

聶赫留多夫穩定一下自己的情緒，然後開口說話，向農民宣布了自己的打算，即將土地全部交給他們。農民一言不發，他們臉上的表情也無任何變化。

「因為我認為，」聶赫留多夫紅著臉說道，「不種地的人不該擁有土地，每個人都擁有使用土地的權利。」

「這是顯而易見的事。這話說得有理。」有幾位農民說道。

聶赫留多夫繼續說道，土地的收益應由大家分享，因此他建議農民接受土地並付一筆租金，租金多少由他們自己定，這筆錢將歸入他們將來可以使用的公積金。有幾個人表示讚許和同意，然而，農民那一張張嚴肅的臉龐卻越來越嚴肅，起先盯著老爺看的一雙雙眼睛也都垂了下去，似乎不願讓老爺感覺羞愧，因為大家都看出了老爺的詭計，老爺騙不了任何人。

聶赫留多夫說得相當清楚，農民也都是通情達理的人，但他們卻聽不懂他的話，他們聽不懂的原因，與管家很久都沒弄清此事的原因如出一轍。他們堅信，每個人都有維護自身利益的本性。至於地主，農民依據歷代祖先的經驗早已得知，地主總是維護自身利益的，總是讓農民吃虧。因此，如果有個地主把他們召集起來，提出某個新建議，那麼其目的顯而易見，無非就是用某個更狡詐的手段來欺騙他們。

「那麼，你們想以什麼價錢拿地呢？」聶赫留多夫問道。

「怎麼該由我們定呢？我們可沒法定。地是您的，由您做主。」人群裡響起這樣的回答。

「不，這筆錢之後歸你們自己用，用在村社的事務上。」

「我們沒法定。村社是一回事，這事又是另一回事。」

「你們要明白，」跟在聶赫留多夫身後來到這裡的管家滿臉微笑，想把事情解釋清楚，「公爵要把土地交給你們，你們出點錢，但這筆錢還是你們的資本，劃歸村社。」

「我們明白得很，」一位滿臉怒氣的沒牙老人說道，並未抬起眼睛，「就像是在銀行，只是我們得按期付款。我們不願這樣，因為我們本來就已經夠受的了，這麼一來，就完全破產了。」

「根本不行。我們最好還是照老樣子吧。」一些不太滿意，甚至很不客氣的聲音說道。

當聶赫留多夫說，他要擬個契約，他在上面簽字，農民也要在上面簽字，這時，農民尤其激烈地表示拒絕。

「還簽什麼字？我們從前怎麼做，之後就怎麼做。麻煩什麼？我們都是鄉下人。」

「我們不同意，因為這事很奇怪。從前怎麼樣，之後就還這麼樣吧。只求能取消種子。」

取消種子的意思就是，按照現行規矩，在收成對半分的土地上種東西，種子由農民出，但現在他們希望種子能由地主出。

「這麼說，你們不同意，你們不想要土地？」聶赫留多夫問一位年紀不大、容光煥發的赤腳農民。這農民衣衫襤褸，他彎起左手臂，規規矩矩地托著一頂破帽子，一如士兵聽到口令時摘下軍帽並端在手裡。

「是的。」這位顯然尚未擺脫大兵習性的農民說道。

「也就是說，你們的地夠用了？」聶赫留多夫說。

「不夠用。」這位當過兵的農民帶著強裝的快活神情回答，努力把自己那頂破帽端在面前，似乎想把這帽子送給任何一個願意戴的人。

「你們最好還是考慮一下我對你們說的話。」驚訝不已的聶赫留多夫說道，又重複了一遍自己的建議。

「我們沒什麼好想的，我們說話算數。」那位沒有牙齒、滿面愁容的老人氣呼呼地說。

「我明天還要在這裡待一天，你們如果改變了主意，就來找我談。」

農民沒有答話。

就這樣，聶赫留多夫沒能達到目的，便返身回到帳房。

「我來稟告您，公爵，」待聶赫留多夫和管家回到屋裡，管家說道，「您跟他們是談不攏的，老百姓頑固得很。一開起會來，他們就固執己見，根本推不動他們。因為，他們什麼都怕。其實這些種田人，比如不同意您建議的那個白頭髮的，或是那個黑頭髮的，都是聰明人。要是他們到帳房裡來，我們請他們喝杯茶，」管家微笑著說，「他們就會海闊天空，聰明得像個大臣，什麼事都說得頭頭是道。但開會的時候他們就像換了一個人，老是死腦筋……」

「能不能把最明白事理的幾個農民叫到這裡來，」聶赫留多夫說，「我跟他們詳細說一說。」

「這簡單。」微笑的管家說道。

「那就請您讓他們明天過來。」

「這都很簡單，我叫他們明天過來。」管家說著，露出一個更加開心的微笑。

「你看，他多精明！」一個黑臉農夫搖搖晃晃地騎在一匹壯碩的馬上。他一臉的蓬亂鬍鬚像是從未修剪過，他對騎馬與他並行的瘦削老頭說道，老人身穿破衣，把手裡的鐵韁繩弄得嘩嘩作響。

這兩個農夫在放馬吃夜草，他們讓馬兒吃大路邊的草，也偷偷放馬進入老爺的牧場。

「只要簽個字，地就白給。他們騙我們兄弟騙得還不夠嗎？不，老弟，不可能，我們如今自己也明白了。」他加了一句，然後開始招呼一匹走遠的馬駒。「小駒子，小駒子！」他喊道，勒住馬，回頭一看，但那匹小馬駒卻不在身後，而是從側面拐進了牧場。

「你看這狗雜種，進了老爺的牧場。」鬍鬚蓬亂的黑臉農夫說道，他聽見走散的馬駒在滿是露水、散發著好聞的沼澤氣息的牧場上嘶鳴奔跑，酸模草在馬蹄下發出咔嚓咔嚓的聲響。

「我說，牧場上的草長起來了，等閒下來讓那些婆婆媽媽去地裡鋤草，」身穿破衣的瘦削農夫說道，「要不在收割時會弄壞鐮刀的。」

「他說，簽字吧，」鬍鬚蓬亂的農夫繼續評論老爺的話，「你一簽字，他就會把你吞進肚子。」

「這話沒錯。」老人答道。

他倆再沒說話，只能聽見馬蹄在堅實的路面上踏出的聲響。

08

回到屋裡，聶赫留多夫發現帳房裡已經擺上一張高大的床供他過夜，床上鋪著鴨絨褥子，放有兩個鬆軟的枕頭，還有一床深紅色的雙人緞面被子，被子絎得密實精美，由於太厚而顯得鼓鼓脹脹的，這顯然是管家妻子的嫁妝。管家建議聶赫留多夫再吃點中午剩下的飯菜，但遭到拒絕，於是他便因招待不周、條件不好而道歉，然後退下，留聶赫留多夫一人獨處。

農民的回絕絲毫不令聶赫留多夫難堪。相反，儘管庫茲明斯科耶的農民接受了他的建議並再三對他表示感謝，而此地的農民卻對他流露出猜疑甚至敵意，他此時卻感到自己平靜而又歡樂。帳房裡很悶，也不乾淨。聶赫留多夫走到院子裡，想去花園，卻突然想起那個夜晚，想起女僕房間的窗戶和後門的臺階，重遊被罪孽的往事所玷汙的舊地會令他不快。他又在臺階上坐下，呼吸著溫暖空氣中彌漫著的白樺樹嫩葉散發出的濃烈氣味，久久地看著漸漸變暗的花園，聽著磨坊的水聲和夜鶯的歌吟，還有另一隻鳥在臺階旁的灌木叢中發出的單調叫聲。管家屋裡的燈熄滅了，在板棚後面的東方，冉冉升起的月亮映亮一片天空，一道道閃電越來越亮地映射鬱鬱蔥蔥、鮮花盛開的花園和破敗不堪的房屋，遠處傳來雷聲，三分之一的天空於是被烏雲籠罩。夜鶯和其他的鳥兒不再作聲。透過磨坊的水聲能聽見鵝在嘎嘎地叫，然後，在村子裡、在管家的院落裡，早起的公雞開始打鳴，在悶熱的雷雨之夜，公雞通常都會更早打鳴。有這樣一句諺語：公雞叫得早，夜裡很開心。對於聶赫留多夫而言，這個夜晚並不僅僅是開心的。對於他而言，這是一個歡樂之夜、幸福之夜。他的眼前重又浮現出他在這裡度過的那個幸福的夏天，當時的他還是個天真無邪的少年，此刻，他不僅覺得自己和那個夏天時一模一樣，而且覺得自己和他一生中所有美好的時刻毫無二致。他不僅憶起自己當年的模樣，而且感覺自己就是當年的他，十四歲的男孩在祈禱上帝，求上帝為他揭示真理，他像個孩子俯在母親的膝頭哭泣，與她道別，對母親發誓要永遠做一個善良的人、永遠不讓母親傷心。他覺得自己就像當年的他，他與尼科連卡·伊爾捷涅夫商定，他們相互支持、終生行善，竭盡全力讓所有人幸福。

他此刻想起，在庫茲明斯科耶他曾受到誘惑，他曾不捨起房子、森林、家產和土地，他此刻問自己：你還不捨嗎？他甚至因自己曾經不捨而感到驚奇。他想起今天所見的一切：那個帶著孩子、丈夫又不在家的婦人，她丈夫就因為在他聶赫留多夫家的森林裡砍樹而被關進監獄；可怕的瑪特廖娜，她認為，或者至少她是這樣說的，她們那般處境的女子本該給老爺們當情婦；他想起瑪特廖娜對那些孩子的態度，想起把嬰兒送往育嬰堂的方式，想起那個頭戴軟帽、像個小老頭的不幸嬰兒，他一直在笑，卻即將被餓死；他想起那個懷有身孕的瘦弱婦人，她因為工作太累而沒有看住飢餓的乳牛，就得為他聶赫留多夫做工抵罰。於是，他又想起監獄，想起陰陽頭、囚室、令人作嘔的氣味、鐐銬，以及與之共存的貴族的奢華生活，他和全城貴族都在過著這樣一種奢華的生活。一切都昭然若揭，無可置疑。

幾近圓滿的明月從板棚後升起，在院子裡映出一道道黑色的陰影，破敗房子的鐵皮屋頂泛出亮光。彷彿不願錯過這月光，沉默了一陣的夜鶯又在花園裡唱了起來。

聶赫留多夫想起，他在庫茲明斯科耶曾思考自己的生活，試圖解決他將來做什麼以及如何做的問題，他想起他被這些問題所困擾，無法給出答案，每個問題都讓他傷透腦筋。如今他再向自己提出這些問題，卻驚訝地發現一切均簡單明瞭。之所以簡單明瞭，是因為他如今已不再考慮他會遭遇什麼問題，他甚至對此沒有興趣，他只思考自己應該做什麼。令人驚訝的是，需要為自己做什麼，他無論如何也說不上來，需要為他人做什麼，他卻一清二楚。他如今確切地知道，應該把土地交給農民，因為占有土地是不好的。他確切地知道，不能丟下卡秋莎不顧，要幫助她，為了彌補自己對她犯下的罪，他甘願去做任何事情。他確切地知道，應該研究、分析、弄懂、理解有關審判和懲罰的所有領域，他覺得，他在這些領域發現了他人沒能發現的某些問題。能得出什麼結論，他並不清楚，但他確切地知道，這三件事情他都必須去做。這一堅定的自信令他感到高興。

烏雲完全籠罩過來，閃電已從遠方移至眼前，映亮整個院落和帶有前後兩個殘缺臺階的破敗房屋，雷聲在頭頂轟鳴。鳥兒全都不作聲了，樹葉卻發出沙沙的聲響，風兒奔向聶赫留多夫所坐的臺階，吹拂他的頭髮。一滴雨珠落下，接著又是一滴，牛蒡和鐵皮屋頂發出打鼓一樣的聲音。空中掠過一道耀眼的閃光。萬籟俱寂。聶赫留多夫剛數到三，只聽得頭頂上一聲霹靂，雷霆在空中隆隆滾過。

聶赫留多夫走進屋裡。

「是的，是的，」他想道，「構成我們生活的這一事件、這全部的事件，其完整的意義我並不清楚，也不可能清楚。比如，為什麼會有兩位姑媽？為什麼尼科連卡·伊爾捷涅夫死了，我卻活著？為什麼會有卡秋莎？為什麼我會瘋狂？為什麼有這場戰爭？為什麼會有我後來的放浪生活？要理解這一切、理解主的一切事情，我力不勝任。但是，履行那銘刻在我良心上的主的意志，我卻能勝任，這我確切地知道。我在這樣做的時候，內心無疑是平靜的。」

小雨已下成傾盆大雨，雨水自屋頂嘩啦嘩啦地流進木桶；閃電不再頻繁地映亮院落和房屋。聶赫留多夫回到房間，脫衣上床，他有些擔心臭蟲，骯髒破爛的牆紙使他懷疑會有臭蟲。

「是啊，要覺得自己是僕人而非主人。」他想道，並因這一想法而高興。

他對於臭蟲的擔心並非多餘。他剛熄滅蠟燭，臭蟲就爬到他身上咬了起來。

「交出土地，到西伯利亞去，還會有跳蚤、臭蟲、骯髒的環境……那有什麼，需要忍受的就去忍受吧。」然而，儘管有此願望，他還是難以忍受，於是便坐到敞開的窗戶旁，欣賞著翻滾而去的烏雲和重新露面的月亮。

09

天快亮時聶赫留多夫方才入睡，因此第二天他醒得很晚。

正午時分，七個被推舉出來的農民應管家之邀來到蘋果園裡的蘋果樹下，管家在蘋果樹下安置了一張小桌和幾條凳子，桌子和凳子的腿就是打進地裡的木樁。勸說良久，農民才戴上帽子，在長凳上落座。那位老兵今天裹著乾淨的包腳布，穿著樹皮鞋，他特別固執地把他那頂破舊的帽子端在胸前，就像參加葬禮時那樣。農民之中有一位肩寬體闊的老人，一副德高望重的派頭，花白的大鬍子鬈曲著，就像米開朗基羅雕刻的摩西，鬈曲濃密的白髮包圍著曬成棕色的光腦袋。直到這位老人戴上他的大帽子，掩了掩嶄新的土布外衣，走到凳子前坐下，其他人才照他的樣子落座。

待所有人坐定，聶赫留多夫才在他們對面坐下，他兩肘支在桌面上，面前放著一張紙，紙上寫有方案要點，他開始介紹他的方案。

或許因為農民人數較少，或許因為他不是在考慮自己而是在想如何做事，聶赫留多夫此番沒有任何慌亂之感。他不由自主地把那位肩寬體闊、鬍子花白的老人當成主要交談對象，期待老人的贊同或反對。可是，聶赫留多夫卻看錯人了。這位看來稱頭的老人儘管也會不時點一下他那漂亮的父權制腦袋，或在其他人表示反對時皺著眉頭搖搖頭，可是顯而易見，聶赫留多夫的話他聽得很吃力，直到其他農民把聶赫留多夫的話翻譯成他們自己的語言，這老頭才勉強能聽懂。坐在父權制老人身邊的一個小個子老頭，其理解力則要強得多。這老人瞎了一隻眼，幾乎沒有鬍子，他身著打有補丁的黃土布上衣，腳穿歪了鞋幫的舊皮靴，聶赫留多夫後來聽說此人是爐匠。此人快速抖動眉毛，聚精會神地把聶赫留多夫的話翻譯成自己的語言。另一位個子不高卻很結實的白鬍子老人也理解得很快，他那雙聰明的眼睛炯炯有神，他要利用一切機會插科打諢，對聶赫留多夫的話做出嘲諷的評判，他顯然以此為傲。那位老兵似乎也能聽懂原委，如果他沒有因為當兵而變笨，如果他沒有被那些毫無意義的士兵慣用語擾亂思維。對此事態度最為認真的是一位話音低沉的高個子老人，他高鼻子，短鬍鬚，穿一身乾淨的土布衣服和一雙嶄新的樹皮鞋。這個人全都聽明白了，他只在必要的時候才說話。其餘兩位老人，一位就是那位牙齒脫落的老人，他昨天在集會上曾高聲回絕聶赫留多夫的所有建議；另一位是個瘸腿老人，他個子很高，滿頭白髮，相貌和善，瘦削的雙腿裹著白色包腳布，穿著樹皮鞋。這兩位老頭幾乎一直沉默，雖說他倆也在留神細聽。

聶赫留多夫首先談了他對土地私有制的看法。

「依我看，」他說道，「土地不能買賣，如果可以出售，有錢人就可以把土地全都買下，然後就會向沒有土地的人收錢，收取土地使用費。哪怕是在他的土地上站一下，他也要收錢。」他補充道，援引了斯賓塞的說法。

「這個法子就是，又要讓他飛，又要捆他翅膀。」眼睛含笑的白鬍子老人說道。

「這話有理。」高鼻頭老人用渾厚的低音說道。

「沒錯。」老兵說道。

「一個婦人給乳牛割了一把草，就被抓去關。」相貌和善的瘸腿老人說道。

「自家的地在五里開外，租地又租不起，租金太高，連本也撈不回來。」沒牙的老人氣呼呼地補上一句，「他們像是搓草繩，隨意折磨我們，還不如勞役制呢。」

「我的想法和你們一樣，」聶赫留多夫說，「我認為擁有土地是罪過，因此我想交出土地。」

「這倒是好事。」有著一臉摩西美髯的老頭說道，他顯然認為聶赫留多夫是想把土地租出去。

「我就是為這事來的，我不想繼續擁有土地，應該想想該如何處理土地。」

「把地交給農民吧，不就好了？」沒牙的老人氣呼呼地說。

聶赫留多夫起初感到有些尷尬，他覺得老人是在懷疑自己的誠意，但他立即緩過神來，要利用這句插話來說出他想說的話。

「我很情願交出土地，」他說，「可是交給誰呢？怎麼交呢？交給哪些農民呢？為什麼單單交給你們村，而不交給捷明斯科耶村呢？」（捷明斯科耶是臨近的一個村子，份地很少。）

大家全都默不作聲。只有那個老兵說道：

「沒錯。」

「那麼，」聶赫留多夫說，「請你們告訴我，如果皇上說，要把地主的地都收回來交給農民……」

「皇上真的說過？」沒牙的老頭問道。

「不，皇上什麼也沒說。是我自己這麼說的：如果皇上說，要把地主的地都收回來交給農民，你們會怎麼做呢？」

「怎麼做？把土地全都平分了，農民有份，老爺也有份。」爐匠說著，迅速地上下抖動眉毛。

「還能怎麼做呢？按人頭平分。」相貌和善、腳裹白色包腳布的瘸腿老人說道。

大家全都贊成這個辦法，認為這能讓所有人滿意。

「怎麼按人頭平分呢？」聶赫留多夫問，「地主家的僕人也有份嗎？」

「那可不行。」老兵說道，竭力在臉上顯示出精神抖擻的神情。

但通情達理的高個子農民卻不同意老兵的意見。

「也有份，大家平分。」他想了想，用渾厚的嗓音答道。

「不行，」聶赫留多夫說道，他已事先想好了反駁意見，「如果所有人平分，那些不勞動、不種地的人，比如老爺、僕人、廚子、當官的、文書和所有的城裡人，他們都會有一份，都會把自己那一份地賣給有錢人。這麼一來，有錢人又會積攢土地。那些靠自己那份土地過日子的人，還會增加人口，土地還要再分出去。有錢人又會把缺少土地的人捏在手裡。」

「沒錯。」老兵趕緊幫腔。

「不准出售土地，地只能自己種。」爐匠憤怒地打斷老兵的話，說道。

聶赫留多夫對此反駁說，誰為自己種地、誰為別人種地，這無法判定。

於是，那個通情達理的高個子農夫提出，大家應該以合作社的方式來種地。

「誰種地，誰就能分到收成。誰不種地，就什麼也分不到。」他用渾厚的嗓音堅決地說道。

對於這一共產主義的方案，聶赫留多夫同樣早已準備好論據。他反駁道，如果這樣做，那就必須讓所有人的犁、所有人的馬全都一樣，誰也不能比其他人差，或者就必須讓一切財產公有，馬、犁、脫粒機和一切財產，要做到這一點，就必須所有人都一致同意。

「我們老百姓一輩子都不會同意的。」氣呼呼的老人說道。

「那會有打不完的架，」鬍子花白、眼睛微笑的老人說道，「婦女會相互摳眼珠子的。」

「再說，怎麼劃分不同品質的土地呢？」聶赫留多夫說，「為什麼有些人分到的是黑土地，另一些人只能分到黏土地和沙地呢？」

「把土地劃成小塊，大家平分。」爐匠說。

聶赫留多夫對此反駁說，現在談的不是在一個村裡分地，而是在各省大規模分地。如果把土地白送給農民，那麼憑什麼一些人就該得到好地，另一些人就該得到差地呢？人人都想得到好地。

「沒錯。」大兵說道。

其他人卻默不作聲。

「所以此事並不像看起來那麼簡單，」聶赫留多夫說，「此事不光我們在考慮，其他人也在考慮。有個美國人，名叫喬治，他就考慮過這個問題。我同意他的看法。」

「你是主人，你願意怎麼分就怎麼分。誰能把你怎麼樣？隨你意。」氣呼呼的老人說道。

這句插話讓聶赫留多夫感到尷尬，但他卻很開心地看到，對這句插話感到不滿的並非只有他一人。

「等等，謝苗大叔，讓他把話講完。」那位通情達理的農夫用他莊重的低音說道。

這使聶赫留多夫感到振奮，他於是開始向他們介紹亨利．喬治的單一稅方案。

「土地不屬於任何人，它屬於上帝。」他說道。

「說得對。沒錯。」有幾個人附和。

「所有土地都是公有的。人人都擁有同等的土地使用權。但土地有好有差，每個人都想要好地，怎樣才能做到公平呢？那就要讓得到好地的人按照土地的價格給沒得到土地的人付一些錢。」聶赫留多夫自問自答，「但是，由於很難確定誰該付錢給誰，由於還需要籌集一筆錢做公積金，於是就這麼辦，讓得到土地的人按照土地的價格付一些錢給村社，用於各種開銷。這樣大家就公平了。你想要地，得到好地就多付點錢，得到差地就少付點錢。你不想要地，就不用付錢，你應該繳納的公積金就由擁有土地的人替你出。」

「這就對了，」爐匠抖動著眉毛說道，「誰有好地，誰就多付錢。」

「這個喬治腦袋好。」外表稱頭的美髯老人說道。

「只是要出得起錢才行啊。」高個子老人用低沉的嗓音說道，他顯然已經預見了接下來的談話內容。

「付的錢不能太多，也不能太少……如果太多，大家付不起，就會出現虧損；如果太少，大家就會互相買賣土地。這就是我想在你們這裡做的事。」

「這就對了，這事不錯。這沒的挑剔。」農民紛紛說道。

「腦袋好，」肩寬體闊的美髯老人重複了一句，「這個喬治！他想的法子真不錯。」

「要是我也想要地，該怎麼辦呢？」管家微笑著說道。

「要是有閒置的地塊，您就拿去種吧。」聶赫留多夫說。

「你要地幹什麼？你早就吃飽喝足了。」眼睛含笑的老人說。

會議到此結束。

聶赫留多夫再次重申了他的建議，但並不要求農民立即答覆，而是勸他們去和村裡人商量一下，再給他答覆。

農民答應去和村裡人商量，再給他答覆。道別之後，他們情緒高昂地走了。大路上響起他們的高談闊論，經久不息。他們的嗓音在村裡此起彼伏，響到很晚，並順著河面飄了過來。

第二天，農民沒有做事，而在討論老爺的建議。全村人分成兩派：一派認為老爺的建議很合適，沒有風險；另一派則認為其中有詐，他們對這一建議的實質不明就裡，因此越發擔心。可是到了第三天，大家全都同意接受老爺提出的條件，並來向聶赫留多夫通報全村人的最終決定。一位老太婆說的話對這一決定產生了影響，她說老爺已在考慮靈魂問題，他是為了拯救自己的靈魂才這樣行事的。老人都同意這種解釋，他們覺得老爺的做法有詐的種種猜疑就此煙消雲散。聶赫留多夫在逗留帕諾沃期間施捨了大筆錢財，這也使老太婆的解釋得到了佐證。聶赫留多夫之所以在此大量施捨錢財，是因為他在此首次看到農民生活的極度貧困和艱辛。這種貧困令他大為震驚，他儘管明白這種施捨無濟於事，卻依然無法不給錢，他此時手頭有很多錢，因為他收到了去年出售庫茲明斯科耶森林所得的款項，還有出售農具所得的訂金。

聽說老爺有求必應、施捨錢財，四鄰八鄉的百姓，主要是婦人，便成群結隊地前來向他求助。他完全不知道該如何應付他們，不知該如何解決問題，不知該給多少錢、該給什麼人。他覺得，他有很多錢，那就不能不把這些錢送給前來求助的人，他們顯然都很貧窮。但偶一為之地把錢散發給求助者，這並無意義。擺脫這一處境的唯一方式，就是一走了之。這正是他急於要做的事情。

在帕諾沃的最後一天，聶赫留多夫走進正房，清理之前留在這裡的東西。清理東西時，他打開姑媽那個帶有獅頭銅環的老式紅木大肚皮衣櫃，在下層抽屜裡發現多封書信，其中有張合影照片，上面有索菲婭．伊萬諾夫娜、瑪麗婭．伊萬諾夫娜、還是大學生的聶赫留多夫以及卡秋莎。照片上的卡秋莎清純美麗，充滿活力。在屋裡的所有東西中，聶赫留多夫只拿走了這些書信和這張照片，其餘的一切他都留給了磨坊主。磨坊主在微笑的管家的張羅下，以十分之一的價格買下了帕諾沃的所有家產，改日將拆毀房屋，運走家具。

如今想起自己曾在庫茲明斯科耶因失去財產而惋惜不已，聶赫留多夫深感驚訝，不知他當時為何會有那樣的情感。如今他體驗到的卻是一種如釋重負的無盡喜悅，是一種全新的感受，恰如一位旅行家發現了新大陸。

10

此次進城，聶赫留多夫對這座城市產生了十分奇特的新感覺。傍晚時分，華燈初上，他從車站乘馬車返回住宅。所有房間裡都彌漫著樟腦丸的味道。阿格拉菲娜．彼得羅夫娜和科爾涅依兩人均疲憊不堪，滿腹怨氣，甚至因為收拾衣物而拌嘴吵架。這些東西的用處似乎僅僅在於把它們掛起來晾一晾，再收藏起來。聶赫留多夫的房間沒被占用，但也沒收拾，好幾個箱子占住通道，很難通過。顯而易見，聶赫留多夫的到來妨礙了這套住宅裡依據某種奇怪慣性正在進行的事情。這是顯而易見的瘋狂，聶赫留多夫也曾是參與這種瘋狂的一份子，而在目睹了鄉間的貧困之後，他卻對這瘋狂深惡痛絕。於是他決定明天就搬到旅館去，讓阿格拉菲娜．彼得羅夫娜收拾她覺得應該收拾的東西，等姊姊到來後，再最終決定屋裡的所有東西該如何處置。

聶赫留多夫一早就離開這座房子，在離監獄不遠處隨意找了一家十分簡陋、並不乾淨的帶家具公寓，要了兩個房間，讓人把他在原來家中挑選的東西送來此處，便去見律師了。

外面很冷。風暴和降雨之後出現了常有的春寒。氣溫如此之低，寒風如此刺骨，竟使得身穿薄大衣的聶赫留多夫瑟瑟發抖，他加快腳步，努力使身體暖和起來。

他還記著那些鄉下人、那些婦人、那些孩子、那些老人，他彷彿首次目睹他們的貧窮和痛苦，尤其是那個像小老頭似的嬰兒，那嬰兒始終在笑，兩條沒有腿肚子的細腿來回亂蹬，於是，他不由得將他們與城裡的一切相比。路過肉鋪、魚鋪和成衣店時，他驚訝不已，因為他似乎第一次看到，肥頭大耳、衣著整潔的店鋪老闆如此之多，而在鄉下，這樣飽食終日的人一個也沒有。這些人顯然堅信，千方百計欺騙對他們的商品一無所知的人，不是在消遣，而是十分有益的事業。那些臀部肥大、衣服後背釘有鈕扣的私家馬車車夫同樣一副飽食終日的模樣，那些頭戴飾有絲帶的制帽的看門人、那些繫著圍裙的鬈髮女僕，莫不如此。尤其是那些後腦勺剃得精光的出租馬車車夫，他們懶洋洋地坐在自己的馬車上，輕蔑而又輕佻地打量著行人。他如今無意中發現，所有這些人都曾是失去土地的鄉下人，他們因失去土地而被迫進入城市。他們中的有些人善於利用城裡的條件，成為和老爺一樣的人，很為自己的地位而得意；另一些人在城裡過得比在鄉下還要差、還要可憐。聶赫留多夫透過一間地下室的窗戶看到幾位正在工作的靴匠，他覺得他們就很可憐。那些身體瘦削、臉色蒼白的洗衣婦也很可憐，她們披頭散髮，赤裸著瘦弱的手臂，正在敞開的窗戶旁熨燙衣物，肥皂水味的蒸汽自窗口湧出。同樣可憐的還有聶赫留多夫遇見的兩個油漆匠，他倆套著圍裙，赤腳穿著破鞋，渾身從頭到腳都沾滿了油漆。他倆把衣袖捲到肘部，露出青筋暴露、又黑又瘦的手臂，提著油漆桶，不停地相互咒罵，臉上露出疲憊、憤恨的神情。搖搖晃晃地坐在自己馬車上的拉貨車夫也是這副神情，他們黝黑的臉上滿是塵土。那些帶著孩子站在街角乞討的男男女女也是這副神情，他們衣衫襤褸，面部浮腫。一家小飯館裡的幾個人也是這副表情。聶赫留多夫走過這家飯館，透過敞開的窗戶看到，幾張擺著酒瓶和茶具的骯髒小桌之間，身穿白衣的服務生搖搖晃晃地來回奔走，坐在桌邊的人滿頭大汗，臉色通紅，又喊又唱，一臉蠢相。有一個人坐在窗邊，他揚起眉毛，噘著嘴唇，盯著前方，似乎在努力回憶什麼。

「他們聚到城裡來幹什麼呢？」聶赫留多夫想到，不自覺地呼吸著帶有塵土的空氣，冷空氣揚起塵土，四處都是新鮮油漆散發出的蛤喇油味道。

在一條街上，有一輛搬運鐵器的貨運馬車與他並排行駛。車上的鐵器被高低起伏的路面震得發出刺耳的聲響，讓聶赫留多夫感到耳鳴頭痛。他加快腳步，想趕到馬車前面去，這時，在鐵器的轟鳴聲中他突然聽見有人喊他的名字。他停下來，看到前方不遠處一輛輕便馬車上有位軍人正對他熱情招手，那人神采奕奕，兩撇上翹的唇鬚油光閃亮，他微笑著，露出雪白的牙齒。

「聶赫留多夫！是你？」

聶赫留多夫的第一個感覺是高興。

「啊！申鮑克！」他高興地說道，但他立即明白，完全沒什麼值得高興的。

這位就是當年去過聶赫留多夫姑媽家的申鮑克。聶赫留多夫與他久未謀面，但對他有所耳聞。聽說他儘管負債累累，離開團隊後留在騎兵部隊，仍舊透過什麼方法混跡於上流社會。他如今這副得意開心的模樣證實了上述傳聞。

「真好啊，碰上你了！要不這城裡一個熟人也沒有。喂，老兄，你可老了。」他說著，走下馬車，舒展一下雙肩，「我憑你走路的樣子就認出了你。怎麼，我們一起吃飯去吧？你們這裡哪家館子好吃呀？」

「我不知道有沒有時間，」聶赫留多夫答道，他一心想著如何擺脫這位戰友而又不傷害他。「你來這裡幹嘛？」他問道。

「有事，老兄，是監管方面的事。我是監管人，管理薩馬諾夫家的事。你知道嗎？他是大財主、他是大傻瓜，但他有五萬四千公頃土地，」他帶著特別的自豪說道，似乎這些土地都是他本人名下的，「家業一團糟。土地全都在農民手裡。他們一分錢也不付，欠款超過八萬。我一年就改變了一切，讓我的委託人增加了百分之七十的收入。怎麼樣？」他驕傲地問道。

聶赫留多夫想起他聽說的傳聞。這位申鮑克揮霍光自己的財產，欠下還不清的債，因此透過某種特殊關係被任命為監管人，負責監管一位不善管理家產的老富翁的財產，如今，他顯然就靠做監管為生。

「該如何擺脫他又不讓他生氣呢？」聶赫留多夫想道，同時看著申鮑克神采奕奕的豐滿臉龐和塗著髮蠟的小鬍子，聽著他戰友般親切的嘮叨，說那裡的餐館好吃、吹噓他的監管多麼出色。

「那麼我們去哪裡吃飯呢？」

「我沒時間。」聶赫留多夫看著錶說道。

「那好吧。晚上有賽馬，你去嗎？」

「不，我不去。」

「去吧。我已經沒有自己的馬了。我押的是格里沙的馬。你還記得嗎？他有匹好馬。你去吧，我們一起吃晚飯。」

「晚飯我也去不了。」聶赫留多夫笑著說。

「為什麼呢？你現在去哪裡？要不我送你？」

「我要去見律師。他就住在這街角。」聶赫留多夫說道。

「啊，你是在忙監獄裡的事吧？替犯人說情？科爾恰金家的人跟我說了，」申鮑克笑著說道，「他們一家已經走了。怎麼回事？你說！」

「對，對，這都是事實，」聶赫留多夫回答，「但大街上怎麼說話呢！」

「是啊，是啊，你一向是怪人。你來看賽馬嗎？」

「我不去了，我去不了，也不想去。請你別生氣。」

「瞧你說的，生什麼氣！你住哪裡？」他問道，突然，他的臉色變得嚴肅起來，兩眼呆滯，眉毛上揚，他顯然想要回憶起什麼來。聶赫留多夫在申鮑克臉上看到的呆滯神情，一如他在小酒館窗戶看到的那個讓他吃驚的人，那個揚起眉毛、噘著雙唇的人。

「天氣真冷！是嗎？」

「是啊，是啊。」

「買的東西在你那裡吧？」他問車夫。

「那好吧，再見，見到你我非常非常高興。」申鮑克說著，緊緊握了一下聶赫留多夫的手，然後跳上馬車，抬起戴著嶄新白色麂皮手套的寬大手掌，在神采奕奕的面龐前揮了揮，習慣性地微笑著，露出雪白的牙齒。

「我之前難道也是這個樣子嗎？」聶赫留多夫想著，繼續往律師家走去，「是的，即便不完全如此，卻也希望成為這個樣子，想這樣度過一生。」

11

律師沒讓聶赫留多夫排隊等候，立即接待他，並馬上談起孟紹夫母子的案子。他已閱過案卷，對毫無根據的指控感到憤怒。

「這個案子真氣人，」他說，「很有可能，火是屋主本人放的，為了詐領保險金。不過問題在於，孟紹夫母子的罪行完全沒有得到證明。沒有任何證據。這就是偵查員的過分賣力和副檢察官的粗枝大葉造成的。這件案子是在縣裡審的，要是在我們這裡審理，我保證一定能贏，我還不要任何報酬。好，再來談談另一個案子，費多西婭．比留科娃寫給皇上的訴狀寫好了，您如果去彼得堡，就帶上它，親自遞上去，再找找人。否則他們只會問一問司法部，部裡的回應就是盡快脫手，也就是不理不睬，因此不會有任何結果。您得努力把材料遞到最高層去。」

「遞給皇上？」聶赫留多夫問。

律師笑了起來。

「這就是頂層了。最高層是指上訴委員會的祕書長或主席。那麼，現在沒別的事了吧？」

「不，幾個分裂派教徒寄信給我，」聶赫留多夫說著，從口袋裡掏出一封分裂派教徒的來信，「如果他們寫的是實情，這就是件怪事。我馬上就設法去見他們，瞭解一下情況。」

「我看，您成了漏斗和瓶口，監獄裡的所有冤屈都要從您這兒流出來，」律師笑著說道，「冤屈太多了，您管不過來的。」

「不，這可是一件怪事，」聶赫留多夫說，然後簡短地介紹了這樁案件的實情，即有些人在村裡聚集起來讀福音書，官員過來驅散了他們。下一個週末他們又聚集起來，上面於是派來了警察，編了一份公文，把他們送交法院。法院偵查員審問了他們，副檢察官擬好起訴書，高等法院核准起訴書，他們遭到審判，副檢察官提起訴訟，桌上放的物證就是福音書，結果他們被判流放。「這太可怕了，」聶赫留多夫說，「這難道是真的發生的事嗎？」

「您對什麼感到奇怪呢？」

「一切都很奇怪，比如，我理解警察，他是奉命行事，可是負責起草起訴書的副檢察官，他應該是個受過教育的人啊。」

「錯就錯在這裡，我們通常都以為檢察長和所有司法人員都是新潮的自由派人士。他們過去可能是，但如今卻完全變了樣。這些官員，他們只關心每月發工資的二十號那一天。他們領工資，想著加薪，他們的所有準則就局限於此。他們隨心所欲地起訴人、審訊人、判決人。」

「一個人會因為與其他人一起閱讀福音書而被流放，真的有這樣的法律存在嗎？」

「如果能證實他們在閱讀福音書時不按規定向其他人做講解，也就是做出譴責教會的闡釋，那麼就不僅能把他們流放到不遠的地方，還能判他們服苦役。當眾詆毀東正教，根據《刑法》第一九六條，可判處終身流放。」

「這不可能。」

「我跟您說的是實話。我總是對那些法官老爺說，」律師繼續說道，「我能見到他們的面，就不能不感恩戴德，因為我沒去坐牢，您也一樣，我們大家都一樣，只能因此感激他們的好心腸。剝奪我們之間任何一個人的特權，然後把我們流放到不太遙遠的地方，這事輕而易舉。」

「但如果這樣的話，一切都取決於檢察長的隨意妄為。司法界人士可以遵循法律，也可以不遵循法律，那麼還要法院幹什麼？」

律師開心地笑了起來。

「看您提出了什麼樣的問題！唉，老兄，這可是哲學。好吧，這個問題也可以談一談。您禮拜六來吧。您能在我這裡遇到一些學者、文學家和藝術家。那時我們再談談這些普遍問題。」律師說道，帶著嘲諷的熱情道出「普遍問題」這幾個字，「我妻子您是認識的。請您那天過來吧。」

「好的，我盡量。」聶赫留多夫回答，他覺得自己言不由衷，如果說他要「盡量」做什麼，那也只是盡量不去參加律師家的晚會，盡量不與那些學者、文學家和藝術家混在一起。

當聶赫留多夫表示，如果司法界人士可以任意行事、可以遵循法律，也可以不遵循法律，那麼法院就沒有存在的意義，律師聞之卻報以笑聲，他在道出「哲學」和「普遍問題」這些字眼時也帶有嘲諷的腔調。律師的笑聲和口吻使聶赫留多夫感到，這位律師，或許還有他那些朋友，他們看問題的方式與自己完全不同。儘管聶赫留多夫如今與申鮑克那樣的舊友都已有距離，但他仍覺得自己與這位律師以及律師圈子裡的人距離更遠。

12

離監獄路很遠，時辰已晚，聶赫留多夫因此叫了一輛出租馬車，趕往監獄。車夫是個中年人，長相聰明善良。走到一條街上，他轉身面對聶赫留多夫，指著一幢正在建造的大樓。

「看這棟樓蓋得多大啊。」他說道，似乎自己也是這座建築的創建者之一，並因此而自豪。

這幢在建的樓房的確很大，建築風格也很複雜獨特。建築物四周圍著用粗大的松樹原木搭成的鷹架，原木之間用趴釘固定，工地和街道之間立起一道薄板。鷹架上，渾身濺滿灰漿的工人像螞蟻一樣來回走動，有的砌牆，有的鑿石塊，有的在運材料，把沉重的磚斗和灰漿桶提上去，卸空之後再放下來。

一位衣著鮮亮、身材肥胖的先生，大約是建築師，站在鷹架旁，手指上方，對一個恭敬傾聽的弗拉基米爾包工頭說著什麼。裝滿建材的馬車駛入大門，空載的馬車駛出大門，來回都從建築師和包工頭身旁經過。

「這些做工的人和那些讓他們做工的人一樣，全都相信這一切理所當然。當他們懷孕的妻子在家中從事力不從心的勞動，他們的孩子戴著小圓帽，在即將被餓死之前踹著小腿，露出老人般的微笑，他們卻要為某個愚蠢而多餘的人建造這幢愚蠢而多餘的宮殿，正是包括這位房主人在內的那些人掠奪了他們，使他們破產。」聶赫留多夫看著這幢房屋，心裡想道。

「是啊，一座傻瓜建築。」他出聲說出了自己的想法。

「怎麼會是傻瓜建築呢？」車夫委屈地反駁道，「幸虧蓋了這棟樓，大家才有工作做，這可不是傻瓜建築。」

「這工作純屬多餘。」

「既然要蓋，就不會多餘，」車夫反駁，「大家就有飯吃。」

聶赫留多夫沒有說話，再說，在車輪的轟鳴聲中也很難說出話來。在離監獄不遠的地方，車夫趕車從石子路駛上公路，這時說話不再吃力了，他便再次轉向聶赫留多夫。

「這些老百姓都在往城裡跑，嚇人啊。」他說道，在駕座上轉過身來，指著一群迎面走來的農工讓聶赫留多夫看，他們的肩膀上背著鋸子、斧頭、皮襖和口袋。

「難道比往年多嗎？」聶赫留多夫問。

「多多了！今年到處擠滿了人，真不得了。老闆都拿農工當刨花，扔來扔去。到處都是人。」

「為什麼會這樣呢？」

「人越來越多。沒地方去。」

「為什麼越來越多呢？他們為什麼不留在鄉下呢？」

「在鄉下沒工作做。沒有土地。」

聶赫留多夫體驗到了受傷的人經常會有的感受。受傷的人會覺得，別人老是在有意觸碰他的傷口。之所以有此感覺，是因為人對傷口被觸碰尤為敏感。

「難道到處都是這樣嗎？」他想道，於是他便問馬車夫，他們村裡有多少地、車夫本人有多少地、車夫為何生活在城裡。

「老爺，在我們那裡每人一公頃地，我家三口人，」車夫很有興致地說起來，「我家有老父親和一個兄弟，另一個兄弟當兵了。父親和一個兄弟在家做事。但也沒什麼事好做。我那個兄弟也想來莫斯科。」

「不能租地種嗎？」

「到哪裡去租呢？早先的老爺把土地敗光了。商人把土地都盤過去了。從他們那裡租不到地，他們自己種。有個法國人占了我們的地，是從前的老爺賣給他的。法國人不肯租地，沒辦法。」

「什麼樣的法國人？」

「那法國人叫杜弗爾，您也許聽說過。他在一家大劇院給演員做假髮。生意不錯，他發了財。他買下我們女主人的莊園。如今他成了我們的主人。他想對我們怎麼樣，就怎麼樣。謝天謝地，他人還不錯。但他那個俄國老婆卻是條母狗，上帝保佑你別碰見她。她讓老百姓傾家蕩產。可怕。看，監獄到了。您在哪裡下車，在大門口？我看，不放人進去啊。」

13

聶赫留多夫一想起來便膽戰心驚，不知他今天見到的瑪絲洛娃會是什麼樣子。無論在她身上還是在那些被關在監獄裡的人身上，似乎都存在著一個令他難以理解的祕密。懷著這一想法，聶赫留多夫按響大門口的門鈴，向出來迎向他的看守問起瑪絲洛娃。看守去問了一下，告訴聶赫留多夫，瑪絲洛娃現在在醫院。聶赫留多夫於是趕往醫院。醫院的看守是個和善的老頭，在問清聶赫留多夫需要見誰之後立即放他進門，領他走向兒科。

一位渾身散發著消毒水氣味的年輕醫生出門來到走廊上，厲聲問聶赫留多夫有何事。這位醫生處處善待犯人，因此常與監獄主管甚至主治醫師發生不愉快的衝突。他擔心聶赫留多夫會對他提出什麼不合法要求，此外他也想表明自己不會為任何人破例，因此故意裝出一副氣呼呼的模樣。

「這裡沒有女人，這是兒科病房。」他說道。

「我知道，但這裡有一位從監獄過來的女看護。」

「不錯，這裡有兩位。您要找哪一位？」

「我跟其中一位叫瑪絲洛娃的很熟，」聶赫留多夫說道，「我想見見她，因為我要去彼得堡遞交她案子的上訴書。我還想把這件東西交給她。這是一張照片。」聶赫留多夫說著，從口袋裡掏出一個信封。

「這是可以的。」醫生說道，態度和緩下來。他轉身讓一位繫白圍裙的老婦人去叫女看護瑪絲洛娃過來。「您要不要先坐一下？去候診室也行。」

「謝謝您。」聶赫留多夫說道。趁著醫生對自己的態度有所好轉，聶赫留多夫問醫生，醫院裡的人對瑪絲洛娃是否滿意。

「還可以，如果把她以前的情況考慮進去，她現在算做得不錯。」醫生說道，「剛好，她來了。」

那位年長女看護從一扇門裡走出來，瑪絲洛娃跟在她身後。她身穿條紋連衣裙，繫著白圍裙，頭上用一塊三角頭巾罩著頭髮。看到聶赫留多夫，她的臉一下紅了，她停下腳步，似乎有些遲疑，然後皺了皺眉頭，垂下眼睛，踏著走道上長長的花紋布腳墊快步向他走來。走到聶赫留多夫跟前，她本不想和他握手，但後來還是伸出手來，臉紅得更厲害了。在那一回瑪絲洛娃請求聶赫留多夫原諒她脾氣不好的對話之後，聶赫留多夫一直沒見到她，他今天原以為她還會跟上次一樣。但此刻她卻像完全換了一個人，臉上現出某種新的神情，即矜持和羞怯，聶赫留多夫感覺，她對他還有怨。他把他剛才說給醫生聽的話又對她重複一遍，說他要去彼得堡，然後遞給她一個信封，裡面裝著他從帕諾沃帶回的那張照片。

「我在帕諾沃找到的，一張老照片，您或許喜歡。您拿著吧。」

她揚起黛黑的眉毛，用有些斜視的眼睛驚訝地看了他一眼，似乎在問這是為什麼，然後默默接過信封，揣進圍裙。

「我在那兒見到您姨媽了。」聶赫留多夫說。

「見到了？」她無動於衷地說。

「您在這裡還好嗎？」聶赫留多夫問。

「還可以，滿好的。」她說。

「工作不太累吧？」

「不累，還可以。我還不太習慣。」

「我替您感到高興。總比那裡好些。」

「『那裡』是指哪裡？」她說道，臉上泛起紅暈。

「是指監獄裡。」聶赫留多夫趕緊說道。

「有什麼好的呢？」她問道。

「我想這裡的人好一些，不像那裡的人。」

「那裡有很多好人。」她說。

「孟紹夫母子的事我找過人了，我希望他們兩個能獲釋。」聶赫留多夫說。

「上帝保佑，那老婆婆人真好。」她說道，重複著她對於那位老太婆所下的定義，微微笑了一下。

「我馬上就去彼得堡。您的案子很快就會重審，我希望判決能被撤銷。」

「撤不撤銷，如今都無所謂了。」她說。

「為什麼是『如今』呢？」

「沒什麼。」她說，用疑問的目光匆匆掃了他一眼。

聶赫留多夫明白她的話和她的眼神，她是想知道他現在是否依然堅持當初的決定，抑或已接受她的回絕，改變了主意。

「我不知道您為何覺得無所謂，」他說。「不過對我來說倒的確無所謂，無論您能否無罪釋放，我反正都要按我說過的話去做。」他語氣堅決地說。

她抬起頭，那雙有些斜視的黑眼睛盯著他的臉龐，又越過他的臉龐看向別處，她的臉上蕩漾著歡樂。然而，她嘴裡說出的話卻與她眼睛說出的話完全不同。

「您說這話沒意義。」她說。

「我說這話就是為了讓您知道。」

「這話都說過了，就不用再說了。」她說道，強忍著微笑。

病房裡傳出動靜。響起孩子的哭聲。

「好像有人在叫我。」她說著，不安地四下打量。

「好的，那就再見吧。」他說。

她裝作沒看見他伸過來的手，沒與他握手便轉過身去，努力掩飾自己的得意之情，沿著走道裡長長的花紋布腳墊快步離去。

「她內心發生了什麼變化呢？她在想什麼？她有什麼感覺？她是想考驗我，還是真的無法原諒我？她是無法說出她的想法和感覺，還是她不願說呢？她是心軟了，還是在生氣？」聶赫留多夫問著自己，但他無論如何也找不到答案。他只知道一點，就是她變了，她的內心已經發生變化，這一變化對於她的靈魂而言意義重大。這一變化不僅能把他與她聯繫在一起，還能把他與促成這一變化的造物主聯繫在一起。這種聯繫將他帶入一種歡樂興奮、深受感動的狀態。

回到擺有八張兒童病床的病房，瑪絲洛娃按照護士的吩咐開始鋪床。她俯身整理床單，腰彎得太低，滑了一下，差點摔倒。一個脖子上纏著繃帶、正在康復中的男孩看著她，笑了起來。瑪絲洛娃再也忍不住了，她坐到床上，大聲笑起來。她的笑聲很有感染力，好幾個孩子都跟著哈哈大笑，那個護士生氣地對她喊道：

「你笑什麼？你以為是在你原來待的那個地方呢！快去打飯。」

瑪絲洛娃不作聲了，她拿起餐具去打飯，但她與那個脖子上打著繃帶、被禁止發笑的男孩對視一下，又噗哧一聲笑了出來。這一天裡，一人獨處時，她數次從信封裡把那張照片抽出一截，欣賞起來；但直到晚上下班後，瑪絲洛娃一個人待在她與那位老看護合住的房間裡，她才把照片從信封裡取出，久久地、靜靜地看著，用溫柔的目光注視每一處細節。臉龐、衣服、陽臺的臺階和灌木叢，灌木叢前是幾張臉龐，有他、有她，還有兩位姑媽。她看著發黃的老照片，尤其看不夠當年的自己，自己那張年輕漂亮的臉龐和紛披的鬈髮。她看得出神，竟沒覺察到她同房的看護走了進來。

「這是什麼？他給你的？」這位身寬體胖、心地善良的女看護說著，俯下身來看照片，「這是你嗎？」

「還能是誰呢？」瑪絲洛娃微笑著，看著室友的臉說道。

「這是誰呢？就是他嗎？這是他母親嗎？」

「是他姑媽。你真的認不出來？」瑪絲洛娃問道。

「哪裡能認得出來呢？一輩子也認不出來。模樣全變了。我看，像是十幾年前照的！」

「不是多少年，是一輩子。」瑪絲洛娃說道，她的興奮突然消失，臉色陰沉下來，兩道眉毛間現出一道很深的皺紋。

「那麼，『那裡』的生活很輕鬆吧？」

「是啊，很輕鬆，」瑪絲洛娃重複一遍老看護的話，閉上眼睛，搖搖頭，「比苦役還要糟。」

「為什麼呢？」

「就是這樣。從晚上八點到早晨四點。每天如此。」

「那為什麼不走開呢？」

「也想走開，可是走不成。還說這些幹嘛？」瑪絲洛娃說著，猛地站起身來，將照片扔進抽屜，努力忍住屈辱的淚水，跑進走道，砰的一聲帶上門。看照片的時候，她覺得自己還是照片上的模樣，她想到自己當年是多麼幸福，她幻想如今與他在一起還能再獲得幸福。同房看護的話卻使她想起自己如今的處境，想起自己在那裡面的生活、想起那種生活之恐怖，她當年也曾朦朧地感覺到那種恐怖，可是不願多想。如今她才真切地憶起所有那些恐怖的夜晚，尤其是那個謝肉節之夜，她當時在等待一位答應為她贖身的大學生。她想起，她身穿一件沾滿酒水的開胸紅綢連衣裙，蓬亂的頭髮上戴著一個紅蝴蝶結，她疲憊不堪，渾身無力，喝得醉醺醺的，快到半夜兩點才送走客人。她在跳舞空檔坐到一位瘦骨嶙峋、滿臉粉刺、負責為提琴手伴奏的女鋼琴師身邊，向她訴說自己的艱難人生。這位女鋼琴師說，她的處境也很艱難，她正試圖改變。這時，克拉拉來到她倆身旁，她們三人突然決定一同拋棄這種生活。她們以為這個夜晚已經結束，正想散去，前廳裡突然又響起幾個醉酒客人的喧嘩。小提琴手拉出前奏，女鋼琴師用力在鋼琴上敲出一首歡快的俄羅斯歌曲，為卡德里爾雙人舞的第一段舞伴奏。一個滿身臭汗、渾身酒氣、不斷打著飽嗝的小個子男人，身穿燕尾服，繫著白領帶，在跳到第二段舞時脫下燕尾服，緊緊摟著她；另一個留著大鬍子的胖子，也身穿燕尾服（他們是從另一場舞會趕過來的），緊緊摟著克拉拉，他們不停地旋轉，跳啊，喊啊，喝啊……就這樣過了一年、兩年、三年。她們的容貌怎能不改變呢！而這一切的原因都在於他。她心中突然又湧起先前那種對他的怨恨，想要痛罵他、指責他。她感到可惜的是，今天她坐失良機，沒有再一次告訴他，她知道他是什麼人，她不會上他的當，她不允許他在占用了她的肉體之後再來占有她的精神，不允許他把她變成他藉以展示其寬宏大量的對象。為了設法消除這一憐惜自己的痛苦情感、消除那種即便對他做出指責也徒勞無益的感覺，她想喝酒。她要是還在監獄裡，就會放棄諾言喝起酒來，但在這裡弄不到酒，除非去找一位醫士要，但她怕那個醫士，因為他老是糾纏她。她厭惡和男人打交道。她在走道裡的凳子上坐了一會兒，便回到屋裡，並不回答室友的問話，哭了很久，哭她自己不幸的生活。

14

聶赫留多夫在彼得堡有三件事情要辦：就瑪絲洛娃案向參政院提出上訴；把費多西婭·比留科娃的案件遞交上訴委員會；受薇拉·鮑戈杜霍夫斯卡婭之託，去憲兵司令部或第三廳請求釋放舒斯托娃，讓一位母親探視被關押在要塞中的兒子，薇拉·鮑戈杜霍夫斯卡婭在給聶赫留多夫的信中曾提及此事，他把後兩件事合在一起，視為第三件事。第四件事則是分裂派教徒的事，他們因為朗讀和解釋福音書而被流放至高加索，遠離家人。他與其說是答應了他們，不如說是在要求自己，要盡一切可能，弄清此案。

在最後一次拜訪馬斯連尼科夫之後，尤其在自己的鄉村旅行之後，聶赫留多夫不僅意識到，而且全心全意地感覺到他對自己一直生活其間的那個圈子之厭惡。在那個圈子裡，千百萬人為保障少數人的舒適和享樂而飽受痛苦，但這些痛苦卻被千方百計加以掩蓋。這個圈子裡的人沒有看到，也不可能看到這些苦難，以及建立在這些苦難基礎上的他們的生活之殘忍和罪惡。如今與這個圈子裡的人交往，聶赫留多夫不能不感覺到做作和自責。然而，往日生活的習慣仍在將他引向那個圈子，親戚關係和朋友關係也使他難以與那個圈子一刀兩斷。更主要的是，他如今有事要辦，要幫助瑪絲洛娃和他試圖幫助的所有那些人，他不得不求助這個圈子裡的一些人，儘管他已不再尊重這些人，甚至時常對他們懷有憤恨和輕蔑。

來到彼得堡後，聶赫留多夫住在他姨媽恰爾斯卡婭伯爵夫人家中，他姨丈曾任大臣，這樣一來，他便迅速步入了他已十分排斥的貴族社會的核心部分。這令他反感，但又別無他法。如果不住姨媽家而去住旅館，會讓姨媽生氣。再說，這位姨媽人脈廣泛，對於他打算操辦的那些事情，姨媽有可能提供極大幫助。

「喏，你知道我聽到人家怎麼說你嗎?真是怪事，」在他進門後不久，卡捷琳娜·伊萬諾夫娜伯爵夫人一面讓他喝咖啡，一面說道，「Vous posez pour un Howard!（法文：你都快成為霍華德了！）你在幫助罪犯，老往監獄跑，在糾正冤案。」

「哪裡，我連想都沒想過。」

「這沒什麼，是好事。不過好像還有一段羅曼史。你說來聽聽。」

聶赫留多夫講了他和瑪絲洛娃的關係，原原本本地講了。

「記得，我記得，你可憐的媽媽當年對我說過，你到過你兩位姑媽家，她們想讓你娶她們的養女（卡捷琳娜·伊萬諾夫娜伯爵夫人一向看不起聶赫留多夫的兩位姑媽）……就是她嗎?Elle est encore jolie?（法文：她現在還漂亮嗎？）」

卡捷琳娜·伊萬諾夫娜姨媽是個六十歲的老太太，她健康快樂，精力飽滿，口若懸河。她高大富態，嘴唇上方長著黑黑的茸毛。聶赫留多夫喜歡她，從小就一直受到她的熱情和歡樂之感染。

「不，ma tante（法文：姨媽），這都是過去的事了。我只是想幫幫她，因為首先，她是被冤枉的，其次，我也有責任，我對她的整個命運負有責任。我覺得自己必須竭盡全力為她做事。」

「但我為什麼聽說你要和她結婚呢？」

「我是想，但她不願意。」

卡捷琳娜．伊萬諾夫娜皺起眉頭，垂下眼睛，吃驚而默默地看了外甥一眼。突然，她的臉色改變了，露出滿意的神情。

「唉，她比你聰明。唉，你真是個傻瓜！你真想和她結婚？」

「毫無疑問。」

「在她做過那樣的事情之後？」

「那就更應該結婚了。這一切都是我的錯。」

「不，你真是個傻瓜，」姨媽收住笑容說道，「實實在在的傻瓜，不過我喜歡你，就因為你是個大傻瓜。」她把「傻瓜」一詞重複了好幾遍，顯然十分喜歡這個在她看來準確地表達了她外甥的智力和精神狀態的字眼。「你知道嗎？真是太巧了，」她繼續說道，「Aline（法文：愛琳）辦了一個很棒的抹大拉收容所。我去過那裡一次。她們太噁心了。我回來後把渾身上下都洗了一遍。可是Aline corps et âme（法文：愛琳全心）投入此事。我們到時候就把你那位姑娘交給她。如果說有誰能改造別人，那麼就是這位Aline。」

「可是她被判服苦役了。我就是來設法撤銷這個判決的。這是我求您的第一件事。」

「這樣啊！她這個案子會在哪裡審？」

「參政院。」

「參政院？對了，我可愛的cousin（法文：表弟）廖烏什卡在參政院。對了，不過他是在傻瓜局，也就是宣令局。唉，有用的人我一個也不認識。全都是些鬼才知道的什麼人，或是德國人，姓『格』的、姓『費』的、姓『德』的，tout l'alphabet（法文：整個字母表），要不就是形形色色的伊萬諾夫、謝苗諾夫、尼基丁，或是伊萬年科、西蒙年科、尼基堅科，pour varier. Des gens de l'autre monde.（法文：五花八門。都是另一個圈子的人。）不過，我還是要跟我家老頭子說的。他認識他們。他什麼人都認識。我要跟他說的。你也要跟他談談，他總是聽不懂我的話。不管我說什麼，他都說他什麼也聽不懂。C'est un parti pris.（法文：他這是事先就認定的。）別人都能聽懂，只有他聽不懂。」

這時，一位穿長筒襪的僕人端著銀托盤走進屋來，托盤上放著一封信。

「這恰好是Aline送來的信。你這下能聽到吉澤威特的話了。」

「吉澤威特是誰？」

「吉澤威特？你等下聽聽，就知道他是什麼人了。他講得真好，最頑固的罪犯也會跪在地上，哭著懺悔。」

無論這看起來多麼奇怪，無論這與卡捷琳娜伯爵夫人的性格相去多遠，她反正狂熱地信奉一種學說，這一學說認為基督教的實質就在於相信贖罪。她參加各種宣講這一時髦學說的集會，還把信眾召集到自家。儘管這一學說不僅否定一切儀式和聖像，而且否定洗禮和聖餐等聖禮，但卡捷琳娜・伊萬諾夫娜伯爵夫人的所有房間裡，甚至連她的床鋪上方卻都掛有聖像，她也履行教會規定的一切義務，並不認為這兩者間有任何矛盾。

「你那位抹大拉要是能聽聽他的談話就好了，她一定會轉性的。」伯爵夫人說，「你今晚一定要待在家裡。你聽聽他的談話。這個人了不起。」

「我不感興趣，ma tante。」

「我對你說，很有意思的。你一定要回來。喂，你說，你還要我做什麼？Videz votre sac.（法文：全都說出來。）」

「還有一件要塞裡的事。」

「要塞？好吧，我可以寫封信讓你帶給克里格斯穆特男爵。C'est un très brave homme.（法文：這是個很值得尊重的人。）你自己也認識他。他是你父親的戰友。Il donne dans le spiritisme.（法文：他迷上了招魂術。）不過這沒什麼。他很善良。你要去那裡幹什麼？」

「請求他們准許一位母親探視關在那裡的兒子。可是我聽說，這事不歸克里格斯穆特管，而歸切爾維揚斯基管。」

「切爾維揚斯基我可不喜歡，不過他是Mariette（法文：瑪麗埃塔）的丈夫。可以問問她。她會為我辦的。Elle est très gentille.（法文：她人很可愛。）」

「還要為一個婦人求求情。她坐了好幾個月的牢，卻誰也不知道她坐牢的原因。」

「不會的，她自己肯定知道原因。他們都一清二楚。這些陰陽頭，都是罪有應得。」

「我們不知道他們是不是罪有應得。可是他們在受苦。您是基督徒，您相信福音書，可是您卻這麼沒有同情心……」

「這毫不相干。福音書歸福音書，討厭的東西歸討厭的東西。對那些虛無主義者，主要是那些剪了短髮的女虛無主義者，我如果在忍受不了他們的時候還假裝喜歡他們，那就會更糟。」

「您為什麼忍受不了女虛無主義者呢？」

「在三月一號皇上遇刺之後你還要問為什麼嗎？」

「她們也不都是三月一號事件的參與者啊。」

「還不是一樣，她們幹嘛要管閒事呢？這可不是女人家的事。」

「可是比如Mariette，您就認為她可以管閒事。」聶赫留多夫說。

「Mariette？Mariette是Mariette。但這麼一位天曉得是什麼人的哈爾秋普金娜，卻想來教訓所有人。」

「不是教訓，她們是想幫幫老百姓。」

「沒有她們，大家也知道該幫誰、不該幫誰。」

「可是老百姓的確很苦。我剛從鄉下來。難道農民就該做得要死要活也吃不飽飯，為的是讓我們過著窮奢極欲的生活嗎？」聶赫留多夫說道，姨媽的好心腸使他不由自主地願意對她和盤托出自己的思想。

「你是想讓我也去下田，什麼也別吃？」

「不，我不想讓您不吃飯，」聶赫留多夫答道，不由自主地笑了，「我只是希望我們大家都做事，我們大家都有飯吃。」

姨媽再一次皺起眉頭，垂下眼睛，好奇地盯著他看。

「Mon cher, vous finirez mal.（法文：親愛的，你是不會有好下場的。）」

「為什麼？」

就在這時，一位身高體闊的將軍走進房間。他就是恰爾斯卡婭伯爵夫人的丈夫，一位退休大臣。

「啊，德米特里，你好！」他說道，同時伸出刮得精光的面頰要與聶赫留多夫貼臉，「什麼時候到的？」

他又默默吻了妻子的額頭。

「Non, il est impayable（法文：不，他這個人無與倫比），」卡捷琳娜．伊萬諾夫娜對丈夫說道，「他要我去河邊洗衣服，要我只吃馬鈴薯。他是個可怕的傻瓜，但他有事求你，你還是給他辦一下。這個可怕的傻瓜，」她又重複一遍，「你聽說了嗎？據說卡緬斯卡婭的情況很糟，大家怕她撐不下去，」她對丈夫說，「你最好去看看她。」

「是啊，這很可怕。」丈夫說。

「好吧，你們去談談，我要寫信了。」

聶赫留多夫剛剛走進客廳旁邊的房間，伯爵夫人又把他喊了回來：

「要給Mariette寫信嗎？」

「請寫一封，ma tante。」

「那我就留en blanc（法文：一塊空白），你把那短髮女人的事寫上去，她再讓她丈夫去辦。他會辦的。你也別以為我心狠。她們——你的那些protégées（法文：被保護人），全都很可惡，可是je ne leur veux pas de mal（法文：我並不希望她們遭殃）。上帝保佑她們！好吧，你去吧。晚上一定回家。

你聽聽吉澤威特的話。我們一起禱告。只要你不反對，ça vous fera beaucoup de bien（法文：這會對你大有好處的）。我知道，愛琳和你們一家在這方面都很落後。那就再見吧。」

15

伊萬・米哈伊洛維奇伯爵是退休大臣，一位信念十分堅定的人。

伊萬・米哈伊洛維奇伯爵自年輕時便堅信，一如鳥兒天生要吃蟲，要身披羽毛在空中飛翔，他也天生要吃由名廚師烹調出來的貴重食物，要穿最舒適、最貴重的衣服，要乘坐最舒適、最快速的馬車，因此這一切都得事先替他備好。此外，伊萬・米哈伊洛維奇伯爵還認為，他從國庫領取的各種薪俸越多越好，他獲得的包括鑽石獎章在內的各種勛章越多越好，他與皇室男女見面和交談的機會也越多越好。與這些基本信條相比，其餘一切在伊萬・米哈伊洛維奇看來均一錢不值，毫無意思。其餘的一切都可以這樣，也完全可以那樣。帶著這一信念，伊萬・米哈伊洛維奇在彼得堡生活和活動了四十年，四十年一滿便爬上了大臣的高位。

伊萬・米哈伊洛維奇伯爵藉以爬上高位的主要原因在於：首先，他能看懂書面文件和法律條文，也能起草通俗易懂的文件，雖說文字不太流暢，但沒有錯別字；第二，他相貌堂堂，在必要的場合不僅能擺出一副驕傲模樣，還能顯得高不可攀，威嚴莊重，而在另一些場合則能卑躬屈膝到肉麻和卑賤的地步；第三，他沒有任何一貫的原則或規則，無論在個人道德方面還是國家事務方面，因此如果需要，他可以贊同所有人，也可以反對所有人。他如此行事，盡量保持平穩的調性，不顯露他的自相矛盾，至於他的行為本身是否有道德、他的行為會給俄羅斯帝國或整個世界帶來最大的幸福還是造成最大的危害，他完全無動於衷。

他當上大臣後，不僅所有依附他的人（依附他的人和親信非常之多），而且所有旁觀者，甚至連他自己，全都堅信他是一位十分有智慧的政治家。但一段時間過後，他毫無建樹、能力平庸，當另一些像他一樣也學會了撰寫和理解公文的人，那些相貌堂堂、沒有原則的官吏，根據物競天擇原理將他排擠出去，他只得退休。這時所有人才明白，雖說他十分自負，但他不僅不是特別睿智、深思熟慮，還目光如豆、缺乏教育，其觀點勉勉強強達到最庸俗的保守派報紙的社論水準。原來，他與那些將他排擠出去的缺乏教育、十分自負的其他官吏並無任何區別。他自己對此也心知肚明，但這絲毫也動搖不了他的信念，即他依然應該每年自國庫領取大量錢財，為自己的禮服謀求新的裝飾性勳章。這一信念如此堅定，以至於無人敢拒絕他的這些需求，於是，他仍舊每年領取薪俸，這些錢有些是退休金，有些是酬金。因為他是國家最高機構的委員、是多個委員會的主席，每年有數萬盧布進帳，此外，他每年都會得到他十分珍重的新的權利，可以把新的絲帶縫在他的肩章和褲縫上，在燕尾服上別上新的綬帶和琺瑯勳章。其結果，這位伊萬·米哈伊洛維奇伯爵便有了很廣的交際圈。

伊萬·米哈伊洛維奇伯爵聽著聶赫留多夫的話，一如他從前聽取事務主管的報告。聽完之後他說，他將為聶赫留多夫寫兩封信，其中一封給參政院上訴局的參政官沃爾夫。

「大家對他的評價五花八門，但 dans tous les cas c'est un homme très comme il faut（法文：他畢竟

是個十分正派的人），」他說道，「他很感激我，他會盡力而為的。」

伊萬・米哈伊洛維奇的另一封信寫給上訴委員會中一個很有影響力的人士。聶赫留多夫說給他聽的費多西婭・比留科娃一案，他很感興趣。當聶赫留多夫說想給皇后寫封信，他就說這個案子的確很感人，他有機會見到皇后時提一提，但他不能保證能有機會，讓上訴書走正常程序吧。他認為，如果有機會，他在週四被召去參加petit comité（法文：小型聚會）時，他可能會說說此事。

拿到公爵寫的兩封信以及姨媽寫給Mariette的信，聶赫留多夫立即起身前往這幾個地方。

他首先去見Mariette。他認識她的時候，她還是一個並不富裕的貴族家庭的少女，他知道她後來嫁給一位官運亨通的人。他聽說她丈夫十分惡劣，主要是聽說，那個人對成千上萬的政治犯心狠手辣，折磨政治犯成了他的專門職責。因此，聶赫留多夫像往常一樣感到心裡很難受，為了幫助被壓迫者，他就必須來到壓迫者一邊，似乎在承認壓迫者的行為是合法的，因而才請求這些人對他們習以為常、卻可能毫無覺察的殘忍稍有節制，而且這節制的殘忍也只是針對幾個特定對象。在這種情況下，他總是會感覺到內心的矛盾和對自己的不滿、感覺到猶豫，不知該不該去求情，但他總是決定去求情。問題在於，去找這位Mariette和她的丈夫，這對他而言並不自在，又覺羞恥和反感，然而這卻又可能讓那位在單人囚室遭受折磨的不幸女子被釋放，讓她和她的親人不再受苦。他覺得自己這求情者的身分有些虛偽，他向這些人求情，但他已不再視這些人為自己人，而他們卻依然視他為自己人。此外，在這個圈子裡，他感到自己又步入了先前習慣的軌道，不由自主地受到這個圈子裡盛行的不道德輕浮風氣的影響。在卡捷琳娜・伊萬諾夫娜姨媽那裡他即已感覺到這一點。今天早晨在與她談論那些最嚴肅的話題時，他就帶有開玩笑的口吻。

總之，他久違的彼得堡給他留下的印象一如既往，即肉體的刺激和精神的麻痹。一切都整潔舒適、盡善盡美，更重要的是，大家在精神上需求甚少，生活因而顯得特別輕鬆。

一位漂亮乾淨、彬彬有禮的車夫駕著馬車，拉著他沿著水洗過的漂亮乾淨的馬路，經過一個個彬彬有禮、漂亮乾淨的警察和一幢幢漂亮乾淨的房屋，來到濱河街上Mariette所住的樓房前。

入口處站著兩匹被罩上眼罩的英國馬，一位像是英國人的車夫坐在駕座上，落腮鬍子覆蓋了一半的臉頰，他身穿制服，手持馬鞭，一副傲慢的神情。看門人的制服非同尋常的整潔，他打開通向前廳的門。那裡站著一位制服更為整潔、負責送往迎來的僕人，他的落腮鬍子梳得整整齊齊。還有一位值班的勤務兵，他身著嶄新乾淨的軍裝，戴著佩刀。

「將軍現在不接待客人。將軍夫人也不會客。他們馬上就要出門。」

聶赫留多夫遞上卡捷琳娜．伊萬諾夫娜伯爵夫人的信，然後掏出自己的名片，走到擺有訪客留言簿的小桌旁，在留言簿上寫了起來，說他來訪不遇，甚為遺憾。就在這時，僕人走到樓梯旁，看門人走到門口，大喊一聲：「把車趕過來！」勤務兵挺直身體，兩手緊貼褲縫，一動也不動，目送著身材不高、身體清瘦的太太走下樓梯，太太下樓的步伐很匆忙，與她的莊重身分並不相稱。

Mariette頭戴一頂飾有羽毛的大帽子，身穿黑色連衣裙，披著黑色斗篷，戴著黑色手套，面部蒙著面紗。

看見聶赫留多夫，她撩起面紗，露出十分可愛的臉龐，現出亮晶晶的眼睛，她疑惑地看了他一眼。

「啊，德米特里．伊萬諾維奇公爵！」她用歡快動聽的聲音說道，「我要是知道……」

「您居然還記得我的名字？」

「怎麼會不記得呢？我們姊妹倆還愛過您呢，」她這句話是用法文說的，「可是您變化太大了。哎呀，真遺憾，我要出門。不然，我們一起回樓上去……」她說著，猶豫不決地停下腳步。

她看了一眼牆上的掛鐘。

「不，不行了。我要去卡緬斯卡婭家參加追思會。她傷心死了。」

「卡緬斯卡婭怎麼了？」

「您還沒聽說嗎？……她兒子在決鬥中被打死了。跟波津決鬥。獨生子。太可怕了。這位母親傷心死了。」

「是的，我聽說了。」

「不，我還是要去，您明天再來吧，或者今天晚上來。」她說著，邁著輕盈的腳步走向大門。

「我今天晚上不行，」他答道，與她一同走到門前臺階上，「但我找您有事。」他說道，看著被牽到臺階前的兩匹棗紅馬。

「什麼事？」

「我姨媽為這事寫了一封信，」聶赫留多夫說著，遞給她一個印有花體字的窄信封，「您看了就明白了。」

「我知道，卡捷琳娜．伊萬諾夫娜伯爵夫人以為我在公事上能影響我丈夫。她想錯了。我什麼也過問不了，也不想過問。不過當然，為了伯爵夫人和您，我是情願破例的。什麼事呢？」她說道，用戴著黑手套的纖手裝模作樣地摸了摸口袋。

「有個姑娘被關進要塞，她有病，也沒犯什麼罪。」

「她叫什麼名字？」

「舒斯托娃。莉季婭・舒斯托娃。信上寫了。」

「好吧，我試試。」她說著，輕盈地鑽進軟席彈簧馬車，馬車兩側車體的漆面在陽光下閃閃發光，她撐開一把陽傘。僕人坐上駕座，給車夫做了一個出發的手勢。馬車動起來，但就在此時，她用陽傘碰了碰車夫的後背，那兩匹漂亮的細皮英國馬於是被勒住籠頭，牠們蜷縮起漂亮的腦袋站下來，不停地倒著細細的馬腿。

「您一定要來啊，但是請您不是為了某種利益而來。」她說道，露出一個微笑，她深知這個微笑的魅力，然後，她就像表演結束後放下帷幕那樣放下了面紗。「好了，我們走吧。」她又用陽傘碰了碰車夫。

聶赫留多夫提了提頭上的帽子。兩匹純種的棗紅馬打著響鼻，馬掌敲打著路面，馬車迅速動起來，嶄新的輪胎在路上的坑窪處輕輕地顛簸幾下。

16

想起自己和Mariette的相視一笑，聶赫留多夫搖了搖頭。

「稍不留神，又會重新落入這樣的生活。」他想道，他又體驗到那種矛盾和困惑，他在不得不求助於那些他並不尊重的人時便會產生這種感覺。為了不來回轉圈，聶赫留多夫想了想該先去哪裡、後去哪裡，於是他首先去了參政院。他被帶進辦公廳，他在這富麗堂皇的地方看到大批彬彬有禮、服裝整潔的官吏。

有官員告訴聶赫留多夫，瑪絲洛娃的上訴書已經收到，並交參政官沃爾夫審閱和呈報，聶赫留多夫恰好帶著姨丈寫給這位參政官的信。

「參政院本週有一次會，但瑪絲洛娃的案件未必能上這次會。不過如果找找人，也有可能安排在本週，在週三。」一位官吏說。

在參政院辦公廳等著開證明的時候，聶赫留多夫又聽到了關於那場決鬥的議論，聽到官吏在詳細談論年輕的卡緬斯基被打死的經過。在這裡，他首次獲悉這個轟動整個彼得堡的事件之詳情。事情是這樣的，幾個年輕軍官在飯館吃牡蠣，他們和平常一樣喝了很多酒。一名軍官對卡緬斯基在其中服役的那個團隊說了些不好聽的話，卡緬斯基便稱那人是說謊大王，那人打了卡緬斯基。第二天，兩人決鬥，卡緬斯基腹部中彈，兩小時後死去。凶手和兩位決鬥助手均被逮捕，但是據說，他們雖然被關進禁閉室，不過兩週後便會獲釋。

聶赫留多夫離開參政院辦公廳，前往上訴委員會拜見在該委員會很有影響力的官員沃羅比約夫男爵，男爵在公家的樓房裡占有一處富麗堂皇的寓所。看門人和僕人一臉嚴肅地對聶赫留多夫說，男爵除接待日外概不會客，今天他在皇上那兒，明天還要去彙報。聶赫留多夫遞上信，便去見參政官沃爾夫。

沃爾夫剛吃完早餐，為幫助消化，他照例抽著菸在房間裡踱步，同時接見聶赫留多夫。弗拉基米爾・瓦西里耶維奇・沃爾夫的確是個 un homme très comme il faut（法文：十分正派的人），他把自己的這一品性看得高於一切，也從這一品性的高度居高臨下地看待其他所有人。他也不可能不看重這一品性，因為正是由於這一品性他才官運亨通，得到他想要的官位。也就是說，他透過婚姻獲得一筆財產，每年有一萬八千盧布的收入，他又藉由自己的努力獲得了參政官的位置。他認為自己不僅是個 un homme très comme il faut，而且還是一個具有騎士榮譽的人。他所謂的騎士榮譽是指，他從不接受人家的私下賄賂。至於他向國庫索要各種差旅費、車馬費和租房補貼，他為此而奴隸般為政府效勞，無論政府向他提出何種要求，他卻不認為這有損名譽。他在波蘭王國擔任一個省的省長時，曾鎮壓數以百計無辜的人，使他們傾家蕩產，把他們關押起來和流放，原因僅在於他們忠於自己的人民、忠於祖先的宗教，他在這樣做的時候不僅不認為自己名譽受損，還認為這是高貴、勇敢和愛國的壯舉。他把愛他的妻子以及小姨子的財產據為己有，他也同樣不認為這有損名譽，相反，他認為這是家庭生活的合理方式。

弗拉基米爾・瓦西里耶維奇的家庭生活由下列成員構成：他那個沒有個性的妻子；他的小姨子，他把小姨子的財產也捏在自己手心，他賣掉小姨子的莊園，把錢存在自己名下；還有一個溫順膽怯、相貌平平的女兒。女兒過著單調沉重的生活，其消遣便是近來加入福音教派，經常參加 Aline 家和卡捷琳娜・伊萬諾夫娜伯爵夫人家的聚會。

弗拉基米爾・瓦西里耶維奇的兒子原本是個心地善良的孩子。十五歲時就長出了鬍子，從那時起他就開始喝酒，過起放蕩生活，一直過到二十歲，然後被趕出家門，原因是哪個學校他也無法讀到畢業，他與狐朋狗友廝混，到處借錢，敗壞父親聲譽。父親有一次替兒子還債兩百三十盧布，另一次又還了六百盧布，但他對兒子說這是最後一次，如果兒子不改邪歸正，他就要把兒子趕出家門，斷絕父子關係。兒子不僅沒有改邪歸正，反而又欠下一千盧布債務，他還對父親說，他在家裡原本就活得很難受。於是，弗拉基米爾．瓦西里耶維奇向兒子宣布，他想去哪裡就去哪裡，他已不再是他的兒子。從那時起，弗拉基米爾．瓦西里耶維奇就做出一副沒有兒子的模樣，家裡人誰也不敢對他提起兒子。弗拉基米爾．瓦西里耶維奇則堅信，他已經用最好的方式安排好了自己的家庭生活。

沃爾夫面帶親切而略有幾分嘲諷的微笑。這是他的一貫方式，這是意識到自己比大多數人都更優越時不由自主流露出的神情，他停下他的辦公室踱步，與聶赫留多夫寒暄幾句，看了那封信。

「您請坐，請原諒，我要走一走，如果您不介意的話。」他說著，將雙手插進上衣口袋，邁著輕盈的腳步，在風格簡潔的大辦公室裡沿對角線踱起步來。「非常高興認識您，當然，也非常高興為伊萬．米哈伊洛維奇伯爵效勞。」他說著，吐出香噴噴的青煙，小心翼翼地從嘴邊挪開雪茄，以免菸灰掉落。

「我只求盡快重審這個案件，因為被告如果要去西伯利亞，還不如早點去。」聶赫留多夫說道。

「是啊，是啊，可以坐頭幾班輪船從下諾夫哥羅德走，我知道。」沃爾夫帶著他那還就的微笑說道，他總是事先就知道別人要對他說什麼，「被告姓什麼？」

「瑪絲洛娃……」

沃爾夫走到桌邊，看了一眼卷宗夾裡的一份文件。

「不錯，不錯，瑪絲洛娃。好的，我去問一下幾位同事。我們週三重審這個案子。」

「我可以拍電報通知律師嗎？」

「您還有律師？幹嘛要請律師？不過您要是願意，就通知他吧。」

「上訴的理由可能不太充分，」聶赫留多夫說，「不過我認為，根據卷宗能看出來，判決是出於誤會。」

「是啊，是啊，這有可能，但參政院不會審理案件的性質，」弗拉基米爾・瓦西里耶維奇盯著菸灰，嚴肅地說道，「參政院只負責監督法律的運用和解釋是否正確。」

「我覺得這是一個特殊案件。」

「我知道，我知道。所有的案件都很特殊。我們會照章辦事的。就這樣吧。」菸灰還掛在那裡，但已裂開一道細縫，隨時可能掉落，「您很少來彼得堡吧？」沃爾夫說道，他舉著雪茄，為了不讓菸灰掉下來，菸灰搖搖欲墜，於是沃爾夫小心翼翼地將菸灰移近菸灰缸，菸灰立刻跌落進菸灰缸，「卡緬斯基事件真可怕啊！」他說，「一個很好的年輕人。獨生子。母親尤其不好受。」他說道，幾乎逐字逐句重複著彼得堡所有人此時談論卡緬斯基時所說的話。

弗拉基米爾・瓦西里耶維奇還談到卡捷琳娜・伊萬諾夫娜以及她對新宗教派別的迷戀，弗拉基米爾・瓦西里耶維奇對這一新宗教流派既不譴責也不推崇，但他既然十分正派，這種新流派對他而言便屬多餘。他按了按鈴。

聶赫留多夫起身告辭。

「如果您方便，請來吃飯，」沃爾夫說著，伸過手來，「週三來也可以。我屆時給您一個明確答覆。」

天色已晚，聶赫留多夫趕回家去，也就是去了姨媽家。

17

卡捷琳娜·伊萬諾夫娜伯爵夫人家七點半開飯，上菜的方式很新穎，聶赫留多夫還未見過。僕人把食物端上桌，便立即退下，讓用餐者自取飯菜。男人不願讓女士因多餘的動作而受累，作為男子漢，便勇敢地承擔起為女士夾菜斟酒的所有重任。當一道菜吃光，伯爵夫人會按一下桌上的電鈴，僕人便悄無聲息地走進來，迅速換一套餐具，再端上下一道菜。飯菜十分精緻，酒也很好。在燈火通明的大廚房裡，一位法國廚師和兩位身穿白外衣的助手在忙著。用餐的人共有六位：伯爵、伯爵夫人、他們的兒子——一位兩肘支在桌上的愁眉不展的近衛軍軍官、聶赫留多夫、一位法國女朗誦演員，還有從鄉下來的伯爵家的管家。

席間也談到那場決鬥。大家言及皇上對此事的態度。眾所周知，皇上很為死者的母親感到傷心，於是所有人便都為死者的母親感到傷心。但由於眾所周知，皇上儘管深表哀悼，卻不願嚴厲對待那位捍衛軍服榮譽的凶手，於是所有人便都很遷就那位捍衛軍服榮譽的凶手。只有卡捷琳娜·伊萬諾夫娜伯爵夫人天性自由，她表達了對凶手的譴責。

「喝得爛醉，又殺死正派的年輕人，這我無論如何也不能原諒。」她說道。

「這我就聽不明白了。」伯爵說。

「我知道，你從來不明白我說的話，」伯爵夫人又轉身對聶赫留多夫說，「大家都明白，就是我家老頭子聽不明白。我是說，我很可憐那位母親，我也不願意那個人殺了人還洋洋得意。」

這時，一直沉默不語的兒子開始為凶手開脫、反對母親。他相當無禮地向母親證明，那名軍官別無選擇，否則其他軍官會紛紛指責他，讓他在隊裡待不下去。聶赫留多夫聽著，並未插話，他也當過軍官，儘管他並不認可年輕的恰爾斯基說出的理由，卻能理解。但與此同時，他也在把這位殺死他人的軍官與他在監獄裡見到的那個漂亮的年輕囚犯作比，後者因在鬥毆中打死人而被判服苦役。這兩人均因醉酒而成了殺人凶手。那個農夫因為一時衝動殺了人，他於是被迫離開妻子、家庭和親人，被釘上鐐銬，剃了陰陽頭，要去服苦役；而這個軍官則待在漂亮的禁閉室裡，吃著美食，喝著好酒，看看書，一兩天後就會獲釋，還會像以前一樣過日子，只是會成為一個特別受人青睞的人。

他把他的這些想法說了出來。卡捷琳娜·伊萬諾夫娜伯爵夫人一開始贊同外甥的話，後來卻沉默不語了，其他人也都不說話，聶赫留多夫這才感覺到，他說這些話像是做了件不體面的事。

晚上，吃完飯後不久，大廳裡像是安排演講場所那樣擺上好幾排雕花高背椅，桌子前面擺有一張扶手椅和一個小茶几。茶几上擺著一個長頸水罐，是為布道者準備的，大家趕來聚會，途經此地的外國人吉澤威特要在這裡布道。

大門口停著一輛輛奢華的馬車。陳設奢華的大廳裡坐著許多太太，她們身著綾羅綢緞，頭戴假髮，緊束腰身，領口和袖口滾著花邊。太太之中坐著一些男人，有軍人也有文官，還有五個老百姓，即兩個守院人，小鋪掌櫃、僕人和車夫各一位。

吉澤威特是一位健壯的白髮人，他說英語。一位戴 **pince-nez** 的瘦削的年輕姑娘擔任翻譯，她譯得很好，速度很快。

他說道，我們的罪孽十分深重，為此受到的懲罰也將十分嚴重，無法避免，世人不能生活在對這一懲罰的等待中。

「各位親愛的兄弟姊妹，我們只要想一想我們自己，想一想我們自己的生活，想一想我們是怎麼做事的，怎麼生活的，怎麼觸怒了仁慈的上帝，強迫基督去受難，我們就會明白，我們得不到寬恕，我們沒有出路、沒有救贖，我們全都註定滅亡。滅亡是可怕的，永恆的苦難在等待我們。」他用顫抖、哭泣的嗓音說道，「怎樣獲救呢？各位兄弟！怎樣才能逃脫這可怕的火海呢？大火已經包圍房子，沒有出路。」

他沉默片刻，他的臉頰上流淌著真真切切的淚水。七八年來，每當他宣講他十分鍾愛的這一話題，只要講到這個地方，他便會準確無誤地感到喉頭痙攣、鼻子發酸，淚水便從眼中流淌出來。這淚水還會讓他自己越發感動。房間裡響起慟哭。卡捷琳娜・伊萬諾夫娜伯爵夫人坐在一張拼花桌面的茶几前，雙手撐著腦袋，肥胖的肩膀不停地顫抖。車夫驚恐地看著這個外國人，似乎他趕的車馬上就要撞上這個外國人了，但對方並不避讓。多數人的坐姿與卡捷琳娜・伊萬諾夫娜伯爵夫人相同。沃爾夫那位長得很像父親的女兒身著時尚的連衣裙，她雙手捂臉，跪在那裡。

演講者突然舒展開臉龐，擠出一個表情，這表情很像真正的微笑，演員常用這樣的微笑來表達歡樂，他用甜蜜溫柔的嗓音說了起來：

「救贖是有的。這救贖是輕鬆愉快的。這救贖就是上帝的獨生子為我們流出的血，他為了我們而去受苦受難。他的苦難和他的鮮血拯救了我們。各位兄弟姊妹，」他再次用含淚的聲音說道，「我們要感激上帝，他獻出他的獨生子，為人類贖罪。他神聖的血……」

聶赫留多夫覺得很噁心，於是悄悄站起身，皺皺眉頭，忍住鑽心的羞愧，踮著腳走回自己的房間。

18

第二天，聶赫留多夫剛穿好衣服準備下樓，僕人便給他送上那位莫斯科律師的名片。律師因他自己的事前來彼得堡，但同時也是為了參加參政院的瑪絲洛娃案件聽證會，如果聽證會能很快舉行的話。他錯過了聶赫留多夫拍給他的電報。聽聶赫留多夫說瑪絲洛娃案件的聽證會將要舉行、有哪些參政官將會出席，律師笑了一下。

「三種類型的參政官恰好都有，」他說道，「沃爾夫是彼得堡官吏，斯科沃羅德尼科夫是法學家，貝則是做實務工作的司法界人士，因此比其他人更靈活些，」律師說，「希望主要寄託在他身上。上訴委員會那邊情況怎麼樣呢？」

「我現在就去見沃羅比約夫男爵，昨天沒見到他。」

「您知道沃羅比約夫男爵這個爵位是怎麼來的嗎？」律師說著，他發覺聶赫留多夫在說出「沃羅比約夫男爵」這個由道地的俄國人姓氏和外國爵位名稱構成的組合時有點滑稽，便做出了回應，「這個爵位是沙皇保羅因為什麼事而賜給他爺爺的，他爺爺好像是個低級侍從，不知怎麼讓沙皇高興了，沙皇就讓他成了男爵，聖旨難以違抗，於是就有了這麼一位沃羅比約夫男爵。他為此驕傲。他其實是個大騙子。」

「我這就去見他。」聶赫留多夫說。

「太好了，我們一起走吧。我拉您過去。」

聶赫留多夫正要出門，卻在門廳裡遇見一位僕人，他遞上Mariette寫來的一封信：

「Pour vous faire plaisir, j'ai agi tout à fait contre mes principes, et j'ai intercédé auprès de mon mari pour votre protégée. Il se trouve que cette personne peut être relâchée immédiatement. Mon mari a écrit au commandant. Venez donc бескорыстно. Je vous attend. M.」

（法文：「為了使您滿意，我破天荒地為您的事求我丈夫幫忙。其結果，此人將被立即釋放。我丈夫已給要塞司令去信。因此，您還是來一趟吧。等著您。瑪。」）

「一向如此。不過，您至少獲得了想要的結果。」

「是的，然而這種成功反倒讓我傷心。這麼看來，那邊的事情到底是怎麼回事？他們幹嘛要抓她呢？」

「這種事最好不要深究了。好吧，我送您過去。」律師說，此時他倆已出門來到臺階上。律師租用的那輛漂亮馬車駛近臺階，「您是去見沃羅比約夫男爵吧？」

律師告訴車夫去哪裡，於是，幾匹駿馬很快便將聶赫留多夫送至那位著名男爵的家。男爵在家。進門後的第一個房間裡有一個身穿文官制服的年輕官員，他脖子很長，喉結突出，他走路的姿勢特別輕盈，屋裡還有兩位女士。

「您貴姓？」喉結突出的官員邁著特別輕盈優雅的腳步離開兩位女士，走到聶赫留多夫身邊問道。

聶赫留多夫報上姓名。

「男爵說起過您。您稍候！」

年輕的官員走進虛掩的門，從屋裡領出一位滿面淚痕、身穿喪服的太太。這位太太用瘦削的手指放下揉皺的面紗，以掩飾淚痕。

「您請。」年輕的官員對聶赫留多夫說，他腳步輕盈地走到辦公室門口，推開門，自己則站在門口。聶赫留多夫走進辦公室，看到一位中等身材的壯實男人，他頭髮理得很短，身穿常禮服，坐在大寫字臺旁的扶手椅裡，神情愉悅地看著前方。在白色鬍鬚的映襯下，他那張和善的紅臉龐尤其醒目，見到聶赫留多夫，他的臉上現出親切的笑容。

「非常高興見到您，我和您母親是老相識、老朋友。我見過您，在您還小的時候，在您後來當軍官的時候也見過。好吧，請坐，您說說我能幫您什麼忙。是啊，是啊，」在聶赫留多夫向他談起費多西婭的事情時，他不斷搖著他那一頭白髮理得很短的腦袋，說道，「您說，您說，我都明白；是啊，是啊，這件事的確感人。那麼，您遞交上訴書了嗎？」

「上訴書我準備好了，」聶赫留多夫說著，從口袋裡掏出上訴書，「可是我想求您，希望這個案子能特別受到重視。」

「您做得很好。我一定親自稟報。」男爵說道，他神情愉悅的臉上很不協調地做出同情的模樣，「非常感人。顯然，她還是個孩子，丈夫對她很粗暴，她不喜歡他，後來過了一段時間，他們又愛上了……好的，我一定稟報。」

「伊萬·米哈伊洛維奇伯爵說他想去求求皇后。」

聶赫留多夫這句話還沒說完，男爵的臉色就變了。

「不過，您把上訴書送去辦公廳吧，我會盡力而為的。」他對聶赫留多夫說。

這時，那位顯然一直在炫耀其步態的年輕官員走進屋來。

「那位太太還有幾句話要說。」

「請她進來。唉，**mon cher**（法文：老弟），在這裡要看到多少眼淚啊，但願能擦乾這所有的眼淚！盡力而為吧。」

那位太太走進屋來。

「我忘了求求您，別讓他賣掉女兒，要不他……」

「我說過我會辦的。」

「男爵，看在上帝分上，請您救救我這個做母親的吧。」

她抓起男爵的一隻手，吻了起來。

「一切都會辦妥的。」

太太進門後，聶赫留多夫便起身告辭。

「我們盡力而為。我們聯繫一下司法部。他們會答覆我們，屆時我們再盡力而為。」

聶赫留多夫走出辦公室，來到辦公大廳。在這裡和在參政院一樣，他在富麗堂皇的場所再次看見許多富麗堂皇的官吏，他們衣著整潔，彬彬有禮，從服裝到談吐都很得體，一絲不苟。

「他們這些人真多啊，多得不可思議，他們飽食終日，他們的衣著和雙手如此整潔，他們的靴子如此鋥亮，而這一切都是誰做的呢？他們過得多麼舒服啊，別說囚犯無法與他們相比，就連鄉下人也與他們相差十萬八千里。」聶赫留多夫又不由自主地想道。

19

彼得堡囚犯的命運能否改變，全都取決於一個人，此人得過許多勛章，卻通常不戴，僅在扣眼裡別著一枚白色十字勛章，他戰功卓著，但據說已經老糊塗了，這位老將軍曾是德國的男爵。他曾在高加索服役，在那裡獲得這枚他特別鍾愛的十字勛章，原因是他率領剃掉鬍鬚、身穿軍裝、手持刺刀步槍的俄羅斯農夫殺死了千餘名捍衛自由、家園和親人的當地人。後來他在波蘭服役，又迫使俄羅斯農民犯下種種罪行，他卻為此又獲得勛章和軍服上的新裝飾。後來他還在什麼地方幹過，如今，已老態龍鍾的他又因為他目前所擔任的職位獲得了上好的住宅、薪俸和榮譽。他嚴格執行上面的指示，把執行指示看得無比重要。他認為上面的指示意義重大，認為世上的一切均可改變，唯獨上面的這些指示不可走樣。他的職責就是，把男女政治犯關進單人牢房，要讓這些人在十年之間死掉一半，一部分精神失常，一部分得肺結核病死去，一部分自殺，自殺的方式也各不相同：有人絕食，有人用碎玻璃割斷血管，有人上吊，有人自焚。

老將軍知道所有這一切，這一切都發生在他眼皮底下，但所有這些事都不能觸動他的良心，一如暴雨、水災等造成的災難也難以令他動情。所有這些事都是執行上面指示的結果，而上面的指示是以皇上的名義下達的，這些指示必須被執行，去考慮這些指示的後果因而便完全是徒勞無益的。老將軍也不允許自己考慮這些事情，他認為不多做思考就是軍人的愛國天職，以免在履行這些在他看來非常重要的職責時心慈手軟。

老將軍履行職責，每週一次巡視所有牢房，詢問囚犯有無要求。囚犯向他提出各種訴求。他心平氣和地聽著，不動聲色地沉默著，卻從未完成任何一項，因為所有訴求均不符合法律規定。

聶赫留多夫乘馬車來到老將軍住處時，塔樓頂部的大鐘清脆悅耳地奏出〈光榮屬於上帝〉的樂曲，之後是兩點報時。聽到這鐘聲，聶赫留多夫不由自主地想起，他曾在十二月黨人的札記中讀到，這每小時奏響一次的美妙音樂曾在那些被終身監禁的人心中引起怎樣的迴響。聶赫留多夫來到老將軍住宅門前時，老將軍正坐在幽暗會客室裡的一張拼花小桌前，與一個年輕人一起在紙上轉動一個小碟子。這年輕人是個畫家，是老將軍一個部下的兄弟。畫家那纖細溼潤、軟弱無力的手指與老將軍粗糙僵硬、滿是皺紋的手指相互糾纏，兩人的手顫抖著，一同扶著一隻倒扣過來的茶碟，在一張寫有字母表上所有字母的紙上滑動。小茶碟在回答將軍提出的問題，即人死後他們的靈魂如何相互辨認。

一位承擔僕人職責的勤務兵拿著聶赫留多夫的名片走進房間時，貞德的靈魂正在借助茶碟說話。貞德的靈魂已透過一個個字母的組合說出一句話：「它們會相互辨認。」這句話被記錄下來。勤務兵進屋時，茶碟在字母 п 上停了一下，接著是字母 о，然後走到字母 с 並停下來，在這個字母附近來回抖動。它之所以來回抖動，是因為在將軍看來，下一個字母應該是 л，也就是說，在將軍看來，貞德要說的話是：人靈魂的相互辨認只會發生在「之後」（после），在靈魂洗滌了塵世的一切罪孽之後，如此等等；畫家則認為，下一個字母應該是 в，貞德的靈魂是要說，人的靈魂將「依據光」（по свету）來相互辨認，依據靈魂那無形的軀體發出的光芒。將軍臉色陰沉地皺起白色的濃眉，目不轉睛地盯著兩雙手，把茶碟推向字母 л，並以為是茶碟自身在移動。把稀疏的頭髮撩在耳朵後面的臉色蒼白的年輕畫家，則用無神的藍眼睛盯著客廳幽暗的角落，神經質地囁動嘴唇，把茶碟推向字母 в。

見自己的事情被打斷，將軍皺皺眉頭，沉默片刻後拿起名片，戴上pince-nez，他一邊活動僵硬的指頭，一邊立起高大的身軀，寬闊腰部的疼痛讓他發出一聲呻吟。

「請他去辦公室吧。」

「大人，請允許我獨自把這事做完，」畫家站起身來說，「我感覺到了靈魂的存在。」

「好的，您做下去吧。」將軍果斷嚴厲地說道，然後邁動兩條筆直的腿，以果斷而又勻稱的闊步走向辦公室。「很高興見到您，」將軍用粗大的嗓門道出親熱的話語，用手指了指寫字臺旁的一把圈椅，請聶赫留多夫落座，「您來彼得堡很久了？」

聶赫留多夫說他剛到此地不久。

「公爵夫人、您的母親，她身體好嗎？」

「我母親已經去世了。」

「抱歉，非常遺憾。我兒子對我說，他見過您。」

將軍的兒子也像父親一樣熱衷仕途，軍校畢業後在偵查局服役，為能在那裡工作而倍感驕傲。他的工作就是指導諜報人員。

「是啊，我和您父親共事過。我們是朋友，是戰友。那麼，您現在在哪裡高就呢？」

「不，我沒在工作。」

將軍有些不屑地垂下頭去。

「我有事求您，將軍。」聶赫留多夫說。

「非……非……非常高興。我能幫上什麼忙呢？」

「如果我的請求不合適，請您見諒。但我不能不轉達這個請求。」

「什麼事？」

「你們關押了一個名叫古爾克維奇的人。他母親想和他見面，或者至少能轉交一些書給他。」

對於聶赫留多夫提出的問題，將軍既沒表示滿意，也未流露不滿，只是把腦袋垂向一側，皺著眉頭，像是在思考。他其實什麼也沒想，甚至對聶赫留多夫的問題毫無興趣，他清楚地知道，他可以依照法律對他做出回答。他只不過是在養神，什麼也沒想。

「您看，這事不取決於我，」他養了一會兒神，然後說道，「探監的事由最高指令決定，指令上說能見就能見。至於書本，我們這裡有圖書室，允許閱讀的書他們都能讀到。」

「是的，不過他需要一些學術著作，他想做些研究。」

「您別信這一套，」將軍沉默片刻，「這不是為了研究，這只是搗亂。」

「怎麼會呢？他們處境艱難，總得打發時間啊。」聶赫留多夫說。

「他們總是在抱怨，」將軍說，「我們可是瞭解他們的。」他說起那些人，就像是在說某種特殊的劣等人種。「他們在這裡條件不錯，這種條件在監禁場所是很少有的。」將軍繼續說道。

於是，他像是在為自己辯護，開始詳細描述這裡為犯人提供的各種舒適條件，似乎這一機構的主要目的就在於向犯人提供舒適的居住場所。

「從前的條件的確相當簡陋，但如今他們在這裡過得很好。他們每餐三道菜，總有一道肉，不是牛排就是肉餅。星期天他們還有第四道菜，也就是甜食。上帝保佑，讓每個俄國人都能吃到這樣的伙食。」

顯然，將軍像所有老人一樣，只要一說起老話來便會把重複多次的話再說一遍，以證明犯人的貪得無厭和忘恩負義。

「給他們的書有談宗教的，還有舊雜誌。我們有相關的藏書。不過他們很少讀書。他們起初似乎還有點興趣，但是後來，新書連一半都沒翻開過，舊書也沒人看。我們甚至做過一個試驗，」將軍帶著有些像是微笑的神情說道，「我們故意在書頁裡夾一張紙片，後來發現這紙片就一直留在那裡。也讓他們寫字，」將軍繼續說，「給他們石板，也給他們石筆，他們可以寫字消遣。他們可以擦了再寫。但他們還是不寫。不，他們很快就會徹底安靜下來的。他們只是剛開始有些急躁，後來甚至會發福，變得非常安靜。」將軍說道，並未意識到他的話裡有什麼可怕的含義。

聶赫留多夫聽著將軍蒼老嘶啞的聲音，看著他僵硬的四肢和白眉毛下無神的眼睛，看著那刮得光光、被軍服衣領托住的蒼老鬆弛的腮幫，看著這枚白色十字勳章。此人因這枚勳章而驕傲，他尤為驕傲的是，他是因為特別殘忍、殺人如麻而獲此勳章的。於是聶赫留多夫明白，去反駁他，向他說明他的話語之含義，均屬徒勞無益。但他仍強迫自己提出了另一請求，即為女犯人舒斯托娃求情，他如今得到消息，據說釋放她的命令已經下達。

「舒斯托娃？舒斯托娃……我記不住所有人的名字。他們真是太多了。」他說道，顯然在責怪他們的人滿為患。他按了一下鈴，吩咐手下讓辦事員過來。

在手下去叫辦事員的時候，將軍勸聶赫留多夫找份工作，他說，皇上特別需要誠實高貴的人，他認為自己亦屬此列。「祖國也需要。」他又加了一句，顯然只是為了美化言辭。

「我這麼老了，還在工作，竭盡所能。」

辦事員是個清瘦卻健壯的人，有一雙不安分的聰明眼睛，他進來報告，說舒斯托娃關押在一處奇特的要塞裡，尚未接到有關她的公文。

「我們一接到文件，當天就釋放她。我們不會多留他們的，我們並不特別看重他們的光顧。」將軍說著，又嘗試做出一個俏皮的微笑，但這笑容卻扭曲了他那張老臉。

聶赫留多夫站起身，努力克制自己，以免流露出他對這位可怕老人所懷有的厭惡與憐憫相互交織的神情。老人卻認為，他不能對自己老戰友的這個輕浮而顯然不走正道的兒子過於嚴厲，但也不能不對他加以開導。

「再見，親愛的，請別見怪，但我是愛您的，才這樣說話。您別跟關在我們這兒的這些人來往。他們全都罪有應得。這些人毫無道德感可言。我們太瞭解他們了。」他用不容置疑的口吻說道。他對此堅信不疑，並非因為這是事實，而是由於，如果這一切並非如此，他就不得不承認自己並非一位受人敬重、理應過著優越生活的英雄，而是一個出賣過良心、直到老年仍在繼續出賣良心的惡棍。「最好還是找份工作，」他繼續說道，「皇上需要正直的人……祖國也需要。」他又補充一句：「要是我和所有人都像您一樣不工作，那可怎麼辦？還能讓誰來工作呢？我們老是譴責現存制度，卻又不願幫幫政府。」

聶赫留多夫深深地歎一口氣，深深地鞠了一躬，握了一下那隻俯就地遞過來的瘦骨嶙峋的大手，走出房間。

將軍不滿意地搖搖頭，然後揉著腰走回客廳，畫家在客廳等將軍，他已記錄下從貞德靈魂得來的答案。將軍戴上pince-nez，讀道：「將依據無形軀體發出的光相互辨認。」

「啊，」將軍閉上眼睛，讚許地說道，「但如果所有軀體的光都一樣，又怎麼認得出來呢？」他問道，然後又與畫家十指交叉，在小桌旁坐下。

聶赫留多夫的車夫趕著馬車駛出大門。

「這裡真無聊啊，老爺，」他對聶赫留多夫說道，「我本來不想等您就走開的。」

「是啊，很無聊。」聶赫留多夫表示同意，他深深地呼吸著，靜靜地看著天上飄浮著的淡褐色雲朵，看著來來往往的大船小艇在涅瓦河上激起的閃亮波紋。

20

第二天，瑪絲洛娃的案子要被重審，聶赫留多夫於是趕往參政院。他在參政院大樓富麗堂皇的大門口遇見律師的馬車，此時門口已停有多輛馬車。沿著富麗堂皇的樓梯走上二樓，熟知此處路徑的律師走向左側一扇門，門上刻有一個年分數字，表示訴訟法開始實施的那一年。法納林在門後狹長的第一個房間裡脫下大衣，他自看門人處得知，參政官全都到了，最後一位也剛剛抵達，於是，法納林便僅著燕尾服，潔白的前胸繫著潔白的領帶，快樂自信地走進下一個房間。在這下一個房間裡，右側是一排巨大的壁櫥，後面有張桌子，左側是旋轉樓梯，一個身著文官制服、腋下夾著公事包、舉止優雅的官員此時正沿著樓梯往下走。房間裡，一位族長模樣的小老頭很引人注目，他留著花白的長髮，身著短上衣和灰色長褲，兩名職員十分恭敬地站在他身邊。

白髮小老頭走進巨大的壁櫥更衣，不見了身影。這時，法納林看到一位和他一樣也繫著白領帶、身穿燕尾服的同行，便立即與他熱烈攀談起來。聶赫留多夫則打量起房間裡的人。來旁聽的人有十五六個，其中有兩位太太，一位是戴pince-nez的年輕姑娘，一位是白髮老嫗。今天要重審的是一樁報刊誹謗案，旁聽者因此比平常多些，且主要來自新聞界。

一位面色紅潤的漂亮法警身著好看的制服，手拿一張紙走到法納林身邊，問他辦理哪樁案件，聽說是辦理瑪絲洛娃案件，他便記錄下來，然後走開。此時，壁櫥的門打開，族長模樣的小老頭從裡面走出來，但他已換下短上衣，穿上繡滿絲帶的制服，胸前掛滿亮閃閃的勛章，這身裝束使他看上去像一隻鳥。

顯而易見，這身可笑的裝束令小老頭自己也感到有些難堪，於是他便邁著比平時更快的腳步趕緊走進入口對面的那扇門。

「這人就是貝，一個極受尊重的人。」法納林對聶赫留多夫說道，然後又介紹聶赫留多夫與自己的同行認識，並談起這樁即將重審的案子，他認為此案很有意思。

此案的審理很快開始，聶赫留多夫與聽眾一起自左側進入審判大廳。他們所有人，包括法納林，走向柵欄後面的旁聽席，只有那位彼得堡律師走上前去，走向柵欄前面的寫字臺。

參政院的審判庭比地方法院的審判庭要小一些，陳設也更簡單，但它有一點顯得很突出，即參政官面前的長桌上鋪的不是綠色呢布，而是繡有金色絲帶的大紅絲絨。不過，審判場所總會見到的那些標誌物在此處也都一應俱全，如鏡子、聖像和皇上的肖像。此處也同樣有法警莊嚴地宣布：「開庭！」同樣是全體起立，同樣有身穿制服的參政官走進來，同樣在高背椅裡落座，同樣把手肘支在桌子上，竭力顯露出泰然自若的神情。

參政官共有四位。主席是尼基丁，他瘦削的臉龐剃得精光，有一雙灰色眼睛；沃爾夫意味深長地緊抿雙唇，用白皙的小手翻閱案卷；之後是斯科沃羅德尼科夫，他身體肥胖，臉有麻點，是個法學家；第四位就是貝，也就是那個族長長相的小老頭，他最後一個進來。與四位參政官一同出場的還有書記官和副檢察官，副檢察官是個年輕人，他中等身材，沒留鬍鬚，臉色黝黑，有一雙憂鬱的黑眼睛。儘管此人身穿奇特的制服，儘管聶赫留多夫已有六七年未見此人，但聶赫留多夫還是立即認出他來，他是自己大學時代的一個好友。

「副檢察官叫謝列寧嗎？」他問律師。

「是啊，怎麼啦？」

「我跟他很熟，他是個好人……」

「也是個不錯的副檢察官，很能幹。應該求他幫幫忙。」法納林說。

「他至少會憑良心辦事。」聶赫留多夫說道，想起他與謝列寧的親密關係和友誼，想起謝列寧純潔、誠實、正派的可愛性格，謝列寧才是實實在在的正派人。

「不過現在來不及了。」法納林小聲說道，並開始認真傾聽已經開始的案情報告。

開始審理的這樁案件是對高等法院之判決的上訴，因為高等法院維持了地方法院的判決結果。聶赫留多夫聽了起來，他努力想理解他眼前所進行的一切之含義。可是像在地方法院一樣，他主要的理解困難仍在於，大家所談的並非理應成為主題的東西，而完全是些細枝末節。此案涉及報上發表的一篇文章，這篇文章揭露了一家股份公司董事長的欺詐行為。應該討論的問題似乎是，股份公司的董事長是否竊盜了其股東的利益，為制止他的竊盜行為該如何行事。可是，這些問題均未涉及。大家只是在討論，根據法律，報社究竟有無刊登雜文之權利，他刊出雜文究竟犯下何罪，是誹謗還是誣陷，是帶有誣陷的誹謗，還是帶有誹謗的誣陷，此外，還提到一般百姓很少能懂的那些由某個總署制定的各種條款和決定。

聶赫留多夫能弄清楚的只有一點，即負責彙報此案的沃爾夫顯然偏向撤銷高等法院的判決，儘管他昨天曾鄭重其事地對聶赫留多夫說，參政院不可能介入審查案件的實質。而謝列寧則與他一向克制的性格完全不同，出人意料地激烈表達了其相反意見。一向克制的謝列寧表現出令聶赫留多夫驚訝的激烈態度，這也事出有因，因為他知道這位股份公司董事長是個撈髒錢的傢伙，而且他偶然得知，沃爾夫幾乎就在重審此案的前夜還參加了這位商人的豪華宴會。此刻，在沃爾夫彙報此案時，他儘管十分謹慎，卻顯然是偏袒一方的，謝列寧因此大為光火，便用對於一樁普通案件而言過於激烈的方式表達了自己的看法。他的話顯然傷害了沃爾夫，沃爾夫滿臉通紅，渾身哆嗦，默不作聲地做了一個驚訝的手勢，然後帶著十分自尊又備受屈辱的神情與其他幾位參政官一同走向休息室。

「您究竟是承辦哪樁案件的？」參政官剛一離去，法警又再次向法納林發問。

「我已經告訴過您了，是瑪絲洛娃案件。」法納林說。

「是這樣的。本案原定今天重審。可是……」

「可是什麼？」律師問道。

「請您注意，本案不再公開審理了，因為在宣布判決之後，參政官的諸位先生恐怕不會再出來了。但我會去通報的……」

「究竟是怎麼回事?……」

「我會去通報的,會去通報的。」法警在他那張紙上做了一個標記。

幾位參政官的確打算在宣布完誣陷案的判決之後不再步出休息室,一邊喝茶抽菸,一邊審理剩下的幾樁案件,其中也包括瑪絲洛娃案件。

21

參政官剛在休息室的桌邊落座,沃爾夫就開始非常激動地提出應該撤銷該案的各種理由。

首席參政官向來不懷好意,今天他的情緒又特別惡劣。他在案件審理時早已拿定主意,因而此刻坐在這裡並未去聽沃爾夫的話,而沉浸在自己的思緒中。他想道,他昨天在自己的回憶錄中寫下,那個他渴求已久的重要職位沒有給他,卻給了維里亞諾夫。首席參政官尼基丁完全真誠地相信,他對自己任職期間與之有過交往的各種一、二級官員所作的評判,都將成為十分重要的歷史素材。他昨天寫出一個章節,幾位一、二級官員在這一章裡受到嚴厲指責,因為他們像他描述的那樣,妨礙他去拯救俄國,使俄國擺脫當今統治者所導致的瀕臨滅亡的境地。而實際上,他們只是妨礙他獲得比當前更多的薪俸,他此刻在想,這一章將會讓後代子孫對這一事件有全新的看法了。「是的,當然。」他在回答沃爾夫的問話時答道，他並未聽沃爾夫說話。

神情憂鬱的貝卻在聽著沃爾夫的話，同時在面前的紙上畫一片花瓣。貝是一個道地的自由派，他神聖地堅守六〇年代的傳統，他如若偏離嚴格的公正立場，那也僅僅是為了維護自由派。因此在這一場合，貝的立場是駁回上訴，其原因不僅在於，這個控訴對方誹謗罪的股份公司董事長是個不乾淨的人，而且還因為，控訴報人誹謗的行為是對出版自由的壓制。待沃爾夫結束論述，貝尚未畫完他的花瓣，他面帶憂鬱。他之所以憂鬱，是因為這些老生常談還需要來論證，於是他便用柔和悅耳的聲音簡單通俗，卻毋庸置疑地說明了該上訴理由不充分，然後垂下白髮蒼蒼的腦袋，繼續畫花瓣。

斯科沃羅德尼科夫坐在沃爾夫對面，他一直在用粗大的指頭把大鬍子和唇鬚往嘴裡塞，待貝的發言結束，斯科沃羅德尼科夫立即停止咀嚼鬍鬚，用響亮刺耳的嗓音說道，儘管股份公司董事長是個大混蛋，但如果有法律依據，他還是支持撤銷原判，然而這樣的法律依據並不存在，因此他同意伊萬·謝苗諾維奇（也就是貝）的意見，他說著，感到很高興，因為他把沃爾夫給挖苦了一下。首席參政官也同意斯科沃羅德尼科夫的意見，於是此案的上訴被駁回。

沃爾夫很不高興，尤其是因為他那心懷鬼胎的偏袒似乎被人揭穿，於是他做出一副無動於衷的模樣，翻開接下來需要彙報的瑪絲洛娃案卷宗，讀了起來。參政官此時按了鈴，讓人送茶。他們談起一件事，這件事像卡緬斯基的決鬥一樣，此時也成為所有彼得堡人的話題。

當事者是一位司長，他觸犯《刑法》第九九五條，即同性戀罪，並被當場抓住，披露出來。

「真下流。」貝厭惡地說道。

「這有什麼不好的？我可以在我們的文學中給你們舉出一個德國作家的例子。他直截了當地說，這不應該被視作犯罪，男人跟男人也可以結婚。」斯科沃羅德尼科夫說道，他貪婪地、很享受地抽了一口夾在指根部的菸捲，並哈哈大笑起來。

「這不可能。」貝說道。

「我來說給你們聽。」斯科沃羅德尼科夫說，他道出了該書的全名，甚至出版年代和出版地點。

「聽說他被派往西伯利亞一個地方當省長了。」尼基丁說。

「太好了。主教會舉著十字架迎接他的。需要一個和他同類的主教。我倒可以給他們推薦一位。」斯科沃羅德尼科夫說著，把菸頭扔進茶碟，又把能塞進去的大鬍子和唇鬚全都塞進嘴裡，咀嚼起來。

這時，走進房間的法警報告說，律師和聶赫留多夫希望參加瑪絲洛娃案的審理。

「這個案子，」沃爾夫說道，「完全就是一段羅曼史。」於是，他便把他所知道的聶赫留多夫與瑪絲洛娃的關係和盤托出。

參政官談了此事，抽夠了菸，喝飽了茶，然後出門來到審判庭，宣布對上一個案件的判決，然後開始審理瑪絲洛娃案。

沃爾夫用尖細的嗓音非常詳盡地通報了瑪絲洛娃要求撤銷原判的上訴，他又一次表現得不完全公允，顯然傾向於撤銷法院的判決。

「您還有什麼補充的嗎？」首席參政官問法納林。

法納林站起身來，挺起他穿著白色襯衫的寬闊胸膛，用十分精確、極具感染力的言辭逐一論證原審法院在六個方面有違法律的準確含義，此外，他還觸及了本案的實質以及原判決的極其不公，儘管他說得言簡意賅。法納林簡短卻有力的發言帶有這樣一種口吻，似乎他在表示歉意，因為他堅持的這些主張，諸位參政官先生憑藉其洞察力和司法智慧一定會看得比他更清楚、理解得更深刻，而他之所以還要這麼做，只是因為他擔負的職責要求他這麼做。在法納林的發言之後，似乎再無絲毫疑慮，參政院一定會撤銷原審法院的判決。結束發言，法納林勝券在握地笑了一下。看著自己的律師、看見他的笑容，聶赫留多夫也堅信此案肯定能贏。可是，看了一眼幾位參政官，他卻發現，面帶微笑、洋洋得意的僅有法納林一人。幾位參政官和那位副檢察官都沒有面帶微笑、都沒有洋洋得意，他們顯露出很不耐煩的神情，似乎在說：「老弟，您這些話我們聽多了，全都是廢話。」顯而易見，直到律師發言完畢，不再徒勞無益地占據他們的時間，他們這才全都感到心滿意足。律師的發言剛一結束，首席參政官便請副檢察官發言。謝列寧簡短卻明確地說，他贊成維持原判，他認為要求撤銷原判的各種理由均站不住腳。在此之後，幾位參政官站起身，去休息室商議。在休息室裡，大家意見不同。沃爾夫主張撤銷原判；貝在瞭解了本案實情後十分堅決地支持撤銷原判，他還按照自己的準確理解，生動地向幾位同事描繪了那場審判的場景以及陪審團的莫名其妙；尼基丁一向主張嚴厲辦案，主張嚴格遵循形式，因此投了反對票。整個案件於是均取決於斯科沃羅德尼科夫這一票。但這一票卻是反對票，這主要是因為，聶赫留多夫以道德上的理由決定和這位姑娘結婚，這讓斯科沃羅德尼科夫感到極為厭惡。

斯科沃羅德尼科夫是個唯物主義者和達爾文主義者。他認為，抽象道德的任何一種表現，或者更糟的是，宗教情感的任何一種表現，都不僅是一種可鄙的瘋狂行為，還是對他個人的一種侮辱。這個妓女惹出的這場麻煩，為她辯護的律師和聶赫留多夫本人還來到這裡、來到參政院，在在都讓他感到極為厭惡。於是，他便把大鬍子塞進嘴裡，裝模作樣，裝出一副十分自然的模樣，似乎他對此案一無所知，只是由於要求撤銷原判的上訴理由不夠充分，他才同意首席參政官維持原判的意見。

上訴被駁回。

22

「太可怕了！」聶赫留多夫說著，與收起公事包的律師一同走進接待室，「再明瞭不過的案子，他們偏偏在形式上吹毛求疵，駁回上訴。太可怕了！」

「案子是在法庭上弄糟的。」律師說。

「連謝列寧也主張駁回。可怕，太可怕了！」聶赫留多夫不停地說，「現在怎麼辦呢？」

「我們上訴到皇上那兒。趁您在這裡，您自己遞上去。我替您寫上訴書。」

這時，身穿制服、佩戴勛章的小個子沃爾夫來到接待室，走近聶赫留多夫。

「沒辦法，親愛的公爵。沒有充足的理由。」他說著，聳了聳瘦削的肩膀，閉著眼睛，然後便去了他要去的地方。

在沃爾夫之後，謝列寧也走了出來。他聽幾位參政官說，他先前的朋友聶赫留多夫就在這裡。

「真沒想到在這裡見到你，」他說著，走到聶赫留多夫身邊，嘴角掛著笑容，然而與此同時，他的眼睛卻依然是憂鬱的，「我不知道你來彼得堡了。」

「我也不知道你做了檢察長……」

「是副檢察官，」謝列寧糾正道，「你怎麼來參政院了？」他問道，憂傷地看著自己的朋友，「我知道你在彼得堡。但你怎麼會來這裡呢？」

「我來這裡是為了尋求公正，為了救一個無辜被判刑的女子。」

「哪個女子？」

「就是你們剛剛審理的那個案子。」

「哦，瑪絲洛娃案件，」謝列寧想了想，說道，「上訴理由很不充足。」

「問題不在於上訴，而在於這個女子，她沒有任何過錯，卻要遭受懲罰。」

謝列寧歎了一口氣。

「很有可能，不過……」

「不是可能，而是肯定……」

「你怎麼知道？」

「因為我就是陪審員。我知道我們錯在哪裡。」

謝列寧思忖起來。

「應該早點說明啊。」他說。

「我作了說明。」

「應該寫進備忘錄。如果能附在上訴書中……」

謝列寧終日忙於事務，很少出入社交界，他顯然對聶赫留多夫的情史一無所知；聶赫留多夫見狀，也覺得沒有必要對謝列寧談及他和瑪絲洛娃的關係。

「是啊，不過即便如此，也能明顯看出原判很荒謬。」他說。

「參政院無權這樣說。如果參政院僅憑自己對原判是否公正的斷定來撤銷法院判決，那麼，姑且不論參政院會喪失所有立足點、要冒破壞正義而非維護正義的風險，」謝列寧一面回憶剛剛審理過的案子，一面說道，「姑且不論這些，至少會使陪審員的決定喪失全部意義。」

「我只清楚一點，這個女子完全沒有罪，使她免受無辜懲罰的最後希望也失去了。最高機關竟然核准了這個完全非法的判決。」

「不是核准，因為沒有、也不可能對案件本身加以審核。」謝列寧說道，瞇起眼睛。「你肯定住在你姨媽家吧，」他又加了一句，顯然是想轉換話題，「我昨天聽你姨媽說你在這裡。伯爵夫人還邀請我和你一起參加一位外來傳教士的布道會。」謝列寧說著，嘴角掛著笑容。

「是的，我參加了，但我走開了，因為覺得噁心。」聶赫留多夫氣呼呼地說道，他因為謝列寧轉換了話題而惱火。

「是嗎，為什麼覺得噁心呢？這畢竟是一種宗教情感的表露，雖說有些片面，有教派意味。」謝列寧說道。

「荒謬絕倫。」聶赫留多夫說。

「也不是吧。奇怪的是，我們對我們教會的學說知之甚少，因此往往把我們的一些基本教義當成了新發現。」謝列寧說道，似乎急著想把自己的一些新觀點說給這位老朋友聽。

聶赫留多夫詫異而又專注地看了謝列寧一眼。謝列寧並未垂下眼睛，他的眼中不僅有憂鬱，還有惡意。

「你難道還相信教會的教義？」聶赫留多夫問道。

「當然相信。」謝列寧回答，並呆呆地直視聶赫留多夫的眼睛。

聶赫留多夫一聲歎息。

「奇怪。」他說。

「不過，我們之後再細聊吧。」謝列寧說。「我馬上就來。」他對一位恭恭敬敬走到他身邊的法警說道，然後又歎著氣，對聶赫留多夫說，「一定要見一次。不過怎麼見你呢？你晚飯之前七點鐘來，我一定在家。我住納傑日金街，」他報出門牌號碼。「多年沒見了。」他又補充一句，走出門去，嘴角又現出笑容。

「我有空一定去。」聶赫留多夫說道，他覺得，在這短暫的交談之後，從前那個親近可愛的謝列寧突然變得陌生起來，即便沒有成為敵手，也已形同路人。

23

謝列寧上大學時，聶赫留多夫就認識他。這是一個優秀的兒子、忠誠的同學，就其年紀而言在上流社會已算是很有修養的人士，他很有城府，總是彬彬有禮、風度翩翩，與此同時也非常誠實正直。他成績出眾，卻學得很輕鬆，沒有絲毫書呆子氣，所寫論文多次獲金質獎章。

不僅在口頭上，而且在現實生活中，他都將為群眾服務當作其青春生活的目標。他覺得，為群眾服務的唯一方式就是擔任公職，因此畢業後立即有計畫地研究了他能夠勝任的一切工作，最終認定他最能施展才華的單位是負責起草法律文書的辦公廳二處，便進了二處。但是，儘管他精益求精、勤勤懇懇地完成了要他完成的一切事務，他卻難以在這份工作中獲得能施展才華的滿足感，也無法意識到他做的一切都很有必要。由於經常與一位瑣碎異常、十分虛榮的頂頭上司發生衝突，他的這種不滿足感與日俱增，使得他最終離開二處，轉至參政院。在參政院他感覺好些，但不滿足的感覺依然如故。

他時刻感覺到，一切都與他的期待完全不同、與應有的結果完全不同。在他於參政院工作期間，他的親戚為他張羅到了御前侍衛的稱號，於是他就得穿上繡有金色條紋的制服，外披擋灰的白布圍裙，乘坐馬車去感謝各種各樣幫他謀得僕人身分的人。不管他再怎麼努力，也無法對這種身分做出合理的解釋。他覺得這種身分比他的工作還要「不對勁」。可是，一方面，他無法拒絕這一任命，否則會令那些出面張羅的人傷心，那些人堅信他們的所作所為會給他帶來巨大滿足。另一方面，這一任命也迎合了他天性中低俗的那一面，看到鏡子中自己身著繡金制服的模樣、看到這份任命引起了某些人對自己的敬重，他也十分得意。

他在婚姻方面也遇到類似情形。人家為他撮合的婚姻，在上流社會人士看來十分美滿。他之所以結婚，主要是因為，他若拒絕，便會傷害那位十分滿意這門婚事的未婚妻以及那些撮合這門婚事的人，同時也因為，迎娶這樣一位年輕漂亮、出身名門的姑娘，也迎合了他的虛榮心，使他很是得意。可是，這門婚事很快就「不對勁」起來，變得比工作和御前侍衛的身分還要糟。妻子生下第一個孩子後便不願再生，過起奢華的上流社會生活，無論他是否願意，他都得陪她出席。她不是特別漂亮，對丈夫也很忠誠，且不說她因此擾亂了丈夫的生活，即便她本人從這種生活中也一無所獲，除了勉為其難和疲憊不堪，但她依舊樂此不疲。他為改變這種生活做出的種種嘗試均以失敗告終，就像撞上石壁，因為妻子堅信這樣的生活必不可少，她所有的親朋好友也都支持她的這一看法。

他們有個女孩，女孩披著長長的金色頭髮，光著兩條腿，長得一點也不像父親，更何況，她的舉止行為也與父親心中的期待相去甚遠。夫妻之間出現常見的互不理解，他們甚至不願意去相互理解，相互間展開冷戰，這戰爭不為外人所知，保持著體面，卻使他的家庭生活變得難耐。因此，較之於工作和御前侍衛身分，這樣的家庭生活變得更加「不對勁」了。

最「不對勁」的是他對宗教的態度。他和當時他那個圈子的所有人一樣，隨著智慧的增長，他不費吹灰之力便掙脫了他自小接受的宗教信仰之束縛，連他自己也不清楚究竟是在何時掙脫的。作為一個嚴肅誠實的人，在年輕時、在讀大學時、在與聶赫留多夫接近時，他並不掩飾自己對官方教會信仰的揚棄。但隨著年歲增長、職位提升，尤其是隨著保守勢力在當時社會的得勢，這種精神自由對於他便多有妨礙了。且不說家中發生的事情，尤其是父親去世時要做追薦彌撒，且不說母親一直要他做餐前禱告、一部分社會輿論也認為應該這樣做，就是在工作中，他也不得不沒完沒了地參加祈禱、祝聖、感恩以及諸如此類的禮拜活動，幾乎每天都有此類形式化的宗教活動，無法逃避。在參加這些禮拜時必須二者擇其一，要嘛裝作他信仰那些他其實並不信仰的東西（他因其誠實的天性始終難以做到），要嘛認定這些形式化的活動均屬虛偽，重新安排自己的生活，不再參與他視為虛偽的活動。然而，要完成這件看似無關緊要的事情卻要付出巨大努力，除了要與周圍所有親近的人長期抗戰，還得改變自己的現狀，放棄公職，不再為群眾謀利益。但他認為自己藉由擔任公職已經為群眾謀得利益，他還希望在將來為群眾謀取更大利益。為了做到這一點，就必須堅信自己是正確的。他也的確堅信自己是正確的。當今任何一位有知識的人，只要瞭解一點歷史、對一般宗教的起源以及基督教會的起源和分裂有所瞭解，也都會對自己的正常思維堅信不疑。他不承認教會的學說是真理，當然認為自己在這一方面是正確的。

但是，在生活環境的壓力下，他這個正直的人也會撒個小謊，他對自己說，為了證實不合理的東西不合理，首先就必須對這個不合理的東西加以研究。這是一個小小的謊言，但這個小謊言卻把他引入一個他如今深陷其中的大謊言。他曾給自己提出這樣一個問題，即東正教是否正確。但他是在東正教的環境裡出生並接受教育的，周圍的所有人都要求他信奉東正教，不承認東正教他便無法繼續從事他對群眾有益的活動，於是，他提給自己的問題事先便有了答案。因此，為弄清這一問題，他讀的不是伏爾泰、叔本華、斯賓塞和孔德等對基督教有所批判的思想家的書，而是對基督教多加肯定的黑格爾的哲學書籍以及瑞士神學家Vinet（法文：維奈）和俄國神學家霍米亞科夫的宗教著作。當然，他在後幾位作者的書中找到了他需要的東西，即某種近似寬慰的東西，像是在為他成長期間的那種宗教學說辯護，理智早已使他放棄這一學說，但離開這一學說，整個生活都會充滿不快，只有承認這一學說，所有的不快才會很快煙消雲散。於是，他接受了種種常見的詭辯：即單獨個人的理性無法認知真理，真理僅能被一個群體的人所發現。認知的唯一方式是啟示，而啟示為教會所深藏，如此等等。從此之後，他便可以心安理得、沒有任何虛妄之感地參加祈禱、追薦和彌撒，便可以餐前禱告、面對聖像畫十字，便可以繼續履行公務，他覺得這公務能給世人帶來好處，也能對他並不歡樂的家庭生活做出補償。他認為他有信仰，但與此同時，正是在宗教方面，他最強烈地感覺到、他確確實實地意識到，他的這種信仰絕對有些「不對勁」。

正因為如此，他的目光始終是憂鬱的。正因為如此，見到他早年熟悉的聶赫留多夫，他便想起當年尚未沾染這些虛偽時的自己，尤其在他迫不及待地向聶赫留多夫暗示自己的宗教觀之後，他比以往任何時候都更強烈地感覺到了所有這一切的「不對勁」，他因此感到十分憂傷。在老友相逢帶來的最初歡樂過後，聶赫留多夫的感覺也與謝列寧一樣。

也正因為如此，他們兩人雖然約定還要見面，卻都未設法尋求見面機會，因此，在聶赫留多夫此次彼得堡之行期間，兩人再未相見。

24

聶赫留多夫與律師一同步出參政院，走在人行道上。律師讓他的馬車跟在他後面，便對聶赫留多夫講起參政官談到的那位司長的故事，講那位司長如何獲得提拔，講他依照法律本該被判服苦役，卻被任命為西伯利亞地區的省長。講完這個故事、講完這個故事全部的醜惡，他特別得意地說起另一件事。各種各樣的高官竊取了為建造紀念碑而募捐來的善款，這紀念碑因此一直沒建起來。今天早晨他倆還曾從那座紀念碑的選址旁經過。他還說道，某人的情婦在證券交易所賺了幾百萬；某人把老婆給賣了，後被某人買去。然後，律師又談起政府高官的徇私舞弊和犯罪行為，但他們卻不會去坐牢，反而一直坐在各種機構負責人的寶座上。這些顯然說不完的故事讓律師感到心滿意足，因為這些故事顯而易見地表明，與彼得堡那些高官的賺錢手段相比，他這位律師的賺錢方式是完全清白正當的。因此，當聶赫留多夫並未聽完律師關於高官犯罪的最後一個故事便提出告別，律師竟感覺十分驚訝，聶赫留多夫叫來一輛出租馬車，趕往濱河街。

聶赫留多夫十分憂鬱。他心情憂鬱，主要是因為參政院駁回上訴，贊同讓無辜的瑪絲洛娃承受不應有的苦難，與瑪絲洛娃共命運共甘苦，他的這一決定不會更改，但上訴被駁回會使他的決定更難以執行。聽了律師興致勃勃講述的那些為非作歹的可怕故事後，他的憂鬱愈加強烈。此外，他也一直在回想謝列寧的眼神，當年那位可愛、坦誠，而高尚的謝列寧如今竟投來如此不友善，而冰冷、拒斥的目光。

聶赫留多夫回到姨媽家，看門人帶有某種不屑遞上一張字條，說是一位婦人在門房裡寫的。這是舒斯托娃母親寫的字條，她寫道，她是來感謝救了她女兒的恩人的，此外，她還請求他光臨她們位於瓦西里島第五街的家。她寫道，薇拉·葉夫列莫夫娜十分希望他能去。她請他不要擔心，她們不會用過多的感激讓他難堪，她們不是要說感激的話，只是很高興見到他。如果可以，能否請他明天早晨過來。

另一個字條為聶赫留多夫從前的戰友、宮廷侍從武官鮑加兌廖夫所寫，聶赫留多夫為那些分裂派教徒準備了一份訴狀，他想請鮑加兌廖夫親手把訴狀遞交皇上。鮑加兌廖夫用粗大剛勁的字體寫道，他一定按他答應的那樣親手把訴狀呈遞皇上，但他有這麼一個主意，即聶赫留多夫先去見見那位能左右此案的人，請他幫忙，是否更好？

在彼得堡遭遇了最近幾天的事件之後，聶赫留多夫已完全不再指望能辦成任何事情。他在莫斯科制定的計畫，現在讓他覺得像是年輕時的夢想，一個人若懷著此類夢想步入生活，一定會感到失望。但如今身在彼得堡，他覺得自己有義務完成他打算去做的事情，便決定明天見了鮑加兒廖夫之後，就按照他的建議去見見那位能左右分裂派教徒案件的人。

此刻，他從公事包裡掏出分裂派教徒的訴狀，想再看一遍，卻聽到有人敲門，卡捷琳娜．伊萬諾夫娜伯爵夫人的僕人走進門來，請他上樓喝茶。

聶赫留多夫說他馬上就去，把文件放進公事包，便去見姨媽。上樓時，他從窗戶向外看一眼，看見了Mariette的那對棗紅馬，他突然意外地高興起來，不由得想笑。

Mariette手持茶盞坐在伯爵夫人的扶手椅旁。她仍戴著女帽，但身上穿的已非黑裙，而是顏色鮮亮的彩色連衣裙。她一邊小聲說話，一邊閃動著她那雙笑盈盈的漂亮眼睛。在聶赫留多夫走進房間時，Mariette剛好說了一句玩笑話。聶赫留多夫根據笑聲判斷出，那是一句不太體面的玩笑話，只見心地善良、唇上長有汗毛的卡捷琳娜．伊萬諾夫娜伯爵夫人大笑不已，肥胖的身體不停抖動，而Mariette則帶著尤其mischievous（英文：輕佻）的神情，稍稍噘起含笑的嘴巴，側著那張激情四射的歡樂臉龐，默默看著自己的談伴。

聶赫留多夫僅憑幾個字眼即已清楚，她倆談的是此時彼得堡的第二號新聞，亦即那位西伯利亞新任省長的八卦。Mariette恰好說了句這方面的玩笑話，這使得伯爵夫人好久都止不住笑。

「你笑死我了。」她咳了幾聲，說道。

聶赫留多夫打過招呼，然後坐到她們身邊。他剛想責備Mariette的輕佻，Mariette卻已看到他臉上那嚴肅而稍有不滿的神情，於是立即變換自己臉上的神情，甚至還變換了自己的內心情緒，目的是討他喜歡，因為自從見到他之後，她就一直想討他喜歡。此刻她突然嚴肅起來，似乎不滿足於自己的生活，還在尋找什麼、還在追求什麼。她並非在假裝，而真的產生了這樣一種內心情緒，雖說她絕對無法用言語道明這一情緒狀態，此時的聶赫留多夫也處於這一狀態。

她問聶赫留多夫的事結果如何。他說到參政院駁回，說到他和謝列寧碰面了。

「喲！多純潔的一個人啊！真是一個 chevalier sans peur et sans reproche（法文：無所畏懼、無可指責的騎士）。他人很純潔。」兩位太太使用了上流社會在談論謝列寧時常用的這個修飾語。

「他妻子怎麼樣？」聶赫留多夫問道。

「她？我可不想評判她。不過她不理解他。怎麼，難道他也贊成駁回嗎？」她帶著真誠的同情問道。「這太可怕了，我真為她難過！」她歎息著又說了一句。

他皺起眉頭，想換個話題，便說起被關在要塞裡的舒斯托娃，說由於 Mariette 的斡旋，她已獲釋。他向她表示謝意，感謝她在丈夫面前為舒斯托娃說情，他還想說，這個女人和她全家吃盡苦頭，僅僅因為沒人記得他們，這種事想起來都很可怕，但她沒讓他把話說完，便主動表達了憤慨。

「您不用對我多說，」她說道，「一聽到我丈夫對我說可以釋放她，我就感到很吃驚。如果她沒有罪，憑什麼關押她呢？」她說出了聶赫留多夫想說的話，「這真是豈有此理，豈有此理！」

卡捷琳娜・伊萬諾夫娜伯爵夫人發現 Mariette 在向自己的外甥賣弄風情，她覺得這很開心。

「你聽我說，」待他倆不再作聲，她便說道，「你明晚去 Aline 家吧，吉澤威特要去她家。你也去吧。」她對 Mariette 說道。

「Il vous a remarqué（法文：他注意到你了），」她對外甥說，「我把你說的話告訴他了。他對我說，你說的這些話全都是好兆頭，你一定會走近基督的。Mariette，你對他說，讓他過去。你自己也過去。」

「我嗎？伯爵夫人，首先，我沒有任何權利向公爵提出建議。」Mariette說著，同時盯著聶赫留多夫，想用這種目光在自己和聶赫留多夫之間建立一種默契，對伯爵夫人的話，乃至整個福音教派形成完全一致的看法，「其次，您也知道，我也不太喜歡……」

「你總是唱反調，別出心裁。」

「我怎麼別出心裁啦？我有信仰，就像普普通通的農婦那樣，」她微笑著說道。「第三，」她繼續說，「我明天還要去法國劇院……」

「哎喲！你見過那個……她叫什麼名字來著？」卡捷琳娜·伊萬諾夫娜伯爵夫人問道。

Mariette說出了那位法國著名女演員的名字。

「你一定要去看，演得好極了。」

「先看誰的演出呢，ma tante，是看女演員還是傳教士？」聶赫留多夫笑著問道。

「請你別抓我的話柄。」

「我想，還是先去看傳教士，然後再看法國女演員，否則就會對傳教完全沒有興趣了。」聶赫留多夫說。

「不，最好還是先去法國劇院，然後再懺悔。」Mariette說。

「哼，你們兩個竟敢笑我。傳教士是傳教士，劇院是劇院。為了救贖，完全沒必要把臉拉得一尺長，成天哭喪著。應該有信仰，之後就會快樂的。」

「您哪，ma tante，您的傳教勝過任何傳教士。」

「您聽我說，」Mariette猶豫了一下，說道，「您明天來我包廂吧。」

「我恐怕去不了……」

談話被僕人打斷，僕人進來通報有人來訪。來客是伯爵夫人擔任主席的那個慈善團體的祕書。

「唉，這位先生索然無味。我最好還是換個地方接待他，等等再回到這邊來。您給他倒點茶，Mariette。」伯爵夫人說著，腳步蹣跚地疾步走向客廳。

Mariette摘下手套，露出充滿活力、相當光潔的手，無名指上戴著戒指。

「您想喝茶嗎？」她問道，同時提起酒精爐上的銀茶壺，很奇怪地翹起小指頭。

她的臉色嚴肅而又憂鬱。

「那些我很看重他們意見的人，往往把我和我的處境混為一談，一想到這一點，我總是感到非常、非常難過。」

說到最後幾個字時，她幾乎要哭出來了。如果細加分析，她的這些話要嘛毫無意義，要嘛含義空泛，但聶赫留多夫卻覺得這些話非同尋常地深刻、真誠和善良。因為與這些話相伴的，還有這位年輕漂亮、衣著靚麗的女子用那雙閃亮的眼睛送來的秋波，這目光引起了他的注意。

聶赫留多夫默默地看著她，無法從她臉上掉轉目光。

「您以為我不瞭解您和您的種種想法。其實，您所做的一切，大家都心知肚明。C'est le secret de polichinelle.（法文：這是公開的祕密。）我很欣賞您的作為，也贊同您。」

「其實沒什麼可欣賞的，我做得很少。」

「反正都一樣。我理解您的感情，也理解她，不過，好了，好了，我不談這個了。」她覺察出他臉上的不滿，便止住話頭。「不過我還能理解，您見了監獄裡的種種苦難、種種可怕的事情之後，」Mariette說著，她的願望只有一個，即把他迷住，她以其女性的直覺猜到了他看重和珍視的一切，「您便想去幫助那些受難者，他們受到他人的可怕折磨、十分可怕的折磨，由於世人的冷漠和殘忍……我能理解，可以為此獻出生命，我自己也願意奉獻。可是，人各有命啊。」

「您難道不滿意自己的命運嗎？」

「我？」她說道，似乎在驚愕對方居然會提出這樣的問題，「我應該滿意，於是也就滿意了。不過，心裡有條蟲子要醒過來了……」

「是不該讓它再睡了，應該相信這個聲音。」聶赫留多夫說道，他已完全被她迷惑了。

後來，聶赫留多夫不止一次羞愧地回憶起自己與她的這次交談，回憶起她那些與其說是虛偽的，不如說是迎合他的話，還有她那張似乎充滿感動和關切的臉龐，她就帶著那樣的神情聽他講述監獄裡的種種慘況和他在鄉下的見聞。

待伯爵夫人回來，他倆談得已很投機，不僅像是老朋友，而且是特別的朋友，他倆心心相印，置身於不理解他倆的人群中。

他倆談的是當局的不公、囚犯的苦難和人民的貧困，但實際上，他倆在談話聲中彼此對視的眼睛卻在一刻不停地發出這樣的詢問：「你能愛我嗎？」回答是：「我能。」性愛的情感以最突如其來、最虛幻美麗的方式讓他倆相互貼近。

她在離開的時候對他說，她時刻準備盡一切力量為他效勞，她還請他明天晚上一定要去劇院見她，哪怕只待一分鐘，她還有一件重要的事情要對他說。

「我什麼時候才能再見到您呢？」她歎了一口氣，又說道，然後小心翼翼地把手套套在戴滿戒指的手上，「您說您到時候會來嗎？」

聶赫留多夫答應了。

這天夜裡，聶赫留多夫獨自待在房間裡，他上了床，熄了燈，卻久久無法入睡。他想起瑪絲洛娃，想起參政院的裁決，想起他仍舊決定跟她走，放棄土地所有權。可是突然，像是對所有這些問題做出的回答，他的眼前浮現出Mariette的臉龐，她在說出「我什麼時候才能再見到您呢？」那句話時所發出的歎息、所遞來的眼神，還有她的笑容，這一切如此真切，他似乎真的看見了她，於是他笑了一下。「我要去西伯利亞這件事到底做得好不好呢？放棄自己的財富到底好不好呢？」他問自己。

透過窗簾的縫隙能看見明亮的夜色，在這皎潔的彼得堡之夜，這些問題的答案懸而未決。他的腦袋裡一團亂麻。他在內心呼喚先前的心境、回憶先前的思想過程，但那些想法已再無先前的說服力。

「這一切或許都是我的想像，我將來如果無力靠這些想法生活，就會後悔自己做了好事。」他對自己說，他無法對這些問題做出回答，於是體驗到了他許久不曾體驗的憂傷和絕望。他解答不了這些問題，便心情沉重地入睡了，他從前打牌輸了一大筆錢後往往就是這樣入睡的。

25

聶赫留多夫次日早晨醒來後的第一個感覺，就是他昨天做了卑鄙的事。

他回想一下，發現自己沒做什麼卑鄙的事、沒什麼壞的舉動，但有過一些想法、壞的想法，即認為他如今的所有這些打算，比如與卡秋莎結婚、把土地交給農民等，全都是不切實際的幻想，這一切他都無力勝任，這一切都很做作、很不自然，還是應該像以往那樣生活。

沒有壞的行為，卻懷有比壞行為還要壞很多的東西，即作為一切壞行為之源頭的那些壞的想法。壞的行為可以不要再做，做了壞事可以悔過，而壞的想法卻會衍生出各種各樣的壞行為。

一個壞的行為會為其他壞行為鋪平道路，而壞的思想則會使人在這條路上走下去，難以止步。

聶赫留多夫在清晨回顧昨日的想法，讓他感到驚奇的是，他居然會相信那些想法，哪怕是在片刻之間。他知道，無論他打算做的事情多麼生疏艱難，這如今對他而言都是唯一可能的生活；他也知道，無論回到過去多麼輕而易舉，那也只會是死亡。他此刻覺得，昨天的誘惑就像一個人賴床，他睡夠了，也不想再睡，但還是躺在那裡、賴在床上，儘管他明白應該起床了，還有一件重要、開心的事等著他去做。

這是他在彼得堡的最後一天，他一早就前往瓦西里島，去見舒斯托娃。

舒斯托娃的家位於二樓。聶赫留多夫依據守院人的指點走後門，順著筆直陡峭的樓梯，他直接走進了冒著熱氣、散發著飯菜味道的廚房。一位戴眼鏡的老婦人捲起衣袖，繫著圍裙，正站在灶臺旁，在一口熱氣騰騰的鍋裡攪動著什麼。

「您找誰？」她從眼鏡上方盯著來人，問道。

不等聶赫留多夫報出姓名，這婦人的臉上便露出了驚喜交加的表情。

「哎呀，是公爵！」婦人喊了一聲，同時在圍裙上擦著手，「您幹嘛要走後門樓梯呢？您可是我們的恩人！我是她母親。他們原本要害死這姑娘的。您是我們的救星啊。」她說著，抓住聶赫留多夫的手，用力吻著。「我昨天去過您那裡。我妹妹叫我一定要去。她就在這裡。這邊請，這邊請，您跟我來。」舒斯托娃的母親說著，領聶赫留多夫穿過一道窄門和一個黑暗的走道，一路上時而理一理掖起的裙子、時而理理頭髮。「我妹妹叫科爾尼洛娃，您肯定聽說過，」她停在門口，小聲說了一句，「她也捲進了政治案件。一個聰明絕頂的女人。」

舒斯托娃的母親推開一扇開向走廊的門，領聶赫留多夫走進小房間。房間裡有張桌子，桌子前的小沙發上坐著一位個子不高、身材豐滿的姑娘，她身穿一件條紋印花布上衣，鬈曲的淡色頭髮紛披著，中間露出一張十分蒼白的圓臉，臉型很像母親。在她對面，一位青年縮成一團坐在扶手椅裡，他穿一件領口繡花的俄式襯衫，蓄著黑色的唇鬚和大鬍子。他們兩人顯然談得很投入，直到聶赫留多夫進門之後，才轉過身來。

「麗達，聶赫留多夫公爵，就是那位……」

面色蒼白的姑娘神經質地跳起身來，一面整理從耳朵後面滑落出的一綹頭髮，一面用她那雙灰色的大眼睛驚恐地盯著來人。

「您就是薇拉．葉夫列莫夫娜託我解救的那位危險女子吧？」聶赫留多夫笑著說道，伸出手去。

「是的，就是我。」麗達說著，孩子般純真地笑了一笑，露出一排好看的牙齒，「我姨媽很想見您。姨媽！」她用溫柔悅耳的嗓音對門外喊道。

「薇拉・葉夫列莫夫娜因為您被捕感到非常難過。」聶赫留多夫說道。

「您請坐這裡，還是這邊請吧。」麗達說著，指了指那張已有破損的軟扶手椅，那位年輕人剛剛從這張椅子上站起身來。「我的表哥札哈羅夫。」她發現聶赫留多夫在看那位年輕人，便說道。

那年輕人也像麗達一樣純樸地笑著，向來客問好。待聶赫留多夫在他剛剛坐過的扶手椅上落座，他便從窗邊搬來一把椅子，坐在聶赫留多夫旁邊。從另一扇門裡走出一個頭髮淺黃的中學生，約十五六歲，他不聲不響地坐在窗臺上。

「薇拉・葉夫列莫夫娜是姨媽的好朋友，而我幾乎不認識她。」麗達說道。

此時，從隔壁房間走出一位相貌十分好看、聰慧的婦人，她身穿白色上衣，腰間束著皮帶。

「您好，謝謝您能過來。」她靠著麗達在沙發上坐下，立即開口說道，「請問，薇拉怎麼樣啊？您見到她了嗎？她的處境她還能忍受嗎？」

「她沒有抱怨，」聶赫留多夫說道，「她說她感覺很好。」

「唉，小薇拉，我瞭解她。」姨媽搖著腦袋，笑著說道，「她是值得瞭解的。這是個了不起的人。一切為了他人，從不考慮自己。」

「是的，她沒有為自己提任何要求，只是擔心您的外甥女。她說，您的外甥女平白無故被抓，她主要就因為這事傷心。」

「這樣啊，」姨媽說，「這事太可怕了！她其實是為我受的苦。」

「完全不是這樣的，姨媽！」麗達說道，「不是為了您，我也會保管那些文件的。」

「這事我可比你更清楚。」姨媽說。「您知道嗎？」她對聶赫留多夫繼續說道，「事情是這樣的，有個人託我暫時保管一下他的幾份文件，我因為沒有固定住處，就把文件拿到她這裡來了。但當天夜裡她家就遭到搜查，文件被抄，她也被關了起來，一直關到現在，他們還要她供出那些文件是誰交給她的。」

「我一直沒說。」麗達馬上說道，同時神經質地捋著那綹並不礙事的頭髮。

「我也沒說你說了呀。」姨媽辯白道。

「他們抓了米金，但這絕對不是因為我。」麗達說道，她不安地看著四周，臉脹得通紅。

「這事你就別說了，小麗達。」母親說道。

「為什麼不說？我想說。」麗達說道，她臉上已無笑意，只有羞紅，她也不再捋頭髮，而將那綹頭髮繞在一個指頭上，始終在四下環顧。

「你昨天說起這事的時候不是很不開心嗎？」

「沒什麼……您別管我，媽媽。我沒招供，一直沒說話。他們審了我兩次，問到米金和姨媽，我什麼也沒說。我對他們說，我是不會回答任何問題的。就在這時……彼得羅夫……」

「彼得羅夫是個密探、一名憲兵、一個壞蛋。」姨媽插了一句，向聶赫留多夫解釋外甥女的話。

「於是，」麗達繼續說道，她很激動，有些迫不及待，「他就開始勸我。他說：『您對我說的話不會傷害任何人，反而……您要是說出來，就能解救一些我們或許抓錯的無辜者，讓這些無辜的人不再受罪。』不過，我還是一直說，我是不會說的。於是他就說：『那麼好吧，您什麼也不用說，我點出來的人名，您只要不表示否定就成。』於是他開始說出一些名字，也說到了米金。」

「你不要說了。」姨媽說。

「唉，姨媽，您別打岔……」她繼續拉扯著那綹頭髮，繼續四下環顧，「可是突然，你們想想看，第二天我聽說米金被捕了，是隔壁的人敲擊牆壁發來的暗語。我就想，是我出賣了他。我感到難受，難受極了，差點發瘋。」

「現已查明，他被捕和你毫無關係。」姨媽說。

「但我當時不知道呀。我想，是我出賣了他。我在牢裡走來走去，從東牆走到西牆，想個不停。我想，是我出賣了他。我躺下，用被子蒙住腦袋，還是能聽見有人對著我的耳朵小聲地說：『你出賣了人，你出賣了米金，米金是你出賣的。』我知道這是幻覺，可是又無法不聽。我想睡覺，可是睡不著，我想不再想此事，也做不到。這太可怕啦！」麗達說著，越說越激動，她把那綹頭髮繞在指頭上，再鬆開，一直重複這個動作，同時一直四下環顧。

「小麗達，你別激動……」媽媽說著，拍拍麗達的肩膀。

可是麗達卻停不下來。

「這太可怕啦……」她還想說些什麼，但話沒說完她就抽泣起來，她從沙發上跳起來，跑出房間，衣服在椅子上勾了一下。母親也跟了出去。

「把那些壞蛋統統絞死。」坐在窗臺上的中學生說道。

「你說什麼？」母親問。

「沒說什麼……我隨便說說。」中學生答道，他拿起桌上的一根菸捲，抽了起來。

26

「是啊，單獨囚禁對於年輕人來說太可怕了。」姨媽說道，搖著頭，也抽起菸來。

「我認為，對於所有人來說都很可怕。」聶赫留多夫說。

「不，不是所有人，」姨媽回答，「我聽說，對於真正的革命者來說這就是休息、就是安寧。地下工作者的日子過得提心吊膽，缺吃少穿，擔心自己，也擔心別人，還擔心事業，最後被捕了，一切就都結束了，卸下一切責任，就坐下來休息吧。有人對我說，他們被捕的時候甚至感到高興。不過，對於年輕人來說、對於無辜的人來說，這種第一次打擊還是很可怕的，而像麗達這樣的人初次被捕時都是無辜的。這並非因為失去了自由、遭到粗暴對待、伙食惡劣、空氣汙濁，總之，並非因為被剝奪了各種權利，這一切都沒什麼。即便被剝奪的權利再多上兩倍，也很容易忍受，最難忍受的是你第一次遭受到的精神打擊。」

「莫非您也經歷過？」

「我？我坐過兩次牢。」姨媽說道，露出既憂鬱又開心的笑容。「我第一次被捕，也是無緣無故的，」她繼續說道，「我當時二十二歲，有一個孩子，又懷有身孕。失去自由，與丈夫和孩子分開，這一切當然讓我很難受，但與我當時的感受相比都算不了什麼，我當時覺得自己不再是一個人，而成了一件物品。我想和女兒告別，他們卻要我快走、快上馬車。我問為什麼抓我，他們回答說到地方就知道了。我問我犯了什麼罪，他們不回答。審訊之後，他們脫光我的衣服，給我套上帶有編號的囚服，押著我走過拱頂走道，打開門，把我塞進去，鎖上門就走了。只留下一名持槍看守，他默不作聲地來回走動，偶爾透過我門上的門縫看兩眼，我難受極了。我記得，最讓我感到震驚的是，那位憲兵軍官在審問我的時候還請我抽菸。也就是說，他知道大家都很愛抽菸，也就是說，他知道大家都很愛自由和光明，他知道母親愛孩子、孩子也愛母親。那麼，他們為什麼還要殘忍地把我和我珍愛的一切分開呢，要把我像個野獸似的關起來呢？這一切註定會留下後果。如果一個人先前相信上帝、相信人、相信人與人相親相愛，但在這一切之後他就不會再相信了。我從那時起就不再相信人，變得狠心了。」說完這些，她笑了一下。

麗達剛剛走出去的那扇門又打開了，麗達的母親走進屋來，說麗達心情很糟，不願出門。

「幹嘛要毀掉年輕人的生活呢？」姨媽說道，「我尤其難過，因為這是我無意中造成的。」

「上帝保佑，鄉下的空氣能讓她恢復過來，」母親說道，「我們要送她去她父親那邊。」

「是啊，要不是您，她就徹底完了，」姨媽對聶赫留多夫說道，「謝謝您。不過我想見您，是想請您轉交一封信給薇拉．葉夫列莫夫娜。」她說著，從口袋裡掏出一封信。「信沒封口，您可以讀、可以撕掉，也可以轉交，您認為怎麼合適就怎麼做。」她說，「信裡沒有任何會引起麻煩的話。」

聶赫留多夫接過信，答應轉交，然後起身告辭，走到門外。

他沒有讀那封信，他把信封上，決定把它交給收信人。

27

聶赫留多夫在彼得堡要做的最後一件事就是分裂派教徒的案子，他打算透過從前在隊上的戰友、宮廷侍從武官鮑加兌廖夫把此案的上訴書遞交皇上。他一早就去見鮑加兌廖夫，後者還在家，雖說他吃過早飯正要出門。鮑加兌廖夫個子不高，身體很結實，力氣很大，能徒手掰彎鐵馬掌，他善良誠實，性格直爽，甚至有點自由派的味道。他儘管品性如此，卻是個和宮廷很親近的人，他熱愛皇帝和皇帝一家人，他有一種驚人的本領，即身在這一至高無上的環境裡，他的眼裡只有好事，他也從不參與任何壞事和不誠實的事。他從不指責任何人和任何事，他要嘛沉默不語，要嘛像喊叫一般響亮地大膽說出他該說的話，在說話的同時，他往往還要發出同樣響亮的笑聲。

他這樣行事並非是在耍手腕，而是因為他天性如此。

「喲，你來了，太好了。要不要吃點早餐？坐吧。牛排很棒。我每頓飯開頭和結尾都要來點實在的。哈哈哈！那你就喝點酒吧，」他指著一瓶葡萄酒，高聲喊道，「我正想著你呢。訴狀我一定轉交。交到他手上，一定，不過我也在想，你最好還是先去見一見托波羅夫。」

聽到托波羅夫的名字，聶赫留多夫皺了皺眉頭。

「此事全歸他管。反正要徵求他的意見。也許他能滿足你的要求。」

「既然你這麼建議，我就去一趟。」

「太好了。喂，彼得堡怎麼樣，你印象如何？」鮑加兌廖夫高喊道，「說一說吧，啊？」

「我覺得我被催眠了。」聶赫留多夫說。

「催眠？」鮑加兒廖夫重複一遍，響亮地笑了起來，「早飯你不想吃，那就隨你。」他用餐巾擦了擦唇鬚。「那你就過去一趟？啊？如果他不願辦事，你就把材料給我，我明天就遞上去。」他喊道，然後從桌旁站起身來，大動作地畫了一個十字，這個動作顯然是無意識的，就像擦嘴一樣，接著開始佩戴軍刀，「現在我們告別吧，我要走了。」

「我們一起走吧。」聶赫留多夫說著，很高興地握了握鮑加兒廖夫那隻結實寬厚的手掌，在門口的臺階上與他告別，心情愉快，像往常遇見什麼健康、淳樸和新鮮的東西時那樣。

儘管聶赫留多夫覺得拜訪托波羅夫並不會帶來很好結果，仍遵循鮑加兒廖夫的建議去見托波羅夫，即那位負責分裂派教徒案件的人。

托波羅夫的職務就其使命而言構成一種內在矛盾，只有愚蠢遲鈍且無道德感的人才會對這樣的矛盾視而不見。托波羅夫便具有這兩種負面性格。他所任職務的矛盾性就在於，他的職務要求他運用包括暴力在內的各種外在手段來支持教會，並加以保護，而教會就其自身所下的定義而言是上帝創建的，無論地獄之門還是人類的行為都無法撼動教會。這個神性的、無法被任何東西所撼動的上帝的機構，卻要由托波羅夫及其同僚所領導的人間機構來提供支持和保護。托波羅夫看不見這個矛盾，或是不願看見，因此他便殫精竭慮，生怕哪個天主教徒、耶穌會教徒或分裂派教徒摧毀了這個連地獄之門都無法摧毀的教會。托波羅夫也像所有缺乏基本宗教情感和平等博愛意識的人一樣，堅信人民是與他本人完全不同的另一種生物，人民必須具備的東西他卻可以沒有，即便沒有，他也能過得很好。他在內心深處沒有任何信仰，他發現沒有信仰十分舒服、輕鬆愉快，可是他卻擔心人民也落入這一狀態。

他認為，如他自己所言，他的神聖職責就是拯救人民，使人民擺脫無信仰的狀態。

有一本烹飪書上說，大蝦喜歡被活著蒸煮，托波羅夫堅信，人民也喜歡成為信徒，他不像烹飪書上那樣用的是轉義，他想的和說的都是本義。

他對他所支持的宗教所持的態度，恰如養雞的人對於他拿來餵雞的那些腐爛食物——腐爛的食物令人噁心，可是雞愛吃，因此就該餵給雞吃。

當然，所有這些伊比利亞、喀山和斯摩稜斯克的聖母像都是很愚蠢的偶像崇拜，但是人民喜歡這些東西、信仰這些東西，因此便要對這些迷信提供支持。托波羅夫就是這樣想的，他並未對自己的印象多加思索，他不知道，人民之所以喜歡迷信，就是因為過去和現在都始終存在著像托波羅夫這樣的殘忍之人。這些人接受了教育，卻不願把自己的教育成果用於該用的地方，即幫助人民步出愚昧的黑暗，反而要把人民禁錮在黑暗之中。

聶赫留多夫走進托波羅夫的接待室時，托波羅夫正在辦公室與一位女修院院長談話。女修院院長是個精幹活躍的貴族，她在西部邊區那些被迫改信東正教的合併派教徒中推廣、維護東正教。

一名在接待室值班的特勤官員問聶赫留多夫有什麼事要辦，聽聞聶赫留多夫打算將一份分裂派教徒的訴狀轉呈皇上，他便問可否先看一眼訴狀。聶赫留多夫遞上訴狀，那官員拿著訴狀走進辦公室。女修院院長走出辦公室，向門口走去，她頭戴修女帽，蒙著飄動的面紗，黑色長裙的裙襬拖曳在身後，一雙白皙而指甲乾淨的手交叉在胸前，手裡拿著一串黃色玉石念珠。一直沒人來請聶赫留多夫去辦公室。托波羅夫在讀那份訴狀，他不時搖頭。讀著這份寫得簡單明瞭而又有理有據的訴狀，他感到吃驚，感覺不爽。

「如果這份訴狀遞到了皇上手裡，就會引起一些不愉快的問題和誤解。」讀完訴狀後他想道。隨後，他把訴狀放在桌上，按一下鈴，吩咐請聶赫留多夫進來。

他記得這樁分裂派教徒案件，他接到過他們的訴狀。案情是這樣的：這些脫離東正教的基督徒多次受到規勸，後被告上法庭，法院卻判他們無罪。於是主教和省長便決定以他們的婚姻不合法為由，將丈夫、妻子和孩子分別流放到不同地方。這些父親、這些妻子便要求別把他們拆散。托波羅夫想起他第一次面對此案時的情形。他當時曾猶豫不決，不知是否該中止那種做法。不過，肯定之前的做法，即把這些農民家庭的成員分別流放至不同地方，這並無任何害處；如果讓他們留在原地，則可能對其他居民造成很糟糕的影響，使那些居民也脫離東正教。再說，此案也展示出了主教的熱忱。於是，他決定維持原先的處置方式。

如今卻冒出一個聶赫留多夫這樣的辯護人，他在彼得堡有關係，此案可能被作為一樁惡劣事件呈遞皇上，或登在國外報紙上，因此，他立即做出了一個出人意料的決定。

「您好。」他起身迎接聶赫留多夫，帶著一副公事公辦的神情說道，立即轉入正題。「我知道這個案子。我一看到這些名字，就回憶起了這樁不幸的案件。」他說著，拿起訴狀給聶赫留多夫看，「我非常感激您讓我想起了此案。這是省裡熱心過頭了……」聶赫留多夫沒有作聲，並無好感地看著這張僵死面具般的蒼白面龐。「我來簽署一道命令，撤銷那些做法，讓那些人返回原居住地。」

「那麼我就不用再呈遞這份訴狀了？」聶赫留多夫說。

「完全不必了。我答應您。」他說道，尤其強調了「我」字，他顯然十分自信，「他的」誠實和「他的」話語就是最好的保證，「我最好現在就起草命令。您請坐一會兒。」

他走到桌邊，寫了起來。聶赫留多夫並未坐下，他俯視著那顆窄小的禿頭，那隻青筋暴露、奮筆疾書的手，他感到驚訝的是，這個顯然對一切都無動於衷的人為何要做此事，而且還如此熱忱呢？為什麼？……

「好了，」托波羅夫說著，封上信封，「去告訴您的當事人吧。」他補上一句，噘噘嘴，像是給了一個笑容。

「這些人究竟因為什麼而受罪的呢？」聶赫留多夫接過信封，說道。

托波羅夫抬起頭，笑了一下，似乎聶赫留多夫的問題讓他感到心滿意足。

「這我就無法告訴您了。我能告訴您的就是，我們所捍衛的人民的利益十分重要，較之如今廣為流行的對信仰問題的過分冷漠，在這方面的過分熱忱就不那麼可怕了，也沒那麼有害。」

「但怎麼能以宗教的名義來破壞最基本的善舉，拆散家庭呢……」

托波羅夫始終面帶俯就的微笑，他顯然覺得聶赫留多夫的話很可愛。無論聶赫留多夫說什麼，托波羅夫都認為是可愛的、片面的，因為他認為他是站在宏大的國家立場的高度看問題的。

「從個人的角度來看，或許是這樣的，」他說道，「但從國家的角度來看就有所不同。不過，請您諒解。」托波羅夫說著，微微頷首，伸出手來。

聶赫留多夫握了一下他的手，一聲不響地匆匆走出辦公室，心裡在後悔握了那隻手。

「人民的利益，」他重複著托波羅夫的話，「是你的利益，只有你的利益。」他一邊想，一邊走出托波羅夫的官邸。

他又想起被這些維持正義、維護信仰、教育人民的機關懲罰過的那些人。如因販賣私酒而獲罪的農婦，被控偷竊的年輕人，因為流浪被關的流浪漢，被控放火的縱火犯，被控貪汙的銀行家，還有這位不幸的麗達，她被關押只是因為要從她那裡獲取必要的情報，還有違反東正教教規的分裂派教徒，以及試圖編纂憲法的古爾科維奇。於是，聶赫留多夫異常清晰地意識到，所有這些人遭到逮捕、關押和流放，完全不是因為他們破壞了公正或觸犯了法律，而僅僅因為他們妨礙了官吏和富人占有從人民那裡搜刮來的財富。

礙事的有販賣私酒的農婦，有滿城亂逛的小偷，有保管文件的麗達，有破壞信仰的分裂派教徒，有起草憲法的古爾科維奇。因此，聶赫留多夫看得一清二楚，所有這些官吏，從他的姨丈、那幾位參政官和托波羅夫，到各部委辦公桌後面坐著的那些衣著乾淨、彬彬有禮的小官員，全都不會因無辜者的受難而感覺不安，卻只關心如何清除一切危險人物。

因此，他們不僅不遵循這一法規，即寧願放過十個罪犯，也不冤枉一個好人，而是相反，寧願懲罰十個無辜者，也不放過一個真正的危險人物，就像為了除去一個爛瘡，不惜挖去一大塊好肉。

對所見所聞做此解釋，聶赫留多夫頓時覺得一清二楚，但正因為對這一切一清二楚，聶赫留多夫卻很難承認這種情況。關於如此複雜的現象不可能只有如此簡單、如此可怕的解釋，所有那些關於正義、善良、法律、信仰、上帝等等的字眼不可能全都是空話，僅僅為了掩蓋最無恥的自私和殘忍。

28

聶赫留多夫原打算當晚離開，但他答應Mariette要去劇院見她，儘管知道不該去劇院，然而他認為自己應該履行諾言，所以還是違心地去了劇院。

「我能抵擋住這些誘惑嗎？」他不太誠心地想道，「就試這最後一次吧。」

他換上燕尾服，來到劇院。他走進劇院時，長演不衰的《Dame aux camélias》（法文：《茶花女》）正演到第二幕，一位外國女演員正在用新的方式詮釋那位肺癆病女子瀕臨死亡的那一刻。

劇院裡坐滿了觀眾，聶赫留多夫問Mariette的包廂在哪裡，有人立即指給他看，對發問的聶赫留多夫也充滿敬意。

走廊裡站著一位身穿制服的僕人，他像見到熟人一樣對聶赫留多夫鞠了一躬，打開包廂的門。

對面包廂裡坐著一排排人，還有些人站在他們身後，能看到近處的一個個後背，還能看到池座裡一個個腦袋。有的白髮蒼蒼，有的花白，有的光禿，有的謝頂，有的油光鋥亮，有的滿頭鬈髮，所有觀眾全都聚精會神地看著那個花枝招展、瘦骨嶙峋、身著綾羅綢緞的女演員用做作的嗓音斷斷續續地念獨白。包廂門打開的時候，有人噓了一聲，一冷一熱兩股氣息掠過聶赫留多夫的臉龐。

包廂裡坐著Mariette和另一位披著紅披肩、盤著粗大髮髻的陌生太太，還有兩個男人。一個是Mariette的將軍丈夫，他高大英俊，鼻梁直挺，神情嚴肅，有些高深莫測，軍服的前襟因有棉花和土布墊胸而高高聳起；另一位男子頭髮淺黃，有些禿頭，兩邊的面頰覆蓋著神氣的大鬍子，中間露出一小塊剃得乾乾淨淨的下巴。Mariette身材苗條，優雅嫵媚，她穿一件露肩晚禮服，露出結實的肩膀，肩膀和脖子之間形成兩道弧線，脖子和肩膀的連接處有一顆黑痣，她迅即回頭看了一眼，用扇子指了指身後的椅子，示意聶赫留多夫坐下，她熱情而感激地對他一笑，他覺得這笑容裡還別有深意。她的丈夫以他慣常的姿態，不動聲色地掃了聶赫留多夫一眼，點點頭。他和妻子對視了一下，在他的做派和目光中可以看出，他是這位漂亮妻子的主人和所有者。

獨白結束，劇院裡掌聲雷動。Mariette站起身，提著窸窣作響的綢裙，走到包廂後部，把聶赫留多夫介紹給自己的丈夫。將軍的眼睛始終含笑，他說了一句「幸會」之後，便不動聲色、高深莫測地沉默著。

「我本來今天要走的，但我答應過您。」聶赫留多夫對Mariette說道。

「您要是不願看我，就看看這位出色的女演員吧。」Mariette針對聶赫留多夫話中的含義答道。「她剛才這幕戲演得太棒了，不是嗎？」她對丈夫說道。

丈夫點了點頭。

「這戲打動不了我，」聶赫留多夫說，「我最近見過太多真正的不幸，所以……」

「您坐下來聊一聊吧。」

她的丈夫也留神聽著，眼裡流露出越來越多的譏笑。

「我去見了那個被釋放的女子，她被關了太久，徹底被毀了。」

「就是我對你說過的那個女子。」Mariette對丈夫說。

「是啊，我很高興她能獲釋。」他不動聲色地說著，點點頭，聶赫留多夫覺得，他的小鬍子下面也已經含有譏笑了，「我去抽口菸。」

聶赫留多夫坐下來，等著聽 Mariette 聲稱要對他談的「那件事」，但她什麼話也沒對他說，甚至根本不想說，她一直在開玩笑，在談這齣戲，她認為這齣戲理應能讓聶赫留多夫特別感動。

聶赫留多夫發現她並無什麼話要對他說，她只想向他展示她漂亮的晚裝，還有她的肩膀和黑痣，這讓他感到愉快，同時也覺得厭惡。

這先前覆蓋著一切的漂亮外表，如今對於聶赫留多夫而言雖說尚未揭去，他卻已看清這外表下的一切。他看著 Mariette，欣賞著她，但他知道她是個虛偽的女人，她與她這位用千百人的眼淚和性命換得功名的丈夫生活在一起，卻心安理得。他知道她昨天說的全是假話，她只想讓他愛上自己，他不清楚她為何要這樣做，她自己也未必清楚。於是，他感到既有趣又反感。他好幾次想離開，拿起帽子，卻又留下了。可是最終，當她丈夫回到包廂，濃密的唇鬚上散發著菸草味，他用居高臨下、不屑一顧的眼神看了聶赫留多夫一眼，似乎想不起他了，此時，聶赫留多夫不等包廂的門關上，便出門來到走廊，找到自己的大衣，走出了劇院。

他沿著涅瓦大街走回姨媽家，無意中發現前方有一位身材高䠷優美、穿著華麗妖豔的女子靜靜地走在寬闊的人行道上，她的臉上和全身都散發著誘惑，即她對自己的妖豔魅力深信不疑。從這個女子身邊經過的人都會看她一眼。聶赫留多夫快走幾步超過她，也不由自主地看了一下她的臉。這張臉大約化了妝，十分漂亮，這女子朝聶赫留多夫一笑，眼裡閃過一道亮光。奇怪的是，聶赫留多夫頓時想到了 Mariette，因為他又體驗到在劇院裡有過的那種既誘惑又厭惡的感覺。聶赫留多夫快步從這女子身邊走開，很生自己的氣，便轉向海洋街，向濱河街走去，他在這裡來回走動，引得一位警察心生詫異。

「我進劇院包廂時，那個女人也是這麼對我笑的，」他想，「那個女人的笑和這個女人的笑含義一樣。區別僅在於，這個女人的話說得乾脆直接：『你要我，就帶我走。不想要，就走開。』那個女人卻裝模作樣，說她想的並非這種事，她在生活中懷有高尚優雅的情感，但兩者大體上是同一回事。這一位至少是真實的，那一位卻在騙人。此外，這一位因為貧窮才落入這種境地，而那一位卻在演戲，在玩弄這種既美好又可惡可怕的欲望。這位是街頭妓女，是一杯臭烘烘的髒水，是供那些飢渴甚於噁心的人喝的，而劇院裡的那個女人卻是一杯毒藥，這毒藥會令人難以覺察地毒害周圍的一切。」聶赫留多夫想起自己與首席貴族妻子的關係，可恥的往事一下湧上心頭，「人身上的獸性是可惡的，」他想道，「不過，當這種獸性赤裸裸地呈現，你站在自己精神生活的高度打量它、鄙視它，無論你倒下或是挺住了，你都依然是你。然而當這種獸性披上虛妄的美麗、詩意的外衣，做出一副要人景仰的姿態，這時你就會對它敬若神明，完全身陷其中，分不清好壞。這才可怕呢。」

這一切如今聶赫留多夫看得一清二楚，一如他清楚地看見眼前的宮殿、哨兵、要塞、河流、船隻和證券交易所。

這天夜裡，大地上似乎沒有那種撫慰人心、催人入眠的黑暗，卻有著暗淡憂鬱、來歷不明、很不自然的光照，聶赫留多夫的內心也是這樣，再無那能催他入眠的愚昧黑暗。一切都明朗起來。顯而易見，一切被認為是重要和美好的東西皆很渺小或可惡，這所有的光鮮和奢華全都掩蓋著各種由來已久、眾人皆習以為常的罪行。這些罪行不僅不會受到懲罰，還會高奏凱歌，並被披上世人能夠想出的一切美麗外衣。

聶赫留多夫想忘掉這一切、不看這一切，但他卻已無法不看。儘管他不知為他照亮所有這一切的光究竟源自何處，一如他不知灑滿彼得堡的光究竟源自何處，儘管他覺得這光照暗淡憂鬱、很不自然，他卻無法對這光照之下他眼前呈現出的一切視而不見，於是，他感到既歡快又慌亂。

29

回到莫斯科，聶赫留多夫做的第一件事就是前往監獄醫院，把參政院維持法院判決的不幸消息告訴瑪絲洛娃，讓她做好去西伯利亞的準備。

律師已經為他擬好呈遞皇上的訴狀，他此刻帶著這訴狀去監獄讓瑪絲洛娃簽字，但他對上訴結果已不抱太大希望。說來奇怪，他如今甚至不願看到上訴成功。他已做好前往西伯利亞的心理準備，決心與流放犯和苦役犯一起生活，如果瑪絲洛娃被無罪釋放，他反而很難想像他該如何安排自己和她的生活。他想起美國作家梭羅的一句話，梭羅在美國的奴隸制尚未廢除的時候說，在一個奴隸制合法並得到保障的國家，一個誠實公民唯一體面的去處就是監獄。聶赫留多夫就是這樣想的，尤其經歷彼得堡之行以及在那裡的所見所聞之後。

「是的，在當下俄國，一個誠實人唯一體面的去處就是監獄！」他想道，他來到監獄，走進高牆，甚至真切地體驗到了這種感受。

醫院的守門人認出聶赫留多夫，便立馬告訴他，瑪絲洛娃已經不在他們這裡了。

「她去哪裡了？」

「又回牢裡了。」

「為什麼送她回去？」聶赫留多夫問。

「本來就是那號人啊，大人，」看門人說道，露出輕蔑的笑容，「她和醫士勾搭上了，主任就把她趕走了。」

聶赫留多夫無論如何也沒料到，瑪絲洛娃及其精神狀態居然讓他如此惦念。這個消息令他大為震驚。他此時的感受，一如一個人突然獲悉巨大的不幸。他非常痛心。他聽到這個消息後的第一個感覺就是羞愧。他首先覺得自己很可笑，因為他居然滿心歡喜地認為她的精神狀態已經改變了。他此刻在想，她所說的那些不願接受他犧牲的話、她的指責和眼淚，全都是一個墮落女人的狡猾伎倆，她是想盡量充分地利用他。他現在覺得，他最後一次探監時在她身上看見的種種不可救藥的跡象，如今這本質暴露出來了。在他本能地戴上帽子、走出醫院的時候，他腦中閃過這一念頭。

「但如今怎麼辦呢？」他問自己。「還跟她綁在一起嗎？我如今能因為她的這一行為而讓自己解脫嗎？」他問自己。

但是，他剛給自己提出這一問題，便立即明白，認為自己可以獲得解脫、可以拋開她不管，他這樣做並非如他希望的那樣是在懲罰她，而是在懲罰自己。他因此覺得很可怕。

「不！這件事並不能改變我的決定，只會使我的決定更加堅定。就讓她由著她的精神狀態行事吧，想要勾搭醫士就去勾搭吧，這是她的事……我的事，就是按照我良心的要求行事。」他對自己說，「我的良心要求我犧牲自己的自由來贖我的罪，我的決定是不會改變的，我要跟她結婚，哪怕只是名義上的婚姻，我要跟隨她，無論她被流放到哪裡。」他發狠地對自己說，出了醫院，他步履堅定地向監獄大門走去。

來到大門口，他請求值班看守去通報典獄長，說自己想見瑪絲洛娃。值班看守認識聶赫留多夫，就像面對一位熟人那樣告訴聶赫留多夫監獄裡的一個重大新聞，即原先擔任典獄長的大尉已被免職，接替他的是另一位嚴厲的長官。

「現在可嚴了，嚴得要命，」這看守說，「他現在在這裡，我這就通報。」

典獄長果然在監獄，他很快便出門來見聶赫留多夫。新任典獄長個子很高，瘦骨嶙峋，顴骨突出，動作慢吞吞的，一臉愁容。

「探監只允許在探視日、在探視室進行。」他說道，並不看聶赫留多夫。

「但我需要她在給皇上的訴狀上簽字。」

「您可以交給我。」

「我需要見一見這位女犯人。之前都一直讓我見的。」

「之前是之前。」典獄長飛快地掃了聶赫留多夫一眼，說道。

「我有省長的許可。」聶赫留多夫據理力爭，掏出皮夾。

「請出示。」典獄長說道，仍舊沒看聶赫留多夫的眼睛。他用白皙乾瘦、指頭很長、食指上戴著金戒指的手接過聶赫留多夫遞上的那張紙，不疾不徐地讀了一遍。「請來辦公室吧。」他說道。

這一次，辦公室裡一個人也沒有。典獄長在辦公桌旁坐下，翻閱面前的文件，他顯然打算留在這裡監視聶赫留多夫和瑪絲洛娃的會面。當聶赫留多夫詢問可否探視政治犯鮑戈杜霍夫斯卡婭，典獄長一口回絕，說不可以。

「政治犯不能見。」他說道，然後又埋頭讀起文件。

聶赫留多夫的口袋裡裝著那封給鮑戈杜霍夫斯卡婭的信，他覺得自己像個事跡敗露的罪犯。

瑪絲洛娃走進辦公室時，典獄長抬起頭，既不看瑪絲洛娃也不看聶赫留多夫，只說了一句：「你們可以開始了！」便繼續看文件。

瑪絲洛娃像先前一樣，依舊穿著白色的上衣和裙子，戴著白色的頭巾。她走到聶赫留多夫身邊，看到了他冰冷、惱怒的神情，她的臉頓時羞得通紅，她一隻手摸弄著上衣下襬，垂下眼睛。她的窘態使聶赫留多夫認定，醫院守門人的話果然沒錯。

聶赫留多夫想如同上次那樣對待她，他想向她伸出手去，卻做不到，他此刻十分討厭她。

「我給您帶來一個不好的消息，」他用平靜的語氣說道，既沒看她，也沒伸出手去，「參政院駁回了上訴。」

「我早知道會這樣。」她用奇怪的嗓音說道，好像有些喘不過氣來。

要是在從前，聶赫留多夫會問她，她為何要說她早知道會這樣，但此刻他只看了她一眼。她的眼裡滿是淚水。

然而這不僅沒讓他心軟，反而更激起了他對她的反感。

典獄長站起身，在辦公室裡來回踱步。

儘管聶赫留多夫此刻對瑪絲洛娃十分反感，他仍覺得有必要就參政院駁回上訴對她表示同情。

「您別灰心，」他說道，「給皇上的訴狀也許能有結果，我希望……」

「我想的不是這事……」她說著，用一雙水汪汪而有些斜視的眼睛可憐地看著他。

「那是什麼事？」

「您去過醫院了，他們一定跟您提到我的事……」

「這沒什麼，這是您的事情。」聶赫留多夫皺了皺眉頭，冷冷地說。

聽她提起醫院，他心頭已經平息的因傲慢受辱而生的殘忍情感又越發強烈地湧起。「這樣一位上流社會男子，任何一個大家閨秀都會把嫁給他視為一種幸福，他主動提出做這個女子的丈夫，但她卻等不及了，要去勾搭一個醫士。」他心裡想著，憤恨地看著她。

「您在這份訴狀上簽個字吧。」他說著，從口袋裡掏出一個大信封，放在桌上。她用頭巾的一角擦了擦淚水，坐到桌邊，問應該在哪裡簽字、怎麼寫。

他告訴她該簽在哪裡，該怎麼寫。她坐在桌邊，用左手理了理右手的衣袖；他則站在她旁邊，一聲不響地俯視著她趴在桌上的後背，強忍的抽泣使她的後背不時顫動。於是，他的心中有兩種情感在搏鬥，一種是惡的情感、是受辱的傲慢，一種是善的情感、是對這位受難女子的憐惜，結果後一種情感占了上風。

他不記得究竟何者在前，是他先心疼起她來，還是他先想到了自己，想到了自己的罪孽、自己的卑鄙，他指責她卑鄙，但他自己恰恰也是如此。不過一瞬之間，他既感覺到自己有罪，同時也對她充滿憐惜。

在訴狀上簽了字，把沾上墨水的手指在裙子上擦了擦，她站起身，看了他一眼。

「無論結果怎樣、無論情況如何，什麼都改變不了我的決定。」聶赫留多夫說道。應該原諒她的想法加重了他對她的憐惜和柔情，他因此想安慰她一下。

「我說話算數。不管您被流放到哪裡，我都要和您在一起。」

「算了。」她趕忙打斷他的話，臉上卻容光煥發。

「您想一想路上還需要什麼東西。」

「好像不需要什麼。多謝您。」

典獄長走近他倆，聶赫留多夫不等他說話，就與瑪絲洛娃告別，走出門來，他體驗到了前所未有的恬靜歡樂、內心平靜和對所有人的愛。聶赫留多夫意識到，瑪絲洛娃的任何行為都不可能改變他對她的愛，這一意識使他歡欣，使他登上一個他不曾有過的精神高度。就讓她跟醫士勾搭好了，這是她的事，他愛她不是為自己，而是為了她、為了上帝。

其實，那樁導致瑪絲洛娃被趕出醫院、連聶赫留多夫也信其有的所謂她與醫士的勾搭，原來是這麼回事：瑪絲洛娃按一位女醫士的吩咐去藥房取一劑藥。藥房在走廊盡頭，她在那裡碰見一位醫士，他個子很高，一臉粉刺，名叫烏斯季諾夫。此人對瑪絲洛娃糾纏不休，早已讓她厭煩，為了掙脫他，瑪絲洛娃用力推了他一把，他撞在架子上，有兩個玻璃瓶從架上掉下來，摔得粉碎。

主任醫生此刻恰好經過走廊，他聽見藥瓶碎掉的聲音，又看見瑪絲洛娃滿臉通紅地跑了出來，便生氣地對她喊道：

「喂，小姑娘，你要是在這裡還想勾搭人，我就把你送回去。怎麼回事？」他問那位醫士，從眼鏡上方嚴厲地盯著他。

醫士嬉皮笑臉地為自己辯解。醫生不等他說完，便抬起頭，以便能透過眼鏡看路，走進了病房。主任醫生當天就對典獄長說，要他另派一位穩重些的女看護來取代瑪絲洛娃。瑪絲洛娃勾搭醫士的事情就是這樣。因為勾搭男人的罪名被趕出醫院，這讓瑪絲洛娃十分難受，因為在與聶赫留多夫見面之後，她早已厭煩的與男人的關係令她感到尤其噁心。每個男人，其中包括這個滿臉粉刺的醫士，依據她過去和現在的處境，都認為自己有權欺負她。遭到她拒絕時還會感到驚訝，這令她十分屈辱，她覺得自己很可憐，眼淚奪眶而出。這一次，她出來見聶赫留多夫，本想在他面前為自己辯白一下，說他可能聽說的閒話並非事實。但她剛一開口，便感覺他是不會相信的，她的辯解只會加重他的懷疑，淚水於是湧上她的喉頭，她沒再說話。

瑪絲洛娃依然認為，並一直想要自己相信，就像她在第二次見面時對他說的那樣，她不原諒他、她恨他。可是，她早已重新愛上了他，愛得很深，不自覺地履行著他對她提出的要求，她不再喝酒抽菸、不再賣弄風情，還去醫院做了看護。她之所以做這些事，就是因為她知道他希望她這樣做。每一次，當他提到要和她結婚，她都斷然拒絕，不願接受他做出的犧牲，這只是因為她想再次重複她對他說過的那些驕傲的話，更重要的是，她知道這樁婚姻會給他造成不幸。她下定決心不接受他的犧牲，但一想到他看不起她，認為她還是從前那個樣子、看不到她身上發生的變化，她心裡便難過極了。最讓她難受的就是，他如今認為她在醫院裡做了什麼見不得人的事，這比她最終被判服苦役的消息更令她傷心。

30

瑪絲洛娃可能第一批被押往流放地，聶赫留多夫因此要做好動身準備，但他事情太多，以至於他覺得無論自己有多少時間，似乎都永遠辦不完這些事情。現在的情形與從前完全相反。從前要想出點什麼事情來做，所關注的興趣點也永遠只有一個，即他德米特里·伊萬諾維奇·聶赫留多夫，但是，雖然生活的一切興趣全都集中在德米特里·伊萬諾維奇身上，所有那些事情仍然索然無味；現在，一切事情均與他人有關，而與德米特里·伊萬諾維奇無關，但所有這些事情卻都饒有興味，只是覺得忙不過來。

此外，從前那些與德米特里·伊萬諾維奇相關的事情總會引起沮喪和氣憤，而他人的事情卻大多能喚起歡快的心情。

聶赫留多夫這段時間要辦的事可分為三類，他按照自己的刻板習慣做此分類，並把各種文件相應地放入三個公事包。

第一件事情關係到瑪絲洛娃，關係到如何幫助她。此事眼下要辦的，就是設法獲得支持，將上訴書遞交皇上，同時為西伯利亞之行做準備。

第二件事情是處置田產。帕諾沃的土地已分給農民，條件是讓他們繳納租金，租金作為公積金，以備農民不時之需。但為了確保此事能成，還得擬定並簽署契約和遺囑。庫茲明斯科耶的事照他先前的安排做，也就是說，地租他還是要收，不過要定下收取的期限，確定自己拿多少生活費，讓利多少給農民。他不知他即將展開的西伯利亞之行需要多少開銷，因此不敢放棄這份收入，儘管他已放棄一半利益。

第三件事是幫助囚犯，求他幫忙的囚犯越來越多。起初，一有犯人向他求助，他便立即開始為他們奔走、努力減輕他們的痛苦。可是後來，求助的人實在太多，他覺得自己無法幫助每個人，便不由自主地做起第四件事情，他近來忙得最多的就是此事。

這第四件事就是要解決這一問題，即這種被稱作刑事法庭的奇怪機關究竟是什麼東西？它有什麼存在必要？它是如何產生的？監獄就是這一奇怪機關的產物，他已結識了監獄裡的部分囚犯，從彼得保羅要塞到薩哈林島，成千上萬的人在受苦，他們都是這部在他看來莫名其妙的刑法的犧牲品。

透過自己與囚犯的交往，透過與律師、獄中神父和典獄長的交談，透過閱讀犯人的卷宗，聶赫留多夫得出一個結論，即被關押的所謂罪犯可劃分為五類。

第一類是完全無辜的人，他們是法庭錯判的犧牲品，如被冤枉的縱火犯孟紹夫、如瑪絲洛娃等。這類人並不很多，據一位神父觀察，約占百分之七，但這些人的處境卻尤其讓人關切。

第二類人獲罪的行為是在特殊情況下犯下的，如憤怒、嫉妒、醉酒等等。那些審判他們、懲罰他們的人在同樣情況下或許也會做出同樣行為。據聶赫留多夫觀察，在所有囚犯中這類人幾乎占到一半以上。

第三類人因為某些行為而受到懲罰，但他們卻認為自己的行為十分平常，甚至是好事，然而在那些與他們身分不同的立法者看來，他們的行為卻是犯罪。屬於此類人的有私酒販子、走私犯和那些在地主和公家林子裡割草打柴的人。那些打家劫舍的山民和掠奪教堂的無神論者亦屬此類。

第四類人之所以被列為罪犯，僅僅因為他們的精神境界高於社會平均水準。那些分裂派教徒如此，那些為爭取獨立而暴動的波蘭人和切爾克斯人如此，那些政治犯、即因對抗當局而遭審判的社會主義者和罷工者同樣如此。據聶赫留多夫觀察，這類社會最優秀分子在囚犯中所占比例很大。

最後是第五類人，社會對他們犯下的罪行遠超過他們對社會犯下的罪行。這是一些被拋棄的人，他們因長期受到欺壓、長期受到誘惑而變得渾渾噩噩，比如那個偷擦腳墊的年輕人，以及聶赫留多夫在監獄內外見到的數以百計的其他人，生活環境似乎在一步一步逼迫他們不得不做出那被稱作犯罪的行為。據聶赫留多夫觀察，許多竊賊和殺人犯均屬此類，他在近期與其中的某些人有過接觸。在更深入的瞭解之後，他還將另一些人也歸入此類，即那些被新犯罪學派稱為「犯罪類型」的道德墮落、不可救藥之人，這些人在社會上的存在被視為刑法和懲罰之必要存在的主要根據。在聶赫留多夫看來，這些所謂的不可救藥型、犯罪型、非正常型人，恰恰也與前面提及的人一樣，即社會對他們犯下的罪行遠超過他們對社會犯下的罪行，不過社會並非直接在當下對他們犯罪，而是在先前曾對他們的父母或祖先犯罪。

在這些人中，慣竊奧霍金的情況尤其令聶赫留多夫震驚。奧霍金是一名妓女的私生子，自小在不好的環境長大，三十歲之前顯然從未遇見什麼在道德方面比警察更為高尚的人，年紀輕輕便落入竊盜集團，然而他卻擁有非比尋常的喜劇天賦，很討人喜歡。他請求聶赫留多夫幫他，但與此同時他卻嘲笑自己、嘲笑法官、嘲笑監獄、嘲笑一切法律，不但嘲笑刑法，也嘲笑神的法則。另一個例子是美男子費奧多羅夫，他帶領他那夥人搶劫並殺害了一個老官員。費奧多羅夫是個農民，他父親的房子被人非法強占，他後來從軍，在軍中因為愛上一名軍官的情婦而吃盡苦頭。此人十分有趣，激情四射，只願盡一切可能尋歡作樂，他也從未見人出於什麼目的而克制享受，從未聽人說起生活中除了享受還有其他什麼目的。聶赫留多夫知道，這兩個內心豐富的人之所以很不成器、變得畸形，恰如無人關照的植物時常也會長得畸形，難以成材。他還見過一個流浪漢和一個女子，他倆因其愚鈍和表面的冷酷而令人反感，但他卻無論如何也難以在他倆身上發現那個義大利犯罪學派所說的「犯罪類型」，只覺得他倆是令自己反感的人，一如他反感那些身著燕尾服、佩戴肩章、衣服邊沿綴滿花邊的自由人。

聶赫留多夫此時要做的第四件事，就是在研究這一問題，即這些形形色色的人都深陷牢獄，而那些與他們一樣的人卻自由自在，甚至對前者做出審判。

起初，聶赫留多夫想在書本裡找到這一問題的答案，便購買了與這一問題相關的所有書籍。他買了義大利犯罪學家龍布羅梭、加羅法洛和菲利的書，還買了德國經濟學家李斯特、英國心理學家摩德斯萊和法國社會學家塔爾德的書，並仔細閱讀。但這些書他讀得越多，便越感覺失望。很多人時常遭遇這種情況，他們關注學術並非為了在學術界扮演角色，或著述，或爭論，或教書，而是為了解決簡單直接的生活問題；在聶赫留多夫身上也出現了這種情況，學術著作為他解答了成千上萬個與刑法相關的微妙深奧的問題，卻唯獨未能提供他苦苦尋求的答案。他提出的問題十分簡單，他的問題是：為什麼一些人可以關押、折磨、流放、鞭笞、殺戮另一些人，當他們自己與那些遭到他們折磨、鞭笞和殺戮的人如出一轍？他們遵循的是什麼樣的法律？對他做出回答的是種種推論：人究竟是否可以擁有自由意志？可否借助測量頭蓋骨來判斷一個人是否屬於犯罪類型？遺傳在犯罪中發揮何種作用？有無先天的道德缺失？何為道德？何為瘋狂？何為退化？何為氣質？氣候、食物、愚昧、模仿、催眠、激情對犯罪有何影響？何為社會？社會責任究竟有哪些？如此等等。

這些推論使聶赫留多夫想起他有次從一個放學回家的小男孩處得到的回答。聶赫留多夫問男孩是否學會了拼寫。「學會了。」男孩回答。「那你就拼寫一下『爪子』這個單詞。」「什麼爪子，是狗爪子嗎？」男孩面帶狡猾的神情回答。聶赫留多夫在那些學術著作中為自己唯一的基本問題找到的答案，恰如小男孩的反問式回答。

這些著作充滿很多智慧有趣、很有學術性的見解，卻沒有對主要問題加以回答。這個主要問題就是：一些人懲罰另一些人，究竟是依據何種法律？不僅沒有給出答案，而且一切推論還集中於一點，即為懲罰做出解釋和辯護，懲罰的必要性被視為公理。聶赫留多夫讀了很多書，但讀得斷斷續續，他認為找不到答案是因為讀得太膚淺，他希望之後能找到答案，因此他便不願相信自己近來越來越常考慮的那個答案是正確的。

31

包括瑪絲洛娃在內的那批犯人的押解時間定在七月五日。聶赫留多夫準備在這一天與她一同出發。在他動身的前夜，聶赫留多夫的姊姊和姊夫來到城裡與弟弟見面。

聶赫留多夫的姊姊娜塔莉婭・伊萬諾夫娜・拉戈任斯卡婭比弟弟大十歲。在某些方面，弟弟就是在姊姊的影響下長大的。在弟弟小的時候，姊姊很愛他，後來到她出嫁前，她二十五歲，而他十五歲，她對待弟弟就像對待一個同齡人。她當時愛上了弟弟的朋友尼古拉·伊爾捷涅夫，尼古拉後來過世了，姊弟倆都愛尼古拉，愛他身上那種美好的、能把所有人團結在一起的特質，姊弟倆自己身上也有這種特質。

從那以後，他倆都沉淪了，他因為從軍，過起不良的生活。她則因為出嫁，她對丈夫只有兩性之愛。丈夫不僅不喜歡她和弟弟當年十分珍重、視為神聖的一切，甚至完全不知此為何物，他認為她當年追求道德完善、服務他人的志向僅為他所理解的虛榮心，是想在眾人面前出風頭。

拉戈任斯基沒有名望和家業，卻是個十分圓滑的官場老手。他巧妙地周旋於自由派和保守派之間，哪一派能在此一時刻、此一場合給他的生活帶來好處，他就對哪一派加以利用，更重要的是，利用他善於討女人歡心這一特長，他在司法界官運亨通。這個已不年輕的男人在國外認識了聶赫留多夫一家，使同樣已不年輕的姑娘娜塔莎愛上自己，幾乎拂逆岳母的意願娶了娜塔莎，岳母認為這樁婚事是mésalliance（法文：並不般配）。聶赫留多夫憎恨這個姊夫，儘管他自己不願承認這一點、儘管他在與這種感覺抗爭。他反感姊夫身上的庸俗情感，反感他能力有限卻自命不凡。更主要的是，他因為姊姊而對姊夫反感，姊姊居然會如此熱烈地、無私地、充滿欲望地愛上這樣一個內心空虛的人，並為了他而壓抑自己內心一切美好的東西。一想到姊姊娜塔莎就是這個渾身長毛、禿頂鋥亮、自命不凡的男人的妻子，聶赫留多夫總會感到十分難受。他甚至無法克制對姊夫的孩子的厭惡。每次聽說姊姊又要當母親，他都會體驗到一種近似哀悼的情感，認為姊姊又在這個他覺得格格不入的男人那裡沾染了某些壞東西。

拉戈任斯基夫婦沒帶孩子來，他們有兩個孩子，一男一女，他們全家落腳在一座上好旅館的上好房間裡。娜塔莉婭立即去了母親的舊宅，在那裡沒見到弟弟，她聽阿格拉菲娜·彼得羅夫娜說他已搬到這間出租屋，便趕了過來。一名邋遢的僕人在氣味難聞、暗得連白天也要點燈的走廊裡招呼她，說公爵不在家。

娜塔莉婭·伊萬諾夫娜想進入弟弟的房間，給他留張字條。僕人領她進了房間。

娜塔莉婭·伊萬諾夫娜走進兩個很小的房間，細細打量起來。她處處都看見了她熟悉的那種整潔和有序，但全新的樸素陳設卻令她驚訝。她在書桌上看見她熟悉的那個小狗造型的銅紙鎮，公事包、紙張、文具等也像往常一樣擺得整整齊齊，還有幾卷刑法條例，一本英文版的亨利·喬治著作，一本法文版的塔爾德著作，塔爾德的書裡夾著一把她很熟悉的裁紙刀，這把長長的彎刀用象牙製成。

她坐到桌邊，給他寫了一張字條，要他回來後立即去見她，她面對眼前的一切驚訝地搖了搖頭，便返身回到旅館。

娜塔莉婭·伊萬諾夫娜目前關心弟弟的兩件事：一是他與卡秋莎的婚事，她在她居住的那座城市裡已有耳聞，因為大家都在談論此事；二是他要把土地交給農民，此事也已眾所周知，很多人還認為這是政治行為，十分危險。弟弟要娶卡秋莎，這一方面讓娜塔莉婭·伊萬諾夫娜感到高興，她欣賞弟弟的敢作敢為，她從中辨認出了自己出嫁之前那段美好時光中的弟弟和自己。然而與此同時，一想到弟弟要娶這樣一個可怕的女人為妻，她又十分恐懼。後一種感覺更為強烈，於是她決定竭盡所能對弟弟施加影響、阻止他，儘管她知道這很難做到。

另一件事，即把土地交給農民，她卻不太關心，不過她丈夫卻因此而十分生氣，要她對弟弟施加影響。她的丈夫伊格納吉·尼基福羅維奇說，這一舉動遠遠超出了冒失、輕率和傲慢，如果能對這一舉動加以解釋，那也只能是別出心裁，自我標榜，譁眾取寵。

「把土地交給農民，又讓農民自己交租金給自己，這有什麼意義呢？」他反覆說道，「他要是真想這麼做，可以經由農民銀行把土地賣給農民啊。這倒是有點意義。總之，這個舉動有些不太正常。」伊格納吉·尼基福羅維奇已經開始考慮監管問題，他要妻子去和她弟弟認真談一談他那個奇怪的打算。

32

聶赫留多夫一回來，看到姊姊留在桌上的字條，便立即趕去見她。時辰已是黃昏。伊格納吉·尼基福羅維奇在另一個房間休息，娜塔莉婭·伊萬諾夫娜獨自接待弟弟。她身著一件緊腰的黑綢裙，前胸紮著一個紅色花結，黑色的頭髮紛披著，梳成時髦的樣式。她顯然努力地想比她的同齡丈夫顯得更年輕一些。看到弟弟，她從沙發上跳起來，快步迎上來，綢裙窸窣作響。他倆相互親吻，微笑著對視。他倆的眼神完成了一種神祕而意味深長、很難用語言描述的交流，這眼神的交流中飽含真誠，隨後開始了語言的交流，但這語言的交流已無那樣的真誠。母親去世後，他倆一直未曾見面。

「你胖了，更年輕了。」他說。

她感到很開心，嘴角泛出了皺紋。

「你倒瘦了。」

「伊格納吉．尼基福羅維奇好嗎？」聶赫留多夫問。

「他在休息。他昨晚沒睡好。」

有很多話要說，但語言什麼也表達不出，而眼神卻道出了該說卻沒說出口的話。

「我去過你那裡。」

「我知道。我從家裡搬了出來。我覺得那房子太大了，很孤單，沒意思。那些東西我都用不著了，你拉回去吧，不過就是家具，所有那些東西。」

「阿格拉菲娜．彼得羅夫娜對我說了。我去過那裡。謝謝你。可是……」

旅館的僕人此時端來了銀茶具。

僕人擺茶具的時候，姊弟倆都沒說話。娜塔莉婭．伊萬諾夫娜坐到茶几後面的扶手椅裡，默默地斟茶。聶赫留多夫也不作聲。

「喂，德米特里，事情我全都知道了。」娜塔莉婭看了弟弟一眼，語氣果斷地說道。

「我很高興你全都知道了。」

「你難道指望能改造她嗎，在她有過那樣的生活之後？」娜塔莉婭．伊萬諾夫娜說道。

他挺直身子坐在小凳上，並未支起兩肘，他仔細聽她說話，想好好地理解她的意思，好好地回答。與瑪絲洛娃最後一次見面時所喚起的感受，使他的心頭充滿寧靜的歡樂和對一切人的好感。

「我不是想改造她，而是想改造自己。」他回答。

娜塔莉婭·伊萬諾夫娜歎了一口氣。

「除了結婚，還有其他方法。」

「而我認為這是最好的方法，再說，這能讓我進入另一個世界，我在那裡會成為有用的人。」

「我不認為你會得到幸福。」娜塔莉婭·伊萬諾夫娜說。

「問題並不在於我的幸福。」

「這當然，但她如果有良心，她也不會幸福，她甚至不喜歡這樣。」

「她就是不希望這樣。」

「我理解，可是生活……」

「生活怎麼了？」

「生活還有其他需求。」

「生活要求我們做我們該做的事，此外它再無任何需求。」聶赫留多夫說，他看著姊姊依然好看的臉龐，儘管她的眼角和嘴角已現出細細的皺紋。

「我不明白。」她歎了一口氣，說道。

「可憐的好姊姊！她怎麼變這麼多？」聶赫留多夫想道，他又憶起出嫁前的娜塔莎，無數童年回憶編織出了他對她的溫柔情感。

就在此時，伊格納吉·尼基福羅維奇走進房間，他像往常一樣昂著腦袋，挺起寬大的胸膛，邁動柔軟輕快的步伐，滿面笑容，他的眼鏡、光頭和黑色大鬍子全都閃閃發光。

「您好，您好啊。」他用矯揉造作的聲調說道。

（儘管在姊姊婚後最初那段時間裡，聶赫留多夫與姊夫曾努力以「你」相稱，但最終依然稱「您」。）

他們相互握手，隨後伊格納吉・尼基福羅維奇輕巧地坐到扶手椅裡。

「我不妨礙你們談話吧？」

「不妨礙，我說話和做事從來不瞞著任何人。」

聶赫留多夫一看見這張臉，一看見這雙毛茸茸的手，一聽見這盛氣凌人、自以為是的腔調，他那溫柔的情感頓時煙消雲散。

「是啊，我們在談他的打算。」娜塔莉婭・伊萬諾夫娜說，「幫你倒杯茶？」她說著，端起茶壺。

「好的。請問是什麼打算呢？」

「與一批犯人一起去西伯利亞，其中有位女子，我認為自己在她面前有罪。」聶赫留多夫說道。

「我聽說不僅要護送她，還有別的打算。」

「是的，與她結婚，如果她願意的話。」

「原來如此！如果您不反對的話，請您為我解釋一下您的動機。我不明白您的動機。」

「動機就是，這位女子……她在墮落道路上邁出的第一步……」聶赫留多夫找不到合適的表達方式，感到很氣惱，「動機就是，犯罪的是我，受到懲罰的卻是她。」

「她受到懲罰，可能因為她也有過錯。」

「她完全沒有過錯。」

於是，聶赫留多夫便帶著不必要的激動把整個案情說了一遍。

「是啊，這是庭長的疏忽，因此導致了陪審員的不周到決定。但在這種情況下還有參政院。」

「參政院駁回了上訴。」

「駁回上訴，可能因為上訴的理由不夠充分。」伊格納吉・尼基福羅維奇說，他顯然完全贊同這個眾所周知的看法，即法庭辯論的結果就是真理，「參政院不可能介入案情實質的審查。如果審判真的出錯，還可以提請皇上裁決。」

「訴狀遞上去了，但成功的機率很小。他們要問部裡，部裡要問參政院，參政院再把自己的決定重複一遍，於是，無辜的人照例會遭受懲罰。」

「首先，部裡不會去問參政院，」伊格納吉・尼基福羅維奇面帶遷就的微笑說道，「而會從法院調來原始卷宗，如果發現錯誤，就會做出相應的結論；其次，無辜的人不會遭受懲罰，即便有，也是極其罕見的例外。受到懲罰的都是罪有應得。」伊格納吉・尼基福羅維奇面帶自命不凡的微笑，不疾不徐地說道。

「我的看法恰恰相反，」聶赫留多夫懷著對姊夫的厭惡說道，「我堅信，被法庭判處有罪的人，很多都是無辜的。」

「這怎麼可能？」

「他們完全是無辜的。這個被誣陷下毒的女子就是無辜的；我如今認識的那位被控殺人的農民是無辜的，他根本沒殺人；那對被控縱火的母子也是無辜的，火是屋主自己放的，但母子倆卻差點被判刑。」

「是的，誤審錯判過去有，將來還會有。由人掌控的機關無法做到萬無一失。」

「還有，很大一部分人是無辜的，因為他們是在特定環境中長大的，他們不認為自己的行為是犯罪。」

「對不起，這就沒道理了，任何一個竊賊都知道偷竊不好，不應偷竊，偷竊是不道德的。」伊格納吉．尼基福羅維奇說道，仍面帶平心靜氣、自命不凡、不無蔑視的微笑，這微笑讓聶赫留多夫十分火大。

「不，他們並不知道，人家告訴他們不能偷竊，但他們卻發現、他們也知道，工廠老闆在偷竊他們的勞動、剋扣他們的工資，政府和各級官員都在以稅收的方式一刻也不停地偷竊他們的錢財。」

「這可就是無政府主義了。」伊格納吉．尼基福羅維奇平心靜氣地給小舅子的話下了定義。

「我不知道這是什麼主義，我說的都是事實。」聶赫留多夫繼續說道，「他們知道政府在偷竊他們的錢財，他們知道我們這些地主早已偷光了他們的一切，奪走了他們的土地，土地本該是公共財產，然後，當他們在這被偷走的土地上撿幾根樹枝生爐子，我們就把他們關進監獄，還要他們相信自己是竊賊。他們當然知道，自己不是竊賊，那些偷走他們土地的人才是竊賊，千方百計restitution（法文：彌補）被盜之後的空缺，便是他們對自己的家庭應盡的職責。」

「我不明白，即便明白，我也不能贊同。土地只能是私人財產。如果您把土地分給大家，」伊格納吉．尼基福羅維奇說道，他平心靜氣地堅信聶赫留多夫是社會主義者，社會主義理論的宗旨就是平分所有土地，而這種均田地的方式十分愚蠢，他能輕而易舉地駁倒這一理論，「如果您今天平分了土地，明天土地就會重新回到那些更勤勞、更能幹的人手裡。」

「沒人考慮平分土地，土地不應成為任何人的私有財產，不應成為買賣對象或抵債物品。」

「私有權是人的天賦權利。沒有私有權，就不會有耕種土地的興趣。一旦消滅私有權，我們就會返回野蠻狀態。」伊格納吉．尼基福羅維奇用不容置疑的語氣說道，他重複了那個旨在維護土地私有制的通常論據，這一論據被認為是無可辯駁的，其內容就是，對土地私有的貪婪渴求便是土地私有之必要性的表徵。

「恰恰相反，只有實施公有制，土地才不會像現在這樣被荒廢，這些土地所有者就像霸占乾草的狗，不讓會種地的人耕種土地，自己又不會耕種。」

「聽著，德米特里．伊萬諾維奇，這完全是瘋話！在我們這個時代難道能夠廢除土地私有制嗎？我知道，這是您由來已久的一個dada（法文：念頭）。不過請允許我直言相告……」伊格納吉．尼基福羅維奇臉色蒼白，聲音顫抖，顯而易見，這個問題深深地觸動了他，「我勸您在著手解決這一個問題之前再好好考慮一下。」

「您是指我的私事嗎？」

「是的。我認為，我們這些處於一定地位的人，都必須承擔這一地位所要求承擔的責任，應該維持現存的生活秩序。我們生於這種生活秩序，我們從祖先那裡繼承了這種生活秩序，還應該把它傳給我們的後代。」

「我認為我的責任就是……」

「對不起，」伊格納吉．尼基福羅維奇不讓對方打斷自己的話，他繼續說道，「我這麼說不是為了我和我的孩子。我的兩個孩子衣食無憂，我賺的錢足夠我們過日子，我認為兩個孩子以後也不會受窮。我之所以反對您的做法，恕我直言，反對您這些十分草率的做法，並非出於個人利益，而是因為我完全無法贊同您的做法。我勸您再考慮考慮，讀一讀……」

「好了，您就讓我自己來處理自己的事吧，我知道該讀什麼、不該讀什麼。」聶赫留多夫說道，他臉色蒼白，覺得自己雙手冰涼，他感到難以控制自己，便不再說話，喝起茶來。

33

「孩子們怎麼樣啊？」稍稍安靜下來之後，聶赫留多夫問姊姊。

姊姊談起兩個孩子，說他們留在奶奶家裡。見弟弟和丈夫的爭論停息了，她感到很高興，便說起兩個孩子常玩旅行遊戲，就像弟弟當年用兩個洋娃娃玩的那種遊戲，一個洋娃娃是小黑奴，另一個洋娃娃叫法國女人。

「你居然還記得？」聶赫留多夫笑著說。

「你想想，他倆的玩法和你一模一樣。」

不愉快的交談告一段落。娜塔莉婭放下心來，但她也不願當著丈夫的面說些只有弟弟聽得懂的話，為了找到共同話題，她談起一則傳播到此地的彼得堡新聞，即卡緬斯基在決鬥中喪生，失去獨子的母親悲痛欲絕。

伊格納吉·尼基福羅維奇表示不贊成這種規定，即在決鬥中殺死人並不列為普通的刑事犯罪。

他的這一觀點激起聶赫留多夫的反駁，於是兩人又就剛才未能說清的話題再度爭執起來。交談雙方均未說清自己的觀點，卻又針鋒相對，互不相讓。

伊格納吉·尼基福羅維奇覺得，聶赫留多夫指責他，看不起他的所作所為，他便想讓聶赫留多夫意識到其觀點的荒謬。聶赫留多夫這一方，且不論他因姊夫干預他的分地之事而心生怨恨（他在內心深處覺得，姊夫、姊姊和他們的孩子作為他的財產繼承人有權過問此事），他心裡感到憤怒的是，如今在他看來純屬瘋狂和犯罪的事情，卻被這個能力有限、自命不凡、心平氣靜的人仍舊視為合理合法。他的自命不凡激怒了聶赫留多夫。

「那法院該怎麼做呢？」聶赫留多夫問。

「可以判處決鬥中的一方服苦役，與普通殺人犯一視同仁。」

聶赫留多夫的雙手再度變得冰涼，他的話語激烈起來。

「那又怎麼樣呢？」他問。

「這就伸張了正義。」

「似乎法院的存在目的就在於伸張正義。」聶赫留多夫說。

「不然還能是什麼？」

「維持階層利益。在我看來，法院只是行政工具，在維護對我們這個階層有利的現存制度。」

「這倒是全新的觀點。」伊格納吉·尼基福羅維奇帶著心平氣靜的微笑說道，「大家通常對法院作用的看法與此稍有不同。」

「那是理論上的，而非實務上的，這一點我看得很清楚。法庭的目的僅在於維持社會現狀，並為此迫害、懲處那些高於社會一般水準，並試圖提高這一水準的人，也就是所謂的政治犯，同樣也要迫害、懲處那些低於這一水準的人，也就是所謂的犯罪類型的人。」

「首先，我不能同意您的說法，說所謂的政治犯受到懲處是因為他們高於平均水準。他們大多是社會渣滓，與您認為低於平均水準的那些犯罪類型的人一樣是不正常的，雖說稍有不同。」

「但我認識一些人，他們遠遠高於那些審判他們的人，那些分裂派教徒全都是有道德感的人，堅定不移……」

但伊格納吉．尼基福羅維奇早已習慣，他說話的時候不會被人打斷，因此他並未細聽聶赫留多夫的話，並在聶赫留多夫說話時繼續他自己的話頭，這更令聶赫留多夫憤怒。

「我也不能同意您的看法，說法庭的目的就是維持現存秩序。法庭有其目的，比如矯正……」

「在監獄裡矯正是很好。」聶赫留多夫插了一句。

「還有清除，」伊格納吉．尼基福羅維奇語氣堅決地繼續說道，「清除那些墮落分子，那些對社會構成威脅的暴徒。」

「但問題恰恰在於，這兩個目的，法院都無法實現。社會不具備實現這些目的的手段。」

「此話怎講？我不明白。」伊格納吉．尼基福羅維奇問道，努力擠出一堆笑容。

「我想說的是，合理的懲罰其實只有兩種，古代就用過這兩種方法，也就是體罰和死刑，但後來由於社會風俗逐漸和緩，這兩種手段用得越來越少了。」聶赫留多夫說。

「您的這番話可是既新鮮又驚人。」

「是的，讓一個人吃點苦頭，使他之後不再做那種會讓他吃苦頭的事，這是合理的；砍掉一個對社會有害的危險分子的腦袋，也完全是合理的。這兩種懲罰方式都有其合理意義。可是，把一個遊手好閒、不走正道的人關進監獄，包吃包住、無所事事，跟那些最墮落的人關在一起，這又有什麼意義呢？或者為了什麼事情，花上超過五百盧布的公費押解犯人，把一個人從圖拉省押到伊爾庫茨克省，或從庫爾茨克省……」

「不過，民眾還是害怕這類公費旅行的，如果沒有這類旅行和監獄，您和我恐怕就無法像現在這樣坐在這裡了。」

「這些監獄無法保障我們的安全，因為那些人不可能永遠坐牢，他們終究會被放出來。相反的，這些機關會使那些人變得極其惡劣、極其墮落，也就是說，會增加危險性。」

「您是想說，整個懲戒制度都必須完善。」

「無法完善。完善的監獄耗資巨大，超過國民教育的開支，這又會讓人民承擔新的重負。」

「但懲戒制度的缺陷無論如何也不會傷害到法庭本身啊。」伊格納吉．尼基福羅維奇還是不細聽小舅子的話，自顧自地繼續說道。

「這些缺陷無法克服。」聶赫留多夫提高嗓門說道。

「那怎麼辦？需要殺人？或者就像一位政治家說的那樣，挖眼睛？」伊格納吉．尼基福羅維奇說道，露出洋洋得意的微笑。

「是的，這很殘酷，但是管用。而現在的做法卻既殘酷又不管用，還愚蠢至極，讓人簡直難以理解，心理健康的人怎麼可能參與刑事審判這樣一件荒謬、殘忍的事情？」

「我就參與了這件事情。」伊格納吉．尼基福羅維奇臉色蒼白地說道。

「這是您的事。不過我就是難以理解。」

「我看，您難以理解的事情還有很多。」伊格納吉．尼基福羅維奇聲音顫抖地說。

「我在法庭上看到，副檢察官用盡全力起訴一個不幸的男孩，任何一個正常的人都會對這男孩充滿同情；我知道，另一個檢察官審訊一個分裂派教徒，認為誦讀福音書觸犯了刑法。法院所做的一切，全都是這些毫無意義的殘忍事情。」

「我要是也這樣想，就不會做這份工作了。」伊格納吉．尼基福羅維奇說著，站起身來。

聶赫留多夫看見姊夫眼鏡後面閃出一道特別的亮光。「莫非是眼淚？」聶赫留多夫想。的確，這是因為感覺屈辱而流出的眼淚。伊格納吉．尼基福羅維奇走到窗邊，掏出手帕，咳了幾下，摘下眼鏡擦起來，也擦了擦眼睛。伊格納吉．尼基福羅維奇返身坐到沙發上，抽起雪茄，沒再言語。眼見自己深深傷害了姊夫和姊姊，聶赫留多夫也感到很傷心、很慚愧，尤其因為他明天就將出發，或許再也見不到他們了。他懷著愧疚的心情與姊姊、姊夫告別，返回住處。

「我說的很可能都是實話，至少他沒說出任何能駁倒我的話。但還是不該這麼說話。如果我這樣心存惡意，這樣傷害姊夫，讓可憐的姊姊傷心，可見我還是沒什麼改變。」他心裡想道。

34

包括瑪絲洛娃在內的那批犯人在車站的出發時間是三點，因此，為在監獄門口等那批犯人出來並與他們一同去往火車站，聶赫留多夫打算在十二點之前趕到監獄。

聶赫留多夫在整理行李和文件，看到自己的日記，他停下來讀了幾段，讀了最近的日記。這是在前往彼得堡之前寫下的話：「卡秋莎不願接受我的犧牲，而情願犧牲她自己。她獲勝了，我也獲勝了。她的內心變化令我高興，我感覺到了她身上的變化，但我不敢相信。我不敢相信，但我感覺到她正在復活。」在這後面又記了一段話：「我有一種既十分沉重又十分愉快的感受。我聽說她在醫院裡行為不端。我突然感到十分痛苦。痛苦得超乎想像。我在和她說話時帶有厭惡和憎恨，但後來我突然想到自己，我想到，我憎恨她做的那種事，我自己就做過很多次，現在仍然在做，只不過是在意念中做，於是我便突然厭惡起自己、可憐起她來，我的心情也就好了起來。只要能像《聖經》中所說的那樣，永遠及時地看清自己眼中有梁木，而不是他人眼中有刺，我們就能變得更善良一些。」他在當天的日記裡這樣寫道：「去看姊姊娜塔莎，因自己的不友善和惡毒而不滿自己，心情沉重。可是怎麼辦呢？明天就將開始新生活。別了，舊生活，一刀兩斷。百感交集，然而暫時還理不出頭緒。」

第二天早晨醒來，聶赫留多夫的第一個感覺就是後悔與姊夫爭論。

「不能就這麼走了，」他想，「應該去向他解釋一下。」

可是一看錶，他發現已經來不及，他得趕緊動身，以免錯過那批犯人走出監獄的時刻。聶赫留多夫匆匆收拾一下，便讓看門人和與他同行的費多西婭的丈夫塔拉斯帶著行李直接去車站，自己則乘上他遇見的第一輛出租馬車，向監獄趕去。因犯列車比聶赫留多夫乘坐的旅客列車僅早開兩小時，聶赫留多夫因此不打算再返回住處，便結清了公寓的租金。

七月裡暑熱當頭。悶熱的夜晚過後，沒有涼透的石頭街道、房屋和鐵皮屋頂仍在散發的熱量匯入瀰熱凝滯的空氣。沒有風，即便有微風吹過，帶來的也是充滿灰塵和油漆味的難聞熱氣。街道行人稀少，僅有的幾位行人也盡量走在房子的陰影裡。只有那些腳穿樹皮鞋、曬得黝黑的修路農民工人坐在馬路中央，用錘子把鋪路的石塊砸進滾燙的沙土；還有幾個面色陰鬱的警察身著沒有漂白的制服，橘紅色的槍套帶子斜挎在身上，他們沒精打采地輪流改變兩腳重心，站在道路中間；另有幾輛馬車在街上來回奔跑，車廂朝陽一面拉起窗簾，拉車的馬匹戴著白頭罩，只有馬耳朵從專門留出的孔洞裡翹了出來。

當聶赫留多夫走近監獄，那批犯人還沒出來，監獄裡，從早晨四點就開始的交接遞解犯人的緊張工作仍在繼續。這批遞解犯人計有男犯六百二十三名，女犯六十四名，均要按照名單一一核對，挑出老弱病殘者，移交給押解隊。新上任的典獄長、兩名副典獄長、一名醫生、一名醫士、一名押解隊軍官和一名文書坐在院子裡的桌子旁，桌子擺在院牆的陰影下，上面擺滿文件和辦公用具，他們逐一傳喚犯人，對一個接一個走上前來的犯人加以審核、詢問和登記。

桌子此刻已有一半被陽光曬到。天熱了起來，由於沒有風、由於擠在院中的犯人呼出的熱氣，這裡更顯得悶人。

「怎麼回事啊，沒完沒了的！」押解隊長官用力吸了一口菸，說道。他又高又胖，面色紅潤，肩膀高聳，手臂很短，他那蓋住嘴巴的小鬍子裡不停地冒出青煙。「累死人了，你們從哪裡弄來這麼多人？還有很多嗎？」

文書查了一下名單。

「還有二十四名男犯人和那些女犯人。」

「你們幹嘛呀，往前走！……」押解官朝那些擠作一團、尚未驗明身分的犯人吆喝。

犯人排隊等候交接，已經站了三個多小時，而且是站在太陽下，而不是陰涼裡。

這項工作在監獄內進行。而在監獄外，一位持槍哨兵仍像往常那樣站在大門旁，二十來輛準備裝運犯人行李和病弱犯人的大馬車停在那裡。拐角處站著一群犯人親友，他們在等犯人出來，好見個面，如果可能的話再說上幾句話，給那些被流放的人遞上點東西。聶赫留多夫也站在這群人裡。

他在這裡站了將近一小時。快到一點時，監獄大門後終於傳來鐐銬的響聲、腳步聲、長官的吆喝聲、咳嗽聲和一大群人壓低嗓音的說話聲。這聲響持續了五六分鐘，在這期間，幾位看守又通過小門進出數次。最後，響起一道命令。

大門轟隆一聲打開，鐐銬的響聲越發清晰，身穿白色制服、手持武器的押解兵走出大門，在大門週邊圍出一個規整的大圓圈，這顯然是他們早已習慣的隊形。待他們站定，又響起一道命令，犯人便開始成雙成對地往外走。他們被剃光的腦袋上戴著薄餅似的帽子，他們肩背行李袋，艱難地挪動被釘上鐐銬的雙腿，揮動空出來的一隻手，另一隻手則要扶著背後的口袋。最先走出來的是男苦役犯，他們全都穿著一模一樣的灰色長褲和囚袍，背上縫有一塊苦役犯標誌。他們有老有少，有胖有瘦，面色有紅有白也有黑，有人留著小鬍子，有人留著大鬍子，也有人沒留鬍子，有俄國人，有韃靼人，也有猶太人。他們全都拖著嘩啦作響的腳鐐，用力擺動一隻手，似乎打算走很遠的路，但剛走十來步便停下來，恭順地排好隊，四人一排。緊跟在他們身後出門的囚犯同樣被剃光頭髮，但沒戴腳鐐，不過兩個人的手被銬在一起，他們也穿著同樣的囚服，這些人是流放犯……他們同樣很俐落地走出門來，停下來排好隊，同樣四人一排。然後是被村社法院判刑的犯人，然後是女犯，出門次序與男犯一樣，起先是身著灰色囚服、戴著頭巾的苦役犯，然後是女流放犯，還有一些自願跟隨丈夫去流放地的婦人，她們穿著城裡人或鄉下人的服裝。一些婦人懷抱嬰兒，用灰色囚服的衣襟裹著。

一些孩子和婦人走在一起，有男孩也有女孩。這些孩子就像馬群裡的小馬駒，被夾在女犯之間。男犯默默地停在那裡，僅偶爾咳嗽幾聲或道出隻言片語。女犯之間則說話聲不斷。聶赫留多夫覺得，他在瑪絲洛娃出門時看見她了，但之後她便消失在密密麻麻的人群中，他看到的只有一片灰色的人海，這些人似乎失去了人類的特徵，尤其是女性的特徵，她們帶著孩子，背著口袋，排在男犯後面。

儘管在監獄裡已經清點過所有犯人，押解人員仍要依據先前的名單再清點一遍。清點花了很久時間，尤其因為有些犯人移動腳步、換了地方，使押解人員數錯了。押解人員罵個不停，一直推擠著這些老老實實、但充滿怨恨地遵從命令的犯人，重新清點。等重新清點完畢，押解官下達一聲命令，人群裡於是出現一陣騷動。一些體弱的男犯，還有一些女人和孩子，爭先恐後地向馬車湧去，把背包放在車上，然後自己爬上去。爬上車去坐下來的，有懷抱啼哭嬰兒的婦人，有歡天喜地爭搶座位的孩子，也有表情沮喪、愁眉不展的男犯。

幾個男犯摘下帽子，走到押解官面前，似在央求什麼。聶赫留多夫後來得知，他們要求坐到馬車上去。聶赫留多夫看到，押解官默默地吸了一口菸，並不看對方，後來突然掄起短短的手臂向提出請求的犯人打去，那犯人見要挨打，便縮起被剃光的腦袋，從押解官身旁跑開。

「我來讓你嘗嘗做老爺的滋味，叫你永遠忘不了！你給我老老實實地走！」軍官高喊。

軍官只允許一個腳戴鐐銬、走路搖搖晃晃的高個老人坐馬車，聶赫留多夫看到，這老人摘下薄餅似的帽子，畫個十字，走近馬車，可是腳鐐礙事，他難以抬起那隻被銬住的軟弱老腿，很長時間都爬不上馬車，直到已坐在車上的一個女人伸出援手，把他拉上馬車。

等到所有馬車都裝滿行李，行李上又坐滿了獲准坐車的犯人，押解官摘下軍帽，用手帕擦擦額頭、禿頂和紅通通的粗脖子，畫了一個十字。

「全體注意，齊步走！」他下達了命令。

士兵的槍叮噹作響。犯人摘下帽子，一些人用左手畫起十字，送行的人大聲喊叫，犯人也喊叫著作答，女人中間發出哭號。全體犯人在白制服士兵的包圍中挪動腳步，戴著腳鐐的腿腳踏起一陣煙塵。走在前面的是士兵，然後是戴著腳鐐的犯人，四人一排，再然後是流放犯，接著是兩兩銬在一起的被村社法庭判刑的囚犯，再接著是女犯。最後是裝載行李和病號的馬車，其中一輛馬車上高高地坐著一位裹著頭巾的女子，她在不住地尖叫、不停地痛哭。

35

隊伍很長，前面的人已看不清身影，滿載行李和病號的馬車才剛剛起動。待馬車起動，聶赫留多夫便坐上一直在等他的出租馬車，吩咐車夫超越押送隊伍，他想看看男犯中有沒有他的熟人，也想在女犯中找到瑪絲洛娃，問她是否收到了送給她的東西。天氣十分炎熱。沒有風，犯人行走在馬路中央，上千隻腳踏起的煙塵始終飄浮在他們頭頂。犯人腳步匆匆，聶赫留多夫乘坐的馬車走得不快，拉車的並非快馬，因此只能慢慢地超越犯人隊伍。一排又一排奇特可怕的陌生生物在行進，上千隻套著同樣鞋襪的腳在不停邁動，沒拿東西的手合著步伐來回擺動，似在給自己打氣。他們的人數如此之多、他們的外貌如此一致，又被置於這種十分奇特的環境，這使得聶赫留多夫覺得，這些人似乎不是人類，而是某種奇特、可怕的生物。直到他在苦役犯佇列中認出殺人犯費奧多羅夫，在流放犯佇列中認出喜歡搞笑的奧霍金和另一個曾向他求助的流浪漢，他的這一感覺方才消失。幾乎所有犯人都側過臉來，看著這輛超越他們的馬車以及坐在車上盯著他們看的先生。費奧多羅夫抬抬頭，表示他認出了聶赫留多夫，奧霍金擠擠眼，不過他倆都沒有躬身致意，他們認為這是不被允許的。等到與女犯並排，聶赫留多夫馬上看到了瑪絲洛娃。她走在女犯隊伍的第二排。這一排最靠邊的是一個紅面孔、黑眼睛、相貌難看的短腿女子，她把囚袍的下襬掖在腰間，這是「美人兒」；第二位是個孕婦，她在吃力地邁動兩腿；第三個就是瑪絲洛娃，她背著背包，眼睛直視前方，神情平靜而又堅定；與她並排的第四人是一位年輕漂亮的女子，她身穿短袍，像農家婦人那樣包著頭巾，精神抖擻地走著，這是費多西婭。聶赫留多夫走下馬車，走近女犯隊伍，想問問瑪絲洛娃是否收到東西、問問她身體如何，可是在隊伍這邊負責警戒的一位押解軍士卻立即發現有人靠近，便向聶赫留多夫跑來。

「不能靠近隊伍，先生，這不允許。」他邊跑邊喊。

軍士跑到跟前，認出了聶赫留多夫（監獄裡的人都認識聶赫留多夫），他舉手行禮，在聶赫留多夫身邊站下，說道：

「現在不行。在車站可以，這裡不允許。不准掉隊，快走！」他對著犯人喊道，然後不顧炎熱，邁動套著漂亮新軍靴的雙腿，快步跑回自己的位置。

聶赫留多夫回到人行道，吩咐馬車夫趕車跟在他身後，他自己跟著犯人隊伍步行。犯人隊伍所到之處，均會引起旁人既同情又恐懼的關注。乘客從馬車車廂裡探出頭來目送犯人，直到他們在視線中消失。行人停下來，既驚訝又恐懼地看著這可怕的場景。一些人走上前來送出施捨。押解兵接過施捨。一些人像中了魔一樣跟在押解隊伍後面，不過稍後會止住腳步，不住地搖頭，目送隊伍遠去。大家相互招呼，從門洞走出來、從窗戶探出身，默默地、呆呆地看著這可怕的佇列。在一個十字路口，這支隊伍擋住了一輛闊綽的馬車。馬車的駕座上坐著一位面色油亮、臀部肥大、後背上縫著兩排鈕扣的車夫，馬車的後座上坐著一對夫妻：妻子瘦小蒼白，戴著淺色女帽，撐著彩色小傘；丈夫戴著高筒禮帽，穿著考究的淺色大衣。他們的兩個孩子坐在前排，與他們面對面：小女孩花枝招展，嬌豔欲滴，就像一朵小花，她披散著金色的頭髮，也撐著一把小傘；那個七八歲的男孩，脖子又細又長，鎖骨突出，他戴一頂飾有長飄帶的水兵帽。父親在生氣地責怪車夫，怪他沒能及時越過擋路的佇列，妻子則厭惡地瞇起眼睛，皺著眉頭，用小綢傘遮擋陽光和塵土，把臉擋得嚴嚴實實。臀部肥大的車夫氣呼呼地陰著臉，聽著主人不公正的責備，因為是主人吩咐走這條街的，他用力勒住那幾匹毛色油亮、要往前走的烏青馬，馬籠頭和馬脖子上滿是汗水。

一名警察全心全意地想為闊綽馬車的主人效勞，便試圖攔住犯人隊伍，讓馬車先走，但他感覺這隊伍有一種陰沉沉的莊嚴感，即便為了這位富裕老爺也不能打破這莊嚴感。這警察於是僅僅敬個禮，表示他對財富的敬重，然後嚴厲地盯著犯人，似在表達一種姿態，即他無論如何也要擊退囚犯對乘車人的攻擊。就這樣，這輛敞篷馬車只得等整個隊伍走過，直到最後一輛拉著行李和女犯的馬車隆隆駛過後方才起動，坐在馬車上的那個歇斯底里的女人本已安靜下來，看見這輛闊綽的馬車後又哭號起來。直到此時，車夫才輕抖韁繩，幾匹烏青馬的馬掌敲打著路面，拉著微微顫動的膠輪馬車向別墅駛去，這對夫妻和他們的女兒以及那個脖子細長、鎖骨突出的兒子是去別墅度假的。

無論父親還是母親都未就眼前的景象對小女孩和小男孩做任何解釋。因此，兩個孩子只得對這一場景之含義做出自己的解答。

小女孩琢磨著父母臉上的表情，得到了這個問題的答案，即這些人是與她的父母和朋友完全不同的人，這些人都是壞人，所以他們就應該受到這樣的對待。因此，小姑娘只是感到有些可怕，等到那些人不見了身影，她便高興起來。

脖子細長的小男孩的答案卻與此不同，他目不轉睛地看著隊伍，連眼皮也不眨。他憑藉神的授意確定無疑地知道，這些人是與他一樣的人，是與所有人一樣的人，因此是有人在對這些人做壞事，做了不該做的事。他很可憐這些人，害怕這些腳戴鐐銬、頭被剃光的人，但他更害怕那些給這些人戴上鐐銬、剃光腦袋的人。因此，小男孩的嘴巴噘得越來越高，他在竭盡全力忍著不哭，他覺得在這種場合哭泣很丟臉。

36

聶赫留多夫也像犯人那樣快步疾走，他雖然穿得很少，只穿一件薄大衣，但還是感覺熱得要命，更主要的是，馬路上的塵土和紋絲不動的熱空氣讓人憋悶。走了半里路，他坐上馬車趕路，但坐車走在馬路中央，他感覺更熱。他嘗試回憶昨日與姊夫的交談，但這些回憶已不像在早上那樣讓他激動。犯人走出監獄、行走大街的場景所留下的印象已遮蔽了那些回憶。更主要的是，熱得難受。在圍牆旁的樹蔭裡，兩個中學生脫下帽子，站在一個蹲在地上的冰淇淋小販面前，一個男孩已享用起來，舔著牛角小勺，另一個男孩則在等，等小碗裡裝滿黃色的冰淇淋。

「什麼地方能喝點東西？」聶赫留多夫問車夫，他覺得自己必須喝點東西提提神。

「這兒有家不錯的飯館。」車夫說道，趕車拐過一處街角，把聶赫留多夫拉到一個掛有很大招牌的飯館門口。

櫃檯後面坐著身穿襯衫的胖老闆，由於沒有客人，幾個幫手坐在桌邊，他們的白色外衣已難辨原色，他們全都好奇地打量著這位不常見的客人，過來招呼。聶赫留多夫要了一瓶礦泉水，在離窗稍遠處一張鋪著髒桌布的小桌旁坐下。

一張擺有茶具和白色玻璃瓶的桌子旁坐有兩人，他倆擦著額頭的汗，在心平氣靜地算帳。其中一位皮膚黝黑、禿頭、後腦勺處留一圈黑髮，與伊格納吉．尼基福羅維奇一樣。這一印象使聶赫留多夫又想起昨日與姊夫的交談，想到自己要在行前去與姊姊和姊夫告別。「開車之前可能來不及了，」他想，「最好還是寫封信吧。」於是，他要來信紙、信封和郵票，喝了幾口冒泡的清涼礦泉水，想著該如何寫信。可是思緒紛亂，他怎麼也編不出這封信。

「親愛的娜塔莎，昨天與伊格納吉．尼基福羅維奇的交談給我留下沉重的感覺，我不能就此離開……」他這樣開頭，「接下去寫什麼呢？因為自己昨天說的話而道歉？但我說的是我的真實想法。他會認為我放棄了自己的觀點。再說，是他在干涉我的事情……不，我不能這樣寫。」於是，聶赫留多夫心裡又湧起了對那個自以為是的人的仇恨，那個人不瞭解自己，形同路人，聶赫留多夫將未寫完的信放進口袋，付完帳，來到街上，坐上馬車去追趕犯人隊伍。

天氣更熱了。牆壁和石頭似乎都在噴吐熱氣。雙腳好像被滾燙的路面燙著了，聶赫留多夫沒戴手套的手觸到馬車的漆面側門，竟有被灼傷的感覺。

拉車的那匹馬無力地邁著小碎步，馬掌有節奏地敲打著滿是塵土、凹凸不平的路面，艱難地走過一條條街道。車夫一直在瞌睡，聶赫留多夫則坐在車上，什麼也沒想，無動於衷地盯著前方。在街道的下坡處，一座大房子門前，站著一群人，還有一位帶槍的押解兵。聶赫留多夫讓車夫停車。

「怎麼回事？」他問一個守院人。

「一個犯人出事了。」

聶赫留多夫跳下馬車，走近人群。在下坡馬路凹凸不平的石頭路面上，靠近人行道，頭朝下躺著一個已不年輕的犯人，他寬肩膀、紅鬍子、滿面通紅、鼻子扁平、身穿灰色囚袍和灰色囚褲。他仰面躺著，伸開兩隻滿是雀斑的手，手掌朝下，他在呼哧呼哧地喘息，寬大的胸脯有節奏地上下起伏，間隔時間很長，他用呆滯而充血的眼睛看著天空。他身邊站著一個愁眉不展的警察、一個小販、一個郵差、一個店員、一個撐傘的老婦人，還有一個提著空籃子的光頭男孩。

「他們身體不行了，坐牢坐壞了身體，還把他們往這大太陽底下帶。」那個店員對走近的聶赫留多夫說道，像是在譴責什麼人。

「他可能不行了。」撐傘的婦人帶著哭腔說道。

「應該把他的襯衫解開。」郵差說。

警察用他顫抖的粗指頭笨拙地解開裹在犯人青筋暴露的紅脖子上的衣領。他顯然既緊張又慌亂，但仍覺得有必要對人群發號施令。

「都圍在這裡幹嘛？這麼熱。你們擋到風了。」

「應該讓醫生檢查一下。應該把病號留下。他們把快死的人也帶出來了。」店員說道，顯然在炫耀自己懂得程序。

警察解開衣領，站直身體，環顧一下四周。

「我說，你們快散開。又不關你們的事，看什麼看？」他說道，希望博得聶赫留多夫的同情，但他在聶赫留多夫的目光中並未發現同情，便看了看那名押解兵。

但押解兵站在一邊，看著自己磨歪的腳後跟，對於警察的尷尬處境完全無動於衷。

「管事的人倒不出頭。難道允許就這樣把人整死嗎？」

「犯人也總歸是人啊。」人群裡有人說道。

「把他腦袋墊高些，再給他喝點水。」聶赫留多夫說。

「有人去拿水了。」警察回答，同時抱著犯人的腋下，吃力地把犯人的身體往高處拖了拖。

「都圍在這裡幹嘛？」突然響起一個語氣堅決、官味十足的聲音，一位派出所所長隨後快步走近圍在犯人周圍的人群。這位派出所所長身穿十分整潔、十分耀眼的制服，腳蹬更為耀眼的高筒皮靴。

「都散開！別都站在這裡！」他對著人群喊道，並不明白大家為何聚在這裡。

走到近前，他才發現奄奄一息的犯人，他得意地點點頭，似乎這正是他預料之中的情況，他問那個警察：

「怎麼回事？」

警察報告，說有一隊犯人路過，這個犯人倒下了，押解官下令讓他留在這裡。

「這有什麼？應該送到分局去。叫一輛馬車。」

「看門人去叫了。」警察說著，舉手敬了一個禮。

店員又說起天氣太熱之類的話。

「這事跟你有關係嗎？啊？走你的路去吧。」派出所所長說道，狠狠瞪了店員一眼，店員不吭聲了。

「應該給他喝點水。」聶赫留多夫說道。

派出所所長也狠狠瞪了聶赫留多夫一眼，但什麼話也沒說。等看門人端來一杯水，他吩咐警察餵給犯人喝。警察托起犯人垂下的腦袋，試圖把水灌進犯人嘴裡，但那犯人並不下嚥，水順著鬍子往下流，淋溼了胸前的上衣和沾滿塵土的麻布襯衫。

「往頭上灑水！」派出所所長下令，警察於是摘下犯人薄餅似的帽子，把水灑在犯人紅褐色的鬈髮上，灑在他的禿腦袋上。

犯人的眼睛睜得很大，像是很恐懼，然而他的姿勢並未改變。粘了灰塵的髒水在他臉上流下，但他的嘴裡仍舊發出有節奏的呼氣聲，全身都在顫抖。

「這不是馬車嗎？就用這一輛。」派出所所長指著聶赫留多夫的馬車，對警察說。「快趕過來！喂，說你哪！」

「這車有主人。」車夫陰沉著臉說道，並未抬起眼睛。

「這是我租的車，」聶赫留多夫說，「你們用吧。我付錢。」他又對車夫說了一句。

「還等什麼？」派出所所長喊道，「趕緊動手！」

警察、押解兵和看門人抬起奄奄一息的犯人，抬上馬車，放在座位上。可是，犯人自己卻無法坐穩，他的腦袋往後垂著，整個身體在座位上往下癱。

「讓他躺下！」派出所所長下令。

「沒事，長官，我扶著他。」警察說道，他緊貼著奄奄一息的犯人坐下，用有力的右手托著犯人的腋下。

押解兵抬起犯人那兩隻沒裹包腳布、光腳套著囚靴的腿，放到駕座旁，並把兩腿抻直。

派出所所長四下看了一眼，見犯人那頂薄餅似的帽子掉在馬路上，便撿起來，扣在那個向後垂的溼腦袋上。

「出發！」他下達命令。

車夫氣呼呼地回頭一看，搖搖頭，他調轉馬頭，在押解兵的護送下慢吞吞地向警察分局走去。與犯人坐在一起的警察忙個不停，試圖抱住那個左右搖晃、往下出溜的身體。押解兵走在一旁，不時整一整犯人的兩條腿。聶赫留多夫跟在他們後面。

37

拉著犯人的馬車經過一位站崗的消防隊員，駛進警察分局的院子，停在一個門前。有幾個挽起衣袖的消防隊員在院子裡一邊高聲說笑，一邊清洗幾輛馬車。

馬車剛一停下，幾名警察就圍上來，托住犯人的腋下和雙腿，將這具已無氣息的軀體從嘎嘎作響的馬車上抬了下來。

那位護送犯人的警察從車上跳下來，活動一下僵硬的手臂，他摘下制帽，畫了一個十字。死者被抬進門，沿著樓梯抬上樓。聶赫留多夫跟在他們後面。他們把死者抬進一個骯髒的小房間，房間裡有四張床，兩張床上坐著兩個身穿睡袍的病人，一個嘴巴歪斜，脖子上裹著繃帶；另一位是肺結核病患者。另外兩張床空著。他們把犯人放在其中一張床上。這時，一位身材矮小、兩眼放光、眉毛不停上挑、只穿著內衣和襪子的人走近被抬進來的囚犯，他看了看囚犯，然後又看了看聶赫留多夫，便高聲大笑起來。這是一位被關在候診室裡的瘋子。

「他們想嚇我，」他說道，「只是不行，辦不到。」

跟在幾位抬死者的警察身後，派出所所長和一位醫士也走進房間。

醫士走近死者，摸了摸死者布滿雀斑的蠟黃的手，死去囚犯的手尚且柔軟，但已呈慘白狀。醫士抓起這隻手，然後放下，這手便軟塌塌地落在死者的肚皮上。

「不行了。」醫士說著，搖搖頭，但顯然為了按程序辦事，他解開死者溼漉漉的麻布襯衫，把自己的鬈髮撩到耳後，貼著死去的囚犯不再起伏而泛黃的厚胸脯聽了聽。大家全都沒作聲。醫士直起身，又搖了一下頭，用指頭撥開一隻眼睛的眼皮，然後是另一隻眼睛的眼皮，眼皮下面的藍色眼睛一動也不動。

「你們嚇不了我，嚇不了我。」瘋子說著，一直在向醫士吐唾沫。

「怎麼樣？」派出所所長問。

「怎麼樣？」醫士重複了一句，「送太平間吧。」

「您再看看，真死了嗎？」派出所所長問。

「應該死了，」醫士說道，不知為何，掩上了死者敞開的胸口，「那我派人去叫馬特維・伊萬內奇，讓他再看看。彼得羅夫，你去一趟。」醫士說著，從死者身邊走開。

「抬到太平間去吧，」派出所所長說。「你也到辦公室來一趟，簽個字。」他對那個一直站在死者身邊的押解兵說道。

「是。」押解兵回答。

幾名警察抬起死者，又沿著樓梯把他抬下樓。聶赫留多夫想跟著他們出去，瘋子卻攔住他。

「您不是他們的同謀，給支菸抽吧。」他說。

聶赫留多夫掏出一盒菸，給了他。瘋子抖動眉毛，語速很快地說起話來，說他們一直在用暗示折磨他。

「他們都跟我作對，他們用魔法折磨我，讓我難受……」

「對不起。」聶赫留多夫說著，不等瘋子說完就走進院子，他想知道他們要把死者抬到哪裡去。

幾名警察抬著死者已穿過院子，正要進地下室。聶赫留多夫想走到他們那裡去，但派出所所長攔住了他。

「您有什麼事？」

「沒什麼事。」聶赫留多夫回答。

「沒事就請離開這裡。」

聶赫留多夫沒有異議，他走向自己租的馬車。車夫在打瞌睡。聶赫留多夫叫醒車夫，他乘車又向車站趕去。

他的馬車行駛不到一百步，他又碰見一輛由帶槍押解兵護送的馬車，車上也躺著一個犯人，顯然也已斃命。那犯人仰面躺在馬車上，滿臉黑鬍子，剃光的腦袋上扣著一頂薄餅似的帽子，帽子垂了下來，遮住半張臉，隨著馬車的顛簸，他的腦袋左右搖擺，上下跳動。車夫穿著肥大的靴子在一旁行走，趕著馬。一名警察跟在後面。聶赫留多夫拍了拍自己這位車夫的肩膀。

「他們這是在幹什麼啊！」車夫說著，勒住了馬。

聶赫留多夫下了車，跟著趕車的人再次從那位站崗的消防隊員面前走過，進入警察分局的院子。

院子裡，消防隊員已清洗完馬車。在他們先前洗車的地方，站著身材又高又瘦的消防隊長，他戴著有一道藍箍的制帽，雙手插在口袋裡，正在仔細查看一名消防隊員牽到他面前的淺黃粗脖馬。這匹公馬的一條前腿有點瘸，消防隊長氣呼呼地對站在旁邊的獸醫說著什麼。

派出所所長也站在這裡。見又拉來一位死者，他走近馬車。

「從哪裡拉來的？」他問道，不滿地搖頭。

「在老戈爾巴托夫街。」一名警察回答。

「是犯人？」消防隊長問。

「是的。」

「今天的第二個。」派出所所長說。

「你看這種安排！天也真熱。」消防隊長說道。然後他轉身面對那個牽來瘸腿淺黃馬的消防隊員，高聲喝道：「牽到拐角的馬房去！我來教教你這個狗崽子怎麼把馬弄殘廢，這些馬比你這個混蛋值錢多了。」

這名死者同樣被幾名警察抬下馬車，抬進留觀室。聶赫留多夫像著了魔一樣跟在他們身後。

「您有什麼事？」一位警察問聶赫留多夫。

聶赫留多夫沒有作答，跟著抬屍體的警察進了屋。

那個瘋子坐在床上，貪婪地吸著聶赫留多夫給他的捲菸。

「啊，你們回來啦！」他說著，哈哈大笑起來。看到死人，他皺起眉頭，「又來了，」他說道，「真煩人，我又不是小孩子，對嗎？」他對聶赫留多夫說道，露出疑惑的笑容。

這時，聶赫留多夫看到了死者，現在沒人擋住他，他的臉先前被帽子遮住，此刻露了出來。第一個因犯長相難看，這一個從臉龐到身體卻都十分漂亮。此人正值青春年華。被剃光一半的腦袋固然不雅，但在他此刻已無生氣的黑色眼睛上方微微聳起的額頭卻好看極了，位於黑色柔軟唇鬚之上的不大不小的鷹鉤鼻也同樣很美。他此刻已經發青的雙唇仍含著微笑，細細的大鬍子在臉龐下方鑲了一道邊，在剃光頭髮的半邊腦殼上可以看到一隻大小合適、結實漂亮的耳朵。這人的面容平靜、嚴肅而又善良。且不說，僅憑這張臉便可得知，這個人身上蘊含著的十分豐富的精神生活已被斷送，僅憑他細長的手臂和被腳鐐銬住的細長雙腿、僅憑他勻稱四肢上的健壯肌肉，也能看到這是一個多麼俊美、有力、靈巧的人類動物。作為一種動物，他比那匹因為受傷而引得消防隊長生氣的淺黃色公馬要完美得多。然而，這個人卻被折磨致死，可是，不僅無人把他當作一個人來憐憫，甚至無人把他當作一個被白白整死的會做工的動物來憐憫。他的死亡在所有人心裡引起的唯一情感即厭煩，因為不得不費神處理這具即將腐爛的屍體。

醫生和醫士、警察分局局長一起走進留觀室。醫生又胖又矮，身著絲綢衣褲，瘦小的褲子緊緊裹著他粗壯的大腿。局長也是個矮胖子，發紅的臉龐像個球，他習慣把空氣吸進腮幫再慢慢吐出來，這使得他的臉龐變得更圓了。醫生也像醫士上次做的那樣，坐在死者躺的床上，摸摸死者的雙手、聽聽他的心臟，然後站起身，扯了扯自己的褲子。

「早就死了。」他說。

局長吸了一大口氣，又慢慢地吐出來。

「哪家監獄的？」他問押送兵。

押送兵做出回答，他還提及死者腳上的鐐銬。

「我讓人取下來，謝天謝地，鐵匠還在。」局長說道，然後再次鼓起腮幫，向門口走去，同時慢慢地吐氣。

「怎麼會這樣？」聶赫留多夫問醫生。

醫生從眼鏡上方看了看他。

「怎麼會這樣？怎麼會中暑死掉嗎？坐在牢裡不運動，整個冬天不見陽光，突然把他們拉到太陽底下，今天這麼熱，又擠在一起走，空氣不流通。這就中暑了。」

「那幹嘛要帶他們走呢？」

「這您就要去問他們了。請問，您是什麼人？」

「我是過路的。」

「啊——啊！……對不起，我沒時間陪您。」醫生說道，他帶著厭煩的表情向下抻了抻褲子，走向病人的病床。

「喂，你感覺怎麼樣啊？」他問臉色蒼白、脖子上裹著繃帶的歪嘴病人。

瘋子此刻坐在自己的床上，他不抽菸了，而在向醫生吐口水。

聶赫留多夫下樓來到院子裡，經過消防隊的馬匹、幾隻母雞和頭戴銅盔的哨兵，走出大門，坐上馬車，叫醒又在睡覺的車夫，向車站趕去。

38

待聶赫留多夫趕到車站，犯人已全都坐進車窗上釘有鐵柵欄的車廂。幾位送行的人站在月臺上，因為不許他們靠近車廂。押解人員今天特別擔心。在從監獄到車站的路上已倒下、死去好幾個囚犯，除聶赫留多夫見到的那兩人外還有三個，一個像那兩個死者一樣被運至近處的警察分局，另兩個是到車站後倒下的。（一八八〇年代初，一批囚犯從布特爾監獄被轉押至下諾夫哥羅德火車站，一天之內有五名囚犯中暑死亡。——托爾斯泰注）押解人員所擔心的，並非有五個本該活下去的人在押解途中死去，這一點他們無所謂。他們擔心的只有一點，即履行在這種情況下依照法律必須履行的事務，如把死者及其文件和遺物交至某處，把死者的名字從押往下諾夫哥羅德的囚犯名單中刪除，所有這一切都很費事，尤其在這大熱天裡。

押解人員正忙於此事，在此事結束之前，他們不會讓聶赫留多夫和其他一些試圖走近車廂的人過去。不過，聶赫留多夫還是被放了過去，因為他給那位押解隊軍士塞了錢。軍士放聶赫留多夫過去，要他談完話後趕緊離開，免得長官看見。車廂共有十八節，除押解人員乘坐的車廂外，每節車廂都塞滿了囚犯。聶赫留多夫經過一扇扇車窗，聽著車廂裡面的動靜。每節車廂都傳出了鐐銬聲、忙亂聲和夾雜著無聊下流話的說話聲，卻無人談及那幾位途中倒下的難友，這超出了聶赫留多夫的預料。談的也多半是跟行李、飲用水和挑選座位有關。聶赫留多夫透過一扇車窗往裡看了一眼，見幾個押解兵在車廂中間的走道上給囚犯卸手銬。囚犯伸出雙手，一位押解兵用鑰匙打開手銬上的鎖，取下手銬，另一位押解兵把手銬收好。走過所有的男犯車廂，聶赫留多夫來到女犯車廂前。在第二節女犯車廂前，他聽到一個女人有節奏的呻吟，她在不停地怨訴：「哦哦哦，上帝啊！哦哦哦，上帝啊！」

聶赫留多夫走過這節車廂，按照一位押解兵的指點，他走近第三節車廂的一扇車窗。聶赫留多夫的腦袋剛一貼近車窗，便感到一陣充滿濃烈汗味的熱氣撲面而來，女人尖細的嗓音清晰可聞。所有的長凳上都坐著臉色通紅、大汗淋漓的女犯，她們身穿囚袍和短上衣，高聲交談。聶赫留多夫貼近車窗柵欄的臉引起了她們的注意。近處的人不再作聲，向他湊過身來。瑪絲洛娃身穿短上衣，沒戴頭巾，坐在對面的車窗旁。皮膚白皙、面帶微笑的費多西婭坐得離這邊車窗近些。她認出聶赫留多夫，便推了瑪絲洛娃一下，給她指了指這邊的車窗。瑪絲洛娃急忙站起身，把頭巾包在烏黑的頭髮上，她的臉紅撲撲的，滿是汗水，她微笑著走近車窗，用手抓住車窗柵欄。

「真熱啊。」她說著，露出開心的笑容。

「東西收到了嗎？」

「收到了，謝謝。」

「還需要什麼嗎？」聶赫留多夫問道，他覺得這燥熱的車廂就像三溫暖浴室似的，冒出陣陣熱氣。

「不需要什麼了，謝謝。」

「最好弄點喝的。」費多西婭說。

「是的，最好弄點喝的。」瑪絲洛娃附和道。

「你們這裡難道沒有水？」

「有水，但都喝光了。」

「我去找，」聶赫留多夫說，「我去向押解兵要。我們到下諾夫哥羅德再見吧。」

「您真的要去？」瑪絲洛娃說道，像是不知有這事，開心地看了聶赫留多夫一眼。

「我坐下一趟火車走。」

瑪絲洛娃什麼也沒說，只是在片刻之後深深地歎了一口氣。

「喂，老爺，聽說有十二個犯人被整死了，是真的嗎？」一位神情嚴肅的老年女犯用男人似的粗嗓門問道。

她就是柯拉勃列娃。

「我沒聽說有十二個。我親眼看見有兩個。」聶赫留多夫說。

「聽說是十二個。難道就沒人來管管他們嗎？這幫惡魔！」

「婦女沒人生病吧？」聶赫留多夫問道。

「女人還比較結實呢，」另一位矮個子女犯笑著說，「只是有一個要生孩子。你看，在那裡喊呢。」她說著，指了指相鄰的那節車廂，先前的呻吟就是從那裡傳出的。

「您不是問還需要什麼嗎？」瑪絲洛娃說著，竭力忍住嘴邊的笑意，「看能不能把這個婦女留下來，要不她要吃苦頭了。您去和管事的說說。」

「好的，我這就去說。」

「還有一件事，能不能讓她見見她丈夫塔拉斯？」她又說道，看了看笑盈盈的費多西婭，「他也要跟您一起走的。」

「先生，不能跟犯人說話。」傳來一位押解隊軍士的聲音，這位軍士不是收了聶赫留多夫錢的那一位。

聶赫留多夫離開車廂去找押解隊隊長，為那位即將分娩的婦女和塔拉斯求情，但他很久都沒能找到押解隊隊長，便去問押解兵。押解兵都在忙自己的事：有的正押著犯人走向什麼地方，有的跑去為自己買食物、把自己的行李塞進車廂，有的在伺候隨押解隊隊長出行的那位太太，沒人樂意回答聶赫留多夫的問題。

第二遍鈴響之後，聶赫留多夫才看見押解隊隊長，押解隊隊長用他短小的手擦著遮住嘴巴的唇鬚，聳著肩膀，正在因為什麼事訓斥司務長。

「您有什麼事？」他問聶赫留多夫。

「你們的車廂裡有個婦女要生孩子，我想應該……」

「讓她生吧。生出來再說。」押解隊隊長說著，走向他乘坐的車廂，使勁擺動著他短小的雙臂。

這時，手裡拿著哨子的列車長走了過去，響起最後一遍鈴聲，哨聲也響了起來，月臺上送行的人群中和女囚車廂裡傳出哭聲和喊聲。聶赫留多夫和塔拉斯並肩站在月臺上，看著一節節車廂依次駛過，釘著柵欄的車窗裡閃現出男犯被剃光一半的腦袋。然後是第一節女囚車廂，車窗裡可見女犯沒戴頭巾或戴著頭巾的腦袋；然後是第二節車廂，能聽到那位產婦發出的呻吟；然後是瑪絲洛娃所在的車廂，她與好幾個人一起站在窗邊，她看著聶赫留多夫，向他遞來惹人憐惜的微笑。

39

離聶赫留多夫乘坐的旅客列車的發車時間還有兩小時。聶赫留多夫原想利用這段時間再去看看姊姊，然而在這天上午的種種見聞之後，他覺得自己萬分激動，心灰意冷，便坐在頭等座候車室的沙發上，感到一陣睡意突然襲來，於是身子一側，用手掌墊著臉頰，立即睡著了。

一位身穿禮服、佩戴證章、拿著餐巾的僕人將他喚醒。

「先生、先生，您是聶赫留多夫公爵嗎？有位太太找您。」

聶赫留多夫跳起身來，揉揉眼睛，回想他這是身在何處，這個上午又有何事發生。

浮現在他記憶中的是：犯人的佇列，兩名死者，車窗上釘著柵欄的車廂，被關在車廂裡的女犯，其中一位因無人關照的分娩而遭受痛苦，另一個女犯透過鐵柵向他遞來惹人憐惜的微笑。而眼前的一切卻完全不同：一張擺放著酒瓶、花瓶、燭臺和餐具的餐桌，幾位伶俐的僕人在桌邊忙著。大廳深處的吧臺前站著一位服務生，他面前擺放著果盤和酒瓶，一些旅客走近吧臺，只能看到他們的背影。

聶赫留多夫將臥姿改為坐姿，稍稍清醒過來，他發現候車室裡的人全都在好奇地看著門口的動靜。他也朝那邊看去，看見一群人用扶手椅抬著一個人走進來，扶手椅上坐著一位用透明紗巾蒙著頭的太太。聶赫留多夫覺得抬著扶手椅走在前面的一位僕人有些面熟，後面那個制帽上鑲有金色飾帶的看門人他也不眼生。扶手椅後面跟著一個標緻的女僕，她繫著圍裙，一頭鬈髮，手拿一個小包袱、幾把雨傘和一個裝在皮套裡的圓物件。後面走著一個嘴唇下垂、脖子中風一般僵著的男人，他挺著胸膛，頭戴旅行帽，這就是科爾恰金公爵。再往後，則是米西、表哥米沙、聶赫留多夫認識的外交官奧斯滕。奧斯滕脖子很長，喉結突出，永遠一副由裡到外的開心模樣。他一邊走，一邊很有感染力地對笑盈盈的米西說著什麼，顯然在說一件很好笑的事。最後是醫生，他氣呼呼地抽著菸。

科爾恰金一家要從他們位於市郊的莊園前往公爵夫人的姊姊位於下諾夫哥羅德鐵路線附近的莊園。由抬椅子的僕人、女僕和醫生組成的隊伍進入女客候車室，這激起了所有在場者的好奇和尊重。老公爵在桌邊坐下，立即喚來服務生，要為自己點些飲品。米西和奧斯滕也在餐廳停下腳步，正要坐下來，卻見門口出現一位熟識女子，便迎了過去。這熟識女子便是聶赫留多夫的姊姊娜塔莉婭・伊萬諾夫娜。由阿格拉菲娜・彼得羅夫娜陪同前來的娜塔莉婭・伊萬諾夫娜四下張望著走進餐廳。她幾乎在同一時間看見了米西和弟弟。她先走近米西，只對聶赫留多夫點了點頭，但在與米西相互親吻之後，她立即轉身走向弟弟。

「我終於找到你了。」她說。

聶赫留多夫站起身，向米西、米沙和奧斯滕問好，然後就站在那裡說話。米西告訴他，他們家在鄉下的屋子著火了，他們只好搬到姨媽那兒去住。奧斯滕趁這個機會講了一個有關火災的笑話。

聶赫留多夫沒聽奧斯滕說話，他轉身面對姊姊。

「我很高興你趕了過來。」他說。

「我早就來了，」她說，「我和阿格拉菲娜・彼得羅夫娜一起來的。」她指了指阿格拉菲娜・彼得羅夫娜。後者頭戴帽子，身披風衣，帶著親切莊重的神情遠遠地向聶赫留多夫鞠躬致意，似乎有些不好意思，她不願過來打擾他，「我們四處找你。」

「我在這裡睡著了。我很高興你趕了過來。」聶赫留多夫又說了一遍。「我動筆給你寫了一封信。」他說。

「是嗎？」她驚慌地說道，「什麼內容？」

米西和她的兩位男伴發現這對姊弟之間有私事要談，便走到一旁。聶赫留多夫和姊姊在靠窗的絲絨沙發上坐下，緊挨著別人的行李、毛毯和帽盒。

「我昨天離開你們後，本想回去道個歉，但我不知道他會不會接受。」聶赫留多夫說。「我對姊夫說了不好的話，心裡很難過。」他說。

「我知道，我相信你是無意的，」姊姊說，「你知道……」

她的眼裡湧出淚水，她撫摸一下弟弟的手。這句話含義模糊，但他完全理解這句話，並因其中的含義而感動。她這句話的含義就是，她一心一意愛著自己的丈夫，但除此之外，她也十分看重、十分珍視她對弟弟的愛，與弟弟的任何小紛爭對她而言都是難以承受的痛苦。

「謝謝，謝謝你……唉，我今天看到了什麼，」他說著，突然憶起第二個死去的囚犯，「有兩個囚犯被害死了。」

「怎麼害死的？」

「就這麼害死的。這麼熱的天把他們帶出來。有兩個死於中暑。」

「這怎麼可能！怎麼害死的？今天嗎？剛才？」

「是的，就在剛才。我看見了他們兩個的屍體。」

「但幹嘛要害死他們呢？誰害的？」娜塔莉婭・伊萬諾夫娜說。

「就是這些強行押送他們的人。」聶赫留多夫憤怒地說道，他覺得姊姊在用她丈夫的眼光看待這件事。

「哎呀，我的上帝！」來到聶赫留多夫身邊的阿格拉菲娜·彼得羅夫娜說道。

「是的，我們完全不知道他們是怎麼對待這些不幸的人的，但應該要知道。」聶赫留多夫又說，他看著老公爵，公爵已經繫好餐巾坐在桌旁，面前放著一杯冷飲，老公爵也恰在此時回頭看了聶赫留多夫一眼。

「聶赫留多夫！」他喊道，「想喝點冷飲嗎？上路前喝上一杯很不錯！」

聶赫留多夫謝絕了，他轉回身來。

「但你又能做什麼呢？」娜塔莉婭·伊萬諾夫娜繼續問道。

「盡我所能。我不知道，但我感覺自己應該做點什麼。盡我所能做點事吧。」

「是啊，是啊，這我理解。不過，你和這一家，」她用目光掃了掃科爾恰金，笑著說道，「就徹底一刀兩斷了？」

「一刀兩斷，我想，雙方都沒有遺憾。」

「可惜。我覺得可惜。我喜歡她。不過，此事就這麼著吧。但你幹嘛要給自己找負擔呢？」她怯怯地加了一句，「你幹嘛要走這一趟呢？」

「就因為必須走這一趟。」聶赫留多夫嚴肅地、乾巴巴地說道，似乎想結束這場談話。

然而，他立即便因對姊姊的冷淡而心生愧疚。「為何不把我心裡想的一切都說給她聽呢？」他想道，「讓阿格拉菲娜·彼得羅夫娜聽見也無妨。」他看了一眼年老的女僕，心裡說道。阿格拉菲娜·

彼得羅夫娜在場反而使他更有興致向姊姊重申自己的決定。

「你是說我打算和卡秋莎結婚的事嗎？你知道嗎？我決定這樣做，但她明確而堅決地拒絕了我，」他說道，嗓音顫抖了一下，每次談起這件事，他的聲音都會發顫，「她不願我付出犧牲，她要犧牲她自己，在她那樣的處境下，她付出的犧牲太大了，我不能接受她的犧牲，如果這是一時衝動的話。所以我要跟她走，她到哪裡我就到哪裡，我要盡我所能幫助她、減輕她的痛苦。」

娜塔莉婭・伊萬諾夫娜什麼話也沒說。阿格拉菲娜・彼得羅夫娜疑惑地看著娜塔莉婭・伊萬諾夫娜，不停地搖頭。這時，那隊人馬又從女客候車室走了出來，仍由那位漂亮的僕人菲力浦和看門人抬著公爵夫人。她讓兩位僕人停下來，招呼聶赫留多夫過去，面帶可憐的神情將戴滿戒指的白皙的手遞給聶赫留多夫，恐懼地期待對方有力的握手。

「Epouvantable!（法文：太可怕了！）」她說的是暑熱，「我真受不了這氣候。Ce climat me tue.（法文：這氣候簡直要害死我啊。）」於是，她談起俄國氣候之恐怖，邀請聶赫留多夫去看他們，然後對兩位僕人做一個手勢。「您一定要來啊。」她在被抬走的途中向聶赫留多夫轉過長長的臉，又說了一句。

聶赫留多夫來到月臺。公爵夫人等人拐向右邊，走向頭等車廂。聶赫留多夫卻與搬運行李的工人和背著自己行李的塔拉斯一起轉向左側。

「這位是我的同伴。」聶赫留多夫指著塔拉斯對姊姊說道，他先前對姊姊說過塔拉斯的身世。

「你難道要坐三等車廂？」當聶赫留多夫在三等車廂前停下腳步，行李搬運工和塔拉斯走進車廂，娜塔莉婭・伊萬諾夫娜問道。

「我這樣方便些，我和塔拉斯在一起。」他說道。「還有一件事，」他補充道，「到目前為止，我還沒有把庫茲明斯科耶的土地分給農民，因此，萬一我不在了，土地由你的兩個孩子繼承。」

「德米特里，快住口。」娜塔莉婭．伊萬諾夫娜說。

「即便我把土地都分出去了，有一點我還是可以說，也就是我剩下的一切都歸這兩個孩子所有，因為我未必會結婚，就是結了婚也不會有孩子……因此……」

「德米特里，請你別說這種話。」娜塔莉婭．伊萬諾夫娜說道，然而與此同時，聶赫留多夫發現，她聽到他說的話之後很是開心。

前面的頭等車廂旁站著幾個人，看著科爾恰金公爵夫人被抬進車廂。其餘的人已各就各位。幾個遲到的旅客急急忙忙，把月臺上的木板踩得嘎嘎響，列車員動作很大地關上車門，讓旅客就座，要送行者下車。

聶赫留多夫走進被太陽曬得滾燙的車廂，車廂裡氣味難聞，他立即走到車廂連接處。

娜塔莉婭．伊萬諾夫娜面對車廂站著，她戴著時尚的女帽，披著披巾，與阿格拉菲娜．彼得羅夫娜站在一起，她顯然在尋找話題，卻未找到，甚至不能說「Ecrivez（法文：常寫信啊）」，因為姊弟倆早就嘲笑著此類常見的送別話語。剛才關於錢財和遺產的簡短談話一下子破壞了他倆之間的手足深情，姊弟倆此刻都覺得彼此已很疏遠。因此在火車開動時，娜塔莉婭．伊萬諾夫娜甚至感到高興，她勉強點點頭，帶著憂傷、溫柔的神情說道：「再見，德米特里，再見！」但是等這節車廂剛開過去，她便考慮起該如何把她和弟弟的談話內容轉告丈夫，她的表情於是嚴肅起來，憂心忡忡。

聶赫留多夫一向對姊姊充滿最美好的情感，從未對她有任何隱瞞。儘管如此，他此時與她在一起卻感到難受和不自在，他想盡快與她告別。他覺得，那個與他親密無間的娜塔莎再也不存在了，而只剩一個女奴，她在伺候那個與聶赫留多夫格格不入且令人討厭的黑皮膚長毛男人。他看清了這一點，因為只有在他談起她丈夫感興趣的問題，即分地給農民和遺產問題時，她的臉上方才閃現出特別的興奮。這使他感覺傷心。

40

三等座的大車廂被太陽烤了一整天，現在又坐滿了人，裡面熱得讓人喘不過氣來，聶赫留多夫因此並未走進車廂，而留在車廂連接處。但這裡也很悶，直到列車駛出鱗次櫛比的樓房區，有穿堂風吹來，聶赫留多夫才敞開心扉吸了一口氣。「是的，是被他們害死的。」他在心裡重複了一遍他對姊姊說過的話。他的腦海裡十分清晰地浮現出這一天的所有見聞，印象最深的是第二個死去的犯人那張俊美的臉龐，以及他唇邊的笑容、額頭的嚴肅神情和被剃得發青的腦袋下方不大不小、輪廓分明的耳朵。「最可怕的是，他被害死了，卻無人知道是誰害死了他。可是他被害死了。他和其他所有犯人一樣，是依照馬斯連尼科夫的命令被帶出來的。馬斯連尼科夫似乎只下達了一道平平常常的命令，用他潦草的筆跡在一份印有印刷體抬頭的紙上簽下他的名字，他自然無論如何也不會覺得自己有責任。為犯人檢查身體的監獄醫生更不會覺得他有責任，他認真履行自己的職責，把病弱犯人挑了出來，他無論如何也沒料到天氣如此酷熱，犯人這麼晚才被帶出來，而且還擠作一團。典獄長呢？……但典獄長只不過在執行命令，在某一天押走多少苦役犯和流放犯、押走多少男犯和女犯。押解隊隊長也不應負責，其職責即清點人數，在某處接收多少人，然後到某地如數交出這些人，他像往常一樣按部就班地押解這批犯人，無論如何也沒料到，像聶赫留多夫所見的兩位死者這般身強體壯的人，怎麼會支撐不住、倒地死去。無人有過失，卻有人被害死，且凶手正是這些對幾位囚犯的死亡不負任何責任的人。」

「情況之所以如此，」聶赫留多夫想道，「是因為所有這些人，省長、典獄長、派出所所長和警察，都認為世上存在著這樣的規矩，不一定非得用人道的態度去對待人。所有這些人，馬斯連尼科夫也好、典獄長也好、押解隊隊長也好，如果他們不是省長、典獄長和軍官，他們會考慮二十遍，在如此熱的天氣裡是否可以遞解犯人、是否應該讓犯人擠作一團、途中是否應該休息二十次，看到有人虛脫、喘不過氣來，是否應該把他帶出人群、帶到蔭涼處、給他喝點水、讓他休息一下，當不幸發生，也應表現出同情。他們並未這樣做，甚至不讓別人這樣做，這僅僅因為他們沒把那些人當人看，他們看到的並非他們對人的責任，而是職務及其要求，他們認為職務的要求高於人道態度的要求。問題就在這裡。」聶赫留多夫想道，「如果承認有什麼東西能比仁愛之情更為重要，即便片刻地承認、即便在某種特殊場合承認，那就足以做出任何傷害人的事情，同時認為自己沒有任何過錯。」

聶赫留多夫陷入沉思，竟未發現天氣已變，太陽被近前一片低低的亂雲所覆蓋，自西邊的地平線飄來一堆淺灰色的烏雲，遠處的田地和森林上方已現出落雨拉出的斜線。烏雲投下潮溼的水氣。閃電不時劃破烏雲，火車的轟鳴聲越來越與隆隆的雷聲混為一體。烏雲越來越近，傾斜的雨絲被風吹打著，落在車廂連接處的平臺和聶赫留多夫的大衣上。他邁到平臺的另一邊，呼吸著潮溼的新鮮空氣和久旱逢雨的土地散發出的農作物氣息，看著眼前飛速閃過的花園、森林、金黃的黑麥地、尚且泛綠的燕麥地和黑色的馬鈴薯地壟溝，馬鈴薯已開出深綠色的花朵。一切都像被抹了一層油漆，綠的更綠、黃的更黃、黑的更黑。

「下吧，下吧！」聶赫留多夫說道，欣喜地看著期待甘露的田野、花園和菜地。

大雨只下了一下子。一部分烏雲變成雨水落下來，一部分烏雲飄走了，最後一陣垂直又細密的雨點打在潮溼的土地上。太陽又露出臉來，一切都在閃亮，東方的地平線上方現出一道彩虹，彩虹並不太高，卻很耀眼，紫色最為濃重，彩虹的一端若隱若現。

「是啊，我剛才想了些什麼？」待大自然的種種變幻告一段落，火車駛入一道兩邊都是高坡的溝壑，聶赫留多夫問自己道。「是的，我想到，所有這些人，包括典獄長、押解人員和各種公職人員，大多是溫順善良之人，他們之所以變得如此惡毒，蓋因他們擔任了公職。」他想起馬斯連尼科夫在聽他談起監獄裡的情形時所表現出的冷漠，也想起典獄長的嚴厲和押解隊隊長的殘忍，隊長不准體弱者上馬車、對在火車上痛苦不堪的產婦視若無睹。「所有這些人顯然都是鐵石心腸，沒有最起碼的同情心，這只是因為他們擔任了公職。作為公職人員的他們，仁愛之情難以滲入他們的心靈，一如雨水難以滲入鋪滿石塊的土地。」聶赫留多夫看著鋪滿彩色石塊的斜坡，雨水未能滲入地下，而呈一道道溪水流淌下來，他心裡想道，「或許，這陡坡必須鋪上石頭，可是看到這寸草不生的土地畢竟讓人傷心，它原本也像坡頂的土地一樣，能長出糧食、青草、灌木和樹木。人也這樣，」聶赫留多夫想道，「或許，這些省長、典獄長和警察都不可或缺，可是看到這些人喪失了人類最主要的特質，即相互友愛和相互憐憫，畢竟令人恐怖。」

「問題在於，」聶赫留多夫想道，「這些人將不是法律的東西視為法律，卻不將上帝置於人心中的亙古不變、不可或缺的法則視為法則。正因為如此，我和這些人在一起時便感覺特別難受。」聶赫留多夫想道，「我就是害怕他們。的確，這些人很可怕。比強盜更可怕。強盜畢竟還有惻隱之心，這些人卻不會憐憫，全無同情心，一如這些寸草不生的石頭。他們的可怕之處就在這裡。都說農民起義首領普加喬夫、拉辛可怕，這些人卻可怕一千倍。」他繼續想道，「如果提出一個心理學問題，即如何讓我們這個時代的人，讓這些基督徒、有人性的人和善良的人幹下最可怕的惡行，卻不覺得自己有罪，那麼答案只有一個：就是保持現狀，就是讓這些人去做省長、典獄長、軍官和警察。也就是說，首先要他們堅信，有一種被稱作國家職務的事務，在做這件事時可以像對待物一樣對待人，不用對人持有人性的、兄弟般的態度；其次，讓這些擔任國家公職的人構成一個整體，這樣一來便不會有人單獨承擔他們殘忍待人的各種行為所導致的後果。沒有這些前提，我們這個時代就不可能出現如我今天所見的這些可怕事件。問題在於，有些人認為在某些情形下可以不以愛心待人，其實這樣的情形是不存在的。可以不以愛心待物，比如可以不帶仁愛之心砍樹、造磚和打鐵，但對待人卻不能沒有愛心，就像對待蜜蜂不能沒有謹慎。蜜蜂有此天性。如果你對待蜜蜂不夠謹慎，便會使蜜蜂和你自己都受到傷害。對待人也是這樣。不可能不是這樣，因為人與人之間的友愛是人類生活的基本法則。的確，人無法強迫自己去愛，一如他不能強迫自己去工作，但並不能由此得出結論，認為人可以不以愛心待人，尤其在他被人寄予厚望的時候。你若沒有愛人之心，就老老實實地坐著，」聶赫留多夫想道，「他指的是自己，「隨意對待自己、對待物，但獨獨不能隨意對待他人。只有在想吃東西的時候吃東西，方才有益而無害，同樣，只有在具有愛心的時候與人交往，方才無害又有益。只要縱容自己不以愛心待人，就像自己昨天對待姊夫那樣，那麼，如我今天所見的那種面對他人的殘忍和野蠻便會無邊無際，給自己帶來的痛苦也會無邊無際，我透過自己的生活已深知這一點。是的，是的，是這樣的。」聶赫留多夫想道。「這很好，太好了！」他一遍遍地對自己說，體驗到了雙重快樂：清涼替換了令人痛苦的暑熱；他思慮已久的一個問題得到了極其清晰的解答。

41

聶赫留多夫乘坐的這節車廂有一半座位空著。乘客中有僕人、手藝人、工人、屠夫、猶太人、店員、婦女、工人的妻子，還有一名士兵，兩位太太，一位很年輕，一位已上了年紀，裸露的手臂上戴著手鐲，另有一個神情嚴肅的先生，他黑色的制帽上有顆帽徽。所有這些人均已在座位上坐定，他們靜靜地坐著，有的嗑瓜子，有的抽菸，有的在與身邊的人興致勃勃地聊天。

塔拉斯滿臉幸福地坐在走道右側，給聶赫留多夫留出一個座位。他正起勁地與坐在對面的人聊天，那人體格健壯，敞著粗呢上衣，聶赫留多夫後來聽說此人是園丁，要去某地工作。聶赫留多夫還沒走到塔拉斯那裡，便在走道上停住腳步，站在一位相貌可敬的白鬍子老人身邊，老人身穿土布上衣，正與一個農民打扮的年輕女子說話。女子身邊坐著一個七八歲的小女孩，她的腿還搆不到地面，垂在半空，她穿一件嶄新的裙子，接近白色的淺色頭髮紮成小辮，她在不停地嗑瓜子。老人轉身看了聶赫留多夫一眼，把他拖在光滑座椅上的衣襬攏了攏，親熱地說道：

「您請坐。」

聶赫留多夫道了謝，坐在老人指定的位置。聶赫留多夫剛坐下，那女子便繼續講起她那個被打斷的故事。她講的是她丈夫在城裡如何接待她，她現在是離開丈夫，回到鄉下。

「我謝肉節去過，現在，上帝保佑，又去了一趟，」她說道，「然後，上帝保佑，耶誕節還要去一趟。」

「這是好事，」老人說道，看了看聶赫留多夫，「應該常去看看，要不然，年輕人住在城裡會學壞的。」

「不會的，老爺，我家那位可不是這種人。他就像個姑娘家，不會幹那些蠢事。他的錢全都寄回家了，一分也不少。他就喜歡我們這女兒，喜歡極了。」女子笑著說道。

小女孩一邊吐著瓜子皮，一邊聽母親說話，她用安靜聰明的目光看著老人和聶赫留多夫的臉，似在佐證母親的話。

「他是個聰明人，這就更好了。」老人說道。「他不好這個吧？」他又補了一句，用目光指了指坐在走道對面的一對夫妻，他倆顯然是工人。

那邊的工人丈夫抓起一瓶酒，仰著腦袋，瓶口對著嘴巴喝了起來；妻子手拿套在酒瓶外面的小布袋，目不轉睛地看著丈夫。

「不，我那位不喝酒，也不抽菸，」與老人聊天的女子利用這個機會又一次誇獎起自己的丈夫，

「大爺，他這樣的人天下少有啊。他就是這種人。」她轉身對聶赫留多夫說道。

「這就更好了。」一直盯著那個喝酒工人看的老人又說了一遍。

那工人喝了幾口，然後把酒瓶遞給妻子。妻子接過酒瓶，笑著搖搖頭，也把瓶口對準了自己的嘴巴。工人察覺到聶赫留多夫和老人的目光，便對他倆說道：

「怎麼啦，老爺？我們喝點酒有什麼？我們是怎麼做工的，沒人看見；我們喝點酒，倒是都看見了。賺錢喝酒，再給老婆喝兩口，如此而已。」

「是的，是的。」聶赫留多夫說道，他不知該如何作答。

「是嗎，老爺？我老婆是個靠得住的女人！我對老婆很滿意，因為她心疼我。我說得對嗎，馬芙拉？」

「喂，你拿著。我不想喝了。」妻子把酒瓶遞給丈夫，說道。「你又在胡說。」她又說。

「看吧，就這個樣子，」工人繼續說道，「一會兒好好的，一會兒呱呱亂叫，就像沒上油的馬車。馬芙拉，我說得對嗎？」

馬芙拉笑著，帶著醉態擺了擺手。

「看，又來了……」

「就這個樣子，現在好好的，但她倔強起來的時候，她幹出來的事連想都想不到……我說的是實話。老爺，請您原諒我。我喝了點酒，看，有什麼辦法呢……」工人說道，然後把腦袋放在面帶微笑的妻子的膝蓋上，睡起覺來。

聶赫留多夫與老人一起坐了一會兒，老人向他講了自己的身世，說他是個砌爐匠，做了五十三年的工作，一輩子砌的爐子數也數不清，如今想休息一下，可是一直沒空。他在城裡待了一陣，給幾個孩子找事情做，現在是回鄉下探望家人。聽完老人的故事，聶赫留多夫起身走向塔拉斯給他留的座位。

「老爺，您請坐。我們把袋子挪到這邊來。」坐在塔拉斯對面的園丁仰頭看了看聶赫留多夫，親熱地說道。

「就像俗話說的那樣，雖然受擠，卻不受氣。」滿臉微笑的塔拉斯用歌唱般的聲音說道，他用有力的大手提起他那七八十斤重的行李袋，放到窗邊，就像拿起一根羽毛。「位子多的是，要不然站一下，或鑽到椅子下面去也不錯，這多安穩啊！幹嘛吵架呢！」他說道，滿臉善意和熱情。

塔拉斯說他自己不喝酒的時候沒話，一喝了酒便妙語如珠，口若懸河。的確，清醒狀態下的塔拉斯大多沉默不語，一旦喝了酒就特別能說，不過他很少喝酒，只在特殊場合才喝。他的酒後之言既多又好，樸實真誠，更是溫暖，他那雙善良的天藍色眼睛和始終掛在嘴角的愉快笑容都在傳遞這樣的溫暖。

今天，他正處於這一狀態。聶赫留多夫的走近暫時打斷了他的話頭。但等他放好行李袋，像先前那樣坐下來，把一雙能做工的有力大手放在膝蓋上，便又看著園丁的眼睛，繼續講起自己的故事。他對這位新朋友詳盡地談了他妻子的事，談到她為何被流放，他如今為何要隨她去西伯利亞。

聶赫留多夫從未聽說此事的細節，因此很仔細地聽著。他從中途聽起，故事已講到下毒，家裡人知道這是費多西婭幹的。

「我說的是自己的傷心事，」塔拉斯說道，朋友般對聶赫留多夫推心置腹，「碰到一個好心人，就聊了起來，我就講了自己的事。」

「好的，好的。」聶赫留多夫說。

「看吧，就這樣，我的老哥，事情就弄清楚了。我媽拿起那塊餅，她說：『我去找警察。』我爸是個通情達理的老頭，他說：『等一等，老婆子，這姑娘還是個孩子，自己都不曉得自己在幹什麼，應該可憐可憐她。她也許會明白過來的。』但有什麼辦法，我媽什麼話都聽不進去。她說：『我們留下她，她就會把我們像毒死蟑螂那樣全都毒死。』我的老哥，她就去找了警察。警察馬上跑到我們家……立馬找到了證人。」

「那你當時什麼情況呢？」園丁問。

「我呀，我的老哥，肚子裡翻天覆地，一直吐，五臟六腑都翻過來了，什麼話也說不出來。老爸立馬套上車，拉上費多西婭去了警察局，從警察局又去見偵查員。她呀，我的老哥，一開頭就全都招認了，便對偵查員一五一十全都說了，說她怎樣弄到砒霜，怎樣擀麵餅。偵查員問：『你為什麼要做這種事呢？』她說：『因為我討厭他。我寧願去西伯利亞，也不願跟他過。』她這裡的『他』說的就是我，」塔拉斯笑著說道，「就是說，她全都招認了。當然，她進了大牢，老爸一個人回來了。這時到了農忙季節，家裡只有媽媽一位婦女，她身體又不好。家裡人想，看能不能把她保回來。老爸就去找一個當官的，不行，又去找第二個。他一連找了五位當官的。本來不想再找了，可是遇見一個人，在衙門當差，這個人機靈得很，打著燈籠都找不到。他說：『給我五盧布，我把她保出來。』後來說好給三盧布。沒辦法呀，老哥，我把她織的布抵押出去，給了那人三盧布。他馬上寫了一份文件，」塔拉斯拖長聲音，似乎他說的是開槍的事情，「一下子就寫好了。我當時也能起床了，就自己趕車到城裡去接她。我來到城裡，老哥，把馬車往客棧裡一停，我就拿上文件去了監獄。『你有什麼事？』我就說了是怎麼回事，說我家女主人關在你們這裡。他問：『有文件嗎？』我馬上遞上文件。他掃了一眼，說道：『等一下。』我就坐在板凳上。太陽已經偏西。一位長官走出門來，他說：『你就是瓦爾古紹夫？』『我是。』『把人領走吧。』他說。大門立馬打開。他們把她領了出來，她穿著自家的衣服，挺合身的。『我們走吧。』『你是走路來的？』『不是，我趕馬車來的。』我們來到客棧，結了房錢，套上馬，把剩下的乾草墊在馬車上，再鋪一層麻布。她坐上去，包好頭巾。我們就走了。她沒說話，我也沒說話。我們快到家的時候她才說：『媽媽好嗎？』我說：『很好。』『爸爸好嗎？』『很好。』她說：『塔拉斯，原諒我做了蠢事。我自己也不知道我幹了什麼。』我說：『不用多說了，我早就原諒你了。』我沒再說什麼。我們回到家裡，她立馬跪在媽媽面前。媽媽說：『上帝饒恕你。』爸爸打聲招呼，說道：『別提那些舊話了。好好過日子吧。現在沒時間說閒話，該去割麥子了。斯克羅德內後面那幾畝上過肥的地，託上帝的福，黑麥長得真不錯，下不去鐮刀，纏在一起倒在地上。麥子該割了。你和塔拉斯明天就去割麥子吧。』從那一刻起，老哥，她就做起事來。她做起事來的拚勁，簡直嚇人。我們當時租了四五十畝地，託上帝的福，黑麥和燕麥都長得出奇的好。我割麥子，她打捆，有時也兩人一起割。我做事很俐落，什麼工作都能應付，但她什麼工作都做得比我還俐落。她又能幹又年輕，正是好時候。她做起事來，老哥，簡直不要命，我只好勸她慢一點。回到家裡，指頭腫了，手臂酸了，該休息一下了，但她晚飯還沒吃完，就跑到草棚去搓第二天一早要用的草繩。看這改變！」

「那麼，對你也很熱絡吧？」園丁問道。

「那還用說，我倆像是黏在了一起，就像同一個人。我在想什麼，她都知道。媽媽本來一肚子氣，可是也說：『我們的費多西婭肯定被別人掉包了，完全換了一個人。』有一回我倆趕著兩輛馬車去拉麥捆，我們坐在前面一輛車上。我說：『費多西婭，你怎麼會想到做那種事呢？』她說：『我就是不想和你在一起了。我當時想，寧願死，也不想再過下去了。』我說：『那現在呢？』她說：『現在你就裝在我心裡頭。』」塔拉斯停住了，面帶歡樂的微笑，驚喜地搖搖頭，「剛收完地裡的作物，我把大麻漚到水裡，回到家裡，」他沉默片刻，接著說，「一看，傳票來了，要去受審。受審的起因我們早就忘了。」

「一定是惡魔附身，」園丁說，「要不一個人怎麼會想到去殺人呢？我們那裡也有一個人……」園丁正要開始講他的故事，火車停了下來。

「一定是到站了，」他說，「我們去喝點什麼吧。」

談話中止，聶赫留多夫跟著園丁走出車廂，來到溼漉漉的木頭月臺上。

42

聶赫留多夫尚未走出車廂，便發現車站的院落裡停著幾輛豪華馬車，車上套著三匹或四匹膘肥體壯的馬，馬脖子上掛著鈴鐺；待他走上因為雨水而發暗的潮溼月臺，就看見一等車廂旁聚了一群人，其中可見一個身材高大的胖太太，她身披風衣，帽子上插有貴重的羽毛；還有一位高個子年輕人，他兩腿細長，穿一身自行車運動服，牽著一隻又肥又大的狗，狗脖子上套著一個貴重的項圈。他倆身後站著幾個手持雨衣和雨傘的僕人和一位車夫，他們是來接客人的。這一群人，從身材肥胖的太太到手提長袍下襬的車夫，全都帶有鎮定自信、生活富足的印記。在這群人周圍頓時聚集起一圈十分好奇、崇拜財富的圍觀者。其中有頭戴紅色制帽的站長，一名憲兵，一名電報員，一個瘦削的姑娘，這姑娘身著俄式服裝，戴著項鍊，夏日裡，每逢火車到達，這姑娘一定現身，此外還有一些男女乘客。

聶赫留多夫認出，那位牽著狗的年輕人就是在上中學的科爾恰金少爺，肥胖的太太就是公爵夫人的姊姊，科爾恰金一家此行的目的地就是她家的莊園。列車長制服上的飾帶和腳蹬的靴子閃閃發光，他打開車廂的門，為表示尊敬，一直手扶車門。此時，菲力浦和圍著白圍裙的腳夫用可折疊的扶手椅小心翼翼地抬出了臉龐很長的公爵夫人。姊妹倆相互問候，傳來幾句法文交談，談的是公爵夫人是坐轎式馬車還是坐敞篷馬車。然後，這個隊伍便向車站出口走去，走在最後的是那個一頭鬈髮、手持雨傘和帽盒的女僕。

聶赫留多夫不想看到他們，免得再次告別，於是，他還沒走到車站出口便停住腳步，等那隊人馬過去。公爵夫人和兒子、米西、醫生和女僕走在前面，老公爵和大姨子停在後面，聶赫留多夫雖然離得很遠，卻聽見他倆用法文交談的隻言片語。公爵說的一句話連同其腔調和嗓音，就像常有的情形那樣，猛然嵌入聶赫留多夫的記憶。

「Oh! il est du vrai grand monde, du vrai grand monde.（法文：哦！他可是個道道地地的上流人士、道道地地的上流人士。）」公爵用洪亮自信的聲音談及某人，同時與大姨子一同在必恭必敬的列車員和搬運工的伴隨下走出車站大門。

就在這時，一群腳穿樹皮鞋、背著小皮襖和行李袋的農工不知從哪裡跑出來，他們從車站的一角走上月臺。農工邁著矯健輕快的步伐走近一等車廂，想走進去，卻立即被列車員趕了出來。農工馬不停蹄，他們擠作一團，又趕忙走向旁邊一節車廂，已經開始上車，行李袋磕著車廂的拐角和車門，但站在車站出口處的另一個列車員發現他們的企圖，便對他們厲聲吆喝。已經上了車的農工馬上退出來，又邁著輕快矯健的步伐奔向下一節車廂，這正是聶赫留多夫乘坐的那節車廂。列車員再次攔住他們。他們停下腳步，打算再往前走，但聶赫留多夫告訴他們，這節車廂有空位，讓他們上車。他們聽了他的話，聶赫留多夫也隨他們走進車廂。農工想找位子坐下來，但那位戴帽徽的先生和兩位太太卻認為，這群農工冒昧進入這節車廂就是對他們個人的侮辱，他們堅決表示反對，並開始驅趕農工。農工有二十位左右，有老有少，卻全都臉色黝黑、飽經風霜，他們顯然覺得自己有很大過錯，便繼續穿過整個車廂，行李袋不時撞在座位、壁板和車門上，他們顯然準備一直走到天涯海角，坐在別人吩咐他們坐的任何地方，哪怕坐在釘子上。

「你們要往哪裡跑，見鬼！快坐下！」迎面走向他們的另一個列車員高喊。

「Voilà encore des nouvelles!（法文：真是新鮮！）」兩位太太中的一位說道，她堅信她標準的法文能引起聶赫留多夫對她的關注。戴手鐲的太太則不停地嗅著四周，皺著眉頭，說和這些臭烘烘的鄉下人坐在一起可真叫人舒服。

那些農工卻像大難不死的人一樣，體驗到了欣喜和安心，他們停下腳步，紛紛就座，從肩膀上放下沉甸甸的行李袋，塞到座椅下面。

與塔拉斯談話的園丁坐的並非自己的座位，他返回自己的位子，於是在塔拉斯的旁邊和對面便空出三個座位。三位農工坐了下來，然而當聶赫留多夫走到他們跟前，他的老爺服飾令農工深感不安，便站起身來打算離開，聶赫留多夫卻請他們留下，自己則坐在走道邊座椅的扶手上。

兩位農工中的一位年約五十，他帶著不解甚至擔心，與年輕的農工互看了一下。聶赫留多夫並未像老爺那樣罵他們、驅趕他們，反而給他們讓座，這使他倆很驚訝、很尷尬。他倆甚至感到害怕，怕這樣一來他們會遇到什麼不妙的事情。然而等到他們發現這裡並無任何圈套，聶赫留多夫和塔拉斯的交談也很家常，他們便安下心來，讓一個年輕人坐到行李袋上，要聶赫留多夫坐回自己的座位。起初，坐在聶赫留多夫對面那個上了年紀的農工縮著身子，努力把自己套著樹皮鞋的雙腳往後挪，以免碰到老爺，可是後來，他卻如此友善地與聶赫留多夫和塔拉斯攀談起來，講到他想讓聶赫留多夫多加關注的地方，他便手心向上，用手背拍一拍聶赫留多夫的膝蓋。他說到他的情況，說到他在泥炭沼澤做工，他們在那裡做了兩個半月，現在回家去，每人帶回十盧布工錢，因為一部分工錢已經提前預支了。他說，他們的工作要在齊膝深的水裡做，從日出做到日落，中間只有兩小時午休時間。

「沒做慣的人當然很苦，」他說，「我做慣了，也就不覺得有什麼了。不過伙食不錯。起初伙食很糟，後來大家生氣了，伙食才好起來，做起工來也就輕鬆了。」

後來他說道，他這樣出門做工已持續二十八年，賺的錢交給家裡，起先交給父親，後來交給哥哥，如今交給管家的侄子。每年賺的五六十盧布裡，他自己過日子只花兩三盧布，買點菸草和火柴。

「慚愧啊，我累了也會喝點小酒。」他又補上一句，愧疚地微笑著。

他又講起，婦女在家怎樣做了本該男人做的事，這次回家前，工頭怎樣請他們喝了半桶酒，他們中間有個人是怎麼死的，他們這次還帶著一個病人。他說的那個病人就坐在這節車廂的一個角落裡。

這是個年紀輕輕的年輕人，他臉色灰白，嘴唇發紫。他顯然患了瘧疾，此刻正在發作。聶赫留多夫走到他身邊，但那個年輕人用十分嚴肅而痛苦的目光看著他，聶赫留多夫也就沒有多問，以免打擾他，他建議老人給他買點奎寧，並在紙上寫下了藥名。他想給點錢，但老農工說不用，他自己有錢。

「唉，我常年出門在外，這樣的老爺還從沒見過。不趕你走，還給你讓座。就是說，老爺也是有各種各樣的。」他面對塔拉斯說出了結論。

「是啊，一個全新的世界、不一樣的世界。」聶赫留多夫想道，他看著這些人瘦削卻有力的四肢，粗糙的土布衣裳，黝黑、熱情，而飽經風霜的臉龐，覺得自己正置身於這些全新的人的包圍中。他們過的勞動生活才是真正的生活，他們懷有嚴肅的興趣，他們的生活中有歡樂也有苦難。

「看，這才是le vrai grand monde（法文：道道地地的上流人士）。」聶赫留多夫想道，他想起科爾恰金公爵剛才說的那句話，想起科爾恰金一家及其卑微的興趣所構成的那個優閒奢華的世界。

於是，他體驗到一陣歡樂，就像一位旅行家發現了一個嶄新、未知，而美好的世界。

第三部

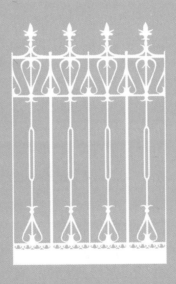

瑪絲洛娃身在其中的那批犯人被押解近五千公里。在抵達彼爾姆之前，無論搭火車還是搭船，瑪絲洛娃一直與刑事犯在一起，直到抵達彼爾姆，聶赫留多夫才終於讓她被轉入政治犯隊伍，同樣身在這批犯人中的鮑戈杜霍夫斯卡婭向他提出了這一建議。

在到達彼爾姆之前，瑪絲洛娃無論肉體上還是精神上均飽受折磨。肉體上的折磨，即擁擠、骯髒和各種各樣讓人不得安寧的可惡昆蟲；精神上的折磨則來自像那些昆蟲一樣可惡的男人，雖然每到一站都換一批人，但這些男犯卻都一樣死皮賴臉地糾纏，讓她不得安寧。一邊是女犯人，一邊是身為男性的犯人、看守和押解隊隊員，這兩者之間已形成一種厚顏無恥的淫亂風俗，因此每一位女犯，尤其是年輕女犯，如果不願出賣色相，就得時刻提防。這種始終持續的恐懼和抗拒狀態讓人飽受折磨。瑪絲洛娃遭受的攻擊最多，因為她外貌誘人，大家又都清楚她的身世。她如今會斷然拒絕那些糾纏她的男人，男人因此感覺屈辱，便對她心懷怨恨。她與費多西婭和塔拉斯的親近使她的處境有所好轉，塔拉斯聽說自己的妻子經常受到騷擾，便自願加入犯人隊伍以保護她，於是自下諾夫哥羅德起便一直與犯人同行。

瑪絲洛娃被轉入政治犯隊伍後，在各方面的處境均有所改善。且不說，政治犯的住宿和膳食條件稍好一些，較少受到粗暴對待，瑪絲洛娃與政治犯為伍的好處還在於，她不再受到男人的糾纏，如今可以踏實地過日子，再也不用時時被迫想起自己如今試圖徹底忘記的往昔。這次調動最主要的好處還在於，她結識了幾個人，這些人對她產生了決定性的正面影響。

瑪絲洛娃獲准在宿營地與政治犯同住，但作為一名身體健康的女犯，她在途中仍要與刑事犯一同步行。因此從托木斯克起，她就一直徒步行走。與她一起步行的還有兩位政治犯：一位是瑪麗婭・帕夫洛夫娜・謝基尼娜，也就是聶赫留多夫在探視鮑戈杜霍夫斯卡婭時看到的那個令他吃驚的、長著一雙羔羊眼睛的漂亮姑娘；另一位是要被流放至亞庫次克州的西蒙松，也就是聶赫留多夫同樣在那次探監時見到的那位皮膚黝黑、頭髮蓬亂、前額下方有一雙深凹眼睛的男人。瑪麗婭・帕夫洛夫娜之所以步行，是因為她把自己在馬車上的座位讓給了一位懷孕的女刑事犯；西蒙松之所以步行，是因為他認為貴族出身的犯人不該享有乘坐馬車的階級特權。這三人與其他政治犯分開走，其他政治犯稍晚些乘馬車出發，而他們三人則起早與刑事犯同行。他們一直這樣趕路，直到抵達這座大城市前的最後一站，在這座城市，一位新的押解隊隊長將接管這批犯人。

這是九月裡一個陰雨連綿的清晨。寒風陣陣，時而飄雪，時而落雨。這批犯人已全都站在宿營地的院子裡，有男犯四百人、女犯約五十人。一部分犯人圍在一位老押解兵身邊，押解兵在向犯人班長分發兩天的伙食費，一部分犯人在向被允許進入宿營地院子的那些小販購買食物。正在數錢、買東西的犯人發出一陣嗡嗡聲，小販的叫賣聲尖利刺耳。

瑪絲洛娃和瑪麗婭・帕夫洛夫娜兩人穿著靴子和半截皮襖，包著頭巾，從宿營地的住處走到院子裡，走向那些坐在北牆下背風處的小販。小販爭先恐後地兜售各自的商品，如新烤的麵包、餡餅、魚、麵條、粥、牛肝、牛肉、雞蛋、牛奶等，一個小販那裡甚至有一隻烤乳豬。

西蒙松身穿膠皮上衣、毛襪和膠鞋，膠鞋用幾根帶子繫著（他是素食主義者，也不使用動物皮毛），他也站在院子裡，等待隊伍出發。他站在門口的臺階旁，在一個筆記本上記錄他剛剛產生的一個想法。這一想法如下：

「如果細菌對人的指甲加以觀察和研究，會認為人的指甲是無機體。我們在觀察地殼時也是這樣，認為地球是無機體。這是錯誤的。」

瑪絲洛娃買好雞蛋、一串麵包圈、魚和新烤的小麥麵包，將這些東西裝進背袋；瑪麗婭．帕夫洛夫娜在跟小販算帳，這時，犯人隊伍動了起來。大家默不作聲，排起隊來。一名軍官走出來，發出出發前的最後指令。

一切照舊：清點人數，檢查鐐銬是否結實，把戴手銬的人雙雙銬在一起。可是，突然響起那位軍官憤怒威嚴的吆喝聲、打人的聲音和一個孩子的哭聲。四周一時鴉雀無聲，稍後，整個人群又發出低沉的抱怨。瑪絲洛娃和瑪麗婭．帕夫洛夫娜向發出動靜的地方走去。

02

走近發出動靜的地方，瑪麗婭．帕夫洛夫娜和卡秋莎看到這一場景：一個身強力壯、蓄著淺色濃密唇鬚的軍官正用左手撫摸右手手掌，他剛用這隻右手打了一名犯人的耳光，這軍官還在說個不停，吐出一些不堪入耳的髒話。他面前是一個身材瘦長、被剃了陰陽頭的男犯。這犯人身上的囚袍很短，褲子更短，他一隻手擦著被打出血的面頰，另一隻手抱著一個用頭巾裹著的小女孩，女孩在尖聲啼哭。「我要教一教你這個（不雅的髒話），教你學會強辯（又是髒話）。把孩子交給女人，」軍官高喊，「把手銬戴上！」

軍官要求給這名男犯戴上手銬，這名流放犯一路上一直抱著女孩，他妻子因傷寒而死在托木斯克，他只得孤身一人照看女孩。這名犯人說他戴著手銬無法抱孩子，這惹火了心情不好的軍官，他便打了這名不聽話的犯人。（這是德·亞·里尼奧夫在《押解途中》一書中寫到的一件真事。——托爾斯泰注）

被打的犯人對面站著一名押解兵，還有一名滿臉黑色鬍鬚、一隻手戴著手銬的犯人，他陰沉著臉，時而看著軍官，時而看著那名挨打的、抱著女孩的犯人。軍官再次命令押解兵抱走小女孩。犯人之中的抱怨聲越來越大。

「從托木斯克走過來，都一直沒讓他戴手銬啊。」從人群後幾排傳來一個沙啞的聲音。

「不是小狗，是個孩子啊。」

「他能把女孩交給誰呢？」

「這不合法。」還有一個人說道。

「誰在說話？」軍官像是被螫了一下，對著人群高喊，「我讓你看看什麼叫合法。誰說的？是你？是你？」

「大家都在說。因為……」一個大臉的矮壯犯人說道。

他話音未落，軍官便用兩隻手輪流抽他耳光。

「你們要造反！我讓你們看看該怎麼造反。我要把你們全都斃了，像打死幾條狗。上級只會感謝我。把女孩抱走！」

人群裡鴉雀無聲。一名押解兵奪過拚命哭喊的女孩，另一名押解兵開始給順從地伸出一隻手來的犯人戴手銬。

「把孩子抱給女人。」軍官對著押解兵喊了一聲，同時整理著自己掛軍刀的武裝帶。

女孩的小手拚命地伸出頭巾，她的小臉脹得通紅，一直在尖聲哭喊。瑪麗婭．帕夫洛夫娜走出人群，來到押解兵面前。

「軍官先生，請允許我來抱這個女孩。」

抱著女孩的押解兵站了下來。

「你是誰？」軍官問。

「我是政治犯。」

顯然，瑪麗婭．帕夫洛夫娜美麗的臉龐和微微突出的漂亮眼睛對軍官產生了作用（他在接收這批犯人時見過她）。他默默地看了看她，似在掂量什麼。

「我無所謂，您願意抱就抱去吧。您可憐他們倒是好事，要是他逃跑了，誰來負責？」

「他抱著孩子怎麼能逃跑呢？」瑪麗婭．帕夫洛夫娜說。

「我沒時間跟您閒扯。您想抱就抱走吧。」

「請問是交給她嗎？」押解兵問。

「交給她。」

「到我這裡來吧。」瑪麗婭．帕夫洛夫娜說著，想招呼小女孩到自己身邊來。

可是，押解兵懷中的小女孩把身體側向父親，仍在哭喊，不願到瑪麗婭．帕夫洛夫娜這邊來。

「等一等，瑪麗婭．帕夫洛夫娜，她會到我這裡來的。」瑪絲洛娃說道，從背袋裡掏出一個麵包圈。

小女孩認識瑪絲洛娃，看到她的臉和麵包圈，便朝她走了過來。

一片寂靜。大門洞開，犯人隊伍走了出來，排好隊，押解人員再次清點人數，行李放到馬車上，捆綁妥當，老弱病殘也上了車。瑪絲洛娃抱著小女孩站到女犯隊伍中，與費多西婭並排。一直注視著事情經過的西蒙松此刻邁著堅定的步伐走向那名軍官，軍官發號施令完，正準備坐上自己的馬車。

「您的行為不妥，軍官先生。」西蒙松說。

「回到您該在的地方，這不是您的事。」

「是我的事，我有義務告訴您我剛才說過的話，您的行為不妥。」西蒙松說道，濃眉下的眼睛緊盯著軍官的臉。

「準備好了嗎？全體都有，齊步走！」軍官高聲喊道，並不理睬西蒙松，然後扶著趕車士兵的肩膀，跳上了馬車。

隊伍動了起來，呈長蛇狀走上一條布滿車轍的泥濘大道，路的兩側是挖出的水溝，四周是綿延的森林。

03

在城裡過了六年放浪奢華、不勞而獲的生活之後，又在獄中與刑事犯共度兩月，卡秋莎如今與政治犯在一起，儘管所處條件十分艱苦，她卻感到很舒服。每天步行二三十公里，伙食不錯，每走兩天休息一天，這使她的身體結實起來。與新夥伴的相識，使她看到了生活中過去她毫無概念的新樂趣。她稱與她一同步行的這些人為「奇人」，從前她不僅不認識這些人，甚至不敢想像竟然存在著這樣的人。

「我被判刑的時候哭了，」她常說，「其實我一輩子都該感激上帝。我現在知道的事情，從前一輩子都不會知道。」

她輕而易舉地弄懂了這些人信奉的思想，作為普通大眾的一員，她自然很同情他們。她明白，這些人是為了人民而反對那些老爺的，這些人自己是老爺，卻甘願為人民奉獻自己的特權、自由和生命，這使得她非常敬重、欽佩這些人。

她欽佩所有新夥伴，但最欽佩的還是瑪麗婭·帕夫洛夫娜，不僅欽佩她，而且愛上了她，對她懷有特殊的、崇敬的、熱情的愛意。她感到震驚的是，這個出身富貴將軍家庭的漂亮姑娘會說三種外語，卻過著和最普通女工一樣的生活，她把有錢的哥哥寄給她的東西全都送給了別人，她穿的衣服和鞋子不僅十分普通，甚至很寒酸，她對自己的外表毫不在意。她從不賣弄風騷，這一特點尤其令瑪絲洛娃驚訝和欽佩。瑪絲洛娃發現，瑪麗婭·帕夫洛夫娜知道自己很美，甚至因為知道自己很美而覺得高興，但是，她不僅不為自己的外貌能吸引男人而感到開心，甚至害怕這一點，她對戀愛充滿直截了當的反感和恐懼。她的男性同伴知道這一點，即便對她有意，也不敢向她表白，仍像對待男性同伴一樣對待她。但也有一些搞不清楚狀況的男人常常糾纏她，據她自己說，多虧她引以為豪的強壯體力，她才得以擺脫那些男人。「有一次，」她笑著說道，「有個男人在街上纏著我，怎麼也不肯放手，我就抓住他用力搖了搖，他嚇壞了，趕緊躲開我。」

據她說，她成為革命者，是因為從小就反感貴族生活，喜歡普羅大眾的生活，她一直喜歡待在女僕的房間、廚房和馬廄，而不是客廳，她時常因此挨罵。「我和廚娘、車夫在一起感到開心，和我們那些老爺太太在一起就覺得無聊。」她常說，「我懂事後，才發現我們的生活十分糟糕。我母親沒了，我不喜歡我父親，就在十九歲那年離家，和一位女伴一同進工廠做了女工。」

她離開工廠住到鄉村，後來又回到城裡，她在設有祕密印刷所的那套房子裡被捕，被判服苦役。瑪麗婭・帕夫洛夫娜自己從未談及此事，但卡秋莎從別人口中得知，瑪麗婭・帕夫洛夫娜之所以被判服苦役，是因為她主動頂罪。遭到搜查時，一位革命者暗中開了一槍，瑪麗婭・帕夫洛夫娜承認這一槍是她開的。

卡秋莎自認識她那一天起就發現，她無論身在何處、無論處於什麼處境，從不考慮自己，總是想著如何出力，向別人提供或大或小的幫助。她如今的一個同志，諾沃德沃羅夫，常開玩笑說她已迷上行善運動。情況的確如此。她生活的全部樂趣就在於尋找服務他人的機會，一如獵人尋找獵物。這項運動已成為一種習慣，成為她畢生的事業。這種事她做得十分自然，竟使得瞭解她的人全都覺得這並非什麼了不起的事，甚至要求她這樣做。

瑪絲洛娃來到他們這裡時，瑪麗婭·帕夫洛夫娜對她很反感、很厭惡。卡秋莎發覺了這一點，但後來她同樣也看到，瑪麗婭·帕夫洛夫娜在努力克制自己，開始非常溫暖友善地對待卡秋莎。這樣一位不平凡人物的溫暖和友善深深感動了瑪絲洛娃，瑪絲洛娃便全心全意地依附於她，不知不覺地接受了她的觀點，不由自主地時時處處模仿她。卡秋莎忠誠的愛感動了瑪麗婭·帕夫洛夫娜，她也愛上了卡秋莎。

使這兩位女性相互走近的，還有她倆對性愛的厭惡。其中一位厭惡性愛，因為她深知性愛之恐怖；另一位雖未體驗過性愛，卻視性愛為一種莫名其妙又令人反感的行為，是對人的尊嚴的侮辱。

04

瑪麗婭·帕夫洛夫娜的影響是瑪絲洛娃受到的一種影響，這一影響之所以產生作用，是因為瑪絲洛娃愛上了瑪麗婭·帕夫洛夫娜。另一種影響來自西蒙松，這一影響之所以產生作用，則因為西蒙松愛上了瑪絲洛娃。

所有人的生活和活動均部分依據自己的思想，部分依據他人的思想。一個人在多大程度上依據自己的思想，又在多大程度上依據他人的思想，這就是人與人之間的主要差異之一。有些人運用自己的思想就像在做智力遊戲，把自己的理性當作一個卸掉皮帶的傳動輪，在行為上服從習俗、傳統和法律這些他人的思想；另一些人則視自己的思想為自己一切行為的主要動力，幾乎總是聽從其理性的需求，服從它，只有偶爾在做出批判性的評判之後才接受他人的決定。西蒙松就是這樣的人。他用理性來檢驗一切，決定一切，而決定了的事情就一定去做。

在他還是中學生的時候，他就認定自己曾任軍需官的父親賺的是不義之財，他對父親說，應該把這筆家產還給人民。父親不僅沒理睬他，還把他痛罵一頓，他於是離家出走，從此不拿父親的錢。他認定，現存之惡均源於人民缺乏教育，於是大學畢業後他接近民粹派，去鄉村任教，大膽地向學生和農民宣傳他認為正確的觀點，否認他視為荒謬的一切。

他被逮捕，受到審判。

他在受審時認定，法官沒有權力審判他，他說出了這一點。法官並不同意他的看法，繼續審判他，於是他認定他可以不予回答，便對法官的所有問題均置之不理。他被流放至阿爾漢格爾斯克省。他在那裡形成了一套作為他的行動準則的宗教學說。這一宗教學說的內涵就是，世上的一切都是有生命的，僵死的東西並不存在，一切被我們視為僵死的、無機的東西，其實都是一個我們無法理解的巨大有機體的組成部分。因此，人作為一個巨大有機體的一分子，其任務就在於維護這一機體的生命，維護其所有活的組成部分的生命。因此，他認為殺生是犯罪，他反對戰爭、死刑和各種殺戮，不僅反對殺人，也反對屠殺動物。對於婚姻他也有自己的理論，即生兒育女只是人的低級功能，為有生命的存在服務才是人的高級功能。他認為血液中存在吞噬細胞這一現象就是對其思想的佐證。在他看來，單身者即吞噬細胞，其使命就在於幫助機體中的病弱部分。自他認定這一點之後，他一直如此生活，雖然他先前年輕時也放浪過。如今，他認為自己和瑪麗婭．帕夫洛夫娜一樣，是世間的吞噬細胞。

他對卡秋莎的愛並不違法這一理論，是因為他的愛是柏拉圖式的，他認為，這樣的愛不僅不妨礙服務弱者的吞噬細胞活動，甚至更能激勵大家投身此項活動。

他不僅按自己的方式解決精神問題，也按自己的方式解決大部分實際問題。他對待一切實際問題都有自己的理論，諸如工作幾個小時、休息多長時間、如何吃飯穿衣、如何生爐子點燈，他均有自己的規矩。

儘管如此，西蒙松待人接物卻十分靦腆謙和。不過，一旦他認定了什麼，誰也攔不住他。

這樣一個人愛上瑪絲洛娃，便對她產生了決定性影響。瑪絲洛娃憑藉女性的敏感很快猜透這一點，意識到自己居然能引起這樣一個不平凡男人的愛，這使她對自己刮目相看。聶赫留多夫向她求婚是出於寬宏大量，是由於先前發生的事情；西蒙松愛的卻是如今的她，他因為愛而愛。此外她還覺得，西蒙松認為她是一個非同尋常的人，與其他女子不同，具有特別高尚的精神素質。她並不十分清楚他究竟在她身上看到了哪些素質，但她為了不讓他失望，便千方百計、全心全意地喚醒自己身上所能夠想像出的那些最好素質。這促使她竭盡全力地做一個好人。

這一切在監獄裡即已開始，在政治犯的集體探視日，她注意到了那道特別專注的目光，這目光源自隆起的額頭和眉毛下方那雙純真善良的深藍色眼睛。那時她就發覺，這個人很特別，他看她的眼神也很特別，她在這張臉上看到一種令人驚異的組合表情，翹起的頭髮和緊皺的眉頭體現著嚴峻，但目光裡卻透出孩子般的善良和純真。後來在托木斯克，她被轉入政治犯佇列之後，她又再度見到他。儘管他倆一句話也沒說，但他倆對視的目光卻在坦承，彼此都記得對方，都很看重對方。即便後來，他倆之間也不曾有過推心置腹的交談，然而瑪絲洛娃覺得，有她在場，他的話便是說給她聽的，為了說給她聽，他就盡量說得通俗易懂一些。在他與刑事犯一同徒步行走之後，他們的關係才特別親近起來。

05

從下諾夫哥羅德到彼爾姆，聶赫留多夫只見過卡秋莎兩次：一次在下諾夫哥羅德，在犯人被押上一艘圍著鐵絲網的駁船之前；一次在彼爾姆，在監獄裡的辦公室。這兩次見面時，他發覺卡秋莎面無表情，也不友善。他問她感覺如何、是否需要什麼，她的回答閃爍其詞，不好意思，聶赫留多夫覺得她仍舊懷有之前那種不無敵意的怪罪情感。她這一段時間因為那些男人的糾纏不休而表現出的悶悶不樂，也讓聶赫留多夫感到難過。他擔心，在押解途中這種艱難、墮落的環境的作用下，她會重新落入先前那種內心紊亂、對生活絕望的狀態，一旦落入那一狀態，她便會怨恨他，拚命地抽菸喝酒，以便麻醉自己。然而，他卻完全無法幫助她，因為在上路後的最初一段時間，他一直沒有機會與她見面。直到她被轉入政治犯佇列後，他才確信自己的擔心毫無根據，與之相反，每見她一面，他便能更清晰地看到她內心發生的變化，他非常樂意看見她身上的此種變化。在托木斯克第一次見面時，她又像出發之前那樣了。看見他，她沒有皺起眉頭，沒有局促不安；相反，她高高興興、平平常常地迎接他，感謝他為她做的一切，尤其感謝他讓她和如今這些人遇在一起。

在押解途中跋涉兩月，她的變化也表現在外貌上。她瘦了、黑了，似乎也變老了；鬢角和嘴角現出了皺紋，她不讓頭髮披在額頭，用頭巾裹著腦袋，無論服裝、髮型還是待人接物的方式，均已沒了先前那種賣弄風情的特徵。在她身上已經發生和正在發生的變化，不斷地在聶赫留多夫心中喚起特別愉悅的情感。

他如今對她懷有一種他先前從未體驗過的感情。這種感情完全不同於詩意的初戀，更不同於他後來體驗過的感官之愛，甚至也不同於他在法庭審判之後決定與她結婚時產生的那種履行責任與孤芳自賞相互混雜的情感。這是一種最淳樸的情感，即憐憫和同情，他在獄中第一次與她見面時體驗過這一情感。後來，去過醫院之後，他拋開厭惡，原諒了她與醫士之間子虛烏有的緋聞（後來弄清此事純屬捏造），他當時更強烈地體驗到了這一情感。這正是那種情感，不過也有區別，即在當時這一情感是暫時的，而如今這一情感卻是常在的。如今無論他在想什麼、無論他在做什麼，他心中始終懷有這一憐憫加同情的感情，這一感情不僅針對她，也擴及所有人。

這一感情彷彿在聶赫留多夫心中打開了一道閘門，先前找不到出口的愛的洪流奔湧而出，湧向他遇見的每一個人。

聶赫留多夫覺得他在旅行途中始終處於一種激動狀態，懷著這樣的心情，他不由自主地要關注、同情一切人，從車夫到押解兵，直到他打過交道的典獄長和省長。

在這段時間，由於瑪絲洛娃被轉入政治犯佇列，聶赫留多夫也得以結識許多政治犯，起先在葉卡捷琳堡，他們很自由，被一同關在一個大房子裡，後來在途中又結識了與瑪絲洛娃走在一起的五男四女。接近流放政治犯後，聶赫留多夫完全改變了對他們的看法。

自我國革命運動發端時起，尤其在一八八一年三月一日亞歷山大二世遇刺之後，聶赫留多夫對革命者一直沒有好感，抱有蔑視。他對他們心有反感，首先因為他們在反政府鬥爭中採取的手段既隱蔽又殘忍，主要就是他們執行的殘忍的暗殺行動，還有他們全都具有的那種自命不凡的特徵。然而，近距離地瞭解了他們之後，知道他們時常無辜地遭受政府的迫害，他才明白，他們的行為迫不得已。

儘管所謂的刑事犯遭受的種種折磨毫無道理，但他們在受審前後受到的對待多少還有點依法辦事的樣子；可是，在處理政治犯的案件時卻不做這些樣子，一如聶赫留多夫在舒斯托娃以及後來許許多多新結識的政治犯的遭遇中所看到的那樣。對待這些人的做法，就像用一張大漁網捕魚，也就是把落網的魚全都拖到岸上，然後挑出看中的大魚，小魚則棄之不顧，讓牠們死去，在岸上被曬成魚乾。就這樣，成百上千的人被抓起來，顯而易見，他們不僅無罪，而且沒有與政府作對的能力，他們被關進監獄，有時一關就是好幾年，在獄中染上肺結核、發瘋、自殺。他們一直被羈押，僅僅因為沒有釋放他們的理由，此外，他們被關在獄中，提審起來也很順手，可隨時用來弄清偵查中遇到的某個問題。甚至從政府的立場看，這些人也是無辜的，但他們所有人的命運卻取決於憲兵隊隊長、警官、密探、檢察官、法官、省長和大臣的心血來潮，取決於後面這些人優閒與否、心情好壞。某個官員閒得無聊，或想出人頭地，便開始抓人，然後依據他的心情或者上司的心情來決定是關進大牢還是開恩釋放。更高一級的官員，同樣依據他是否需要出人頭地、他與大臣關係如何等情況做出決定，或將人流放至天涯海角，或將他關進單人牢房，或判處流放、苦役和死刑，若有一位太太出面求情，被抓的人則會被無罪釋放。

政治犯就像身在戰場，他們自然也要採用對方針對他們所採用的手段。軍人始終生活在這樣一種社會輿論氛圍中，這種社會輿論不僅不會使他們意識到自己的行為是犯罪的，而且將此類行為視為英雄壯舉。同樣，政治犯也面對這樣的氛圍，他們團體的輿論氛圍始終伴隨著他們，使得他們認為，他們冒著失去自由、生命和人生最寶貴東西的危險所做的那些殘忍行為不僅不是壞事，還是英勇的舉止。這使聶赫留多夫理解了一個奇怪現象：一些性格極為溫和的人，他們不僅不忍心傷害動物，而且不忍心目睹動物受苦，但他們卻心平氣靜地打算去殺人。他們幾乎全都認為，在特定情況下，殺人是一種自衛方式，是一種達到普遍幸福之崇高目的的手段，是合法的、正義的。他們賦予自己的事業以崇高意義，因此也賦予他們自己以崇高意義，這一意義很自然地源自政府對他們的定義，源自他們所承受的殘酷懲罰。他們必須賦予自己以崇高意義，以便承受他們所承受的一切。

近距離地瞭解他們之後，聶赫留多夫堅信，他們不像有些人想像的那樣全都是壞蛋，也不像另一些人認為的那樣全都是英雄，而是一些普普通通的人。在他們之中，也像在任何地方一樣，有好人、有壞人，也有不好不壞的人。這些人中有人成為革命者，是因為他們誠心地認為自己有責任與現存的惡勢力抗爭；但是，也有一些人出於個人主義的虛榮動機選擇了這種活動；不過，大多數人投身革命卻是出於激情，聶赫留多夫在戰爭期間見識過這種情緒，即渴望冒險、遊戲生命，精力旺盛的一般青年往往都具有此類衝動。這些人與一般人的區別在於，這些人的出眾之處在於，他們的道德需求超過一般人。他們不僅認為自己應該過嚴謹節制的生活、要正直無私，而且還時刻準備為共同的事業犧牲一切，甚至自己的生命。因此，這些人中高於中等水準的人會高出很多，成為罕見的道德高峰之標杆；而那些低於中等水準的人也會低出很多，時常成為虛偽做作之人，自命不凡、驕傲自大。因此，對於自己的某些新朋友，聶赫留多夫不僅尊重有加，而且衷心愛戴，而對另一些人，他則依舊十分冷漠。

06

聶赫留多夫尤其喜愛卡秋莎所在隊伍中的一個人，即患有肺結核病的年輕流放犯克雷里佐夫。聶赫留多夫在葉卡捷琳堡即與他結識，後在途中又數次見面，相互交談。夏天裡，有一次在宿營地的休息日，聶赫留多夫幾乎與他相處了一整天，克雷里佐夫在聊天時對聶赫留多夫談了自己的身世、談他如何成了革命者。他入獄前的身世十分簡單。他父親是南方省分的富裕地主，在他很小時即已去世。他是獨子，由母親撫養成人。他在中學和大學裡都讀得很輕鬆，畢業時成為數學系第一個副博士。校方建議他留校任教、出國深造，但他遲疑不決。他愛上一位姑娘，他想結婚，想做地方自治會工作。他什麼事都想做，卻什麼事都沒下定決心去做。這時，一位大學同學請他為共同的事業捐點錢。他知道，這共同的事業就是革命的事業，他當時對這一事業毫無興趣，但出於同學情誼和虛榮心他還是給了錢，他怕別人認為他膽小。拿到這筆錢的人被捕，從他身上搜出一張字條，根據字條得知錢為克雷里佐夫所捐。克雷里佐夫於是被捕，起先押在警局，後被關入監獄。

「我蹲的那座監獄，」克雷里佐夫對聶赫留多夫說（他坐在高高的板床上，胸部凹陷，手肘支著膝蓋，只是偶然看一眼聶赫留多夫，他漂亮的雙眼閃爍著忽明忽暗的光芒，充滿智慧和善意），「管得不算太嚴，我們不僅可以敲打牆壁傳遞訊息，還可以在走廊裡走動、相互交談，分享食物和菸草，晚上甚至可以一起唱唱歌。我嗓子很好。是的。要不是我母親，她痛不欲生，要不是她，我在監獄裡還覺得滿好的，甚至感到很開心、很有意思。再說，我在那裡還認識了有名的彼得羅夫（他後來在獄中用碎玻璃割破血管自殺了）和其他一些人。但我當時不是革命者。我還認識了同一囚室的兩名難友。他倆都因波蘭傳單案被捕，因在被押往火車站途中企圖逃跑而被判刑。一位是波蘭人洛津斯基，一位是猶太人，姓羅佐夫斯基。是的。羅佐夫斯基還完全是個孩子。他說他十七歲，但他看起來不過十五歲，個頭又瘦又小，黑色的眼睛亮晶晶的，活潑好動，像所有猶太人一樣很有音樂天賦。他的嗓子正處在變聲期，但他唱歌很好聽。是的。我親眼看到他倆被帶去受審，是一早帶出去的。晚上他們回來後說，自己被判了死刑。誰都沒想到。他們的案子並不重，他們只是試圖掙脫押解兵，甚至沒傷害任何人。再說，判羅佐夫斯基這樣一個孩子死刑，這也太反常了。我們牢裡的人都認為這是在嚇嚇人，判決不會被批准。大家起初一陣慌亂，之後就安下心來，生活照舊過了下去。是的。可是有一天晚上，一位看守走到我的門前悄悄告訴我，說來了幾個木匠，他們正在做絞架。我剛開始不明白：怎麼回事？什麼絞架？可是老看守卻神情慌亂，我看了他一眼就明白了，絞架是為我們那兩位難友準備的。我想藉由敲擊牆壁與其他難友交談，又怕這兩位聽見。難友全都默不作聲。顯然，大家全都知道了。走道裡、各間囚室裡，整個晚上都鴉雀無聲。我們沒有敲牆，也沒唱歌。十點左右，那個看守又來到我身邊，說從莫斯科來了幾名劊子手。他說完之後就走開了。我喊他，要他回來。但我突然聽見，羅佐夫斯基在他的囚室裡隔著走廊對我喊道：『您在幹嘛？您喊他幹嘛？』我說，看守是給我送菸草來的，可是羅佐夫斯基似乎猜到了什麼，他問我，我們為什麼不唱歌、為什麼不敲牆。我不記得自己當時對他說了什麼，只是趕緊走開，免得跟他說話。是的。可怕的一夜。我整夜留神聽著各種聲響。天亮時，我突然聽見走道的門被打開，有人走了過來，很多人。我站到小窗旁。走道裡點起一盞燈。率先進來的是典獄長。這個人很胖，好像也很自信、行事果斷，但他卻臉色難看，十分慘白，他垂頭喪氣，像是被嚇到了。跟在他後面的副典獄長眉頭緊鎖，神情堅決。再之後是一個衛兵。他們從我的門前走過，停在旁邊囚室的門前。我聽到，副典獄長用有些奇怪的嗓音喊道：『洛津斯基，快起床，換身乾淨衣服。』是的。後來我聽見牢房的門嘩啦一響，他們走向洛津斯基，然後聽見洛津斯基的腳步聲，他走向走道的另一邊。我只能看見典獄長。典獄長臉色蒼白地站在那裡，反覆地把一個鈕扣解開又扣上，不停地聳著肩膀。是的。突然，他像是被嚇到了，躲到一旁。原來是洛津斯基從他身旁走過，走近我的門口。年輕人很漂亮，您也知道，好看的波蘭人相貌，前額飽滿寬闊，一頭鬈曲的柔軟金髮，兩隻漂亮的天藍色眼睛。年輕人風華正茂，身強體壯。他在我的小窗口前停住腳步，於是我看見了他的整張臉。這張清瘦、灰白的臉上滿是恐懼。『克雷里佐夫，有菸嗎？』我正要遞菸給他，副典獄長卻迫不及待似的掏出自己的菸盒，遞了過去。洛津斯基拿起一支菸，副典獄長劃著火柴給他點菸。他抽起菸來，好像在思考。後來，他像是想起了什麼，開口說道：『真殘忍，真不公平。我什麼罪也沒有啊。我……』我一直盯著他年輕而白皙的脖子，只見他的喉頭在顫抖，他說不下去了。是的。就在這時，我聽見羅佐夫斯基用他尖細的猶太人嗓音在走道裡喊叫。洛津斯基扔掉菸頭，從我的門前走開。我的小窗口裡於是現出了羅佐夫斯基的身影。他那張孩子氣的臉龐脹得通紅，滿是汗水，黑色的眼睛含著淚水。他也穿了一身乾淨衣服，褲子過於肥大，他一直在用兩隻手往上提褲子，他渾身都在顫抖。他那張可憐的臉龐貼近我的小窗：『阿納托利．克雷里佐夫，醫生給我開了潤肺茶，是嗎？我不舒服，我還想再喝點潤肺茶。』沒人搭話，他面帶疑問，時而看著我，時而看著典獄長。他這句話是什麼意思，我一直沒弄明白。是的。突然，副典獄長沉下臉來，又用那種刺耳的聲音喊了起來：『開什麼玩笑？快走。』羅佐夫斯基顯然不知有什麼事情在等著他，似乎迫不及待地走了起來，幾乎在走廊裡飛奔，走在所有人前面。可是後來，他不肯走了，我聽見了他尖利的喊聲和哭聲，之後響起一陣喧鬧聲，傳來一陣腳步聲。他在刺耳地尖叫、哭泣。後來，聲音越來越遠，走道的門嘩啦一聲，於是便安靜下來……是的。就這樣把他倆絞死了。用繩子勒死了他倆。另一位看守看到了，他對我說，洛津斯基並未反抗，羅佐夫斯基卻掙扎了很久，因此把他拖上絞刑架，將他的腦袋硬塞進絞索。是的。這個看守是個傻小子。他對我說：『老爺，我聽說這事很可怕。其實沒什麼可怕的。他們被吊起來，只是肩膀這麼動了兩下，』他演示了一下，肩膀如何聳起來，又垂下去，『然後劊子手又頓了頓繩子，也就是說，讓絞索勒得更緊一些，這就解決了，身子再也不抖了。』」克雷里佐夫重複了一下看守的話：「『沒什麼可怕的。』」他想擠出一個微笑，卻轉而痛苦起來。

在這之後他沉默良久，大口喘著氣，壓抑著湧至喉頭的哽咽。

「從那時起，我就成了革命者。是的。」他說著，鎮靜下來，又簡短地敘述了他後來的故事。

他加入民意黨，甚至成為一個破壞小組的負責人，小組的目的就是進行反政府的恐怖行動，迫使政府放棄權力，把權力交給人民。他懷著這一目的四處奔波，或去彼得堡，或去國外，或去基輔，或去奧德薩，並在各地大獲成功。一個他十分信賴的人出賣了他。他被逮捕，受到審判，在獄中被關押兩年，最後遭判死刑，後改為無期苦役。

他在獄中染上肺結核，在他目前所處的條件下，顯而易見，他也許活不了幾個月，他很清楚這一點，但他並不後悔自己的作為。他說，如果他有第二次生命，他仍舊會把它用於同樣的事業，即摧毀現存秩序，因為在現存的秩序之下，他所目睹的一切仍舊會發生。

接近此人，聽了他的身世，聶赫留多夫因此理解了自己先前不懂的許多問題。

07

在犯人被押出宿營地、押解軍官與抱孩子的囚犯發生衝突的那一天，在旅店過夜的聶赫留多夫醒得很晚，然後又坐下寫了幾封準備寄往省城的信，因此離開旅館的時間比平常晚一些，沒像先前那樣在途中趕上犯人隊伍，待他來到犯人宿營地附近的村莊，已是傍晚。他住進一家旅店，旅店老闆娘是一位上了年紀的胖寡婦，她白皙的脖子粗得出奇，聶赫留多夫在這裡烤乾衣服，又在整潔而掛有許多聖像和圖畫的正屋裡喝了茶，然後急忙趕往犯人宿營地，請求押解官允許他與瑪絲洛娃見面。

在前面六個宿營地，押解官雖經多次更換，卻一律不許聶赫留多夫進入宿營地，因此他已一週多未見卡秋莎。押解官如此嚴格，是因為一位地位顯赫的監獄長官將路過此地。如今那位長官已經路過了，並未對各處宿營地多看一眼，聶赫留多夫因此指望，這天早晨接管這批犯人的押解官能像先前的押解官那樣允許他與犯人見面。

老闆娘建議聶赫留多夫坐她的馬車去村邊的宿營地，聶赫留多夫卻願意徒步過去。一個年輕的工人為聶赫留多夫帶路，這工人肩膀寬闊，像個武士，他穿一雙很大的靴子，靴子剛剛擦過，還散發著濃烈的鞋油味。濃霧自天而降，四周一片黑暗，年輕人的身影移出窗戶裡射出的燈光的範圍，他剛走出兩三步，聶赫留多夫便看不見他了，只聽見他的靴子在又黏又深的泥坑裡發出吧唧吧唧的聲響。

聶赫留多夫跟隨嚮導走過教堂廣場，走過一條長長的街道，街道兩旁的窗戶都亮著燈。他們來到村邊，這裡伸手不見五指。但是很快，這黑暗中便現出光亮，那是宿營地的路燈透過濃霧發出的光芒。那些泛紅的光點越來越大、越來越亮，接著便看清了木頭柵欄、巡邏哨兵的黑色身影、黑白條紋的界樁和崗亭。哨兵用很平常的聲音對著來人喊了一聲：「誰呀？」見不是自己人，哨兵頓時嚴厲起來，不想讓人接近柵欄。但是，聶赫留多夫的嚮導卻不在意哨兵的嚴厲。

「喲，你這小子脾氣很大啊！」他對哨兵說，「去叫你們的頭頭，我們在這裡等著。」

哨兵並未作答，他對著柵欄門口喊了幾聲，停下腳步，目不轉睛地看著寬肩膀年輕人的動作，年輕人借著路燈的亮光，正用一塊木片刮去聶赫留多夫靴子上的汙泥。柵欄後面傳來一陣男男女女的說話聲。兩三分鐘過後，門鎖噹啷一聲，柵欄門開了，黑暗中走出一位身穿軍大衣的班長，他來到路燈下，問有什麼事。聶赫留多夫遞上準備好的名片和一張寫明因私事請求接見的字條，請他轉交軍官。班長的態度沒有哨兵那麼嚴厲，卻非常好奇，他一定要弄清聶赫留多夫是什麼人、為何要見押解官，他顯然聞到了腥味，不想坐失良機。聶赫留多夫說，他有一件特別的事情，他會表示謝意的，並請他轉交字條。班長接過字條，點點頭走了。在他走後又過了一會兒，柵欄門又響了一聲，幾個女人走出來，她們手裡拿著籃子、簍子、奶罐和口袋。她們用很特別的西伯利亞方言大聲說笑著，走出柵欄門。她們的裝束不像鄉下人，倒像城裡人，身穿大衣和皮襖，裙子掖得很高，頭上包著頭巾。在路燈的光照下，她們好奇地打量著聶赫留多夫和他的嚮導。看到寬肩膀的年輕人，其中一位女子顯然很高興，她馬上用西伯利亞的罵人話很親熱地罵起他來。

「你這個妖精，來這裡幹嘛？」她對他說。

「我送這位客人過來。」年輕人回答，「你送了什麼過來？」

「牛奶做的東西，他們說天亮再送點過來。」

「他們沒讓你留下來過夜呀？」年輕人問。

「你亂說，爛掉你的舌頭！」她笑著喊道，「我們一起回村裡吧，你送送我們。」

嚮導又對她說了些什麼，不僅逗得女人都笑起來，連哨兵也笑了，嚮導問聶赫留多夫：

「您一個人回去找得到路吧？不會迷路吧？」

「我能，找得到路。」

「過了教堂，兩層樓房子的右邊第二家。這根拐杖給您用。」他說著，把他路上用過的那根一人多高的長棍子遞給聶赫留多夫，然後吧唧吧唧地拖著他那雙大靴子，與幾個婦女一同消失在黑暗中。

他的聲音與婦女的聲音此起彼伏，穿透濃霧，這時，柵欄門又響了一聲，班長走出來，請聶赫留多夫去見押解官。

08

這個宿營地的設施與西伯利亞沿途大大小小的犯人宿營地如出一轍：用尖頭原木樁圍出的院落中有三幢平房，最大的一幢房子裝有鐵柵窗戶，是犯人住處。另一幢是押解隊隊員住處。第三幢是押解官的住處和辦公室。三幢房子此刻均燈火通明，這總是會讓人產生一種錯覺，覺得這些明亮房間裡的一切都美妙愜意，在這樣的地方，這一錯覺會更強烈。每幢房子的臺階前都有路燈，另有五盞路燈立在牆邊，照亮整個院落。軍士領聶赫留多夫沿著鋪路的木板走到那幢小房子的臺階前。走上三級臺階，他讓聶赫留多夫走在前面，進入前廳，前廳點著一盞小燈，彌漫著煤煙味。一位士兵彎著腰在爐前忙著，他身穿粗布襯衫和黑色長褲，打著領帶，一隻腳上套著黃色長筒靴，另一隻長筒靴被他用作鼓風機，在給茶炊吹風。見到聶赫留多夫，這名士兵丟下茶炊，幫聶赫留多夫脫下皮大衣，然後走進裡屋。

「人來了，長官。」

「讓他進來。」一個氣呼呼的聲音說道。

「您進門吧。」士兵說道，又急忙去處理茶炊。

裡屋掛著吊燈，一名軍官坐在桌前。他身著奧地利式上裝，這上裝緊緊裹著他寬闊的胸脯和肩膀，他面色赤紅，淺色的唇鬚十分濃密，他面前的桌子上鋪著臺布，上面放著吃剩的飯菜和兩隻酒瓶。在這溫暖的房間裡，除了菸草味，還散發著十分濃烈的劣質香水氣味。看到聶赫留多夫，軍官欠欠身子，盯著來者，其神情似乎不無嘲諷和警覺。

「什麼事？」他說道，不等對方回答，他就對著門口喊道，「別爾諾夫！茶炊什麼時候能弄好啊？」

「一下子就好。」

「我要給你一下子，讓你記住！」押解官兩眼放光，喊道。

「來了！」士兵高聲說道，端著茶炊走進來。

聶赫留多夫等著士兵放好茶炊（押解官一直用惡毒的小眼睛盯著士兵，似乎是在瞄準，想相中揍人的位置）。待茶炊放好，押解官開始煮茶。然後，他從旅行食品箱裡掏出一瓶白蘭地，酒瓶是方形的，還拿出一些夾心餅乾。把這些東西放在臺布上，他才再次問聶赫留多夫：

「我有什麼可以效勞的呢？」

「我請求見一名女犯。」聶赫留多夫說道，並未坐下。

「是政治犯嗎？這是法律不允許的。」押解官說。

「這位女子不是政治犯。」聶赫留多夫說道。

「那就請坐吧。」押解官說。

聶赫留多夫坐了下來。

「她不是政治犯，」他又重複一遍，「但因為我的請求，上面的允許她和政治犯同行。」

「哦，我知道，」押解官打斷話頭，「個子不高、有點黑的那個姑娘？沒什麼，這可以。您抽菸嗎？」

他把一盒菸往聶赫留多夫面前推了推，然後小心翼翼地倒了兩杯茶，把其中一杯推給聶赫留多夫。

「請。」他說。

「謝謝您，我想見……」

「夜長著呢。您來得及。我讓人叫她過來。」

「可不可以不叫她過來，讓我去她住的地方？」聶赫留多夫說。

「去政治犯那裡？法律不允許。」

「之前允許我去過幾次。要是擔心我傳遞什麼東西，那我也可以透過她來轉交啊。」

「那可不行，她要被搜身的。」押解官說著，令人不快地笑了起來。

「你們也可以搜我的身啊。」

「我們也可以不這麼做。」押解官說道，他端起開了瓶的白蘭地，要給聶赫留多夫面前的杯子斟酒，「來一杯？哦，您隨意。待在西伯利亞這地方，很高興見到一個有教養的人。我們這種工作，您也知道，最悲哀了。一個人要是過慣了另一種生活，在這裡就會很難受。大家對我們這些兄弟有成見，認為押解官都是粗人、沒有教養，他們不會想到，一個人也許完全不是生來就得做這種事的。」

這位押解官的通紅臉龐、他的香水味和戒指，尤其是他令人不快的笑聲，都讓聶赫留多夫十分反感。可是此刻，他也像在整個旅行途中一樣，處於一種嚴肅認真的精神狀態，帶著這種心情，他不會輕率地、蔑視地對待任何人，他認為必須對每一個人「說真心話」，這是他給自己定下的原則。聽了押解官的話，他以為押解官對其管理的那些犯人的痛苦懷有同情，便嚴肅地說道：

「我認為，您做這份工作，可以藉由減輕那些人的痛苦來獲得安慰。」

「他們有什麼痛苦？他們就是這種人。」

「難道有什麼特殊的一類人嗎？」聶赫留多夫說，「他們也和其他人一樣。有些人是無辜的。」

「當然，什麼樣的人都有。當然，很可憐。其他押解官看得很緊，我卻盡量放鬆。寧願我受苦，而不讓他們受罪。其他押解官一遇到什麼事，就立馬依法行事，要不就開槍，我可憐他們。再來點茶？您吃點東西？」他說著，又斟了一杯茶。「您要見的那個女人，她是什麼人？」他問道。

「一個不幸女子，她流落到妓院，在那裡被誣告投毒，遭到起訴，她是個很好的女人。」聶赫留多夫說。

押解官搖了搖頭。

「是的，常有這種事。在喀山，您聽我說，也有過這樣一個女人，她叫艾瑪。是個匈牙利人，卻長著一雙道地的波斯人眼睛，」他繼續說著，回憶起往事，他難以抑制自己的笑容，「那氣質，簡直像個伯爵夫人……」

聶赫留多夫打斷押解官的話，又回到原先的話題。

「我認為，這些人歸您管理的時候，您能夠改善他們的處境。您如果這樣做的話，我相信，您一定能獲得很大的快樂。」聶赫留多夫說道，他盡量說得簡單易懂一些，一如一個人跟外國人或孩子說話時那樣。

押解官眼睛閃亮地看著聶赫留多夫，顯然等不及聶赫留多夫把話說完，他好繼續講那個生有波斯人眼睛的匈牙利女人的故事。那個女人此刻顯然活生生地出現在他的想像中，吸引著他全部的注意力。

「是啊，是這樣的，這話好像沒錯，」他說道，「我也可憐他們。不過我還是想對您說說這位艾瑪的故事。她做了這麼一件事……」

「我對此事沒什麼興趣，」聶赫留多夫說，「不瞞您說，我本人從前也那樣，但如今我卻痛恨這種對待女人的態度。」

押解官有些害怕地看了聶赫留多夫一眼。

「再來點茶？」他說。

「不了，謝謝。」

「別爾諾夫！」押解官喊道，「你送人去見瓦庫洛夫，讓他放人進政治犯隔離間，他們可以在那裡待到點名。」

09

聶赫留多夫由傳令兵帶領，再次走進被路燈的紅色光芒微微映亮的黑暗院子。

「去哪裡？」迎面走來的一名押送兵問給聶赫留多夫帶路的傳令兵。

「去隔離室，五號房。」

「這裡過不去，上鎖了，要從另一個門進去。」

「幹嘛上鎖？」

「班長鎖的，他去村子裡了。」

「那就這邊請吧。」

傳令兵領聶赫留多夫走向另一處臺階，踏著鋪路木板走進另一入口。人在院子裡，便能聽見屋裡嗡嗡的說話聲和各種動靜，就像一個繁忙興旺、正準備分群的蜂巢。待聶赫留多夫走近，房門打開，嗡嗡聲越發響亮，變成一片呼喊聲、叫罵聲和嬉笑聲，能聽到嘩啦嘩啦的鐐銬聲，能聞見熟悉、難聞的糞便味和焦油味。

混雜著鐐銬聲響的嘈雜人聲，還有這種可怕的氣味，這兩種印象總是會在聶赫留多夫心中匯成一種令人痛苦的厭惡感，從精神上的噁心逐漸變成生理上的噁心。這兩種印象相互交織，彼此強化。

宿營地的門廊裡放著一個臭烘烘的木桶，這就是所謂的「馬桶」。聶赫留多夫此時進門後看到的第一個場景，即一個女人坐在大木桶的邊沿上，她面前站著一個男人，那男人的陰陽頭上歪戴著一頂薄餅似的帽子。他倆在說著什麼。男犯見到聶赫留多夫，便擠了擠一隻眼睛，說道：

「皇帝也不能不讓人撒尿啊。」

女犯則放下囚袍的下襬，垂下頭。

門廊之後是一條走道，走道兩旁的牢房門都開著。第一間是帶家眷的犯人住的牢房，之後是一個關押單身犯人的大房間，走道盡頭的兩個小房間用來關押政治犯。這處只能容納一百五十人的宿營地卻裝進四百五十人，因此擁擠不堪，犯人在房間裡無立錐之地，又擠滿了走道。一些人在地板上或坐或臥，另一些人來回走動，端著或空或滿的開水壺。塔拉斯也在這些人中間。他趕上聶赫留多夫，熱絡地打招呼。塔拉斯那張善良的臉變難看了，鼻子上和眼睛下方有幾處青紫色的瘀斑。

「你這是怎麼了？」聶赫留多夫問。

「出了點事。」塔拉斯笑著說。

「老是打架嘛。」押解兵輕蔑地說道。

「為女人打的架，」跟在他們身後的一名囚犯補了一句，「和瞎子費季卡幹了一架。」

「費多西婭怎麼樣？」聶赫留多夫問。

「還可以，身體不錯，我現在就是要打開水給她泡茶。」塔拉斯說完，走進那間家庭牢房。

聶赫留多夫往門裡看了一眼。整個房間擠滿了男男女女，通鋪上下全是人。牢房裡彌漫著烘烤溼衣服散發出的水氣，女人的聲音片刻不停。下一個房間是單身犯人牢房。這裡更為擁擠，甚至連門口和走道都站滿了鬧哄哄的人群，這些衣服被淋溼的囚犯在分什麼東西，或是在算帳。押解兵告訴聶赫留多夫，犯人班長在付錢給獄中設賭局的莊家，他從犯人的伙食費中扣除犯人因為打牌輸錢欠下的賭資，還給莊家。看到軍士和一位老爺，近處的犯人都一聲不吭，很不友善地盯著這兩個過路人。聶赫留多夫在這夥人中看到了他認識的苦役犯費奧多羅夫，費奧多羅夫身邊總是跟著一個相貌可憐的年輕人，這年輕人雙眉緊鎖，面色蒼白，像是有些浮腫，還有一個令人厭惡、滿臉麻點、沒有鼻子的流浪漢，這流浪漢聲名在外，他在森林裡逃亡時似乎殺死了一個同伴，吃了同伴的肉。流浪漢站在走道裡，把潮溼的囚袍搭在一邊肩膀上，放肆地看著聶赫留多夫，面帶嘲笑，並不給他讓路。聶赫留多夫從流浪漢身邊繞了過去。

儘管聶赫留多夫見慣了這種場景，儘管這三個月裡他經常在不同場合看到這四百名刑事犯，在暑熱中、在他們戴著鐐銬的雙腳踏起的塵土中、在途中休息時、在暖和日子裡的宿營地、在有犯人怵目驚心地公開淫亂的院子裡。可是每一次，當他走到他們之間，感覺到他們投向他的關注的目光，就像此刻這樣，他仍舊會有痛心的羞愧感，覺得自己對不起他們。他感到最難受的是，這羞愧感和罪惡感中還摻雜著難以遏制的厭惡感和恐懼感。他知道，任何人置身於他們所處的這種環境，一定會變得和他們一樣，但他仍舊難以壓抑對他們的反感。

「這些寄生蟲，他們倒是過得不錯，」聶赫留多夫快走到政治犯牢房門口時聽見有人在說。「這些鬼東西，有吃有穿，大概不會拉肚子。」另一個嘶啞的嗓音說道，還加上一句難聽的罵人話。響起一陣不友善的鬨笑。

10

走過單身囚犯牢房，負責引路的軍士對聶赫留多夫說，他會在點名之前來接聶赫留多夫，然後轉身走開。軍士剛一走開，一名男犯就提起腳上的鐐銬，赤著腳疾步走到聶赫留多夫身邊。他渾身散發著濃烈的汗臭味，悄悄地對聶赫留多夫耳語道：

「老爺，您得過問一下。那小子完全上當了，被灌醉了。在今天交接的時候他說他就是卡爾馬諾夫。您得過問一下，我們不能出頭，會被打死的。」犯人說著，不安地四下環顧，然後趕緊從聶赫留多夫身邊走開。

事情是這樣的，苦役犯卡爾馬諾夫慫恿一個相貌與他相似的青年流放犯冒名頂替，如此一來，苦役犯將被流放，青年人則將替他去服苦役。

聶赫留多夫知道這件事，因為剛才這位犯人一週前就向他通報了這場騙局。聶赫留多夫點點頭，表示他知道了，他將盡力過問，然後直接向前走去。

聶赫留多夫在葉卡捷琳堡就認識這位犯人，他在那裡求聶赫留多夫幫忙，好讓他的妻子能與他同行，他的舉止令聶赫留多夫驚訝。此人中等身材，普普通通的農民模樣，三十歲左右，他因蓄意謀財害命被判服苦役。他名叫馬卡爾・捷夫金。他的犯罪過程非常離奇。按他自己對聶赫留多夫所說，這樁案子不是他馬卡爾幹的，而是魔鬼幹的。他說，有個過路人找到他父親，出兩個盧布，讓他父親用雪橇將此人送往四十公里外的一個村莊。父親讓馬卡爾去送過路人。馬卡爾套上馬，穿好衣服，與過路人一起喝茶。過路人在喝茶時說，他是去結婚的，身上帶著在莫斯科賺的五百盧布。聽了此話，馬卡爾走到院子裡，將一把斧頭藏在雪橇的草墊下。

「我自己也不知道，我幹嘛要帶著斧頭。」他說道，「魔鬼說：『帶著吧，帶著斧頭。』我就帶了。我們坐上雪橇，上了路。我們走了一陣，沒什麼。我都忘了那把斧頭。快到那個村子的時候，只剩六公里路了。從小路上大路，要爬一個坡。我下了車，跟在雪橇後面走。魔鬼又在小聲地說：『還想什麼？上了坡，大路上人多，村子也就到了。他會帶走錢的，現在就下手吧，別再等了。』我彎腰面對雪橇，像是在整理草墊，斧頭像是自動跳到了我手裡。那人回頭一看，他說：『你想幹什麼？』我掄起斧頭，想劈下去，但他很靈活，跳下雪橇，一把抓住我的雙手。他說：『你這個壞蛋，想幹什麼？……』他把我按在雪地上，我也沒還手，投降了。他用腰帶捆住我的雙手，把我扔到雪橇上。我直接被拉到警局，關進大牢，接受審判。我們村社替我說話，說我是好人，從來沒做過壞事。我的雇主也都替我說話。可是我沒錢請律師，」馬卡爾說，「因此被判了四年。」

如今，這個人想搭救自己的老鄉，他知道他說這些話可能給他帶來致命危險，但他還是把犯人之間的祕密告訴了聶赫留多夫，如果其他犯人知道他做了此事，一定會把他勒死。

11

政治犯的住處由兩間小牢房組成，兩個房間的門開向被隔離的一段走道。聶赫留多夫走進這段被隔離的走道，看到的第一個人就是西蒙松，他身穿短上衣蹲在爐前，手持一塊松木劈柴，點燃的爐子熱氣騰騰，爐門微微顫動。

見到聶赫留多夫，他並未站起身來，濃眉下的那雙眼睛自下而上地看著，他伸出手來。

「很高興您來了，我很想見您。」他盯著聶赫留多夫的眼睛，意味深長地說道。

「有什麼事嗎？」聶赫留多夫問。

「等一下再說。我現在正在忙。」

西蒙松又忙著生爐子，他生爐子也有他的一套特別理論，即盡量減少熱量損耗。

聶赫留多夫正要走進第一扇門，瑪絲洛娃卻從另一扇門走了出來，她手持掃帚，彎著腰，正將一大堆垃圾和塵土往火爐前面掃。她身著白褂，腳穿長襪，裙子的下襬掖在腰間。為了擋灰，她包了一條白色頭巾，頭巾裹著前額，齊及眉眼。見到聶赫留多夫，她直起身子，放下掃帚，在裙子上擦了擦手，站在聶赫留多夫面前，她滿臉通紅，神情興奮。

「您在打掃房間？」聶赫留多夫說著，伸過手去。

「是的，這是我的老本行，」她說道，笑了笑，「太髒了，簡直想不到。我們不停地打掃。怎麼樣，毯子乾了嗎？」她問西蒙松。

「快乾了。」西蒙松說著，盯著她看，他的目光很特別，讓聶赫留多夫感到驚訝。

「那好，我等等來拿，再把皮襖拿來烤。我們的人全都住在這裡。」她手指近處一扇門對聶赫留多夫說道，自己卻走向遠處那扇門。

聶赫留多夫打開門，走進這個不大的房間，一盞鐵皮燈放在低矮的通鋪上，射出微暗的光。房間裡很冷，彌漫著灰塵、潮氣和煙味。鐵皮燈照亮了它近旁的一切，但通鋪仍處在陰影中，搖晃的人影在牆壁上游移。

所有政治犯全都待在這個不大的牢房裡，只有兩位管伙食的男犯出去打開水、購買食物。這裡有聶赫留多夫熟悉的薇拉·葉夫列莫夫娜，她越發消瘦，臉色更黃，她身著灰色上衣，頭髮剪得很短，她的大眼睛裡充滿驚恐，額頭青筋暴露。她坐在一張報紙前，報紙上撒有菸草，她正動作很快地捲著菸捲。

這裡有聶赫留多夫最欣賞的女政治犯之一艾米莉婭·蘭采娃，她負責內務，她給聶赫留多夫留下這一印象：即便在最艱難的條件下，她也依然能顯露出女性的持家能力和女性的魅力。她坐在燈前，捲起衣袖，用一雙曬得黝黑卻好看靈巧的手擦拭茶杯茶碗，把杯盞一一擺放在鋪在床上的一塊毛巾上。蘭采娃是個不算漂亮的年輕女子，但她的神情卻聰慧而又溫順，她的面容有個特徵，即在微笑時會突然變換模樣，充滿歡快、激情和誘惑。此刻，她正是在用這樣的微笑迎接聶赫留多夫。

「我們還以為您完全返回俄羅斯了。」她說。

這裡也有瑪麗婭．帕夫洛夫娜，她坐在遠處角落的暗影裡，在照看那個淺色頭髮的小女孩，小女孩正用她可愛的童音咿咿呀呀地說著什麼。

「您能過來太好了。您見到卡秋莎了嗎？」她問聶赫留多夫，「看，我們這裡有了一個小客人。」她指了指小女孩。

這裡還有阿納托利．克雷里佐夫。他身體乾瘦，臉色蒼白，他盤起套著氈靴的雙腿，坐在通鋪的角落裡，佝僂著身子，兩手插在皮襖的袖筒裡，渾身顫抖，用神經質的目光看著聶赫留多夫。聶赫留多夫本想走到他那裡去，卻見門口右側坐著一個人，此人戴著眼鏡，一頭淺褐色鬈髮，身穿膠皮上衣，一邊在背袋裡找什麼東西，一邊與相貌好看、滿臉微笑的格拉別茨說話，這位就是有名的革命者諾沃德沃羅夫，於是，聶赫留多夫趕緊與此人打招呼。他之所以趕緊與此人打招呼，是因為此人是這批政治犯中唯一令他反感的人。諾沃德沃羅夫眨了眨他那雙天藍色的眼睛，從眼鏡上方看了聶赫留多夫一眼，皺皺眉頭，伸出他瘦削的手。

「怎麼樣，旅行愉快吧？」他說道，顯然帶有嘲諷意味。

「是啊，有很多有趣的事。」聶赫留多夫回答，裝作沒有覺察出嘲諷，似將對方的話視為客氣，然後，他走向克雷里佐夫。

聶赫留多夫表面上裝作毫不在意，但內心裡對諾沃德沃羅夫卻遠非毫不在意。諾沃德沃羅夫的問話以及他昭然若揭的用心，即要說出讓聶赫留多夫不快的話、想做出讓聶赫留多夫不快的事，破壞了聶赫留多夫本來很好的心情，使他懊惱、鬱悶起來。

「身體怎麼樣啊？」他說著，握住克雷里佐夫那隻冰冷而顫抖的手。

「還好，就是有點冷，溼透了。」克雷里佐夫說道，趕緊把那隻手揣進皮襖袖筒。「這裡太冷了。窗子全都壞了。」他指了指鐵柵外窗玻璃上的兩個洞，「您怎麼好久沒過來了？」

「不給過來，當官的管得很嚴。現在的這個軍官還算和氣。」

「他還算和氣！」克雷里佐夫說，「您問問瑪麗婭，他今天早晨幹了什麼。」

瑪麗婭・帕夫洛夫娜並未起身，她講了這天早晨離開宿營地時押解官對小女孩做的事情。

「我認為，必須集體抗議。」薇拉・葉夫列莫夫娜語氣堅決地說道，與此同時，她又面帶惶恐，不太堅決地時而看看這一位，時而看看另一位，「弗拉基米爾・西蒙松提出了抗議，但這還不夠。」

「怎麼抗議？」克雷里佐夫懊惱地緊皺著眉頭說道。顯然，薇拉・葉夫列莫夫娜浮誇做作的腔調和神經質早已令他惱火。「您在找卡秋莎吧？」他對聶赫留多夫說，「她一直在做事，在打掃房間。我們男人住的這一間她打掃完了，現在正在打掃婦女住的那間房。就是跳蚤掃不掉，咬個不停。瑪麗婭在那邊幹嘛呢？」他問道，腦袋往瑪麗婭・帕夫洛夫娜所在的角落點了點。

「在給她的養女梳頭呢。」蘭采娃說道。

「她不會把蝨子傳染給我們吧？」克雷里佐夫問道。

「不會，不會，我仔細清理了一遍。她現在乾乾淨淨的。」瑪麗婭・帕夫洛夫娜說道。「您看她一下子，」她對蘭采娃說，「我去幫幫卡秋莎，再給她拿張毛毯過去。」

蘭采娃接過女孩，帶著母親般的溫情，讓孩子那兩隻光溜溜、胖嘟嘟的小手臂緊貼著自己，把孩子放在膝蓋上，給了她一塊糖。

瑪麗婭·帕夫洛夫娜走出房間，她剛一出去，那兩個去打開水、買食物的人便走進屋來。

12

進屋的兩人中有一位個頭不高、身體瘦削的年輕人，他身穿蒙著布面的短皮襖，腳套高筒靴。他端著兩個熱氣騰騰的開水壺，腋下夾著一塊用頭巾包裹的麵包，腳步輕盈地走進門來。

「瞧，我們的公爵現身了。」他說著，把茶壺放在茶碗中間，把麵包遞給瑪絲洛娃（譯者按：此處可能是托爾斯泰筆誤，根據上下文看，瑪絲洛娃此時尚未進屋，麵包應該遞給了蘭采娃。），「我們買到了好東西，」他說著，脫下小皮襖，扔向通鋪的一角，皮襖從大家的頭上飛過，「瑪律科爾買了牛奶和雞蛋，如今可以辦舞會了。艾米莉婭·基里洛夫娜總是把一切都收拾得乾乾淨淨，美不勝收。」他說道，同時笑嘻嘻地看著蘭采娃。「好吧，現在你來泡茶吧。」他對蘭采娃說道。

此人的外貌，他的動作、嗓音和眼神，全都散發著朝氣和歡樂。走進屋來的另一人個頭也不高，也很瘦削，他臉色灰白，兩頰凹陷，顴骨高聳，兩隻漂亮的藍眼睛相距很遠，嘴唇很薄，與前面那人相反，此人神情憂鬱，萎靡不振。他身著一件破舊的棉大衣，靴子外面套著鞋套。他抱著兩隻瓦罐，提著兩個簍子。他把東西放到蘭采娃面前，朝聶赫留多夫彎一彎脖子，算是鞠躬致意，眼睛一直盯著聶赫留多夫。然後，他不情願地向聶赫留多夫伸出一隻汗津津的手，之後才動作緩慢地從籃子裡往外掏食物。

這兩名政治犯均出身平民：第一位是農民納巴托夫，第二位是工人瑪律科爾・康得拉季耶夫。瑪律科爾參加革命運動時，已是一位三十五歲的成年人；納巴托夫投身革命時，則年僅十八歲。納巴托夫因天賦出眾，在鄉村小學畢業後進了中學，他一直在做家教，自食其力，中學畢業時獲金質獎章。但他並未上大學，因為他在七年級時就認定，他要回到養育他的民間，去教育他那些被人遺忘的兄弟。他說到做到，起先去一個很大的村莊做文書，然而他不久便被逮捕，原因是他念書給農民聽，還在他們之中組織了一個生產消費合作社。第一次他在牢中被關押八個月，獲釋後仍受到暗中監視。出獄後，他立即去往另一省分、另一村落，在那裡擔任教師，進行同樣的活動。他再次被抓，這一次坐牢一年兩個月，在獄中，他的信念變得越發堅定。

第二次坐牢後，他被流放到彼爾姆省。他從那裡逃走。再次被捕後，他被關押七個月，然後流放至阿爾漢格爾斯克省。因為拒絕向新沙皇宣誓，他又從那裡被流放至亞庫次克州，就這樣，他成年後的生活有一半是在監獄和流放中度過的。所有這些經歷絲毫沒有讓他變得凶狠，也未減弱他的熱情，反而使他的精神愈加飽滿。他活潑好動，胃口很好，無論什麼時候都兢兢業業，朝氣蓬勃。他對做過的事情從無悔恨，對未來的事情也從不多想，而是竭盡其智慧、才幹和能力辦好當下的事。在享有人身自由的時候，他為自己既定的目標工作，即教育和團結以農民為主體的勞工階層；身在獄中，他仍舊熱情、務實地工作，努力與外界建立聯繫，在現有條件下盡量安排好生活，不僅是自己的生活，也包括他所在團體的生活。他把團體放在前面。他覺得，他自己其實一無所求，即便一無所有他也心滿意足，可是對於志同道合的團體，他卻可以付出甚多，可以做任何工作，無論是體力活還是腦力活，一做起來便不住手，夜以繼日，不吃不喝。農民出身的他勤勞精明，做事俐落，天性平和，彬彬有禮，既關注他人的情感，也關注他人的觀點。他的老母親還健在，她是個不識字的鄉村寡婦，很迷信，納巴托夫人身自由的時候常去看她，設法幫她。他在家時，總是細心關照她的生活，幫她做事，他也繼續與他從前的鄉下夥伴來往，與他們一起抽那種自己捲的、形狀像狗腿一樣的菸捲，和他們練練拳擊，告訴他們，他們如何全都受騙了，他們怎麼做才能擺脫他們身陷其中的騙局。當他想到並談起革命究竟能給人民帶來什麼這個問題時，他總以為，他所屬的人民依舊會處於大致相同的環境中，只不過有了土地，沒了老爺和官吏。在他看來，革命不應改變人民生活的基本方式，在這一點上他與諾沃德沃羅夫及其追隨者瑪律科爾·康得拉季耶夫觀點不同，他認為，革命不應摧毀整座大廈，只需把他心愛的這座漂亮堅固的舊大廈中的空間重新加以劃分。

在宗教方面，他也同樣是典型的農民，他從不考慮玄祕的物體、不考慮萬物的起源、不考慮來世的生活。上帝之於他，一如之於法國天文學家阿拉戈，只是一種假設，一種他至今仍感覺無用的假設。他完全不關心世界的起源問題，不關心是摩西說得對還是達爾文說得對，他的同道均認為十分重要的達爾文學說，對於他而言也只是一種思想遊戲，一如六天之內創造世界的說法。

他不關心世界的起源問題，是因為他始終面臨著如何才能在這個世界上生活得更好這樣一個問題。他同樣從不考慮來世，他內心深處有一個代代相襲的堅定信念，農民普遍持有這一信念：一如在動植物世界，一切東西都不會終結，而在不停地變換形式，大糞變成穀子，穀子變成雞，蝌蚪變成青蛙，蟲子變成蛾子，橡子變成橡樹，人也同樣不會滅亡，只會變換存在形式。他對此深信不疑，因此總是抖擻地甚至歡樂地直視死神的眼睛，堅強地承受那會帶來死亡的苦難，但是，他不喜歡也不善於談論這些。他喜歡工作，總是忙於實際事務，也常常鼓勵同志去做這樣的實際事物。

這批犯人中另一位來自民間的政治犯瑪律科爾・康得拉季耶夫則是另一種氣質的人。他十五歲起做工，開始抽菸喝酒，為的是排除模糊的屈辱感。他第一次體驗到這種屈辱感是在耶誕節，他們這些孩子被領到老闆娘布置的耶誕樹前，他和小夥伴們得到的禮物是只值一戈比的小笛子、一個蘋果、一顆包著金紙的核桃和一枚無花果，而老闆的那些孩子得到的卻是玩具，那些玩具在他看來宛如神賜。他後來得知，那些玩具價值超過五十盧布。他二十歲時，一位著名的女革命者來這家工廠做工，她發現了康得拉季耶夫的出眾才華，便送書、送小冊子給他看，與他談心，向他解釋他的處境、他處於這種境地的原因以及改善這種處境的手段。等他清楚地意識到有可能讓自己和其他人擺脫他所處的這一被壓迫境地，這一境地之不公正在他看來便比先前更加殘忍、更加可怕了，於是，他不僅強烈希望擺脫其處境，還想懲罰那些建立和維護這一殘酷的不公正制度的人。康得拉季耶夫聽人說，知識能夠促成這一可能性，於是便如飢似渴地獲取知識。他並不清楚如何借助知識來實現社會主義的理想，但是他堅信，知識既然可以使他意識到他所處環境的不公正，這種知識就一定也可以糾正這種不公正。此外，知識還使他意識到他高於其他人。因此，他不再喝酒抽菸，他把他做了倉庫管理員後越來越多的時間全都用在學習上。

那位女革命者教給他知識，對他貪婪汲取各種知識的出色能力深感驚訝。兩年時間裡，他學了代數、幾何和他特別喜歡的歷史，讀了各種文學作品和批評著作，主要是宣傳社會主義的著作。

那位女革命者被捕，康得拉季耶夫也隨之被抓，因為在他那裡搜到了禁書，他被關進監獄，後流放至沃洛格達省。他在那裡結識了諾沃德沃羅夫，讀了許多革命書籍，牢記在心，其社會主義觀點越發堅定。流放歸來後，他成為一次工人大罷工的領導者，罷工以搗毀工廠、殺死廠長結束。他再次被捕，判處流放，被剝奪公權。

他否定宗教，一如他否定現存經濟制度。他意識到他自幼生活其間的信仰之荒謬，便努力擺脫這一信仰，起初不無恐懼，之後則滿心歡喜，似乎在為自己和祖先所受的欺騙做出報復。他一有機會便惡意地、尖刻地嘲笑神父和教義。

他習慣了禁欲的生活，滿足於最簡單的需求。就像每個從小就開始做工的人那樣，他肌肉發達，無論做什麼勞動工作都輕而易舉，不知勞累。但他十分珍惜閒暇時間，以便在監獄和流放途中繼續學習。他如今在讀馬克思《資本論》的第一卷，他小心翼翼地把此書藏在背袋裡，就像藏著一件大寶貝。他與所有同志均保持距離，有些冷淡，唯獨對諾沃德沃羅夫態度不同，他十分崇拜諾沃德沃羅夫，認為後者對所有問題的看法都是顛撲不破的真理。

對於女性，他懷有難以抑制的輕蔑，將她們視為一切正事之妨礙。不過他很同情瑪絲洛娃，對她很熱情，他認為瑪絲洛娃是上層階級壓迫下層階級的典型例證。由於這一原因，他不喜歡聶赫留多夫，不與他交談、不與他握手，只在聶赫留多夫問候他時，他才伸出手來讓對方握。

13

火爐生好，散發出熱氣。茶已煮好，倒在茶杯和茶缸裡，因為加了奶而泛白，擺上了麵包圈、新烤的黑麥麵包和小麥麵包、煮熟的雞蛋、黃油、牛頭肉和牛蹄。大家都湊過來，把通鋪上的一塊地方當作餐桌，邊喝、邊吃、邊聊。蘭采娃坐在一個箱子上，給大家斟茶。除克雷里佐夫外的所有人都圍在她四周，克雷里佐夫脫下潮溼的小皮襖，用烤乾的毛毯裹住身體，躺在自己的鋪位上與聶赫留多夫交談。

在經歷押解途中的寒冷和潮溼之後，在清理了這裡的垃圾和髒亂之後，在為整理房間而付出的勞動之後，在吃了東西、喝了熱茶之後，大家全都心情愉快、滿心歡喜。

隔牆傳來刑事犯的腳步聲、喊叫聲和辱罵聲，這些聲響似乎在提醒他們，讓他們意識到自己此時身在何處，使他們更強烈地覺得舒適。這些人宛如置身大海中的一座小島，一時間並未感覺到包圍著他們的屈辱和苦難的波濤之襲擊，因而處於激動亢奮的狀態。他們無所不談，卻不談他們的處境、不談他們的前景。此外，如同青年男女之間總會出現的情況，尤其像他們這樣被迫擠在一起的青年男女，他們之間便生出了各種錯綜複雜、和諧或不太和諧的戀情。他們幾乎全都墜入了愛河。諾沃德沃羅夫愛上了漂亮又愛笑的格拉別茨。格拉別茨是個年輕的女大學生，她很少思考，對革命問題毫無興趣。但是她受到時代的影響，被捲入一樁案件，被判流放。被捕之前，她主要的生活樂趣就是博取男人的歡心，後來在審訊、坐牢和流放中，她依然保持這一生活方式。如今，在押解途中，她因為諾沃德沃羅夫愛上了她而深感慰藉，自己也愛上了他。薇拉·葉夫列莫夫娜是個多情女子，卻很難激起別人對她的愛，不過她始終期望著兩情相悅的愛，她時而愛上納巴托夫，時而愛上諾沃德沃羅夫。克雷里佐夫對瑪麗婭·帕夫洛夫娜的感情也近乎戀愛。他愛她，一如男人愛女人，但他清楚她的愛情觀，便巧妙地掩飾自己的感情，將愛戀偽裝成友誼和感激，感激瑪麗婭·帕夫洛夫娜對自己尤為親切的關照。納巴托夫和蘭采娃之間的愛情關係十分複雜。如果說瑪麗婭·帕夫洛夫娜是無比貞潔的處女，那麼蘭采娃就是無比貞潔的妻子。

十六歲時，還是中學生的她愛上彼得堡大學的學生蘭采夫，十九歲時嫁給了大學還未畢業的他。她丈夫在大學四年級時捲入學潮，被逐出彼得堡，成為革命者。她放棄醫學院的學業，跟著他，也成為革命者。如果她不認為自己的丈夫是天下最優秀、最聰明的人，她就不會愛上他；如果沒愛上他，她就不會嫁給他。但是，既然她愛上並嫁給了她心目中這個世上最優秀、最聰明的人，她對生活及其目的的看法便自然而然地與這個世上最優秀、最聰明的人毫無二致。他起初認為生活的意義就在於學習，她也這麼認為。他成了革命者，她也成了革命者。她能非常出色地論證，現存制度不可能繼續存在，人人都有義務與這一制度抗爭，並嘗試建立起一種全新的政治和經濟體制，在這一生活體制下，個性能得到自由的發展，如此等等。她以為這的確是她本人的想法和感受，但實際上她的想法只有一點，即她丈夫的想法全都是真理，她也只有一種追求，即與丈夫心心相印，完全融為一體，這才能使她獲得精神上的滿足。

離開丈夫、離開由她母親照看的孩子，她很難受。但是她堅定鎮靜地承受了這種離別，她知道，她承受這一切是為了丈夫、為了事業，她丈夫所獻身的這一事業無疑是正義的。她日夜思念丈夫，像先前一樣，她如今也不可能愛上除她丈夫以外的任何一個男人。可是，納巴托夫對她無私純真的愛卻令她感動，讓她心旌蕩漾。他作為一個道德高尚、意志堅定的人，作為她丈夫的朋友，也努力像對待妹妹一樣待她，但在他對她的態度中卻有某種超越兄妹情誼的東西，這種情感讓他們兩人感到害怕，與此同時也為他倆眼下的艱難生活添加了色彩。

於是，這個團體裡完全擺脫愛情糾葛的成員僅有瑪麗婭・帕夫洛夫娜和康得拉季耶夫兩人。

14

聶赫留多夫像往常那樣，想等大家一同喝完茶、吃完飯後再單獨與瑪絲洛娃交談，他此刻坐在克雷里佐夫身邊，和他聊天。他順便提及馬卡爾對他說的事情，也談到馬卡爾的犯罪經過。克雷里佐夫認真聽著，用炯炯有神的目光看著聶赫留多夫的臉。

「是啊，」他突然說道，「我常常想，我們和他們並肩走在一起，但『他們』究竟是什麼人呢？我們的所作所為就是為了這些人。可是我們卻不僅不瞭解他們，而且不願瞭解他們。更糟的是，他們還仇恨我們，把我們視為他們的敵人。這太可怕了。」

「這沒什麼可怕的，」一直在聽他倆談話的諾沃德沃羅夫說道。「群眾永遠只崇拜權力，」他用他刺耳的嗓音說道，「政府掌權，他們就崇拜政府，仇恨我們；明天我們掌權了，他們就會來崇拜我們……」

這時，隔壁傳來一陣罵聲，還有撞牆聲和鐐銬聲，哭天喊地。有人挨打，有人在喊：「救命啊！」

「看看這幫野獸！我們和他們之間有什麼交道可打呢？」諾沃德沃羅夫平靜地說道。

「你說他們是野獸，可是聶赫留多夫剛剛說到一件事，」克雷里佐夫生氣地說，他轉述了馬卡爾冒著生命危險救助同鄉的行為，「這不是野獸的行為，這是功績。」

「多愁善感！」諾沃德沃羅夫嘲諷地說道，「我們很難理解這些人的情感和他們的行為動機。你認為這是捨己救人，但他也可能是在嫉妒那個苦役犯。」

「你怎麼就不願看到別人身上的任何一點優點呢？」瑪麗婭．帕夫洛夫娜突然發作，她開口說道（她對所有人都以「你」相稱）。

「不可能看到不存在的東西。」

「怎麼不存在？冒著生命危險救人還不算是嗎？」

「我認為，」諾沃德沃羅夫說，「我們如果想做我們的事業，第一個前提就是（正在燈下讀書的康得拉季耶夫放下書，仔細聽起自己導師的話來），不能抱有幻想，而要實事求是地看待一切。要為群眾做一切事情，但不要對他們抱任何奢望，群眾是我們的活動之目的，但他們卻不可能成為我們的合作者，除非他們克服他們如今懷有的惰性，」他說了起來，像是在發表演說，「因此，指望在我們為他們預備的發展過程結束之前得到他們的幫助，這純屬幻想。」

「什麼樣的發展過程呢？」克雷里佐夫臉脹得通紅，說道，「我們常說我們反對專橫和獨裁，這難道不就是最可怕的獨裁嗎？」

「這裡沒有任何獨裁，」諾沃德沃羅夫平靜地回答，「我只是說，我知道人民應該走哪條道路，我可以為他們指明這條道路。」

「但你憑什麼認定你指明的道路就是正確的呢？這難道不就是那種發展出宗教裁判所和法國大革命死刑的獨裁嗎？他們也認為自己憑藉科學找到了唯一正確的道路。」

「他們迷了路，這並不能證明我也會迷路。再說，思想家的空想和積極的經濟科學的資料之間也存在巨大差異。」

諾沃德沃羅夫的聲音響徹整個房間。他一個人在說，其他人均默不作聲。

「總是爭論不休。」待諾沃德沃羅夫暫停片刻，瑪麗婭．帕夫洛夫娜說道。

「那這個問題您是怎麼認為的呢？」聶赫留多夫問瑪麗婭．帕夫洛夫娜。

「我認為阿納托利．克雷里佐夫說得對，不應該把我們的觀點強加給人民。」

「您是怎麼認為的呢，卡秋莎？」聶赫留多夫笑著問道，等她作答，很擔心她說出什麼不合適的話來。

「我認為普通百姓是被欺負的，」她滿臉通紅地說道，「普通百姓太被欺負了。」

「說得對，卡秋莎．米哈伊洛夫娜，說得對，」納巴托夫高聲說道，「老百姓受盡了欺負。就是要讓他們不受欺負。這就是我們的事業。」

「關於革命任務的這種詮釋可真奇怪。」諾沃德沃羅夫說道，他不再說話，氣呼呼地抽起菸來。

「我沒法跟他談話。」克雷里佐夫小聲說道，然後便不再作聲。

「不談更好。」聶赫留多夫說。

15

儘管諾沃德沃羅夫受到所有革命者的尊敬，儘管他很有學問，也被認為是絕頂聰明的人，但聶赫留多夫卻將他歸入這樣一類革命者：他們的素質比他本人還要低得多，因為他們的道德素質低於一般水準。這個人的智力、即分子，很大，而他對自己的認識、即分母，卻大到不可通約的地步，遠遠超出其智力。

此人的精神生活傾向恰與西蒙松相反。西蒙松這樣的人大多充滿男性氣質，他們的行為源自他們的思想活動、受其思想活動控制。諾沃德沃羅夫則屬於另一類人，他們大多具有女性氣質，他們的思想活動一部分旨在達到由情感提出的目標，一部分旨在證明由情感導致的行為之正確。

儘管諾沃德沃羅夫能頭頭是道地就其參加革命活動的原因給出許多令人信服的理由，聶赫留多夫仍然覺得，諾沃德沃羅夫整個革命活動的基礎僅在於某種虛榮感、某種想出人頭地的願望。起初，因為善於領會他人的思想並準確地加以表達，諾沃德沃羅夫求學期間，在這一才能會得到高度評價的地方（中學、大學和研究所），在師生之間出類拔萃，他因此心滿意足。但當他拿到文憑、離開學校後，出類拔萃的感覺不再繼續，於是，就像不喜歡諾沃德沃羅夫的克雷里佐夫對聶赫留多夫所說的那樣，為了在新環境裡依然能夠出類拔萃，諾沃德沃羅夫便徹底改變自己的觀點，從一位主張漸進革命的自由主義者變成紅色的民意黨人。他的性格中並無那些可能導致疑惑和動搖的道德素質和審美素質，因此，他很快便在革命者的天地裡占據了能滿足他虛榮心的黨內領導地位。一旦選定方向，他從不疑惑、從不動搖，並因此堅信自己從不犯錯。一切問題在他看來都十分簡單明瞭，毋庸置疑。正是由於他目光狹隘，見解片面，一切問題才果真顯得簡單明瞭，如他自己所言，只要符合邏輯即可。他十分自信，這種自信使得別人對他要嘛避之不及，要嘛唯命是從。他的活動多在少不更事的年輕人之間進行，他們將他漫無邊際的自信視為深思熟慮和智慧超群，大多數人因此都服從他，他在革命者的圈子裡大獲成功。他的活動就是發動起義，他將透過起義奪取政權、召集議會，在議會上將提出由他制定的綱領。他堅信，這一綱領將解決一切問題，這一綱領定會得以實施。

同志都因為他的大膽和果敢而尊重他，但並不喜歡他。他也不喜歡任何人，他視一切傑出人士為競爭對手，如果有機會，他很想用老猴王對待年輕公猴的方式來對待他們。他想把別人的全部智慧、全部才華都搶奪過來，以免別人妨礙他展示才華。他僅對那些崇拜他的人態度友善。比如，在如今的流放途中，他就態度友善地對待接受他宣傳的工人康得拉季耶夫、薇拉·葉夫列莫夫娜和相貌好看的格拉別茨，後兩位女子都愛上了他。他雖然原則上贊同婦女爭取自己的權益，內心深處卻認為所有婦女都很愚蠢渺小，除去他時常多情地愛上的那些女性，比如他如今愛上的格拉別茨，此時他便認為她們是非同尋常的女性，只有他才能發現她們的長處。

在他看來，兩性關係問題也像其他一切問題一樣，十分簡單明瞭，只要讓大家自由戀愛，問題便會迎刃而解。

他有過一位非正式妻子，還有一位正式妻子，他與正式妻子離婚，認為他倆之間沒有真正的愛情，如今他打算與格拉別茨步入一場新的自由婚姻。

諾沃德沃羅夫鄙視聶赫留多夫，因為如他所言，聶赫留多夫在與瑪絲洛娃的交往中「裝模作樣」。尤其因為，聶赫留多夫在思考現存制度的種種缺陷以及改變現存制度的種種手段時，不僅沒有逐字重複他諾沃德沃羅夫的想法，甚至還另起爐灶，宣揚自己的老爺觀點，亦即傻瓜觀點。聶赫留多夫清楚諾沃德沃羅夫對自己的態度，令他痛苦的是，儘管他一路上心情不錯，卻依然覺得自己想對諾沃德沃羅夫以牙還牙，他無論如何也無法遏制對這個人的深惡痛絕。

16

隔壁牢房傳來押解官員的聲音。一片寂靜，隨後班長和兩名押解兵走進屋來。開始點名了。班長清點人數，用指頭點到每個人。點到聶赫留多夫時，他和顏悅色地對他說：

「公爵，現在點了名後您就不能待在這裡了。您得走了。」

聶赫留多夫知道這話是什麼意思，他走到班長面前，把準備好的三個盧布塞給了他。

「唉，拿您怎麼辦呢！您就再坐一下子吧。」

班長正要出門，另一位軍士走進來，身後跟著一個又高又瘦的犯人，他鬍子稀疏，一隻眼睛被打傷了。

「我是來看女兒的。」犯人說道。

「我爸爸來了。」突然響起一個清脆的童音，蘭采娃的背後冒出一個金色頭髮的小腦袋，蘭采娃正與瑪麗婭・帕夫洛夫娜、卡秋莎一同，用蘭采娃捐出的裙子為小女孩改做新衣服。

「是我，好孩子，是我。」布佐夫金溫柔地說道。

「她在這裡滿好的，」瑪麗婭・帕夫洛夫娜說著，同情地看著布佐夫金負傷的臉龐，「您就把她留在我們這裡吧。」

「小姐們在給我做新衣服呢，」小女孩說著，把蘭采娃手裡的活計指給父親看，「多好看啊，多漂……漂……漂亮啊。」她咿呀說道。

「你想在這裡睡覺嗎？」蘭采娃撫摸著小女孩，說道。

「我想。爸爸也睡這裡。」

蘭采娃笑了起來。

「爸爸不行。」她說。「您就把她留在這裡吧。」她對小女孩的父親說。

「好吧，留下她吧。」班長說道，他在門口站了一會兒，然後與軍士一同出門。

押解人員剛一出門，納巴托夫就走近布佐夫金，拍拍他的肩膀，說道：

「喂，老弟，你們那裡的卡爾馬諾夫真的想掉包嗎？」

布佐夫金那張和善親切的臉龐立即愁鬱起來，他的眼睛也像是蒙上了一層薄膜。

「我們沒聽說。不會吧。」他說道，眼睛的薄膜仍未退去。他又說：「好吧，阿克秀莎，你就跟小姐們一起玩吧。」說完，他急忙走出門去。

「他全知道，的確掉包了，」納巴托夫說，「您會怎麼做呢？」

「我會告訴城裡的官員。他們兩人的長相我都清楚。」聶赫留多夫說。

大家沉默不語，顯然害怕再引起爭論。

西蒙松兩手抱著後腦勺，躺在通鋪的一個角落裡，他一直沒說話，此刻他卻突然站起身，小心翼翼地繞過坐在床邊的幾個人，來到聶赫留多夫面前。

「現在能和您說幾句話嗎？」

「當然。」聶赫留多夫說著，站起身來，準備跟西蒙松出去。

卡秋莎看了一眼站起身來的聶赫留多夫，遇見他的目光，她臉色緋紅，像是有些疑惑地搖了搖頭。

「我要和您談的事是這樣的。」當兩人一同來到走道，西蒙松對聶赫留多夫說道。走道裡，刑事犯的吵鬧聲越發響亮，聶赫留多夫皺起眉頭，西蒙松卻顯然並不在意。「我知道您和卡捷琳娜·米哈伊洛夫娜的關係，」他繼續說道，他那雙和善的眼睛仔細地盯著聶赫留多夫的臉，「我認為我有必要……」他說到這裡，不得不停下來，因為門邊有兩個嗓門一同叫喊，在爭論什麼。

「告訴你，你這白癡，這不是我的！」一個嗓門喊道。

「掐死你，你這魔鬼。」另一個嘶啞的聲音也在喊。

這時，瑪麗婭·帕夫洛夫娜走出房間來到走道。

「這裡怎能談話呢？」她說，「你們來這裡吧，這裡只有薇拉一個人。」她領頭走進隔壁一個很小的房間，這裡顯然是單人牢房，現在分配給女政治犯住。薇拉·葉夫列莫夫娜蒙頭睡在通鋪上。

「她偏頭痛發作了，在睡覺，聽不到你們談話，我這就出去！」瑪麗婭·帕夫洛夫娜說道。

「恰恰相反，你請留下來，」西蒙松說道，「我沒有祕密要瞞著任何人，更不瞞著你。」

「那好吧。」瑪麗婭·帕夫洛夫娜說著，像孩子那樣來回扭動身體，把身體移到通鋪深處，準備聽他倆談話，同時用她那雙漂亮、而像羔羊般的眼睛看著遠處。

「我要談的事情是，」西蒙松重拾話頭，「我知道您和卡捷琳娜．米哈伊洛夫娜的關係，我認為我有必要向您說明我和她的關係。」

「什麼關係？」聶赫留多夫問道，心中不由自主地欣賞起西蒙松與他談話時表現出的坦率和實在。

「我想和卡捷琳娜．米哈伊洛夫娜結婚……」

「太奇怪了！」瑪麗婭．帕夫洛夫娜說道，眼睛盯著西蒙松。

「我決定向她提出這個請求，請她做我的妻子。」西蒙松繼續說道。

「我又能做什麼呢？這取決於她。」聶赫留多夫說。

「是的，不過沒有您的同意她無法做出這個決定。」

「為什麼？」

「因為在您和她的關係問題沒有徹底解決之前，她無法做出任何選擇。」

「在我這一方面，問題已經徹底解決。我願意做我認為應該去做的事情，此外也想改善她的處境，但我不願對她有任何約束。」

「是的，但她不願接受您的犧牲。」

「沒有任何犧牲。」

「我還知道，她的這個決定不會改變。」

「那麼跟我還有什麼好談的呢？」聶赫留多夫說。

「她需要您也認可這一點。」

「我怎麼能認可我可以不做自己認為該做的事情呢？我能說的話只有一句：我沒有自由，而她是自由的。」

西蒙松沉默片刻，陷入沉思。

「好，我就這麼對她說。不要以為我迷上了她，」他繼續說道，「我愛她，像愛一個出色、罕見、受過很多磨難的人。我對她一無所求，卻很想幫助她，改善她的……」

聽著西蒙松顫抖的聲音，聶赫留多夫感到驚詫。

「改善她的處境，」西蒙松繼續說道，「她既然不願接受您的幫助，就讓她來接受我的幫助吧。如果她同意，我就請求把我流放到關押她的地方。四年時間不算長。我要待在她身旁，或許可以緩解她的苦難……」他再度激動得說不下去了。

「我能說什麼呢？」聶赫留多夫說，「我很高興她找到了您這樣一位保護人……」

「這正是我想知道的，」西蒙松繼續說道，「我想知道，您愛她，希望她幸福，那麼您認為她和我結婚會幸福嗎？」

「當然會幸福。」聶赫留多夫態度堅決地說道。

「這件事完全取決於她，我只是想讓這顆受苦受難的心得到喘息。」西蒙松說道，同時帶著孩子般的溫柔看著聶赫留多夫，無論如何也難以想像，這個面色陰沉的男人竟會流露出這樣的溫柔。

西蒙松站起身，握住聶赫留多夫的一隻手，湊近他，羞怯地笑了笑，吻了聶赫留多夫。

「我就這麼告訴她。」他說著，走出門去。

17

「怎麼回事？」瑪麗婭·帕夫洛夫娜說道，「愛上了，他真的愛上了。怎麼也想不到，弗拉基米爾·西蒙松糊裡糊塗地愛上了，像個孩子一樣。太奇怪了，老實說，也令人傷心。」她歎了一口氣，做出結論。

「但卡秋莎呢？您認為她對此事會持什麼態度？」聶赫留多夫問道。

「她？」瑪麗婭·帕夫洛夫娜頓了一下，顯然想盡可能準確回答這個問題，「她嗎？您也知道，她雖然有過那樣的經歷，本質上卻是一個很有道德感的人……她很有感情……她愛您，十分愛您，能為您做點好事，她感到很幸福，她拒絕您就是在為您做好事，因為她不想拖累您。在她看來，嫁給您可能是一種可怕的墮落，比從前的墮落還要可怕，因此她永遠不會同意嫁給您的。再說，您在場也讓她心裡不安。」

「那怎麼辦呢，我該消失嗎？」聶赫留多夫說。

瑪麗婭·帕夫洛夫娜笑了笑，露出孩子般的可愛笑容。

「是的，部分消失。」

「怎麼能部分消失呢？」

「我是亂說的，不過關於她，我想對您說，她也許感覺到了西蒙松狂熱愛情的荒唐（他還什麼都沒跟她說），她既高興又害怕。您也知道，這種事情我是外行，可是我覺得，他懷有的是一種最普通不過的男人感情，儘管帶著偽裝。他說，這種愛情能提升他的能量，這種愛情是柏拉圖式的。可是我知道，即便這種愛情與眾不同，其根本一定還是那種骯髒的意識……就像諾沃德沃羅夫對格拉別茨的感情那樣。」

瑪麗婭·帕夫洛夫娜離題了，沉醉於自己鍾愛的話題。

「那我該怎麼做呢？」聶赫留多夫問道。

「我認為您應該和她談一談。把情況都談清楚，總歸要好些。您和她談談，我去叫她。好嗎？」瑪麗婭·帕夫洛夫娜說。

「好的。」聶赫留多夫說，瑪麗婭·帕夫洛夫娜於是走了出去。

一種奇怪的感情湧上聶赫留多夫心頭，當他獨自一人待在狹小的牢房裡，聽著薇拉·葉夫列莫夫娜不時被呻吟打斷的靜靜的呼吸，聽著隔著兩道房門傳來的刑事犯一刻不停的吵鬧聲。

西蒙松對他說的話，使他勉除了他自願承擔的責任，他在脆弱的時刻曾覺得這一責任十分沉重，也十分奇怪，但解除這一責任卻不僅使他不快，而且令他痛苦。這一情感裡還包含一種成分，即西蒙松的求婚使聶赫留多夫行為的獨特性蕩然無存。使聶赫留多夫所做犧牲的價值在他自己和其他人的眼中大為降低，因為，既然一個與瑪絲洛娃毫無關聯的好人都情願與她共命運，那麼他的犧牲便是無足輕重的了。或許也有純粹的嫉妒心，因為他已習慣她對自己的愛，他不能允許她再愛上別人。他原想與她待在一起，直到她刑滿獲釋，但這一計畫也在頃刻之間土崩瓦解。如果她嫁給了西蒙松，他便毫無必要繼續待在這裡，他需要制定一份新的生涯規畫。他尚未理清自己的情感，門已被推開，刑事犯的吵鬧聲更大聲地湧了進來（他們那裡發生了特別的事），隨後，卡秋莎走進房來。

她腳步輕快地走近他。

「是瑪麗婭·帕夫洛夫娜要我過來的。」她說道，在他近旁停下。

「是的，我要和您談一談。您坐吧。弗拉基米爾·伊萬諾維奇和我談了話。」

她坐下，兩手放在膝蓋上，顯得很平靜，但當聶赫留多夫提到西蒙松的名字，她的臉卻紅了。

「他對您說了什麼？」她問。

「他告訴我他想和您結婚。」

她的臉頓時皺了起來，顯出痛苦的神情。她什麼話也沒說，只是垂下眼睛。

「他問我是否同意，有什麼建議。我說此事全都取決於您，應該由您決定。」

「喲，怎麼回事？為什麼？」她說道，用她那奇怪、有些斜視、總是令聶赫留多夫動心的目光看著他的眼睛。他倆默默對視了幾秒鐘，用目光交流了很多訊息。

「應該由您決定。」聶赫留多夫又說了一遍。

「我有什麼好決定的？」她說，「一切早就決定了。」

「不，應該由您來決定是否接受弗拉基米爾·伊萬諾維奇的求婚。」聶赫留多夫說。

「我一個苦役犯，怎麼嫁人？我幹嘛還要害了弗拉基米爾·伊萬諾維奇呢？」她皺著眉頭說道。

「不錯，可是如果獲得特赦呢？」聶赫留多夫說。

「唉，您就別再管我了。我也沒什麼好說的了。」她說著，站起身來走出牢房。

18

聶赫留多夫跟在卡秋莎身後回到男犯牢房，見屋裡的人全都神情激動。老是走來走去、四處串門子的納巴托夫，帶來一個令所有人吃驚的消息。這個消息就是，他在牆壁中找到一張紙條，是被判處苦役的革命者彼特林寫的。大家都以為彼特林早已被流放至卡拉河，這才突然發現，他不久前剛剛與刑事犯一同途經此地。

紙條上寫著：「八月十七日，我與刑事犯一同出發。涅維羅夫原與我在一起，他後在喀山瘋人院上吊自盡。我身體健康，精神樂觀，我希望一切都好。」

大家都在討論彼特林的處境和涅維羅夫的自殺原因。克雷里佐夫神情專注，沉默不語，閃亮的眼睛一動也不動地盯著前方。

「我丈夫對我說，他在彼得保羅要塞就經常見到鬼魂。」蘭采娃說。

「是啊，他是個詩人、幻想家，這樣的人受不了單人牢房。」諾沃德沃羅夫說道，「我蹲單人牢房的時候，就不讓自己胡思亂想，而是有條有理地分配時間。這樣總是會好過一些。」

「有什麼好過不好過的？我在坐牢的時候常常覺得很高興，」納巴托夫精神抖擻地說道，顯然想驅散陰鬱的情緒，「起先總是擔驚受怕，怕自己被抓，怕連累別人，怕毀了事業；然而等到真的坐了牢，就卸下所有責任，可以好好休息了。只管坐著抽菸就好了。」

「你很瞭解他嗎？」瑪麗婭．帕夫洛夫娜問道，她一直在不安地打量克雷里佐夫那張突然變了模樣的瘦削臉龐。

「幻想家涅維羅夫？」克雷里佐夫突然說道，他氣喘吁吁，像是叫喊了許久或歌唱了許久，「涅維羅夫是這樣一種人，用我們那位看門人的話來說，就是天下少有……是的……這是個水晶般的人，渾身透明。是的……他不僅不會撒謊，甚至連裝模作樣也不會。他不僅皮膚薄，甚至連渾身的皮都揭去了，每一根神經都裸露著。是的……是個複雜的人、豐富的人，不是那種……唉，還有什麼可說的呢！……」他沉默片刻，「我們老是爭論怎麼做才更好，」他狠狠地皺起眉頭說道，「是先教育人民，再改變生活方式，還是先改變生活方式。我們還要爭論採取什麼樣的抗爭方式，是要和平宣傳還是採取恐怖行動。我們老是爭論，是的。但他們卻不爭論，他們知道自己在做什麼，他們完全不在乎死人，不是死幾十人，而是死幾百人，而且是多麼優秀的人啊！恰恰相反，他們就是需要優秀的人獻出生命。是的，赫爾岑說過，十二月黨人被除去之後，整個社會水準大大降低。怎麼可能不降低呢！後來赫爾岑本人和他的戰友也被除去了。現在是涅維羅夫那些人……」

「他們除不盡所有人的，」納巴托夫精神抖擻地說，「總會有人來接班的。」

「不，如果我們不憐惜他們，他們就留不下來了。」克雷里佐夫說道，他提高嗓門，不讓人打斷他，「請給我一支菸。」

「這對你不好啊，阿納托利，」瑪麗婭．帕夫洛夫娜說道，「你就別抽了。」

「你就別管了。」他生氣地說道，抽起菸來，但他立即咳了起來，難受得幾乎要吐。他吐了幾口痰，繼續說道：「我們的做法不對，不對。不要空談，要團結一心……消滅他們。是的。」

「但他們也是人啊。」聶赫留多夫說。

「不，這些人能做出那樣的事情，就不是人……不，據說已經發明了炸彈和飛艇。是啊，真想乘上飛艇，向他們扔炸彈，像對待臭蟲一樣，叫他們絕種……是的。因為……」他正要說下去，卻滿臉通紅，突然更劇烈地咳嗽起來，嘴裡吐出一口血。

納巴托夫跑出去取雪。瑪麗婭．帕夫洛夫娜拿來纈草酊給克雷里佐夫喝，但他閉上眼睛，推開她白皙瘦削的手，不停地喘著粗氣。給他敷了雪、喝點涼水，他稍稍安定一些，大家讓他躺下，這時，聶赫留多夫和大家告別，與那位送他過來、早已在等他的軍士一同走向出口。

刑事犯此刻安靜下來，大多已經睡下。儘管通鋪的上上下下和門廳裡全都睡滿了人，但空間還是不夠，有些人只好躺在門外走道的地板上，他們頭枕背袋，身蓋潮溼的囚袍。

幾間牢房裡、走道裡，鼾聲、呻吟和夢囈響成一片。隨處可見一堆堆蓋著囚袍的人體。只有單身漢刑事犯牢房裡有幾個人沒睡，他們圍坐在角落裡的一支蠟燭前，見有士兵過來，他們就吹滅蠟燭。走道裡的吊燈下面還坐著一個光著上身的老人，他在捉襯衫上的蝨子。與此處臭氣熏天的氣味相比，政治犯住處的汙穢空氣就算是清新的了。那盞直冒黑煙的油燈像是懸掛在霧中，這裡讓人喘不過氣來。要想走過走道，又不踩到睡覺的人或被他們絆倒，就必須看準前面的空處，邁過一隻腳，同時尋找下一個落腳點。有三個人顯然在走道裡也沒找到地方，就睡在前廳裡，緊挨臭烘烘的糞桶，糞桶的縫裡還有糞水滲出。這三人中有一個瘋老頭，聶赫留多夫在途中經常看見他。還有一個十來歲的小男孩，他躺在兩個囚犯之間，一手托著臉頰，腦袋枕在另一個犯人的腿上。

走出大門，聶赫留多夫停下腳步，敞開胸膛，久久地、盡情地呼吸著寒冷的空氣。

19

外面滿天星斗。聶赫留多夫沿著已經上凍，但有些地方還有泥坑的道路回到旅店，敲了敲黑漆漆的窗戶，那位寬肩膀的工人赤著腳為他打開門，讓他進了前廳。前廳右側的小黑屋裡傳出馬車夫響亮的鼾聲，門後的院子裡能聽到許多馬匹咀嚼燕麥發出的聲響。右邊的門通向整潔的上房。整潔的上房裡彌漫著艾蒿的氣息和汗味，隔板後面，有個人的強勁肺葉扇出一陣陣不疾不徐、節奏勻稱的鼾聲，聖像畫前點著一盞紅玻璃燈罩的油燈。聶赫留多夫脫下外衣，把毛毯鋪在漆皮沙發上，擺好枕頭，躺了下來，回想著他這一天裡的所見所聞。在他今天的見聞中，最可怕的場景就是那個小男孩，他睡在糞桶滲出的糞水中，腦袋枕著另一個犯人的腿。

儘管他這天晚上與西蒙松和卡秋莎的談話十分突然，也很重要，但他卻沒多想這件事，他與這件事的關係過於複雜，也不太確定，因此乾脆不去想它。然而，那些不幸人的場景卻更鮮活地浮現在他的記憶中，他們在惡劣的空氣中艱難地喘息，躺在臭烘烘的糞桶滲出的糞水裡，尤其是那個神情純真、躺在另一個苦役犯腿上的小男孩，一直在他腦海中盤桓。

遠遠地知道一些人在折磨另一些人，使後者遭受各種腐蝕、非人的羞辱和痛苦，這是一回事，而在三個月時間裡持續不斷地目睹一些人帶給另一些人的腐蝕和折磨，這就完全是另一回事了。聶赫留多夫就有了這樣的體驗。他在這三個月裡不止一次地問自己：「究竟是我瘋了，看到了其他人看不到的東西，還是那些人瘋了，做出了我看到的那些事？」可是，這些人（他們為數眾多）做著那些讓他吃驚、令他害怕的事情，卻心安理得，不僅認為應該做這些事，還認為他們做的事情十分重要、十分有益，這就很難認定這些人全都是瘋子。他也無法認定自己是瘋子，因為他覺得自己思維清晰。因此，他始終感到迷惑不解。

這三個月間的見聞使聶赫留多夫產生了這樣的感覺，即被法庭和行政機關從全體自由人中挑選出來的這些人最為神經質，他們性格激烈強悍、極富才華，卻不如其他人謹慎狡猾，較之其他自由人，這些人絕非更有罪過，或對社會更具威脅。首先，這些人被關進監獄，押上流放之路，去服苦役，一連數月或數年無所事事，不操心吃飯穿衣，遠離自然、家庭和勞動，也就是說，脫離了人的物質生活和精神生活的一切前提；其次，這些人在懲戒機構中遭受各種各樣毫無必要的凌辱，如鐐銬、陰陽頭和恥辱的服飾，也就是說，他們被剝奪了弱者對於渴求美好生活的主要動力、他們不再關心別人的看法、不再有羞恥感和人的尊嚴感；第三，他們經常面臨生命危險，且不說中暑、溺水、火災等特殊情況，還有監禁地常年流行的各種傳染病，他們筋疲力盡、遭受毆打，始終處於這種環境，就連最為善良、最有道德感的人也會出於自衛心理做出最殘忍、最可怕的舉動，或是任由別人作惡多端；第四，這些人被迫與那些生活極其墮落的淫棍、凶手和惡棍朝夕相處（尤其是在這類機構中），那些人對所有尚未完全墮落的人之影響，一如酵母之於麵團；最後，第五，這些影響是借助最有說服力的方式展開的，諸如各種各樣非人的迫害手段，虐待孩子、婦女和老人，毆打，用樹枝和皮鞭鞭笞，獎勵那些生擒或殺死逃犯的人，拆散夫妻，讓有婦之夫與有夫之婦姘居，槍決，絞刑，如此等等。要用這種最有說服力的手段來表明，各種各樣的強暴、殘忍和獸行不僅不被禁止，還得到政府的許可，如果這些行為能給政府帶來好處，如果這些行為的對象是那些處於監禁、貧窮和不幸中的人，那就更能獲得許可。

所有這些像是有意設置的機構都在生產在其他任何條件下均難以出現的高度濃縮的腐化和罪惡，以便之後在全體人民之中最大規模地傳播這些濃縮的罪惡和腐化。「似乎安排了這樣一個任務：即用最好、最可靠的方式去腐蝕盡可能多的人。」聶赫留多夫思索監獄和押解營地的種種做法，不禁想道。每年都有成千上萬的人受到最高程度的腐蝕，等他們徹底腐化，便釋放他們，以便他們把在監獄中學到的腐化帶到全體人民之中去。

在秋明、葉卡捷琳堡、托木斯克等地的監獄，在沿途的宿營地，聶赫留多夫均發現，這一似乎由社會給自己確立的目標正在順利實現。那些遵循俄國的社會道德、農民道德和基督教道德的普通人，紛紛放棄這些觀念，轉而接受新的、監獄中流行的觀念。這些觀念的主要內容就是，只要有利可圖，對於人的個性的任何辱罵、強暴和凌辱都是許可的。蹲過監獄的人憑藉他們的經歷都會完完全全地意識到，教會人士和道德導師宣揚的那些尊重人、同情人的道德法則在現實生活中已被廢止，因此他們不必繼續遵循。聶赫留多夫在他認識的所有囚犯身上全都看到了這一點，比如費奧多羅夫、馬卡爾，甚至塔拉斯，他在宿營地度過兩個月之後，他的一些非道德觀點讓聶赫留多夫大驚失色。聶赫留多夫途中聽聞，幾位亡命之徒逃往原始森林，鼓動難友跟他們一起逃，後來卻殺死難友，吃他們的肉。聶赫留多夫親眼見過這樣一個人，他遭到起訴，他自己也對這種罪行供認不諱。更可怕的是，此類吃人事件並非孤例，而是時常發生。

只有在此類機構製造出的種種惡習所構成的特殊溫床上，一位俄羅斯人才會變成亡命之徒，這些亡命徒比尼采的最新學說走得還要遠，他們可以做出任何事情，不受任何限制，他們起先在犯人之中傳播這一學說，之後又將它傳染給全體人民。

對所有這些做法的唯一解釋就是：這是為了制止犯罪、產生震懾、改造罪犯和依法懲處，就像書上寫的那樣。但在現實生活中，這四個目標無一能實現。制止犯罪變成推廣犯罪；產生震懾變成鼓勵罪犯，許多人像那些亡命徒一樣是自願坐牢的；改造罪犯變成有系統地傳播各種惡習；政府的種種懲罰不僅沒有降低懲處的必要性，反而在不需要這種必要性的人民之中培養出了這種必要性。

「那麼他們為什麼要這樣做呢？」聶赫留多夫問自己，他沒有答案。

最令他驚訝的是，這一切並非偶然為之，並非出於誤會，並非一次性的，而是不斷重複，持續達數百年之久。區別僅在於，從前是劓鼻割耳、烙上烙印、關進囚籠，如今是戴上手銬，押解犯人不再用馬車，而改用蒸汽機車。

有一種意見認為，那些令聶赫留多夫憤慨的事情之所以發生，是因為羈押地和流放地的設施不夠完善，一旦建起新式監獄，這些情況都會有所改善。有些公務員就是這麼跟他說的，但這種說法卻難以讓他滿意，因為他覺得，那些令他憤慨的事情之發生並非由於監禁地的設施不夠完善。他讀過介紹所謂完善監獄的書，塔爾德建議在此類監獄中安裝電鈴，用電擊處死犯人，這些完善的暴力更令他憤慨。

聶赫留多夫感到憤慨的主要原因是：坐在法院和政府部會裡的那些人領取從人民那裡搜刮來的豐厚薪水，就是為了依據同樣由官員出於同樣動機寫成的公文，給那些違反他們制定的法律條文的人定罪，再依據這些條文將那些人送往遙遠的去處，任由那些野蠻殘酷的典獄長、看守和押解人員處置，讓成千上萬的人在精神和肉體上死去。

近距離地瞭解了監獄和押解營地之後，聶赫留多夫發現，犯人之間形成的種種惡習，如酗酒、賭博、殘暴行為和種種可怕罪行，乃至吃人，其產生均非偶然，也不是像那些愚鈍的學者為迎合政府而給出的解釋那樣，是所謂退化現象、犯罪類型和畸形現象，這其實就是一些人可以懲罰另一些人這樣一種莫名其妙的觀點所導致的必然結果。聶赫留多夫發現，人吃人的現象並非始自原始森林，而源於形形色色的部門和委員會，原始森林只是這種現象的終結之處。比如他的姊夫，以及所有司法人員和官員，從警官到大臣，都毫不關心自己掛在嘴上的公平正義或人民福祉，他們需要的只有盧布，他們能領到盧布，就因為他們在做所有這些不斷產生出腐化和痛苦的工作。這一點顯而易見。

「難道這一切都是僅僅由於誤解而產生的嗎？如何才能讓所有這些官員放下他們目前正在做的事，卻又保障他們的薪水，甚至因此發給他們獎金？」聶赫留多夫想道。雞已啼了第二次，帶著這些思緒，他沉沉地入睡了，儘管他只要身體一動，周身的跳蚤便會紛紛躍起，像噴泉一樣。

20

待聶赫留多夫醒來，馬車夫均已上路。老闆娘喝過茶，邊用頭巾擦拭她汗涔涔的粗脖子，邊走過來說，押解營地的一個士兵送來一張字條。字條是瑪麗婭·帕夫洛夫娜寫的。她寫道，克雷里佐夫這次生的病比大家預料的還要重。「我們曾想留下他，我們也留下來陪他，可是不允許，我們只好帶他走，但是很擔心。請您在城裡安排一下，讓他們允許他留下，並讓我們之中的一個人也留下。如果因此需要我嫁給他，我當然也情願。」

聶赫留多夫打發一個年輕人去驛站叫馬車，自己趕緊收拾行李。他第二杯茶還沒喝完，一輛驛站的三套馬車沿著馬路駛近門前的臺階，車鈴叮噹，車輪碾過封凍的泥坑，鏗鏘作響。聶赫留多夫與粗脖子老闆娘結清帳，匆忙出門，坐在馬車的軟墊上，吩咐車夫盡量趕得快些，他想趕上犯人隊伍。駛過一片牧場的大門，沒走多遠，他果然追上了那些拉著行李和病號的馬車，馬車在已被壓平、泥濘已經封凍的道路上吱呀前行（押解官不在這裡，他的車走在前面）。士兵顯然喝了很多酒，他們高談闊論，走在隊伍後面或道路兩旁。馬車有很多輛。前面幾輛馬車上坐著刑事犯病號，每輛車上坐六人，後面三輛馬車上坐著政治犯，每輛車上有三人。最後一輛車上坐著諾沃德沃羅夫、格拉別茨和康得拉季耶夫，倒數第二輛上是蘭采娃、納巴托夫和一位患風溼病的女病人，是瑪麗婭．帕夫洛夫娜把自己的位置讓給了這個病號。倒數第三輛車上是克雷里佐夫，他頭枕枕頭躺在乾草上，瑪麗婭．帕夫洛夫娜緊挨著他坐在車夫的位置上。靠近克雷里佐夫所乘的馬車時，聶赫留多夫讓車夫停車，他下車走近克雷里佐夫。一個醉醺醺的押解兵對著聶赫留多夫擺手，但聶赫留多夫並未理睬，他走近馬車，手扶車幫，跟著馬車步行。克雷里佐夫身穿皮襖，頭戴羔羊皮帽，用一塊頭巾包住嘴巴，他顯得更加蒼白消瘦。他那雙漂亮的眼睛也顯得特別大、特別亮。隨著馬車的顛簸，他的身體微微晃動，他目不轉睛地看著聶赫留多夫，聶赫留多夫問他感覺如何，他只是閉上眼睛，氣惱地搖搖頭。顯然，馬車的顛簸已耗盡了他的所有能量。瑪麗婭．帕夫洛夫娜坐在馬車的另一邊。她用意味深長的目光看了聶赫留多夫一眼，這目光流露出她對克雷里佐夫狀況的擔憂，之後，她卻立即用興高采烈的聲音說起話來。

「看來，押解官也不好意思了，」她高聲說道，以便聶赫留多夫能在車輪的轟鳴聲中聽見她的聲音，「布佐夫金的手銬摘掉了。他自己抱著孩子，卡秋莎和西蒙松跟他們走在一起，薇拉代替了我。」

克雷里佐夫指著瑪麗婭·帕夫洛夫娜說了句什麼，可是誰也聽不清楚，他皺了皺眉頭，不停地搖頭，顯然在強忍咳嗽。聶赫留多夫湊近他的腦袋，想聽清楚他在說什麼。這時，克雷里佐夫挪開嘴邊的頭巾，小聲說道：

「現在好多了。只要不著涼就好。」

聶赫留多夫肯定地點點頭，又與瑪麗婭·帕夫洛夫娜互看了一下。

「那麼三個天體的問題呢？」克雷里佐夫又小聲說道，並辛苦地露出一個微笑，「不好解決吧？」

聶赫留多夫沒聽明白，瑪麗婭·帕夫洛夫娜解釋說，這是一道著名的數學難題，旨在確定太陽、月亮和地球這三個天體間的關係，克雷里佐夫是在開玩笑，用這道數學題來比喻聶赫留多夫、卡秋莎和西蒙松之間的關係。克雷里佐夫點點頭，表示瑪麗婭·帕夫洛夫娜對他這個玩笑的解釋是正確的。

「答案不在我這邊。」聶赫留多夫說。

「您接到我的字條了嗎？您要怎麼做呢？」瑪麗婭·帕夫洛夫娜問道。

「一定去做。」聶赫留多夫說道，他在克雷里佐夫臉上覺察出一絲不滿，於是返回自己的馬車，坐進凹陷的車座，馬車在凹凸不平的道路上上下顛簸，他兩手緊抓車幫，開始超越犯人隊伍，這支由灰色囚袍和小皮襖構成的隊伍綿延一公里，犯人或腳戴鐐銬，或被手銬兩兩銬在一起。在道路對面，聶赫留多夫看見了卡秋莎的藍色頭巾、薇拉·葉夫列莫夫娜的黑色大衣以及西蒙松的短上衣、毛線帽和白色毛襪，白襪上面捆著帶子，狀若草鞋。他與兩位女子並肩而行，很起勁地說著什麼。

見到聶赫留多夫，兩位女子躬身致意，西蒙松則鄭重地脫帽行禮。聶赫留多夫沒什麼話要說，便沒讓車夫停車，馬車從他們身邊駛過。車夫再次駛上已被壓平的道路，走得更快了，但為躲避來來往往的車隊，也時常離開主路。

這條布滿深深轍印的道路延伸進茂密的針葉林，道路兩旁的白樺樹和落葉松尚未落盡樹葉，泛出鮮亮的黃色。這段路走了一半，便出了森林，道路兩旁是開闊的原野，修道院的金色十字架和教堂穹頂躍入眼簾。天完全晴了，雲彩散去，太陽升到森林上空，於是，潮溼的樹葉、一個個水窪、教堂的穹頂和十字架，全都在陽光的映照下熠熠生輝。右前方，在淡藍色的天邊，遙遠的群山泛著白光。聶赫留多夫的三套馬車駛入一個城郊大村莊。村裡的街道上滿是人，有俄羅斯人，也有頭戴奇怪帽子、身著奇怪服裝的異族人。或喝醉或清醒的男男女女擠在小鋪、飯店、酒館和雜貨車前，熙熙攘攘。能感覺到此地已臨近城市。

車夫給右邊的馬一鞭子，拉緊韁繩，在駕座上側著身體，把韁繩往右拉。他顯然想顯顯本事，趕著馬車沿著寬闊的街道一路狂奔到河邊；過河要乘渡船，從對岸開來的渡船正處於湍急河流的中央。在這邊，有二十來輛馬車等待上船。聶赫留多夫沒等太久。渡船逆流行到上游，然後順著急促的水流往下，很快就靠在碼頭的木頭平臺上。

幾位身高體壯、肌肉發達的船夫沉默寡言，他們穿著短皮襖和長筒靴，靈巧熟練地扔出纜繩，把纜繩在木樁上繫緊，然後打開艙門，讓船上的馬車上岸，再放岸上的馬車上船，讓馬車和馬匹依次在渡船上安頓下來；見到河水，馬兒躁動不安。寬闊湍急的河水拍打渡船的兩舷，纜繩緊繃。待渡船裝滿，聶赫留多夫的馬車和卸了套的馬兒也在馬車的包圍中找到一塊空地，停在渡船甲板的一側，船夫關上艙門，並不理睬那些沒能上船的人之請求，解開纜繩，啟動渡船。渡船上靜悄悄的，只能聽見船夫的腳步聲和馬兒不停交替的馬蹄在船板上踏出的聲響。

21

聶赫留多夫站在渡船的船舷旁，看著寬廣湍急的河面。他腦海裡交替出現兩個景像：一個是奄奄一息的克雷里佐夫，他面帶惱恨，腦袋被馬車顛得一上一下；一個是與西蒙松一同精神抖擻地走在路上的卡秋莎。一種感受來自奄奄一息卻不願死去的克雷里佐夫，這種感受沉重而又傷感；另一種感受來自情緒飽滿的卡秋莎，她得到了西蒙松這樣一個男人的愛情，如今走上了堅定可靠的正路，這種感受本該令人高興，但聶赫留多夫卻感覺沉重，他無法克服這種沉重的感受。

城裡教堂的青銅大鐘被敲響，那低沉顫動的鐘聲貼著河面飄了過來。站在聶赫留多夫身邊的車夫以及其他所有車夫，均相繼摘下帽子，畫了十字。在最靠近欄杆的地方站著一位老人，聶赫留多夫起先沒注意到他，他個頭不高，頭髮蓬亂，他並未畫十字，卻昂著腦袋，看著聶赫留多夫。這老頭身穿打著補丁的上衣和粗呢長褲，腳穿破舊的長筒靴，肩背一個小包，頭戴高高的破皮帽。

「老先生，你怎麼沒禱告啊？」聶赫留多夫的車夫說道，他戴上帽子，把帽子扶正，「你沒受過洗嗎？」

「向誰禱告啊？」頭髮蓬亂的老人用堅決的攻擊口吻說道，他語速很快，卻又一字一頓。

「這誰都知道，向上帝禱告啊。」車夫嘲諷地說道。

「你指給我看看，他在哪裡？上帝在哪裡？」

老人嚴肅堅定的口吻使車夫覺得他是在與一位強者打交道。他有些心虛，但又不願顯露出來，便強打精神，避免當眾丟臉，他立即回答：

「在哪裡？當然是在天上。」

「你到過那裡嗎？」

「不管到沒到過，大家都知道，應該向上帝禱告。」

「沒有人在任何地方見過上帝。上帝是個獨生子，裝在天父的肚皮裡。」老人眉頭緊鎖，照舊語速很快地說道。

「你看來不是基督徒，是個山洞人吧。你向山洞禱告。」車夫說道，把馬鞭插在腰間，整理起轅馬的脖套。

有人笑了起來。

「老伯，你信什麼教呢？」一個已不年輕的人問道，他站在船舷邊的一輛馬車旁。

「我什麼教也不信。因為我誰都不信，除了我自己，我誰都不信。」老人依舊迅速果斷地回答。

「怎麼能只信自己呢？」聶赫留多夫說道，加入了談話，「自己也會犯錯的。」

「從來沒錯過。」老人搖晃腦袋，果斷地回答。

「那麼為什麼會有各種信仰存在呢？」聶赫留多夫問。

「之所以會有各種信仰存在，是因為大家都相信別人，卻不相信自己。我也相信過別人，但繞了遠路，就像在原始森林裡迷了路，別期望能走出來。舊信仰派也好，新信仰派也好，安息日教派也好，鞭笞教派也好，教堂派也好，非教堂派也好，奧地利教派也好，莫羅勘教派也好，閹割教派也好，各種信仰都只會吹牛。他們都像瞎眼的小狗，四處亂爬。信仰很多，靈魂只有一個。你有，我有，他也有。也就是說，每個人都信仰自己，大家才能團結起來。每個人都相信自己，大家就能連為一體。」

老人聲音洪亮，一直在環顧四周，他顯然想讓盡可能多的人聽見他的話。

「您有這種信仰已經很久了嗎？」聶赫留多夫問他。

「我？很久了。他們迫害了我二十三年。」

「他們怎麼迫害的？」

「就像迫害基督徒那樣迫害我。他們把我抓起來，交給法院，交給神父，也就是那些書呆子和偽君子。我還被關進瘋人院。但他們拿我毫無辦法，因為我自由自在。他們問：『你叫什麼名字？』他們以為我總會給自己起個名字。但我沒給自己起任何名字。我什麼都不要，我沒有名字，沒有住處，沒有國家，什麼也沒有。我就是我。我叫什麼名字？我的名字就叫『人』。『你多大年紀？』我說我沒數過，也數不過來，因為我過去、現在和將來都一直存在。他們問：『你父母是什麼人？』我說我沒有父親，也沒有母親，只有上帝和大地，上帝是父親，大地是母親。他們問：『你承認皇上嗎？』幹嘛不承認呢？他是他自己的皇上，我是我自己的皇上。他們說：『唉，沒法跟你說話。』我說：

『我也沒要你來跟我說話。』他們一直這麼折磨我。」

「您現在要去哪裡呢？」聶赫留多夫問。

「走到哪裡算哪裡。我工作，沒工作做就討飯。」老人發現渡船即將靠岸，便打住話頭，洋洋得意地看了一眼他的全體聽眾。

渡船靠上對岸。聶赫留多夫掏出錢包，要給老人一些錢。老人回絕了。

「我不要這東西。我只要麵包。」他說。

「哦，對不起。」

「沒什麼對不起的。你又沒欺負我。不過你也沒法欺負我。」老人說道，把放下的袋子重新背上，這時，聶赫留多夫的馬車也被推上岸，套上了馬。

「老爺，您真有興致和他聊天啊，」待聶赫留多夫給了船夫小費後坐到馬車上，車夫對他說道，「這是個不走正道的流浪漢。」

22

待馬車駛上山崗，車夫轉過身來。

「去哪家旅館呢？」

「哪家旅館比較好？」

「西伯利亞旅館最好。久科夫旅館也不錯。」

「去哪家都行。」

車夫再次側著身體，趕著馬兒快跑起來。這座城市與所有城市大同小異，同樣的帶有閣樓和綠屋頂的房子，同樣的教堂和店鋪，主要大街上同樣開有多家商店，甚至連警察也和其他地方的警察一模一樣。不過，此城的房子幾乎均為木頭建築，街道也沒鋪石塊。在一條最熱鬧的街道上，車夫把三套馬車停在一家旅館門前。可是，這家旅館沒有空房間，只好前往另一家。另一家旅館有個空房間，於是，在兩個月的時間之後，聶赫留多夫第一次重新置身於他習慣的那種相對整潔和舒適的環境。聶赫留多夫住的房間算不上奢華，但在經歷了那些驛站、小旅館和押解宿營地的生活之後，他還是感到無比輕鬆。最主要的是，他必須清除自己身上的蝨子，在押解宿營地住過之後，他一直未能擺脫那些蝨子的折磨。放下行李，他立即前往澡堂，在澡堂換上城裡人的裝束，穿上漿洗過的襯衫和熨得筆挺的褲子、禮服和大衣，去拜訪邊區長官。旅館看門人叫來一輛四輪馬車，這馬車套著一匹膘肥體壯的吉爾吉斯馬，車鈴叮噹作響，將聶赫留多夫拉到一幢漂亮的大房子前，房子門前站著幾個哨兵和一個警察。房子前後都有花園，園中的楊樹和白樺已落盡樹葉，翹著光禿禿的枝丫，松柏和冷杉卻泛出濃密幽暗的綠色。

將軍身體有恙，不願會客。聶赫留多夫還是要求僕人轉交自己的名片，僕人轉回身來，帶來一個好消息：

「將軍有請。」

前廳、僕人、傳令兵、樓梯、鑲木地板擦得鋥亮的大廳，所有這一切都像是在彼得堡，只是稍微骯髒一些，也更威嚴一些。聶赫留多夫被帶進書房。

將軍面部浮腫，鼻子像馬鈴薯，額頭滿是鼓包，禿頭，眼袋很大，是個多血質類型的人。他穿一件韃靼式絲綢睡袍坐在那裡，手夾香菸，正在用一盞帶銀盃托的茶杯喝茶。

「您好啊，老兄！請原諒我穿著睡袍接待客人，不過這總比不接待客人更好一些。」他說著，想用睡袍遮擋他的粗脖子，他的後脖頸上滿是皺褶，「我身體不太好，很少出門。是什麼風把您吹到我們這個偏遠之地來的呀？」

「我隨一批犯人過來的，有個犯人與我關係很親近，」聶赫留多夫說道，「我來請求大人，一是為了這個人，二來也有另一件事。」

將軍吸一口菸，喝一口茶，在孔雀石菸灰缸裡撚滅菸頭，他用那雙細長、浮腫，而閃亮的眼睛盯著聶赫留多夫，仔細聽著。他僅有一次打斷聶赫留多夫的話，問他是否抽菸。

將軍屬於知識型軍人，這類軍人認為自由和人道有可能與他們的職業共存並行。不過，他天生聰明善良，他很快就意識到這種調和不可能實現，為了回避他經常置身其間的內心矛盾，他越來越深地沉湎於軍中盛行的酗酒習慣，他如此依戀這一習慣，在從軍三十五年後最終成了醫生所謂的酒精成癮症患者。他渾身充滿酒精。無論喝什麼酒，他都要一醉方休。飲酒對於他來說已成為性命攸關的需要，每天一到傍晚，他都會爛醉如泥，不過他已適應這種狀態，他不會搖搖晃晃，也不會說出太誇張的傻話。即便他說了傻話，由於他位高權重，無論他說出了什麼傻話，都會被當作智慧的話語。只有在上午，也就是聶赫留多夫來見他的這段時間，他才像是有理智的人，能夠聽懂別人對他說的話，能或多或少地證實他常說的一句諺語：「醉酒有好處，越醉越聰明。」最高當局知道他是酒鬼，但他畢竟比其他人更有教養，雖說他的教養在他開始酗酒時即已止步不前，然而他畢竟勇敢靈活、相貌堂堂，在醉酒狀態下依然能保持分寸，因此他才獲此任命，並一直擔任這一顯赫要職。

聶赫留多夫對將軍說，他感興趣的那個人是個女子，她無辜地受到審判，她的申訴書已經遞交皇上。

「這樣啊。怎麼說？」將軍說。

「彼得堡有人答應我，決定這位女子命運的消息將在本月之內發給我，寄到這裡……」

將軍的眼睛看著聶赫留多夫，同時把指頭短粗的手伸向桌子，按了鈴，然後繼續默默地聽著，噴雲吐霧，特別大聲地咳嗽。

「因此我請求您，如果可能，請把這位女子留在這裡，直到接到上訴書的批覆。」

僕人走了進來，這是一位身穿軍服的勤務兵。

「你去問問安娜·瓦西里耶夫娜起床沒有，」將軍對勤務兵說道，「再來點茶。還有什麼事？」將軍問聶赫留多夫。

「我的另一個請求，」聶赫留多夫繼續說道，「與這批犯人中的一個政治犯有關。」

「這樣啊！」將軍說道，意味深長地點著頭。

「他病得很重，快要死了。可能要把他留在這兒的醫院裡。有一位女政治犯願意留下來陪他。」

「她不是他的親屬吧？」

「不是，但是她願意嫁給他，如果只有這樣才允許她留下來陪他的話。」

將軍用他那雙閃亮的眼睛盯著聶赫留多夫，一言不發地聽著，他顯然想用他的目光讓對方難過，他一直在抽菸。

待聶赫留多夫說完，他從桌上拿起一本書，飛快地用手指蘸點唾沫，然後翻看書頁，找到關於婚姻的條款，讀了一遍。

「她被判什麼刑？」他問道，眼睛離開那本書，抬了起來。

「她被判服苦役。」

「哦，苦役犯的境遇無法藉由婚姻而改善。」

「可是……」

「對不起。即便有個自由人娶了她，她也還是要服完刑期。這裡有個問題：他倆誰被判的刑比較重，是男人還是女人？」

「他倆都被判服苦役。」

「哦，倒是很般配。」將軍笑著說，「他怎樣，她也怎樣。他因為生了病，可以留下來，」他繼續說，「當然會盡可能地減輕他的痛苦；可是她，即便嫁給他，也不能留在這裡……」

「將軍夫人在喝咖啡。」僕人報告說。

將軍點點頭，繼續說道：

「不過，我再考慮考慮。他們叫什麼名字？您寫下來，寫在這裡。」

聶赫留多夫寫了下來。

「這件事我辦不到，」聽說聶赫留多夫要求與病號見面，將軍說道。「我當然不懷疑您，」他說，

「可是您關心他，也關心其他人，您又有錢。在我們這裡有錢能使鬼推磨。大家要求我：請杜絕賄賂。可是怎麼杜絕呢，如果我們這裡人人都在受賄？職位越低，受賄越多。唉，人在五千公里之外，怎能看得住他呢？他在那裡就是小皇帝，跟我在這裡一模一樣。」他笑了起來，「您常跟政治犯見面，肯定給了錢，他們就放您進去了？」他笑著說，「是這樣的吧？」

「是的，是這樣的。」

「我知道您必須這麼做。您想見一個政治犯。您可憐他。典獄長或押解官拿錢，因為他們就那麼點薪水，還要養家，不能不拿。我要是處在他們的位置和您的位置，也會像他們、像您一樣做。但我處在我現在的位置，就不能允許自己背離最嚴格的法律條文，不能因為我也是人，就可以有惻隱之心。我是執行者，我在一定條件下得到了信任，我要對得起這種信任。好了，這個問題就談到這裡。好吧，現在您給我談一談你們都城裡都有些什麼新聞？」

將軍一邊詢問，一邊講述，顯而易見，他一方面想瞭解新聞，同時也想展示一下自己的學識和人道精神。

23

「那麼請問，您住在什麼地方？住久科夫旅館嗎？唉，那裡很糟。您來我這裡吃飯吧，」將軍在送聶赫留多夫離開時說道，「五點鐘。您會說英語嗎？」

「是的，會說。」

「那就太好了。您知道嗎？這裡來了一個英國人，是個旅行家。他在考察西伯利亞的流放和監獄。他要在我們家吃飯，您也過來吧。我們五點開飯，我妻子要求準時開始。我到時候給您答覆，看怎麼處理那個女人的事，還有那個病人的問題。也許可以留下一個人陪他。」

辭別將軍，聶赫留多夫感覺特別興奮，他乘車趕往郵局。

郵局是一個帶有拱頂的低矮房間，幾名郵局職員坐在櫃檯後面，向圍在四周的人分發郵件。一名職員歪著腦袋，靈巧地把一個個信封推到眼前，逐一打上郵戳。聶赫留多夫沒等太久，郵局職員聽他報上姓名，很快就交給他一大堆郵件。其中有匯款，有幾封信和幾本書，還有最新一期的《祖國紀事》雜誌。拿起郵件，聶赫留多夫走向木凳，木凳上坐著一位手拿小本子的士兵，在等著領東西，聶赫留多夫在士兵旁邊坐下，開始翻閱信件。其中有一封掛號信，信封很漂亮，蓋有清晰的大紅色漆封。他拆開信封，看到謝列寧寫的信，還有一份公文，他感到血液湧上他的臉龐，他的心緊縮起來。這是卡秋莎一案的批覆。是什麼樣的批覆呢？難道是駁回？聶赫留多夫飛快地掃了一眼這封用剛勁有力、難以辨認的小字寫下的信，然後高興地鬆了一口氣。批覆是令人滿意的。

「親愛的朋友！」謝列寧寫道，「我們上次的交談給我留下了強烈印象。你關於瑪絲洛娃一案的意見是正確的。我仔細翻閱了卷宗，發現對她的審判是令人憤慨的不公正。改判只能在上訴委員會進行，你已向委員會遞交了訴狀。我在委員會裡促成此案的改判，隨信寄上赦免公文的抄本，地址是卡捷琳娜·伊萬諾夫娜伯爵夫人給我的。公文正本已送交她受審時的羈押地，可能很快轉至西伯利亞總署。我想及時把這個好消息通知你。朋友般地握手。你的謝列寧。」

公文的內容如下：

皇家上訴事務辦公廳。案件第某某號。案件處理第某某號。某某科，某年某月某日。奉皇家上訴事務辦公廳主任之令，茲通知市民葉卡捷琳娜·瑪絲洛娃，皇帝陛下批閱瑪絲洛娃所遞訴狀，恩准所請，下旨將其苦役改判為在西伯利亞就近定居。

這個消息令人高興，也很重要，因為聶赫留多夫想為卡秋莎和自己做的事情終於做到了。是的，她的處境得以改變，這將使他和她的關係面臨新的難題。當她身為苦役犯時，他向她提出的求婚只是一種虛構的婚姻，其意義僅在於改善她的處境。而如今，已無任何因素會妨礙他倆的共同生活。但聶赫留多夫尚未對此做好準備。此外，她與西蒙松的關係又是怎樣的呢？她昨天的話是什麼意思？如果她同意與西蒙松結合，這究竟是好事還是壞事呢？他無論如何也理不清思緒，便不再去想了。「之後一切都會水落石出的，」他想，「此時需要盡快見到她，向她通報這個好消息，讓她獲釋。」他認為，他手握抄本，便足以讓她獲釋。出了郵局，他便吩咐車夫趕車前往監獄。

儘管將軍並未准許聶赫留多夫上午去探監，但聶赫留多夫憑經驗得知，在上級官員那裡無論如何都辦不成的事情，在下層官員處卻往往能輕而易舉地做到。於是他還是決定現在就去試試，看能否進入監獄，把好消息告訴卡秋莎，或許還能讓她獲釋，同時瞭解一下克雷里佐夫的健康狀況，把將軍的話轉告給他和瑪麗婭·帕夫洛夫娜。

典獄長身高體胖，相貌威嚴，蓄著唇鬚和落腮鬍，翹起的落腮鬍戳著嘴角。他對聶赫留多夫態度嚴肅、直截了當地說，沒有長官的命令，他不會放任何外人進去探監。聶赫留多夫說，即便在京城也允許探監，典獄長回敬道：

「在京城很有可能，但我就是不放人進去。」他是在用這種強調暗示：「你們這些京城的老爺，以為你們能唬住我們，給我們下命令，但這是在東西伯利亞，我們也對規矩一清二楚，我們還要給你們好看。」

皇家辦公廳公文的抄本對於典獄長也不起作用。他堅決不讓聶赫留多夫進監獄。聶赫留多夫天真地認為，只要一出示這份抄本，瑪絲洛娃便能獲釋。典獄長卻對此報以輕蔑的一笑，他解釋說，釋放任何一位犯人都必須有他頂頭上司的命令。他只答應一點，他會通知瑪絲洛娃，說她已獲赦免，如果他得到上司的命令，他一個小時也不會多留她。

關於克雷里佐夫的身體狀況，他也拒絕提供任何情況。他還說，他甚至無法知道是否有這麼一個犯人。就這樣，聶赫留多夫一無所獲，便坐上自己的馬車回了旅館。

典獄長的嚴厲態度主要源自這一情況，即這座監獄人滿為患，羈押的犯人是其正常容量的兩倍，此時獄中正流行傷寒。車夫在途中對聶赫留多夫說：「牢裡死了很多人。他們得了一種病。一天要埋掉二十來人。」

24

儘管在監獄裡一無所獲，聶赫留多夫還是精神抖擻、情緒亢奮地來到省長辦公廳，詢問他們是否已接到赦免瑪絲洛娃的公文。公文還沒到，聶赫留多夫於是回到旅館，趕緊給謝列寧和律師寫信說明這一情況。寫完信，他看了一眼錶，發現已是去將軍家吃飯的時間。

途中，他又在想卡秋莎會如何對待赦免。他們會讓她定居何地呢？他該如何與她一同生活呢？西蒙松怎麼辦呢？她對他的態度如何？他想起在她身上發生的改變。他也想起了她的過去。

「應該忘記，一筆勾銷。」他想道，又趕緊驅散關於她的這些思緒。「到時候就清楚了。」他對自己說道，然後便開始思考他該對將軍說的話。

將軍家的晚宴是聶赫留多夫習慣的那種奢華、富人和高官的奢華生活，很長一段時間，聶赫留多夫不僅遠離奢華，而且缺乏最起碼的舒適條件，在此之後，這晚宴便讓他感到特別開心。

女主人是彼得堡的老派grande dame（英文：貴夫人），做過尼古拉皇帝宮中的宮廷女官，她說起法語很自如，說起俄語卻不太自如。她的身體挺得筆直，雙手做動作時，肘部始終緊貼腰部。她對丈夫很敬重，平靜中帶有幾分憂鬱；對客人則十分親切，儘管親切的程度因人而異。她視聶赫留多夫為自己人，對他表現出一種特別微妙而不易覺察的逢迎，這使得聶赫留多夫重新意識到了自己的種種優越之處，因此感到十分得意。她使他感覺到，她是理解他的，他前來西伯利亞的行為儘管奇特卻很高尚，她認為他出類拔萃。這種微妙的逢迎以及將軍家中精緻奢華的生活場景，使得聶赫留多夫完全沉醉於享受，享受漂亮的陳設和美味的食物，輕鬆愉快地與自己習慣的圈子裡這些有教養的人交往。似乎，他這段時間所經歷的一切只是一場夢，如今夢醒，他又返回了現實。

在餐桌旁就座的人，除了將軍的女兒女婿、將軍的副官等自家人，還有一個英國人、一個開採金礦的商人和一個來自西伯利亞偏遠城市的省長。這些人都讓聶赫留多夫感到親切可愛。

英國人身體健康，面色紅潤，他的法語說得很糟，但說起英語來卻口若懸河，繪聲繪色。他到過很多地方，他講了一些關於美國、印度、日本和西伯利亞等地的趣聞。

年輕的金礦商人是農夫之子，他身著在倫敦訂做的燕尾服，戴著鑽石袖扣，他有大量藏書，為慈善事業捐款甚多，持有歐洲自由派觀點。聶赫留多夫很喜歡他，對他很感興趣，此人構成一個全新的好典型，是歐洲文化與健壯的農夫野枝成功嫁接後結出的文明果實。

來自偏遠城市的省長，原來就是聶赫留多夫逗留彼得堡期間大家議論紛紛的那位司長。此人很胖，鬈曲的頭髮有些稀疏，天藍色的眼睛充滿溫暖，下肢很粗，保養得很好的白皙的手上戴著戒指，面帶宜人的微笑。男主人非常敬重這位省長，因為在這受賄成風的地方只有他潔身自好。熱愛音樂、彈得一手好鋼琴的女主人也很敬重他，因為他是出色的音樂家，常與她四手聯彈。聶赫留多夫此刻心情好極了，因而對此人亦無反感。

興高采烈、精力旺盛、下巴刮得發青的副官時時處處為人效力，其忠厚的善意令人愉快。

最讓聶赫留多夫感到愉悅的還是將軍年輕的女兒、女婿。將軍的女兒不算漂亮，卻心地善良，全部心思都放在她的頭兩個孩子身上，她經過與父母的長期抗爭才得以嫁給她愛上的男子。她丈夫是莫斯科大學的自由派研究生，既謙和又聰明，他任過公職，做過統計，尤其是關於少數民族的統計，他研究那些人，喜歡他們，努力使他們避免滅絕的厄運。

所有人對聶赫留多夫都很親切友好，而且顯而易見，也都很高興見到他這樣一張有趣的新面孔。將軍身著軍服走出來就餐，脖子上掛一枚白色的十字架，他像對待老朋友一樣和聶赫留多夫打了招呼，然後馬上邀請客人吃冷盤、喝白酒。將軍問聶赫留多夫在他倆會面之後都做了什麼，聶赫留多夫說他去了郵局，得知他上午提到的那個人已獲赦免，現在他再次請求將軍允許他前去探監。

將軍顯然不喜歡在進餐時談論公務，他皺了皺眉頭，什麼話也沒說。

「您要來點伏特加嗎？」他用法語問走到身旁來的英國人，英國人喝乾了伏特加，說他看了教堂和工廠，但他還想看一看大型中轉監獄。

「太好了，」將軍對聶赫留多夫說道，「你們可以一起去。給他一張通行證。」他對副官說。

「您想什麼時候去啊？」聶赫留多夫問英國人。

「我想晚上去看看監獄，」英國人說，「犯人都在，沒有事先準備，能看到真相。」

「哦，他想看到一切美妙之處？就讓他看吧。我寫過呈文，但他們不聽我的。那麼就讓他們在外國報刊上瞭解真相吧。」將軍說著，走近餐桌，女主人已在餐桌旁安排客人就座。

聶赫留多夫坐在女主人和英國人中間。坐在他對面的，是將軍的女兒和那位前司長。

席間的談話斷斷續續，時而談起印度，是英國人挑起話頭，時而談到法國人遠征越南，將軍對這次遠征嚴加指責，時而談到西伯利亞無處不在的詐騙和受賄。這些話題聶赫留多夫都不太感興趣。

不過，餐後在客廳裡喝咖啡，英國人和女主人關於英國首相格拉斯頓的談話卻很有趣，聶赫留多夫覺得自己也發表了許多智慧的見解，引起兩位交談者的重視。吃了美食，喝了美酒，端著咖啡，坐在柔軟的扶手椅裡，置身於親切而有教養的人之中，這使人感到越來越舒服。當女主人應英國人的請求，與前司長一起坐到鋼琴前熟練地彈奏起貝多芬的第五交響曲時，聶赫留多夫感覺到了他許久不曾體驗的心滿意足，似乎他此刻才意識到自己是多麼好的人。

鋼琴音色很好，交響曲的演奏也很出色。至少，喜愛也很熟悉這部交響曲的聶赫留多夫感覺如此。聽著優美的行板，他突然感到鼻子發酸，因為自己和自己的種種美德而感動不已。

聶赫留多夫因為這許久不曾體驗的享受向女主人道謝，然後便想告辭，這時，女主人的女兒卻神情堅定地走到他面前，紅著臉問道：

「您剛才問起我的孩子，您想看看他們嗎？」

「她以為人人都想看她的孩子，」母親笑著說道，她在打趣女兒可愛的莽撞，「公爵才沒興趣呢。」

「相反，我非常、非常感興趣。」聶赫留多夫深受這溢於言表的幸福母愛之感動，他說道，「請，您帶我過去。」

「她要帶公爵去看她的孩子，」坐在牌桌旁的將軍笑著高喊道，和他一同坐在牌桌旁的還有他的女婿、金礦商人和副官，「去吧，去盡盡義務吧。」

年輕的女子卻顯然很激動，因為很快就將有人評判她的孩子了，她腳步輕快地領聶赫留多夫走進裡屋。第三個房間天花板很高，貼著雪白的壁紙，一盞小燈罩著深色燈罩，兩張小床並排擺放，中間坐著一位圍著白色披巾的保母，她相貌和善，生有西伯利亞人的高顴骨。保母站起身，鞠躬致意。母親向第一張小床探下身，一個兩歲小女孩靜靜地睡在小床上，她張著小嘴，長長的鬈髮披散在枕頭上。

「這是卡佳，」母親說，她整理一下天藍色條紋的毛巾被，蓋上露出來的一隻白皙的小腳，「好看嗎？她才兩歲。」

「真漂亮！」

「這是瓦夏，是外公起的名字。完全另一個模樣。西伯利亞人。是嗎？」

「漂亮的小男孩。」聶赫留多夫說道，看著肚皮朝下躺著的小男孩。

「是嗎？」母親說道，臉上帶著意味深長的笑容。

聶赫留多夫想起那些鐐銬、陰陽頭、毆打、放蕩、奄奄一息的克雷里佐夫、卡秋莎以及她的所有經歷。他心生妒意，也想擁有這種在他看來既優雅又純真的幸福。

他數次誇讚兩個孩子，這也僅僅部分地滿足了對此類誇讚如飢似渴的母親，他跟著她來到客廳。英國人已在這裡等他，如他們商定的那樣，要與他一同去監獄。告別一對年老的主人和一對年輕的主人，聶赫留多夫與英國人一起出門，來到將軍家門口的臺階上。

天氣變了，飄起鵝毛大雪，雪花已經覆蓋了道路、屋頂、花園的樹木、門洞、馬車的車篷和馬背。英國人有自己的馬車，聶赫留多夫吩咐英國人的車夫趕車去監獄，然後坐進自己的馬車，懷著即將履行一項不愉快義務的沉重心情，乘坐這輛富有彈性的馬車在雪地裡艱難行進，跟在英國人馬車的後面駛向監獄。

25

陰森監獄的大門口站有衛兵，亮著路燈。儘管純淨的白雪此刻覆蓋了一切，覆蓋著門洞、屋頂和牆壁，但正因為整個建築立面上一扇扇點著燈的窗戶，整座監獄顯得比上午更加陰森。

相貌堂堂的典獄長來到大門口，藉著路燈的光照看了聶赫留多夫和那個英國人的通行證，他迷惑不解地聳聳強壯的肩膀，但還是執行命令，請兩位造訪者跟他進去。他領他們先進院子，然後走進右手的門，上樓來到辦公室。他請兩人落座，問他們有何事要他效力，聽聶赫留多夫說想馬上見到瑪絲洛娃，他便派一位看守去帶她過來，然後做好回答問題的準備，因為英國人透過聶赫留多夫的翻譯已立即開始向他提問。

「這座監獄原定容納多少人？」英國人問道，「現在關了多少人？男人、女人和孩子各有多少？苦役犯、流放犯和自願前來的人各有多少？病人有多少？」

聶赫留多夫翻譯英國人和典獄長的談話，卻沒有關注他倆話中的含義，令他自己深感意外的是，即將到來的會面令他心煩意亂。在他為英國人翻譯一句話時，聽到一陣走近的腳步聲，辦公室的門打開，就像探監時多次見到的那樣，一名看守走進來，跟在他身後的便是包著頭巾、身穿囚服的卡秋莎，看見她，他覺得心裡很沉重。

「我想要生活，想要家庭和孩子，想要人的生活。」在她垂著眼睛快步走進房間時，他腦中閃過這一念頭。

他站起身，快走幾步迎接她，他覺得她的臉色很嚴肅，不大高興。先前當她指責他的時候，她的臉色就是這樣的。她的臉一陣紅一陣白，手指顫抖地捲著衣服邊沿，她時而看他一眼，時而垂下眼睛。

「您知道您被赦免了嗎？」聶赫留多夫說。

「是的，看守說了。」

「那麼等公文一到，您就可以出來了，住到您想住的地方。我們來想一下……」

她急忙打斷他：

「我有什麼好想的呢？弗拉基米爾・伊萬諾維奇去哪裡，我就跟他去哪裡。」

儘管心情十分激動，她還是抬起眼睛看著聶赫留多夫，說得既快又清楚，好像事先就把要說的話準備好了。

「這樣啊！」聶赫留多夫說道。

「這有什麼，德米特里・伊萬諾維奇，既然他想要我跟他一起生活，」她擔心地停下來，改口說道，「要我待在他身邊，我還有什麼更好的出路呢？我應該把這當作幸福。我還能怎樣呢？……」

「兩者必居其一：要嘛她愛上了西蒙松，完全不願接受我認為我能為她做出的犧牲；要嘛她依然愛我，她拒絕我是為了我的幸福，她索性斷了自己的後路，把她的命運與西蒙松結合在一起。」聶赫留多夫想道，他感到羞愧，覺得自己臉紅了。

「如果您愛我……」

「還有什麼愛不愛的？我早就丟開了，弗拉基米爾・伊萬諾維奇是很特別的人。」

「是的，當然，」聶赫留多夫說道，「他是非常出色的人，我想……」

她再次打斷他的話，似乎害怕他說出什麼多餘的話，或者擔心她無法說完她想說的話。

「不，德米特里．伊萬諾維奇，請您原諒我，如果我的做法不合您的意，」她說道，用她有點斜視的神祕目光看著他，「是的，看來只能這樣了。您也要過日子啊。」

她對他說的話，正是他剛剛對自己說過的話，但他現在已不這麼想了，他的想法和感覺已與之前完全不同。他不僅羞愧，而且惋惜，惋惜他和她失去的一切。

「我沒料到會這樣。」他說。

「您幹嘛要待在這裡受苦呢？您也受夠了苦。」她說著，露出一個奇特的笑容。

「我沒受苦，我過得很好，如果可以，我還想為您出力。」

「我們，」她說了一句「我們」，然後看了聶赫留多夫一眼，「我們什麼都不需要。您已經為我做了那麼多。要不是您……」她想說些什麼，然而她的嗓音卻顫抖起來。

「您不用感謝我。」聶赫留多夫說。

「還算什麼帳呢？上帝會算清我們的帳。」她說道，黑色的眼睛裡閃動著淚花。

「您真是一個好女人啊！」他說。

「我好嗎？」她含著眼淚說道，臉上閃現出惹人憐愛的微笑。

「Are you ready?（英文：您準備好了嗎？）」英國人此時問道。

「Directly.（英文：馬上就好。）」聶赫留多夫答道，他又向她問起克雷里佐夫的情況。

她平緩了自己的情緒，鎮靜地說了她知道的情況：克雷里佐夫在旅途上日漸衰弱，他馬上就被送進醫院，瑪麗婭．帕夫洛夫娜很不放心，要求去醫院當看護，可是未獲許可。

「我該走了吧？」她發現英國人等在那裡，便說。

「我不說告別的話，我們還會再見面的。」聶赫留多夫說。

「對不起。」她用勉強能聽見的聲音說道。他倆目光相遇，看著她有些斜視的奇特目光和惹人憐愛的微笑，她帶著這微笑道出的話不是「再見」而是「對不起」，聶赫留多夫因此明白了，在她做出抉擇之原因的兩種推測中，第二種推測是成立的，即她愛他，她認為她如果與他結合，就是毀掉他的人生，而她如果跟西蒙松走，便會使他聶赫留多夫得到自由，她此刻因履行了自己的意願而高興，與此同時，也為兩人的分離而痛苦。

她握了握他的手，迅速轉過身，走出門去。

聶赫留多夫看了英國人一眼，打算跟他一起走，但英國人正在筆記本上記著什麼。聶赫留多夫沒去打擾他，便在牆邊的小木榻上坐了下來，他突然感到十分疲憊。他疲憊，並非由於夜間失眠，並非由於旅途勞頓，並非由於心情激動，而是因為他感到，是這全部的生活讓他筋疲力盡。他靠著木榻的靠背，閉上眼睛，立刻沉睡入夢。

「怎麼樣，現在就去看看牢房？」典獄長問道。

聶赫留多夫醒過來，一時沒弄清身在何處。英國人記完筆記，想去看看牢房。筋疲力盡、毫無興致的聶赫留多夫跟在他的身後。

26

典獄長、英國人和聶赫留多夫在幾名看守的陪同下穿過前廳，走進臭得讓人噁心的走道，他們吃驚地看到，有兩個犯人在對著地板撒尿。他們走進第一間苦役犯牢房，牢房中間有幾排通鋪，犯人全都躺在鋪上，大約有七十人。他們躺在那裡，腦袋靠著腦袋，身子貼著身子。看到有人進來，犯人全都跳下床鋪，鐐銬聲響成一片，他們站在通鋪旁，新剃的陰陽頭閃閃發光。只有兩個犯人仍躺在床上。一個是年輕人，臉色通紅，顯然在發燒；另一個是老人，他在不停地呻吟。

英國人問那個年輕囚犯是否病了很久，典獄長說，早晨才病倒，而那個老人病了很久，肚子痛，可是沒地方安頓，因為醫院早就人滿為患了。英國人遺憾地搖著頭，他說他想對這些人說幾句話，要聶赫留多夫為他翻譯。原來，英國人此行除記錄西伯利亞的流放和監禁地之外還另有目的，即布道，宣揚透過信仰和贖罪就能獲得拯救。

「請您告訴他們，基督憐憫他們、愛他們，」他說道，「基督是為他們而死的。如果他們相信這一點，他們就能得救。」在他說話時，所有犯人都默不作聲地站在床邊，雙手緊貼褲縫。「請您告訴他們，所有道理都寫在這本書裡。你們這裡有識字的人嗎？」

結果發現，這裡有二十多位識字的人。英國人從手提袋裡掏出幾本精裝的《新約聖經》，於是，那些結實有力、指甲堅硬黝黑的手從粗麻布囚服的袖口伸出來，爭先恐後地伸向英國人。英國人在這間牢房留下兩本福音書，然後走向下一間牢房。

下一間牢房裡情景依舊。同樣的悶熱和臭氣，前方的兩扇窗戶間同樣掛著一幅聖像，門的左側同樣放著一個便桶，犯人同樣緊挨著躺在一起，然後同樣跳下床鋪，站得筆直，也同樣有三個人沒有起床。其中兩個人欠起身來，坐在床上，另一個人繼續躺著，甚至沒看進門的人，這三位都是病人。英國人也說了同樣的話，同樣也分發了兩本福音書。

第三間牢房傳出一陣叫喊聲和喧鬧聲。典獄長敲敲門，喊道：「立正！」待房門打開，所有人都同樣挺直身體站在通鋪旁，除了幾位病人和那兩個打架的人。他倆滿臉凶相，相互撕扯，一人揪住對方的頭髮，一人揪住對方的鬍子。直到看守跑到他倆身邊，他倆方才撒手。其中一人被打破鼻子，他在用囚服的袖子擦拭滿臉的鼻涕、口水和鼻血；另一個在查看被揪掉的鬍鬚。

「班長！」典獄長威嚴地喊道。

一個漂亮壯實的男子走了出來。

「不管怎麼都管不住他倆，長官。」班長說道，眼裡閃著開心的微笑。

「那我來管給他們看。」典獄長皺著眉頭說。

「What did they fight for?（英文：他倆為什麼打架？）」英國人問。

聶赫留多夫就問班長，他倆為何打架。

「為一塊包腳布，拿錯了，」班長說著，繼續微笑，「這個推一把，那個打一拳。」

聶赫留多夫把此話翻譯給了英國人。

「我想對他們說幾句話。」英國人對典獄長說道。

聶赫留多夫翻譯過去。典獄長說：「可以。」這時，英國人掏出他那本皮面精裝福音書。

「請您翻譯一下，」他對聶赫留多夫說，「你們吵嘴打架，可是為你們而死的耶穌卻給了我們另一種方法，以便解決我們的爭端。您問問他們是否知道，根據耶穌的法則，該怎樣對待欺負我們的人。」

聶赫留多夫翻譯了英國人的話和他提出的問題。

「報告長官，讓長官來解決？」一個人用疑問的口氣說道，同時斜眼看著相貌堂堂的典獄長。

「狠揍他一頓，他就不會再欺負人了。」另一個人說。

有幾個人發出贊同的笑聲。聶赫留多夫把他們的回答翻譯給英國人。

「您告訴他們，根據耶穌的法則，應該做完全相反的事：如果有人打你的一邊臉頰，你就把另一邊臉頰也遞過去讓他打。」英國人說道，還做了一個遞過臉頰的示範動作。

聶赫留多夫做了翻譯。

「讓他自己來試試。」有個聲音說道。

「等人家兩邊臉頰都打了，還拿哪邊的臉頰遞過去呢？」躺在床上的一個病人說道。

「那他會把你打殘廢的。」

「那就試試吧。」後面一個人說著，開懷大笑。牢房裡爆發出抑制不住的哄堂大笑，甚至連那個挨打的犯人也帶著滿臉的鮮血和鼻涕笑了起來。幾位病人也在笑。

英國人並未感到不好意思，他請聶赫留多夫告訴犯人，看似做不到的事情，有信仰的人做起來卻輕而易舉。

「您問問他們是否喝酒。」

「當然喝。」一個聲音說道，同時再度響起嗤鼻聲和哄笑聲。

這間牢房裡有四位病號。英國人問為什麼不把病號集中在一間牢房裡，典獄長回答說，他們自己不願意。這些病號得的不是傳染病，有一位醫士照料他們，提供幫助。

「他一個多星期沒露面了。」有人說。

典獄長沒有理會，他領著兩位客人走向下一間牢房。

又是打開房門，又是全都起床，一聲不響，又是英國人分送福音書。在第五間牢房和第六間牢房，在右邊的牢房和左邊的牢房，在走道兩邊的牢房，情形完全一樣。

他們看了苦役犯後又看了流放犯，看了流放犯後又看了鄉村法庭審判的犯人和自願跟來的家屬。到處都一樣：這些人飢寒交迫，無所事事，身染疾病，受盡侮辱，戴著鐐銬，就像野獸一樣。

英國人分發了既定數目的福音書，便不再分發，甚至不再講話。讓人難受的場景，主要是悶人的空氣，顯然也消解了他的熱情，他走過一間間牢房，聽典獄長介紹每間牢房裡關著什麼樣的犯人，只是不停地說著「All right（英文：好的）」。聶赫留多夫像是走在夢中，感到疲憊不堪，心灰意冷，卻又沒有力氣拒絕再看並轉身走開。

27

在一間流放犯牢房裡，聶赫留多夫驚訝地看到了他上午在渡船上見到的那個奇怪老人。這老人一頭亂髮，滿臉皺紋，穿一身骯髒的灰色衣褲，襯衫的肩部磨出破洞，赤著雙腳，他坐在通鋪旁的地板上，面帶嚴肅的疑問神情看著走進門的幾個人。他瘦削的身體從髒襯衫的破洞裡露出來，顯得衰弱可憐，但他的神情卻比在渡船上更加專注，更為興奮。長官進屋時，全體犯人都一躍而起，站得筆直，像在其他牢房一樣，但這位老人卻依然坐在地板上。他的眼睛閃閃發光，眉毛憤恨地皺著。

「起立！」典獄長對他喊道。

老人沒動，只是輕蔑地笑了笑。

「你的奴才才要站在你面前。我又不是你的奴才。你頭上有記號……」老人說著，指著典獄長的額頭。

「什——麼？」典獄長走近他，威脅地喊道。

「我認識這個人，」聶赫留多夫急忙對典獄長說，「幹嘛把他抓進來？」

「是警局送來的，因為沒有證件。我們叫他們別送，他們還是一直送來。」典獄長說道，他斜著眼睛生氣地盯著老人。

「你看來也是反基督隊伍裡的？」老人對聶赫留多夫說。

「不，我是來參觀的。」聶赫留多夫說。

「怎麼，過來見識見識反基督是怎麼折磨人的？你就看吧。他把人抓起來，一間小屋塞一大堆人。人應該汗流滿面地下田耕種，他卻把人像豬一樣關起來，給吃給喝，卻不讓人工作，讓他變成野獸。」

「他在說什麼？」英國人問。

聶赫留多夫說，老人在譴責典獄長，說典獄長不該把人關起來。

「您問問他，在他看來，該如何對待那些不遵守法律的人。」英國人說道。

聶赫留多夫翻譯了這個問題。

老人奇怪地笑了起來，露出一排牙齒。

「法律！」他輕蔑地重複了這個字眼，「他們先搶光所有人，奪走大家所有的土地、所有的財富，當成自己的東西，他們殺掉那些反對他們的人，然後再起草法律，規定不許搶劫、不許殺人。他們要是早點起草法律就好了。」

聶赫留多夫做了翻譯。英國人笑了笑。

「還是請您問問他，如今該如何對待竊賊和殺人犯。」

聶赫留多夫又翻譯了這一問題。老人嚴肅地皺起眉頭。

「你告訴他，只要他去掉自己身上的反基督印記，他就不會遇到竊賊和殺人犯。你就這麼對他說。」

「He is crazy.（英文：他瘋了。）」當聶赫留多夫把老人的話翻譯過去，英國人說道，他聳聳肩膀，走出牢房。

「你做你自己的事，別管別人。各人管各人的事。上帝知道該懲罰誰、該寬恕誰，我們卻不知道。」老人說道。「你做你自己的長官，這樣就不需要長官了。去吧，你去吧。」他又說道，生氣地皺著眉頭，眼睛炯炯有神地看著留在牢房裡的聶赫留多夫，「你也看夠了，看到反基督的奴才怎麼拿人餵蝨子的。去吧，你去吧！」

當聶赫留多夫來到走道，英國人和典獄長站在一間空牢房的門口，英國人問典獄長這個房間作何用場，典獄長說這是太平間。

「哦！」英國人聽了聶赫留多夫的翻譯後說道，他想進去看看。

太平間是一間不大的普通牢房。牆上掛著一盞小燈，暗淡的燈光映照著堆在牆角的麻袋和木柴，以及右邊通鋪上的四具屍體。第一具屍體穿著麻布衣褲，死者身材高大，蓄著楔形鬍鬚，腦袋被剃成陰陽頭。這具屍體已經僵硬，兩隻泛青的手原先顯然是交叉放在胸前的，現已分開，赤裸的雙腳也分開了，兩個腳掌分別歪向兩邊。躺在他旁邊的是一位老年婦女，她穿著白裙白衣，赤著腳，沒戴頭巾，稀疏的頭髮梳成一根短辮，她鼻子很尖，瘦小蠟黃的臉上布滿皺紋。老婦人那邊是一具男屍，他穿一身淡紫色的衣服，這顏色聶赫留多夫似乎有點眼熟。

他走到近處，打量起這具屍體。

向上翹起的楔形鬍鬚，漂亮挺直的鼻子，高高的白皙額頭，稀疏的鬈髮，聶赫留多夫認出了這些熟悉的面部特徵，他簡直不敢相信自己的眼睛。昨天他還見過這張臉流露出憤恨和痛苦的神情。如今，這張臉卻很安詳，一動不動，美得嚇人。

是的，這就是克雷里佐夫，或者至少，是他的物質存在留下的遺跡。

「他為何痛苦?他為何生活?他現在理解這些問題了嗎?」聶赫留多夫想道，他覺得，這個問題無法回答，除了死亡，什麼都不存在，於是，他感到一陣暈眩。

聶赫留多夫並未與英國人道別，便請一名看守送他到院落，他覺得必須獨自待一陣，以便好好想一想這天晚上的經歷，便乘馬車返回旅館。

28

聶赫留多夫沒有躺下睡覺，他在房間裡久久地來回踱步。他與卡秋莎的關係已經結束。她不需要他，這使他感到傷心和羞愧。但如今使他痛苦的並非此事。他的另一件事不僅沒有結束，反而比任何時候都更強烈地折磨著他，需要他做出行動。

這一段時間，尤其今天在可怕的監獄裡，他看到了、見識了可怕的惡。這種惡殺死了可愛的克雷里佐夫，在洋洋得意，作威作福，不僅看不到戰勝這種惡的任何可能性，甚至不知道該如何戰勝它。

他腦海裡浮現出這成千上萬被關在汙穢空氣中的人，受盡那些麻木不仁的將軍、檢察長、典獄長的凌辱；他想起那個奇怪又自由自在的老人，老人對官員嬉笑怒罵，被視作瘋子；他還想起幾具屍體中克雷里佐夫那張漂亮而蠟黃的臉，那張臉失去了生命，卻依然帶有憤恨。於是，究竟是他聶赫留多夫瘋了，還是那些自以為清醒，卻一直在做這些事的人瘋了？這一老問題如今又以新的力量出現在他面前，需要他做出回答。

他走累了，想累了，就坐在檯燈前的沙發上，隨手翻看英國人送給他做紀念的福音書，他之前清理口袋時把這本書放在桌上。「據說此書能解答一切問題。」他想著，打開福音書，隨手一翻，讀了起來。《馬太福音》第十八章：

一 當時門徒進前來，問耶穌說，天國裡誰是最大的。

二　耶穌便叫一個小孩子來，使他站在他們當中。

三　說：我實在告訴你們，你們若不回轉，變成小孩子的樣式，斷不得進天國。

四　所以凡自己謙卑像這小孩子的，他在天國裡就是最大的。

「是的，是的，是這樣的。」他想道，他回憶起，他只有在盡量降低自我的時候才能體會到生活的慰藉和歡樂。

五　凡為我的名接待一個像這小孩子的，就是接待我。

六　凡使這信我的一個小子跌倒的，倒不如把大磨石拴在這個人的頸項上，沉在深海裡。

「為什麼要說『接待』？怎麼接待？『凡為我的名』是什麼意思？」聶赫留多夫問自己，他覺得這些話並未向他說明任何問題。「為什麼要把大磨石拴在頸項上，沉在深海裡？不，這有些問題，不太準確，不太清楚。」他想道。他憶起他這一生好幾次拿起福音書來讀，可是每一次，這些不清楚的地方就會讓他停止閱讀。他又讀了第七、八、九、十節，這些小節講到將人絆倒，講到人必須進入永生，講到把人丟入地獄的火裡作為懲罰，講到孩子們的使者常見到天父的面。「真可惜，這裡有些不太連貫，」他想道，「不過感覺這裡有好東西。」

十一　人子來，為要拯救失喪的人。

十二　一個人若有一百隻羊，一隻走迷了路，你們的意思如何？他豈不撇下這九十九隻，往山裡去找那隻迷路的羊嗎？

十三　若是找著了，我實在告訴你們，他為這一隻羊歡喜，比為那沒有迷路的九十九隻歡喜還大呢。

十四　你們在天上的父，也是這樣不願意這小子裡失喪一個。

「是啊，天父不願他們失喪，但他們卻在成千上萬地失喪，還沒有辦法拯救他們。」他想道。

二十一　那時彼得進前來，對耶穌說：主啊！我弟兄得罪我，我當饒恕他幾次呢？到七次可以嗎？

二十二　耶穌說：我對你說，不是到七次，乃是到七十個七次。

二十三　天國好像一個王，要和他僕人算帳。

二十四　才算的時候，有人帶來了一個欠一千萬銀子的來。

二十五　因為他沒有什麼償還之物，主人吩咐把他和他妻子兒女，並一切所有的都賣了償還。

二十六　那僕人就俯伏拜他，說：主啊！寬容我，將來我都要還清。

二十七　那僕人的主人，就動了慈心，把他釋放了，並且免了他的債。

二十八　那僕人出來，遇見他的一個同伴，欠他十兩銀子，便揪著他，掐住他的喉嚨，說：你把所欠的還我。

二十九　他的同伴就俯伏央求他，說：寬容我吧，將來我必還清。
三十　他不肯，竟去把他下在監裡，等他還了所欠的債。
三十一　眾同伴看見他所做的事，就甚憂愁，去把這事都告訴了主人。
三十二　於是主人叫了他來，對他說：你這惡奴才！你央求我，我就把你所欠的都免了。
三十三　你不應當憐恤你的同伴，像我憐恤你嗎？

「難道不就是這樣嗎？」讀完這幾段話，聶赫留多夫突然喊出聲來。他體內也有個聲音在說：

「是的，就是這樣。」

於是，聶赫留多夫身上發生了在擁有精神生活的人身上時常發生的事情，即他起初認為像悖論甚至笑話一樣奇怪的想法，卻越來越經常地在生活中被確認，讓他突然感覺到，這便是最單純而毋庸置疑的真理。他此刻明確的一個想法就是，要想擺脫這種讓許多人受苦受難的可怕的惡，唯一可靠的手段就是讓所有人承認自己在上帝面前始終有罪，因此既無權懲罰他人，也無力改造他人。他現在清楚了，他在監獄裡目睹的種種可怕的惡、那些人在作惡時的心安理得，都是源於世人一種明知不可為而為之的心理：既做惡人，同時又去改造惡。一些道德敗壞的人想去改造另一些道德敗壞的人，他們想用像機械一樣呆板的方式達到這一目的。而這一切只會出現一種結果，即一些貪婪自私之人將這種假想出的懲罰人、改造人的工作當成自己的職業，本身就道德敗壞到極點，卻在不停地讓那些受到他們折磨的人也道德敗壞。如今他清楚了，他目睹的這所有的恐怖來自何處，要消除這恐怖需要怎麼做。他苦苦尋覓的那個答案，就是耶穌給彼得的回答：要永遠寬恕一切人，無數次地寬恕，因為沒有人自己沒有罪，因此沒有人可以去懲罰或改造他人。

「可是事情不可能如此簡單吧。」聶赫留多夫自言自語道，但他也確鑿無疑地發現，對於已習慣相反看法的他而言，無論這起初看起來多麼奇怪，卻依然是一個毋庸置疑的答案，如今是理論上的答案，也是最值得付諸實行的解決方式。一直存在一種反對意見，即如何對待作惡之人，難道就讓他們逍遙法外嗎？這一問題如今也難不倒他了。如果能夠證明，懲罰有助於減少犯罪和改造罪犯，那麼上述反對意見或許是有道理的；可是得到證明的恰恰是完全相反的事實，顯而易見，一些人無權去改造另一些人，在這個時候，你們能做的唯一合理的事情，就是停止做這些不僅無益，而且有害，何況還既不道德又很殘忍的事情。「你們數百年來一直在懲罰被你們視為罪犯的人。然而結果如何，那些人絕跡了嗎？他們沒有絕跡，他們的數量還在不斷增加，那些因為受到懲罰而墮落的人成了罪犯，那些審判人、懲罰人的法官、檢察長、偵查員和獄卒也成了罪犯。」聶赫留多夫如今明白，社會和秩序之所以依然存在，並非因為有這樣一些審判他人、懲罰他人的合法罪犯，而是因為，儘管道德如此敗壞，人民依然彼此憐憫，互敬互愛。

聶赫留多夫想在這本福音書中找到關於這一想法的論證，便從頭讀起來。他讀到總是會讓他感動的「登山訓眾」，他如今第一次發現，這篇訓誡並非只是抽象而美好的思想，其中的要求大多也不太高，並非難以實行，而是一些簡單明瞭、可以實際遵循的戒律，一旦這些戒律能被遵循（這完全有可能），便能建立起一個全新的人類社會體制。在這樣一種社會體制下，那些激起聶赫留多夫憤恨的一切暴力都將消亡，而且，人類所能獲得的至高幸福，即人間的神王國，亦將實現。

這些戒律有五條：

第一戒（《馬太福音》第五章第二十一節至二十六節）：人不僅不能殺人，而且不應對弟兄動怒，不應認為任何人卑賤，不應視任何人為「拉加」，即廢物。如果與人爭吵，就應在向上帝獻禮之前，也就是祈禱之前，與那人和好。

第二戒（《馬太福音》第五章第二十七節至三十二節）：人不僅不能淫亂，而且要避免貪戀女色，如果與一位女子結婚，就要對她永不變心。

第三戒（《馬太福音》第五章第三十三節至三十七節）：人不應在做出許諾時起誓。

第四戒（《馬太福音》第五章第三十八節至四十二節）：人不僅不應以眼還眼，而且應該在別人打你一邊面頰時，把另一邊面頰遞上去讓他打。應該寬恕別人的欺辱，恭順地忍受，不拒絕他人對自己的要求。

第五戒（《馬太福音》第五章第四十三節至四十八節）：人不僅不應恨敵人，不應與敵人打仗，而且應該愛敵人，幫助敵人，為敵人效力。

聶赫留多夫盯著油燈發出的光，一動也不動。想到我們生活中的種種醜惡，他清楚地意識到，如果人人都能在這些規範中成長起來，那麼我們的生活將會變成什麼樣子。於是，一陣許久不曾體驗的歡樂充盈了他的心胸，就像在持續的折磨和苦難之後，他突然獲得了安寧和自由。

他一夜沒睡。就像許多許多閱讀福音書的人那樣，在閱讀過程中，對那些讀了多次，卻一直不曾留意的話語，他第一次理解了其中的所有含義。如同海綿吸水，他汲取了他在這本書中發現的有用、重要，而歡樂的東西。他讀到的一切似乎都是他熟悉的，似乎在佐證他先前早已有過的想法，使他意識到了那些想法，他之前對這些想法並無充分意識，並不相信，如今他意識到了，相信了。

他不僅意識到了並且相信，世人如果遵循這些戒律，便能獲得所能獲得的最高幸福。他此刻還意識到了並且相信，除了遵循這些戒律，任何人均無須再做其他事，這便是人類生活唯一的合理意義之所在，對這一行為的任何背離都是錯誤的，會立即招來懲罰。這是由全部教義得出的結論，它在《馬太福音》中那則關於葡萄園的寓言中生動有力地表達出來。園戶被派往葡萄園為園主種葡萄，他們卻把葡萄園視為自己的財產，認為園裡的一切都為他們所有。他們所做的事情就是在這座園子裡享受自己的生活，把園主拋在腦後，誰若是向他們提起園主和他們對園主應盡的義務，他們就把誰殺死。

「這正是我們的所作所為，」聶赫留多夫想道，「我們抱著荒謬的信念在生活，認為我們是自己生活的主人，我們的生活就是為了我們的享樂。這顯然是荒謬的。要知道，我們既然被遣至這個世界，一定是出於某個人的意志、一定有著什麼目的。然而我們卻以為，我們活著只是為了自己的歡樂。顯而易見，我們不會有好下場，就像那個不按主人意志行事的園戶那樣。主人的意志就體現在這些戒律中。只有人人都遵循這些戒律，神的王國才能在人間建立，世人才能獲得他們能夠獲得的最大幸福。

「你們要先求他的國和他的義，這些東西都要加給你們了。」但我們先求的卻是「這些東西」，顯然，這是難以求得的。

「這便是我一生的事業。一件事剛剛結束，另一件事業已開始。」

從這一夜起，聶赫留多夫開始了一種全新的生活，這並非因為他步入了新的生活環境，而是因為從此時起，他遇見的一切對他而言均獲得了截然不同於以往的另一重意義。他生活中的這一新階段將如何結束，未來會給出結論的。

一八九九年十二月十六日

譯後記

一九〇七年六月，上海商務印書館出版了馬君武自德文轉譯的《心獄》，此書即托爾斯泰的長篇小說《復活》之節譯。在此後綿延百餘年的《復活》中國譯介史中，這部名著被數十次重譯，各種版本層出不窮，中國國家圖書館所藏《復活》譯本多達三百種，其譯者中不乏大名鼎鼎的翻譯家，如耿濟之、高植、汝龍、力岡、草嬰、喬振緒、刁少華、石枕川、李輝凡、王景生等等。

此番應作家榜之約重譯《復活》，我的「對手」便不僅僅是《復活》的作者托爾斯泰及其深邃複雜的文本，還有《復活》的各位中譯者及其準確精美的譯文。我曾在一篇文章中談及名著重譯的尷尬：「在進行重譯和新譯時究竟該如何面對已有的譯作，尤其是已有的優秀譯作，是刻意回避，還是盡量汲取原有譯作的經驗和精髓？如果對原有譯作，尤其是名譯作的經驗和精髓有所汲取，又該如何避免抄襲的嫌疑和版權的糾紛呢？如果對前輩翻譯家寶貴的翻譯經驗視而不見，每位新譯者均另起爐灶，真的能做到青出於藍嗎？如果新譯在翻譯品質上無法與舊譯比肩，甚至不如舊譯，那麼重譯的意義和價值又何在呢？」（《中國翻譯》二〇一七年第四期第九十九頁）。懷揣這些疑問，我用近一年時間重譯《復活》，其間的酸甜苦辣讓我感觸良多，在翻譯過程中我也有意採取了一些個性化的嘗試，在此梳理出幾點體會，請同行批評指正。

托爾斯泰的這部小說題為《復活》，這裡的「復活」有多重意義：首先是女主角瑪絲洛娃的復活。瑪絲洛娃被聶赫留多夫引誘並拋棄後不再相信社會的正義和公平，不再相信善，在妓院熬過七年後更是萬念俱灰，在精神和道德上都很墮落，是聶赫留多夫的三次探監使她的心靈受到衝擊，逐漸開始覺醒，直到被流放西伯利亞，在與政治犯的交往中她才在精神上贏得真正的「復活」。

其次是男主角聶赫留多夫的復活，托爾斯泰展示了「精神的我」和「動物的我」在聶赫留多夫身上的對峙、搏鬥和轉換，當他以陪審員身分坐在法庭上審判瑪絲洛娃，一個有罪的人審判一個無辜受害的人，他的靈魂因此受到強烈震撼，由此開始了他艱難的「靈魂的掃除」，最後他自願陪同瑪絲洛娃去西伯利亞，這象徵著聶赫留多夫已大體完成了「道德上的自我完善」。

第三，「復活」這一題目也暗含著對社會之「復活」的希望，「復活」是以死亡為前提的，托爾斯泰在《復活》中描寫的社會已是一個僵死的社會，托爾斯泰巧妙地透過聶赫留多夫為救瑪絲洛娃而上下奔走的過程，將包括貴族階層、司法機構和教會在內的整個國家結構全都展現出來，讓世人感覺到，這個社會除了在徹底死去後再重新「復活」之外，似乎沒有其他出路。

最後，我們可以在「復活」這一題目中感覺到的似乎還有托爾斯泰本人的精神復活過程，聶赫留多夫的心路歷程在一定程度上也可被視為托爾斯泰自己痛苦的思索過程，在聶赫留多夫身上我們可以看到托爾斯泰本人的一些品質和追求，如豐富的內心世界、對自己和他人高度的道德要求、渴望四處播散自己的愛和善、尋找與民眾結合的道路，等等。聶赫留多夫贏得了精神上的「復活」，但小說中寫道：「他生活中的這一新階段將如何結束，未來會給出結論的。」也就是說，連托爾斯泰自己也不清楚，在精神的「復活」之後，接下來將走向何方。

小說《復活》的主題不難透過翻譯傳導出來，細心的讀者和研究者也能揣摩出小說主題的多重含義，但如果揣摩不出，譯者也無能為力，因為翻譯終究不是闡釋。但是，由小說的主題所確定的作品基調，卻應該成為譯者首要關注並刻意再現的對象之一。

縱觀托爾斯泰三部長篇小說的創作過程，乃至他一生的創作史，可以發現，他似乎越寫越慢，越寫篇幅越小，越寫結構越簡潔，而調性卻越來越滯重，作者的聲音卻越來越強烈。如果說《戰爭與和平》是一部樂觀激昂的民族史詩，《安娜．卡列尼娜》是一齣社會性的家庭悲劇，《復活》則是一部深刻的道德懺悔錄。從一八八九年到一八九九年，托爾斯泰共花費十年時間才完成他的這部巨著，而在此之前，《戰爭與和平》只寫了六年，《安娜．卡列尼娜》只寫了四年，但篇幅比前兩部小說都要小的《復活》，所用的時間卻等於前兩部小說所用時間之總和，在《復活》之後，托爾斯泰更是完全放棄了長篇小說的寫作。托爾斯泰創作中的這一「體裁演進史」值得我們關注。

在翻譯之前，我再次通讀了俄文原作和好幾部優秀的中文譯作，以便獲得一個關於《復活》調性的總體印象。在我看來，史詩般磅礴的敘事和充滿道德感的說教、小說精緻的情節結構和作者激憤的主觀立場、滯重凝練的文字推進和悲天憫人的情感覆蓋，這一切相互交織，構成了《復活》的總體風格。因此，我在重譯過程中就試圖盡量譯得滯緩一些，不想讓托爾斯泰在中文中顯得過於「通順」、過於平緩，而試圖借助某些不太常見的詞語搭配或句法結構，以「降低」譯文讀者的閱讀速度。

在與托爾斯泰開始寫作《復活》時的年齡相近的年紀翻譯《復活》，我甚至在工作的節奏上也試圖接近托爾斯泰，我自然不可能像他那樣用十年時間譯完《復活》，但與自己之前的翻譯相比，我還是有意放慢了《復活》的翻譯進度。我也奉行楊絳先生提出的「點煩」原則，盡量節約用字，一律去除「的」、「了」等可有可無的字；在遇到原文中兩個以上並列的形容詞時，盡量避免「的、的、的」

的中文呈現，以免在節奏和語感上顯得拖遝，而盡量把那些形容詞的修飾意義加以整合，多用符合中文習慣的四字成語來表達；在翻譯對話時，我也借鑑影視劇臺詞的翻譯經驗，用以節儉為原則的中文口語習慣譯出，並不追求對原文對話中某些語氣詞的逐一「等值」再現；對於俄語中大量出現的長從句，我也做了盡量簡潔化的中文句法處理。

其結果，我的這個《復活》譯本要比大多數其他中譯本少很多字，比如，力岡譯《復活》（天津人民出版社二〇一六年版）為四十一萬六千字，王景生譯《復活》（北京燕山出版社二〇〇一年版）為三十七萬四千字，汝龍譯《復活》（人民文學出版社二〇一一年版）為四十四萬五千字，而我的譯本為三十萬六千字。當然，我的譯本的字數統計是 Word 文檔顯示的字數，前三種譯本的字數是版權頁上標明的字數，兩者間可能會有差異，但我的譯本字數較少則是肯定的。

我們在閱讀外國文學作品時，感覺最有味道的往往正是那些「異國情調」，但這些地方往往又是譯者最難處理的。我在重譯《復活》時感到，越是具有地道俄國味的風俗、稱謂、度量衡等語言因素，似乎就越需要「去俄國化」，越需要歸化。

小說第一部第十二節描寫聶赫留多夫、卡秋莎與夥伴一起玩俄式捉人遊戲，這是兩位主角最初的相愛場景：「卡秋莎面帶微笑，閃爍著像被露水打溼的黑莓一樣的黑眼睛，向聶赫留多夫飛奔而來。他倆跑到一起，雙手緊握。」原文到此為止，因為熟悉這種遊戲的俄國人知道其規則，而中文讀者卻未必清楚，因此，我在「雙手緊握」後面又加了一句話：「這表明他倆贏了這場遊戲。」同樣一節還寫到聶赫留多夫在兩位姑媽處的生活：「他倆只能在見面時抽空聊上幾句，在走廊、在陽臺、在院落，有時在兩位姑媽的老女傭瑪特廖娜・帕夫洛夫娜的房間裡，卡秋莎與老女傭住在一起，聶赫留多夫有時去她們的小屋喝茶。」這裡的「喝茶」原文為「пить чай вприкуску」，通常的譯法為「喝俄式茶」或「就著糖塊喝茶」，其實譯成「喝茶」足矣，因為俄國人自然是「喝俄式茶」，俄式茶也一定要「就著糖塊喝」。

俄國人相互之間的稱謂五花八門，有尊稱和卑稱、愛稱和暱稱等，表示尊重的時候用名字加父稱，表示親切的時候指名不道姓，而且名字會根據親暱程度的不同發生多種變化，小說中第一部第二節的一句話再好不過地說明了這些不同用法：「她們喚她時既不用卑稱『卡季卡』，也不用愛稱『卡堅卡』，而是中性的『卡秋莎』。」這裡的「卑稱」、「愛稱」等定語都是我加上去的，而原文就是簡簡單單的三種稱呼：「Ее и звали так средним именем-не Катька и не Катенька, а Катюша.」（她的名字不尊也不卑，不叫「卡季卡」，也不叫「卡堅卡」，而叫「卡秋莎」。）在更多情況下，我在處理各種稱謂時則多採取「中性」的譯法，讓主角更常以同一個名字出現，比如「卡秋莎」，以減輕中文讀者的閱讀和記憶負擔。

俄國獨特的度量衡單位也會讓中文讀者丈二金剛摸不著頭腦，比如所謂「俄畝」、「俄里」、「俄斤」、「俄尺」、「俄寸」、「普特」等到底是什麼概念呢？因此，譯者每譯到這些地方，通常都要加以「換算」，將其譯成通行的「公頃」、「畝」、「公里」、「公斤」等，以便於中文讀者理解。

第一部第三節寫到，聶赫留多夫打算「放棄自己的私有財產，就像十年前他在處理父親的那兩百多公頃土地時那樣」。這裡的「兩百多公頃」原文為「兩百俄畝」（двести десятин），一俄畝等於一・〇九公頃，這裡便譯成了「兩百多公頃」。在第二部第四十一節，塔拉斯在火車上向人講述他和妻子的故事，其中有一句：「我們當時租了四五十畝地，託上帝的福，黑麥和燕麥都長得出奇的好。」這裡的「四五十畝」原文為「三俄畝」（три десятины），塔拉斯是個農民，不大可能使用「公頃」的概念，我便採用一俄畝等於一・〇九公頃、一公頃等於十五畝的換算方式，把這裡譯成「四五十畝」。

第一部第十四節寫到，神父等人「趕著雪橇過水塘走土路，好不容易才走完從教堂到姑媽家的六七里路」。這裡的「六七里路」原文為「三俄里」（три версты），一俄里等於一・〇六公里，所以此處譯成「六七里路」。在第一部第二十三節，有人談到遇害的商人斯梅爾科夫是個「巨人」：「他可是條壯漢，我聽說，他超過一九五，有一百三十多公斤！」在原文裡，說話人稱這位商人高「十二俄寸」（двенадцать вершков）、重「八普特」（восемь пудов），「十二俄寸」即「兩俄尺十二俄寸」，俄國人在說身高時通常會自動略去人人都有的兩俄尺，一俄尺等於〇・七一公尺，一俄寸等於四・四四公分，經換算，此人身高為一九五・二八公分；至於他的體重「八普特」，則一普特等於十六・三八公斤，為一三一・〇四公斤。

第一部第三十節寫到關押瑪絲洛娃的囚室「是個長方形房間，六公尺多長，寬不到五公尺」，這句譯文也是換算的結果，原文為「長九俄尺，寬七俄尺」（в девять аршин длины и семь ширины）。值得一提的是，《復活》的英譯本在譯到這些地方時，也多將俄式度量衡單位換成英式，此處便譯為「長二十一英尺，寬十六英尺」（twenty-one feet long and sixteen feet broad）。

翻譯文學作品，有時也要手持一臺計算器。當然，《復活》原文中用到的「盧布」、「戈比」、「公頃」等單位，因為早已為中文讀者所接受和理解，便也在我的譯文中加以沿用。

古今中外的小說家在寫作其小說時均很少加注釋，因為他們完全有能力把自己要解釋的東西置入作品的字裡行間，不需另做說明。但在翻譯作品中，所謂「譯注」卻成為譯者手中一件似乎不可或缺的工具，當下中文譯著幾乎無一部無譯注，有的竟每頁加注。當然，對於學術著作而言，如亞里斯多德的《詩學》、但丁的《神曲》等，注釋本身就是學術性的體現，甚至就是該書的出版意義之所在，但是那些以普通讀者為對象的文學名著譯本，其中的譯注似不宜太多太煩，因為讀者往往不得不中斷閱讀，去查看譯者添加在頁面底端的或多或少的注釋。翻閱我們當下的外國文學名著譯本，發現其中的很多譯注似乎是可有可無的，而一些必須加注的內容似乎也可透過對譯文的靈活處理來加以表達。我在重譯《復活》時做了一種或許極端的嘗試，即一律不加譯注，而把需要做出的相應解釋置入譯文正文。我主要採用這樣幾種方式：

第一，相信中文讀者的知識儲備，不低估讀者的理解力和判斷力，對一些耳熟能詳的歷史人物和事件、常識性的概念不再加注，比如「米開朗基羅」、「伏爾泰」、「黑格爾」、「叔本華」等，自不必加注。甚至諸如「楚瓦什人」、「茨岡人」、「祖魯人」、「閹割教派」、「謝肉節」等概念，也未加注，在資訊的獲得十分便利的當下，似乎也可免去譯者的加注之苦和讀者的讀注之勞。

第二，遇到較為生疏的人或事，把需要對之加以說明或限定的內容加入譯文。比如，《復活》第一部第三節寫到，聶赫留多夫曾是英國社會學家斯賓塞和美國社會學家亨利・喬治的追隨者，以前的《復活》中譯本大多對這兩位英美學者加了注腳，我卻處理為：「他年少時曾是英國社會學家赫伯特・斯賓塞的狂熱追隨者」；「多年過後，他又在美國社會學家亨利・喬治的著作中找到了關於這些觀點的出色論證」。這兩句譯文中的「英國社會學家」和「美國社會學家」兩頂「帽子」，都是我為避免加注而給兩位歷史人物戴上去的。

同樣的處理另見第一部第二十一節對副檢察長法庭發言的描述之翻譯：「他的演講含有一切最新理論，這些理論當時在他的圈子裡十分時尚，曾被廣泛接受，如今仍被視為科學智慧的最新成就。這裡有遺傳學，有先天犯罪說，有提出先天犯罪說的義大利學者龍布羅梭，有法國刑事學家塔爾德的理論，有進化論，有生存競爭說，有催眠術，有暗示說，有論述過催眠術的法國病理學家沙爾科，有頹廢主義。」此處龍布羅梭、塔爾德、沙爾科三人之前的「身分說明」，即「提出先天犯罪說的義大利學者」、「法國刑事學家」和「論述過催眠術的法國病理學家」，均為譯者的「擅自」添加。

同樣的例子亦見於第二部第三十節：「起初，聶赫留多夫想在書本裡找到這一問題的答案，便購買了與這一問題相關的所有書籍。他買了義大利犯罪學家龍布羅梭、加羅法洛和菲利的書，還買了德國經濟學家李斯特、英國心理學家摩德斯萊和法國社會學家塔爾德的書，並仔細閱讀。」此處提及的六位歐洲學者，在原文中原本都是沒有「頭銜」的。在上面有關龍布羅梭和塔爾德的例子中，「提出先天犯罪說的」和「論述過催眠術的」兩處添加已構成我的第三種做法，即「夾譯夾釋」，把相關的解釋性內容摻入正文。

再如，第一部第四節有一句話：「...и Нехлюдов, смеясь сам над собою, называл себя буридановым ослом.」直譯就是：「聶赫留多夫嘲笑自己，稱自己是布里丹的驢子。」我則處理成：「聶赫留多夫嘲笑自己，稱自己是法國哲學家布里丹筆下被餓死的驢子，它面對兩捆同樣的乾草不知所措。」

在托爾斯泰引經據典時提到作者，卻未言及作品名的情況下，我則加入作品名稱，如托爾斯泰在第一部第二十三節和第四十五節分別提及拉伯雷和屠格涅夫的兩個說法：「拉伯雷在《巨人傳》中寫道，有人請一位法官斷案，他拿出各種法典，在朗讀了二十頁毫無意義的拉丁文司法條文後，他建議透過擲骰子來斷案，若是雙數則原告有理，若是單數則被告有理。」「好吧，現在來談您的案子……我仔細讀了此案卷宗，『我不贊成其內容』，就像屠格涅夫在他的小說《多餘人日記》中所寫的那樣，也就是說，那個小律師很糟糕，放過了上訴的所有理由。」在這兩個地方，拉伯雷和屠格涅夫的作品名，即《巨人傳》和《多餘人日記》，在托爾斯泰的原文中均未出現，是我加上去的。

還有一種處理，即對原文讀者而言眾所皆知，而中文讀者卻未必耳熟能詳的俄國歷史事件，我將需要做出的解釋也盡量放到譯文中去。比如，第三部第五節有這樣一句話：「С самого начала революционного движения в России, и в особенности после Первого марта, Нехлюдов питал к революционерам недоброжелательное и презрительное чувство.」我譯作：「自俄國革命運動發端時起，尤其在一八八一年三月一日亞歷山大二世遇刺之後，聶赫留多夫對革命者一直沒有好感，抱有蔑視。」在原文中僅有的一個日期「三月一日」（Первого марта）的前後，我分別加入了「一八八一年」和「亞歷山大二世遇刺」兩個補充。

如同在托爾斯泰的《戰爭與和平》等其他小說中一樣，也如同在其他許多俄國作家的作品中一樣，《復活》中不時出現法、英、德等外文。托爾斯泰之用外文不外這麼幾個用意：一是為了如實再現當時的社會氛圍和生活現實，因為當時的俄國上流社會人士在沙龍、舞會、會議等場合常說外文，尤其是法文；二是為了塑造人物性格，讓某位人物說某種外文，其實與讓他身穿什麼樣的衣服、做出什麼樣的行為一樣，也是意在讓讀者更貼切、更生動地感受到這個人物的音容笑貌，乃至內心深處；三是借助外文單詞來突出地強調某個細節，或營造幽默、嘲諷、奇異化等語言效果。

更有學者認為，托爾斯泰在《戰爭與和平》中大量採用法文，這原本就是作者的「帝國意識」之體現：「一位批評家曾經說過，這樣一個宏偉的巨著竟然以這樣的瑣碎的談話開始，而且用的還是法語，真是奇怪。但是，貌似細弱的開端絕不是瑣碎的：它顯示出俄國社會上層在國際性的環境中活動，以同等身分對待外國貴族，在國際政治的深水裡優雅地航行。」（湯普遜著、楊德友譯《帝國意識：俄國文學與殖民主義》，北京大學出版社二〇〇九年版，第九十三頁）但不管怎麼說，讓人物說外語，在托爾斯泰這裡無疑是一種有意識的語言表現手段。

對於原文作品中的外文，中譯一般有三種處理方式：一是在譯文中保留原文，以注腳的形式在頁面底端給出中譯；二是在正文中直接譯成中文，再在注腳中標明「原文為×語」；三是在譯文正文中用其他字體排出外文的中譯。這三種方式各有利弊，但似乎均無法同時達到兩個目的：既能表達出原作者使用外文的用意，同時也不對中文讀者的閱讀造成過多干擾。

我在重譯《復活》時採取了一個折衷的方式，即外文原文照排，在外文之後的括弧中提供中譯，並注明原為何種語言，試圖在不打斷讀者的閱讀流暢感的同時讓讀者感受到原作中作者特意運用的語言塑造手段。比如，我這樣處理第一部第三節中出現的一張便條，這是頗有心計、不無做作的科爾恰金公爵小姐寫給聶赫留多夫的：

> 我在履行充當您的記憶之義務，因此提醒您，今日，即四月二十八日，您必須去法院做陪審員，因此您無論如何也不能與我們以及科洛索夫家的人一起去看畫展，就像您昨日以您慣有的隨意所允諾的那樣；à moins que vous ne soyez disposé à payer à la cour d'assises les 300 roubles

d'amende, que vous vous refusez pour votre cheval（法文：除非您情願向區法院繳納三百盧布罰金，這恰好是您捨不得買的那匹馬的價錢），因為您未準時出庭。我昨日在您走後才想起此事。請您千萬別忘了。

她在信紙的背面又添寫了兩句：

Maman vous fait dire que votre couvert vous attendra jusqu'à la nuit. Venez absolument à quelle heure que cela soit.（法文：媽媽要我告訴您，為您預備的餐具將等您到深夜。請一定光臨，時間悉聽尊便。）

第三部第二十五節的一段英文對話翻譯如下：

「Are you ready?（英文：您準備好了嗎？）」英國人此時問道。

「Directly.（英文：馬上就好。）」聶赫留多夫答道，他又向她問起克雷里佐夫的情況。

《復活》中出現的外文還有德文，第二部第二節有一段對話，在這裡，管家的德語顯然是說給聶赫留多夫聽的，而對農民，管家則使用俄語，在翻譯中若不「區別對待」，則很難傳導出管家媚上欺下的心理特徵：

「他說的這是怎麼回事？」聶赫留多夫問管家。

「Der erste Dieb im Dorfe（德文：村裡的頭號小偷），」管家用德語說道，「年年在林子裡逮到你。你要學會尊重別人的財產。」管家說。

重譯《復活》，在遇到一些較難理解的地方時，我也會參考英譯本。我手邊的《復活》英譯本被視為最權威的英譯本之一（Leo Tolstoy, *Resurrection*, translated by Louise Maude, Oxford University Press, 1932），譯者露易絲・莫德（Louise Maude，1855-1939）是英語世界最著名的托爾斯泰譯家之一，她與丈夫艾爾默・莫德（Aylmer Maude，1858-1938）曾長期生活在俄國（露易絲更是生於莫斯科，在俄國長大），是托爾斯泰的密友，艾爾默・莫德還寫出最著名的托爾斯泰傳記之一《托爾斯泰傳》（*The Life of Tolstoy*），這部傳記由徐遲等譯出，戈寶權作序，在中國引起很大回響（艾爾默・莫德著，宋蜀碧、徐遲譯《托爾斯泰傳》，北京十月文藝出版社二〇〇一年版）。露易絲的俄語和英語幾乎都是母語，再加上他們夫婦與托爾斯泰的密切往來，她翻譯的《復活》自然很可信，據說托爾斯泰曾認定，英文中不可能再有超過露易絲・莫德的托爾斯泰作品譯文。

《復活》第三部第六節有一段克雷里佐夫的講述：

「**Я познакомился, между прочим, с знаменитым Петровым (он потом зарезался стеклом в крепости) и еще с другими.**」這裡括弧裡的「在獄中用玻璃自殺」（зарезался стеклом в крепости）究竟是「割腕」還是「割喉」呢？拿不定主意的我去參看英譯本，見英譯為「who afterwards killed himself with a piece of glass in the fortress」，英譯並不點明所割的人體部位，只說明「用一塊玻璃自殺」，於是我就譯成「割破血管」：「我在那裡還認識了有名的彼得羅夫（他後來在獄中用碎玻璃割破血管自殺了）和其他一些人。」

在第三部第八節，聶赫留多夫請求押解官允許他去探訪瑪絲洛娃，押解官問道：「**Маленькая, черненькая?**」這裡的「**черненькая**」（有點黑）有可能引起歧義：是指瑪絲洛娃有點黑的頭髮或眼睛（前文多次提及瑪絲洛娃的黑頭髮和黑眼睛），還是指她有點黑的膚色（流放途中的長時間跋涉會使瑪絲洛娃膚色變黑）？查看英譯，發現露易絲．莫德處理為「A little dark one」，也就是說，把具體的所指泛化、模糊化，於是我便譯成：「個子不高、有點黑的那個姑娘？」

值得注意的是，在托爾斯泰出現明顯「筆誤」的地方，英譯者大多直接「訂正」過來。第二部第三節寫聶赫留多夫回到姑媽的莊園，睹物思人：「那道丁香樹籬笆牆也鮮花盛開，一如十四年前，當年，聶赫留多夫就在這丁香叢中與十八歲的卡秋莎玩捉迷藏，結果摔倒，手被蕁麻劃傷。」在這裡，托爾斯泰一連犯了兩個年代錯誤：前文寫到卡秋莎當年是十六歲；卡秋莎．瑪絲洛娃受審時為二十七歲，聶赫留多夫此時憶起的應為十一年前之往事。英譯本將這兩個「時間錯誤」直接改了過來，分別為「十六歲的卡秋莎」（sixteen-years old Katusha）和「十二年前」（twelve years ago）。但細細一算，還是應該在十一年前，於是我便以譯者按的形式加入這樣一段話，並置入正文，括上括弧：「前文寫到卡秋莎當年十六歲，卡秋莎．瑪絲洛娃受審時為二十七歲，聶赫留多夫此時憶起的應為十一年前之往事。」

第三部第十二節寫道，納巴托夫購買食物回來，看到了聶赫留多夫：「『瞧，我們的公爵現身了。』他說著，把茶壺放在茶碗中間，把麵包遞給瑪絲洛娃。」可是根據上下文，瑪絲洛娃此時尚未進屋，英譯本中也就直接改了過來，「and handed the bread to Rantseva」，這也就給了我加「譯者按」的勇氣：「此處可能是托爾斯泰筆誤，根據上下文看，瑪絲洛娃此時尚未進屋，麵包應該遞給了蘭采娃。」

在翻譯文學作品時參考其他語種的譯本，不失為一個好辦法，因為一部文學作品中較難翻譯的東西，往往會令所有語種的翻譯家都感到棘手。歐洲曾有舉辦某位作家的翻譯工作坊的傳統，即把某一位作家、某一部作品的不同語種譯者召集到一起，大家相互交流切磋，在此類工作坊上譯者往往會發現，一些費解的或難於透過翻譯表達的東西似乎是共同的。在翻譯時參考其他語種譯本，觸類旁通，借助旁觀者來迂迴理解，或可成為一道路徑。比如此番在參考《復活》英譯本的翻譯處理方式時，用「打擦邊球」的方法朦朧地處理一些似是而非的地方，就是我獲得的一個重要心得。

二〇一八年四月二十八日

於京西近山居

復活 / 列夫・托爾斯泰著；劉文飛譯 . -- 初版 . -- 臺北市：時報文化 , 2020.10
568 面；14.8 x 21 公分 . --（愛經典；43）
譯自：Воскресение.
ISBN 978-957-13-8395-8（精裝）

880.57 109014562

作家榜经典文庫®

ISBN 978-957-13-8395-8

Printed in Taiwan

愛經典 0 0 4 3
復活

作者—列夫・托爾斯泰｜譯者—劉文飛｜編輯總監—蘇清霖｜編輯—邱淑鈴｜企畫經理—何靜婷｜美術設計—FE 設計｜校對—邱淑鈴｜董事長—趙政岷｜出版者—時報文化出版企業股份有限公司 108019 台北市和平西路三段二四〇號四樓 發行專線—（〇二）二三〇六—六八四二 讀者服務專線—〇八〇〇—二三一—七〇五、（〇二）二三〇四—七一〇三 讀者服務傳真—（〇二）二三〇四—六八五八 郵撥—一九三四四七二四時報文化出版公司 信箱—10899 台北華江橋郵局第 99 信箱 時報悅讀網—http://www.readingtimes.com.tw｜電子郵件信箱—new@readingtimes.com.tw｜法律顧問—理律法律事務所 陳長文律師、李念祖律師｜印刷—盈昌印刷有限公司｜初版一刷—二〇二〇年十月十六日｜定價—新台幣四九九元｜（缺頁或破損的書，請寄回更換）

時報文化出版公司成立於一九七五年，並於一九九九年股票上櫃公開發行，於二〇〇八年脫離中時集團非屬旺中，以「尊重智慧與創意的文化事業」為信念。